A
COMMUNICATIVE
GRAMMAR

口語英語
語法聖經

of

ENGLISH

THIRD EDITION 3

written by

Geoffrey Leech & Jan Svartvik

賴榮鈺、丁宥楡　譯

目錄 CONTENT

單元 B　資訊、事實和信念

單元 C　心情、情緒與態度

單元 D　話語中的意義

Part 3 文法要點 A–Z

文法的本質，其實是為了溝通

廖柏森

《英文研究論文寫作》作者、台灣師範大學翻譯所教授

國內目前的英語口語學習書籍，大多只是強調會話套用句型和固定情境，讀者往往直接套用書本中的情境範例，期待下次碰到外國人就可以派上用場。不過，這樣的學習方式往往是知其然，而不知其所以然。讀者不僅不了解口語溝通背後的語法規則，也忽略了溝通時的其他重要因素：音調以及與人互動時的動態關係，使得實際上與英美人士溝通時的品質常常大打折扣。

可能有人會問：「我們已經學了多年的英文文法，為何還要學習口說語法？用同一套規則不就好了嗎？」

但其實，這同一套規則應用在書寫和對話時，會有不同的呈現方式。相對於書寫文字，雖然對話的用字較不嚴謹、風格較不正式、句構較單純、用字較冗贅或易省略資訊等，但並非沒有規則可循。只是，這些規則在英語母語人士心中是隱而不顯、能自然而然使用的；然而，對於我們這些非英語母語人士而言，我們往往是直接拿書面文法來用，或直接自創中式英語。但事實上，使用書面文法來說英語，在許多情況下聽起來是文謅謅、不夠自然的；而用中式英語更常會鬧出笑話。因此，**對有心精進口說能力的台灣學子來說，學習英語的口語語法是必要的，只可惜長期以來，台灣都缺乏兼具學理基礎和生活實用的英語口語語法專書。**

如今，EZ叢書館引進這本語言教學界的長青之作《A Communicative Grammar of English》第三版，將有助讀者了解英語口語背後的語法規則，進而能大幅提升口說英語的能力。兩位作者 Geoffrey Leech 和 Jan Svartvik 都是國際知名的語言學家，專長為英語語法和語料庫等領域，相關著作論文等身。本書第一版於1975年上市就廣受學界肯定，筆者於1992年在美國紐約大學攻讀英語教學碩士學位時，教授就指定這本書為必讀的工具書，如今多年後，終於可在台灣看到精編的第三版中文繁體書上市，真是備感親切，更為國內的學子感到慶幸。

本書以主流的溝通式語言教學法（Communicative Language Teaching）為理論基礎，不但破除一般人以為溝通式教學法不重視文法的刻板印象，更強調口語形式與溝通功能的結合，也就是：**如何在特定情境使用恰當語言形式和結構，達成有效的溝通。**此外，口語語法不僅是字詞句型構成的規則，更包括發音、重音（stress）、語調（intonation）、聲調（tone）、語（chunking）、停頓以及與人對話的合作關係等多種層次，這些都在口語溝通過程中扮演傳達語意、情緒和態度的角色。

書中講述時還**標示了口語、書面、美式、英式、正式、非正式、禮貌、親近口語等不同英語變體與風格，**讓讀者了解英語在不同語體、地理區域和情境中的得體使用方式。另外，本書還有一個特色，就是使用語料庫來提供真實例句。我自己在編寫英文寫作和翻譯教科書時，也常依據語料庫中大量而有代表性的英文文本來分析語言現象和提供例句，而不是為了說明規則自行編造句子，如使讀者閱讀時才不覺生硬呆版或脫離現實。

隨著全球化的大潮，政府積極推動「2030雙語國家」政策。在可預見的未來，不僅各級學校都會用英語授課，在政府機關、企業組織和社會各種場合，使用英語溝通的機會也會愈來愈頻繁複雜。而我相信這本《口語英語語法聖經》定能助讀者一臂之力，脫口說出合乎正確語法、精準表情達意的英語。

利用這本書，
把英語掌握到淋漓盡致！

賓狗單字

Podcast《聽新聞學英文》主持人

哈囉我是賓狗，是人氣 podcast 節目《聽新聞學英文》的主持人！每天都會有好幾萬名聽眾在網路上收聽我的廣播節目，也會有許多小星星（我的節目粉絲）寫信或傳訊息問我一些英語學習相關的問題。其中，我經常被問到的一個問題是：「**不出國，也能把英文學好嗎？**」

這個問題，問我就對了，因為我就是在台灣土生土長學英文的孩子。除了短暫的旅遊及交換學生之外，我並沒有在海外留學過（而且交換過的人應該都知道，交換期間其實大多是和台灣朋友一起旅遊，而不是和《哈利波特》的妙麗一樣在教室中瘋狂舉手）。雖然我靠著自己的努力，順利考上並從台大外文系及台大翻譯碩士學位學程口譯組（相當於翻譯研究所）畢業，但我在摸索的過程中可說是一路跌跌撞撞，甚至曾被 ABC 朋友笑到灰頭土臉，因此現在，我才會想要在網路上提供教學，幫助所有想把英文學好的人，尤其是跟我一樣只能在台灣把英文學好的孩子。

到底該怎麼做，才能在台灣也把英語掌握到淋漓盡致呢？現在就來進入正題！

在台灣生活，若想要說出流利的英文，就是要多看英文電影、影集，或是聽英文歌或 podcast。為什麼像這樣增加語言輸入（input），對於英文學習者會很有幫助？因為身在台灣，我們最缺乏的就是說英文的家人、鄰居或朋友。就和我們小時候學中文一樣，我們必須在日常生活中聽到大量且自然的英文，才能真正學習並活用這個語言。因此，在台灣想把英文學好，就要大量接觸英語素材，累積久了才會有所謂的語感，有了語感之後，才能夠判斷在某個情境下應該用怎樣的字句，進而順利表達自己的想法，或是避免在無意中冒犯別人。

不過，有時無論看再多電影、聽再多 podcast，一定還是會有些不太確定的地方。

「這句台詞的文法跟我在課本裡看到的不一樣耶，是說錯嗎？」

「女主角講話感覺好優雅喔，但那些用字優雅在哪裡？」

「『睡了沒』應該用 already 還是 yet？為什麼其中一個可能會讓外國人生氣？」

許多這類進階的問題，在網路上其實不容易找到答案，有時光是要找出正確的搜尋關鍵字都很頭痛，有時找到的答案又眾說紛紜，每個人都說得頭頭是道，看不出到底誰才是正確的。幸好，這本《口語英語語法聖經》都為你整理起來了，而且兩位作者都是知名語言學家，能夠分辨出英文中最微妙、最表情達意的細節，不用擔心被錯誤資訊誤導而當眾出糗。

現在就推薦你，跟我一起多看英文影劇、多聽 podcast，然後把《口語英語語法聖經》放在手邊，在遇到問題時隨手翻閱，打造屬於你自己的英文母語環境。

對於在乎發音語調的讀者，
本書是寶貴資源

Ricky 英語小蛋糕
英語學習 Youtuber、多益名師

無論在補習班還是大學上課，許多學生常遇到「為何課本上寫的，平常母語人士根本不太這麼說」的疑惑。基本上，英語作為溝通工具，首先是要能**清楚準確表達內心意涵**。在表情達意的過程中，如果還能選用符合潮流的常用字詞或是語彙，自然是更好。**不過，生活場景跟身份一轉變，跟朋友聊天的文字不見得可以直接使用在工作會議或是專業的演講場合。**

若想要克服這樣的英語學習框架，我們多半會透過英文影集、歌曲或電影來學習，不過從娛樂中學習雖然輕鬆活潑，但也因為主題太過廣泛而無法聚焦，甚至在娛樂同時還要逼自己學習，有時總覺得不夠盡興。

身為耕耘多年的英文教育工作者，同時也喜歡學習多種語言的學習者，我更喜歡在透過生活跟娛樂學習目標語言時，有一本書籍可以讓我在必要時參考對照，讓我看電影時聚焦在故事情節上，同時也可以發現電影演員脫口而出的文字或是字句出現在參考的書籍上，這對我來說，能夠有二次加強印象的作用。

此外，英語最大的功效在於溝通，**出現在《口語英語語法聖經》的口語句子多半會標記重音節符號、語調跟發音，對於在乎發音的讀者來說，是非常珍貴的資源**，可以省掉許多查找字典或看母語人士影片確認發音的時間。

我也相當很喜歡《口語英語語法聖經》針對文法給予更多元的例句呈現，例句的情境包含生活情境，也有如提到聯合國這種較正式的情境，**讓讀者可以擴展英文應用的情境**。如此一來，我們就不會在各種場合中只會使用一種說話方式說英語，這對於語言學習來說，是很棒的補充素材。

作者序

Foreword

《口語英語語法聖經》是一本兼具權威與創新的英語語法用書，此第三版經過仔細修訂，更強調口語英語用法，並參考語料庫資料，加入更多真實例句。此外，我們也讓版面的呈現更適合教學使用，包括提供更扼要的說明，並讓主要和次要重點的區別更一目瞭然。

本書共分為三大部分：

- Part 1：使用指南
- Part 2：溝通式英語語法
- Part 3：A-Z 文法要點

本書部分內容是以 Randolph Quirk、Sidney Greenbaum、Geoffrey Leech 和 Jan Svartvik 合著的《A Comprehensive Grammar of the English Language》一書（Longman，1985，簡稱 CGEL）為基礎，但並不是該文法大全的濃縮版本。本書不僅在架構編排上完全不同，也添加該書所沒有的內容，尤其在第二部份。

另一方面，相較於以下這本文法大全：與 Sidney Greenbaum 與 Randolph Quirk 所著的《A Student's Grammar of the English Language》

（Longman，1990），本書較少著墨在文法的結構與形式上。也因此，本書在第三部分附上每個文法要點供參考，並連結到《A Comprehensive Grammar of the English Language》的相關章節，有需要的讀者可參考該書以獲得更進一步的文法訊息。

——寫於蘭卡斯特及隆德，2002 年 8 月

本書符號說明

Symbol Description

1. 一般符號

( ) 圓括號 PARENTHESES

表示「可省略」，也就是說，即使省略了句中括弧內的文字，依然
是正確句子；

例：Susan said she would call back but she didn't (do so).

換言之，這句話可以說 *...but she didn't do so* 或 *...but she didn't*。

[ ] 方括號 SQUARE BRACKETS

用來「分隔詞組」，如區分兩個副詞詞組。

例：We go [to bed] [early].

～ 波浪符號 TILDE

表示「基本上同義」，如主動和被動語句的替換：

例：They published this paper in 1999. ～ This paper was published in 1999.

波浪符號也用在「型態變化」，如動詞三態變化或形容詞比較級
變化：

例：give ～ gave ～ given

例：big ～ bigger ～ biggest

2. 發音符號

// 雙斜線 DOUBLE SLASH

呈現「音標」（參見 43），如：lean /lin/，leant /lɛnt/

重音符號 STRESS MARK

使用「粗斜體」來標註單字的「重音節」：

例：**o**ver（重音在第一音節）

　　emp**ta**tion（重音在第二音節）

　　transfor**ma**tion（重音在第三音節）

__ 底線 UNDERLINE

畫底線的音節表示「一句話的重音所在」：（參見 38）

例：How could you <u>dò</u> that?

﹨ ˇ 語調符號 TONE

用來標註「一句話的升降調」：

例：﹨ 表示降調：<u>yès</u>

　　ˊ 表示升調：<u>yés</u>

　　ˇ 表示降升調：<u>yěs</u>

| 單豎線 VERTICAL VIRGULE

表示「話語的界線」：（參見 37）

例：| I <u>à</u>lmost phoned then <u>ú</u>p and said | Come a bit <u>lá</u>ter |

3. 基本文法簡稱

S	subject 主詞（參見 705）
V	verb 動詞或 verbal phrase 動詞片語（參見 735）
O	object 受詞（參見 608）
C	complement 補語（參見 508）
A	adverb 副詞（參見 449）
SVO	主詞 + 動詞片語 + 受詞
SVC	主詞 + 動詞片語 + 補語
SVA	主詞 + 動詞片語 + 副詞

PART

1

使用指南

A guide to the use of this book

01

簡介

Introduction

01　常有人說，在溝通式語言教學法（communicative approach）中，文法（grammar）並不重要。但我們認為，溝通能力是多項技能的綜合，而文法正是其中之一。為了強調本書所談的文法與傳統文法書不同，本書接下來會將 grammar 統稱為「語法」：

> 溝通能力包含最起碼的語法能力（*grammatical competence*）、社會語言能力（*sociolinguistic competence*）和溝通策略（*communication strategies*），後者即我們所謂的策略能力（*strategic competence*）。要達到成功溝通，在理論或實務上，並無任何理據支持語法的重要性勝過或亞於其他兩者。溝通式教學法的主要目標，當然是幫助學生整合上述各種知識。為了做到這點，在第二外語的課程中，不應偏重其中一項能力，而偏廢其他能力。（*Michael Canale & Merrill Swain*，《*Theoretical Bases of Communicative Approaches to Second Language Teaching and Testing*》，*Applied Linguistics 1:27*，*1980*）

本書之所以強調語法對口語溝通的重要性有許多原因，以下就四個主要原因作說明：

一、以全新視角看待「語法」

02　我們在寫這本書時，所預設的讀者是程度較好的學生，比方大專院校一年級生。通常，這種學生在國高中已經學了六年英語，對文法已有相當基礎，但實際使用英語的熟練程度可能差強人意。這個現象在我們看來，一部分問題可能是出在：對學校所學的文法感到厭煩。

因此，在 Part 2〈溝通式英語語法〉，我們透過語意、用法和情境，系統整理英語語法，讓讀者從不同角度看待英語語法並從中獲益。我們希望這麼做，能幫助你們提昇英語能力與溝通能力。Part 3〈文法要點 A-Z〉也提供了有關文法的必要資訊，讀者也能把本書當做一般文法工具書。我們在這個部分也提供交叉參考，讓讀者能參照《A Comprehensive Grammar of the English Language》的相關章節，該書為英語文法大全，各位可以在該書找到本書未完整涵蓋的更多文法資訊。

二、以實用角度編排語法

`03`　傳統上的英語文法是依據結構來介紹，這個方式本身有個缺點。舉例來說，照這種編排方式，有關時間的觀念可能會分別出現在動詞時態、時間副詞、表示時間的介系詞片語、表示時間的連接詞與子句這四個地方。對於想學習如何使用一個語言，而非研讀語言結構的學生來說，這種編排方式並沒有什麼用。在**本書中，我們把重點放在「溝通功能」上**，換言之，我們會把相似的溝通概念（比如與時間相關的概念）放在一起說明。

三、語法也包含口語英語

`04`　溝通式教學法的要素之一，就是讓學生能使用並理解口語英語。這種對口語能力的強調有時會受到曲解，以致於一講到溝通式教學法，就只強調口語能力。我們並不認同這種觀點，**「溝通」應該兼指口語和書面語的溝通**。不過傳統文法書多半著重於書面英語，在本書中，我們秉持溝通式英語語法應兼顧口和書面英語。

関於口語和書面英語的語法差異，參見第17-32節。

四、使用語料（corpus data）的真實例句

`05`　文法書所提供的例句常是文法學家自己造的句子，而非實際使用的真實例句。自己造句或許較能清楚說明文法重點，但可能失之

呆板生硬，跟真實的使用情境有段差距，這也難怪一般人會認為文法對溝通式教學法來說沒那麼重要。但我們深信，英語語法對學生來說非常重要，因為語法說明了語言運作的規則，說明語言如何傳遞我們想溝通的訊息。在本書中，我們透過數百句選自英語語料庫的真實例句來說明語法要點，其中以朗文語料庫網絡（Longman Corpus Network）為大宗。不過，語料庫的例句有時需經過簡化，省略與主題無關的部分。自己造句也有它的好處，比如說在需要點出明確對比的時候。本書同時使用真實例句與自行造句，以便清楚說明各項語法要點。

02

本書架構

The way this book is organized

06　本書分成以下三大部分：

- Part 1：使用指南（第 1-56 節）
- Part 2：溝通式英語語法（第 57-434 節）
- Part 3：文法要點 A-Z（第 435-747 節）

為了方便讀者查找資訊，本書在每個主題內容前方標上**節數**，如本內容就是對應到節數 6。節數從頭到尾連貫全書（從 1 到 747）。

Part 1：**使用指南**（第 1-56 節）

07　在 Part 1，我們會說明本書的設計和編排方式，方便讀者理解內容和查找資訊。

首先，書中會用到不同的「標籤」來標示各類英語變體（第 44-56 節）。當我們為了特定目的或情境，選用了某個文法形式或結構，其他沒被選用的結構就是屬於不同「風格」（style）或「變體」（variety），其各自要表達的意思略有不同。溝通式語法的重點之一，就在於「**能根據所處情境做出合適的選擇**」。舉例來說，你在**說話**時選用的語法，多半不同於**寫作**時所選用的文法。即使一樣是寫作，在**非正式**情境下，所選用的文法通常也會和**正式**寫作時不同。因此，在本書中，當我們欲指出某語法形式適合某種情境時，就會使用 口語 、書面 、非正式 、正式 等「變體標籤」來

標示。

此外，本書也會用到口語英語的語法符號。我們多半很熟悉寫在紙上的書面英語符號，像是拼字、標點符號等。但我們要怎麼「透過書面呈現口語英語的特徵」？為此，我們不只需要用符號來表示**母音**和**子音**（參見 43），我們更需要符號來表示跟口語英語密不可分的**重音**（stress）、**語調**（intonation）等功能（參見 33–42）。在 H. E. Palmer 著名的代表作《A Grammar of Spoken English》（第一版，1924）中，他運用語音標記記錄了口語英語的所有特徵，以說明口語英語的語法概念。這個大膽做法，對於糾正當時普遍認為文法就只是對書面語的研究，可說是極具價值。但這麼做，也使得該書的使用難度大為提高，反而使該書想推廣口語語法的理念受到阻礙。有鑑於此，本書盡可能減少使用這種為了解釋語法結構而使用的專有符號，只在有必要了解口語英語語法時才會使用。換言之，本書只會在最低限度使用「音標」、「重音」和「語調」符號。

Part 2：溝通式英語語法（第 57–434 節）

08 Part 2 是本書篇幅最多也是最重要的部分。在這裡，我們透過**說話者**的角度講述英語語法，使這成為本書名符其實的「溝通式英語語法」。本書試圖在篇幅允許的範圍內，盡可能詳細回答以下這個問題：「**如果要在特定情境或語境下表達某個意思，我可以用哪種語法形式或結構？**」

溝通並不是個簡單的過程。為方便說明，我們可以想像有一個四心同心圓，每一圈分別代表不同的意義層次和所呈現出來的語言形式。下圖中由內而外的四個圓圈，分別對應到第二部分的單元 A 到 D。

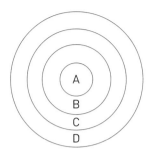

意義的層級	呈現出來的語言形式
單元 A：概念	單字、片語或子句（68-227 頁）
單元 B：資訊、事實和信念	句子（228-278 頁）
單元 C：感受、情緒和態度	語句（279-524 頁）
單元 D：話語中的意義	篇章或文本（525-379 頁）

我們對右欄「呈現出來的語言形式」不必太過死板分類解讀；這個分類主要是要讓讀者了解，意義層級和後方語言形式的關係，但語言形式彼此之間多有重疊（如子句和句子），且其他會影響意義表達的因素也很重要。舉例來說，語調對 B、C、D 三個意義層級的表達都很重要。

單元 A：概念（第 57-239 節）

09　最裡面的圓，也就是第一個圓圈，指的是「觀念或概念上的意義」，也就是最基礎的語意，如定義、數字、數量、時間、方式、程度等。這類字詞說明我們所認識的世界。我們在此層級用到的是比句子更小的語言單位，亦即**「單字、片語和子句（clause）」**。

單元 B：資訊、事實和信念（第 240-297 節）

10　第二個圓圈代表的是「溝通的邏輯層次」。我們延用層級 A 的語言形式，加入我們根據是非對錯的邏輯概念而作出的評斷與回應。我們在提供並接收資訊時也是依循此概念。**陳述句、疑問句與回應句，肯定與否定，可能句與確定句，都屬於這個層級**。我們在這個部分主要討論的語言形式是**「句子（sentence）」**。

單元 C：感受、情緒與態度（第 298–350 節）

11 第三個圓圈牽涉到「溝通的社會層面」，也就是進入實際的溝通層面，將語法對應到說話者和聆聽者的**態度**及**行為**。對說話者來說，語言可以表達態度和情緒，也是達成社交目標的手段。對聆聽者來說，語言可以控制或影響他們的行動和態度。這裡所謂的「控制」，就是說話者透過命令、要求、建議和承諾等言語行為來達成。雖然這裡也會用到層級 B 的語意邏輯層面，但說話者為了執行不同的**社交功能**，層級 B 的句子可能因此被加入主觀元素，意義因而被放大或扭曲。因此，在邏輯層面，提出問題是為了獲得客觀資訊，以決定是非真偽。不過，一樣的問題在層級 C 則會**根據實際的溝通情境跟目的而改變**，例如我的目的是用疑問句「提供好處」：

> *Would you like some more?*
> 要不要再來一些？

或用疑問句「提出建議」：

> *Why don't you come with me?*
> 要不要一起來？

或用疑問句「表達強烈情緒」：

> *Wasn't it a marvelous play?*
> 這齣戲是不是棒極了？

因此，我們在這個層級要討論的語言單位是「**語句**」（utterance），對應的形式單位可能是句子，也可能不是。

單元 D：話語中的意義（第 351–434 節）

12 第四個圓圈討論的是「溝通內容的組織方式」，也就是：**我們如何組織想法？**我們應該用何種順序與方式將語句串連起來，以達到最合適或最有效的溝通？面對這些考量，語法其實提供了很大彈性供我們選擇。這個層次的語法使用，考量的是「**上下文**」

（context），也就是篇章內容之前和之後的部分。光是將句子獨立來看是不夠的，因此這個單元討論的是「**上下文**和**篇章**（discourse）」。

第 23 頁的四個圓圈，由內到外分別表示了從語意最受限也最精細的部分，到最廣泛包含一切的理解進程。本書第二部分便是以此同心圓作為章節架構。但我們也沒有死守此結構，若如此做，不同單元的內容便會有許多重複而造成不便。舉例來說，在討論「表達情感」的語法時（對應單元 C），我們便直接從情感的**表達**談到情感的**描述**，儘管有些人可能認為後者應該放在意義的概念層級（單元 A）會更自然。而我們在編排內容時的優先考量，是將「相關的溝通功能」集中在一起討論。

Part 3：文法要點 A-Z（第 435-747 節）

13　若說第二部分是本書有關「溝通」的部分，第三部分就是補足其不足之處。除了了解語法的溝通功能之外（第二部分），我們也必須了解溝通時所需仰賴的文法結構功能（第三部分）。這兩部分在很大程度上是各自獨立的，因此本書也分開討論。第三部分的文法要點按字母順序排列，一方面讓讀者方便查找，另一方面若學生對文法用語（如關係子句、片語動詞）的意思還不熟悉，也可以輕鬆找到說明。

交叉參照系統

14　對一本討論英語語法的工具書來說，參照架構相當重要。本書提供大量的交互參照，根據不同分類提供不同參照：

- 參照「文法用語」，如：代名詞
- 參照「功能或語意」，如：比例、女性人稱
- 參照「語言變體」，如：口語、美式

如此一來，讀者便能根據需求，輕易找到本書的各類資訊。

03

英語的各種變體

Varieties of English

15　要正確使用語言，就必須了解語言的語法形式、結構以及語意。這些正是第二和第三部分所討論的主題。但我們還必須了解在特定情境下合適的語言形式，因此，接下來你會看到 口語 vs 書面 、 美式 （美式英語）vs 英式 （英式英語）、 正式 vs 非正式 、 禮貌 vs 親近 等「變體標籤」。這些標籤是在提醒讀者，英語在某種意義上不只是一種語言，而是分屬不同地理區域與使用情境的多種語言集合。書面英語和非正式口語英語有些地方不同，美國所用的英語和英澳等地的英語也不盡相同。當然，本書講述英語語法時，有時不得不忽略較不重要的差異。若想深入了解各種變體，可前往索引參照該變體的標籤條目。

共同核心

16　對學習者來說，幸運的是，英語的許多功能性在（幾乎）所有變體中都可以找到。我們將這些共同功能稱為「共同核心」（common core）。以 children、offspring 和 kids 這三個字為例，children 是這三者中的「共同核心」詞彙，offspring 通常出現在比較正式的場合（且可用來表示動物和人），kids 則可能出現在非正式或較親近的情境。不確定的時候，最安全的做法就是使用「共同核心」詞彙，所以 children 會是最常用的字。但是，了解英語也包括了解

什麼情況下可以使用 offspring 或 kids。讓我們從語法角度再看一個
例子：

[1] **_Feeling tired_**, _she went to bed early._ 非常正式
   疲累不堪的她早早就寢了。

[2] **_As she felt tired,_** _she went to bed early._ 核心表達
   她覺得疲累，所以很早就睡了。

[3] **_She felt tired, so_** _she went to bed early._ 非常不正式
   她覺得很累，早就睡了。

例句 [2] 是這三者的「共同核心」結構，可以用在口語中，也可用
在書面中。例句 [1] 頗為正式，通常用在書面語。例句 [3] 則很不
正式，通常出現在輕鬆的對話中。

04

口頭與書面英語的比較

Grammar in spoken and written English

不同的傳遞系統

17 英語和其他許多語言一樣,透過兩種管道溝通:口頭語和書面語。這兩種管道各自使用不同的傳遞系統;口頭語透過聲波傳遞,由發聲器官發出,聽覺器官接收。書面語則是以字母和視覺符號傳遞,經由手寫產出,透過閱讀接收。良好完整的溝通能力應該包括四種技能:

- 說與寫(產出)
- 聽與讀(接收)

口語英語和書面英語的語法並無不同,只不過在實際使用上稍有不同。為了培養完整的溝通能力,我們會在本書中指出這兩類英語在語法應用上的不同之處。

本書想研究這兩套傳遞系統如何影響口語與書面英語的用法。我們對口頭語和書面語同樣重視,不過當你在書中看到語調符號(參見 33)或對話例句時,很顯然就是指口語英語。

口語轉瞬即逝,而寫作永恆存在

18 一般來說,**口頭英語稍縱即逝**,隨著時間出現,然後消失無蹤,除了可能會記得的內容之外,什麼痕跡也不會留下。人的記憶有

限，記得的內容通常只留下大意，或某些有趣的部分，而且這段記憶長度通常只會持續一段時間。另一方面，書面英語則需要較長時間產出，可以反覆閱讀許多次。換言之，**書面英語**留下的是**永久紀錄**。此外，書面英語通常都是以公開發表為目的，如印刷書籍和雜誌，讓數百萬現在的讀者閱讀，甚至流傳給後人閱讀。

英語在這兩種表達形式上的差異，也影響我們使用這兩種溝通的方式。口語英語需要快速、幾近同時的產出及理解。而在書寫時，我們通常有餘裕可反覆修改、檢查和重寫。同樣地，閱讀書面英語時，我們也可以一讀再讀，仔細思量並和他人討論。

19 在即興發生的口語英語中，我們沒有時間事先準備好要說的內容，而是邊說邊想。以下的英式口語英語便是這樣的例子（短破折號「–」表示無聲的停頓）：

> *Well I had some people to lunch on Sunday and – they turned up half an hour early – (laughs) – I mean you know what [g] getting up Sunday's like anyway and – I'd – I was behind in any case – and I'd said to them one o'clock – and I almost phoned them up and said come a bit later – and then I thought oh they've probably left by now – so I didn't – and – twelve thirty – now that can't be them – and it was – and they'd they'd left plenty of time for all their connections and they got all their connections at once – and it was annoying cos they came with this – child – you know who was running all over the place and they kept coming in and chatting to me and I couldn't get on with things and I I get really erm – you know when when I'm trying to cook – and people come and chat I I get terribly put off – can't get on with things at all erm – and yet you feel terribly anti-social if you you do just stay in the kitchen anyway.* 英式 口語

嗯我星期日約了一些人一起吃午餐那 – 他們早到了半小時 –（笑）– 我是說你知道星期日 [起] 起床是什麼感覺那 – 我呢 – 反正我就遲到了 – 那我是跟他們約一點 – 然後我幾乎要打電話跟他們說會晚點到 – 然後我想喔搞不好他們現在已經走了 – 所以我沒有 – 然後 – 十二點半 – 現在該不會是他們來了吧 – 還真是 – 而且他們他們還有大把時間可以聊聊近況，他們也馬上就大聊特聊起來 – 而且很煩因為他們來還帶著這個 – 小孩 – 你知道小孩子到處跑，而且他們一直跑來跟我聊天，害我不能做事，而且我我真的呃 – 你知道我要煮東西的時時候 – 有人

來跟我聊天讓我我沒辦法做事 – 什麼事都做不了呃 – 然後反正如果你你都只待在廚房，你會真心覺得反社會。

這段錄音內容聽的時候很自然，也很容易聽懂。但是，如果像這樣把對話抄錄下來，讀起來就變得支離破碎、結構鬆散且難以閱讀。從實際對話節錄下來的這段內容，我們可以注意到，**非正式話語中常見的幾個典型特徵：**

- **無聲的停頓**（以短破折號 – 表示）：

  they've probably left by now – so I didn't – and – twelve thirty – now that can't be them – and it was – and

- **有聲的停頓**（用 erm 表示）顯示說話者的遲疑：

  and I I get really erm – you know when when I'm trying to cook

- **複誦：**

  I I、*when when*、*they'd they'd*、*you you*

- **誤始**（false start）：說話者可能還沒說完一句話，或忘了要說的話，而把兩種文法結構混用在一塊：

  I mean you know what [g] getting up Sunday's like anyway and – I'd – I was behind in any case and I I get really erm – you know when when I'm trying to cook – and people come and chat I I get terribly put off

- **言談標記**（discourse marker）：我們在說話時，常會使用贅詞或固定短語（如 you know、you see、I mean、kind of、sort of、like、well、now）來表示我們對談話的投入，並同時繼續對話，或只是表示我們還要繼續說下去。這段節錄內容一開頭的 well 就是典型用來「表示新的開始」的用法（參見 353），第二行的 I mean 也是這類型的例子。

- **縮寫：**如表示否定的 not（didn't）、動詞形式的縮讀字（如 I'm、I'd、they've），以及將 because 縮短為 cos。

在下一節，我們會說明為什麼這些特點在口語英語中這麼常見。

口語英語：有互動的對話與零互動的演說

20 口頭語是所有語言中最廣泛使用的形式，其中又可細分為多種變化，但我們在本書中只挑出口語英語中兩種主要用法。第一種也是顯然最常用的是「**對話**」，也就是兩個以上的人輪流發言，可以是面對面，也可以透過電話或電腦等裝置。對英語學習者來說，這種非正式的對話是需要特別學習的，因為對話是日常最常用到的口語類型。此外，對話都是即興自然發生，無法事先準備。

第二種類型是一個人對著聽眾說話，聽眾只聽但不回話。相較於對話這種私下談話形式，我們將此類型稱為「**公開演說**」。對話通常是**有互動**的，公開演說則較少互動，或甚至**零互動**。公開演說可說是介於對話和書面英語之間的形式，因為演說內容可以（且通常會）事先寫下，然後再向聽眾大聲誦讀。諸如授課演講、廣播節目和電視新聞播報等，我們都將其歸類為公開演說。下圖顯示英語的不同使用方式，也可看出口語英語和書面英語的關係，並非絕對涇渭分明。整體來說，越上方的語言變體互動性越高，越往下互動性越低。

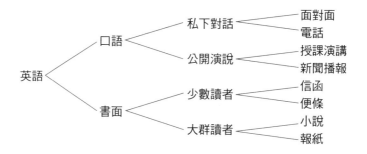

對話中的合作關係

21 在對話中，說者可以問聽者「你懂我的意思嗎？」來確認對方是否了解，聽者也可以問說者「這麼說是什麼意思？」要求對方詳加說明。但在書面英語中，作者和讀者間就沒有這樣直接的互動。

公開發表的書面內容（例如報紙、期刊和書籍），更是連讀者是誰都不知道。這點使口頭語有個優勢：**我們可以即時獲得回饋**，確認對方是否了解或確實接收到訊息。這種回饋可以是口頭上的（如說 yes、uhuh、I see），也可以是非語言的（點頭、挑眉等動作）。

不過，對話通常不僅限於傳達和接收資訊。可以說，對話其實是種社交形式。**參與者互相合作**就是對話的基本特色。對話中存在著**施與受的過程**，並表現在多種不同方面。

22　參與者互相合作的方式之一是**輪流發言**（turn-taking），也就是參與者輪流擔任說話者的角色。以下這段英式英語的對話，是節錄自一位女孩 A 向她的女性朋友 B 講述她在西班牙度假的愉快時光：

> A: but it's so nice and relaxed down there I mean compared with London I mean I I I I – I found myself – going into shops and people smiled at you and I – I was quite taken aback genuinely I mean I
> B: m m
> A: erm you know the feeling you you you you
> B: yes one asks oneself if you're putting on this deadpan face you know
> A: yes
> B: yes
> A: and these people smile and you – well you don't know how to react at first because it's so strange
> B: yes I felt that in Scotland – yes (laughs)

> A：但是在那真是舒服又放鬆，我是說跟倫敦比起來，我的意思是我我我我 – 我發現自己 – 走進店裡別人會對著你笑，然後我 – 這真的讓我大吃一驚，我是說我
> B：嗯嗯
> A：呃你知道那種感覺就是你你你你
> B：嗯你會自問自己是不是擺出一張面無表情的臉，你知道
> A：沒錯
> B：對
> A：然後這些人笑容滿面，然後你 – 嗯一開始你不知道怎麼反應，因為這太陌生了
> B：對我在蘇格蘭時也是這種感覺 – 對（笑）

流暢的對話有個特點，就是整體有合作以及和諧感。像 you know 和 I mean 這類的短語是在尋求理解和同感，yes 和 m m 則是表達

對說話者的興趣和支持。多次的複述，例如 I I I I 和 you you you you，則可感受到這個女孩說她的故事時的激動情緒並試著保留自己的對話發言權。

23 參與者的合作有很大一部分須歸功於**言談標記**的使用，言談標記也稱為**互動符號**（interactional signal）、**言談助詞**（discourse particle）、**應答詞**（backchannel）和**插入語**（insert），也就是口語英語中常用的字詞和用語。以下列出英語對話中常見的互動語。以下依據從「僅作為互動功能」（最具對話特色）到「帶有互動功能」（較合乎文法，在公開演說和書面英語也很常用；參見 249）的程度將其分為三類：

- **僅作為互動功能**：ah、aha、gosh、hm、mhm、oh、quite、uhuh、yes、yeah、yup
- **大部分為互動功能**：I see、I mean、I think、no、please、OK、that's OK、right、all right、that's right、that's all right、well、sure、you know、you see
- **帶有互動功能**：absolutely、actually、anyway、certainly、honestly、indeed、in fact、maybe、obviously、of course、perhaps、probably、really

以上用語很常出現在母語人士的對話當中，因此對英語學習者來說，盡快熟悉這些用語、並在不同情境正確使用是很重要的。互動式用語傳達的資訊或許不多，但它們能讓我們知道，**說話者對聽者和談話內容的態度**。

口語英語的語法特徵

- **附加問句（tag question）**：附加問句是對話常見的典型文法（更多資訊請見 684），可分為兩種類型：

  肯定 + 否定：We've **met** before, **haven't** we?
  我們以前見過，對嗎？

  否定 + 肯定：We **haven't met** before, **have** we?
  我們以前沒見過吧，有嗎？

附加問句能完美滿足對話者互相合作的需求以及輪流接話（turn-shift）。例如以下是一個剛開啟交談的對話範例，說話者先說了一些內容（如 It was a couple of years ago.），然後尋求聽話者的回應（wasn't it?）：

> A: We've met before, haven't we?
> B: Yes, we certainly have. It was a couple of years ago, wasn't it?
> A: Oh yes, now I remember: at the Paris exhibition. How are you these days?

> A：我們以前見過，對嗎？
> B：對啊，沒錯。已經是好幾年前了，不是嗎？
> A：喔對，我現在想起來了，是在巴黎的展覽。你近來好嗎？

25

- **省略**：在某些情況下，句子的部分內容可以省略，例如：

> Hope you're well. ~ I hope you're well.
> 希望你一切都好。

> Want a drink? ~ Do you want a drink?
> 要喝一杯嗎？

> Better be careful. ~ You/We'd better be careful.
> 你／我們最好小心點。

> Sounds fine to me. ~ That sounds fine to me.
> 我覺得不錯。

這種類型的省略稱為「句首省略」（initial ellipsis），是非正式對話的另一項特點，對於在互相合作的社交環境中營造輕鬆一點的氣氛很有幫助。

26

- **對等連接和從屬連接**：對等連接（參見 515）子句是口語英語的特色之一：

> [1] Hurt yourself? Okay, just rub it a little bit **and** then it will be okay.
> 你受傷了？好，只要稍微揉一揉，這樣就沒事了。

在這個句子裡，and 表達的是一個條件，相當於從屬子句中的 **if**（參見 709）：

> **If** you just rub it ... it will be okay.
> 只要揉一揉…這樣就沒事了。

但是，如果你以為口語中不會用到從屬子句，那就大錯特錯了。事實上，if 子句（參見 207）用在對話中比在書面還多：

> [2] Yeah but **if you talk to Katie and Heather** you will get a different story.
> 是啦，但如果你跟凱蒂和海瑟聊過，你聽到的又會是另一回事。

另一種在對話中更常見的從屬子句是 that 子句（參見 712），尤其是直接省略 that 的時候，如例句 [3]–[5]：

> [3] I don't think **you can do that.**
> 我覺得你做不了。

> [4] I suppose **I do.**
> 我想我是。

> [5] I said **you can have anything on the table**, okay?
> 我說桌上的東西都可以吃，知道嗎？

例句 [2] 中，我們看到**對等連接詞 but 出現在句子或語輪（turn）的開頭**，以接續前一個語輪所說的內容。同樣地，這也是口語中極具代表性的特點：

> [6] A: Horses love carrots yeah...
> 馬兒愛吃紅蘿蔔…
>
> B: **And** horses love apples too.
> 而且馬兒也愛吃蘋果。

例句 [6] 中，對等連接詞 **And** 也是出現在句子和語輪的一開始。這和嚴謹的書面英語很不一樣，在書面英語將對等連接詞擺在句首會被認為是「很差勁的文法」，通常會盡量避免。例句 [6] 的對等連接詞用法在口語很常見，但一般在書面英語中，**對等連接詞會用於連接單字或短語，而不是連接子句或句子：**

*Horses love **apples and carrots**.*
馬兒愛吃蘋果和紅蘿蔔。

總的來說，書面英語常將對等連接詞用於單字和短語層級，口語則較常將對等連接詞用於子句層級。

27 • **限定子句**：在書面英語中，我們使用非限定子句和無動詞子句（verbless clause，^{參見}494）做為副詞和修飾語，如以下這個例句：

When fit, a Labrador is an excellent retriever. 相當正式 書面
拉不拉多只要夠壯，也可以是很優秀的獵犬。

這種結構不太可能出現在非正式口語中，**口語英語習慣使用限定子句**，如：

~ A Labrador is an excellent retriever if it's fit. 非正式 口語
~ If a Labrador's fit, it makes an excellent retriever. 非正式 口語

其他像這樣的例句還有：

Lunch finished, the guests retired to the lounge. 相當正式 書面
用完午餐後，客人就到客廳去了。
~ They all went into the lounge after lunch. 偏非正式 口語
他們吃完午餐後就去客廳了。

Ben, knowing that his wife was expecting, started to take a course on baby care. 相當正式 書面
班一知道太太懷孕，就開始去上嬰兒照護課程。
~ Ben got to know his wife was expecting, so he started to take a course on baby care. 非正式 口語

Discovered almost by accident, this substance has revolutionized medicine. 相當正式 書面
意外發現的這項物質，革命性影響了醫學界。
~ This stuff – it was discovered almost by accident – it's made a really big impact on medicine. 非正式 口語
這個東西近乎意外地被發現後，對醫學界造成非常大的影響。

`28` • **指標詞**：整體來說，比起書面英語，口語英語的句子語法比較簡單，結構也沒那麼嚴謹。在書面英語，我們通常會用**指標詞**（signpost）或**轉折詞**（linking signal，參見 352）來指示段落結構，像是：

> *firstly* 首先、*secondly* 第二、*finally* 最後、*hence* 因此
> *to conclude* 總而言之、*to summarize* 總地來說、*e.g.* 諸如此類
> *viz.* 換言之

這類用詞不太會出現在非正式的對話，否則聽起來會太生硬，像事先準備的講稿。如果要在對話中帶出新主題，會用下列用語：

> *the first thing is* 第一件事情是、*and so* 所以
> *in other words* 換句話說、*all the same* 仍然

例如：

> *well – you know – the first er – thing that strikes me as odd about this whole business is – for example that...* 非正式 口語
> 嗯 – 你知道 – 整件事呢 – 最開始讓我覺得不對勁的是 - 比如說…

`29` • **縮讀字**：當助動詞 do、have、be 和部分情態助動詞加上 not 時，我們可以選擇是否縮讀（參見 582）：

do not ~ don't	*does not ~ doesn't*	*did not ~ didn't*
have not ~ haven't	*has not ~ hasn't*	*had not ~ hadn't*
are not ~ aren't	*is not ~ isn't*	*could not ~ couldn't*
were not ~ weren't	*was not ~ wasn't*	*should not ~ shouldn't*

未縮讀的形式（或稱完整形式）通常用於書面英語，尤其是正式情境；縮讀形式則常用於口語對話，但也可能出現在非正式的書面內容。有些字詞可能不只一種縮讀方式：

> *I **have not** seen the film yet.* 書面
> *I **haven't** seen the film yet.* 口語
> *I**'ve not** seen the film yet.* 口語
> 我還沒看過那部電影。

在本書中，我們會繼續說明非正式口語和正式書面英語中不同的結構用法，如**假設語氣**（參見 706）和**被動語態**（參見 613）。

拼字跟發音的不同

30 在書面英語中，我們會將單字加上詞尾以反映出拼字變化（參見 700），像是：

- 拿掉一個字母再另外加上兩個字母，例如加上字尾 s：

  *they **carry*** 須改成：*she **carries***

  *a **lady*** 須改成：*several **ladies***

- 拿掉兩個字母再另外加上一個字母，例如加字尾 ing 時：

  *they **lie*** 須改成：*they are **lying***

- 額外多加字母，例如加字尾 s 或 er 時：

  *one **box*** 須改成：*two **boxes***

  *they **pass*** 須改成：*she **passes***

  *a **big** spender* 須改成：***bigger** spenders*、*the **biggest** spenders*

- 刪掉字母，例如加 -ing 或 -ed 時：

  love 須改成：***loving**、**loved***

書面英語之所以會有這些拼字規則，通常是為了**反映這些詞尾變化的正確發音**。請注意看以下這組對比：

音標標示請參見 43。

hope /hop/ ~ *hoping* /hopɪŋ/ ~ *hoped* /hopt/

hop /hɑp/ ~ *hopping* /hɑpɪŋ/ ~ *hopped* /hɑpt/

英式 英語和 美式 英語在拼字上有些不同：centre/center、levelled/leveled 等（參見 703），在發音上也略有不同，**不過其發音規則與拼字之間並無關聯**，比方 colour/color 的發音分別為 / ˋkʌlə/ 、/ˊkʌlɚ / 。

拿複數型為規則變化的名詞來說，複數所有格 boys' 和單數所有格 boy's 在拼字上的不同與複數 boys 的不同，並沒有反映在發音上，都念作 /bɔɪz/（參見 664）。

口語英語的書寫方式

31　在有些以書面表達口說英語的內容中，例如漫畫和小說，我們常會看到 **got to** 或 **gotta**（念成 /ˈɡɑtə/）用來表達書面英語中的 **have got to**：

> *You **gotta** be careful with what you say.* 非標準書面
>
> *You**'ve got to** be careful with what you say.* 書面
> 你要注意你說的話。

同樣地，**gonna**（念成 /ˈɡɑnə/）也常用在書面英語中，表示標準書面語的 **(be) going to**，例如：

> *What (are) you **gonna do** now?* 非標準書面
>
> *What are you **going to do** now?* 書面
> 你現在要怎麼辦？

這種用非標準書面英語呈現口語英語的方式，反映出日常口語中**弱化母音**和**省略子音**的現象。不過，書面英語很少會出現這種簡化的發音現象，以下句為例：

> *They could have gone early.*
> 他們早早就走了。

could have 常發成 /ˈkudə/ 的音，但即使是在最隨意的口語英語中，也極少看到 **coulda** 這個非標準書面英語用法。

書面標點符號 vs. 口語語塊

32　拜教育之賜，我們對書面英語的結構已經很熟悉，但口語英語的結構較難觀察和學習。書面英語以句子為單位，但若要將對話內容（如第 19 節的對話節錄）切割成句，通常沒那麼容易。

一部分的原因，是因為對話的間斷多是仰賴聽者自己對情境的理解，或是當聽者出於聽不懂打斷說話者才出現。此外，說話者也可以靠語調的抑揚來傳達許多書面標點符號無法傳達的資訊。

- **書面英語的標點符號**：句子以大寫字母開頭，以特定標點符號（. ? !）結尾，讓我們很容易可以看出斷句。在句子中，我們還可以靠逗號（,）、破折號（–）、冒號（:）和分號（;）來辨別子句和片語。

- **口語英語的語塊**（chunking）：談話中不會說出也聽不到標點符號，但我們可以用其他方法來表達說話時哪些話語同屬一個單位。一段談話內容可分成好幾個**聲調單位**（tone unit，參見37）。聲調單位通常比句子短，平均 4 到 5 個字，有各自的語調升降曲線。一個聲調單位中會有一個重音最重的字，就是**語調核心**（nucleus，參見36）。書面英語的標點符號和口語的聲調單位無法完全對應。口語的結構變化比書面英語要更為多樣。要將談話內容分成一個個的聲調單位，須仰賴說話者的語速、對某訊息的強調，以及文法單位的長度。

更多語調請參見 33、397。

- **修飾句子的副詞：**（如 evidently、naturally、obviously，參見461）口語英語中，修飾句子的副詞後方常是斷句處（以豎線 | 表示），與句子的其他部分區隔開來。書面英語則是以逗號區隔。試比較以下兩句：

    | ***Obviously*** | *they expected us to be on time* | 口語
    Obviously, *they expected us to be on time.* 書面
    顯然他們預期我們會準時抵達。

- **非限定同位語：**（參見471）口語英語中，非限定同位語通常自成一個聲調單位，書面英語則是以兩個逗號表示出來：

    | *Dr Johnson* | ***a neighbour of ours*** | *is moving to Canada* | 口語
    Dr Johnson, ***a neighbour of ours,*** *is moving to Canada.* 書面
    我們的鄰居強森醫師即將搬去加拿大。

- **插入語：**口語英語中，插入語也是獨立自成一個聲調單位，在書面英語中則是以逗號與其他子句隔開：

更多評論子句請參見 499。

| **What's more** | *we'd lost all we had* | 口語
Moreover, *we had lost all we had.* 書面
此外，我們已經失去了一切。

更多英語正式
層級請參見
45。

統整一下，我們可以發現本書中標記 非正式 的句子多半出現在到 口語 中， 正式 的內容則比較可能出現在 書面 。

05

語調

Intonation

33 如果想更全面了解英語文法，就必須對英語語調（intonation）有些認識，因為語調在說明文法差異時有很重要的功用，像是直述句與疑問句的不同。舉例來說，用下降的語調念 They are leaving. 就是個直述句，但若用上升的語調念就是疑問句：

> 下降語調為直述句：| *They are lèaving* |
>
> 上升語調為問句：| *They are léaving* |

在此，我們將重點放在對文法有顯著影響的重音和語調上，因此本書會對重音和語調用符號標示出來。其他相關符號跟代表的功能還有：

- **重音**：以***斜體加粗體***表示（參見 34）：

***o**ver*	重音在第一音節
*ana**ly**sis*	重音在第二音節
*transfor**ma**tion*	重音在第三音節

- **聲調單位**：聲調單位的分界以豎線（ | ）表示（參見 37）：

    | *The task seemed difficult* |

- **語調核心**：即聲調單位的重音所在，以畫底線來表示（更多內容參見 36）：

    | *The task seemed dìfficult* |

- **聲調**：可分為降調、升調或合併升降的聲調。在本書中，最重

要的聲調為以下三種（更多內容請參見 38）：

表示**降調**：ŏbviously

表示**升調**：óbviously

表示**降升調**：ŏbviously

重音

34 重音（stress）是英語節奏的基礎。在連續的話語中，我們可以透過一連串的**重音**音節感受到英語的節奏。在兩個重音音節之間，可能會有一或多個非重音音節。以下例句中，重音音節會以***粗體加斜體***標示，非重音音節則沒有任何標記：

I'll **ring** you on the **way** to the **air**port.
我在機場路上會打電話給你。

It went **off smooth**ly that **long meet**ing of the ex**ecu**tive com**mit**tee.
長時間的執行委員會會議進行得很順利。

也就是說，這些音節要**重讀**。

擺放重音位置的規則，或是說需要強調的音節如下：

- 主要詞類（即名詞、動詞、形容詞與副詞，參見 744）的單音節字。
- 主要詞類中，多音節單字的重音音節，如 *smooth*ly、*air*port、com*mit*tee。

不需重讀的音節則有：

- 非重要詞類（參見 745）的字，如介系詞、代名詞、冠詞。
- 多音節單字的非重音音節，如 smooth*ly*、air*port*、*com*mit*tee*。

35 多音節單字的重音該放在哪個音節，並無規則可循。從以上舉例我們可以看出，每個字的重音各有不同，airport 的重音在第一音節，committee 在第二音節，transformation 則在第三音節。此外，

句子的前後文、欲強調的重點、說話的速度等，也會影響重音的位置，所以上述規則也不是全無例外。

值得注意的是，介副詞（prepositional adverb，仍然屬於副詞，參見 660）屬於主要詞類，因此會有重音，而單音節介系詞則通常沒有重音。試看以下兩句對比：

> *in* **當介系詞時**：*This bed* has *not* been *slept* in. 這張床沒有人睡過。

> *in* **當介副詞時**：*The* injured *man* was carried *in*. 傷者被抬了進來。

介系詞動詞（prepositional verb，參見 632）中的介系詞，與片語動詞（phrasal verb，參見 630）中的介副詞，也可看到相同對比：

> *rely on* 當介系詞動詞：*She's* relying on our *help*. 她仰賴我們的幫助。

> *put on* 當片語動詞：*She's* putting *on a* new play. 她正參與演出一齣新戲。

但介副詞也有可能不放重音：

> *Make* up your *mind*!
> 下定決心吧！

本書例句除了有說明必要之外，不會特別標出重音。

語調核心

36 一句話裡頭的所有重音音節並非同等重要，有些重音音節的重要性高於其他音節，也就是所謂的**語調核心**（nucleus），即語調的焦點。語調核心是**特別強調的音節**，以表示一句話裡頭主要音高上揚或下降的所在。我們用以下例句來說明音高的變化：

> *She's going to the States.*
> 她要去美國。

我們用箭頭來表示語調核心的音高變化：

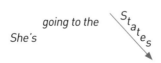

在此例句中，語調核心顯示本句音高在 States，接著一路下降到句尾。在本書例句中，由於語調核心本身一定有重音（如 States 一字本身的第一音節就是重音所在），因此前面不會再加上重音符號。我們只會以底線來標示語調核心，其他重音音節則不另外標示，也就是：

> She's going to the <u>States</u>

聲調單位

英語語調的基本組成是聲調單位（tone unit，也有語調單位、資訊單位和語塊等其他說法），聲調單位是包含一個語調核心在內的一串字詞，其中也包含其他重音音節，這些音節通常會在語調核心之前。聲調單位的界線以豎線（|）表示：

> | She's going to the <u>States</u> |

例句的一整句剛好自成一個聲調單位，但一般句子通常不會只有一個聲調單位。一句話有幾個聲調單位取決於句子的長度，以及不同部分加重強調的程度。以下這句話：

> This department needs a new <u>chairperson</u>
> 這個部門需要新的主任

一般只會有一個聲調單位：

> | This department needs a new <u>chairperson</u> |

但也可以念成兩個聲調單位：

> | This <u>department</u> | needs a new <u>chairperson</u> |

此處多出來的語調核心 this 是為了強調是「這個」部門，而非其他部門。下面這句例句的念法則可有一個、兩個或甚至三個聲調單位，如下所示：

| *This is the kind of pressure that it's very difficult to re<u>sist</u>* |
| *This is the kind of <u>pressure</u>* | *that it's very difficult to re<u>sist</u>* |
| *This is the <u>kind</u>* | *of <u>pressure</u>* | *that it's very difficult to re<u>sist</u>* |
就是這種壓力叫人難以招架

一般來說，只有在特別需要說明時，我們才會在例句標註聲調單位界線，其他情況則予以省略。

聲調

38　所謂「聲調」(tone) 是指發生在語調核心的音高變化。英語中最重要的三種聲調，也是唯一需要分辨的三種分別為：

降調：	t<u>ò</u>wn	*Chàucer*	| *What's the name of this t<u>ò</u>wn?* |
升調：	t<u>ó</u>wn	*Cháucer*	| *Are you going to t<u>ó</u>wn today?* |
降升調：	t<u>ǒ</u>wn	big t<u>ó</u>wn	| *I can't allow you to do th<u>ǎ</u>t.* |

這些句子也可以下列方式呈現：

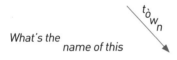

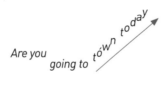

以下依聲調單位順序，再舉兩個例子說明不同的聲調：

| *It's not like a lecture on Cháucer* | *or Éliot* | *or something of thàt kínd* |
這又不是像關於詩人喬叟、艾略特等等之類的講課。

| *Our chair is very str*`ò`*ngly of the opinion* | *that we* `à`*ll ought to go on* *t*`é`*aching* | *to the end of t*`è`*rm.* |

我們的主席堅決主張，我們全都應該繼續教到學期結束。

語調核心的聲調會影響同一聲調單位中後面其他字的音高：

- 在**下降語調**之後，聲調單位中其他字的音高都維持低平調：

  (Ann is getting a new job,) | *but she hasn't t*`ò`*ld me about it.* |
  （安找到了新的工作，）但是她還沒有跟我說。

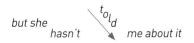

- 在**上升語調**之後，聲調單位中其他字的音高都持續上揚：

  (Ann is getting a new job.) | *Has she t*`ó`*ld you about it?* |
  （安找到了新的工作。）她跟你說了嗎？

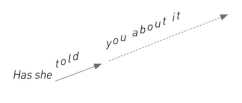

- **降升調**的音高是先降後升。如果語調核心是聲調單位的最後一個音節，核心音節這一個音節會同時出現降調和升調。反之，如果語調核心不是最後一個音節，語調核心之後的字會是上揚的聲調。試比較以下例句：

但這不是他的錯 ⎫
我知道他犯了錯 ⎬，但他說了他很抱歉。
但他不是故意的 ⎭

我們可以用符號來表示這三種聲調：

| but it wasn't his fǎult. |

| but he said he was sǒrry. |

| but he didn't mèan to dó it. |

當降升調的上揚部分延伸到語調核心之後的重音音節（如最後一個例句），我們表示降升調的方式是把降調符號擺在語調核心，把升調符號擺在後面的重音音節。

各種聲調所代表的語意

39　我們很難用能概括全部的說法來說明聲調要傳達的語意。簡單來說，「降調」傳達一種「肯定」、「完成」、「獨立」的意思。因此，**直述句**通常是以降調結尾，因為它表達的是說話者很肯定的事實，帶有「言盡於此」的意思：

| In this lecture I want to enlarge on the relation between grammar and lèxis. |
在這一堂課，我想要進一步詳述文法和詞彙的關係。

40　**「升調」傳達的則是「不肯定」、「未完」或「依附」的概念：**

- **yes-no 問句**（參看 682）中，因為說話者對自己所問的內容並不確定，所以這類問句通常是上揚的聲調：

| Can I hélp you? | 需要幫忙嗎？

在 yes-no 疑問句中常會聽到上揚的語調，因此這種語調也常稱為「疑問語調」（question-intonation）。不過，大部分的 wh- 問句則是下降語調（參看 683）。試比較以下兩個問句的聲調：

yes-no 問句： | Don't you líke working here? | 你不喜歡在這工作嗎？

wh- 問句： | Why are you lèaving? | 你為什麼要離開？

- 文法結構為**直述句問句**，得靠說話時上揚的語調來表達疑問語氣（參看 244、696）：

  | You got home sáfely then? | 你之後有平安到家嗎？

- 由於整理思路（參看 353）而**重開一個新的句子時**，也會使用上揚的語調：

  | Wéll | what do you suggest we do nòw? |
  那麼，你建議我們現在怎麼做？

- 直述句中的**附帶說明**和**附屬資訊**，也常用上升的語調，因為這些資訊本身並不完整，必須靠主要的陳述內容才能完全了解意思：

  | If you líke | we can have dinner at mỳ place tonight. |
  如果你願意，我們今晚可以在我家吃晚餐。

- 表示**鼓勵**，或「**表示禮貌的**」拒絕、命令、邀請、打招呼、道別等情況，通常都會用上揚的語調：

  A: | Are you búsy? |　　你在忙嗎？

  B: | Nó. | (Please interrupt me if you wish) **Do** sit dówn. |
  　　不忙。（如果你有事，我不介意被打斷。）請坐。

這裡的 No 如果使用下降的語調（Nò），則表示話已說完，聽起來就不太禮貌。

41 **降升調**融合了降調表示「確切肯定」的含意，以及升調表示「依附、未完成」的意思。**降升調若出現在句尾，通常有「語帶保留」的意味**，既表示肯定，同時也暗示還有未說出口的言外之意。這樣的語調通常暗指某種「**對比**」：

  | That's not mỳ signature | (it must be somebody else's)
  這不是我的簽名（暗示這一定是其他人的。）

  A: | Do you like póp music? | 你喜歡聽流行音樂嗎？
  B: | Sǒmetimes, | (but not in general) 偶爾會聽，（但大多時候沒在聽）

A: | *Are you búsy?* | 你在忙嗎？
B: | *Not re̯ally.* | *(Well, I am, but not so busy that I can't talk to you)*
　　還好。（我是在忙，但不至於忙到不能跟你說說話）

降升調若出現在**句首**或**句中**，可以說是升調語氣的加強版，除了表示對現在說的這點感到肯定外，也暗示後面還有其他話要說：

| *Mòst of the tíme* | *we stayed on the bèach.* |
我們大部分的時間都待在沙灘上。

| *Most yo̯ung people* | *take plenty of èxercise.* |
大多數年輕人會做很多運動。

| *He's not a rela̯xed lecturer* | *but he's a dri̯ving lecturer.* |
他不是個很輕鬆的講師，但是他充滿活力。

說話時能靠語調表達的意思，轉換成書面時，可能必須以不同的文法結構來表示（參看 496）。試比較以下兩句：

| *You don't see a fox every da̯y.* | 口語
狐狸可不是每天都能看到。

It is not every day that one sees a fox. 書面
看到狐狸這事不是天天都有。

這句話無論口語或書面隱含的意思都是：「狐狸非常難得一見」。

對話轉錄成文字

42　簡單介紹口語英語的基本功能，以及運用書面符號呈現語調之後，現在是時候將這套系統實際應用至較長的對話內容。因此，我們在這裡要再次重現第 19 節那段週日午餐約會的生動對話，不過這次會加上以下的語調符號：

- **聲調單位**：突顯口語的斷句特點，一行就是一個聲調單位，以豎線（ | ）來標示聲調單位結束。
- **聲調**：共分為三種聲調類型：降調、升調、降升調。
- **停頓**：以短破折號（-）來表示。

| Well I had some people to lunch on Sùnday |
and – they turned up half an hour èarly | – (laughs) –
I mean you know what [g] getting up Sùnday's líke |
ànyway |
and – I'd – I was behind in any càse | –
and I'd said to them one o'clòck | –
and I ǎlmost phoned them up and said |
come a bit làter | –
and then I thought oh they've probably lèft by nów | –
so I dìdn't | –
and – twelve thìrty | –
nòw | –
that càn't be thém | –
and it wàs | –
and they'd they'd lèft |
plenty of tìme |
for all their connĕctions |
and they got all their connĕctions |
at ónce | –
and it was annǒying |
cos they came with this – chìld | –
you knów |
who was running all òver the place |
and they kept coming in and chàtting to mé |
and I couldn't get òn with things |
and I I get really erm – you know when when I'm trying to còok | –
and people come and chàt |
I I get terribly put òff | –
can't get on with things at àll |
erm – and yet you feel terribly anti-sǒcial |
if you you dò just stay in the kitchen |
ànyway | 英式 口語

如果你大聲念出以上節錄內容，跟著聲調符號強調各音節的音高變化，在標示停頓的地方停頓，你會發現，比起第 19 節第一次看到的版本，這個版本不再那麼雜亂無章，有條理許多，但這兩版的文字卻是一模一樣的。

從這可以看出，語調是口語英語中相當重要的一部分。不過，我們永遠無法透過書面百分之百呈現真正的口語。若想要更了解真正的口語英語（不僅是**說出來的內容**，還包括**說出來的方式**）我們能做的是，指出口語「對話」的主要特徵，畢竟，對話是口語英語最為廣泛的形式了。

06

音標說明

A note on phonetic symbols

43 本書會統一使用 KK 音標，只有在需要加註音標以說明文法要點或規則時才會放上音標符號。我們會將音標放在兩條斜線之間，例如：/θ/、/aʊ/、/mʌst/。

07

英語在區域上的使用差異：美式和英式

Geographic and national varieties

44 在美國、英國、加拿大、澳洲、紐西蘭、愛爾蘭、加勒比海地區和世界其他各地，以英語為第一語言的人口一共將近四億人。這表示，英語在全球有數不清的方言變異。但說到研究英語變體的語法，差異並不算大。在每個英語系國家，國內各區域的方言都有許多不同，比如說美國南方各州所說的英語，就與美國其他地方不同。但這些差異，對於書面語和標準口語英文所使用的語法，幾乎沒有影響，因此本書對此便略過不提。

就人口數和在全球的使用而言，美國和英國所用的英語變體可說是最重要的，因此本書唯一會區別的就是美式英語和英式英語。這兩種變體的語法差異並不大（相較於發音和字彙上的差異），在正式書面語的用法上，兩種方言的差異幾乎可以忽略不計。不過，以下仍簡單列舉幾例，指出美式英語和英式英語的不同，之後會於第二和第三部分詳加說明。

- **冠詞用法**：美式英語通常會在 university 和 hospital 前加上定冠詞，英式英語則不加冠詞（參看 475）：

  | 美式 | *Our daughter is at **the university**.* |
  | 英式 | *Our daughter is at **university**.* 我們的女兒現在就讀大學。 |

  | 美式 | *I've got to go to **the hospital** for an operation.* |
  | 英式 | *I've got to go to **hospital** for an operation.* 我必須住院開刀。 |

- **got/gotten**：get 在美式英語有兩種過去分詞形式：gotten 和 got，在英式英語則只有 got（參看 559）。在英式和美式，get 的過去式則都是 got。請看以下例句：

  > 美式 Have you **gotten/got** the theater tickets?
  >
  > 英式 Have you **got** the theatre tickets?
  > 你買到這齣戲的票了嗎？

- **過去簡單式和現在完成式**：在美式英語使用過去簡單式的句子，在英式英語常會使用現在完成式，比如說在句子有中 yet 或 already 的時候（參看 125 附註）：

  > 美式 **Did** you **eat** breakfast already?
  >
  > 英式或美式 **Have** you **eaten** breakfast already? 你吃早餐了嗎？

- **帶假設語氣的建議動詞**：相較於英式英語，美式英語在 demand、require、insist 和 suggest 等「建議動詞」後方，以及在 important 和 necessary 等形容詞和 demand 及 requirement 等帶有建議語氣的名詞後，常使用假設語氣。在英式英語則通常會用「should + 原形動詞」（參看 706）：

  > 美式 The press suggested that Burt **be** dropped from the team.
  >
  > 英式 The press suggested that Burt **should be** dropped from the team.
  > 媒體建議應該把伯特踢出球隊。

- **different + from/than/to**：在英式和美式英語都會用形容詞 different 搭配 from，different than 則大多用於美式英語，而 different to 只會用在英式英語：

  > 英式或美式 He's just **different from** everybody else.
  >
  > 美式 He's just **different than** everybody else.
  >
  > 英式 He's just **different to** everybody else. 他只是和大家不一樣。

- **from...through、from...to**：英式和美式在介系詞的使用上還有其他不同，例如美式英語會用 **from X through Y** 來表示從 X 到 Y 的這段時間（參看 163）：

| 美式 | *The tour lasted **from** July **through** August.* |

| 英式 | *The tour lasted **from** July **to** August (inclusive).*
這段旅程從七月持續到八月。 |

英式英語有時會在句尾加上 **inclusive** 這個字，以說明最後提到的時間點亦包含在這段期間內，以此例來說就是亦包含八月。

若要了解更多美式和英式英語的不同，請參閱索引列表。

08

使用層級：英語的正式與非正式層級

Levels of usage: formal and informal English

45 接下來，我們要討論的英語變體不再是根據地理上的差異，而是根據說者與聽者（或作者與讀者）不同的關係，也就是我們所謂的**使用層級**（參看 15-16）。

正式的語言是我們出於某些嚴肅目的而公開使用的語言風格，如官方報告、業務信函、法規條文和學術寫作。正式英語幾乎都是用於書面，但也有用在口語中的例外情況，如正式的公開演說或講課。以下節錄一篇書評中的文字，做為正式英語的範例：

> The approach is remarkably interdisciplinary. Behind its innovations is the author's fundamental proposal that the creativity of language derives from multiple parallel generative systems linked by interface components. This shift in basic architecture makes possible a radical reconception of mental grammar and how it is learned. As a consequence, the author is able to reintegrate linguistics with philosophy of mind, cognitive and developmental psychology, evolutionary biology, neuroscience, and computational linguistics. 正式

> 作者的寫作手法橫跨不同領域令人眼睛一亮。在創新的背後，是作者的基本訴求：語言的創造力來自多種平行的生產系統，透過各種交互作用的元素互相串連。基本架構的轉換，讓讀者對心理語法和學習語法的方式有徹底的全新認識。因此，作者能夠將語言學與心靈哲學、認知與發展心理學、演化生物學、神經科學以及電腦語言學重新融合在一起。

非正式的語言（也稱為「口語體」）則是日常對話、個人信件和一般私下互動時的語言風格。以下是節錄自一段美式英語的非正式

更多內容請參
看 19 和 42。

對話內容：

A: *So Larry did you manage to get any sleep beside Michelle's crying?*
B: *I didn't hear a thing.*
A: *Really.*
B: *Yeah.*
A: *God, I can't believe it.*
B: *I didn't hear a thing.*
A: *Well, it must have been around three o'clock this morning. Suddenly she couldn't sleep.*
B: *Really?*
A: *Yeah, I think she's getting a cold.*
B: *What did she do?*
A: *Every time I started to fall asleep she'd go Mommy, Mommy.*
B: *Nope, I didn't hear a thing.*
A: *Well, that's good.*
B: *I can sleep through a hurricane, I guess.* 非正式

A：所以賴瑞，蜜雪兒在旁邊哭你也能睡？
B：我什麼也沒聽到。
A：是喔。
B：對啊。
A：天啊，我不相信。
B：我什麼都沒聽到啊。
A：好吧，那時候應該是凌晨三點左右，她突然就不睡了。
B：是嗎？
A：是啊，我覺得她是感冒了。
B：她做了什麼？
A：每次我快睡著的時候，她就開始叫媽咪、媽咪。
B：沒有，我什麼都沒聽到。
A：嗯，很好。
B：我想就算颶風來，我也能照睡。

像這樣的對話通常不是會使用正式風格，但現在有越來越多報章雜誌、廣告和通俗小說等大眾流行的書面內容，也開始使用非正式英語。

英語的正式程度用法

46 正式和非正式用法的差別應該以程度來區分，而不是簡單的二分法。試想以下例句：

> [1] *There are many friends to whom one would hesitate to entrust one's own children.* 正式
> 有不少朋友會讓你猶豫無法放心讓他照顧你的孩子。

基於下列原因，這句話屬於正式度非常高的級別：

- 使用 There are（而不是較不正式的 there's），與複數形的主詞 many friends 保持一致（參看 547-549）。
- 使用 many friends，而不是比較不正式的 a lot of friends 或 lots of friends（參看 72-73）。
- 以介系詞在前的方式引導關係子句（to whom），而不是用將介系詞放在句尾的結構 who(m)...to。舉例來說，試比較正式的 the firm for which she works 和非正式的 the firm she works for（參看 686-694）。
- 和前一項相關，本句使用到 whom。跟 who 比起來，whom 本身就是頗為正式的代名詞（參看 686-694）。舉例來說，試比較 Whom did they meet? 和 Who did they meet?
- 使用一般人稱代名詞 one（參看 98），而不是比較非正式的 you。

47 如果我們將例句 [1] 的特點都以非正式的說法取代，會得到以下例句：

> [1a] *There's lots of friends who you would hesitate to entrust your own children to.* 非正式？

但是，這個句子讀起來顯然很生硬不自然，因為要從一種語體轉換成另一種，就像從一種語言翻譯為另一種語言一樣，不能機械式地直譯。實際上，非正式英語有它自己偏好的慣用特點，例如將動詞縮寫（會使用 there's，而不是 there is）、省略關係代名詞 who/whom/that，以及使用非正式的用字，而不會使用 entrust 這麼正式的字眼。同樣是非正式英語的範例，下方例句聽起來會自然

許多：

> [1b] *There's lots of friends you'd never trust with your own children.*
> 有很多朋友是你絕對不會託他幫你帶孩子。 非正式

然而，我們還可以再調整用字，來提高或降低這句話的正式度。例如將 children 換成 kids，會讓這句話聽起來更不那麼正式：

> [1c] *There's lots of friends you'd never trust with your own kids.* 非正式

另一方面，以下這個版本因為用了 there are 和 would，感覺上就比較正式：

> [1d] *There are lots of friends you would never trust with your own children.*

因此，我們可以將剛剛提及的例句依正式度從最正式到最不正式，由上而下排序（例句 [1a] 除外）：

> [1] *There are many friends to whom one would hesitate to entrust one's own children.*
>
> [1d] *There are lots of friends you would never trust with your own children.*
>
> [1b] *There's lots of friends you'd never trust with your own children.*
>
> [1c] *There's lots of friends you'd never trust with your own kids.*

不過，要精準判定正式或不正式的程度並不容易，所以我們常會用 頗為正式 或 偏非正式 這種相對的說法。

48 之所以無法精確，一方面是因為正式度與溝通情境的各個層面有關，一方面則是因為，與這些層面相關的各種語言功能之間是一種雙向關係：不只情境會影響語言的選擇，所選擇的語言也會影響情境——更準確地說，是說者與聽者所認知的情境。因此，如果接電話時以非常正式的方式詢問「To whom am I speaking?」（請問您尊姓大名？），比起問句「Who am I speaking to?」（請問哪裡找？），前者的用語就會與來電者建立起較正式的關係。

字彙與文法本身也有正式程度上的差異

49　在英語中，正式與非正式的用字有許多差異。英語許多正式字彙都是源自法文、拉丁文或希臘文。相較之下，非正式用語的字彙則大多來自盎格魯 - 撒克遜語。試比較以下例子：

正式	較不正式
aid	*help*
commence	*begin*
conceal	*hide*
continue	*keep on*
conclude	*end*

許多片語動詞和介系詞動詞（參看 630-634）都屬於非正式用語。試比較以下例子：

正式	非正式
delete	*cross off*
encounter	*come across*
enter	*go in(to)*
investigate	*look into*
surrender	*give in*
renovate	*do up*

這些差異顯示出，正式和非正式英語讓說話者在溝通時擁有豐富的不同資源，也再次突顯出，要將一種語體的句子轉換為另一種語體有多困難。而要恰如其分地選擇所用的文法，則和選用的字彙息息相關。

正式英語：非人稱文體

50　正式寫作的用語常會使用非人稱（impersonal）文體，也就是：說話者會避免使用 I、you 和 we 等人稱來指稱說話者和／或聽者。非人稱用語常見的特色包括：被動語態（參看 613-618）、以虛主詞 it 引導句子（參看 542-546），以及抽象名詞（參看 67-69）。以下這段範例包含上述所有功能：

Announcement from the librarian

It has been noted with concern that the stock of books in the library has been declining alarmingly. Students are asked to remind themselves of the rules for borrowing and return of books, and to bear in mind the needs of other users. Penalties for overdue books will in the future be strictly enforced. 正式

圖書館公告

近來本館發現圖書館館藏書籍數量大幅減少，此現象令人感到十分憂心。學生應自律注意借還書的規則，並考慮到他人的需要。日後，針對逾期未還的書籍，館方將會嚴格執行罰則。

這篇公告可以用較輕鬆且貼近讀者的口氣改寫：

Bring those books back!
Books in the library have been disappearing. Please make sure you know the rules for borrowing, and don't forget that the library is for everyone's convenience. From now on, we're going to enforce the rules strictly.
You have been warned! 非正式

讓書回到自己的家！
近來，館中的書籍常不翼而飛。請確保你清楚借書的規則，別忘了圖書館是為了大家的方便。自即日起，我們將會嚴格執行規定，別說我們沒有事先警告！

禮貌或親近用語

51　當我們和不熟的人或是年長或社會地位較高的人說話，我們的用語通常會比較禮貌。此外，對話當時的情境也有影響，當我們有求於人，比如說向人借一大筆錢，我們說出的話一定會比向人借一枝筆時要客氣有禮得多。

英文不像某些語言有特別區分暱稱和敬稱的代名詞（例如法文的 tu/vous、德文的 du/Sie，對應到英文都是 you），但我們可以透過其他方式來表示親暱度。因此，當我們和很熟悉或親近的人說話，我們對禮貌形式的用語不會那麼講究。比起禮貌稱呼對方 Mrs.、Mr. 或 Ms.，我們通常會直呼其名（Peter），或以小名（Pete）或甚

至綽號或暱稱（Misty、Lilo、Boo-boo 等）來稱呼對方。有趣的是，現代英文很少會只稱呼姓氏，除非是向某人提到對方不認識的第三人，且通常是有名的作家、作曲家或政治人物等名人（例如莎士比亞 Shakespeare、巴哈 Bach、川普 Trump）。

52 語言行為的禮貌程度，透過提出要求、建議和給予好處時所說的話最能看得清楚（參看 333-335、347）。試比較以下提出要求的例句：

Shut the door, will you? 親近
可以把門關上嗎？

Would you please shut the door? 頗為禮貌
可以請你關個門嗎？

I wonder if you would mind shutting the door. 更禮貌
不曉得你介不介意關個門。

在提出要求時，please 這個字唯一的功用就是表示禮貌。不過光用這個字本身作用並不大，要真的讓人覺得禮貌，除了 please 以外，通常還必須用上較委婉的說法（例如問句），和帶有假設意味的 could 或 would 等字（參看 248、333-334）。

相對於彬彬有禮的用語，俚語（slang）則是一種非常親近的語體，且通常只有同屬特定社群團體的成員才能了解，比方像「青少年俚語」、「軍隊俚語」、「劇場俚語」。除非是特定團體或階級的一分子，否則要了解俚語並不容易。因為俚語的使用有限且汰換快速，本書就不對俚語多做討論。

得體和委婉的語言風格

53 禮貌和委婉都與言談得體有關。所謂言談**得體**，就是避免冒犯他人或觸到別人的痛處。有時候，言談得體也意味著掩飾或遮掩事實。要讓提出來的要求、建議或忠告感覺更得體，可試著讓句子聽起來比較**委婉**。試比較以下例句：

You'd better put off the meeting until tomorrow. 非正式 親近
你最好把會議延到明天。

Look – why don't you postpone the meeting until tomorrow? 非正式
這樣吧，你何不把會議延到明天？

May I suggest you postpone the meeting until tomorrow? 得體 委婉
我可以提個建議嗎？你何不把會議延到明天？

Don't you think it might be a good idea to postpone the meeting until tomorrow? 更得體 更委婉
你不覺得把會議延到明天是個好主意嗎？

在其他情況下，語氣委婉只是暗示說話者不願意對特定問題表示意見。舉例來說，以 might just 來表達可能性時，就比 may 感覺更委婉、更保留：

*Someone **may** have made a mistake.*
可能是有人出了錯。

*Someone **might just** have made a mistake.* 較委婉
可能不過是有人出了錯。

文藝、莊重和修辭的語言風格

54 英文中有些用途有限的功能會帶有「文藝腔」或「莊重」的風格，這在以前主要是文學或宗教作品會使用的語體，但在今天當你想要打動他人或讓人留下深刻印象，仍可使用這樣的風格。從以下節錄自小布希總統的演說內容，來看看何謂「莊重」的語言風格：

Our nation – this generation – will lift a dark threat of violence from our people and our future. We will rally the world to this cause by our efforts, by our courage. We will not tire, we will not falter, and we will not fail.
我們的國家－我們這一代人－要為了我們的人民和未來驅走暴力的黑暗威脅。我們要盡一切力量，以我們的勇氣召集世人一同完成這項使命。我們不會感到疲累，我們不會退縮，我們不輕易言敗。

這段話，和美國總統林肯及英國首相邱吉爾的演說內容有異曲同工之妙：

But in a large sense we cannot dedicate – we cannot consecrate – we cannot hallow this ground.
但是，就更深層的意義來說，我們不能奉獻 – 不能聖化 – 更不能神化這塊土地。

We shall not flag or fail ... We shall fight on the beaches, we shall fight on the landing grounds, ... we shall never surrender.
我們不會頹喪或敗退…我們將在灘頭作戰，我們將在登陸點作戰…我們絕不投降。

除了文藝和莊重的文體，我們偶爾也會使用意思相近的「修辭」（rhetorical）文體，簡單來說，就是刻意營造出強調或情感強烈的效果。一個典型的範例就是所謂的「反問句」（rhetorical question，參看 305），可以把這種問句看作是加強語氣的直述句：

Is it any wonder that politicians are mistrusted?
不信任政治人物有什麼奇怪的嗎？（意即：一點也不奇怪。）

即使我們仍會在早期的文學作品中看到文藝、莊重和修辭風格的用語，但這種形式的文體在現今的英語中算是少見（正因如此反而更引人注意），因此本書只有在少數情況下會提到這幾種文體。

使用層級：圖解變體標籤

55　在上述討論的語言變體中，除了美式和英式英語之外，其他變體類型都互有關聯，也都可歸納在**使用層級**這個主題下。我們可以試著依正式度，將這些變體從最「莊重」的語體逐一排到正式度最低的「俚語」。但更好的做法，或許是將它們看作三組互為對比的組合：

上圖僅顯示最重要的使用層面，略過像非人稱和莊重等較為受限的變體。左邊的三項特點通常會同時出現，同樣地，右邊這些特點的關係也密不可分。但這樣的共存關係並非牢不可破。舉例來說，口語英語也有可能以非常禮貌的方式表達，而書面語也可能使用非正式的風格。

圖中橫向的箭頭表示對比的程度。「無標記」（unmarked）的共同核心用法，則位在三組極端程度之間的中間區域。

56 在接下來的第二和第三部分，在有必要時會使用英語變體標籤，因為本書必須盡可能針對如何「適切使用」英語語法形式和結構提供完整的指引。有些母語人士對我們使用這些標籤的部分判斷可能會有不同看法，這是因為我們對「使用層級」的認知因人而異，端視使用語言的人怎麼看。舉例來說，老一輩的人認為親近的語體，年輕一輩的可能不這麼認為。此外，不同國家的人也可能有不同感受。因此，我們希望這些標籤可以做為你在使用語言時的參考，而不是視為一種標準。

PART

2

溝通式英語語法

Grammar In Use

01

具體名詞：指稱物體、物質和材質

Referring to objects, substances and materials

57 文法透過名詞和名詞片語，建立起我們指稱物體的架構。首先，我們要介紹的是**具體名詞**，也就是指稱有形物體和物質的名詞。（此處所謂的「物體」泛指東西、動物和人。）我們的第一個主題是**可數**和**不可數**具體名詞，以及用 **of** 連結名詞的各種方式。

單數和複數：one 和 many

58 可數名詞的單數即為一個物體，複數為不只一個的物體。顧名思義，可數名詞就是可以計數的名詞，例如：one star、two stars（參看 597–601）：

單數	複數		
a star one star a single star 一顆星	two stars 兩顆星	three stars 三顆星	seven stars, etc. 七顆星，或更多

使用量詞：成群的物體

59 我們可以為物體加上一群或一組的「量詞」，例如：

a group/
number of stars
一群星星

a small group of stars
一小群星星

a large group of stars
一大群星星

集合名詞：a group (of stars)

60 可用來指稱一系列物體的名詞，例如 group、set 和 class，我們將其稱為**集合名詞**（group nouns）。和其他可數名詞一樣，集合名詞也有單複數之分，例如：

one ***group*** of stars 一群星星　　　three ***groups*** of stars 三群星星

a ***set*** of tools 一組工具　　　two ***sets*** of tools 兩組工具

a ***class*** of insects 一種昆蟲　　　several ***classes*** of insects 多種昆蟲

通常，特定物體會有專門搭配的集合名詞：

an ***army*** of soldiers 一隊士兵　　　a ***crew*** of sailors 一組船員

a ***crowd*** of people 一群人　　　a ***gang*** of thieves, youths, etc.
　　　　　　　　　　　　　　　一幫竊賊、一夥年輕人

a ***herd*** of cattle 一群牛　　　a ***pack*** of cards 一副牌

a ***flock*** of sheep 一群綿羊　　　a ***constellation*** of stars 一個星座的星群

a ***bunch*** of flowers 一束花　　　a ***series*** of games 一系列賽事

許多集合名詞所指稱的群體成員間彼此會有某種特殊關係，或因為特定原因而成為一個群體，例如：tribe（部落）、family（家族）、committee（委員會）、club（社團）、audience（觀眾）、government（政府）、administration（執行單位）、team（隊伍）等。

通常可以自己選擇是要搭配單數或複數動詞（參看510），尤其是在英式英語中：

- **單數**：當我們將該群體視為一個整體
- **複數**：當我們將該群體視為多個獨立個體

> *The audience **is/are** enjoying the show.*
> 觀眾正在享受這場表演。

此外，請注意下面這句例句中，its stated aims（單數）和 their stated aims（複數）的不同：

> *The government **has** lost sight of **its** stated aims.*
>
> *The government **have** lost sight of **their** stated aims.* 英式常見
> 政府早已忘了自己曾定下的目標。

部分和全部：part of the cake、a piece of cake

61　指稱物體中的一部分時，我們可以用：

- **指稱部分的名詞**，例如 part（相對於全部）、half、a quarter、two thirds 等。
- **單位詞**，例如：piece、slice。

the whole cake 　a slice of the cake　half (of) the cake　(a) quarter of the cake
（整個）蛋糕 　一塊蛋糕 　　半個蛋糕 　四分之一個蛋糕

part of the cake 部分的蛋糕

不可數名詞：milk、sand 等

62　不可數名詞（mass nouns、non-count nouns 或 uncountable nouns）之所以稱做不可數，是因為這類名詞不像可數名詞一樣可以計數（參

看 597）。此類名詞通常以物質居多，無論是：

- 固體，例如：butter、wood、rock、iron、glass
- 液體，例如：oil、water、milk、blood、ink
- 氣體，例如：smoke、air、butane、steam、oxygen

不可數名詞一定都是單數形，因為這類物質無法切割為單獨的個體，「計算」它的數量是沒有意義的。你可以說：

> *There's no **milk** in the refrigerator.*
> 冰箱裡沒有牛奶。

> *We had two **cartons of milk** to cook with.*
> 我們有兩瓶牛奶可以用來做菜。

> 但不能說：*There are no milks in the refrigerator.*（×）
> 　　　　　*We had two milks to cook with.*（×）（參看 66）

有人可能會說，有些不可數名詞「實際上」應該可以數，因為那項「物質」是由個別的個體組成：furniture 包含一件件的家具，grass 是一片片的青草，hair 有一縷縷的髮絲，wheat 也可數出一顆顆的穀粒。但我們在用這些名詞時，**心理上**是把它們視為不可分割的整體。

附註

若要了解可以「變成」可數名詞的不可數名詞（two coffees, please），請參看第 66 節。

分割物體和物質

單位詞：a piece of bread、a block of ice

63 和單件物品一樣，不可數的名詞也可以用 part 之類的名詞再進行分割。

> *Part of the butter has melted.*
> 一部分的奶油已經融化。

此外，有很多所謂可數的**單位詞**（unit nouns）都可以將概念上不可數的名詞細分為單獨「一份」。piece 和 bit 非正式 是用途最廣的單位詞，可以和絕大多數不可數名詞搭配使用：

*a **piece** of bread* 一片麵包　　　*a **piece** of paper* 一張紙

*a **piece** of land* 一塊地　　　　*a **bit** of food* 一點食物

*a **bit** of paint* 一點油漆　　　　*a **bit** of air* 一點空氣

也有些單位詞只和特定不可數名詞搭配：

*a **blade** of grass* 一片草葉　　　*a **sheet** of paper* 一張紙

*a **block** of ice* 一大塊冰　　　　*a **speck** of dust* 一小點灰塵

*a **pile** of rubbish* 一堆垃圾　　　*a **bar** of chocolate* 一條巧克力

*two **lumps** of sugar* 兩塊糖　　　*a **length** of new rope* 一條新繩

*several **cups** of coffee* 幾杯咖啡　*a fresh **load** of hay* 一堆新曬的乾草

單位詞和指稱部分的名詞一樣，要用 of 與其他名詞連結。有時候，做為容器的量詞（cup、bottle 等）也可以當作單位詞，例如 a cup of tea、a bottle of wine。

度量詞：a kilo of flour

64　將不可數名詞分割為單獨「一份」的其他方法，是以長度或重量做測量，如：

深度：*a **foot** of water* 一呎深的水

長度：*a **yard** of cloth* 一碼的布
　　　*20 **metres** of rope* 20 公尺的繩索

面積：*an **acre** of land* 一英畝土地
　　　*a **hectare** of rough ground* 一公頃未整理的土地
　　　*12 **square miles** of woodland* 12 平方英里的林地

重量：*an **ounce** of low fat spread* 一盎司的低脂抹醬
　　　*a **kilo** of flour* 一公斤麵粉

容量：*a **pint** of beer* 一品脫啤酒
　　　*a **litre/liter** of milk* 一公升牛奶 英式／美式

說明種類的名詞：a type of

65 另外一種分法則是用 type、kind、sort、species、class、variety 這類的名詞，將不可數名詞或一系列的物品依「類型」或「種類」區分：

> Teak is a **type** of wood. 柚木是一種木材。
>
> A Ford is a **make** of car. 福特是一個汽車的廠牌。
>
> A tiger is a **species** of mammal. 老虎是一種哺乳類動物。 頗正式

加上形容詞或其他修飾語時，我們通常會加在「表示種類的名詞」之前，而不是 of 後面的名詞：

> a Japanese make of car 日本廠牌的汽車
>
> a delicious kind of bread 一款美味的蛋糕

須注意，當第二個名詞為可數時，通常不會加不定冠詞，例如：a strange kind of mammal（一種奇怪的哺乳類動物），而不是 a strange kind of a mammal。

在非正式的英語中，可能會出現限定詞和動詞是複數，但表示種類的名詞是單數的混合結構：

> **These kind of dogs are** easy to train. 這種狗很容易訓練。 非正式

正常的結構應該是：

> **This kind of dog** is easy to train.

同時為可數和不可數的名詞

66 有相當多的名詞既可以是可數名詞，也是不可數名詞（參看 597）。以 wood（樹林；木材）為例，當 wood 指「很多的樹木」時即為可數名詞（意同 a forest），當指「組成樹木的材質」時則為不可數名詞：

> We went for a walk in the **woods**. 我們在樹林裡散步。

*In America a lot of the houses are made of **wood**.*
美國有很多房子都是以木材建造。

很多食物類的名詞在表達該物品「完整」的狀態時為可數，但若指一塊塊的狀態時（例如端上桌被吃了之後），則為不可數：

*There was **a** huge **cake** in the dining room.* 飯廳有一個好大的蛋糕。
但是：*'Let them eat **cake**', said the queen.* 皇后說：「讓他們吃蛋糕」。

*She began peeling **potatoes**.* 她開始削馬鈴薯的皮。
但是：*She took a mouthful of **potato**.* 她吃了一口馬鈴薯。

*Do we have enough **food** for the weekend?* 我們的食物夠週末吃嗎？
但是：*Some of the tastiest **foods** are pretty indigestible.* 美味的食物有些很難消化。

*I'd like **a boiled egg** for my breakfast.* 我早餐想吃一顆水煮蛋。
但是：*I'd prefer **some scrambled egg** on toast, please.* 請給我吐司加炒蛋。

英文中還有一種情況是，名詞做可數和不可數時，所指的都是相同的意思：

可數	不可數
*Do you have **a fresh loaf**?* 你有新鮮麵包嗎？	*Do you have **some fresh bread**?* 你有新鮮麵包嗎？
*Would you like **a meal**?* 要吃一頓飯嗎？	*Would you like **some more food**?* 要不要再多吃點？
*She's looking for **a new job**.* 她在找新工作。	*She's looking for **some interesting work**.* 她想找點有趣的工作。
*There are too **many vehicles** on the road.* 路上的車太多了。	*There is too **much traffic** on the road.* 路上的車太多了。

有時候，平常不可數的名詞可以「變成」可數的單位或種類名詞：

*Two more **coffees**, please. (= cups of coffee)*
請再給我兩杯咖啡。

*Current London auctions deal with **teas** from 25 countries. (= kinds of tea)*
目前倫敦拍賣行處理的茶來自 25 個國家。

有時情況正好相反，可數名詞出現在度量詞後就「變成」不可數名
詞：a few square metres/meters of floor（幾平方公尺的地面 英式／美式 ）；
a mile of river（一英里長的河流）。

02

具體和抽象名詞

Concrete and abstract

67 抽象名詞是指像特性（如 difficulty）、活動（如 arrival）、感情（如 love）之類的名詞。這類名詞就和具體名詞一樣，可以和表示部分的名詞（如 part of the time）、單位詞（如 a piece of information）以及表示種類的名詞（如 a new kind of music）搭配使用。雖然抽象名詞的概念看不見摸不著，但它們可以是可數或不可數。

一般來說，抽象名詞比具體名詞更可能兼為「可數」和「不可數」名詞。指稱事件或場合（如 talk、knock、shot、meeting 等字）的名詞通常為可數：

> There was **a loud knock** at the door.
> 有一聲很大的敲門聲。

> The committee has had **three meetings**.
> 委員會已經開過三次會。

但是 talk（和其他如 sound、thought 等名詞）也可以是不可數名詞：

> I had **a long talk** with her.
> 我和她有一番長談。

> In the country we now hear **talk** of famine.
> 現在在鄉下可聽到有人談論饑荒。

> I couldn't hear **a sound.**
> 我什麼聲音都沒聽到。

> These modern planes can fly faster than **sound**.
> 這些新型飛機可以飛得比聲音還快。

*What are your **thoughts** on this problem?*
你對這個問題有什麼想法？

*He was deep in **thought**.*
他陷入了沉思。

其他抽象名詞則傾向僅做為不可數名詞，如 honesty、happiness、information、progress、applause、homework、research 等字（參看 597）：

*Her speech was followed by loud **applause**.*
她的演講獲得了熱烈的掌聲。

*I have some **homework** to finish.*
我有一些功課要做。

*We offer **information** and **advice**.*
我們提供資訊和建議。

***Wealth** did not bring them **happiness**.*
財富沒有為他們帶來快樂。

68 但同樣地，許多抽象名詞（如 experience、difficulty、trouble）還是可同時做為可數和不可數名詞，但意思上略有不同：

*We had little **difficulty** convincing him.*
我們不費吹灰之力就說服了他。
但是：*He is having financial **difficulties**.* 他有財務上的困難。

*He is a policeman of many years' **experience**.*
他是有多年資歷的警察。
但是：*Tell me about your **experiences** abroad.* 告訴我你在國外的經歷。

*I have some **work** to do this evening.* 我今晚有些工作要做。
→ 不可數，**work** 意為「勞動、活動」。

但是：*They have played two **works** by an unknown French composer.*
他們演奏了不知名法國作曲家的兩首作品。
→ 可數，**work** 意為藝術或音樂「作品」。

有些名詞在英文為不可數，在其他語言卻為可數，例如 advice、information、news、shopping：

*Can you give me **some good advice** on what to buy here?*
對於該在這買什麼，你能給我一些好建議嗎？

*Do you have **any information** about the airport buses?*
你有關於機場巴士的任何資訊嗎？

*What's **the latest news** about the election?*
有什麼關於選舉的最新消息？

*The department stores stay open for **evening shopping**.*
百貨公司持續營業，讓民眾可於晚間購物。

如何切割抽象名詞？ a useful bit of advice

69　將抽象名詞切割為部分的例子包括：

*Part of his **education** was at the University of Cambridge.*
他受過的教育有一部分是在劍橋大學。

更多切割抽象名詞的例子則包括以下：

- 單位詞：

*We had **a (good) game of chess**.*
我們下了一局很精采的棋。

*He suffered from **(terrible) fits of anger**.*
他一時間勃然大怒。

*There was **a (sudden) burst of applause**.*
突然響起一陣掌聲。

*Let me give you **a (useful) bit of advice**.*
讓我給你一點有用的建議。

*Here's **an (interesting) item of news**.*（也可說 *a news item*）
這有一則很有趣的新聞。

*This translation is one of **her best pieces of work**.*
這篇翻譯是她最棒的作品之一。

- 時間單位（相當於是抽象名詞的度量詞）：

    three months of hard work
    三個月的辛勤工作

    也可說：*three months' hard work*（參看 107）

- 表示種類的名詞：

    a(n exciting) type of dance
    一種很刺激的舞蹈

    a (strange) kind of behavior/behavior 英式 美式
    一種奇怪的行為

03

數量

Amount and quantity

70 **表示數量的字：all、some 等**

可數和不可數名詞都可與 all、some 和 none 等表示數量的字（也就是「數量詞」，quantifier，^{參看} 675–680）搭配使用。

- 和單數可數名詞連用時：意思相當於「表示部分的名詞」：

  all of the cake (=the whole of a cake) 整個蛋糕

  some of the cake (= part of the cake) 部分蛋糕

  none of the cake 沒有蛋糕

- 和複數名詞連用：

  all (of) the stars 所有星星

  some of the stars 部分星星

  none of the stars 沒有星星

- 和不可數名詞連用：

  all of the land 整塊土地

  some of the land 部分土地

  none of the land 沒有土地

注意 all、some 和 none 這幾個字的關係：

Some *of the stars were invisible.* = **Not all** *(of) the stars were visible.*
有一些星星看不到。= 不是所有的星星都看得到。

None of the stars was visible. = ***All*** (of) the stars were invisible.
沒有星星看得到。= 所有星星都看不到。

再舉兩例如下：

Some of the patients will have pain when they come to hospital.
有些病人到醫院時非常痛苦。（換言之，有些病人不會痛苦。）

None of their attempts so far has been wholly successful.
目前為止，他們沒有一次嘗試是完全成功的。（換言之，每次嘗試都不成功。）

71 可以使用數量詞進一步說明 some 的意思：

很多的數量

可數：They have lost ***many*** of their ***friends***.
他們失去了很多朋友。

不可數：They have lost ***much*** of their ***support***.
他們失去了很多人的支持。

可數：***A lot of*** our ***friends*** live in San Francisco.
我們有很多朋友住在舊金山。

不可數：***A lot of*** our ***support*** comes from city dwellers.
我們的支持多數是來自城市的居民。

可數：***A large number of people*** have recently joined the party.
最近有很多人加入了這個政黨。

不可數：They've been making ***a great deal of noise*** recently.
他們最近一直在製造很多噪音。

很少的數量

可數：We managed to speak to ***a few of*** the ***guests***.
我們成功和其中幾位客人說到話。

不可數：Could you possibly spare ***a little of*** your ***time***?
你可以撥出一點時間嗎？

可數：*She invited just a **small number of** her **friends**.*
她只邀請少數幾位朋友。

不可數：*I'm afraid we've run into **a bit of trouble**.*
我們恐怕遇到了一點麻煩。

不是很多的數量

可數：***Not many of us** would have been as brave as she was.*
我們當中沒幾個人和她一樣勇敢。

不可數：*I promise I'll take very **little of** your **time**.*
我保證只會占用你一點時間。

須注意，few 和 little 前面若沒有 a，則傾向否定的意思。試比較以下例句：

***A few** (= a small number, some of) of the students pass the examination.*
有幾位學生通過了考試。

***Few** (= not many) of the students pass the examination.*
沒有幾位學生能通過考試。

其他表示數額和數量的字還包括：

***Two/three** of our best players have been injured.*
我們最厲害的兩／三位球員都受傷了。（參看 602）

***Half** (of) the money was stolen.*
有一半的錢被偷了。

***More** of your time should be spent in the office.*
你應該多花一點時間在辦公室。

也可說：***less** of your time...*

***Most** of our friends live locally.*
我們大部分的朋友都住在本地。

***Several** of the paintings are from private collections.*
有幾幅畫作是來自私人的收藏。
→ *several* = 比 *a few* 再多一點的數量。

若要了解在這些情況下的動詞一致性，參看 510。

當句中有 a/the majority of 和 a minority of（兩者皆 頗正式 ），一般會使用複數和集合名詞：

> **The majority of** the farmers (= Most of the farmers) **are** the sons and grandsons of farmers.
> 大部分的農夫都是農家子弟出身。

> Only **a minority of** (= fewer than half) women **feel** able to report such attacks to the police.
> 對於這樣的攻擊，只有少數女性覺得可以報警。

many 和 much；a lot of 和 lots of

72 many 和 much 常會和 as、too、so 等字連用（如 as many/much as、too many/much、so many/much），以及用在問句中（how many/much?）。試比較以下問句和答句中的可數和不可數名詞：

可數		不可數	
A	**How many** of the rolls have you eaten? 你吃了幾個餐包？	A	**How much** of the bread have you eaten? 你吃了多少麵包？
B	**All** of them. 全部。 **Most** of them. 大部分。 **A lot** of them. 很多個。 **Half** of them. 一半。 **Several** of them. 好幾個。 **A few** of them. 幾個。 **None** of them. 一個也沒吃。	B	**All** of it. 全部。 **Most** of it 大部分。 **A lot** of it 很多。 **Half** of it 一半。 - 。 **A little** of it 一些。 **None** of it 一點也沒吃。

數量詞的不定用法

73 上述提到的數量詞用法都有一個明確的「總數」（如第 70 節圖片中的圓形所示），所衡量的數量都是在該範圍內。現在，我們要看的則是數量詞的一般（不定）用法，也就是：沒有固定的總數。數量詞在這裡的功能則是做為「限定詞」，如 most people（參看 522），of 和 the 通常都會省略。但是在 a lot of、a great deal of、a number of、lots of... 等片語中，即使後面接的是不定的總數，of 也不會省略，例如：a lot of fun、a number of people。

- 可數

  All *crimes are avoidable.*
  所有犯罪都可以避免。

  *We did**n't** buy **many** things.*
  我們沒有買很多東西。

- 不可數

  All *violence is avoidable.*
  所有暴力都可以避免。

  *We did**n't** buy **much** food.*
  我們沒有買很多食物。

- 可數

  All pupils *should learn to ski.*
  所有學生都應該學滑雪。

  *We saw **several snakes** down by the river.*
  我們在河邊看到好幾條蛇。

  Most men *don't know how to dance.*
  大部分男人不知道怎麼跳舞。

  Few new writers *have their first story accepted.*
  很少新作家能第一個故事就受歡迎。

  *I want to ask Mr Danby **a few questions**.*
  我想問丹比老師幾個問題。

  *I think people catch **fewer colds** these days.*
  我覺得現在的人比較少感冒。

- 不可數

*You'll do a lot better with **less food** in your stomach.*
如果胃裡的食物少一點，你會表現得好很多。

*Plants in plastic pots usually need **less water** than those in clay pots.*
裝在塑膠花盆裡的植物所需的水通常會比裝在陶土花盆的少。

*The village can provide **no food** for the refugees.*
村子無法提供任何食物給難民。

*It will take **a little time** to clear up the mess.*
清理這些髒亂得花一些時間。

*Put **a few pieces of butter** on top of the vegetables.*
在蔬菜上放幾片奶油。

在非正式英文中，肯定句較常使用 a lot of（或 lots of），而不用 many 或 much：

***Many** patients arrive on the surgical ward as planned admissions.* 正式
許多病人在預定的入院時間抵達外科病房。

*You find **a lot of** nurses have given up smoking.* 非正式
你會發現很多護士都戒菸了。

*There's **lots of** spare time if you need it.*
只要你需要，就能有很多空閒時間。

但是在問句和否定句中，(very) many 和 (very) much 就不只限用在正式英語中：

*Have you seen **much** of Julie recently?*
你最近有常看到茱莉嗎？

*I don't eat **much** in the mornings.*
我早上吃得不多。

*Do **many** people attend the meetings?*
有很多人出席會議嗎？

*We don't get **many** visitors in the winter.*
冬天時，造訪的遊客不多。

具有共通或含括意味的字

74 all、both、every、each 和 any（有時候）是帶有**共通**或**含括**意味的數量詞。用於可數名詞時，all 用在數量大於二的時候，both 則用在數量等於二的時候：

> *The western is a popular kind of movie with **both** sexes and **all** ages.*
> 無論男女老少都喜歡看西部電影。

every、each

75 像 every 和 each 這樣的字是單獨挑出群體中的個體，而非著重於整體，因此也稱為**個體詞**（distributive）。除了這點不同之外，every 和 all 有相同的意思：

> [1] ***All** good teachers study their subject(s) carefully.*
> 所有好的老師都會仔細研讀自己的專業科目。

> [2] ***Every** good teacher studies his or her subject carefully.*
> 每一位好的老師都會仔細研讀自己的專業科目。

若要了解 he or she、his or her、they、their 等代名詞用法，請參看 96。

從例句 [2] 所用的 teacher、studies、his or her 等單數形式，都可看出 every 的「個體性」。

76 each 和 every 用法相似，只除了 each 可以用在所接的名詞只有兩者的情況。所以 each 有時可和 both 互換，意思基本上相同：

> *She kissed her mother tenderly on* ⎰ ***each cheek.***
>   ⎱ ***both checks.***
> 她溫柔地親了媽媽兩邊的臉頰。

請注意以下兩個例句的區別：

> [3] *She complimented **each/every** member of the winning team.*
> 她向獲勝球隊的每一位球員致意。

> [4] *She complimented **all** (the) members of the winning team.*
> 她向獲勝球隊的所有球員致意。

有別於例句 [4] 表示她一次向全體隊員發表了一段談話，例句 [3] 則表示她一一和球隊中的每位球員說話，就像 every 在 everyone、everybody、everything 和 everywhere 的意思。

any、either

77 我們對限定詞 any 和 either 最熟悉的用法是出現在否定句和問句中（參看 697-699），但在這裡，我們將其視為具有含括意味的字；在肯定句中，any 有時可以取代 all 和 every：

> These days **any** young man with brains can do very well.
> 這年頭，任何年輕人只要有腦子都能成功。

> **Any** new vehicle has to be registered immediately.
> 任何新車都必須馬上進行登記。
> → 比較：*Every new vehicle **has** to...* 每輛新車都必須⋯
>   *All new vehicles **have** to...* 所有新車都必須⋯

此句中的 any 和上面的例句 [1]、[2] 的 all 和 every 一樣，都帶有含括的意味。但在以下例句，any 的意思則有所不同：

> You can paint the wall **any** color you like.
> 你可以把牆漆成任何你喜歡的顏色。

any color 表示「紅色、綠色或藍色⋯」，every color 則表示「紅色、綠色和藍色⋯」，any 在此的意思是「無論選擇哪一個都無所謂」。

78 當提及的人或物只有兩個，我們會用 either 而不用 any：

> You could ask **either of** my parents. (= either my father or my mother)
> 你可以問問我的父親或母親。

試比較，否定的 neither 用在兩個物品時的情況（參看 379、584）：

> **Neither** of my parents is keen on rock music.
> 我的父母都不熱衷於搖滾樂。

79 any 也可用於不可數名詞和複數可數名詞：

> *Ány land is valuable thése days.*
> 現在隨便一塊土地都很值錢。

> *You're lucky to find àny shops open on Sŭnday.*
> 你能找到星期天有開的店很幸運。

如以上例句所示，句子的核心重音通常會落在 any 上（參看36），就像 anyone、anybody、anything、anywhere、anyhow、anyway 和非正式美式英語中 anyplace 的 any：

> **Anyone** will tell you the way.
> 任何人都可以告訴你方向。（即：不論你問誰，那個人都可以告訴你。）

> *He will eat **anything**.*
> 他什麼都吃。（即：不管你給他什麼，他都會吃。）

數量詞金字塔

80 以下將最常見的數量詞依多到少排序，涵蓋範圍最廣的在最上方，否定的字在最下方：

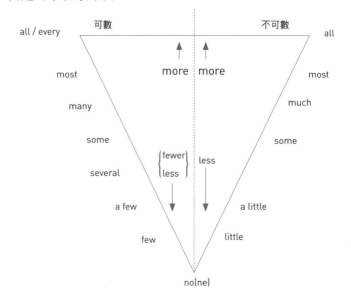

在這裡不放進 any，因為 any 主要用在否定句和疑問句中，不適合放在這個金字塔中。

81 數量的多寡除了可用前面討論過的字（限定詞或代名詞）來表達之外，也可以用 everybody、everything 等代名詞，以及頻率副詞（如 always）和表示程度的字（如 entirely）等詞彙來表達。我們將這幾種領域的意思整理在下一頁的表格中。

表格中的 A–D 欄代表名詞片語，E–G 欄代表類副詞（adverbial，即具有副詞功能，但並不屬於副詞的字詞。細節參照第 449–463 節）。每一列的數量由下往上遞增，從涵蓋最廣的 all 到不確定數量的 any。以下例句依這些字在下頁表格中的位置標示：

A1　***All*** *stress increases the body's need for nutrients.*
所有壓力都會增加身體對營養的需求。

B1　***All*** *faculty members were given bonuses.*
所有教職員都有獲得紅利。

B2　*Are there* ***many*** *other names which come to mind?*
你有想到很多其他名字嗎？

B3　***Some*** *of these patients will be nursed in a surgical ward.*
一部分的病人會在外科病房療養。

C6　***Nobody*** *was reported injured. /* ***No one*** *was hurt.*
沒有人受傷。

C7　***Anyone*** *would be astonished to see the amount of public money wasted.*
任何人看到被浪費的公帑金額都會大吃一驚。

D6　***Nothing*** *has yet been decided.*
什麼都還沒決定。

D7　*He would do* ***anything*** *to please her.*
他願意做任何事情討她開心。

E3　*You ought to come over to Cambridge* ***sometimes***.
你有時也該來劍橋走走。

E4 *Cook the vegetables slowly, stirring **occasionally**.*
將蔬菜用小火慢燉，偶爾攪拌一下。

E5 *Margotte **rarely** turned on the television set.*
馬哥特很少打開電視。

G5 *He sounded terrified and I could **hardly** blame him.*
他聽起來嚇壞了，我幾乎無法責怪他。

A 不可數	B 可數	C 人稱	D 非人稱	E 頻率	F 持續時間	G 程度
（參看 675–678）	（參看 675–678）	（參看 679）	（參看 679）	（參看 166）	（參看 161–165）	（參看 217–218）
1 all	all, every, each	everyone, everybody	everything	always	always, for ever	absolutely, entirely
2 much, a lot (of)	many, a lot (of)	(many people)	(many things)	often, frequently	(for) a long time	very, (very) much
3 some	some	someone, somebody	something	sometimes	(for) sometime	rather, somewhat, quite
4 a little	a few	(a few people)	(a few things)	occasionally	(for) a while	a little, a bit
5 little	few	(few people)	(few things)	rarely, seldom	not...(for) long	scarcely, hardly
6 no(ne)	no(ne)	no one, nobody	nothing	never	--	not... at all
7 any	any	anyone, anybody	anything	ever	--	at all

04

特指和泛指用法：the、a/an、零冠詞

Definite and indefinite meaning

82 當我們使用定冠詞 the，如 the dog、the race，就表示我們假定自己和聽者或讀者都知道所指的事物為何，這就是用到限定（definite）用法。

之前在第 70–81 節所討論的字多屬於非限定（indefinite）用法，在這裡要介紹，如果我們想表達非限定的概念而不強調數量，我們可以用不定冠詞 a/an（用於單數可數名詞）。若所指的名詞是不可數名詞或複數可數名詞，則不用加任何冠詞（參看 597）：

*Would you like **a drink**?* 要來一杯酒嗎？

*Do you like **chocolate**?* 你喜歡巧克力嗎？

定冠詞的使用

若要表達限定的意思，我們會使用定冠詞 the，有四種用法：

一、指特定事物

83 當所指對象是獨一無二的事物（無論是過去或現在）：the stars、the earth、the world、the sea、the North Pole（北極圈）、the equator（赤道）、the Renaissance（文藝復興）、the human race（人類）：

The North Pole and the South Pole are equally distant from the equator.
北極和南極到赤道的距離相等。

對話過程中，若雙方都「了解」所指稱者為某特定事物，也可以用 the 來表達**獨特性**用法：the sun、the moon、the kitchen、the town-hall、the Queen、the last President 等。我們也可以**在名詞後方加上修飾語，進一步說明限定的意思**，如 the moon belonging to this earth（圍繞地球的月亮）、the kitchen of this house（這個房子的廚房）、the Queen of this country（這個國家的英國女皇），但通常沒有這個必要。

二、指前文提過的事物

84 因為前文已經提過（第一次提及通常會使用不定冠詞），因此可確定所指稱者：

> They have **a son** and two daughters, but **the son** is already grown up and has a family of his own.
> 他們有一個兒子、兩個女兒，但是兒子已經長大，有自己的家庭。

三、指後文所修飾的事物

85 有些名詞後面有修飾語（如關係子句或 of 片語，參看 641），因此可確定所指稱者：

> **The** woman **who answered the door** helped Jack into the room.
> 應門的那名女子協助傑克進房。

> **The** wine **of France** is **the** best **in the world**.
> 法國的酒是全世界最好的酒。

> **The** discovery **of radium** marked **the** beginning **of a new era of medicine**.
> 鐳的發現象徵著醫療新時代的開始。

四、習慣用法（常見於設施服務）

86 要指出公眾所共享的設施服務時，也經常會用到 the，如 the radio、the television、the telephone、the newspaper、the paper、the train：

*I read in **the paper** the next day that he'd been killed by burglars.*
我隔天在報上看到他被竊賊殺害了。

*We'll maybe go to Glasgow this week on **the train**.*
我們這星期可能會搭火車去格拉斯哥。

在這個用法中，the 幾乎都與通訊或交通運輸有關，有時候也可將 the 省略（參看 475）：

*What's on **(the) television** tonight?*
今晚有什麼電視節目？

注意，當 the 加上身體部位並放在介系詞之後，會以下列句型表示：

*She looked **him** in **the eye** and said 'No'.*
她看著他的眼睛說「不」。

*Lev smiled and shook **me** by **the hand**.*
列夫笑著跟我握手。

通常在這種情況下，直接受詞是「擁有」該身體部位的人（參看 624）。

the 也有泛指用法（一）

87 雖然 the 是定冠詞，但 the 也可以概括統稱同類事物的整體或典型範例，用於可數名詞：

[1] **The tiger** is one of the big cats; it is rivalled only by **the lion** in strength and ferocity. **The tiger** has no mane, but in old males **the hair** on **the cheeks** is rather long and spreading.
老虎是大型貓科動物的一種，其強壯和兇猛程度，只有獅子可匹敵。老虎沒有鬃毛，但成年公虎臉上會有飛揚賁張的長毛。

在此例句中，the tiger 指的是老虎全體，而非單指某隻老虎，因此例句 [1] 表達的意思，基本上和以下的例句 [2]、[3] 一樣：

[2] **Tigers** have no mane.

[3] **A tiger** has no mane.

例句 [2] 是用複數表示的非限定泛指用法，例句 [3] 則是用單數名詞的非限定泛指用法。像這樣泛指某類人事物的全體時，限定和非限定、單數和複數的差別就不是那麼重要。不過，這之中還是有細微差異：the tiger（泛指）是指所有老虎這種動物，而 a tiger（泛指）則是指這種動物中的任何一隻。我們可以說：

The tiger is in danger of becoming extinct.
老虎正面臨瀕臨絕種的危險。

Tigers are in danger of becoming extinct.
但不能說：A tiger is in danger of becoming extinct.（×）

特指與泛指用法整理

88 除了 87 節提到的 the 用在可數名詞的**泛指**用法之外，其他的 the 用法（參看 83-86）都是**特指**用法。

若是要針對**不可數名詞**，其泛指用法的形式只有一種，也就是「零冠詞」：

Water is oxidized by the removal of **hydrogen**, and **oxygen** is released.
將水中的氫氣去除後，水就會氧化，然後釋放出氧氣。

以下整理用可數和不可數名詞表達的泛指方式：

可數	不可數
the tiger	
a tiger	water
tigers	

從這個表中可以看出，當 the 加上不可數名詞（如 the water）和複數名詞（如 the tigers）時，**一定是特指**用法（但加上某些表示國籍的字時例外，參看 579）。以下所舉的例子說明三種不同名詞類型的

泛指用法：

- **具體不可數名詞**：butter、gold、Venetian glass、Scandinavian furniture
- **抽象不可數名詞**：music、health、English literature、contemporary art
- **複數名詞**：dogs、friends、wooden buildings、classical languages

用於**特指**用法時，上面這三種名詞都必須加 the。

特指用法	泛指用法
*Pass **the butter**, please.* 請把奶油遞過來。	***Butter** is expensive nowadays.* 這陣子奶油很貴。
***The actor** was poor, but we enjoyed **the music**.* 演員差勁，但我們喜歡戲裡的音樂。	*Dancing and **music** were her hobbies.* 她的嗜好是跳舞和音樂。
*Before you visit Spain, you ought to learn **the language**.* 你去西班牙前應該學學那裡的語言。	*The scientific study of **language** is called linguistics.* 研究語言的科學稱為語言學。
*Come and look at **the horses**!* 過來看這些馬！	*'I just love **horse**,' said Murphy.* 墨菲說：「我就是喜歡馬。」

附註

89 英文的不可數名詞和複數名詞前方如果有修飾語，通常視為泛指用法（如 Chinese history）。但是，當修飾語出現在這類名詞的後方時，尤其當修飾語是 of 片語時，前面多半會加 the（如 the history of China）。試比較以下範例：

Chinese history 中國史	***the** history of China*
American social life 美國社會生活	***the** social life of America*
early mediaeval architecture 中古世紀建築	***the** architecture of the early middle ages*

animal behaviour	*the* behaviour of animals
動物行為	

抽象不可數名詞大多會加 the，具體不可數名詞和複數名詞則不一定，如以下範例的 the 即可省略：

eighteenth-century furniture	(the) furniture of the eighteenth century
十八世紀家具	

tropical birds	(the) birds of the tropics
熱帶鳥類	

試比較以下例句：

> She's one of the world's experts on {eighteenth-century furniture.
> {(the) furniture of the eighteenth century.
> 她是精通十八世紀家具的專家之一。

> They are doing some interesting research on { iron Age forts.
> { (the) forts of the Iron Age.
> 他們正在做一項有關鐵器時代堡壘的有趣研究。

the 的泛指用法（二）：加形容詞、國籍名詞和集合名詞

90　the 加形容詞的泛指用法：

- **表特定群體**（the poor、the unemployed、the young、the handicapped，參看 448）：

> They should see to it that there's work for **the unemployed**, food for **the hungry**, and hospitals for **the sick**.
> 他們應該確保失業的人有工作、飢餓的人有食物，生病的人能就醫。

- **表抽象特質**（the absurd、the beautiful、the sublime，參看 448）：

> His behaviour on the platform borders on **the ridiculous**.
> 他在台上的行為近乎可笑。

- **和字尾發齒擦音**（-ch、-ese、-sh 或 -ss）**的國籍形容詞連用時**，泛指該國人民：the Dutch、the English、the French、the Japanese、the

Vietnamese（參看 579）：

> **The French** say they must sell more wine to Germany.
> 法國人說他們必須賣更多酒到德國。

the 的泛指用法也常用於以下情況：

- **與國籍或民族名詞連用**（-women 或 -men 結尾的字除外），如 the Indians、the Poles（波蘭人）、the Zulus（南非祖魯人）：

  > The plan has received warm support from **the Germans**.
  > 這個計畫受到德國人熱烈的支持。

- **與群體名詞連用**，如 the middle class、the public、the administration、the government（參看 60），**或與複數集合名詞連用**，如 the clergy、the police：

  > He was a socialist and believed in the right of **the working class** to control their own destiny.
  > 他是個社會主義者，深信勞動階級有權利掌控自己的命運。

  > **The public** can help by reporting anything suspicious to **the police**.
  > 民眾也可出一分力，向警方舉報任何可疑事跡。

其他有限定意味的字

91　除了在一般名詞（即可數和不可數名詞）前加 the 之外，以下字詞也有限定的意思：

- **專有名詞**（參看 667）：Susan、Chicago、Tuesday、Africa
- **稱代名詞**（參看 619）：I、we、he、she、it、they、you
- **指示詞**（參看 521）：this、that、these、those

以下一一介紹這些詞類，同時也別忘了前面討論過的限定類型（參看 83–86）。

專有名詞

92 我們對專有名詞的認知是：用來專指某個人事物，像是 Africa 是指某個特定的洲，Susan（就特定對話而言）則指某位特定的人。專有名詞前不加定冠詞 the（參看 667），因為這類名詞本身就自帶限定意味。此規則通常也適用於兩個字的名詞中第一個字為專有名詞的情況，像是 Harvard University、Oxford Street。

93 但若要將專有名詞當作一般名詞，前面就可加 the。舉例來說，當我們要**區分兩個以上同名的事物**時，就需要加 the。

> ***the Susan*** *next door*
> 隔壁的那位蘇珊（換言之，不是跟你同辦公室的那個蘇珊）

> ***the Venice*** *of story books*
> 故事書中的威尼斯（換言之，不是現實中的威尼斯）

在上面例句中，我們區分的不是兩個恰好同名的地方，而是兩個不同概念的相同地方。

the 有時也用在「修飾語 + 名詞」之前，如 the young Catherine（年輕的凱瑟琳）、the future President Kennedy（即將上任的甘乃迪總統）。但當名詞為地名時，通常會省略 the，如 Ancient Greece（古希臘）、eighteenth century London（十八世紀的倫敦）、upstate New York（紐約上州）。

相同道理，專有名詞有時也可改成複數形式：

> *I know several* ***Mr Wilsons*** *(= people called* ***Mr Wilson****).*
> 我認識好幾位威爾森先生。

> *He was a close friend of* ***the Kennedys*** *(= the family named* ***Kennedy****).*
> 他和甘迺迪一家私交甚篤。

有時專有名詞也可以和不定冠詞連用：

> *A man called Wilson murdered* ***a Mrs Henrichson*** *because she refused to rent him a room.*
> 一個叫威爾森的男人殺了一位亨里希森太太，因為她拒絕把房間租給他。

意思就是「某位叫做亨里希森太太的人」，是聽者沒有聽過的人。

第三人稱代名詞

94　第三人稱代名詞（即 he、she、it、they）用來指稱前面提過的人物，因此所指對象通常很明確，你也可以說，這些代名詞「代替」了前面提過的名詞片語：

> *I phoned **the police** and asked **them** (= the police) what to do.*
> 我打電話報警，問警察該怎麼辦。

具體名詞會用 he、she、it 或 they 代替，說明如下：

- **he**（him、his、himself）用於指稱單數的男性人類（或動物）
- **she**（her、hers、herself）用於指稱單數的女性人類（或動物）
- **it**（its、itself）用於指稱單數的無生命事物（或動物）
- **they**（them、their、theirs、themselves）是複數代名詞，可指稱有生命或無生命的人事物

95　當我們認為所提到的動物具有人類特質（如家中寵物），就可以用代名詞 he 或 she：

> *Nemo, the killer whale, who'd grown too big for **his** pool on Clacton Pier, has arrived safely in **his** new home in Windsor safari park.*
> 虎鯨尼莫長得太大，無法繼續住在克拉克頓碼頭的池子，現在他已經安全抵達他在溫莎野生動物園的新家。

it 則是用於動物，也用於嬰兒和年紀很小的孩子，尤其是不知道孩子性別時：

> *In the farmyard a dog in **its** kennel was barking loudly.*
> 農家院子裡，狗屋裡的狗在大聲地叫著。

> *In her arms lay the delicate baby, with **its** deep blue eyes.*
> 她懷裡抱著一個有深藍色眼睛的嬌嫩嬰兒。

不可數名詞和單數抽象名詞也用 it 代替：

*I've washed **my hair**, and **it** won't keep tidy.*
我洗了頭，頭髮還是亂糟糟。

***Life** today is so busy that **its** true meaning often eludes us.*
現今的生活如此忙碌，讓我們常忘記了生活真正的意義。

附註

she 會出現在以下兩種特殊狀況：

• 無生命的物品（尤其是船隻）：

*A **ship** had come in from Greece and was unloading **her** cargo.*
一艘從希臘來的進港船隻正在卸載船上的貨物。

• 被視為政治體的國家：

*Last year **France** increased **her** exports by 10 per cent.*
法國去年的出口量成長了 10%。

指稱男性和女性

96 要用代名詞來代替人稱名詞時，如果不知道或未指定性別，一般會用 he 而不用 she：

*A martyr is someone who gives up **his** life for **his** beliefs.*
殉教者是指為了信仰而犧牲自己性命的人。

不過現在多數人會避免只使用單一性別，而改用 he or she 或 him or her 表達對兩性的尊重與平等：

*A martyr is someone who gives up **his or her** life for **his or her** beliefs.*
*It's the duty of every athlete to know what **he or she** is taking to eat and drink.*
運動員有責任知道自己吃進了哪些東西。

不過，從上面第一個例句可以看出，he or she 的說法有點彆扭，

尤其當重複說兩次的時候。為了避免性別偏見，**口語英語**中另一個常用的方法是：將 they 當單數意義使用：

*A martyr is someone who gives up **their** life for **their** beliefs.* 口語

有嚴謹文法概念的人大概會避免使用這種前後人稱不一致的「不合文法」形式，不過這種用法已開始出現在非正式的書面英語中。既然上述做法沒有一項能令人完全滿意，多數情況下，我們可以把單數名詞改為複數，就能避開指稱中性性別第三人稱的問題：

*Martyrs are people who give up **their** life/lives for **their** beliefs.*

在這個例句中，用 they 本身當然完全沒有問題，但也間接造成了別的問題，例如在此例句中該用 life 還是 lives。

附註

其他避免使用男性作為代名詞的解決方法，還包括在主格代名詞用 s/he（意即 she or he），或是直接用 she 做為中性性別代名詞。綜合兩種性別的 s/he 在書寫上很方便，但受格和所有格就沒有類似的書寫形式。還有一個缺點，s/he 在發音上無法和 she 做出區別。

第一和第二人稱代名詞

97　第一和第二人稱代名詞在不同情況下所指的對象包括：

• 第一人稱：

單數 *I*（*me*、*my*、*mine*、*myself*）

複數 *we*（*us*、*our*、*ours*、*ourselves*）

• 第二人稱：

單複數 *you*（*your*、*yourself*、*yourselves*）

we 有時候包括聽者在內（= you and I），有時則不包括：

> *Let's go back to the bar now, shall **we**?*
> 我們現在回酒吧，好嗎？
> → we 包含聽者在內：*let's = let us*。（參看 498）

> *We've enjoyed meeting you.*
> 我們很高興認識你。
> → we 不包含聽者在內。

書籍作者經常使用包括聽／讀者在內的 we：

> *In this section **we** shall consider a few examples...*
> 在這一節，我們要看一些範例…

> *Let's look at this in further detail...*
> 讓我們更詳細地來了解這個部分…

代名詞的泛指用法：one、you、they

98　有三個代名詞可用於泛指用法，通指一般人。

- one（包含 one's、oneself，為單數）是頗正式的非人稱用法，指「包括你我在內的一般人」：

> ***One** never knows what may happen.* 頗正式
> 人永遠不知道會發生什麼事。

> ***One** has to help **one's** fellow human beings.* 頗正式
> 人和人要互相幫助。

- you 的用法和 one 相同，但較不正式：

> ***You** never know what may happen.* 非正式
> 你永遠不知道會發生什麼事。

> *All this exercise makes **you** hungry, doesn't it?* 非正式
> 這些運動讓你肚子很餓吧？

- they 在非正式英語中，也可用於泛指，但意思和 one 及 you 不同。they 可廣義指「不包括你我的一般人」：

They (= People) say it's going to rain tomorrow.
他們說明天會下雨。

指示詞：this、that

99　　我們將 this 和 that 這類的限定詞稱為**指示詞**（pointer words），用來指稱對話語境中的特定事物。指示詞可以有三種用法。

- 指示詞可以視**當下情況**而定，也就是說，它們所指稱的事物可能不在前後文的語境中：

  Would you like to sit in **this** chair (= the one by me) or in **that** one? (= the one away from me, over there)
  你要坐這張椅子（我旁邊的椅子），還是那張（離我較遠的椅子）？

this 用於指離說話者較近的事物（可以是實際上的空間或時間距離，也可是心理上的），that 則指距離說話者不那麼近的事物。

- 指示詞可以是**回指用法**（back-pointing），也就是提及先前提過的事物：

  I then tried to force the door open, but **this/that** was a mistake.
  然後我試著用力推開門，但這／那是個錯誤。

- 指示詞也可是**後指用法**（forward-pointing），亦即可指接下來要提到的事物：

  This is what the graph shows. One line shows what has happened to personal wealth. The second line shows the fall in the savings ratio.
  這就是這張圖表所呈現的，一條線顯示個人財富的走向，另一條線顯示儲蓄比例的下降。

100　　我們可以將指示詞分為兩類，一類為 this 概念型（具有「距離較近」的涵義），另一類為 that 概念型（具有「距離較遠」的涵義）。

this 型：	this（單數）	here (= at this place)
	these（複數）	now (= at this time)
that 型：	that（單數）	there (= at that place)
	those（複數）	then (= at that time)
		（通常是過去）

用於回指用法時，this 和 that 可互換，意思沒有什麼不同，不過在正式英語中較常用 this。至於後指用法，則只可用 this 以及 these、here 和 thus 等具有 this 概念的字（但請參看 101）：

• 後指用法：

> **This** is what he wrote:
> 以下就是他所寫的：

> **These** are the latest results.
> 這些是最新的結果：

> Halliday and Hasan define cohesion **thus**:
> 哈利戴和哈桑對內聚力的定義如下：

• 回指用法：

> **This/That** was what Charles had said.
> 這／那就是查爾斯說過的話。

> **These/those women** knew what they wanted.
> 這些／那些女人知道自己想要什麼。

你可以注意到，新聞報導或廣播在開頭和結尾怎麼說：

• 後指用法：

> **Here** is what the message said: Please leave this room as tidy as you found it.
> 以下是訊息內容：請將房間收拾乾淨，保持原狀。

• 回指用法：

> And **that's** the end of the news.
> 以上是這節新聞內容。

101 當 those 後面有修飾語進一步定義意思，就是後指用法：those who are interested (= people who are interested)（那些感興趣的人）(參看 521)。

在非正式英語中，this 可用在「後指用法」以提出新的討論話題，that 則可用於「前指用法」提及共享的經驗：

> *Have you seen* ***this*** *report about smoking?*
> 你看過這篇關於抽菸的報告了嗎？（說話者知道此報告。）

> *It gives you* ***that*** *great feeling of clean air and open spaces.*
> 它讓你感受到乾淨的空氣和開闊的空間，那種很棒的感覺。（我們都知道的感覺。）

在較親近的對話中，this 也可用來引出新概念：

> *I was just coming out of the bank when* ***this*** *girl came up to me...*
> 我剛走出銀行，這個女孩迎面向我走來…（說話者將要告訴聽者這個女孩是誰。）

05

表達名詞之間的關係

Relations between ideas expressed by nouns

用 of 表示

102 我們已經提到 of 可以用在以下的用法中：

- **部分**：a part of the house（參看 61）
- **分類**：a kind of tree（參看 63）
- **數量**：most of our problems（參看 70–81）

of 更常用來指出兩個名詞間的各種關係：

> *the roof of the house* 房子有個屋頂；屋頂是房子的一部分
>
> *a friend of my father's* 我爸爸有個朋友（參看 535）
>
> *the courage of the firefighters* 消防員很有勇氣；消防員很勇敢
>
> *the envy of the world* 世人對 ... 感到羨慕
>
> *the trial of the conspirators* 對同謀者的審判
>
> *the causes of stress* 造成壓力的起因
>
> *the virtue of thrift* 節儉是一種美德
>
> *a shortage of money* 資金短缺
>
> *a glass of water* 杯子中有水；杯中裝了水
>
> *people of the Middle Ages* 活在中古世紀的人
>
> *the house of my dreams* 我在夢中看到的房子
>
> *the College of Surgeons* 外科醫師所念的大學

表示「擁有」的關係

103　of 和 with 都可以表達「擁有」的關係。在表達「**名詞 1 擁有名詞 2**」的概念中，**名詞 2** 或 **名詞 1** 都可以當作重點。

- **名詞 2 of 名詞 1**：the roof of the house、the courage of the people
- **名詞 1 of 名詞 2**：people of (great) courage
- **名詞 1 with 名詞 2**：a house with a (flat) roof

在「**名詞 1** + 介系詞 + **名詞 2**」的結構中，當**名詞 2** 為抽象名詞時，會用 of，如 a performance of distinction（傑出的表演）、a country of enormous wealth（極富裕的國家）。當**名詞 2** 為具體名詞時，則用 with，如 a woman with a large family（大家族出身的女性）、a man with a beard（有大鬍子的男性）。

所有格的用法

104　所有格（在字尾加上 's 或只加上撇號，_{參看 530}）可用來表達和 of 片語一樣的意思，尤其在指人的所有時：

- **表「擁有」的關係**：如 Dr Brown has a son.

限定用法	非限定用法（參看 535）
Dr Brown's son 布朗醫師的兒子	*a son of Dr Brown* *a son of Dr Brown's*
the earth's gravity 地球的重力	*the gravity of the earth*

- **「主詞 - 動詞」的關係**：如 His parents consented.

his parents' consent 他父母的同意	*the consent of his parents*
the train's departure 火車的啟程	*the departure of the train*（較常見）

- **「動詞 - 受詞」的關係**：如 They released the prisoner.

the prisoner's release 犯人的釋放	*the release of the prisoner*
a city's destruction 城市的毀滅	*the destruction of a city*（較常見）

- **「主詞 - 補語」的關係**：如 Everyone is happy.

Marian's happiness 瑪莉的快樂	*the happiness of Marian* *the destruction of a city*（較常見）
the country's beauty 鄉村之美	*the beauty of the country*

105　以下例子通常**不會**用 of 片語：

- **表示來源的關係**：如 The girl told a story

    the girl's story（即這個女孩說的故事）

    John's telegram（即約翰所寫或所發送的電報）

- **各種分類關係**（所有格在此相當於修飾用的名詞或形容詞）

    women's college（即專供女子就讀的大學）

    a doctor's degree（即博士的學位）

of 結構 vs. 所有格

106　一般來說，所有格通常會用在指人的名詞（如 the girl's arrival），有時也用在動物（horses' hooves）或一群人（the government's policy）。無生命的名詞和抽象名詞則多半傾向用 of（the discovery of helium、the progress of science）。整體而言，表達「主詞 - 動詞」的關係常會用所有格：

    Livingstone's discovery（即李文斯頓發現了某事物）

而「動詞 - 受詞」的關係則多會用 of：

> the discovery of Livingstone（通常等於：有人發現了李文斯頓）

欲強調主詞的關係也可用 by 片語來表示。因此 The army defeated the rebels.（軍隊擊敗了叛軍。）這句話可用三種不同的名詞片語來表示：

> the army's defeat of the rebels
>
> the defeat of the rebels by the army
>
> the rebels' defeat by the army

但 the rebels' defeat of the army 則是指叛軍擊敗了軍隊。

在正式英語中，當修飾的名詞片語很長時，也會用 of 結構的片語取代所有格。我們很容易就會說出：

> the departure **of the 4.30 train for Edinburgh**
> 4:30 開往愛丁堡那班火車的啟程
> 但不會說：the 4:30 train for Edinburgh's departure（參看 533）

附註

107 所有格的兩種特殊用法：

- **時間類**的名詞通常會使用所有格：

  > this year's crop of potatoes 今年的馬鈴薯收成
  >
  > two weeks' holiday 兩週的假期
  >
  > a moment's thought 一瞬間的想法
  >
  > today's menu (the menu for today) 今日菜單

- **說明地點**的名詞也常使用所有格，尤其當後面接最高級形容詞時：

  > the town's oldest pub (the oldest pub in the town) 鎮上最老的酒吧
  > → 但不可說 the oldest pub of the town（×）

Norway's greatest composer (the greatest composer in Norway)
挪威最偉大的作曲家

the world's best chocolate (the best chocolate in the world)
全世界最棒的巧克力

與人的關係：with、for、against

108　with 通常有「在一起」或「相陪作伴」的意思：

> [1] *I'm so glad you're coming **with us**.*
> 很高興你能和我們一起來。

> [2] *Sheila was at the theatre **with her friends**.*
> 希拉和她的朋友去看電影。

例句 [2] 的意思和下面這句沒什麼不同：

> *Sheila **and her friends** were at the theatre.*

用於這種意思時，without 是 with 的否定形式：

> *Sheila was ill, so we went to the theatre **without her**.*
> 希拉生病了，所以她沒和我們去看電影。

用於衝突或競爭的情況下，with 的意思是「站在同一邊」：

> *Remember that every one of us is **with** you. (= on your side)*
> 別忘了我們所有人都支持你。

> *Are you **with** us or **against** us?*
> 你是贊成我們還是反對？

for 和 with 一樣可表達支持的意思（= in favor of），和 against 意思相反：

> *Are you **for** or **against** the President?*
> 你是支持還是反對總統？

附註

另請注意 the fight against pollution、the campaign against inflation 這類的用法。相較於上述提到的意思外，with 用在 fight with、argue with 等片語中也可表達兩人或群體的「對立」，如：Stop arguing with me.（不要再與我爭辯。）

成分、材料：with、of、out of、from

109 與動詞 make 連用時，我們用 with 表示「成分」，用 out of 或 of 表示物品的「材料」：

> *A fruit cake is made **with** fruit, but a glass jug is made **(out) of** glass.*
> 水果蛋糕是用水果做的，玻璃罐是玻璃做的。

made from 則是指某樣東西是從另一樣東西變化而來：

> *They lived in tents made **from blankets**.*
> 他們住的帳篷是用毯子做成的。

> *Most paper is made **from wood-pulp**.*
> 大多數的紙是由木漿做成的。

單獨一個 of 可用於後位修飾語中：a ring of solid gold（以純金製成，意同 made out of solid gold）、a table of polished oak（亦即以拋光橡木做成）。要表示材料或成分，也可在名詞前以另一個名詞修飾：a gold ring、an oak table、metal rods、banana cake。

06

意義上的限定和非限定

Restrictive and non-restrictive meaning

110 放在名詞前後的「修飾語」（modifier）通常能使語意更加明確：

(A)	(B)
the children	*the children **who live next door*** 住在隔壁的小孩
a king	*a king **of Denmark*** 丹麥的國王
buttered toast	***hot** buttered toast* 熱的奶油吐司
these books	*these **latest history** books* 這些最新出版的歷史書

在上述各例中，(B) 部分的片語比 (A) 部分更能清楚告訴我們該名詞所指稱的對象為何。(B) 部分解釋了說話者所說的小孩、國王等名詞所指為何，進而**限縮**或**限制**該名詞的意思。我們稱這類修飾語為**限定性**的用法。

111 另外也有**非限定**的修飾語，指這類修飾語的功能不是用來限定名詞。試比較以下例句：

[1] | *She loved to talk about her sister who lived in Pàris.* |（限定）
她很喜歡提到她住在巴黎的那個姊姊。

[2] | *She loved to talk about her sìster,* | *who lived in Pàris.* |（非限定）
她很喜歡提到她的姊姊，她姊姊住在巴黎。

在例句 [1]，限定的關係子句告訴我們她喜歡提到的姊姊是哪一位，因此我們可以假定她有兩個以上的姊姊。例句 [2] 則用到非限定的關係子句，說話者除了提到她的姊姊（且我們假定她只有一個姊姊），還告訴我們她姊姊住在巴黎的這個額外資訊。在口語英語中，這種非限定的修飾語之前通常會有停頓做為聲調單位界線（使用的符號參看 37），在書面英語則是加上逗號，將修飾語和前面的名詞區隔。

非限定的形容詞

112 形容詞和關係子句一樣，也有非限定的用法。最明顯的例子就是加在專有名詞前的形容詞，因為專有名詞已經是特指唯一的事物，當然無法再以形容詞加以限定（例外情況請參看 93），例如：poor James、73-year-old Mrs Cass、the beautiful Highlands of Scotland。

非限定的形容詞無法用標點符號或語調來清楚標註，所以可能會有模糊空間：

[3] The **patriotic** Americans have great respect for their country's constitution.
愛國的美國人對他們國家的憲法非常尊崇。

[4] The **hungry** workers attacked the houses of their **rich** employers.
飢餓的工人們群起攻擊有錢雇主的房子。

我們可能會問：例句 [3] 是指「所有美國人都尊崇憲法」嗎（非限定用法）？還是「只有部分愛國的美國人（相對於那些不愛國的）才尊崇憲法」？例句 [4] 是指所有的工人和雇主，還是只針對吃不飽的工人（相對於其他衣食無虞的工人）和富有的雇主（相對於其他貧窮的雇主）？這兩個例句可以有兩種解讀方式，不過非限定用法的意思可能比較合理。

附註

放置修飾語的順序可能使意思不同：

> [5] *her last great novel*
> 她上一本很棒的小說

> [6] *her great last novel*
> 她很棒的上一本小說

在例句 [5]，great 是限定用法，而在例句 [6]，great 則是非限定用法。所以例句 [5] 的意思是「她很棒的小說中的最新一本」，例句 [6] 的意思則是「她最新的一本小說很棒」。

07

時間、時態和狀態

Time, tense and aspect

113 接下來，我們要看的是動詞片語所表達的意思。時態和狀態（tense and aspect，參看740-742）可表達動詞描述的動作與過去、現在或未來的關係。

狀態和事件

114 首先，我們必須先了解動詞可能代表的不同涵義。總的來說，動詞可以描述：

- **事件**，也就是視為發生一次的動作，且有明確的開始和結束，如 become、get、come、leave、hit、close、take。

- **狀態**，也就是持續一段時間的事情狀態，不需要明確的開始和結束，如 be、remain、contain、know、resemble、seem。

   事件：She **became** unconscious. 她陷入了昏迷。

   狀態：She **remained** unconscious. 她還是昏迷不醒。

事件動詞和**狀態**動詞的區別，類似可數名詞和不可數名詞的區別。如同第 62 節對可數和不可數名詞的說明，分類的標準不完全在於這個世界本身如何，而在於我們怎麼看待這個世界。同一個動詞可能從這一類變成另外一類，其間的區別有時並不一定清楚：「Did you remember his name?」（你記得他的名字嗎？）這句話可以是描述一種狀態，也可以是事件。因此，若要更準確說明，我

們應該說「狀態用法的動詞」和「事件用法的動詞」；但為了方便起見，就讓我們有時簡單地說「狀態動詞」和「事件動詞」。

115 「狀態」和「事件」動詞的區別，產生了以下三種基本的動詞意義（以過去式說明）：

這三種動詞意義都可以用時間副詞來加以分類，參看151–160。

(1) 狀態：Napoleon **was** a Corsican. 拿破崙是科西嘉人。

(2) 單一事件：Columbus **discovered** America. 哥倫布發現美洲。

(3) 反覆發生的事件／習慣：Paganini **played** the violin brilliantly. 帕格尼尼小提琴拉得十分出色。

「習慣」是「事件」和「狀態」的綜合，亦即習慣是由一連串事件組成的狀態。我們通常會加上「表示持續時間的副詞」來指出「狀態」（參見 161–165）：

> *Queen Victoria reigned **for sixty-four years**.*
> 維多利亞女王在位六十四年。

我們會加上頻率副詞（166–169）或表示持續時間的副詞，以更精準地指出「習慣」：

> *He played the violin **every day from the age of five**.*
> 他從五歲起每天都會拉小提琴。

除了這三種之外，還可再加上以下第四種動詞意義：

(4) 以進行式表示「暫時」的涵義（參看 132、740-741）：

> *She was cooking the dinner.*
> 她正在做晚餐。

一、現在時間

116 以下是表達某事發生在「現在」的幾種主要方式：

(A) 現在的狀態（現在簡單式）

I'm hungry.
我肚子餓。

Do you like my hat?
你喜歡我的帽子嗎？

現在簡單式描述的狀態可以無限延伸到過去和未來，因此一般性的事實也適用此時態，例如：A cube has eight corners.（一個立方體有八個角。）

(B) 現在的事件（現在簡單式）

I declare the meeting closed.
我宣布會議結束。

She serves – and it's an ace!
她發球出去，然後得分！

這種用法相當侷限，僅用於少數特殊場合，例如正式宣布、體育播報、現場示範等。在大部分情況下，一般人很少有機會講到一個事件是在說話的當下就已開始和結束。

(C) 現在的習慣（現在簡單式）

I work in two elementary schools.
我在兩所小學工作。

Do you drink beer?
你喝啤酒嗎？

It rains a lot in this part of the world.
世界上的這個地方很多雨。

此處所謂「習慣」，即為反覆發生的事件。

(D) 短暫的現在（現在進行式）

Look! It's snowing!
看啊！下雪了！

*The children **are sleeping** soundly now.*
孩子們現在正睡得安穩。

*They **are living** in a rented house.*
他們目前住在租來的房子。（只住短暫一段時間）

進行式的涵義在於強調「在有限的時間內」。試比較以下現在簡單
式例句的意思：

*It **snows** a lot in northern Japan.*
日本北部經常下雪。（習慣）

*The children usually **sleep** very soundly.*
這些孩子通常睡得很安穩。（習慣）

*They **live** in a rented house.*
他們住在租來的房子。（永久）

對於持續一段限定時間的單一事件，使用進行式的用意是為了強
調事件的持續狀態：

*The champion **serves**. It's another double fault!*
這位冠軍選手發球，又是連續兩次發球失誤！

*The champion **is serving well**.*
這位冠軍選手發球發得很好。
→ 強調這個發球狀態是反覆持續發生的。

若是描述狀態，使用進行式的用意則是為了強調該狀態持續的時
間**有限**：

*She **lives** with her mother.*
她和媽媽一起住。（永久地）

*She**'s living** with her mother.*
她現在和媽媽一起住。（目前暫時地）

120 **(E) 短暫的習慣（現在進行式）**

I'm playing golf regularly these days.
我最近固定會去打高爾夫。

She's not working at the moment.
她目前沒有工作。

He's walking to work while his car is being repaired.
在車子送修的這段時間，他走路去上班。

此用法既具備進行式「暫時」的涵義，也表達了現在習慣反覆發生的概念。

(F) 其他表達現在時間的方式

121 有三種比較次要的方式也可表達現在時間：

- 進行式加上 always 或其他類似副詞，強調該動作是持續或長期：

  Those children are always (= continually) getting into trouble.
  那些小孩老是在惹麻煩。

這種用法帶有些許不贊同的意味。

- 結合暫時和習慣的涵義，表達某短暫事件一再發生：

  He's chewing gum whenever I see him.
  每次我看到他，他都在嚼口香糖。

- 在特殊情況下，過去式可用來指稱現在：

  Did you want to speak to me? (= Do you want...)
  你有話要和我說嗎？

  I (just) wondered whether you would help me. (= I wonder...)
  我只是想知道你會不會幫我。

在這裡，過去式是比現在簡單式**委婉且更得體**的用法（參看 136）。

二、過去時間

122　看過了以上第 116–121 節對現在時間的說明，過去時間其實也大同小異，前面已經有舉例說明(參看 115)。但在英文要指稱過去時間，會遇到一個特別的問題，那就是該選擇過去式還是完成式。當過去發生的事與**過去一個時間點**（我們將其稱為「**當時**」）相關，我們會用**過去式**。所以過去簡單式代表的意思為「與過去時間相關的過去事件」。

> He **was** in prison for ten years.
> 他曾經坐過十年的牢。
> → 這句話可能表示「他現在已經出獄」。

對比之下，發生在過去但**與後續事件或時間有關**的事，我們會用**完成式**。所以現在完成式意思是「與現在時間相關的過去事件」。請看例句：

> He **has been** in prison for ten years.
> 他已經坐牢十年了。
> → 這句話可能表示「他現在還在坐牢」。

(A) 過去式

123　過去式指的是過去某個**明確**的時間，可從下列三方面來確定：

(1) 同一個句子中表示過去時間的副詞

> Chandra **came** to England in 1955.
> 錢德拉在 1955 年來到英國。
>
> The parcel **arrived** last week.
> 包裹在上星期到的。

(2) 從前面內容得知的時間訊息

> Joan **has become** engaged; it **took** us completely by surprise.
> 瓊安已經訂婚了，這讓我們大吃一驚。
> → 在這句可以用過去式 **took**，因為從第一個子句中的 **has become** 就已經可以確定事件發生的時間。

(3) 從內容以外的資訊得知的時間訊息

Did you **get** any letters?
你有收到任何信嗎？
→ 即使沒有前後內容提供資訊，這句話仍可用過去式，因為我們
知道郵件會在一天中的特定時間送達。

若要了解這幾方面的確切涵義，試比較 the 的用法83-85。

附註

專有名詞因為具有限定意義，所以本身已經具備使用過去式的條件：

Rome wasn't built in a day.
羅馬不是一天造成的。

Caruso was a great singer.
卡魯索是位偉大的歌唱家。
→ 從這句我們可以看出，卡魯索已經離開人世，或至少已不再以
歌唱為業。

有時即使沒有顯而易見的「當時」時間，仍可使用過去式：

Hello, how are you? They **told** me you were ill.
哈囉，你好嗎？我聽他們說你生病了。
→ 強調說話者正想著過去某個特定的時間。

124 過去式也暗示話中所指的時間與說話當下有一段距離：

His sister **suffered** from asthma all her life.
他姊姊一生都受氣喘所苦。（也就是說，她已經過世了。）

His sister **has suffered** from asthma all her life.
他姊姊活到現在一直都受氣喘所苦。（也就是說，她還健在。）

指稱過去某時間點或某段時間的副詞，通常會和過去式連用。

Kites were invented in China **in the fifth century**.
風箏是中國人在五世紀時發明的。（參看129）

(B) 現在完成式

125 請注意下列四種現在完成式的相關用法：

(1) 過去發生的事件，其結果持續影響到現在：

> The taxi **has arrived**.
> 計程車已經到了。（換言之，車現在在這。）

> All police leave **has been cancelled**.
> 所有警察的休假都已經取消。（換言之，所有警察都在值勤。）

> Her doll **has been broken**.
> 她的娃娃已經壞了。（換言之，現在還沒修好。）
> → 比較：Her doll was broken, but now it's mended.
> 　　　　她的娃娃壞了，現在修好了。

此用法是現在完成式最常見的用法。

(2) 持續到現在的一段時間內的非限定事件：

> **Have** you (ever) **been** to Florence?
> 你（曾）去過佛羅倫斯嗎？

> All the family **have suffered** from the same illness (in the last five years).
> 這一家人（在過去五年）都罹患同一種病。

(3) 持續到現在的一段時間內的習慣：

> She **has attended** lectures regularly (this term).
> 她（這學期）定期參加講座。

> He**'s played** regularly at Wimbledon since he was eighteen.
> 他從十八歲起，就固定會參加溫布頓網球錦標賽。

(4) 一直持續到現在的狀態：

> That supermarket – how long **has it been** open?
> 那家超市開業多久了？

> She**'s** always **had** a vivid imagination.
> 她的想像力向來都很豐富。

除了用法 (2) 以外，我們可以理解為這些狀態、習慣或事件都還持續到現在，例如，從用法 (4) 的第一個例句，我們可以假設那家超市仍在營業。

附註

在用法 (2) 的情境中，現在完成式通常是指**最近**非限定的過去時間：Have you eaten (yet)?（你吃了嗎？）、I've studied your report (already).（我已經研究過你的報告。）在這種情況下，美式英語多半傾向使用過去式：Did you study John Grisham's novels yet?（你研究過約翰葛里遜的小說了嗎？）、I didn't make any lunch yet.（我還沒做午餐。）

習慣上，過去式與 always、ever 和 never 連用，可表示一直持續到現在的狀態或習慣：

> I **always said** (= have said) he would end up in jail.
> 我就說他遲早會被關。

> **Did** you **ever taste** that seaweed?
> 你吃過那種海帶嗎？

(C) 完成進行式

126　現在完成進行式（如 have been writing）表達的意思和現在完成式很接近，差別只在於前者強調持續到現在的一段時間是「**限定的時間**」：

> I**'ve been studying** for the exams.
> 我一直在為準備考試念書。

> What **have** you **been doing**, sleeping all day?
> 你一天都做了什麼，一直在睡嗎？

> She**'s been explaining** to me what you're doing.
> 她一直在向我解釋你在做什麼。

完成進行式和完成式一樣，可表示該動作的結果一直持續到現在：

You've been fighting!（你又在打架！）在此例句，說話者因為看到對方眼睛瘀青、衣服被扯破，所以知道對方又打架了。在這種情況下，該動作實際上是持續到**不久之前**，而不是現在。不過，現在完成進行式和現在完成式不同的是，前者和事件動詞連用時，通常表示該動作一直持續到現在：

> I**'ve read** your book.
> 我已經看了你的書。（意即我看完了。）

> I**'ve been reading** your book.
> 我最近在看你的書。（通常表示我現在還在看。）

(D) 過去完成式

127 過去完成式（包含簡單式與進行式）用來交代「過去之前的時間」，也就是比過去某個特定時間點更早的時間：

> The house **had been** empty for several months (when we bought it).
> （我買這間房子的時候，）房子已經閒置好幾個月。

> The goalkeeper **had injured** his leg, and couldn't play.
> 守門員之前傷了腿，所以無法上場。

> It **had been** raining, and the streets were still wet.
> 之前一直在下雨，所以路上還是濕的。

> Their relationship **had been** ideal until Claire's announcement 'I'm leaving – there's someone else'.
> 在克萊兒說出「我要走了，我有別人了」之前，他們的關係一直都很好。

過去式和現在完成式的區別，對過去完成式來說則沒什麼不同。也就是說，如果將以下例句和敘述的事件放到過去，則兩句都會用過去完成式：

> They tell me that ⎰ the parcel **arrived** on April 15th.
> 他們跟我說 ⎱ 包裹在 4 月 15 日到了。
>
> the parcel **has** already **arrived**.
> 包裹已經送到了。

They told me that 　 *the parcel **had arrived** on April 15th.*
他們跟我說了 　 包裹在 4 月 15 日到了。

*the parcel **had** already **arrived**.*
包裹已經送到了。

若要敘述過去發生的事件之後又發生另一件事，我們可以將較早發生的事用過去完成式，以表示兩者的先後關係，也可將兩件事都用過去式，透過連接詞（如 after、before、when）來說明何者先發生：

*When the guests **had departed**, Sheila **lingered** a little while.*
*~ When the guests **departed**, Sheila **lingered** a little while.*
客人離開之後，希拉稍作停留。

*After the French police **had** successfully **used** dogs, the German authorities too **thought** of using them.*
*~ After the French police successfully **used** dogs, the German authorities too **thought** of using them.*
法國警方成功應用警犬後，德國當局也考慮跟進。

上面兩組例句，各組的兩句意思大致上相同，每一句都交代了是前者先發生，後者才接著發生。

(E) 表達不定詞 / 分詞的過去狀態

128 不定詞和分詞（參看 738）沒有時態之分，所以無法表達過去式和完成式的差別。但若與完成式連用，通常可表達過去的意思：

[1] *He seems **to have missed** the point of your joke.*
他似乎沒聽懂你笑話的笑點。

[2] *More than 1,000 people are said **to have been arrested**.*
據說已經逮捕了超過一千人。

[3] *She is proud of **having achieved** stardom while still a child.*
她很自豪在小時候就已經一圓明星夢。

[4] *Lawes was convicted of **having aided** the rebels by planting bombs.*
拉威斯因為幫助叛軍放置炸彈，而被判有罪。

例句 [1] 也可用以下方式表達：

> *It seems that he **has missed** the point.* 或
>
> *It seems that he **missed** the point.*

例句 [3] 也可以這麼說：

> *She is proud that she **has achieved** stardom.* 或
>
> *She is proud that she **achieved** stardom.*

若要以其他方式表達例句 [4] 敘述的事件，就可以用過去完成式（參看 127）：

> *Lawes's crime was that he **had aided** the rebels by planting bombs.*
> 拉威斯的罪行是幫助叛軍放置炸彈。

雖然這句話隱含的時間和狀態可能有變，但意思和以 -ing 形式所表達的沒什麼不同。接在情態助動詞後的完成式不定詞也是同樣的道理，例如：

> *He **may have left** yesterday.*（= *Perhaps he **left** yesterday.*）
> 他可能昨天就已經離開了。
>
> *He **may have left** already.*（= *Perhaps he **has left** already.*）
> 他可能已經離開了。

過去式 / 現在完成式所使用的副詞

129　過去式和現在完成式各自有搭配的副詞，如：

- **過去式**（結束在過去的一個時間點或一段時間）：

> *I **rang** her parents **yesterday (evening)**.*
> 我昨天（晚上）打電話給她父母。
>
> *My first wife **died some years ago**.*
> 我第一任妻子幾年前過世了。
>
> *The fire **started** just **after ten o'clock**.*
> 十點剛過火勢就開始竄出。

*A funny thing **happened** to me **last Friday**.*
上週五我發生一件好笑的事。

*I think someone **mentioned** it to her **the other day**.*
我想前幾天有人跟她提過了。

***In the evening** he **attended** an executive meeting of the tennis club.*
他晚上出席了網球社的行政會議。

*The conference **opened on Monday, October 30th**.*
大會於十月三十日星期一開幕。

*School **began in August**, the hottest part of the year.*
學校在一年中最熱的八月份開學。

***In 2000** a new law **was introduced**.*
一條新的法律於 2000 年制定。

- **現在完成式**（一直持續到現在的一段時間，或剛過去不久的時間）

***Since January**, life **has been** very busy.*
自一月以來，生活就過得非常忙碌。

*I **haven't had** any luck **since I was a baby**.*
我從小就沒什麼運氣。

*Plenty of rain **has fallen** here **lately**.*
最近這裡下了很多雨。

*Sixty-six courses **have been held so far**.*
目前為止，已經開了 66 堂課。

***Up to now** her life **hasn't been** altogether rosy.*
到目前為止，她的人生並不全然是美好的。

- **過去式或現在完成式皆可用的副詞**

下面幾組例句的意思幾乎一樣。不過，在第一組例句中，若選用完成式，表示說話者說這句話的時間是在早上；而若選擇過去式，則表示上午時間已經過了。但這並不是一定絕對如此的規則。

*We **have seen** a lot of horses **this morning**.*
*= We **saw** a lot of horses **this morning**.*
我們早上看到很多馬。

*I **have tried** to speak to you about this **today**.*
*= I **tried** to speak to you about this **today**.*
我今天試著要和你討論這件事。

***Have** you **spoken** to him **recently**?*
*= **Did** you **speak** to him **recently**?*
你最近和他聊過嗎？

(F) 過去的狀態或習慣

130 • **used to**（參看 485）可表達過去的狀態或習慣，用來與現在對比：

*My uncle **used to keep** horses.*
我叔叔以前有養馬。（也就是說，他曾經養過馬。）

*I **used to know** her well (when I was a student).*
（我還是學生的時候，）我曾經和她很熟。

• **would**（參看 291）也可表達過去的習慣，尤其用於表達「特徵、可預測的行為」。這種用法常用於敘事：

*He **would wait** for her outside the office (every day).*
他（每天）會在辦公室外等她。

(G) 用現在簡單式表達過去

131 在以下兩種特殊情況中，現在簡單式可用來表達過去的意思：

• 敘述過去發生的事情時，為了讓事件生動，如在眼前發生，我們會使用「**歷史現在式**」（historic present）：

*This lady yesterday, she **says** 'I can't believe this ...'*
昨天這位小姐說「我不能相信這件事…」。

*Then in **comes** the barman and **tries** to stop the fight.*
然後酒保進來試圖要勸架。

- **溝通類動詞**（如 hear、inform 等）會使用現在式，但較嚴謹的用法應是使用現在完成式或過去式：

  I **hear** you've finished the building project.
  我聽說你已經完成了建案。

  The doctor **says** he thinks I had a mild concussion.
  醫生說他覺得我有輕微的腦震盪。

(H) 過去進行式

132　進行式（參看 119、739–742）表示**正在進行中**的動作，因此也暗示：

- 這個動作是**短暫**的（亦即持續的時間有限）。
- 這個動作**不一定已完成**。

與過去式或現在完成式相比，過去進行式更強調上面的第二點：

  He **wrote** a novel several years ago.
  他幾年前寫了一本小說。（也就是說，他寫完了。）

  He **was writing** a novel several years ago.
  他幾年前在寫一本小說。（但我不知道他寫完了沒。）

  They'**ve mended** the car this morning.
  他們今天早上修了車。（也就是說，車修好了。）

  They'**ve been mending** the car this morning.
  他們今天早上一直在修車。（但車可能還沒修好。）

對於表示狀態轉變的動詞，進行式是交代轉變中的過程，而不是變化完成的狀態：

  The young man **was drowning** (but at the last moment I rescued him).
  那個年輕人溺水了（，但我在最後一刻救起了他）。

當進行式與其他非進行中的事件動詞一起出現，或與一個時間點或一段時間連用，進行式動詞通常是表示其描述的動作或狀態仍在持續，也就是已經開始但還沒結束：

> *When I went downstairs they **were** (already) **eating** breakfast.*
> 我下樓的時候,他們(已經)在吃早餐。

再舉其他例子:

> *I knew the person who **was working** her last year.*
> 我認識去年在這工作的那個人。

> *High winds and heavy seas **have been causing** further damage (today).*
> (今天的)強風巨浪持續帶來了更多損害。

> *As I came in, Agnes looked up from the book she **was reading**.*
> 我進來的時候,艾格尼絲從她正在看的書中抬起頭。

> *I'm happy to say my arthritis **is getting better**.*
> 我很開心地說我的關節炎越來越改善了。

四、進行式

(A) 可以與進行式連用的動詞

133 可用於進行式的典型動詞,通常是表示以下意思的動詞:

(1) **動作動詞**(如 walk、read、drink、write、work):

> *A small boy in a blue jacket **was walking** along the street.*
> 一個穿著藍色夾克的小男孩正在街上走。

> *I**'m writing** a letter to my sister in England.*
> 我正在寫信給我在英國的妹妹。

(2) **過程動詞**(如 change、grow、widen、improve):

> *Alec **was growing** more and more impatient.*
> 阿雷克變得越來越沒耐心。

> *I believe the political situation **is improving**.*
> 我相信政治局勢正在好轉。

(3) **表示短暫事件的動詞**(如 knock、jump、nod、kick)使用進行式,可表達**重複性**:

*He **nodded**.*
他點了下頭。

*He **was nodding**.*
他連連點頭。

(B) 不可跟進行式連用的動詞

134　**狀態動詞**無法使用進行式，因為「某事正在進行中」的概念不太適用於這類動詞。一般來說，**不使用進行式的動詞**還有以下類別：

(1) 感官知覺動詞

135　如 feel、hear、see、smell、taste。若要表達持續的感知狀態，我們通常會將這些動詞與 can 或 could 連用：

> *I **can see** someone through the window, but I **can't hear** what they're saying.*
> 我可以透過窗戶看到外面有人，但聽不到他們在說什麼。
> 不可以說：*I am seeing ...* ⁽×⁾、*I'm not hearing ...* ⁽×⁾

當主詞是動詞（如 sound、look）所感知的對象時，也不用進行式：

> *You **look** ridiculous, in that hat.*
> 你戴那頂帽子看起來可笑極了。
> 不可以說：*You are looking ridiculous ...* ⁽×⁾

> *It **sounds** as if the concert's already started.*
> 聽起來演唱會好像已經開始了。
> 不可以說：*It is sounding ...* ⁽×⁾

(2) 描述心理狀態或感覺的動詞

136　這類動詞有 believe、adore、desire、detest、dislike、doubt、forget、hate、hope、imagine、know、like、love、mean、prefer、remember、suppose、understand、want、wish 等。

> *I **suppose** I'd better buy them a Christmas present.*
> 我想我最好買聖誕禮物給他們。
> 不可以說：*I am supposing ...* ⁽×⁾

> *I **hope** I haven't kept you all waiting.*
> 希望我沒有讓你們大家等我。
>
> *I **doubt** whether the standards of the schools are improving.*
> 我懷疑這所學校的水準有沒有改善。

動詞 seem 和 appear 也可以歸在這一類：

> *He **seems/appears** to be enjoying himself.*
> 他似乎正玩得開心。

(3) 描述「關係」或「存在狀態」的動詞

137 這類動詞有 be、belong to、concern、consist of、contain、cost、depend on、deserve、equal、fit、have、involve、matter、owe、own、possess、remain、require、resemble 等。

> *She **belongs to** the Transport and General Workers' Union.*
> 她隸屬於運輸與一般工人工會。
>
> *Most mail these days **contains** nothing that could be truly called a letter.*
> 現在大多數郵件所包含的內容，沒多少可以真的稱得上是信件。

請注意，即使這些動詞描述的是一個短暫狀態，也不會使用進行式：

> *I'm hungry.* 我肚子餓。
>
> *I **forget** his name for the moment.* 我一時忘了他的名字。

附註

將動詞 have 當作狀態動詞使用時，不可有進行式：

> *He **has** a good job.*
> 他有一份很好的工作。
>
> 不可以說：*He is having a good job.*（×）

但當 have 表示「過程或動作」時，則會使用進行式：

> *They **were having** breakfast.*
> 他們正在吃早餐。

(4) 表達身體知覺的動詞

138 第四類動詞是表達身體知覺的動詞（如 hurt、feel、ache、itch），這類動詞可使用進行式或簡單式，意思並沒有多大分別：

My back { *hurts.*
{ *is hurting.* 我的背在痛。

I { *felt* } *ill.* 我覺得不太舒服。
{ *am feeling* }

(5) 可使用進行式的例外情況

139 以上第 134–137 節介紹的幾類動詞，都不可使用進行式，但在某些特殊情況，你會聽到它們使用進行式。在這些情況下，有許多是因為動詞從狀態動詞變成了「動作動詞」（用於指稱行為進行中的狀態），因此可用動作動詞 look (at) 和 listen (to) 來取代意思相同的 see 和 hear：

*Why **are** you **looking** at me like that?*
你為什麼這樣看我？

*She **was listening to** the news when I phoned.*
我打電話時，她正在聽新聞。

但 smell、feel 和 taste 則沒有對應的動作動詞，因此這些動詞除了表達狀態，也兼具表達動作：

表示動作：*She **was feeling** in her little pocket for a handkerchief.*
她在她的小口袋裡摸索著找手帕。

表示狀態：*The water **felt** wonderful on her skin.*
水在她皮膚上的感覺很好。

類似的例句還有：

*The doctor **was listening**[動作]to her heartbeat. He says it **sounds** normal.*[狀態]
醫生正在聽她的心跳，他說聽起來很正常。

*We've just **been tasting** the soup.* [動作] *It really **tastes** delicious.* [狀態]
我們在試喝這個湯的味道，這湯嚐起來真美味。

同理，think、imagine、hope、expect 等有時也可作為「內心活動」的動詞：

*I'm **thinking** about what you were saying.*
我在想你說的話。

*He's **hoping** to finish his training before the end of the year.*
他希望能在年底前完成訓練。

當 be 動詞後面所接的形容詞或名詞是表示一個人的行為特質時，be 動詞可以用進行式：

*She's **being very brave**. (= acting very bravely)*
她表現得非常勇敢。

*'She is **being a hero** over all this,' thought Tom miserably. (= acting like a hero)*
湯姆哀怨地想著：「她在這件事表現得像個英雄。」

附註

還有一種例外情況：將 hope、want 等用在進行式，表達更委婉得體的口氣：

*We **are hoping** you will support us.* 我們希望你能支持我們。

***Were** you **wanting** to see me?* 你想要見我嗎？

五、未來時間

140 用英文動詞片語來表達未來時間主要有五種形式，其中又以使用 will 或 shall 以及 be going to（以下的 A 和 B）的未來式句型最為重要，will 更是這之中最常用的選項，尤其是用在書面英語時。

(A) will 或 shall（參看 483）

141 will 或 shall 可用於表達對單純未來的預測，will 常縮寫為 'll，shall

則頗為正式和少見，且通常只與第一人稱主詞連用：

> *Temperatures tomorrow **will be** much the same as today.*
> 明天的溫度會和今天差不多。

> *We **shall hear** the results of the election within a week.*
> 不出一個星期，我們就會聽到選舉結果。

will 尤其常用在條件句的主要子句中（參看 207–214）：

> *If the book has real merit, it **will sell**.*
> 如果這本書真有什麼好，自然就會賣。

> *Wherever you go, you **will find** the local people friendly.*
> 你無論去到哪，都會覺得當地人很友善。

> *In that case, I guess I**'ll have** to change my plan.*
> 既然那樣，我想我必須要改變計畫。

但當主詞是人的時候，will/shall 通常也表示說話者的意願：

> *I**'ll see** you again on Tuesday.* 我們星期二再見囉。

> *They**'ll make** a cup of coffee if you ask them.*
> 如果你開口，他們會幫你泡杯咖啡。

(B) be going to

142 「be going to + 原形動詞」通常把未來看作是現在的完成，可表示受到現在意圖所影響的未來結果：

> ***Are**n't you **going to put** a coat on? It's cold out.*
> 你不穿上外套嗎？外面很冷。

> *She said that she**'s going to visit** Vic at two o'clock.*
> 她說她兩點要去看維克。

> *She says she**'s going to be** a doctor when she grows up.*
> 她說將來長大後要當醫生。

此句型也可表示因為現在的其他因素所導致的未來結果：

> *I think I**'m going to faint**.*
> 我覺得我快昏倒了。（換句話說，我早就覺得不舒服了。）

It's going to rain.
快下雨了。（換句話說，我早就已經看到烏雲聚集。）

I'm afraid we're going to have to stop the meeting now.
我們現在恐怕必須先停止會議。

在後三句這一類的句子中，be going to 也表示說話者認為事情**很快**就會發生。

(C) 進行式

143　現在進行式可用於表達現在計畫或規劃，或是安排好的未來事件：

We're inviting several people to a party.
我們打算邀請幾個人來參加派對。

She's going back to Montreal in a couple of days.
她過幾天要回蒙特婁。

What are you doing for lunch? 你午餐時要做什麼？

此句型和 be going to 一樣，常用來表示很近的未來，尤其當句中沒有時間副詞的時候，如 in a couple of days：Charlotte's giving up her job (= soon).（夏綠蒂快辭職了。）

(D) 現在簡單式

144　有些從屬子句會使用現在簡單式來代替未來式，尤其是表示時間的副詞子句，如 when she comes in，以及假設條件句，如 if she comes in（參看 160、207）：

I'll get her to phone you when/if/after she comes in.
等她來了／如果她來了／她來了之後，我會叫她打給你。

但請注意，**主要**子句的動詞仍使用未來式 will。

須使用現在式來代替未來式的連接詞還包括：after、as、before、once、until、when、as soon as、if、even if、unless、as long as。　在 hope、assume、suppose 等動詞後的 that 子句也可用現在式動詞來

表示未來式：

> *I hope the train **is** on time.*
> *~ I hope the train **will be** on time.*
> 我希望火車能準時。

> *Just suppose the network **fails**. It **will be** a total disaster.*
> 光試想要是網路掛了，將會是天大的災難。

除了上述例子外，當未來某事是行事曆或時間表上預先決定好的事，或是已定案計畫的一部分，可確定一定會發生，這時也會用現在簡單式（但不是很常見）：

> *Tomorrow **is** Wednesday.* 明天是星期三。

> *The term **finishes** at the beginning of July.* 這學期到七月初結束。

> *Actually the match **begins** at three on Thursday.*
> 其實比賽是在星期四的三點開始。

> *Miss Walpole **retires** at the end of the year.*
> 沃波爾小姐今年底退休。

在這些例句中，說話者都將這些事件看作是事實，完全沒有一般對未來會有的懷疑。試比較以下例句：

> *When **do** we **get** there?*
> 我們幾點到？（例如從航班時間可推知）

> *When **will** we **get** there?*
> 我們幾點會到？（例如如果我們自己開車）

(E) will/shall + 進行式

145 will（或 'll、shall）後面若接進行式，通常代表暫時的意思（參看141）：

> *Don't call her at seven o'clock – they'**ll be eating** dinner then.*
> 不要在七點打電話給她，他們那時會在吃晚餐。

但除此之外，我們也可用「will + 進行式」的句型來特別表示未來的事件理所當然會發生，尤其當用在很近的未來：

*What do you think you'll **be doing** at school today?*
你覺得你今天在學校會在做什麼？

*We **will be taking part** in an international conference on global warming on January 30th.*
一月三十日那天我們會在參加關於全球暖化的國際會議。

如果要避開 will 簡單式句型所暗示的強烈意願，可善用此用法，會更委婉禮貌：

[4] *When **will** you **come** to see us again?*
你什麼時候會再來看我們？

[5] *When **will** you **be coming** to see us again?* 委婉
你什麼時候還會再來看我們？

例句 [4] 很可能是在詢問聽者是否有意願，例句 [5] 則只是在問聽者預計下次何時會再來。

(F) be to、be about to、be on the point of

146 以下幾例則說明表達未來時間較不常見的方式：

*Jaguar **is to launch** a new saloon model, the XJ 4.0S.* 頗正式
Jaguar 即將發表 Saloon 的新款車型，XJ 4.0S。

*I'm **about to write** the director a nasty letter.*
我正要寫給主管一封罵人的信。

*She **was** just **on the point of moving** when the message arrived.*
這封信送到時，她正準備要搬家。

句型「be + 不定詞」可表示未來計畫（尤指正式安排），be about to 和 be on the point of 則強調在近期即將發生的事。

(G) 過去的未來

147 以上所提及的未來式句型都可以用於過去式（現在簡單式除外），以表示「過去的未來」（亦即以過去視角來看的未來）。但若使用

was going to 和 was about to 這兩種句型，通常表示「預期發生的事並沒有發生」：

> They **were** just **going to arrest** him, when he escaped from the building.
> 當他從大樓逃出的時候，他們原本正準備要逮捕他。

> The priceless tapestry **was about to catch** fire, but was fortunately saved through the prompt action of the fire service.
> 這條貴重的掛毯本來快著火了，還好消防人員很快地救下了它。

was/were to 和 would 可表示在過去已經完成的未來，但這種意思多用於比較少見的文學語體中：

> After defeating Pompey's supporters, Caesar **returned** to Italy and proclaimed himself the permanent 'dictator' of Rome. He **was to pay** dearly for his ambition in due course: a year later one of his best friends, Marcus Brutus, **would lead** a successful plot to assassinate him.
> 打敗龐培的支持者後，凱撒回到義大利並宣布自己是羅馬永遠的「獨裁者」。等將來時候到了，他會為自己的野心付出極大的代價：一年後，他的摯友馬爾庫斯·布魯圖斯將會帶領一場成功的密謀將他暗殺。

像這樣的一連串事件，也可用過去簡單式描述，如 returned、paid、led 等。

附註

在**轉述句**中，過去的未來常會用 would、was going to 等來表達（參看 264–268）。

(H) 未來的過去

148 要表達以未來時間視角來說的過去，我們會用「will + 完成式」來表示：

> I am hoping that by the end of the month you **will have finished** your report.
> 希望到了月底你已經完成了你的報告。

> In three months' time, the plant **will have taken** root.
> 等到三個月後，這株植物就會穩固紮根了。

在以現在簡單式表示未來時間的從屬子句中（參看 144），可用現在完成式表達未來的過去：

*Phone me later, when you **have finished** your dinner.*
晚點等你吃完晚餐打電話給我。

摘要整理

149 第 142-143 頁整理時態和狀態所表達的最常見意思。以下先說明表格中的符號：

單一事件	●
狀態	———
習慣或一連串事件	· · · ·
短暫的狀態或事件	~ ~ ~ ~ ~ ~ ~
短暫的習慣	~ .~ .~ .~ .~ .

由左至右的成串箭頭表示時間向：→ → → → → →
直向虛線｜表示明確的時間點（「現在」或「當時」）
虛線箭頭 ----------> 表示預期之後將發生的事件

心得筆記

NOTES

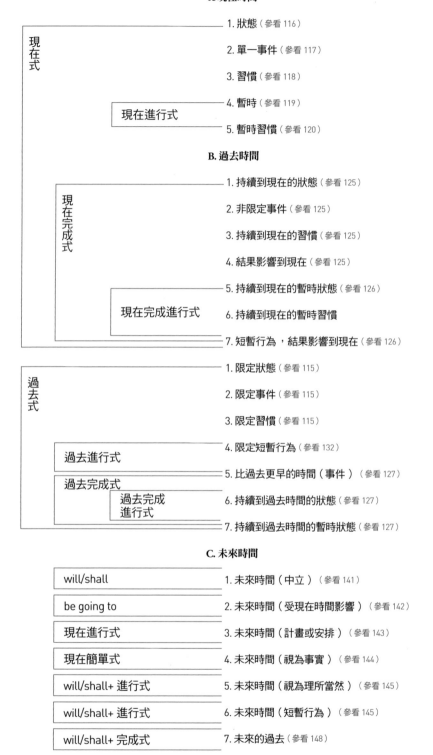

A. 現在時間

現在式
- 1. 狀態（參看 116）
- 2. 單一事件（參看 117）
- 3. 習慣（參看 118）

現在進行式
- 4. 暫時（參看 119）
- 5. 暫時習慣（參看 120）

B. 過去時間

現在完成式
- 1. 持續到現在的狀態（參看 125）
- 2. 非限定事件（參看 125）
- 3. 持續到現在的習慣（參看 125）
- 4. 結果影響到現在（參看 125）

現在完成進行式
- 5. 持續到現在的暫時狀態（參看 126）
- 6. 持續到現在的暫時習慣
- 7. 短暫行為，結果影響到現在（參看 126）

過去式
- 1. 限定狀態（參看 115）
- 2. 限定事件（參看 115）
- 3. 限定習慣（參看 115）

過去進行式
- 4. 限定短暫行為（參看 132）

過去完成式
- 5. 比過去更早的時間（事件）（參看 127）

過去完成進行式
- 6. 持續到過去時間的狀態（參看 127）
- 7. 持續到過去時間的暫時狀態（參看 127）

C. 未來時間

will/shall	1. 未來時間（中立）（參看 141）
be going to	2. 未來時間（受現在時間影響）（參看 142）
現在進行式	3. 未來時間（計畫或安排）（參看 143）
現在簡單式	4. 未來時間（視為事實）（參看 144）
will/shall+ 進行式	5. 未來時間（視為理所當然）（參看 145）
will/shall+ 進行式	6. 未來時間（短暫行為）（參看 145）
will/shall+ 完成式	7. 未來的過去（參看 148）

	「當時」 過去時間	「現在」 現在時間	「接下來」 未來時間

I like Mary. 我喜歡瑪莉。

I resign. 我要辭職。

She gets up early. 她很早起。

He's drinking Scotch. 他正在喝蘇格蘭威士忌。

She's getting up early (nowadays). 她最近很早起。

I've known her for years. 我與她認識多年。

I've seen better plays. 我看過更好的戲。

He's conducted that orchestra for 15 years.
他指揮管弦樂團 15 年了。

You've ruined my dress! 你毀了我的洋裝！

I've been waiting for an hour. 我已經等了一小時。

He's been walking since he was 8 months old.
他八個月大就會走路。

You've been smoking! 你又抽菸了！

I lived in Africa when I was young. 我年輕時住過非洲。

I saw him yesterday. 我昨天見過他。

I got to/used to get up early in those days.
我那時（習慣）早起。

We were watching TV. 我們在看電視。

I had visited the island before.
我以前曾去過那個島。

I had known him since birth.
我打從出生就認識他了。

They had been lying in wait for him.
他們一直埋伏在他身邊。

The letter will arrive tomorrow. 信明天會到。

Prices are going to rise. 價格將會上漲。

We're moving next week. 我們下週搬家。

The match starts at 2.00p.m. 比賽下午兩點開始。

I'll be seeing you soon. 我們很快會再見。

The astronauts will be sleeping at 4.00 a.m.
凌晨 4 點時，太空人會在睡覺。

The plane will have landed by then.
到那時飛機已經降落了。

08

指明時間

Time when

151 時間的概念除了可透過動詞的時態、狀態和助動詞來表達，也可透過時間類副詞來說明。表示時間的類副詞可有以下幾種形式：

- **副詞**：They fixed the radiator **yesterday**. 他們昨天修理了暖氣機。
- **介系詞片語**：She phoned **on Thursday**. 她在星期四打過電話來。
- **名詞片語**：Jennifer's coming to lunch **next week**. 珍妮佛下週會來吃午餐。
- **名詞 +ago 等**：**Twelve months ago** he found himself without a job. 十二個月前，他猛然意識到自己沒有工作。
- **副詞子句**：We met several years ago **while I was working in China**. 幾年前我在中國工作時，我們曾見過。

這些表示時間的字詞在句中通常是作副詞（參看451），也可做為名詞片語的修飾語（如 the meeting yesterday；yesterday's meeting），有時還可作主詞或補語：The day after tomorrow will be Friday.（後天是星期五。）

時間副詞可以用來回答以「When?」提問的問句，因此上述的類副詞都可回答「When did they fix it?」和「When did she phone?」等這類問題。想要了解時間的表達，最實際的方式就是從介系詞片語看起。

at、on、in 和 during

152　at 用來表示某個時間點，on 和 in 則都用於一段時間。一般來說，
on 用於指某日，in（或 during）所指的期間則可能超過一天，也可
能不到一天：

- **表示幾點鐘**：at 10 o'clock、at 6.30 p.m.、at noon
- **表示特定日子**：on Sunday、(on) the following day
- **表示其他期間**：in/during the morning/April/the nineteenth century
  during (the) spring/2002/the Stone Age

請看例句：

> *Her father arrived home **at six o'clock**.*
> 她爸爸在六點到家。

> *A meeting will be held **at 12.45 p.m.** in the Committee Room.*
> 中午 12:45 在會議室有一場會要開。

> *We're going to the cottage **on Sunday**.*
> 我們週日要到村舍去。

> ***In the summer**, roses climb the walls of the courtyard and **in autumn/the**
> **fall** the country smell of burning leaves hangs in the air.*
> 夏天時，玫瑰爬上庭院中的牆，到了秋天，鄉間燒落葉的氣味迴盪
> 在空氣中。

> *Many varieties of shrubs blossom **during April and May**.*
> 很多種類的灌木會在四五月間開花。

對於指明開始和結束時間的一段期間，則會用 between：

> ***Between 1918 and 1939** many people in the West lost their faith in*
> *democracy.*
> 在 1918 年到 1939 年間，許多西方人失去了對民主的信心。

in 和 during

153　in 和 during 的意思大致相同：

*He had been an airman **in/during the Second World War**.*
他在第二次世界大戰期間擔任空軍士兵。

*You can come back tomorrow **in/during visiting hours**.*
你可以明天的探視時間再來。

但若與 stay、visit、meal、conversation 等名詞連用以表示「在這段期間」，前面則只能用 during 來表示活動所持續的那段時間：

*We went to the zoo **during our stay in Washington**.*
我們待在華盛頓時曾去過動物園。

***During the peace talks**, there was a complete news blackout.*
和平會談期間，新聞完全受到封鎖。

*The Mayor always falls asleep **during the after-dinner speeches**.*
每到晚餐後的演講時間，市長總是會睡著。

附註

介系詞 in（或較正式的 within）可表示「在特定一段時間前完成或結束」的意思：

*Phileas Fogg travelled round the world **in eighty days**.*
菲利斯·福格在八十天內環遊了世界。

*Phone me again **within a week**.*
一週內再給我打一次電話。（也可說：*Phone me again **in a week's time.***）

例外情況：at、on 和 by

154 • at 可用於未清楚指明的時間，例如 at that time、at breakfast time、at night，也可用於較短的假期（如 at Christmas、at Easter）。在英式英語中會說 at the weekend，但美式英語則會說 on the weekend。

*Cars belonging to visitors at a local beauty spot were broken into **at/on** the weekend.* 英式／美式
當地一處名勝的遊客們的車在週末時遭人破車行竊。

若要了解這種時間表達方式省略定冠詞的用法，請參看475。

- 若有指出 morning、afternoon、evening 和 night 等時間是**哪一天**時，介系詞會改用 **on**：on Monday night、on the following evening，但我們會說 in the evening/night。

  *A Yamaha motorbike was stolen from the Kwik Save car park **on Saturday morning**.*
  星期六早上，一輛山葉機車在 *Kwik Save* 商店的停車場被人偷走。

- 用於旅遊之類的活動時，慣用語 **by day** 和 **by night** 可以取代 during the day/night：

  *We travelled **by night** and rested **by day**.*
  我們晚上趕路，白天休息。

省略介系詞

155 在以 last、next、this、that 開頭的片語，以及 today、yesterday、tomorrow 這幾個字之前，介系詞通常會省略：

*He enjoyed coming out with us **last Saturday**.*
他上週六和我們出去很開心。

***Next time you're in town**, phone me at this number.*
下次你來這裡時，打這支電話給我。

*We can't afford to go abroad **this year**.*
我們無法負擔在今年出國。

***That day** I had nothing important to do.*
我那天沒什麼重要的事要做。

*See you **tomorrow**!*
明天見！

但 at this/that time、on this/that occasion 則是例外：

***On that occasion** the government was saved by the intervention of the Liberal Democrats.* 頗為正式
那一次政府因為自由民主黨的介入斡旋而得救。

在非正式英語中，若片語指向與現在時間間接相關的時間，或在過去或未來某明確時間點之前或之後的時間，我們通常也會省略介系詞：

> *I met her **(on) the day after her birthday**.*
> 我在她生日後隔天遇見她。

> *She got married **(in) the year after her graduation**.*
> 她在畢業那年結婚。

> ***(During) the week before last**, I was at a conference in Warsaw.*
> 上上個禮拜，我在華沙參加一場會議。

> *The festival will be held **(in) the following spring**.*
> 慶祝活動將在明天春天舉行。

有時我們會省略直接接在星期前的介系詞：

> *I'll see you **(on) Wednesday**, then.*
> 那就星期三見囉。

> *Well, Iris is there **(on) Wednesdays and Fridays**.*
> 艾利絲每週三和週五會在這。（參看第 167 節的附註）

這種省略用法在非正式美式英語中尤其常見。

時間關係：before、after、by 等

156
- **before** 和 **after**（做為介系詞、副詞和連接詞）可說明一個時間或事件與另一個時間或事件的關係，如：

> *The service was so much better **before the war**.*
> 跟戰爭前的服務比起來，這好得多了。（ ***before** = 介系詞*）

> *We'd never met her **before**.*
> 我們以前從沒見過她。（ ***before** = 副詞 = before that time*）

> ***Before she had gone very far**, she heard a noise.*
> 在她走遠之前，她聽到一些聲音。（ ***before** = 連接詞*）

> *The secretary had left immediately **after the meeting**.*
> 會議一結束，秘書就馬上離開了。（ ***after** = 介系詞*）

After they had gone, *there was an awkward little silence.*
他們走了之後，現場陷入短暫尷尬的沉默。（***after*** = 連接詞）

因為 before 和 after 的意思相反，因此以下兩句表達相同意思：

*She arrived **after** the play started.*
話劇開始之後她才到。
*~ The play started **before** she arrived.*
在她到之前，話劇已經開始了。

- **by** 可用於交代已經可知道事件結果的時間，指「不晚於」特定時間：

  By Friday *I was exhausted.*
  到星期五時，我已經累掛了。
  （換句話說，在一直到星期五之前的那段時間，我都非常疲累）

  *Please send me the tickets **by next week**.*
  請在下星期之前把票寄給我。
  （換句話說，我希望拿到票的時間不會晚於下星期）

- **already**、**still**、**yet** 和 **any more** 都和 by 所引導的片語意思相關。在敘述單一事件時，already 和 yet 必須與完成式連用（在美式英語也可用過去簡單式），例如：They have already left.（他們已經離開了。）；Have you eaten yet?（你吃過了嗎？）若遇到狀態動詞和進行式時態，already 和 yet 還可與現在式連用：I know that already.（我早就已經知道了。）；He's not yet working.（他還沒工作。）須特別注意以下兩組字詞的否定關係：already 和 yet；still 和 any more：

  *He **still** works at the City Hall. (= He hasn't stopped working there **yet**.)*
  他還在市政府上班。

  *He's **already** stopped working there. (= He isn't working there **any more**.)*
  他已經不在那裡上班了。

- 如果不確定一件事是否已經發生，我們常會用 **by now**：

  *The wound should have healed **by now**.*
  傷口現在應該已經癒合了。（但說話者並不確定）

除以上情況外，一般多會用 already：

> *We've **already** done everything we can.*
> 我們已經做了所有能做的事。

時間介系詞的比較

157 試比較以下時間片語中都用到 night 的各個例句：

> *What are you doing, throwing stones into our yard **in the middle of the night**?*
> 你搞什麼大半夜往我們院子裡丟石頭？

> *It often rains quite heavily **in the night**.*
> 在夜裡，雨通常下得很大。（參看 153）

> ***During the night** the rain stopped.*
> 晚上時，雨停了。（參看 153）

> ***At night** I relax.*
> 到了晚上，我整個人放鬆。（參看 154）

> ***By night**, Dartmouth was a dazzling city.*
> 入夜後，達特茅斯就變成一座耀眼的城市。（參看 154）

> *I shall have to work **nights**.*
> 我必須得在晚上工作。（參看第 167 節的附註）

> *I'll be there **by Friday night**.*
> 我星期五晚上前會到那裡。（參看 156）

> ***For several nights** he slept badly.*
> 他好幾個晚上都睡不好。（參看 161）

> *They walked **all night**.*
> 他們走了一整晚。（參看 162）

> *We're staying on the island **over night**.*
> 我們會在這個島上過夜。（參看 163）

衡量時間：ago、from now

158 將 ago 接在時間長度單位的名詞片語後，可表示「距離現在…之前」：We met a year ago.（我們一年前認識的。）同樣地，若要計算未來的時間，我們會用 from now、「in + 時間單位」或「in + 時間單位的所有格 + 時間」：

> I'll see you ⎧ in three months.
> ⎨ (in) three months from now.　三個月後見。
> ⎩ in three months' time.

若要從過去的時間點往前計算時間，則只能用第一種句型：

> They finished the job **in three months**.
> 他們在三個月後完成了工作。（也就是從開始之後三個月）

before 和 after，以及 beforehand 和 afterwards、earlier 和 later 等副詞，也都可接在表示時間長度單位的片語後：

> I had met them **three months before(hand)**.
> 我三個月前遇到過他們。

> **Ten years after his death**, he suddenly became famous.
> 他在過世十年後突然聲名大噪。

時間副詞

159 時間副詞主要可分為兩類（參看 456）：

* **again**、**just**（= at this very moment）、**now**、**nowadays**、**then**（= at that time）、**today** 等。這類副詞直接交代明確時間點或某段時間：

> Prices in the UK are **now** the second lowest in Europe.
> 英國現在的物價是歐洲第二低的。

> She's not in town much **nowadays**.
> 她現在待在這的時間不多。

*Is the show **just** starting?*
表演現在剛開始嗎？

- **afterwards**、**before(hand)**、**first**、**formerly**、**just**（= a very short time ago/before）、**late(r)**、**lately**、**next**、**previously**、**recently**、**since**、**soon**、**subsequently** 正式 、**then**（= after that）、**ultimately** 正式 等。這類副類則是透過前後文提及的其他時間點來間接交代時間：

*We'll see the movie first, and discuss it **afterwards**.*
我們先看電影，看完後再討論。

*Lucy has/had **just** made the tea.*
露西剛剛才泡了茶。

*Mr Brooking was **previously** general sales manager at the company.*
布魯金先生之前是公司的銷售總經理。

*Anna was **recently** offered a job as top fashion designer for Harrods.*
哈洛德百貨公司最近聘請安娜擔任他們的首席時裝設計師。

*At the next election he lost his seat, and has not turned to politics **since**.*
(= since that time)
他在下一次的選舉輸掉了席次，此後就沒有再重返政壇了。

時間連接詞

160　主要的時間連接詞有 when、as、before、after（參看 156）、while（參看 164）、as soon as、once、now (that)：

*It was almost totally dark **when they arrived**.*
他們到的時候，天幾乎全黑了。

*We'll let you know **as soon as we've made up our minds**.*
我們一決定就會馬上告訴你。

***Once you have taken the examination**, you'll be able to relax.*
一旦考完試之後，你就可以輕鬆了。

09

持續時間：for、over、from...to

Duration

161 表達持續時間的片語可回答以「How long?」提問的問句。請比較以下例句：

> A: **When** did you stay there?
> 你什麼時候待在那裡？
>
> B: **In the summer**.
> 夏天的時候。（指明時間）
>
> A: **How long** did you stay there?
> 你在那裡待多久？
>
> B: **For the summer**.
> 一個夏天。（持續時間）

在以上答句中，in the summer 表示待在那裡的時間**包含**在夏天這段期間內，for the summer 則表示待在那裡的時間就是**整整一個**夏天。當 for 用於這種意思時，也可以放在表示時間長度的片語前，如 for a month、for several days、for two years。

省略 for：I'll be at home all day

162 表示一段時間的介系詞 for 經常可以省略：

> I went to Oxford in the autumn of 1989, and was there **(for) four years**.
> 我在 1989 年秋天前往牛津，並在那裡待了四年。
>
> The snowy weather lasted **(for) the whole winter**.
> 下雪的天氣持續了一整個冬天。

在 all 之前一定要省略 for：

> *Except for about half an hour, I'll be at home **all day** today.*
> 除了大約會出門半小時外，我今天整天都會待在家。

當出現在句子開頭或前面為否定句時，通常不會將 for 省略：

> ***For several years** they lived in poverty.*
> 他們有好幾年都過得非常貧困。

> *I haven't seen him **for eight years**.*
> 我八年沒有見過他了。

附註

句中的動詞為 spend、take 和 waste 時，絕對不會用 for：

> *We spent **two weeks** at the seaside.*
> 我們在海邊待了兩個星期。

> *It took me **a couple of hours** to finish the job.*
> 完成這項工作花了我兩個小時。
> → 在這種句型中，時間片語是直接受詞，而不是副詞。

其他表達持續時間的介系詞

163

- 對於**假期**這類比較短的期間，我們可以用 **over** 而不用 for：

  > *We stayed with my parents **over the holiday/weekend**.*
  > 這個假期／週末，我們都待在我父母家。

  > *She had such an unhappy time **over Christmas**.*
  > 她聖誕節過得糟透了。

  > *What have you been doing with yourself **over the New Year**?*
  > 新年時，你自己一個人都在做什麼？

- **from...to...**「從⋯到⋯」指明從開始到結束的一段時間，如 from nine to five、from June to December：

  > *Hayes worked for the CIA **from 1949 to 1970**.*
  > 海耶斯從 1949 年到 1970 年為中情局工作。

- 美式英語會用 **from...through** 強調所提及的第二個時間也包括在該期間內,所以,from June through December 即表示「從六月一直到十二月,且包括十二月在內」。

- **up to**「直到」所指的時間則不包括在內:

  > *He worked **up to Christmas**.*
  > 他一直工作到聖誕節。(換句話說,並未在聖誕節工作。)

- 在 from...to 的句型中,可用 **until**(或 **till**)(參看 164)取代 to,如 from Monday until Friday。但若句子中沒有 from,就不能夠用 to:

  > *We stayed **until five**.*
  > 我們一直待到五點。
  > → 不可說:*We stayed to five.*(×)

while、since 和 until

- 連接詞 **while** 視連用的動詞意思,可表示持續的一段時間或某個明確的時間(參看 114-115)。

  > **持續期間**:*I stayed **while the meeting lasted**.*(= for the duration of the meeting)
  > 會議期間我都會待在這。
  > → **stay** 為狀態動詞。

  > **明確時間**:*I arrived **while the meeting was in progress**.*(= in the course of the meeting)
  > 我到的時候會議正在進行。
  > → **arrive** 為事件動詞。

- since 用作連接詞或介系詞,也同樣有以上兩種用法:

  > **持續期間**:*He's lived here **(ever) since he was born**.*(= for his whole life = from his birth up to now)
  > 他打從出生就一直住在這。
  > → **live** 為狀態動詞。

明確時間： *They've changed their car twice **since 1999**.*（= between 1999 and now）
從 1999 年起，他們已經換了兩次車。
→ ***change*** 為事件動詞。

很重要的一點是，在有 since 的句子中，主要子句的動詞通常要用完成式：

*I**'ve been** here in the laboratory **since four o'clock**.*
我從四點就一直待在這個實驗室裡。
→ 不可說：*I am here in the laboratory...*（×）

- **until**（或 **till**）做為介系詞和連接詞的意思，和 since 與**狀態動詞**連用時相似，皆有持續一段時間的意思，差別在於，until 指出的是一段時間的結束，而不是開始：

*I think you'd better stay in bed **until next Monday**.*（= from now to next Monday）
我覺得到下星期一之前，你最好都待在床上。

在否定句中，until 也可與事件動詞連用，意思和 before 相近：

*He didn't learn to read **until he was ten**.*
*~ He didn't learn to read **before he was ten**.*
他在十歲之前還不會認字。

表示持續時間的副詞和慣用語

165　以下副詞和慣用語都可表示持續的時間：

- 指「**永遠**」：always、for ever（另請參看 166）
- 指「**自不久前起**」：since、recently、lately
- 指「**一小段時間**」：temporarily、for the moment、for a while
- 指「**很長一段時間**」：for ages 非正式

以下舉幾個例句：

> *There's something I'(ve) **always** wanted to ask you.*
> 有件事我一直想問你。

> *They thought their city would last **for ever**.*
> 他們以為他們的城市會永遠長存。

> *I've been suffering from sleepless nights just **lately**.*
> 我最近才開始失眠。

> ***For the moment** there was no woman in his life.*
> 目前他的生命中沒有女人。

> *I waited **for ages** but your phone was apparently disconnected.*
> 我等了好久，但你的手機顯然聯繫不上。

視句中動詞而定，since、lately 和 recently 可表示明確時間或持續時間：

> *They got married only **recently**. (= a short time ago)*
> 他們不久前才剛結婚。

> *He's **recently** been working nights. (= since a short time ago)* 非正式
> 他最近都上晚班。

10

頻率
————————
Frequency

166 表達**頻率**的用語可回答「How many times?」或「How often?」這類的問題。表示最高和最低頻率的字分別是 always「總是」和 never「從不」，其他在這兩個極端之間的字詞依頻率高低（**非明確頻率**）排序如下：

最頻繁 ↑ *nearly always*、*almost always*

　　　　usually、*normally*、*generally*、*regularly*（在大多數情況下）

　　　　often、*frequently*（在多數情況下）

　　　　sometimes（在部分情況下）

　　　　occasionally、*now and then* 非正式 （在少數情況下）

　　　　rarely、*seldom*（在極少數情況下）

最不頻繁 ↓ *hardly ever*、*scarcely ever*（幾乎沒有）

試比較第 80–81 節。

精確表達頻率

167 若要更精確衡量頻繁程度（**明確頻率**），可用以下三種方式表示：

- once a day、three times an hour、several times a week（有時在 正式官方 的場合，會用 per 來取代 a(n)，如 once per day）：

    *They ate only **once a day**.*
    他們一天只吃一餐。

*I go to the office **five times a week**.*
我一週進辦公室五次。

- every day（= once a day）、every morning、every two years：

  *We went for long walks **every day**.*
  我們每天散步很長的距離。

  *The board meets **every week** in Chicago.*
  董事會每星期在芝加哥開會。

- daily（= once a day）、hourly、weekly、monthly、yearly。 像 daily、weekly 這類的字可以作形容詞，也可作副詞：

  *I read The Times **daily**.*　　　　　　　*A **daily** newspaper*
  我每天讀泰晤士報。　　　　　　　　　　每日出刊的報紙

  *She is paid **monthly** in arrears.*　　　*A **monthly** magazine*
  她的薪水是按月支付。　　　　　　　　　每月出刊的雜誌

注意，以下表達也是一樣的意思：

He visits me
{
***once a week**.*
***every week**.*
***weekly**.*
}
*= He pays me a **weekly** visit.*

他每個星期來看我一次。

我們也可以說 once every day、twice weekly 等，every other day/week 則是指「每兩天／週」（every two days/weeks）。

- 還有一種表達頻率的方式：使用數量詞 some、any、most、many 等（參看 80、676）：

  ***Some days** I feel like giving up the job altogether.*
  有時候我很想辭掉工作什麼都不管。

  *Come and see me **any time you like**.*
  只要你想來，隨時都可以來看我。

*We play tennis **most weekends**.*
我們大多數的週末都會打網球。

*He's been to Russia **many times** as a reporter.*
他以記者的身分去過俄國很多次。

附註

有一種非正式的用法，可在複數時間名詞前不加任何限定詞，如 mornings、nights、weekends、Saturdays：

*I always worked **Friday nights**.*
我星期五晚上總是在工作。

這種用法可歸類為表示頻率或指明時間的片語（參看 155）。

唯一與介系詞連用的頻率表達

168 表達頻率的片語通常不會加介系詞，比如 every week，但**不會**說 in every week（×）。唯一例外是在使用 occasion(s) 這個字時：on...occasions。這種用法通常頗為正式：

***On several occasions** the President has refused to bow to the will of Congress.* 頗正式
總統曾多次拒絕向國會的意願屈服。

*It has been my privilege to work with Roy Mason **on numerous occasions**.* 頗正式
能夠多次和羅伊·梅森共事是我的榮幸。

頻率也有抽象表達

168 表達頻率的片語有時會失去時間上的意義，而變得較為抽象，比較像在討論**個別情況**，而不是在表示**次數**。舉例來說，always 和 sometimes 也可以解讀為「在任何情況下」、「在某些情況下」，而不是「每一次、總是」和「有時候」的意思：

*Medical books **always** seem to cost the earth.*
醫學書向來都很昂貴。

*The young animals are **sometimes** abandoned by their parents.*
幼小的動物有時會被牠們的父母遺棄。

*Children **often** (in many cases) dislike tomatoes.*
~ Many children dislike tomatoes.
小孩子通常不喜歡吃番茄。

*Students **rarely** (in few cases) used to fail this course.*
~ Few students used to fail this course.
以前不太有學生會在這門課被當掉。

11

地點、方向和距離

Place, direction and distance

170 要表達地點和方向，可以使用類副詞和後位修飾語，這類詞語可回答以「Where?」提問的問句。因此，以下例句皆可回答 Where did you leave the bicycle?（你把腳踏車放在哪裡？）這個問題：

I left it
- *(over) there.* 我把它放在那裡。
  （副詞：參看 454、469）
- *in the park.* 我把它放在公園。
  （介系詞片語：參看 645–646）
- *two miles away.* 我把它放在兩哩遠的地方。
  （名詞片語 + **away**、**back**：參看 595–596）
- *where I found it.* 我把它放在我找到它的地方。
  （副詞子句：參看 495）

地點有時也可以做為句子的主詞或補語：

***Here** is **where I put the books**.* 非正式
這裡就是我放書的地方。

你會發現，表達地點的句型及功能跟表達時間的很相似（參看 151），也能注意到，許多介系詞（如 at、from 和 between）在表達地點和時間上意思都有相關。

地點介系詞

171 除了 here、there 和 everywhere 這類一般副詞外，用來交代地點最重要的字莫過於介系詞。選擇介系詞通常根據我們看待物體的方

式，也就是我們將物體看作是：

　　(A) 空間中的一個點（參看 172）

　　(B) 一條直線（參看 173–174）

　　(C) 一個平面

　　(D) 一塊區域（參看 175–176）

　　(E) 一個空間

(C)「平面」和 (D)「區域」的差別，會在第 174–175 和 183 節說明。我們可以將地方介系詞歸類如下：

- **表示一個點**：如介系詞 at（對應上方 (A)）
- **表示一條線或一個平面**：如介系詞 on（對應 (B) 或 (C)）
- **表示一個區域或空間**：如介系詞 in（對應 (D) 或 (E)）

有些介系詞（如 across）會同時屬於上述多個類別。

一、看成一個點，如介系詞 at

172　**將地點看作一個點**，指某個場所，而不考慮該場所的長寬高等空間特質。這類介系詞有 to、at、(away) from。

| to | at | (away) from | away from |

*We went **to** Stratford/the hotel/the door.*
我們去到斯特拉特福／旅館／門口。

*We stayed **at** home/an inn/the entrance.*
我們待在家／旅店／入口。

*We came **(away) from** the theater/the house/the bus-stop.*
我們從電影院／家裡／公車站來。

*We stayed **away from** home/England/the village.*
我們離家／英國／村子很遠。

二、看成一條線，如介系詞 on

173 **將地點看作一直線**，也就是只考慮該地點的長度，寬和高（深）則可忽略不計，強調在一條直線上的移動，這類介系詞包含以下：

*The wagon rolled back **on to the road**.*（也可寫作 **onto**）
手推車往後退，退到了路上。

*The company headquarters was at a town **on the Mississippi River**.*
這家公司的總部位於密西西比河上的一個城鎮。

*We turned **off Greenville Avenue** onto Cherry Hill Road.*
我們離開格林威爾大道，前往切里希爾路。

*They were a hundred miles **off the coast of Sri Lanka**.*
他們在斯里蘭卡外海一百哩處。

*Another man tried to swim **across the river**.*
又有一個人試著要游泳過河。

*The power was off in houses **along Smith Street**.*
史密斯街上的房子都停電了。

三、看成一個平面，如介系詞 on

174 **將地點看作一個平面**，也就是只考慮該地點的長寬，高度（深度）則忽略。這類介系詞如下：

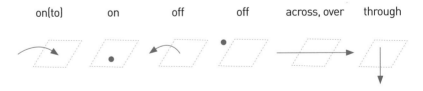

此平面不一定要是平坦或水平的平面，此處所謂的平面通常是指某物體的表面（如 on 等於 on top of），如 He was lying on the bed.（他

躺在床上。）；The book fell off the table.（書從桌上掉下。）

*fall **on(to)** the floor* 掉到地板上

*the label **on** the bottle* 瓶子上的標籤

*take the pictures **off** the wall* 將畫從牆上拿下

*a place **off** the map* 地圖上未標示的地方

*a walk **across** the fields* 行走跨過田野

*looking **through** the window* 看出窗外

附註

on 這類的介系詞也可用在大眾交通運輸上：

*There were only a few passengers **on the bus/train/plane**.*
巴士／火車／飛機上只有幾位乘客。

也可以說：**He travelled by bus/train/plane.**（他搭巴士／火車／飛機出遊。）（參看 197、475）

也請注意 an apple **on** a tree、the ring **on** her finger 這類的說法（此處的 on 是 attached to 或 adhering to「附屬」的意思）。

四、看成一個區域，如介系詞 in

175 **將地點看作一塊區域**，通常是將邊界圍起的一塊土地或領土：

*Crowds pour **into the city** from the neighbouring villages.*
人潮從附近的村莊湧進城市裡。

*They had found suitable lodgings for her **in the town**.*
他們幫她在鎮上找到了合適的住宿地點。

*The manuscript was smuggled **out of the country**.*
原稿被偷運出國。

*He stayed **out of the district**.*
他不住在這一區。

*We went for a walk **through the park**.*
我們散步橫越這座公園。

五、看成一個空間，如介系詞 in

176　將地點看作一個空間，也就是將長寬高（深）等空間特質都納入
考量：

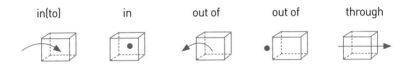

*The girl stepped **into the hall**.*
女孩走進了大廳。

*The food is **in the cupboard**.*
食物在櫥櫃裡。

*He climbed **out of the water**.*
他從水裡爬出來。

*He was **out of the room**.*
他不在房間裡。

*The wind blew **through the trees**.*
風呼嘯穿過樹林。

附註

在以下這類句子中，英式英語會說 out of，但美式英語通常只會說
out：

*She looked **out of/out** the window.* 英式／美式
她看出窗外。

inside、outside、within

177 inside 和 outside 有時可用來取代 in(to) 和 out of：

> Were you **inside the house** when the fire started?
> 火開始燒起來時，你在房子裡嗎？

> She was sitting just **outside the surgery**.
> 她就坐在手術室外。

within 比 in 稍微正式，且通常指周圍有邊界的地方，或指特定的距離（如 within 3 miles）：

> Many prisoners died **within the walls of the castle**.
> 很多囚犯死在這座城堡的城牆內。（within 指 inside 之意。）

> He lives **within a stone's throw of the office**.
> 他住的地方離辦公室很近。（within 指 not beyond 之意。）

及物動詞與地點介系詞的連用

178 put、place、lay、stand 等及物動詞常會接 on 和 in，而不會接 on to 和 into：

> Jane **put** each object back **in** its allotted place.
> 珍把每樣東西放回它們該在的位置。

> She **placed** her hand **on** Kate's hair.
> 她把手放在凱特的頭髮上。

此外，arrive 常和 at、on 或 in 連用：The train arrives **at/in** Brussels at 7.15.（火車在 7:15 抵達布魯塞爾。）（參看 171、180）

地點介系詞的比較

179 同一個名詞有時會與不同的地點介系詞搭配使用，在這種情況下，意思略有不同：

一個點： *My car is **at the cottage**.*
我的車在農舍那裡。

一個平面： *They are putting a new roof **on the cottage**.*
他們在為農舍鋪新的屋頂。

一個空間： *There are only two beds **in the cottage**.*
農舍裡只有兩張床。

at vs. in

180 提到城鎮和村莊，介系詞可用 at 或 in，端看我們以什麼角度來看這個地方。at Stratford 表示我們單純把小鎮斯特拉特福看作地圖上的一個地方，in Stratford 則表示我們「拉近距離」把這個地方看作涵蓋一塊區域的小鎮，看到這裡的街道、房屋。通常，對於大的城鎮或都市，我們會將它們視為一個區域，如 in New York。只有提到在世界各地旅遊時，我們才會說 at New York：

*We stopped to refuel **at New York** on our way to Tokyo.*
在飛往東京的途中，我們在紐約停降加油。

城市中的部分地區也用 in：

__in Chelsea__（倫敦的一個區）　　*__in Brooklyn__*（紐約的一個區）

至於大洲、國家、州和其他大範圍的區域，我們也都用 in：

__in Asia__　　　*__in China__*　　　*__in Virginia__*

不過，即使用於大範圍的領土，在交代方向時，我們多會用 to 和 from，而不太用 into，除非跨越的領土有相互接壤：

*He sailed **from** Europe **to** Canada.*
他駕著帆船從歐洲前往加拿大。

*We crossed the Rhine **into** Germany.*
我們渡過萊茵河進入德國。

at school vs. in the school

181 提及個別或成群的建築時，介系詞用 at 或 in 皆可，但若將建築視為**提供特殊功能的場所**，而不僅僅是一個地方，則用 at 較恰當。這類名詞與 at 連用時，大多不加定冠詞，如 at school。（參看 475）

> *You can buy stamps **at the post office**.*
> 你可以在郵局買郵票。

> *I left my purse **at/in the post office**.*
> 我把皮包落在郵局了。

> *The princess, aged 24, is now studying history **at Cambridge**.*
> 24 歲的公主現在在劍橋讀歷史。（指劍橋大學）

> *She is staying with a friend **at/in Cambridge**.*
> 她和朋友一起待在劍橋。（指劍橋這個城市）

shout to vs. shout at

182 當介系詞後面所接的名詞具有針對性時，介系詞會用 at 不用 to：

> *He threw the ball **at me**.*
> 他朝我丟球。（亦即他有意想砸我。）

> *Eddie threw the ball **to Phil**.*
> 艾迪把球丟給菲爾。（亦即要讓他接球。）

注意以下例句也有類似的對比：

> *'Hey, you', the man **shouted at** her.*
> 男人衝著她吼：「嘿，妳！」（表示他對她很不爽。）

> *Peter shouted **to me**.*
> 彼得對著我喊。（表示彼得試著從很遠的地方和我說話。）

相同用法還包括：

> *He pointed his pistol **at Jess**. 'Don't shoot!' cried the old man.*
> 他拿手槍指著潔絲，老人喊道：「別開槍！」

> *She passed/handed a note **to the next speaker**.*
> 她遞了一張紙條給下一位講者。

類似的例子還有：aim (a gun) at「（持槍）瞄準」、hand (a ball) to「將（球）遞給」。

on vs. in：sit on/in the grass

183 以下例句可看出所指是「平面」或「空間」的不同：

> *We sat **on the grass**.*
> 我們坐在草地上。（平面：表示草很矮。）
>
> *We sat **in the grass**.*
> 我們坐在一片青草中。（空間：表示草很高。）

再舉一例說明「平面」或「區域」的不同：

> *Robinson Crusoe was marooned **on a desert island**.*
> 魯賓遜被孤立在一座無人島上。（平面：表示那座島很小。）
>
> *It's the most influential newspaper **in Cuba**.*
> 這是古巴最有影響力的一份報紙。
> （區域：表示古巴是座大島，而且是有邊界的政治實體。）

表示相對位置

184 位置是指兩個物體間的關係，用圖來說明最清楚。想像有一輛車停在橋上：

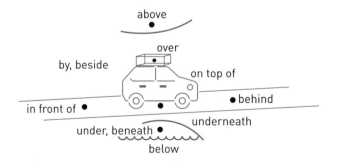

- **over** 和 **under** 通常表示直接的垂直關係或靠近：

> The injured girl had a bad cut **over the left eye**.
> 受傷的女孩左眼上有一道很嚴重的傷口。

> The doctor was leaning **over her**.
> 醫生俯身靠向她。

另一方面，above 和 below 僅表示某物的位置比另一樣東西高或低，而 under 和 underneath 通常表示兩樣物體有實際接觸。在此種意義上，under 和 underneath 是 on top of 的反義詞：

> The children evaded capture by hiding **under(neath) a pile of rugs**.
> 孩子們躲在一堆毯子下不想被抓到。

- **by** 和 **beside** 皆表示「在旁邊」，但也常用來指在某物附近：

> Uncle Harry chose a big chair **by (= near) the fireplace**.
> 哈利叔叔選了一張靠近壁爐的大椅子。

表示地點的介副詞：overhead、in front

185 以下介副詞（propositional adverb，參看 660）皆可對應至以上介紹過的位置介系詞：

overhead（對應 over）	*above*（對應 above）
underneath（對應 under）	*below*（對應 below）
in front（對應 in front of）	*behind*（對應 behind）
on top（對應 on top of）	*beneath*（對應 beneath）

例句如下：

> Florentines are delicious, with bumpy nuts and cherries **on top**, and silky chocolate **underneath**.
> 佛羅倫斯餅上層有堅果碎片和櫻桃，底下是絲滑的巧克力，美味極了。

> The sky **overhead** was a mass of stars.
> 頭上的天空繁星點點。

*Huge waves are crashing on the rocks **below**.*
巨浪不斷撞擊下方的岩石。

*Mr Smart drove to church with a guard of mounted police **in front** and **behind**.*
斯馬特先生開車去教堂，前後各有一隊騎警護衛。

其他位置：between、among、opposite

186 • 這三個介系詞 **between**、**among** 和 **amid** 用法是相關的，between 常表示一個物體與另外兩個物體的關係，among 則表示某物與兩個以上物體的關係：

*The house stands **between two trees**.*
房子在兩棵樹中間。

*The house stands **among trees**.*
房子在幾棵樹之間。

如果是明確列舉的項目，between 也可用在兩個以上的物體：

*Manila lies on the shore of Manila Bay, **between the sea, the mountains, and a large lake called Laguna de Bay**.*
馬尼拉位於馬尼拉灣海濱，四周受大海、群山和一座叫貝湖的大湖圍繞。

• **amid** 是較為正式的用詞，指「在…之中」，和 among 一樣可用於數量不定的物體：

*The house stands **amid trees**.*
房子在幾棵樹之間。

但 amid 還可用於不可數名詞，這點就和 among 不同：

***Amid the wreckage of the plane** they found a child's doll.*
他們在飛機殘骸中找到一個小孩子的娃娃。

• **opposite** 的意思是「對面」：

[1] *His house is **opposite mine**.*
他家在我家對面。（亦即在對街面對著我家）

- **around**（美式常用）或 **round**（英式常用）有「圍繞或移動」的意思：

> *The police were standing on guard **around the building**.*
> 警察在這棟建築周圍守衛站崗。

在非正式英語中，about 和 around 常可大略表達「在這一帶」或「到處」：

> [2] *The guests were standing **about/around the room**, looking bored.*
> 客人在房間裡各處站著，看起來很是無聊。

> [3] *There's quite a lot of woodland **about/around here**.*
> 這一帶有不少林地。

附註

以上介系詞部分也有相對應的介副詞（參看 185）。試比較以下例句和上述例句 [1][2][3]：

> *His house is (right) **opposite**.*
> 他家就在對面。

> *The guests were standing **around**, looking bored.*
> 客人們各處站著，看起來很是無聊。

> *There's quite a lot of woodland **about**.*
> 這一帶有不少林地。

兩點間的移動

187　在第 173–176 節中，示意圖中的圖 1、3、5 和 6 都與**移動**有關，圖 2 和圖 4 的介系詞則是描述**狀態**。關於移動的其他概念以下圖表示：

在第 184-186 節中用來表示位置的介系詞，就其位置而言，也可表示移動之意：

> The bush was a good hiding-place, so I dashed **behind it**.
> 那片灌木叢是絕佳的藏身處，所以我快速衝到那簇樹叢後。

> When it started to rain, we all ran **underneath the trees**.
> 雨一開始落下，我們全都跑到樹下。

表示「經過」

188 同樣地，這些介系詞也可以像 through 和 across 一樣，表示從靠近到離開（亦即「經過」）的移動方向：

> The photographers ran **behind the goal-posts**.
> 攝影師跑到球門後方。

> I crawled **underneath the fence**.
> 我從籬笆下爬過。

其他介系詞也有類似用法：

> We drove **by/past the town hall**.
> 我們開車經過市政府。

> We passed **over/across the bridge**.
> 我們從橋上通過。

> We turned **(a)round the corner**.
> 我們轉過轉角。

around 和 round 也常用來表示環狀的移動，意為「圍繞」：

> The earth moves **(a)round** the sun.
> 地球繞著太陽轉。

表示方向：up、down、along、across 等

189 up、down、along 和 across/over 可表示移動時的方向或走向：

水平向　　　　　　　　　　　　　垂直向

*I crept silently **along the passage**.*
我安靜地沿著走道爬行。

*He ran **across the lawn** to the gate.*
他跑過草坪奔向大門。

*She flung open the french windows and ran **over the sodden grass**.*
她猛地推開落地窗，跑過濕漉漉的草地。

*They were rolling **down the hill** without brakes.*
他們沒踩剎車，徑直滾下山坡。

*The royal couple went **up the steps** together.*
這對皇室夫妻一起走上階梯。

*She walked very quickly **up/down the stree**t.*
她快步走過這條街。

此處最後一個例句不見得表示這條路是上坡或下坡：在非正式用法中，此處 up 和 down 的意思幾乎等同於 along。（在美式英語，downtown 就只是指一個城鎮的市中心或商業區。）

附註

我們可以用 and 連接兩個介系詞來表達**反覆的移動**：

*He walked **up and down the room**.*
他在房裡走來走去。（一會往這個方向，一會兒又往另一個方向，來回反覆）

*The oars **splashed in and out of the water**.*
槳在水面划進划出。

*They danced **round and round the room**.*
他們在房裡翩翩起舞。

在這種用法，我們可以省略介系詞後的名詞片語，如 They danced round and round.

結合空間和移動

• 角度

介系詞 beyond 所指涉者除了提及的兩個物體外，還包括第三個因素：「角度」，也就是說話者（實際上或想像中）所在的位置：

> *I could see the town **beyond the lake**.*
> 我可以看到湖對岸的城鎮。
> → 以說話者的角度來說，在湖的另一邊。

across、over、through、past 等介系詞在表達「經過」或「方向」的意思之餘，同樣也可傳達說話者的角度（參看 188–189）：

> *the people (who live) **over the road*** 住在對面的人家
>
> *a café **round the corner*** 轉角的咖啡店
>
> *an office **along the corridor*** 走廊上的辦公室
>
> *the garage **past the supermarket*** 過了超市的那個車庫
>
> *friends **across the sea*** 在海外的朋友
>
> *the hotel **down the road*** 前面那家飯店
>
> *the house **through the trees*** 穿過樹林後的那棟房子
>
> *a man **up a ladder*** 梯子上的人

如果願意，我們可用 from 進一步說明是誰的角度：

> *He lives up/down/along/across the road **from me**.*
> 他住在我家再往前／再往後／同一側／對面。

• 帶出地點的意思

可表達「移動」意思的介系詞也可以表達「狀態」，亦即已經移動到特定目的地的狀態：

*David Stoddart gathered the ball and was **over the line** in a flash.*
大衛史多達爾拿到球後，轉眼間就越過了線。（也就是說，他已經跑過了橄欖球場的標線。）

*They were **out of the snow** now, but it was still very cold.*
他們現在已經過了下雪的區域，但天氣還是非常冷。

- **表達「到處」的意思**

over 和 through 都可表達「到處」的意思，尤其當與 all 連用的時候：

*There was blood **(all) over the sheets**.*
床單上到處都是血。（也就是說，床單上沾滿了血。）

*Soccer-mad males can be seen **(all) over the city**.*
這個城市到處都能看到為足球痴狂的男性。（也就是說，這種人滿街都是。）

through 僅限用於區域和空間^{（參看 175-176）}，throughout 的意思即等於 all through：

*His views were widely echoed **throughout Germany**.*
他的意見在德國各地獲得廣泛的迴響。

抽象的地點概念

191 表達地點的介系詞，常可用隱喻的方式，依據其本意用於較抽象的概念。

- **表示情況或歸屬**，如 **in**、**out of**：in danger、out of danger；in practice、out of practice；in a race、in plays、in a group

*People never behave **in real life** as they do **in plays**.*
人在現實生活中的行為絕不可能和戲裡演的一樣。

- **表示等級或程度高低**，如 **above**、**below**、**beneath**：

*His grades are **above/below the average**.*
他的成績在平均之上／下。

*He rejects such activity as **beneath** (= not worthy of) **him**.*
他拒絕了這個活動，因為覺得配不上他。

- 表示權力、監看、度量單位，如 **over**、**under**：over (= more than) ten miles；under orders、under suspicion：

  *Ezinma wielded a strong influence **over her half-sister**.*
  艾辛瑪對她同父異母的妹妹影響很深。

- 表示等級的升降，如 **up**、**down**：up the scale、down the social ladder

- 表示給予和接受，如 **from**、**to**：

  *Did you get a letter **from Leslie** about this?*
  萊斯利有給你寫信提起這件事嗎？

  *He gave a lot of money **to his family**.*
  他給他的家人很多錢。

- 提及兩個或兩個以上的人，如 **between**、**among**：

  *My sister and I share the place **between us**.*
  這裡是我和妹妹的秘密基地。

  *They agree **among themselves**.*
  他們互相達成共識。

- 表示太過或超過，如 **past**、**beyond**：

  *Modern times have changed the world **beyond recognition**.*
  摩登時代把世界變得讓人認不出來。

  *I'm **past** (= too old for) **falling in love**.*
  我已經過了談戀愛的年紀。

地點副詞及其與介系詞的關係

192　大多數表達地點的介系詞（at 類的介系詞除外）都有拼法相同、意思也多半一樣的對應介副詞（參看 660）。請看以下例句：

*We stopped the bus and got **off**.*（意即 **off** the bus）
我們把公車停下然後下車。

*Have you put the cat **out**?*（意即 **out** of the house）
你把貓趕出去了嗎？

*The child ran **across** in front of the car.*（意即 **across** the road）
孩子從車前跑過。

*When they reached the bridge, they crossed **over**, looking **down** at the water **beneath**.*
到了橋上後，他們過橋，往下看著橋下的水。

有些介副詞則另有特殊用法：

*They travelled **on**.*（= They continued their journey.）
他們繼續旅行。

*The thieves snatched her handbag and ran **off**.*（= ran away）
竊賊搶走她的手提包便逃之夭夭。

*A man came **up**（意同 approached）and introduced himself.*
一個男人走向前來自我介紹。

*You don't see many parrots **about** nowadays.*（意即 about the place）
現在這附近看不到什麼鸚鵡。 非正式 英式
→ 美式 多會用 *around*。在本例句中，*about* 所指的意思非常模糊，幾乎可說沒有什麼意思。

附註

除了 up 和 down 之外，以下副詞也可表示方向：upward(s)「朝上」、downward(s)「朝下」；forward(s)「朝前」、backward(s)「朝後」；inward(s)「朝內」、outward(s)「朝外」；homeward(s)「朝向祖國、朝向家」。

距離

193　距離可以用度量單位的名詞片語表示，例如 a foot、a few metres/meters 英式／美式 、ten miles、a kilometer/kilometer 英式／美式 、a long way 等。這類片語可修飾動作動詞：

[1] *He ran **several miles***.
他跑了好幾哩。

也可放在表示地點的副詞前做修飾：

[2] *They live **a long way away***.
他們住的地方很遠。

[3] *The valley lay **two thousand feet below them***.
山谷在他們的下方兩千英尺。

此處的意思是固定的位置。注意，以下問句分別為例句 [1] 和例句 [2] 的問句：

[A1] ***How far** did he run?*
他跑了多遠？

[A2] ***How far away** do they live?*
他們住多遠？

12

情態、方式和工具

Manner, means, instrument

回答以 how 提問的問句

194 欲說明執行動作的**方式**或事情發生的**經過**，可以用表示**情態、方式**或工具的副詞來回答：

> A: How did you write the letter?　你是怎麼寫這封信？
>
> B: I wrote it
> - *(very) hurriedly.* 我寫得很匆忙。（態度）
> - *by hand.* 我是手寫的。（方式）
> - *with a red ball-point pen.* 我用紅色原子筆寫的。（工具）

也可以更明確地針對執行動作時所使用的工具提問，如以下例句：

> **What** did you write it **with**?　頗不正式
> 你用什麼東西寫的？
>
> **What tools did the artist use** to create this remarkable effect?
> 藝術家是用什麼工具打造出這個出色的效果？

情態

195 表達情態 (manner) 的方式主要有三種：

(A) （尤其是以 **-ly** 結尾的）**副詞**或**副詞片語**

(B) **in a...manner/way**

(C) **with + 抽象名詞片語**

大部分形容詞都有相對應的 -ly 副詞，有對應抽象名詞者也不在少數，因此同一句話通常可有三種表達方式：

He spoke
- **confidently.** 最常見
- **in a confident way.** 稍微正式
- **with confidence.** 正式

他自信滿滿地說著。

以下例句皆用到情態副詞和副詞片語：

She stirred her coffee **thoughtfully** before answering.
她若有所思地攪拌咖啡，然後才回答。

The task was done **in a workmanlike manner/way.**
這項工作做得很有專業水準。

His father stopped and looked **in a startled manner** at his mother.
他爸爸停了下來，吃驚地看著他媽媽。

Joanna stubbed out her cigarette **with unnecessary fierceness.**
喬安娜沒必要地大動作捻熄香菸。

I answered **without hesitation.** （意同 unhesitatingly）
我毫不猶豫地回答。

'Next year', she replied **gently, with a smile.**
她溫柔地笑著回說：「明年。」

like this、like that（或 this way、that way）意同 in this/that manner：

I'm sorry you had to hurt yourself **like this.**
很難過你必須像這樣傷害自己。

Please, Ralph, don't talk **like that.**
拉爾夫，拜託你不要這樣講話。

注意，在非正式場合中，way 前面的 in 可以省略：

Monica and her sister do their hair **(in) the same way.**
莫妮卡和妹妹以同樣的方式做頭髮。

*She prepared the dish **(in) the way he liked**, with slices of oil-bean and fish.*
她把蓖麻籽切片煮魚，用他喜歡的方式準備這道菜。

*You can cook turkey **(in) a number of different ways**.*
火雞可以有很多種不同的料理方式。

表達比較

196 表達情態的片語有時也可表達比較：

*She sings **like a professional**.*（= in the manner of a professional = as well as a professional）
她唱歌可媲美專業歌手。

*Sarah Morgan came into the room **like a ghost**.*
莎拉摩根像幽靈一樣走進房間。

以 as 引導的情態子句也可表達類似用法。試比較以下例句：

Pat cooks turkey
- *as my mother did.*
- *in the way that my mother did.* 正式
- *the way my mother did.* 非正式

派特料理火雞的方式和我媽媽一樣。

*They hunted him **as a tiger stalks its prey**.*
他們搜捕他的方式就像老虎在追蹤獵物。 正式

以上例句中的 as 都可用 like 取代，但 like 是非正式的用法，在英式英語也比較不能接受。

若要比喻成假設的情況，可用 as if 或 as though「彷彿」開頭引導子句：

*She treats me **as if/though** I were one of the family.*
她待我有如我是這個家的一分子。

要了解此處動詞形式 were 的用法，請參看 277。

方式和工具：by 和 with

197 • 用以 by 引導的片語來說明「方式」：

> *You're going to France **by car** are you?*
> 你要開車去法國嗎？（參看本節附註）

> *She slipped into the house **by the back gate**.*
> 她從後門溜進屋。

> *We managed to sell the house **by advertising it in the paper**.*
> 我們靠刊登報紙廣告順利賣出房子。

• 用 with 引導的片語來說明「工具」：

> *She reached down and touched the lace **with her fingers**.*
> 她伸手往下用手指觸碰鞋帶。

> *The young man had been attacked **with an iron bar**.*
> 這個年輕人被人用鐵條攻擊。

動詞 use 接受詞也可表達工具的概念：

> *She always opens her letters **with a knife**.*
> ~ *She always **uses a knife** to open her letters.*
> 她向來都是用刀子拆信。

如果要強調不使用某工具，則可用 without 來表達：

> *You can draw the lines **without (using) a ruler**.*
> 你可以不用尺畫線。

附註

在某些狀況下說明方式時，傾向用其他介系詞片語而不用 by，如表示地點時：

> *A: How did he get in?*
> 他怎麼進來的？
> *B: He came in **through the window**.*
> （比 *by the window* 常用）他從窗戶進來的。

A: How did you hear the news?
你從哪聽說這個新聞？

*B: I heard it **on the radio**.*
我在收音機聽到的。

用 by 引導片語說明運輸或通訊方式時，會省略冠詞：by car、by train、by letter、by fax、by post/mail、by e-mail、by radio（參看 475）。

13

理由、原因和目的

Cause, reason, purpose

表直接原因：動作實施者和引發事件的動詞

198 對於「What causes such-and-such an event?」（這樣的事是怎麼發生的？）這個問題，有很多種回答，比如前面提過的工具，也可回答造成事件發生的原因，但更重要的是造成事件發生的「人」，也就是「動作實施者」（actor）。通常，句子的主詞（如以下例句 [2]）或被動句中 by 的受詞（如例句 [3]）可帶出動作實施者^{（參看 613-615）}：

> [1] A: **How** did the fire start?
> 火是怎麼燒起來的？

> [2] B: **Some children** started it. （= ...caused it to start.）
> 一群小孩起的火。

> [3] B: It was started by **some children**.
> 火是一群小孩點起來的。

例句 [2] 的動詞 start 便是引發事件的動詞，而 some children 則是動作實施者。

英文中有不少形容詞和不及物動詞，是由同源的動詞所衍生出來的：

The dam **blew up**.	The terrorists **blew up** the dam.
水壩爆炸了。	恐怖分子炸了水壩。

| The road became **wider**. | They **widened** the road. |
| 路變寬了。 | 他們拓寬了馬路。 |

| The tree has **fallen**. | Someone has **felled** the tree. |
| 樹倒了。 | 有人把樹砍倒了。 |

| The supplies **came in** yesterday. | They **brought** the supplies in yesterday. |
| 補給品昨天到了。 | 他們昨天帶來了補給品。 |

以下再舉其他例子：

	非引發事件的動詞	引發事件的動詞
形容詞	narrow、open、strong、clear	narrow、open、strengthen、clarify
動詞	narrow、open、begin、rise、learn	narrow、open、begin、raise、teach

Is the front door **open**?
前門是開著的嗎？（形容詞）

The shop **opens** at nine o'clock.
商店九點開門。（非引發事件）

You want me to **open** your mail?
你要我幫你拆開信嗎？（引發事件的動詞）

She wanted to **learn** how to use a computer.
她想要學怎麼用電腦。（非引發事情）

She **taught** me how to sing.
她教我怎麼唱歌。（引發事件的動詞）

199 有時若未提及動作的實施者，則會以使用的工具或方式做為主詞，也就是造成動作發生的因素：

| They killed him **with his own gun**. | **His own gun** killed him. |
| 他們用他的槍殺了他。 | 他死於自己的槍下。 |

| They brought the supplies **by train**. | **The train** brought the supplies. |
| 他們坐火車把補給品帶來。 | 火車帶來了補給品。 |

在被動句中，可用 by 帶出動作實施者（參看 613-615）：

> *The dam was blown up **by terrorists**.*
> 水壩被恐怖分子炸了。

同樣的句型亦適用於工具：

> *He was killed **by his own gun**.*
> 他死於自己的槍下。

因果關係（另請參看 365）

200 回答以「why?」提問的問句時，可以用 because 引導的副詞子句來
說明理由或原因，或是用 because of、on account of 正式 、from、
out of 所引導的介系詞片語：

- **because**：

> [1] *The accident occurred **because the machine had been poorly
> maintained**.*
> 意外發生是因為機器維護不當。

- **because of**：

> [2] *She can't go to work **because of the baby**.*
> 她因為要照顧嬰兒，所以不能去上班。

- **on account of**：

> [3] Many fatal accidents occurred **on account of icy road conditions**. 正式
> 道路結冰是許多致命車禍發生的原因。

- **from、out of**：用來表達動機，亦即心理層面的因素：

> [4] *He did accept the award, not **from/out of pride**, but **from/out of a
> sense of duty**.*
> 他雖然接受了獎項，但那是出於責任感，而不是因為感到驕傲。

其他表達原因的介系詞還有 **for**（主要與表達感覺的名詞連用）和
through：

*He jumped **for joy**.*
他高興得跳了起來。

*Hussein has missed five matches **through injury**.*
胡塞因傷而缺席了五場比賽。

以間接原因做主詞

201 以「原因」做為主詞的句子，常搭配 cause 或 make 等引發事件的動詞：

> **主動：** *The driver's carelessness **caused the crash**.*
> 駕駛的疏忽導致事故發生。
>
> **被動：** *~ **The crash was caused by** the driver's carelessness.*

其他說明原因的動詞片語包括：

> *Such slipshod security is bound to **lead to** trouble.*
> 這麼馬虎的安全措施註定會出問題。
>
> *Many of these prosecutions **result in** acquittals.*
> 這其中多起訴訟結果都獲判無罪。
>
> *We are trying to **bring about** equal rights for all people.*
> 我們致力讓所有人都能享有平等的權利。
>
> *He argues that higher wages inevitably **give rise to** higher prices.*
> 他辯稱工資調漲無可避免地帶動了價格上漲。

我們也可用 effect 表「影響，結果」這類的名詞來表達因果：

> *The **effect** of higher wages is to raise prices.*
> 工資調漲的結果就是價格跟著漲。

結果

202 結果和原因恰為一體兩面（試與第 200 節的例句 [3] 比較）：

> **原因：** *Icy conditions **cause** many accidents.*
> 道路結冰造成許多事故。

結果：~ Many accidents **result from** icy conditions.
許多事故的起因是因為道路結冰。

請注意，result in「導致」和 result from「起因於」的意思正好相反：

The celebrations **resulted in** a serious riot.
慶祝活動引發了嚴重的暴動。

~ A serious riot **resulted from** the celebrations.
嚴重的暴動因慶祝活動而起。

so that 或 so 可引導說明原因的子句（相較於 so that，用 so 較不正式）：

The cleaner has gone on holiday/vacation **so (that)** everything is so dirty.
清潔人員放假去了，所以到處都髒亂不堪。 英式 美式

也可以這麼說：

Everything is so dirty **because** the cleaner has gone on holiday/vacation.
英式 美式

表達目的：使用不定詞

203 動作所預期的結果（參看 323）或**目的**，會以說明目的的副詞來表示，通常是使用不定詞片語：

He left early **to catch the last train**.
他提早離開去趕最後一班火車。

Penelope leaned forward **to examine the letter more closely**.
潘妮洛普往前傾，好能更仔細看清楚這封信。

To improve the railway service, they are electrifying all the main lines.
為了提升鐵路服務，他們正在將所有主要路線電氣化。

表示目的的副詞也可以是以 so that 引導的限定動詞子句：

They advertised the concert **so that everyone should know about it**.
他們為演唱會打廣告，好讓所有人都能知道。
→ **so that** 引導的子句常會包含 **would** 或 **should**（參看 280）。

in order that 則比 so that 來得更正式：

> They advertised the concert **in order that everyone should know about it**.
> 為使所有人都知道這場演唱會，他們為此刊登廣告。

在非正式英式英語，in case 可用於表達避免某事發生的目的（可與第 208 節比較）：

> He left early **in case he should miss the last train**. （=...so that he should not miss it）
> 他提早離開，以免趕不上最後一班火車。

原因和結果：because (of)、as、since

204 because、because of 和 on account of 都可以表達理由或原因，都可回答以「Why?」提問的問題，差別在於「原因」是把焦點放在事件本身，「理由」則說明人對事件的解讀以及基於解讀結果做出的行動：

> We have lunch early on Saturday **because the girls are always in a hurry to go out**.
> 我們星期六比較早吃午餐，因為女孩們總是急著要出門。

> We decided to stay and watch the procession – but Amy, **because of her height**, could see nothing.
> 我們決定留下來看遊行隊伍，但艾米因為身高的關係，什麼都看不到。

> The contest was abandoned **on account of bad weather conditions**. 正式
> 由於天氣狀況太差，比賽就被中止了。

as 和 since 也可引導子句（在句子結構中屬於附屬子句）說明原因：

> **As Jane was the eldest**, she had to look after her brothers and sisters.
> 因為珍是老大，所以她必須照顧弟弟妹妹。

> The report is out of date – which is hardly surprising, **since it was published in 1989**.
> 這份報告太過時了，但這並不讓人驚訝，因為這是 1989 年發表的報告。

主要子句則說明原因子句所帶來的**結果**。

now that 和 seeing that

205 連接詞 now that、seeing that「既然」的意思和 as 以及 since 相當接近，差別在於，now that 還可以交代時間：

> *We hope to see much more of you **now that you're living in Vicksburg**.*
> 既然你現在住在維克斯堡，希望以後能更常見到你。

> ***Seeing that he could not persuade the other members of the committee**, he gave in to their demands.*
> 既然無法說服其他委員會的成員，他只好屈服於他們的命令。

正式表達原因的另一個方式是使用分詞構句（參看 493）：

> ***The weather having improved**, the game was enjoyed by players and spectators alike.* 正式
> 因為天氣變好，球員和觀眾都能盡情享受比賽。

> ***Being a man of fixed views**, he refused to listen to our arguments.* 頗正式
> 他這個人固執己見，聽不進我們的話。

還有另一種表達原因的句型是 for 引導的片語，後接特定形容詞和動詞來說明情緒和態度：

> *She laughed at herself **for being so silly and self-pitying**.*
> 她笑自己這麼傻，自怨自憐。

> *They were praised **for their outspoken defence of free speech**.*
> （= because of their... ）
> 他們因為敢於直言捍衛言論自由而受到誇獎。

due to 和 owing to 等介系詞也都可用於表達理由或原因。

連接副詞：therefore、hence

206 其他表達理由或原因的連接副詞也很重要（參看 360、365），其意思相當於 because of that 或 for that reason，如 therefore、thus、accordingly、hence，以及正式的 consequently 和非正式的 so：

*Very shortly afterwards, however, he began to suffer from attacks of angina pectoris. **Accordingly**, he was excused all serious exertion.* 正式 書面
但不久後他開始受心絞痛所苦，因此便免去所有要費力的重活。

*After all, Glasgow was where she really belonged. **So** this year she had decided to spend her annual holiday in the city.* 非正式
畢竟，格拉斯哥是她真正所屬的地方，所以今年她決定年假要待在這個城市。

意思與 seeing that（參看 205）相對應的連接副詞是 in that case：

A: *The weather has improved.*
天氣變好了。

B: ***In that case**, we can go out and enjoy our game.*
既然如此，我們可以出去盡情享受比賽。

14

條件與對比

Condition and contrast

if：開放條件句 vs. 假設條件句

207 條件子句也與表示原因的子句有關，不過這類句子所提及的結果要視另一件事是否會發生而定。請注意以下兩句的區別：

> [1] *I'll lend Peter the money **because he needs it**.*
> 因為彼得有需要，所以我會借他錢。

> [2] *I'll lend Peter the money **if he needs it**.*
> 如果彼得有需要，我會借他錢。

例句 [1] 的說話者知道彼得需要錢，例句 [2] 的說話者則不確定彼得是否需要錢。例句 [2] 所就是所謂的「**開放條件**」（open condition），因為句中所描述者不確定是否會發生，所以是「開放」（亦即未知）的情況。表示條件的子句也可以放在主要子句之前：

> ***If you feel seasick**, take one of these pills.*
> 如果你暈船，就吃一顆藥丸。

還有一種條件句，表達的則是非真實的**假設條件**（hypothetical condition）。在這種假設句中，說話者所假定的情況並不會發生：

> [3] *I would lend Peter the money **if he needed it**.*
> 如果彼得需要，我會借他錢。

[4] *I would have lent Peter the money **if he had needed it**.*
　　如果彼得當時有需要，我就會借他錢。

[5] *You'd be bored **if you had no children**.*
　　如果你沒小孩，你一定會覺得無聊。

說話者在例句 [3] 暗示的是「彼得不需要錢」，例句 [4] 則是暗示「彼得當時並不需要錢」，例句 [5] 則是暗示「你有小孩」。從此三個例句可以看出，假設句用過去式來表示對現在的假設（如例句 [3][5]，^{參看 275}），用過去完成式表示對過去的假設（如例句 [4]）。

in case (of)、on condition that、provided that

208 連接詞 in case、on condition that、provided that 以及介系詞 in case of 正式 也可以表達條件：

- **in case**「以防萬一」說明未來可能發生或可能不會發生的情況：

  *Take these pills, **in case you feel ill on the boat**.*
  吃幾顆藥丸，免得你在船上不舒服。

  *I had to watch where I put my feet **in case I fell**.*
  我得看清楚我站的地方，以免跌倒。

- **on condition that**「條件是⋯」，指符合該條件才能成立：

  *I'll lend you the money **on condition that you return it within six months**.*
  如果你能在六個月內還錢，我就借你錢。

- 和 on condition that 類似，**provided that** 與 **as/so long as** 也是強調「唯有如此」的情況：

  Provided that ⎱ *they had plenty to eat and drink, the crew seemed to be happy.*
  So long as ⎰
  只要有足夠東西可以吃喝，船員似乎就很高興。

- 介系詞 **in case of** 也可表達條件：

  ***In case of emergency**, the simplest thing is to flick off the switch.*
  發生緊急情況時，最簡單的事就是關閉開關。

否定條件句：unless

209 unless「否則」可以帶出否定的條件句，因此，第 207 節例句 [2]

> I'll lend Peter the money if he needs it.

可以改寫成以下句子，改變強調的重點：

> I won't lend Peter the money **unless he needs it**.
> 除非彼得有需要，否則我不會借他錢。

注意，以下兩句表達相同的意思：

> ~ **Unless** Paul **improves** his work, he'll fail the exam.
> 除非保羅改善學習情況，否則他考試不會及格。

> ~ **If** Paul **doesn't improve** his work, he'll fail the exam.
> 保羅如果不改善學習情況，他考試不會及格。

> You can take a book out of the library and keep it for a whole year **unless it's recalled**.
> 除非圖書館催還，否則你可以將書從圖書館借出一年。

如果要表達**否定的假設句**，則可以用「but for + 名詞片語」或「if it hadn't been for + 名詞片語」來表示（這種情況**不可用 unless**）：

> **But for Jenny**, we would have lost the match.
> 要不是珍妮，我們就會輸了這場比賽。(= If Jenny hadn't played well,...)

> Adam would have faced almost certain death, **if it hadn't been for his quick thinking**.
> 要不是亞當反應夠快，他差不多就一腳踏進棺材了。

otherwise 則是在句中表達否定條件的副詞（參看 367）：

> I'm sorry I had a previous engagement: **otherwise**, I'd have been here much earlier.
> 抱歉我先前還有個約會，不然的話，我應該可以更早到這。

使用 any、ever

210　條件子句暗示的是「不確定性」，因此，句中常會有 any、anyone、ever 等字眼，而不是 some、someone、sometimes 這類含有 some 在內的字眼（參看 697-699）：

> *If you **ever** have **any** problems, let me know.*
> 如果你有任何問題，再告訴我。

> *Unless **anyone** has **any** questions, the meeting is adjourned.*
> 如果沒有人有任何問題，會議就到此結束。

因此，如果你想強調某條件句的不確定性偏向肯定（參看 243），也可使用帶有 some 的字眼：

> *Help yourself if you want **something** to eat.*
> 想吃什麼，別客氣自己來。

表達對比的子句：although（另請參看 361）

211　另一種和條件句意思有所重疊的，是表達「對比」的副詞子句，也稱「**讓步子句**」。對比子句指的是兩個情況是對比或轉折的；換言之，以 (a) 的角度來看，(b) 的情況很**令人驚訝**或**出乎意料**：

> (a) *The weather is bad.* 天氣很差。
> (b) *We are enjoying ourselves.* 我們玩得很開心。

> (a) *He hadn't eaten for days.* 他好幾天沒吃東西了。
> (b) *He looked strong and healthy.* 他看起來強壯又健康。

此時，對等連接詞 but 就可以用來連接兩個對比的概念：

> *The weather is bad, **but** we're enjoying ourselves.*
> 天氣很差，但我們玩得很開心。

> *He hadn't eaten for days, **but** he looked strong and healthy.*
> 他好幾天沒吃東西了，但他看起來強壯又健康。

也可以用 although 或 though 非正式 來連接兩個對比概念，並將 (a)

和 (b) 其中一句改為附屬子句：

*We are enjoying ourselves, **although/though the weather is bad**.*
雖然天氣很差，我們還是玩得很開心。

***(Even) though he hadn't eaten for days**, he looked strong and healthy.*
即使他好幾天沒吃東西了，他仍然看起來強壯又健康。

even though「儘管、即使」比 although 的語氣稍強。

連接詞 while 和 whereas 可以表達兩個對等概念之間語意上的對比：

***While we welcome his support**, we disagree with a lot of his views.*
雖然我們很歡迎他的支持，但我們對他的很多看法都不同意。

*Elizabeth was lively and talkative, **whereas her sister was quiet and reserved**.*
伊莉莎白活潑又健談，她妹妹則是安靜又內向。

附註

以下特殊句型也可以表達 even though 的意思：

***Much as I would like to help**, I have other work I must do. (Even though I would like to help very much ...)*
儘管我很想幫忙，但我有其他工作要做。

***Absurd as it may seem**, she grew tired of being a success. (Even though it may seem absurd...)*
雖然這似乎很荒謬，但她對於成功已經厭倦了。

在上面兩個句型當中，連接詞 as 會置於句中，接在所強調的形容詞（如 absurd）或副詞（如 much）之後。有時也可將 as 換成 though，如 Absurd though it may seem...。這種句型聽起來頗為 莊重 和講究 修辭 ：

***Unarmed as/though he was**, he bravely went forward to meet his enemies.*
儘管手無寸鐵，他仍勇往直前與敵人正面交鋒。

表達對比的片語和副詞：in spite of

212 in spite of、despite 正式 、notwithstanding 非常正式 、for all 都是可表達語意對比的介系詞：

> *We are enjoying ourselves **in spite of the weather**.*
> 儘管天候不佳，我們還是玩得很開心。

> ***Despite her fabulous wealth**, Sara's only property is a humble house in the oldest part of Seville.*
> 儘管莎拉非常富有，她唯一的房產只有在塞維利亞老城區的一間普通的房子。

> ***Notwithstanding state aid**, the local governments are continuing to seek extra revenue.* 正式
> 雖然有國家的援助，當地政府仍繼續尋求額外的收入。

> ***For all his skill**, he has accomplished very little. (= Despite his great skill ...)*
> 他雖然技藝高超，但是卻沒什麼成就。

有些修飾整句話的類副詞（參看 361、462）也可以表達 in spite of this/that 的意思，如 yet、however、nevertheless 正式 、all the same 非正式 、still、even so：

> *The weather was absolutely dreadful; **however**, the children enjoyed themselves.*
> 天氣簡直是糟透了，不過孩子們都玩得很開心。

> *Britain was mopping up yesterday after one month's rain fell overnight; **yet** we're still in the middle of a drought.*
> 一夜之間下了一個月的降雨量後，全英國昨天都在掃水，但是我們的旱象仍未解除。

> *He has, presumably, the main weight of local opinion behind him, not to mention the considerable resources of the French government. **Nevertheless**, the omens are not good.* 頗為正式 書面
> 照理說，他有當地主要的權威輿論支持，更不用說還有法國政府的大量資源。然而，徵兆卻顯示情況不妙。

yet 也可出現在主要子句中，強調與從屬子句的對比：

> *Although* he hadn't eaten for days, *yet* he looked strong and healthy.
> 雖然他已經幾天沒吃東西，卻仍然看起來強壯又健康。

附註

副詞 even 用來暗示可預期的對比：

> *Well, you know, **even** in Alaska the summers get pretty devastating.*
> 你知道，就連在阿拉斯加，夏天都熱得不像話。

這句話隱含的意思是，就連在這麼北邊的阿拉斯加州，夏天都炎熱得令人驚訝，但如果在德州，炎夏就不令人意外。

條件句 + 對比句

213　連接詞 even if 就是結合了條件句（即 if）和對比句（即 even）的功能：

> *I always enjoy sailing, **even if the weather is rough**.*
> 就算天候不佳，我也還是喜歡玩風帆。
> （意即：你覺得我不會喜歡在天候不佳時玩風帆，但我就是喜歡。）

> *We will take appropriate action, **even if we have to go it alone**.*
> 即使我們必須自己來，我們也會採取適當行動。

even if 的意思有時可用 if 或是 if...(at least) 來表示：

> ***If nothing else, (at least)** two good things came out of the project.*（= *Even if nothing else came out of the project...*）
> 就算沒從這個計畫得到別的東西，至少有兩件好事發生。

even if 也可以用在假設句中表達對比概念：

> *She wouldn't give me the money, **even if I begged her for it**.*
> 即使我苦苦哀求，她也不會給我錢。

選擇條件句：whether...or、whatever

214　對等連接詞 whether... or「無論…」結合了條件句與 either... or，以說明兩種對比的情況：

> **Whether we win or lose**, the match will be enjoyable. （= If we win or even if we lose... ）
> 無論我們輸或贏，比賽都會很精彩。

> They were guaranteed 40 hours' pay per week **whether they worked or not**. （= ... If they worked or even if they didn't. ）
> 無論是否做足 40 小時，他們保證皆可獲得每週 40 小時的工資。

從例句中可看出，此句型也隱含「與預期相反」的意思。類似意思也可用 whatever、whoever、wherever 等 wh- 開頭的字來表示：

> [1] These shoes are ideal: I'll buy them, **whatever the cost**.
> 這雙鞋很棒，無論多少錢我都會買。

> [2] I intend to support the nominee of the party at St Louis, **whoever that may be**.
> 我打算支持這一黨在聖路易斯提名的候選人，不管那個人是誰。

> **[3] Wherever he goes**, he makes friends.
> 他無論到哪裡都很容易交朋友。

這種句型的意思是：無論從屬子句涵蓋的是什麼條件，主要子句所陳述的情況都會發生。同時，這類句型也呈現出對比概念，舉例來說，例句 [1] 即隱含「I'll buy them, **even if** they cost a fortune.」（即使這雙鞋非常貴，我也會買。）的意思。相同的意思也可用 no matter wh- 引導的副詞子句來表示：

> I'll buy them, **no matter what they cost**.
> 無論要花多少錢，我都會買。

可表達這種意思的兩個常見副詞還有 anyway 和 in any case （= whatever the circumstances ）：

> I don't know how much they cost, but I'll buy those shoes **anyway/in any case**.
> 我不知道這雙鞋多少錢，但不管怎樣我都會買。

15

程度

Degree

215 表達**程度**的字通常用來修飾句子中的特定一個字。表達程度的字絕大多數是副詞，有的作為**修飾語**（modifier），修飾形容詞或副詞（參看464-469）；有的則是修飾整句的**類副詞**。

- **做為修飾語的程度副詞**（參看465）

  > A: **How** hungry are you?
  > 你有多餓？
  > B: (Actually I'm) **very** hungry.
  > （事實上，我）非常餓。

  > A: **How** soon are they leaving?
  > 他們多快要離開？
  > B: (They're leaving) **quite** soon.
  > 他們滿快就要離開了。

- **修飾整句的程度副詞**（參看459）。在此情況下，也可以看成是程度副詞修飾動詞（即例句中的 agree）：

  > A: **How far** do they agree?
  > 他們有多同意？
  > B: (They agree) **completely**.
  > （他們）完全同意。

若是要修飾名詞的程度，則會以數量詞如 much 來表示（參看 220、232）：

> A: **How much** of a dancer is he?
> 他是個怎麼樣的舞者？
> B: (He's) **not much** of one. 頗為正式
> 他不太算得上是一個舞者。

表達程度的字詞可以回答以「How?」（修飾形容詞和副詞）、「How much?」（修飾動詞）和「How much of?」（修飾名詞）所提問的 wh- 問句。詢問程度的正式問句則是「To what degree?」和「To what extent?」。當程度副詞用來修飾動詞時，有時也可回答以「How far?」和「How much?」所提出的問句：

> A: **How far** do you disagree with me?
> 你有多不同意我的意見？
> B: (I disagree with you) **absolutely**.
> 我完完全全不同意你。

> A: **How much** did she enjoy the ballet?
> 她對這芭蕾舞劇有多喜歡？
> B: (She enjoyed it) **immensely**.
> 非常非常地喜歡。

可分等級的字

216 並非所有動詞或形容詞都可以用程度副詞來修飾。程度副詞只可用來修飾**可分等級的字**（gradable words），也就是其字義有程度之分的字。基本上，成對的正反義字（如 old 和 young）就是可分等級的字：

> A: **How old** is your dog?
> 你的狗多大了？
> B: He's **very old/quite young**.
> 他很老了／還很年輕。

如果想進一步具體說明程度，則可以使用度量單位（如 five years、

six foot），如：She's five years old.（她五歲大 。）；He's six foot tall.（他六呎高 。）可分等級的字主要分為兩種：

- **表示等級的字**，即其語意是以相對位置表示 ，如 large、small。
- **表示極限的字**，即其語意是以兩端的絕對位置表示 ，如 black、white。

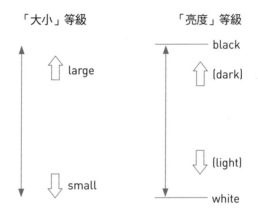

「大小」等級 　　　　　　「亮度」等級

large　　　　　black
small　　　(dark)
(light)
white

亮度的等級也可以用 dark 和 light 來表示 。

表示等級的字

217　修飾等級用字時 ，程度副詞可以當修飾語 ，也可以當類副詞：

　　　　修飾語：*She was **absolutely** crazy about him.* 非正式
　　　　　　　　她對他是完全地瘋狂 。
　　　　　　　　→ *absolutely* 當作形容詞 *crazy* 的修飾語 。

　　　　類副詞：*I must say I agree with you **absolutely**.*
　　　　　　　　我必須說我完全同意你 。
　　　　　　　　→ *absolutely* 作為類副詞 ，修飾一整句話 。

在不同情況下 ，不同副詞有不同的功用 。舉例來說 ，very 和 too 僅限於用作修飾語 。下表說明修飾這些等級用字的副詞類型：

修飾等級形容詞	修飾等級動詞
(A) 表達最高等級	
very（參看 220）： *He's very friendly.* 他很友善。 *It's a very tall building.* 這棟建築很高。	**(very) much**（參看 220）、**a lot** 非正式 、**a great deal**： *I like her very much.* 我很喜歡她。
(B) 稍微加強等級用字的語氣	
quite、rather、fairly；pretty 非正式： *She's still quite young.* 她還相當年輕。 *It's rather expensive.* 這價錢頗貴。 *It's a fairly modern motel.* 這是一家還滿現代化的汽車旅館。 *She was pretty annoyed.* 她滿生氣的。	**considerably、rather；quite、a lot** 非正式： *I quite enjoy the job.* 我還滿喜歡這份工作。 *Prices have increased considerably.* 價格漲了不少。 *We talked a lot about old times.* 我們聊了許多往日時光。 *I rather like her.* 我相當喜歡她。
(C) 減輕等級用字的程度	
a bit 非正式；**a little、slightly**： *She's a bit upset.* 她有點不高興。 *The journey was slightly uncomfortable.* 這趟旅程有點不舒服。 *It's a little surprising.* 這有點令人驚訝。	**a bit** 非正式；**a little、slightly**： *I've read a bit about it.* 我讀過一點相關內容。 *Prices have fallen slightly.* 價格微幅下跌。 *I know him a little.* 我跟他不熟。

表達極限的字

218 要修飾表達極限的用字（參看 216），所使用的副詞可做為修飾語也可做類副詞。這類副詞可分為兩類：

- **表達「完全地」**，即程度達到最高等級的副詞：absolutely、altogether、completely、entirely、quite、totally、utterly：

  > I'm **absolutely** positive it's the truth.
  > 我非常肯定這就是事實。

  > I **completely** disagree with you.
  > 我完全不贊同你的意見。

*I don't **entirely** agree with what Mr Turner says.*
我不完全同意特納先生的話。

*We were **utterly** powerless to defend ourselves.*
我們完全沒有力量保衛自己。

- **表達「幾乎」**，即程度接近極限的副詞：almost、nearly、practically 非正式 、virtually：

  *Mr Player was **almost** in tears.*
  培雷爾先生幾乎要哭了。

  *I've **nearly** finished my work.*
  我差不多要完成工作了。

  *At the beginning of this term, she **virtually** had a nervous breakdown.*
  這學期剛開始時，她差點要精神崩潰了。

  *Johnny Mercer **practically** grew up with the sound of jazz and the blues in his ears.*
  強尼·默瑟幾乎是從小聽著爵士和藍調的音樂長大的。

附註

須注意，quite 有兩種用法：quite 表示「頗為、相當」的意思時，會和表示等級的字連用（如 quite young），而當 quite 表示「完全、非常」的意思時，則會與表示極限的字連用（如 quite impossible）。

表達比較級和最高級的程度

219　用來修飾形容詞程度的字，也可以修飾副詞。但若要修飾比較級，會更常使用到類副詞（參看 217）：

I am feeling
$\begin{cases} \textbf{\textit{much}} \\ \textbf{\textit{a great deal}} \\ \textbf{\textit{a lot}} \ \boxed{非正式} \end{cases}$
more healthy than I was.
我覺得自己比以前健康多了。

最高級則可與 altogether 和 absolutely 等與表示極限的字連用的程度副詞搭配，來加強語氣：

It is **altogether/absolutely** the best show in town.
這無疑／絕對是鎮裡最棒的表演。

直接在最高級的字之前加上 very，也可加強語氣（但不可加在 most 之前）：

We want to pick the **very** best person for the job.
我們要挑出最適合這份工作的人。

very 和 much

前面討論過，very 可做為修飾語，而 much 則是做為類副詞（參看217）。但副詞 much 本身的用法有限，前面通常要有其他表示程度的字（例如 very 或 so）一起搭配。試比較以下例句：

修飾語：The novel has some **very** enjoyable characters in it.
這本小說有一些非常有意思的角色。

類副詞：I **very much** hope that you will accept.
我很希望你能接受。

類副詞：I enjoyed the party **very much**.
我在派對上玩得超開心。

很多動詞不能單獨和 much 連用，比如我們可以說：I much prefer...，而不能說：I much like...（×），但如果說 I very much like... 則可以接受：

I **very much like** her latest recording.
我非常喜歡她最新的唱片。

I **(very) much preferred** her earlier ones.
我比較喜歡她以前的作品。

正面和負面態度

221 有些程度副詞雖然在表達「等級」和「極限」時的意思一樣，但在**態度**上卻有「正面」和「負面」之分：

正面態度	負面態度
It's **quite** warm today. 今天滿暖和的。	It's **rather** cold today. 今天滿冷的。
She's **entirely** satisfied. 她非常地滿意。	That is **completely** wrong. 那完全大錯特錯。
The project looks **fairly** promising. 這個計畫看起來相當有希望。	He felt **utterly** exhausted. 他覺得整個人累翻了。

fairly（表「相當」之意時）、quite（表「相當」時）和 entirely 都可表示正面或「讚許」，而 rather、completely 和 utterly 有時則帶有負面或「貶抑」的意思。因此，fairly warm 暗示說話者認為天氣暖和是好事；反之，若有人說 It's rather warm today，則暗示說話者認為天氣有點太熱了。其他諸如 a bit、a little 和 a little bit，也通常帶有負面的意味：These boxes are **a bit/a little** heavy.（這些箱子有點重。）

程度副詞的其他重點

222 • **有些字既是等級用字，也是表示極限的字**，如形容詞 new、full 和 empty：

The furniture looked
- *very new.* 這家具看起來非常新。
- ***absolutely*** *new.* 這家具看起來完全是新的。

The glass is
- *very full.* 這杯子非常滿。
- ***absolutely*** *full.* 這杯子是全滿的。

• 我們可以用**表示等級的字**與**表示極限的字**來表達同一種意思：

等級用字		極限用字	
very **somewhat** +	*tired* 疲倦的 *rare* 稀有的 *unlikely* 可能的	**absolutely** **nearly** +	*exhausted* 筋疲力竭的 *unique* 獨一無二的 *impossible* 不可能的

- 語意上，**等級用字通常可以對應到一或多個極限用字，作為該字語意的加強**，並強調說話者的情緒，如 terrible 就是 bad 語意的加強：

一般語意	加強語意
very *good* 非常好	**absolutely** *perfect/marvelous* 十分完美
bad 非常差	*terrible/awful* 十分恐怖
large 非常大	*massive/colossal* 十分龐大
annoyed 非常生氣	*infuriated* 盛怒

附註

若要加強語意，也可以重複 very 這個字，或使用「very ... indeed」：

> He was a **very, very** special man.
> 他是個非常非常特別的人。

> That is **very** strange **indeed**.
> 那件事真的非常奇怪。

等級字和極限字有時並不容易區分，因為在日常口語中，人們傾向將表達極限的字「轉化」為表達等級的字。因此，有時我們會聽到 too perfect 和 very unique 這樣的說法，不過有些人認為這種說法是不合邏輯、「不標準」的英語。

223 - 除此之外，我們還有表達**負面**程度的副詞（barely、hardly 和 scarcely，參看 584），以及帶有 **any** 涵義（參看 697–698）的程度類副詞 **at all**（= to any degree）：

> I **scarcely** noticed him. (= I almost didn't notice him)
> 我幾乎沒注意到他。

*I didn't notice him **at all**.* (= I totally failed to notice him)
我完全沒注意到他。

*Was it **at all** enjoyable?*
有任何有趣的地方嗎？

*The text wasn't **at all** difficult.*
這本書一點也不難。

- 除了目前所列出的程度副詞外，**還有很多用法比較侷限的程度副詞**。這些副詞通常用於加強某些特定可分級的字。比如說，badly 常與 need 和 want 等動詞連用，thoroughly 常和 enjoy、disapprove、dislike 等動詞連用，hard 則多半會和 work、try 等動詞搭配：

  *They were both **thoroughly enjoying** their first tour of Greece.*
  他們都非常享受第一次去希臘的旅程。

  *I welcome this scheme, which is **badly needed**.* (= needed very much)
  我很支持這個計畫，這正是我們迫切需要的。

16

角色、標準和觀點

Role, standard, and point of view

224 對於可分等級的字，我們也可透過說明**角色**和**標準**來修飾其字義。at 或 as 可用來說明可分等級的字所指稱的**角色**；for 則可說明說話者評判的**標準**（可分等級的字以**粗體**表示）：

- 表示程度：

    *Anna is **clever**.*
    安娜很聰明。

    *Anna is **very clever**.*
    安娜非常聰明。

- 說明角色：

    *Anna is clever **at** swimming.*
    安娜很擅長游泳。

    ***As** a swimmer, she's **outstanding**.*
    以泳者的角度來說，她很出色。

- 說明標準：

    *Anna is a **good** swimmer **for** a youngster.*
    以年輕人來說，安娜是很棒的泳者。

    ***For** a learner, she swims **well**.*
    以還在學習階段的人來說，她游得很好。

此外，我們也可表明**觀點**，指出對於這個字或片語是從什麼角度來理解：

Morally, it was not an easy problem.（= From a moral point of view ... ）
從道德上來說，這不是個容易的問題。

In a way, I was very resentful about leaving.（= In one respect/from one point of view ... ）
就某方面而言，我對要離開感到很不滿。

He is a good swimmer *in a technical sense*.（= from a technical point of view）
就技術上來說，他是名很棒的泳者。

These trials were termed 'political cases' *in that the trial itself was a political act*. 正式
這幾場審判被說是「政治案件」，因為審判本身就是政治行動。

我們也可說明這句話是以誰的觀點來說：

To his parents, his behaviour was astonishing.
對他的父母而言，他的行為很令人吃驚。

17

比較

Comparison

225 若要比較兩樣東西在程度或數量上的不同，我們會用 taller、happier 或 more careful、less careful 等比較級的字（參看 500）。接在 than 之後的片語或子句，則可說明比較的「標準」。

[1] *Jack is* **taller than** *Jill (is).*
傑克比吉兒高。

[2] *Jill is* **shorter than** *Jack (is).*
吉兒比傑克矮。

[3] *Jill is* **less tall than** *Jack (is).*
吉兒沒有傑克高。

[4] *Jack is* **less short than** *Jill (is).*
傑克沒有吉兒矮。

上述四個例句皆表示相同的意思，並依照會說出該句子的可能性排序。像例句 [4] 這樣的句子就很少見，只有在比較傑克和吉兒誰矮的時候，才有可能說出這種句子。

同等比較

226 進行同等比較時（比如假設傑克和吉兒身高一樣），我們不會用 more...than，而是用「**as ... as**」的句型：

Jack is **as** *tall* **as** *Jill (is).*
~ *Jill is* **as** *tall* **as** *Jack (is).*
傑克和吉兒一樣高。

至於同等比較的否定，我們會說：「not as ... as」或「not so ... as」：

[5] *Jill is **not as** tall **as** Jack (is).*
吉兒沒有傑克高。

[6] ~ *Jack is **not so** short **as** Jill (is).*
傑克沒有吉兒矮。

同樣地，例句 [5] 和例句 [6] 的意思基本上和第 225 節的例句 [1]–[4] 相同。

比較級和最高級

227　只比較兩樣事物時，我們會用比較級形式：

*Jill is **the shorter** of the two children.*
吉兒是兩個孩子中較矮的一個。

*Jack is **the taller** of the two children.*
傑克是兩個孩子中較高的一個。

比較兩個以上的事物時，則會用 tallest、most useful、least tall 等最高級形式：

*Susan is the **tallest** of the three.*
蘇珊是這三人中最高的。

*Jill is the **shortest** of the three.*
吉兒是這三人中最矮的。

*Tourism is our **most important** industry.*
旅遊業是我國最重要的產業。

*Things were being done in the **least efficient** way.*
事情以最沒效率的方式完成。

如以上例句所見，若要說明比較的事物，可用 of 後接名詞片語：

*Miller scored the **best goal of the game**.*（ = *best ... of the goals scored in the game*）
米勒進的球是這場比賽最精采的。

*Luxembourg is the **smallest of the countries** of the European Union.*
盧森堡是歐盟中最小的國家。

有時也可將 of 引導的片語置於句首以表示強調：

***Of all the capital cities in the world**, Bangkok is the one I would **most** like to visit.*
在全世界各國的首都中，曼谷是我最想去的城市。

若要界定比較的範圍，可用 in 接單數名詞片語：

*He was the ablest man **in** the civil service.*
他是公務人員中最能幹的。

*It was the worst moment **in my life**.*（= ...of my life）
這是我人生中最慘的一刻。

其他也可界定最高級比較範圍的用法包括：

(a) **所有格限定詞**：**my** best friend（我最好的朋友）、**her** greatest success（她最大的成功）
(b) **所有格**：**the world's** highest mountain（世界上最高的山）
(c) **形容詞**：the greatest **living** composer（在世的作曲家中最偉大的）
(d) **關係子句**：the most boring speech **I ever heard**（我所聽過最無聊的演講）

與固定基準比較

228 有時一項事物是和從前後文得知（通常是透過後指用法）的固定標準（即「基準」）比較。在這種情況下，可用 than that 或 as that 來說明：

A: Jack must be six foot tall.
　傑克一定有六呎高。

B: [7] *No, he's taller **(than that)**.*
　　不，他比那高。

[8] *Is he really as tall **as that**?*
　　他真的有那麼高嗎？

在例句 [7] 中，比較的部分 than that 可以整個省略。至於例句 [8]，也可以說：Is he **that** tall? 非正式 。若我們比較的不是兩個不同的事物，而是同一個事物前後期的比較，以 than 引導的片語通常也可省略：

> *All over the world the crime rate is growing **worse** (= worse than it was), but in many cases the criminal is becoming **more difficult** to catch (= more difficult than before).*
> 全球各地犯罪率普遍攀升，但在許多案件中，犯人卻變得更難抓。

229 若要表達「越來越…」，亦即情勢持續變化，可重複比較級並用 and 連接：

> *Germany's position as our principal ally grows **stronger and stronger**.*
> 德國做為我們主要盟友的地位越來越穩固。

> *Many painters feel **more and more** out of tune with modern society.*
> 許多畫家覺得與現代社會越來越格格不入。

> ***Fewer and fewer** families are working on the land these days.*
> 現在務農的家庭越來越少了。

enough 和 too

230 enough「足夠（…）的」和 too「太過於（…）的」分別表示和某個（通常是正面的）基準「一樣」或「高於」基準，而該基準則可用不定詞片語表示（參看 493）：

> *This new boat is **big enough to cross the Atlantic**.*
> 這艘新船夠大，可橫越大西洋。

> *This just sounds **too good to be true**.*
> 這聽起來太好了，不像是真的。

> *Some of the new laws are **too complex for the ordinary citizen to understand**.* 頗為正式
> 有些新的法律太過複雜，百姓無法了解。

若要點出是以誰的觀點或標準來評判是否 enough 或是 too much，

則可使用 for 引導的片語表示：

*Is the room **warm enough for you**?*
你覺得房間夠暖嗎？

*The portrait was **too big for the room**.*
畫像對這間房間來說太大了。

當所表達的意思顯而易見時，指涉的基準和觀點則可省略：

*Are you **warm enough**?*（ = …*warm enough to be comfortable?*）
你夠暖和嗎？

*We have been looking at all kinds of new properties, but they're all **too expensive**.*
我們看了各種新的房產建案，但都太貴了。

so...(that) 和 such...(that)

231　表達程度或數量的「so...(that)」和「such...(that)」（參看 716）也可以表示與 enough 和 too 相似的意思，只是這種句型的語氣更為強調：

*It moved **so** quickly **that we didn't see anything**.*
（~ …*too quickly for us to see anything.*）
牠移動得太快，我們什麼都沒看到。

*The bed was **so** comfortable **that visitors always overslept**.*
床鋪太舒服了，遊客總是因此睡過頭。

*He's **such** a miser **that he doesn't even stick stamps on his letters**.*
他小氣到連信件都不貼郵票。

「so...(that)」和「such...(that)」還多了以 that 子句表示結果的意思（參看 202）：

*Mrs Lewis was beaten up – kicked **so** hard **that three ribs were broken**.*
路易斯太太被狠狠地痛打狂踹，導致她肋骨斷了三根。

*The interview was **such** a nightmare **that I prefer to forget all about it**.*
那次面試簡直是惡夢一場，我寧願把它忘得一乾二淨。

在以下例句中，so 和 such 都可加強對情緒的強調，即使不用 that 子句也可達到強調的目的：（下方例句中，so 和 such 都可重讀，以**_粗體加斜體_**表示。）

> *The delay was **such** a nuisance!*
> 遇到延誤真是討厭！

> *I'm **so** hungry!*
> 我超餓的！（參看 300）

表示名詞的比較：more of a success 等

232　上述的各種比較類型，也可用「more of a、as much of a、less of a + 名詞」，來比較可分等級的可數名詞（如 success、fool、coward）：

> *I'm **more of a** socialist now than before.*
> 比起以前，我現在更偏向是個社會主義者。

> *It was **as much of a** success as I hoped (it would be).*
> 事情一如我所希望的成功。

> *You're **less of a** fool than I thought (you were).*
> 你沒有我以為的那麼傻。

> *He's **too much of** a coward to tell the full story.*
> 他太懦弱，不敢說出所有的事。

比例

233　若要比較等比例的發展趨勢，可以用 as 引導副詞子句來說明比例：

> *Things got worse and worse **as time went on**.*
> 隨著時間過去，情形也每況愈下。

> ***As children get older*** *women are more likely to work outside the home.*
> 隨著孩子越長越大，女人也越有可能出門工作。

另一種更正式的句型，是在後面的主要子句加上 so：

As the slope of the table increased, *so* everything on it began to slide downwards, nearer to its edge. 正式
隨著桌子傾斜的角度加大，桌上的東西都開始向下滑向邊緣。

還有一種表達比例的句型是以「the + 比較級」開頭引導兩個子句：

Kids! The older they get, *the* more trouble they become.
小孩子啊，越大就越麻煩。

Sandra couldn't deny that, the more she thought about the question the more curious it became.
珊卓無法否認她越是想這個問題，事情就顯得越古怪。

若要了解句子的 S、V、O、A 等元素，請參看 487。

請注意，此處的 the 並不是定冠詞，而是一種**程度副詞**，像是此句：It was all **the** more surprising that she lost the third set.（她又弄丟了第三組更是令人驚訝。） 子句中比較級的部分必須緊接在 the 之後，因此常需要改變一般句子的字序。試比較以下例句：

He takes little notice at the best of times.
即使是美好的時光，他也不太在乎。
→ 本句為一般的直述句 *SVO* 結構。

比較：*The more* you argue with him, *the less notice* he takes.
　　　你越跟他吵，他越不注意。
　　　→ 本句結構為 *ASVA, OSV*。

當要表達的意思夠清楚，第二個子句或兩個子句中的主詞和動詞都可省略：

The more tickets you can sell, *the better*. (= ... the better it will be)
你能賣出的票越多越好。

The more the merrier.
諺語：人越多越有意思。

We'll have to begin our journey early tomorrow; in fact, the earlier, the better.
我們明天必須早早啟程上路，事實上，越早越好。

18

除了還有，除此之外與限制

Addition, exception, restriction

表達「除了…還包含…」

234　要表達「除了…還包含…」的意思，可以用 in addition to、as well as 和 besides 等介系詞：

[1] *They stole three valuable paintings, **in addition to** the money.*
他們除了偷錢，還偷走三幅貴重的畫作。

[2] ***Besides/As well as** eating a four-course meal, they drank three bottles of wine.*
除了吃了一頓四道菜的主餐，他們還喝了三瓶酒。

在對等子句的句型中，用 and 或是更為強調的句型「not only ... but (also)」（參看 520）也可表示「除了…還有」的意思，所以例句 [1] 也可改寫為：

~ *The money (was stolen) **and** three valuable paintings were stolen.*
~ ***Not only** the money, **but (also)** three valuable paintings were stolen.*

類副詞 also、too 非正式 、as well 非正式 、和 in addition 頗為正式 也都有「in addition to that」的意思（其中 that 是指前面曾提過的事物）：

*They ate a four-course meal; they **also** drank three bottles of wine. (= **In addition to** eating a four-course meal...)*
~ *...they drank three bottles of wine, **too/as well**.*
~ *...**in addition**, they drank three bottles of wine.*

這些類副詞在句中的位置也各不相同：also 通常在句中（參看451），too 和 as well 在句尾，in addition 則多在句首（另請參看238）。

附和句：So am I.

235　so 也可以放到句首，將接在後方的主詞與助動詞倒裝（參看415）。這種句型既保有 so 的替代用法（參看418），也表達了 also 或 too 的意思：

> *I live close to the office. **So does my secretary.*** *(= ...and my secretary does **too**)*
> 我住得離辦公室很近，我的秘書也是。

> *If the fascists had gained time to prepare for war, **so had their enemies**.*
> 如果法西斯主義者能爭取時間備戰，他們的敵人也可以。

相較 so 和 too 的肯定涵義，neither 和 nor 則代表相對的否定涵義。在否定句中，也會有相當於 any 涵意的字（參看697）和副詞 either 非正式 置於句尾。請注意，當 so、neither 和 nor 置於句首時，句子須倒裝（參看417-418）：

肯定附和句：

A:　*I'm hungry.* 我餓了。

B:　⎰ *I'm, **too**.*
　　⎱ ***So** am I.* 我也是。

否定附和句：

A:　*I'm not hungry.* 我不餓。

B:　⎧ ***Neither** am I.*
　　⎨ ***Nor** am I.*
　　⎩ *I'm not, **either**.* 我也不餓。

表達「除了…（沒有）之外」

236　這裡介紹的「除了…（沒有）之外」和前一節「除了…還有…」的意思正好相反，指「例外情況」。有好幾個介系詞可表達這個意思：except、except for、apart from、bar、but（此處 but 作限定語）：

*None of us had any money **except (for) James**.*
除了詹姆士之外，我們都沒錢。

Apart from herself and the MacGregors, *the house appeared to be empty.*
除了她自己和麥葛瑞格一家在之外，這房子看起來空蕩蕩的。

*In everything **but title**, he is deputy Premier.*
除了沒有職銜外，他實際上形同副總理。

*All the heavy guns **bar one** were lost in the river crossing.* 較少見
除了其中一枝以外，所有重型槍枝都在渡河時丟失了。

也可用連接詞 except (that) 所引導的副詞子句表示：

*The expedition was working well, **except that** no one could figure out who was the leader.*
除了沒人知道誰擔任領隊之外，遠征隊的一切都很順利。

otherwise 和 else 是可以表達「除了…之外」的副詞：

*You have a good tan, but **otherwise** (= apart from that) you don't look like a man fresh back from sunny Italy.*
你曬的一身小麥色很好看，除此之外，你看起來一點都不像剛從陽光普照的義大利回來。

*I noticed that the attic door had been forced open but everything **else** (= apart from that) seemed to be intact.*
我注意到閣樓的門被人強行打開，但除此之外，其他一切看起來都完好如常。

表示此意義時，otherwise 是做為修飾全句的副詞，而 else 則是做為前面名詞的修飾語。

副詞 even 則可表達「除此之外」的否定意思（即未除外），且通常有驚訝或強調之意（參看 213）：

*They stole everything – **even** the clothes in the cupboard.*
他們偷走了所有東西，甚至連櫃子裡的衣服也不放過。

even 和「除了…還有…」的概念也是關係密切：

*He knows several languages; he **even** claims to speak Chinese.*
他會好幾種語言，甚至還會說中文。

表達「限制」

237　only「只有」這個字可表達**限制性**，將「除了…（沒有）之外」的否定涵義也包括在內：

*He was wearing **only** his shorts. (= He was wearing **nothing but** his shorts.)*
他只穿他自己的短褲。

***Only** James had any money. (= No one except James...)*
只有詹姆士有點錢。

在表達數量（參看 70-80）和程度（參看 215-222）等概念時，only 的意思等同「no more than」：

***Only a few** banks have published their balance sheets. (= No more than a few ...)*
只有少數銀行公佈了他們的資產負債表。

*I know her **only slightly**. (= ... no more than slightly)*
我對她只有粗淺的認識。

其他和 only 同義的字有 merely、simply、just：

*She did not reply, but **merely** smiled, admitting nothing.*
她不作回覆，只是微笑，沒承認任何事。

*I don't mind who wins the contest: for me it's **simply** a matter of curiosity.*
我不在乎誰贏了比賽，對我來說，我只是好奇而已。

*This offer is more to me than **just** a job.*
錄取這個職缺對我來說不只是一份工作。

當 only 和 just 的限制意味用在時間上時，意思則稍有不同：

*I saw her **only/just last week**. (= no earlier than、as recently as)*
我上星期才剛見過她。

請注意 only 和 even 的對比：

Only my coat was wet.
我只有外套是濕的。（意即：*that and nothing else*）

Even my underclothes were soaked.
我連內衣都濕透了。（意即：*those as well as everything else*）

語意模稜兩可的情況

238 本單元用來表達「除了…還有」、「除了…（沒有）之外」和「限制」等意思的副詞（如 also、even、only）常將重點放在句子的某個部分，像是名詞片語、動詞或主詞之後的整個句子。換言之，句子語意會視該副詞所強調的部分而定，因此語意有時會顯得模稜兩可，如這句話：I only lent her the books.（我只借她這些書。）

不過，透過語調上的對比（參看 400）可釐清意思：

[1] *(I didn't gǐve her anything –) I only lènt her the books.*
　　（我沒有給她任何東西，）我只是借她書。
　　→ 強調動作。

[2] *(I didn't lend her the compǔter –) I only lent her the bòoks.*
　　（我沒有借她電腦，）我只有借她書。
　　→ 強調借出的東西。

再舉 also 的例句如下：

(He's not only a gòod áctor –) He's also a succèssful actor.
（他不僅只是個好演員，）他更是名成功的演員。
→ 強調他兩者都做得很好。

(He's not only a successful mǎnager –) He's also a successful àctor.
（他不僅是個成功的管理人員，）他還是名成功的演員。

(He's not only a wrǐter –) He's also a successful àctor.
（他不僅是位作家，）他還是名成功的演員。
→ 以上兩句則將重點放在他所身兼的兩個不同身分。

因此，寫作時最好盡可能將副詞放在要強調的字附近。如將 only

和 even 放在要強調的字之前，將 also 和 too 放在要強調的字之後。因此，若要表達例句 [2] 的意思，可寫成：I lent her only the books，而不是：I only lent her the books.

將 only 和 even 置於句首，則表示將重點放在緊接在後的那個元素，通常是主詞：

Only **one of us** had a sleeping bag.
我們中只有一個人有睡袋。

Even **the BBC** makes mistakes sómetimes.
即使是 BBC 偶而也會出錯。

試比較以下例句：

His wife àlso has a degree in medicine.
他太太也有醫學學位。
→ 暗示他太太跟他本身都有醫學學位：His wife, as well as he himself。

I tòo thought he looked ill.
我也認為他看起來生病了。
→ 暗示說話者跟聽話者都這麼認為：I thought so, as well as you。

19

談論主題：about 和 on

Subject matter: about and on

239 about 和 on 可以說明對話或要討論的主題：

> She **told** me **about** her adventures.
> 她告訴我她的冒險經歷。

> She gave us **an excellent lecture on/about** European social history.
> 她為我們帶來一場關於歐洲社會歷史的精采演說。

> Have you **any books on/about** stamp-collecting?
> 你有任何關於集郵的書嗎？

有些動詞及名詞可和 about 或 on 搭配，有些則只能用 about：

speak about/on 談論關於   teach (someone) about 教導某人關於

lecture about 發表關於   learn about 學習有關

argue about 辯論關於   read about 閱讀關於

write about 書寫關於   a quarrel about 關於⋯的一次爭吵

a book about 關於⋯的一本書   a story about 關於⋯的一則故事

ignorance about 忽略有關⋯

a discussion about/on 跟⋯有關的討論

on 和 about 不同的地方在於，on 通常僅限用在較慎重正式的談話或寫作，也暗示更明確聚焦在該主題或話題上；about 則也可用在心理狀態，例如 think about、know about、be sorry about 等。

附註

有些動詞不用 about，而是用 of，如：

> *I wouldn't **dream of** asking him.*
> 我從沒想過要問他。

> *All you **think of** is money.*
> 你滿腦子想的只有錢。

但請留意以下兩句語意上的不同：

> *He **thought about** the problem.*
> 他在思考這個問題。

> *He **thought of** the problem*
> 他想起了這個問題。

01

直述句、疑問句和答句

Statements, questions and responses

240 為什麼我們要使用語言？其中最主要的原因（但並非唯一的原因），或許是因為我們想要告訴別人他們所不知道的資訊。**直述句**（參看696）通常是給予資訊，**疑問句**（參看681-684、696）則通常是向聽者尋求資訊。在本單元，我們將討論訊息傳遞的方式，也會探討說話者對資訊的態度和資訊的真實性。換句話說，本單元將涵蓋事實、看法、可能性和間接引述等概念。

問句與答句

241 在對話中，用直述句和疑問句起頭通常都會得到對方的**回應**。以疑問句來說，最自然的回覆就是針對問題回答，提供說話者所尋求的資訊：

一、yes-no 問句（參看682）

A: Is the dinner nearly *réady*?
晚餐快煮好了嗎？

B: [1] Yes, it's already *còoked.*
對啊，早就煮好了。（肯定回覆）

[2] No, it's not *còoked yet.*
沒有，還沒開始煮。（否定回覆）

通常我們可簡答，省略直述句中已經包含的全部或部分資訊。所以，答句 [1] 可簡化為：Yes, it ìs.，或只回答 Yès.。答句 [2] 則可簡化為：

> *No, it ìsn't.*
> *No, not yĕt.*
> *Not yĕt.*
> *Nò.*

二、wh- 問句（參看 683）

> *A: Where are you going?* 你要去哪裡？
> *B: (I'm going) to the òffice.* （我要）去辦公室。
>
> *A: What's this thing called?* 這東西叫什麼？
> *B: (it's) a wire whìsk.* （這叫）攪拌器。

同樣地，答句中括號裡的字也可省略。

給予選項的問句

242 yes-no 問句的回答是**有限**的：只有肯定或否定兩種可能。wh- 問句則有**無限**多種回答，只要答覆的資訊和詢問的 wh- 疑問詞（who、what、when、where、how 等；參看 536-541）相關，任何回答都有可能。另一種回答有限的問句，則是在提問時就先預設兩個（或兩個以上）選項：

> *A: Shall we go by tráin or by bùs?* 我們要搭火車還是巴士？
> *B: By bùs.* 巴士。
>
> *A: Would you like cóffee, téa, or còcoa?* 你要喝咖啡、茶還是可可？
> *B: Còffee, pléase.* 咖啡，謝謝。

注意前幾個選項的語調會上揚，只有最後一個選項的語調下降。

提供選項的問句和 yes-no 問句一樣，可先預設肯定或否定的回覆：

> ***yes-no* 問句**：*Are you cóming?* 你會來嗎？

提供選項的問句：

Are you cóming or nòt? 你會不會來？

Are you cóming or àren't you (coming)? 你到底會來還是不來？

像這種提供選擇的問句，口氣通常相當不耐煩。還有一種給予選項的問句，在形式上則比較像 wh- 問句：

What would you like to drìnk? Cóffee, téa, or còcoa?
你要喝什麼？咖啡、茶還是可可？

有肯定或否定偏好的問句：含 some、always、already 的問句

243　當 yes-no 問句中含有 any、ever、yet 等表達 any 涵義的字（參看 697-699）時，這些問句對於回覆的預期多是保持中立。但若在問句中加入 some、sometimes、already 等字，則表示期望的是肯定的回覆：

*Did **someone** cáll last night?*
昨晚有人打電話來吧？
→ 說話者認為：「昨晚是不是有人打電話來？我覺得應該有。」
→ 比較：*Did **anyone** call last night?* 昨晚有人打電話來嗎？（立場中立）

*Has she gone to bed **alréady**?*
她應該已經睡了吧？
→ 暗示：「我認為她已經睡了，沒錯吧？」
→ 比較：*Has she gone to bed **yet**?* 她已經睡了嗎？（立場中立）

*Do you **sometimes** regret giving up your jób?*
你有時會後悔辭掉工作嗎？
→ 比較：*Do you **ever** regret giving up your job?* 你有後悔過辭掉工作嗎？

為表示禮貌，提出建議時應使用包含 some 的字：

*Would you like **something** to éat?*
你要不要吃點什麼？（意為「我希望你要！」）

*Do you need **some** money for the párking meter?*
你需要一些錢付停車費嗎？

上述例句都預期肯定的回覆，換言之，說話者禮貌鼓勵聽者接受提議，不要拒絕。

直述句形式的問句

244 若要更強調所期待的是肯定回覆，可將問句改以直述句形式表示（但要用問句的上揚語調）：

> *You got home sáfely then?*
> 你之後有安全到家吧？
>
> *I take it the guests have had something to éat?*
> 我想客人有東西吃吧？

這些問句的語氣很輕鬆，彷彿已經假設對方會回答「Yes.」。使用否定問句時，則是假設回答會是「No.」，如：「The shops weren't òpen?」（店沒開嗎？）當你看到某人購物袋空空地回家時，就可能會問這句話。

附加問句：要求確認

245 加在直述句句尾的附加問句（tag question，^{參看 684}），是為了確認直述句所說的內容是否正確。

- 直述句為肯定句時，預期的回答為「Yes.」。
- 直述句為否定句時，預期的回答為「No.」。

當直述句為肯定句時，附加問句為否定，反之亦然：

> *He likes his jòb, dóesn't he?*
> 他很喜歡他的工作，不是嗎？
> （意為「我假設他喜歡他的工作，對嗎？」）
>
> *Nobody was wàtching me, wére they?*
> 沒人在看我吧，有嗎？
> （意為「我假設沒有人在看我，對吧？」）

如果附加問句為下降語調，表示期待肯定或否定回覆的傾向更強，所附加的問句只不過是要聽者肯定說話者已經確信的事實，與其說是問句，其實更像是直述句：

It's beautiful wèather, ìsn't it?
天氣真好，對吧？

You've mèt my wife Ànne, hàven't you?
你已經見過我太太安妮了，是吧？（一個男人向別人介紹自己的太太時說的話。）

若要了解如何回答英語的否定問句，請參看第 246 節的附註。

附註

有一種較少見的附加問句是**直述句和問句皆為肯定**：「You've mànaged to telephone, hàve you?」（你想辦法打通電話了吧？）直述句在此是表達說話者已根據情況做出的結論，這裡的附加問句可說是「隨口確認一下」的問句。有時候，語氣還可能會略帶嘲諷：「So you call that hard wòrk, dó you?」（你說這就叫努力工作了，是嗎？）

否定問句

246　有些人可能覺得，否定形式的 yes-no 問句預期的是否定回答。但事實上這類問句期待肯定和否定的傾向各半：

> [1] *Haven't you had bréakfast yet?*
> 你還沒吃早餐嗎？
> → 意為「你真的還沒吃早餐嗎？我以為你應該已經吃了！」

> [2] *Can't you dríve straight?*
> 你不能直直地開嗎？
> → 意為「我以為你可以，但顯然你不能！」

> [3] *Won't ànyone help us to clear úp?*
> 沒有任何人會幫我們打掃嗎？

從這些例句可以看出，否定問句通常表達了某種程度的驚訝（或不悅），它顯示出說話者一般會假設肯定的回覆，現在卻覺得回答會是否定的。因此，可能說出例句 [1] 的假設情境是：你在上午十點半拜訪瑪莉，發現她還在做早餐。你之前（或正常）的預期是

她應該已經吃過早餐，但看到她還在做早餐後，你便假設她還沒吃早餐。

附註

有些語言回答問題的方式和英文不一樣。對於「Isn't she here yet?」（她還沒到嗎？）這個問句，英文回答「No.」表示「她還沒到」，回答「Yes.」則表示「她已經到了」：也就是**忽略問句的否定文法形式**，只根據「She is here.」這個基礎的直述句來回答。

多個 wh- 疑問詞的問句

247　一個問句裡頭出現不只一個 wh- 疑問詞的情況雖不常見，但並非不可能。在這種情況下，只會將一個 wh- 疑問詞移到句首（除非將兩個 wh- 疑問詞以對等連接詞連接）：

> A: **Who**'s bringing wh**à**t?
> 誰帶了什麼來？
> B: I'm bringing the drinks, and Gary's bringing the sandwiches.
> 我帶了飲料，蓋瑞帶了三明治。

> A: **How** and **when** did you arrive?
> 你怎麼來的？什麼時候到的？
> B: I arrived by train, on Friday.
> 我搭火車，星期五到的。

> A: **Who** did you send those b**ò**oks to, and wh**ỳ**? 非正式 不禮貌
> 你把書寄給誰？為什麼要寄？
> B: I sent them to Tanya because she asked me for them.
> 我把書寄給姐雅，因為她跟我要。

禮貌的詢問

248　若要讓問句聽起來比較禮貌（例如和陌生人說話時），可以加上 please，或用 Could you tell me... 開頭。以下四個問句依禮貌程度排列，從最隨意到最客氣：

What's your nàme, pléase?
請問你叫什麼名字？

Would you mind telling me your nàme?
你介意告訴我你的名字嗎？

Please can I have your address and télephone number?
可以請問你的地址和電話嗎？

若要了解此處 can 和 could 的用法，請參看 325。

Could I àsk you if you are driving to the státion?
我可以請問你是開車到車站嗎？

回應直述句：應答詞

249 跟疑問句不同，直述句並不要求回應。但是在對話中，我們常會對直述句做出回應，表達感到有趣、驚訝、高興、或是遺憾等，又或只是讓說話者知道我們有在聽：

A: I've just had a phone call from the travel agent...
B: Yés?
A: ...you know those plane tickets to Sydney that you ordered for next Tuesday.
B: Ḿm?
A: Well, he says they are now ready to be collected...
B: Oh, that's níce.
A: ...but unfortunately, he says there's been a mistake...
B: Oh dèar.
A: Yes, apparently the plane doesn't arrive in Australia until 9:00 a.m. on Wednesday.
B: I sèe.

A: 我剛接到旅行社的電話 …
B: 然後？
A: …你知道你訂的下星期二飛往雪梨的機票。
B: 嗯？
A: 呃，他說現在可以取票了…
B: 喔，那很好啊。
A: 但是很不幸地，他說出了點錯…
B: 天哪。
A: 嗯，顯然飛機要到星期三上午 *9:00* 才會飛抵澳洲了。

B: 我知道了。

Mm.（唸作 /m/）、Mhm.（唸作 /mhm/）、Uh-huh.（唸作 /əhə/）和 Yeah.（唸作 /jɛə/）在口語中常用來代替 Yes.。這些「應答詞」在無法面對面溝通的電話對話中尤其重要。其他類似回應還包括「Oh?」和「Really?」，可用來表達驚訝和興趣：

> *A: I hear Paul's getting married.*
> 我聽說保羅要結婚了。
> *B: Réally?*
> 真的假的？

其他應答詞還有：「Ah.」、「Sure.」、「Quite.」、「Right.」、「Good heavens.」、「Oh God.」、「That's right.」（參看 23）。

簡短問句

250　如果聽者想要獲得更多資訊，可使用問句來回應直述句，這些問句就和其他回應一樣，會將重複的內容省略，簡短提問。舉例來說，當我們想要釐清前一句話的意思，問句可以簡短到僅留下疑問詞：

> *A: The old lady's buying a house.*
> 那位老太太要買房子。
> *B: Whèn? / Whère? / Whỳ? / Whìch house? / Whàt old lady?*
> 什麼時候？／買在哪？／為什麼？／哪間房子？／哪位老太太？

也有以介系詞結尾的雙字疑問句：

> *A: I'm going to write an adventure story.*
> 我要寫一個冒險故事。
> *B: What fòr? / Who fòr? / What abòut?* 非正式
> 為什麼？／寫給誰看？／關於什麼？

類似的問句還包括：「Who with?」（跟誰？）、「Where to?」（去哪？）。這些以介系詞結尾的問句屬於 非正式 的風格：在正式英語中，我們會說「**With whom?**」（參看 537）。這些簡短的問句都是

頗為 親近 和唐突的用法。若要比較 禮貌 ，應使用完整的問句：
「When is she going to buy it?」（她什麼時候要買那個東西？）等。
當說話者話說得不清楚時（如未說明限定詞 this 或 the 是什麼意思），也可用以下回應句作進一步確認：

> A: Were you there when they erected **the new** sígns?
> 他們立新牌子的時候你在那兒嗎？
> B: **Which** new signs?
> 什麼新牌子？

附註

回應**否定**陳述句時，我們會用「Why not?」而不是「Why?」

> A: Joan is very upsèt. 瓊安很生氣。
> B: **Whý**? 為什麼？
> A: She hasn't been invìted. 她沒有受邀。
> B: **Why nòt**? 為什麼沒有？

複述問句：請對方再說一次

還有一種回應的問題類型是「**複述問句**」（echo question），也就是請求說話者再重複某些資訊（通常是因為沒聽清楚，但有時是因為不敢相信自己所聽到的）：

> A: I didn't enjoy that meal. 我不喜歡那頓飯。
> B: Did you say you didn't enjóy it? 你說你不喜歡那頓飯？

此問句所要求的資訊很明確，但我們可省略 Did you say，只「複述」前一句的部分或全部內容，並使用（明顯上揚）的疑問語調：「You didn't enjóy it?」在以下例句中，括號內的字表示該重複部分可以省略：

> A: The Browns are emigrating. 布朗一家人要移民了。
> B: (They're) émigrating? （他們要）移民？

> A: Switch the light off, please. 請把燈關了。
> B: (Switch) the líght (off)? （把）燈（關了）？

我們也可使用 **wh- 複述問句**，透過 wh- 疑問詞指出是哪個部分沒聽清楚：

> A: It cost five dollars. 這要五塊錢。
> B: [1] *Hów much did (you say) it cost?*（你說）這要幾塊錢？

> A: He's a dermatologist. 他是皮膚科醫師。
> B: [2] *Whát is he?* 他是什麼？

注意，在這種問句中，語調核心會落在 wh- 疑問詞上。

附註

wh- 疑問詞也可置於句中，和直述句句型一樣的位置，因此，上述例句 [1] 和例句 [2] 也可以說：

> *It cost hów much?*
> 要多少錢？

> *He's (a) whát?*
> 他是什麼？

但同樣地，這種問句是較 親近 的用法，比較 不禮貌 ，除非在句子前面加上致歉或較禮貌的說法：

> *Sorry, whát was his job?*
> 抱歉，他是做什麼的？

> *I'm sorry, I didn't quite hear: whát does he do?*
> 抱歉，我沒聽清楚，他是做什麼的？

「請對方再說一次」的說法

252　一般會用以下說法，請求對方再說一次：

> A: *I'll make some coffee.* 我會泡一些咖啡。
>
> B:
> *((I) beg your) párdon?* 請你再說一次。
> *Excúse me?* 抱歉，你說什麼？ 美式
> *Sórry?* 抱歉，你說什麼？ 英式
> *Whát?* 什麼？ 親近 較不禮貌

若要更明確要求對方重複（例如已聽到大部分內容，但未全部聽清楚），可用以下說法：

I'm sorry, I didn't quite hear/follow what you sàid.
抱歉，我沒聽到／聽懂你說的。

Sorry, I didn't quite gèt that. 非正式
抱歉，我不是很明白。

Sorry, would you mind repéating that?
抱歉，你可以再重複一次嗎？

I'm very sorry, would you mind saying that agáin?
很抱歉，能請你再說一次嗎？

02

省略資訊

Omission of information

253 上一節已經說明了一般省略資訊的規則，也就是將可明顯從前文得知的資訊省略。以下例句和六個可能的回覆，進一步說明省略資訊的規則：

> A: This country must economize if it's going to increase its property.
> 這個國家若想要更加繁榮興盛，就必須節省開支。
>
> B:
> I agrèe. 我同意。
> Absolùtely. 當然。
> Certainly nòt. 才不是這樣。
> Nònsense. 胡說八道。
> True enŏugh, but the problem is hòw to economize.
> 說得沒錯，但問題是如何節省開支。
> And the only way to do it is by greater taxàtion.
> 要做到這點，唯一的辦法就是加稅。

在某種程度上，以上所有回覆都沒有「完整句子結構」（參看695-696），但因為省略的部分是已經了解的資訊，所以是可接受的說法。

「不完整」的句子和慣用語

254 在某些情況下，語言以外的其他因素會使得句中的一些資訊顯得多餘，像是你在不同場合可能會聽到以下「不完整」的短語或慣用語：

命令句：	*Càreful!* 小心！	*Òut with ít!* 說吧！
	Fàster! 快點！	*Not so fàst!* 別那麼快！

問句： *More cóffee?* 還要咖啡嗎？

How about jòining us? 要不要加入我們？

Any gráduate students here? 這裡有研究生嗎？

口號： *Republicans òut.* 共和黨滾蛋！

Republicans for èver. 永遠支持共和黨！

歡呼／驚嘆：	*Goal!* 加油！	*Good!* 好！
	Excellent! 太棒了！	*You lucky boy!* 你真幸運！
	What a pity! 真可惜！	*Shame!* 太遺憾了！
	Poor you! 你真可憐！	*Oh for a drink!* 來喝一杯！
	Oh God, what an experience! 天啊，多棒的經驗！	
	Now for some fun! （來點好玩的吧！）	

示警呼救： *Hèlp!* 救命啊！　　　　　*Fìre!* 失火了！

有時在比較隨興 親近 的對話中，句首沒有太多資訊的字通常會被省略，例如代名詞或助動詞。在以下例句，括號中表示可省略的字：

(I) Beg your pàrdon.
請再說一遍。

(Do you) Want a drínk?
（你要）喝點什麼嗎？

(It) Serves you rìght.
你活該。

(I am) Sorry I mìssed you.
（我）很抱歉錯過了你。

(It is) No wònder he's late.
難怪他會遲到。

(I will) See you làter.
晚點見。

255 在告示或標題中的文字，通常只使用單獨的名詞片語、名詞子句或形容詞片語：

EXIT
出口

COLLEGE OFFICERS – PRIVATE
大學主管人員 – 私人領域

MEMBERS HANDBOOK
會員手冊

WHERE TO EAT IN LONDON
倫敦必吃美食

FRESH TODAY
今日現採

SETTING THE NEW AGENDA
制定新議程

表達禁止的告示則常以名詞片語表示，例如：NO SMOKING（禁止抽菸）、NO ENTRY（禁止進入）、NO PARKING（禁止停車）等。

此外，在體育播報等直播的情況下，很多文法用字常會省略。以下是節錄自電視足球播報的內容：

Jagtman to Jaeger: a brilliant pass, that. And the score still: Holland 1, Germany 0. The ball in-field to – oh, but beautifully cut off, and...

傑特曼傳給葉格爾：那是一記聰明的傳球。比分還是一樣：荷蘭隊一分，德國隊零分。球在界內，喔但漂亮的抄截，接著…

03

轉述直述句和問句

Reported statements and questions

轉述直述句

256　若要轉述別人說的話，可以用引號（**直接引述**，direct speech）或用 that 子句（**間接引述**，indirect speech）來表示（參看 589）：

> **直接引述：** *Marie said: 'I need more money'.* 瑪莉說：「我需要錢」。
>
> **間接引述：** *Marie said that she needed more money.* 瑪莉說她需要錢。

以此例句為例，我們將 Marie said 稱為「**引述子句**」（reporting clause），後面所轉述的內容則稱為「**間接引述子句**」（reported clause）。在直接引述句中，引述子句也可以放在間接引述子句的後面或中間：

> *'I need more mòney',* $\begin{cases} \text{[1]} \ \textit{Marie exclaimed.} \\ \text{[2]} \ \textit{exclaimed Marie.} \\ \text{[3]} \ \textit{she exclaimed.} \end{cases}$
>
> [4] *That child', she said, 'is a monster'.*
> 　　她說：「那個小孩是個怪物。」

主詞可以和例句 [2] 一樣放在表示說話的動詞之後，但主詞為代名詞時除外。在現代英語中，不可以說 exclaimed she（×）。

間接引述

257　在敘述時，用來引述的動詞通常會用過去式。因此，將直接引述

轉為間接引述時，句子通常需要做出變化：

- 將現在式動詞改為過去式（以便與引述動詞一致）。
- 將第一和第二人稱代名詞改為第三人稱。

- 有時須將指示詞（參看 99-100）做變化，例如將 this 改為 that、now 改為 then、here 改為 there、tomorrow 改為 the next day，或將 ago 改為 before。

直接引述（說話者實際說的話）	間接引述（以敘述者觀點轉述的話）
'I moved here two years ago.' 「我兩年前搬到這。」	~ *[1] He explained that he had moved there two years before.* 他解釋他是兩年前搬到那。
'Our team has won.' 「我們隊贏了。」	~ *[2] They claimed that their team had won.* 他們高呼他們隊贏了。
'I will see you tomorrow.' 「明天見。」	~ *[3] She promised that she would see him the next day.* 她答應隔天會跟他見面。
'They can sleep in this room.' 「他們可以睡在這間房間。」	~ *[4] She suggested that they could sleep in that/this room.* 她提議他們可以睡在那／這間房間。

請注意，除了須將一般現在式動詞改為過去式外，現在完成式動詞（has won/had won）（參看 127）和助動詞（will/would、can/could 等）（參看 483）也須改為過去式。改變動詞時態以交代更早之前的時間，基本上也適用於過去式動詞，也就是在間接引述時改為過去完成式。因此以下例句可改為：

> *'I **saw** them yesterday.'*
> 「我昨天看到他們。」
> ~ *He told me that he **had seen** them the day before.*
> 他告訴我他前一天看到他們。

但有時候動詞時態不會改變（參看 258 [3]）。

特殊情況

258 在將間接引述句中的動詞時態作變化時，以下四種特殊情況須謹記於心：

(1) 直接引述句中的動詞若是**過去完成式**，改成間接引述句時不須改變時態：此動詞時態已無法再改為「更過去」的時態：

> *'I **had seen** Mac an hour before the meeting.'*
> 「我在開會前一小時見過麥可。」
>
> *~ She said (that) she **had seen** Mac an hour before the meeting.*
> 她說她在開會前一小時見過麥可。

(2) must、should 和 ought to 等**情態助動詞**沒有過去式，因此無須改變時態。但在引述時，可將 must 改為 had to：

> *'You **must go**.'* 「你們必須去。」
> *~ She said that they **must go/had to go**.*
> 她說他們必須去。
>
> *'You **should be** more careful.'* 「你們應該更小心一點。」
> *~ He said that they **should be** more careful.*
> 他說他們應該更小心一點。

(3) **若引述句所表達的概念在引述時說話的當下亦適用**，則無須變更時態或其他形式：

> *'The world **is** flat.'* 「世界是平的。」
> *~ Ancient philosophers argued that the world **is/was** flat.*
> 古代哲學家辯稱世界是平的。

(4) 有些用於直接引述句中**表示說話的動詞**，並不適合用在間接引述句中，例如：

> *The game is up,' growled Trent.* 崔特吼道：「一切都完了」。

這樣的引述法在懸疑和犯罪小說中很常見，但我們在實際對話時不會這樣說，而是說：

> *Trent growled that the game was up.* 崔特吼著說一切都完了。

這類動詞包括特別強調嗓音效果的動詞（如 gasp、grunt、laugh、shout）：

> 'Give the poor girl a chance to get a word in!', Jean **laughed**.
> 吉恩笑道：「給這個可憐的女孩一個機會說話！」

> 'I'm done', he **gasped**. 他喘著氣說：「我完成了。」

> 'See for yourself', **shouted** Derieux. 德里歐斯喊道：「你自己看看。」

其他像 answer、declare、reply、say 這些動詞可用於直接引述，也可用於間接引述句中，而 assert、confirm、state 等動詞則主要用在間接引述句：

> Stacey **replied** that it would bankrupt Forbes.
> 史黛西回覆說這會使富比士破產。

> The club **confirmed** that Irons was one of its leading members.
> 俱樂部確認了艾恩斯是他們的主要成員之一。

間接問句

259 間接引述的規則不只適用於間接直述句，也適用於間接問句。唯一的差別在於，間接問句所用的是 wh- 疑問詞子句（參看 590-591），而不是 that 子句：

直接引述	間接引述
'Do you live here?' 「你住在這嗎？」	~ [5] She asked him if/whether he lived there. 她問他是不是住在那。
'Did our team win?' 「我們隊贏了嗎？」	~ [6] They asked if/whether their team had won. 他們在問他們隊是不是贏了。
'Why won't you come with us?' 「你為什麼不和我們一起來？」	~ [7] He asked her why she wouldn't come with them. 他問她為什麼不和他們一起來。
'Which chair shall I sit in?' 「我該坐哪張椅子？」	~ [8] He wondered which chair he should sit in. 他在想自己該坐哪張椅子。

間接引述的 yes-no 問句（如例句 [5]、[6]）會使用以 if 或 whether 引導的子句（參看 591），間接引述的 wh- 問句則是用直接引述的問句中所用的 wh- 疑問詞。

260 提供選項的問句（參看 242）也適用同樣規則。有選擇的 yes-no 問句通常會以 whether 來引導間接引述句：

> 'Is it *yóur* turn or *Sùsan's?'* 「輪到你還是蘇珊？」
>
> ~ She asked him whether it was *hís* turn or *Sùsan's.*
> 她問他接下來輪到他還是蘇珊。

還有一種間接問句的間接引述子句是以 wh- 疑問詞所引導不定詞子句（若要與命令句比較，請參看 336）：

> I asked him what to *dò.* (= I asked him what I should do.)
> 我問他該怎麼辦。
>
> He wondered whether to *lèave.*
> (= He wondered whether he ought to leave.)
> 他在想要不要離開。

04

否定與肯定

Denial and affirmation

否定句

261　當說話者想要否定某件事實，可使用含有否定意味的字（如 not 或 n't、no、nothing、nowhere）來形成否定句（參看 581-584）。接在否定詞後面的部分句子或子句，即為所謂的「**否定範疇**」（scope of negation），也就是句中被否定的部分。以下例句將否定範疇以**粗體字**表示：

> [1] *He definitely has**n't taken the job**.*
> 他一定還沒接受這份工作。
> → 意為「很明確知道他還沒」。

> [2] *He has**n't definitely taken the job**.*
> 他還不一定會接受這份工作。
> → 意為「還不確定他會不會接受」。

在上述例句中，因為例句 [1] 的 definitely 在否定範疇之外，而例句 [2] 的 definitely 在否定範疇內，兩句話的意思因此有所不同。放在句尾的類副詞則可以包括在否定範疇內，也可能不包括：

> *They were**n't at hòme** | for the whole dày.* 他們整天都不在家。
> *They were**n't at home for the whole dǎy**.* 他們不是整天都在家。

請注意以下兩組句子中，第一句和第二句語意的不同：

若要了解此處的語調，請參看 33-41、397-398。

*Crime necessarily does**n't pay**.*
犯罪一定沒好處。（意為「犯罪絕沒好下場。」）
*Crime does**n't necessary pay**.*
犯罪不一定有好處。（意為「犯罪不見得能撈到好處。」）

*I really do**n't mind waiting**.*
我真的不介意等。（意為「我一點也不介意。」）
*I do**n't really mind waiting**.*
我不是很介意等。（意為「我介意，但不是非常介意。」）

262 在否定範疇內，常會用 any、yet、ever 等有 any 涵義的字（參看 697-699）：

[3] *I did**n't attend àny of the lectures**.*
我沒有參加任何一場講座。
→ 意為「我一場講座都沒參加。」

[4] *We have**n't had dìnner yet**.*
我們還沒吃晚餐。

但我們也可在否定詞之後用 some、already、sometimes 等有 some 涵義的字，而這些字並不在否定範疇內。因此，例句 [3] 的意思便和以下例句 [5] 不同：

[5] *I did**n't attend sòme of the léctures**.*
有些講座我沒有參加。

263 有時候，否定詞的否定範疇並不在整個子句或句子，而只在句子中的某個片語或某片語的一部分：

***No food at all** is better than unwholesome food.*（= ***Eating nothing at all** is better than...*）
完全不吃也好過吃不健康的食物。

*We **not infrequently** go abroad.*（= ***We quite often** go abroad.*）
我們還滿常出國。

*They stayed at a **not very** attractive hotel.*（= *...at a **rather un**attractive hotel*）
他們住的飯店不是很吸引人。

肯定

264 若要強調句子的肯定意涵，我們會將語調核心放在作用詞（operator，或動詞片語中的第一個助動詞，_{參看 609-612}）。尤其當有人暗示或假定否定情況，而我們想要強調對比時：

> A: *So you two haven't met before?* 所以你們兩個以前沒見過？
> B: *Well, we h*à*ve mét – but it was* à*ges ago.*
> 我們見過，不過是很久以前了。

> A: *What a pity Mary isn't here!* 真可惜瑪麗不在這！
> B: *(But) she* ì*s here.* （可是）她在啊！

如果回覆的內容不是直接否定，而又包含新的肯定資訊，則新的資訊會以降升調強調_{（參看 43）}：

> A: *Surely they wouldn't have stolen it?*
> 你肯定他們沒有偷東西？
> B: *N*ò*, but they c*ò*uld have taken it by mist*ă*ke.*
> 對，但他們可能只是拿錯了。

句中如果沒有其他助動詞，就會用 do 來做為虛位作用詞（dummy operator，_{參看 611}）：

> *Oh, so you d*ì*d stay after* à*ll. I thought you were leaving* è*arly.*
> 喔，所以你畢竟還是留下來了，我以為你會提早走。

> *I'm afraid I don't know much about cooking. But I d*ò *bake my own* br*ě*ad.*
> 我對烹飪恐怕不太了解，不過我倒是都自己烤麵包。

否定

265 若要否定別人建議或提議的內容，一樣可將語調核心放在作用詞上，只不過這回是放在否定的作用詞（如 can't、didn't 等）：

> *So you h*à*ven't lost your keys!*
> 所以你沒弄丟鑰匙啊！（意即：我以為你弄丟了鑰匙。）

> A: *When did he pass his ex*à*m?* 他什麼時候通過考試的？
> B: *Well, actually, he d*ì*dn't pass it.* 呃，其實他沒通過考試。

當否定形式沒有縮寫時，語調核心則會落在 not：

Well, actually, he did nòt pass it.

肯定簡答

266 有一種簡短的肯定句會將子句中位於作用詞後的內容全部省略，通常是因為這只是為了證實對方問題或陳述，而不必重複已經說過的內容：

A: This book is interesting. 這本書很有趣。
B: Yes, it ìs. 是啊。（意即：*it ìs interesting*）

A: I assume I will be invited to the meeting. 我假定我會受邀參加會議。
B: Yes, you wìll. 你會啊。

A: Can you speak German? 你會說德語嗎？
B: Well, I càn, but not very wèll. 嗯，我會，但說得不是很好。

A: Have I missed the bus? 我錯過公車了嗎？
B: Yes, I'm afraid you hàve. 是的，恐怕是這樣。

若要對否定的陳述表示同意，要用否定的作用詞：

A: Your mother doesn't look wèll. 你媽媽看起來不太好。
B: No, she dòesn't, I'm afráid. 是啊，恐怕是這樣。

否定簡答

267 否定的簡短直述句也可用來否定對方的陳述：

A: You worry too much. 你擔心太多了。
B: [6] No, I dón't. 不，我沒有。

A: I'll probably fail my driving test. 我路考可能不會過。
B: [7] No, you wǒn't. 不，你會過的。

請注意，當我們否定或反駁一項陳述時（如例句 [6] 和例句 [7]），我們會用升調或降升調。類似的簡答句也可用於回答問句：

A: Can you speak German? 你會說德語嗎？
B: No, I'm afraid I càn't. 恐怕是不行。

A: The line's busy. Will you hold? 電話忙線中，你可以稍候嗎？
B: No, I wòn't, thanks. 不，我不等了，謝謝。

較 正式 或有力的句子會用「作用詞 + not」，在這種情況下，語調核心會落在 not：

A: Did she fail the test? 她考試沒過嗎？
B: No, she did nòt. 不，她過了。

若要反駁否定的陳述句，可以用肯定的作用詞搭配升調或降升調：

A: I understand most people didn't agree with me.
　我知道大多數人都不同意我。
B: Yes, they díd. 才不呢，他們同意。

A: I won't pass the exam. 我考試一定不會過。
B: I bet you wǐll. 我打賭你會過。

268 說否定的話時最好緩和一下語氣，否則可能會顯得太直接和不禮貌。我們可以委婉表達相反的意見，讓否定的話聽起來比較得體：

A: He's married, isn't he? 他已經結婚了吧？

B:
Actually, I don't think he ìs.
實際上，他應該還沒。
Ís he? I thought he was divòrced.
是嗎？我以為他離婚了。
Are you súre? I had the impression that he was still sìngle.
你確定嗎？我印象中他還是單身。

否定中帶有肯定

269 句型「**not ... but**」可用來否定一個概念，同時肯定另一個相反的概念：

*He did**n't** look at Captain Mosira, **but** stared at the ceiling.*
他看都沒看莫斯拉隊長，倒是一直盯著天花板。

*The land does**n't** belong to me, **but** to the government.*
這塊地不是我的，而是政府的。

我們也可以說：

*The land belongs **not** to me, **bu**t to the government.*
*The land belongs to the government, **not** to me.*

請注意，肯定和否定子句的作用詞都可用語調核心強調：

I dòn't like mathemătics, but dò enjoy biòlogy.
我不喜歡數學，但很喜歡生物。

05

同意與不同意

Agreement and disagreement

同意

270 在回應別人的**評斷**或**意見**時，格外需要保持 禮貌 。我們在同意別人的負面意見時，可能會想在表達同意之餘，也傳達惋惜等情緒：

> A: His speech was so boring. 他的演講好無聊。
>
> B:
> Yes, I'm afraid it wàs.
> 是啊，恐怕是如此。
>
> Yes, I have to agree with you it wàs.
> 是啊，我必須同意真是這樣。
>
> I have to admit Ì found it só.
> 不得不承認我也這麼認為。

在其他情況下，則可以盡情熱烈地表達出你的同感：

> A: It was an interesting exhibition, wasn't it?
> 這個展覽真有趣，不是嗎？
>
> B: (Yes,) it was supèrb/absolutely splèndid, etc.
> （是啊，）這展覽真是超棒／棒呆了。

> A: A referendum will satisfy everybody.
> 一場公投可以滿足所有人。
>
> B: (Yes,) dèfinitely/exàctly/absolùtely.
> （是啊，）當然。／沒錯。／完全同意。

A: *A referendum won't satisfy everybody.* 一場公投沒辦法滿足所有人。

B:
- *Definitely nòt.* 絕對不行。
- *It certainly wòn't.* 當然不行。
- *You're absolutely rìght, it wòn't.* 你說得對極了，根本沒辦法。
- *I agrèe. It wòn't.* 我同意，當然沒辦法。

得體表達不同意

267　要否定或反駁別人說的話時，除非能緩和否定時的語氣，不然常會顯得 不太禮貌 。我們可以透過致歉或調整說話者的觀點來緩和語氣：

A: *English is a difficult language to learn.*
英文是個很難學的語言。

B:
- *I'm afraid I disagrèe with you: some languages are even mòre difficult, I thínk.*
恕我不贊成你的意見：我覺得有些語言還更難學。
- *Trŭe, but the gràmmar is quite éasy.*
是沒錯，但是文法還滿簡單的。
- *Yès, but it is not so difficult as Rŭssian.*
是啦，但是沒有俄文難學。
- *Do you thínk so? Àctually, I find it quite èasy.*
你這麼認為嗎？其實我覺得英文還滿簡單的。

A: *The book is tremendously well wrĭtten.*
這本書寫得超棒。

B: *Yès, (well written) as a whŏle – buy there are some pretty boring pàtches, àren't there?*
沒錯，整體來說（寫得不錯），但也有一些地方滿無聊的，不是嗎？

部分同意，或有限制的同意

272　在與人討論或爭論時，常會需要同意對方的部分論點，對其他部分則不表同意。以下所舉的方式可讓你用來表達這種有限制的同意（[X] 和 [Y] 代表直述句，[x] 和 [y] 則是名詞片語）。

Certainly it's true that [X] **drugs are a menace**, *but on the other hand* [Y] **we have to take a pragmatic stance.**
沒錯，藥物確實具有危害性，但另一方面，我們也必須從務實的角度來看。

I realize that [X] *every form of taxation has its critics, but surely* [Y] **this is the most unfair and unpopular tax that was ever invented.**
我明白任何稅制都會有人批評，但這肯定是有史以來最不公平、最令人嫌惡的稅制。

I'm in total agreement with you/Joan, etc. about [x] **the need for international action**, *but we also have to consider* [y] **the right of nations to take charge of their own internal affairs.**
對於必須在國際間採取行動這點，我完全同意你／瓊安的看法，但我們也必須考慮各國自行處理國家內務的權利。

Agreed, but if we accept [X] **that narcotics have to be illegal**, *then it must (also) be accepted that* [Y] **tobacco has to be banned.**
我同意，但如果我們接受麻醉劑是違法的，那我們也必須接受應該禁止菸草。

加強補充所同意的意見

273 在同意之餘，我們也可以進一步提出其他觀點來加強論述：

A: *The government will have to take steps to limit the number of cars on the road.*
政府必須拿出作法來限制路上的汽車數量。

B: *Yes, in fact* **I believe public opinion is now in favour of banning cars in the central areas of major cities.**
對，事實上，我認為現在輿論的意見是贊成在各大城市的市中心禁行車輛。

其他可加強同意意見的方式還包括（以回應上述例句為例）：

B: *Yes, and what is more,* **it will have to curb the transportation of heavy goods by road.**
沒錯，此外，還必須限制重型貨車上路。

B: I agree, and in fact one might go so far as to say that this is **the greatest challenge facing the government today**.

我同意，實際上，有些人甚至說這是政府現在面臨最大的挑戰。

B: Absolutely. Actually, I would go further, and say **most people would favour a totally new look at all aspects of transport policy**.

說得沒錯。事實上，我甚至認為多數人都贊成交通政策應全面重新修訂。

06

事實、假設語氣和保持中立

Fact, hypothesis and neutrality

274 前面已經從肯定、否定和反駁等方面來探討陳述句的是非真假，但在許多情況下，陳述事件的真假是說話者心裡的認定，而不會直接說出來。

試比較以下例句：

[1] *I'm glad that the minister has agreed.*
我很高興部長同意了。（事實）

[2] *I wish that the minister had agreed.*
我真希望部長可以同意。（假設）

在例句 [1]，說話者假定「部長同意了」這句話是事實，而在例句 [2]，說話者則假定這句話非事實。說話者所假設的內容，我們將其稱為「錯誤**假設**」（false hypothetical）。

假設的意義

275 • 表達**事實**（或真實的內容）時，我們通常會用限定動詞子句（如第 274 節的例句 [1]），或 -ing 子句（參看 493）或是包含抽象名詞的名詞片語：

*I'm surprised **that he made that mistake**.*
我很驚訝他會犯那種錯誤。

~ *I'm surprised **at his making that mistake**.*
~ *I was surprised **at his mistake**.*

- 而在表達**假設**（或假設的內容）時，則會在附屬子句使用過去時態（如第 274 節的例句 [2]），並在主要子句用「would + 原形動詞」。這兩種句型會出現在假設語氣的條件子句和主要子句（參看 207）：

```
┌──────────附屬子句──────────┐  ┌──────────主要子句──────────┐
```

*If we **saw** anything strange, we **would let** you know.*
如果看到任何怪事，我們會告訴你。

注意，這個句子的過去式（saw、would）和過去時間無關，它所指涉的時間是現在或未來。

結合**過去**時間的假設則是以「had + 過去分詞」的完成式句型表示：

*If we**'d seen** anything strange, we **would have let** you know.*
如果我們那時有看到任何奇怪的事，我們就會告訴你。

主要子句的動詞 would 可用其他過去式的情態助動詞代替：

*If Monty **hadn't been** there, you **could have told** ('would have been able to tell') the whole story.*
要不是不是蒙提在那，你就能把所有事說清楚了。

其他使用假設語氣的句型

276　除了條件子句外，假設語氣也可用其他特殊句型表達。以下列出其中幾個主要句型（括號中說明它們所暗指的負面陳述）：

*It**'s time** you were in bed.*
這個時間你該上床睡覺了。（暗指：但你卻沒有。）

*He behaves as **if** he owned the place.*
他表現得一副好像這地方是他的。（暗指：但這地方並不是他的。）

*It's not **as if** you were all that fond of Alice.*
又不是說你有多喜歡愛麗絲。（暗指：你並不喜歡愛麗絲。）

Suppose (that) the United Nations had the power to impose a peaceful solution.
假設聯合國有權力可以強制執行和平的解決方法。（暗指：聯合國沒有權力。）

If only she had kept her eyes open.
如果她有張大眼睛注意就好了。（暗指：她沒有張大眼睛注意。）

In your place, I'd have taken the taxi.
如果我是你，我就會搭計程車。（暗指：我沒有搭計程車。）

當句中沒有使用 if 子句，卻隱含條件意味時，我們多半會用 would：

情態助動詞有可表達委婉意思的特殊假設用法，請參看 286、322、325。

I can't let anyone see the letters – it **wouldn't** be right, **would** it? ('... if I let them see them') 我不能讓任何人看這些信，（如果我讓別人看）這樣是不對的，不是嗎？

其他表達假設語氣的方式：were、were to、should

277 除了過去式之外，還有三種比較少見可以在子句表達假設意思的方式：

- **以 were 表達假設語氣**（參看 708）：

I'd play football with you if I **were** younger.
如果我年輕一點，我就會和你一起踢足球。

If I **were** Home Secretary, I would impose no restriction whatsoever in such matters. 如果我是內政大臣，我不會對這種事施加任何限制。

在 非正式 英語中，當主詞為單數時，可用過去簡單式的 **was** 來取代 were。

- **were to + 原形動詞：**

If it **were to rain** tomorrow, the match would be postponed. 頗為正式
如果明天下雨，比賽可能會延期。

這個句型表達對未來的假設。同理，**was to** 是 非正式 的用法。

- **should + 原形動詞：**

  *If a serious crisis **should arise**, the government would have to take immediate action.* 頗正式
  如果發生嚴重的災難，政府必須立即採取行動。

「were to + 原形動詞」和「should + 原形動詞」的句型都有點 正式 或 文藝，並較 委婉 暗示情況。這兩種句型通常僅限用於條件子句，以及與條件相關的句型，例如：Suppose he should see us!（我想他應該有看到我們！）

倒裝的假設句

278 還有一種假設條件句沒有 if，因為該句子將作用詞（參看609）置於句首，放在主詞的前面（倒裝句請參看416）。

三個可用在這種句型的作用詞包括 **had**、假設語氣的 **were**，以及表示推定意義的 **should**（參看280）：

  ***Had they known**, they would have been more frightened.* 正式
  他們要是知道，一定會更害怕。(= If they had known...)

  ***Were a serious crisis to arise**, the government would have to act swiftly.* 正式
  如果發生嚴重的災難，政府必須迅速應對。(= If a serious crisis were...)

  ***Should you change your mind**, no one would blame you.*
  如果你改變心意，沒有人會怪你。(= If you should...)

使用 were 和 should 的子句在語氣上都頗為 文藝，也都可用 if 子句代替。如 If they had known 等。

附註

以 had、were 和 should 開頭的子句若是否定句，不會使用縮寫形式，所以我們不會說 Hadn't I known (×)，而必須說 Had I not known。

保持中立

279 除了陳述事實和假設語氣，還有第三種情況，是說話者對肯定或否定並沒有先設立立場，我們將這種情況稱為「**保持中立**」。舉例如下：

[1] *It's best **for Sarah to be patient**.*
莎拉最好要有耐心。

[2] *I want **all of us to agree**.*
我希望我們全都能達成共識。

在例句 [1]，我們不知道莎拉有沒有耐心；在例句 [2]，我們也不知道所有人能不能達成共識。在這種情況下，我們預設說話者的語意是中立的。**「不定詞子句」通常可表達中立立場。**

以 if 或 unless 帶出的開放條件句，則是另一種對是非真假保持中立的句型：

[3] *It's best **if Sarah is patient**.*
莎拉如果能有耐心最好。

[4] ***Unless we all agree**, the whole project will collapse.*
除非我們全部達成共識，否則這個案子會分崩離析。

例句 [1] 和例句 [3] 有著相同的效果。此外，**wh- 子句**也可表達中立，在此種意義上，有時正好和 that 子句形成對比：

*Did you know **that** the minister has agreed?*
你知道部長同意了嗎？（意為「我在告訴你，部長同意了。」）

*Do you know **whether** the minister has agreed?*
你知不知道部長同不同意？（意為「請告訴我部長是否同意。」）

以下例句也有類似的對比：

*Yesterday, he told me **that** he had passed the exam.*
他昨天告訴我他通過考試了。（意為「所以我已經知道了」。）

*Tomorrow, he will tell me **whether** he has passed the exam.*
明天他會告訴我他有沒有通過考試。（意為「我還不知道」。）

動詞 doubt 後面也可接 that 子句或 wh- 子句，而「not + doubt」則
是表示肯定，因此後面會接 that 子句：

> I **doubt** whether James will cooperate with us.
> 我懷疑詹姆士會不會跟我們合作。

> I **don't doubt** James will cooperate with us.
> 我肯定詹姆士會跟我們合作。

表「推定」意義的 should

280　我們已經討論過，should 在 if 子句中可表達試探性的條件，這不
只適用於假設語氣，也適用於開放條件句 (參看 207)：

> If you **hear** the news, Jane, please let me know.
> 珍，你如果聽到消息，請跟我說。

> If you **should hear** the news, Jane, please let me know. 試探
> 珍，你要是有聽到消息，請跟我說。
> → 從以上兩個例句，我們無從得知珍會不會聽到消息。

同樣地，在其他附屬子句，should 也可用於表達中立，**表示說的
話只是中立的「概念」，而不是「事實」**。我們將這種用法稱為
「表示推定意義的 should」。試比較以下兩個例句：

> **事實**：The fact is that the referendum will be held next month.
> 　　　　事實是下個月會舉行公投。
> 　　　　→ 此句表示我們知道下個月會舉行公投。

> **概念**：The idea is that the referendum **should** be held next month.
> 　　　　我們的想法是下個月應該舉行公投。
> 　　　　→ 此句表示有人建議下個月應該舉行公投。

281　推定意義的 should 很常出現在 that 子句 (參看 589)，尤其是在 英式
英語：

> [4] It's a pity that you **should have** to leave.
> 　　真可惜你必須要離開。

[5] *I'm surprised that there **should be** any objection.*
我很驚訝竟然有人反對。

[6] *It's unthinkable that he **should resign**.*
難以想像她竟然會辭職。

[7] *What gets me is that men **should be able** to threaten ordinary peaceful citizens with bombs and bullets.*
讓我生氣的是竟然有人會用炸彈和子彈威脅愛好和平的老百姓。

以上有些例句並不是中立陳述，舉例來說，例句 [5] 的說話者即假設「有人反對」。但但即使如此，例句 [5] 和直接陳述事實的句子：I'm surprised that there is an objection（我很驚訝會有人反對），兩者還是有差別。因為在例句 [5]，讓說話者驚訝的是反對的「這個概念」，而不是有人反對的這個事實。在例句 [4]–[7]，表示推定意義的 should 有情緒比較強烈的語氣。

附註

推定意義的 should 也出現在某些問句和感嘆句中：

How should I know? 我怎麼知道？

Why should she have to resign? 她為什麼必須辭職？

在有些句子中，很難將表示推定意義的 should 和表示「責任、義務」的 should 做區別（參看 292、328）：He has urged that private firearms should be banned.（他呼籲應該要禁止私人持有槍械。）

假設語氣

282　假設語氣（參看 706–708）也能表達中立的意思，可出現在以下情況：

- **表達「意圖」的 that 子句**（此用法在 美式 英語中尤其常見）：

*Congress has **voted/decided/decreed/insisted** that the present law continue to operate.*
國會表決／決定／命令／堅持目前的法律要繼續執行。

這裡也可以使用推定意思的「should + 原形動詞」：**...should continue to operate.**

- ## 表示「條件、對比和目的」的子句（參看 207-214）：

  *Whatever **be** the reasons for it, we cannot tolerate disloyalty.* 正式 莊重
  無論是什麼原因，我們都不能忍受不忠。*(= Whatever the reasons for it may be...)*

- ## 一些慣用語、主要子句：

  ***God save** the Queen! **God Bless** America.*
  天佑女王！天佑美國。

  *If you want to throw your life away, **so be it**. It's your life, not mine.*
  如果你想浪費生命，儘管去。這是你的生命，不是我的。

  Heaven forbid!
  但願不會如此！（用於可能發生的不幸的事）

  ***Bless you** for coming, all of you.*
  感謝你們每一位能來，祝福你們。

這些慣用語通常比較 莊重 或 古老 。一般來說，這種套語式的假設語氣（formulaic subjunctive）句型在現代英語中較少見。

07

表達不同程度的可能性

Degrees of likelihood

283　除了用是非黑白的絕對性來看事情，我們也可以從事情發生的**可能程度**來思考。在這個程度的兩端分別是「**絕不可能**」和「**一定必然**」（或在**邏輯上必然**），在這兩者之間其他可考慮的概念則包括**可能、或許、不太可能**等。我們可用多種方式來表達這些概念：

- 最主要的方式，是用情態助動詞（can、may、must 等，參看 501）來表達：

    *I **may** be wrong.* 我可能是錯的。

    *Somebody's car **must** have been leaking oil.* 一定是有人的車在漏油。

- 若要比較 正式 ，可用虛主詞 it 加上 that 子句的句型：

    ***It's possible** that you're right.* 有可能你是對的。（參看 542）

- 可用 probably、perhaps、necessarily 等類副詞來表達（參看 461–463）：

    ***Perhaps** there was some mistake.* 或許有什麼地方出了錯。

我們會在第 284–292 節說明各種相關句型，並針對助動詞在否定句、問句、過去式和假設子句的用法指出需要特別注意的地方。

can、may 和 must 等助動詞可指未來時間也可指現在：

*You **may feel** better tomorrow. (= It's possible that you will feel better tomorrow.)*
明天你可能就會覺得好一點了。

表達可能性：can、may、could、might

- 表達事實的可能性（事實上）

    [1] *The railways **may** be improved.*
    鐵路服務可能有所改善。

    [2] ***It is possible that** the railways will be improved.*
    鐵路服務有可能改善。

    [3] ***Perhaps/possibly/maybe** the railways will be improved.*
    或許／可能／說不定鐵路服務會有所改善。

- 表達概念的可能性（理論上）

    [4] *The railways **can** be improved.*
    鐵路服務應該可以改善。

    [5] ***It is possible for** the railways to be improved.*
    鐵路服務是有可能改善的。

理論上的可能性（如 can）在語氣上比事實上的可能性（如 may）要來得弱。以例句 [4] 為例，這句只是說**理論上**鐵路服務是「可以改善的」，換句話說，鐵路服務現在並不完美。相對來說，例句 [1] 則可能表示已經有明確的改善計畫。

附註

在表達可能性的一般或慣用直述句中，助動詞 can 可表示和 sometimes 類似的意思：A good leather bag can last (= sometimes lasts) a lifetime（品質好的皮包有時可以用一輩子）；She's very helpful, but she can be short-tempered（她幫了很大的忙，但她有時脾氣不太好）；Lightning can be dangerous.（閃電有可能會很危險。）

- **否定句**：若要表示不可能，可以用 cannot 或 can't（但不能用 may not）：

    *He **can't** be working at this time!*
    他現在不可能在工作！（= *It is impossible that he is working...*）

但如果說：*He may not be working.* 他有可能沒在工作。

- **疑問句**：可以用 can（但不用 may），例如：

  Can *he be working?*
  他有可能在工作嗎？*(= Is it possible that he is working?)*

- **過去時間**：若要表達過去可能發生的事，可以用 could：

  *In those days, you **could** be sentenced to death for a small crime.*
  如果在那時，你有可能因為一點小罪就被判死刑。

若要表達過去的事（在現在）發生的可能性，可以用「may + 完成式」：

  *Krasnikov **may have made** an important discovery.*
  克拉斯尼科夫可能已經有了重要的發現。（*= It is possible that he (has) made a …* ）

- **假設語氣**：若要表達假設語氣的可能性，可以用 could 或 might：

  *If someone were to come to the wrong conclusion, the whole plan **could/ might** be ruined.*
  如果有人做出了錯誤的結論，整個計畫可能就毀了。

委婉的可能性：could、might

286 could 和 might 用來表達假設語氣時，常可表達**委婉**的可能性，也就是**雖然有可能，但可能性不高**：

  *He **could/might have been** telling lies.*
  他有可能在說謊。（*= It is just possible that he was/has been telling lies.* ）

  *I wonder if there **could be** a simpler solution to the problem.*
  我在想這個問題有沒有可能有更簡單的解決方法。

能力：can、be able to、be capable of

287 關於「能力」的概念可用 can、be able to 和 be capable of 來表達，而此概念也和「理論上的可能性」息息相關：

> *She **can** speak English fluently.*
> 她可以說一口流利的英文。
>
> *Will you **be able to** meet us in London tomorrow?*
> 你明天可以在倫敦和我們碰面嗎？
>
> *She **is capable of** keeping a secret when she wants to.*
> 只要她願意，她就可以保守秘密。
>
> *It's nice to **know how to** swim.*
> 學會游泳很棒。

- **否定句**：可用 cannot、can't（或 be unable to、be incapable of）：

> *I **can't** speak a word of German, and I doubt if Count Zeppelin will be able to speak English.*
> 我是一句德文也不會說，我也懷疑齊柏林伯爵會不會說英文。
>
> *I **cannot** explain what happened.*
> 我無法解釋發生什麼事。
>
> *Maria **was unable to** speak and incapable of moving.*
> 瑪麗亞不會說話，行動也不方便。

- **疑問句**：

> ***Can** you drive a car?*
> 你會開車嗎？
>
> ***Do you know** how to unlock this door?*
> 你知道怎麼開這個門鎖嗎？

- **過去時間**：could 有時候也表示「knew how to」（知道如何 ...）的意思，是指一直存在或習以為常的能力：

> *Marcus knew that I **could** play the piano a little.*
> 馬克斯知道我會彈一點鋼琴。

was/were able to 通常結合了「能力」和「達成」兩種概念：

> By acting quickly, we **were able to** save him from drowning.
> 我們很快地採取行動，才能把溺水的他救起。（意為：「我們有能力，而且也確實救起了他。」）

• 假設語氣：

> I'm so hungry, I **could** eat two dinners!
> 我餓得可以吃下兩頓晚餐。

> Deane **could** no more play Falstaff than Britt **could** play Cleopatra.
> 迪恩不能演法斯塔夫，正如同布莉特不能演埃及艷后。

絕對肯定，或邏輯上的必然：must、have to

288　「must + 原形動詞」和「have + to 不定詞」（或 have got to）可以表達絕對的肯定或邏輯上的必然性：

> There **must** have been some misunderstanding.
> 這一定是有什麼誤會。

> You **have to** be joking!（也可說：You've got to be joking!）
> 你一定是在開玩笑。

> The bombing**'s got to** stop sometime.
> 轟炸總有停止的時候。

> **It is** (almost) **certain that** the hostages will be released.
> （幾乎可以肯定）人質一定會被釋放。

> **Inevitably**, some changes will take place.
> 無可避免地一定會有一些改變。

> Many people will **certainly/necessarily/inevitably** lose their jobs.
> ~ Many people are **certain/sure/bound** to lose their jobs.
> 一定會有很多人失業。

從以下例句可看出可能性和必然性的對比關係：

> She's over ninety, so... 她已經九十多歲了，所以…

*her father **must** be **dead**.* 她父親一定過世了。

*~ her father **can't** still be **alive**.* 她父親不可能還在世。

*~ **it is impossible** that her father is still **alive**.* 不可能她父親還在世。

*~ **it is certain** that her father is **dead**.* 可以肯定她父親一定過世了。

實際上，以上四句都是一樣的意思。

289

- **疑問句：**

  ***Does** there **have to** be a motive for the crime?*
  犯罪一定有動機嗎？

  *~ Is there **necessarily** a motive for the crime?*

- **否定句：**

  *Strikes **don't have to** be caused by bad pay (they can also be caused by bad conditions, etc.).*
  罷工不一定都是因為薪水太少（，也可能是因為工作環境不佳。）

  *~ Strikes are **not necessarily** caused by bad pay.*

  *There's **no need** to be upset. You don't need to worry about it.*
  不用煩惱，不必為此擔心。

附註

在問句和否定句中，可用情態助動詞 need（484）來代替 must，尤其在 英式 英語中：

  *You **needn't** wait for me. (= It is unnecessary ...)*
  你不必等我。

不過，need 的這種用法並不多見，且可用「need to + 原形動詞」或「have to + 原形動詞」來表示：You don't need/have to wait for me. 而 must 則很少用在問句，以下例句的用法是帶著諷刺的意味：

  ***Must** we have slurping noises?*
  我們一定要發出呼呼的聲音嗎？

290

- **過去時間：**我們必須了解「過去時間的必然」（had to）和「對過去事件的肯定」（通常以「must + 完成式」表示）這兩者的

區別：

*Don't worry. Someone **had to** lose the game.*
別太擔心，比賽總是會有輸家。（意為「根據比賽規則，必然得有人輸。」）

*John **must** have missed his train.*
約翰一定是錯過火車了。（意為「顯然約翰錯過火車了。」）

- **假設語氣**：可用 have to 的過去式，或加上 would：

*If I **had to** choose, I'd prefer this job to any other.*
如果一定要選擇，我喜歡這份工作勝過其他的。

*You **would** have to be brilliant, to win a prize.*
你必須要絕頂聰明才能夠得獎。

預測和可預測性：will、must

291　如同前面曾提過的（參看 288），當我們根據證據得出某個結論，通常可用 must 來表達肯定。聽到電話響時，某個人可能會說：

*That **must** be my daughter.*
一定是我女兒打來的。
→ 意為：「我知道她大概會在這時間打電話來，所以我斷言現在這通電話是她打的」。

同樣地，我們可用 will 來「預測」眼前發生的事（就像我們會用 will 來預測未來發生的事，參看 141）：

*That **will** be my daughter.*
應該是我女兒打來的。

在此，must 和 will 有很細微的差別：

*They **will** have arrived by now.*
他們現在應該已經到了。
→ 也可用於未來式：*They **will** have arrived by tomorrow.*

*They **must** have arrived by now.*
他們現在一定已經到了。
→ 不可用於未來式：*They must have arrived by tomorrow.* （×）

will 的這種預測用法，通常用在條件句中：

*If you are full, you **won't** need any pudding.*
如果你很飽，就不用再吃任何布丁。

*If you pour boiling water on ordinary glass it **will** probably crack.*
如果把滾燙的熱水倒在普通的玻璃杯，杯子可能會裂開。

若要說明習慣也可以用 will，以表達「可預測性」或「典型行為」：

*Accidents **will** happen.*
天有不測風雲。

*A lion **will** attack a human being only when it is hungry.*
獅子只有在很餓的情況下，才會攻擊人類。

我們也提到過（參看 130）在過去時間以 would 來表達習慣或典型特徵（可預測）的同樣用法：

*She **would** often go all day without eating.*
她常會一整天沒吃東西。

可能性：should、ought to

292　助動詞 should 和 ought to（參看 483）也可表達「可能性」，意同 must（絕對肯定）但可能性較弱。試比較以下例句：

*Our guests **must** be home by now.*
客人現在一定已經到家了。（說話者很肯定。）

*Our guests **should/ought to** be home by now.*
客人現在應該已經到家了。（說話者覺得可能，但不肯定。）

should 比 ought to 更常用。其他表達可能性的方式還包括：

*It is quite **probable/likely** that they didn't receive the letter.*
他們很有可能根本沒收到信。

*He is **probably** the best chess player in the country.*
他可能是國內最厲害的棋手。

*They have **very likely** lost the way home.*
他們很有可能找不到回家的路。（ *likely* 在此為副詞。）

*The concert is **likely** to finish late.*
演唱會可能會延遲結束。（ *likely* 在此為形容詞。）

- **否定句：** 可用 shouldn't、oughtn't to 或 it is improbable/unlikely that 來表達不大可能：

  *There **shouldn't/oughtn't to** be any difficulties.*
  *~ It **is unlikely** that there will be any difficulties.*
  應該不會有任何困難。

- **疑問句（較少見）：**

  *Is there **likely** to be any difficulty in getting tickets?*
  要拿到票可能有任何困難嗎？

附註

must 和 will（參看 291）以及像 sure 之類的形容詞，有時表達的肯定性較弱，感覺比較接近「可能」而不是「確定」，因為人天生有種傾向會誇大自己堅信的看法：

You'll be feeling hungry after all that work.
做完那所有工作後，你一定會覺得餓。

They must have spent years and years building this cathedral.
蓋那座教堂一定花了他們很多年的時間。

I'm sure that they can all be trusted.
我肯定他們全都可以信任。

08

對事實的態度
Attitudes to truth

293 接下來我們要探討，人們如何表達自己對於所陳述的事實是否覺得肯定，這些人包括說話者（I）、其他人或一群人。要表達這種態度，我們可以用：

- **that 子句**：I know that **his answer will be 'No'**. 我知道他的回答會是「不」。
- **wh- 子句**：I know **what his answer will be**. 我知道他的回答會是什麼。
- 也可用 obviously、without doubt 等**類副詞**：

  ***Without doubt**, she is one of the best teachers in the school.*
  毫無疑問，她是學校最好的老師之一。

- **其他句型**，比如做為附帶說明的所謂**插入句**（參看 499），例如：
  They can all be trusted, **I hope**.（他們全都可以信任，我希望。）

附註

在 非個人化 的英語變體中，人們會偏好使用第 288–292 節提及的方式來表達肯定或可能性等態度，勝過用第一人稱代名詞來表達。因此，若要將 I am certain 或 I doubt 以去個人化的方式表達，可以說 **It is certain** 和 **It is unlikely**。

肯定

294

*Polly **knew** (that) she was being watched.*
波莉知道有人在看著她。

*You **know** what I'm like: I hate a big fuss.*
你知道我這個人很討厭人家大驚小怪。

*I'm **certain/sure** (that) the party will be a success.*
*~ The party will be a success, I feel **sure**.*
我很確定派對一定會成功。

They were absolutely convinced { *that they would succeed.*
                                  of their success.
他們深信自己一定會成功。

*It is **obvious/clear/plain** (to us all) that he has suffered a great deal.*
*~ He has **clearly/obviously/plainly** suffered a great deal.*
（我們都清楚）他顯然吃了很多苦。

*We **don't doubt** that he is honest.*
*~ We **have no doubt** of his honesty.*
我們毫不懷疑他的誠信。

***Doubtless** it doesn't always rain at Barnard Castle: that's just the way it seems.*
巴納德城堡當然不是一直在下雨，那只是它給人的印象。

懷疑或不確定

295 與肯定相反的便是懷疑：

*I am **not certain/sure/convinced** that he deserves promotion.*
*~ I am **not certain/sure** whether he deserves promotion.*
我不確定他是否值得獲得升遷。

*They **were uncertain/unsure (of)** who was to blame.*
他們不確定該怪誰。

*I **doubt** if many people will come to the meeting.*
*~ I **don't think** many people will come to the meeting.* （參看 587）
我懷疑會有很多人出席會議嗎。

*There were some **doubts about** your pricing policy.*
外界對你們的定價政策頗有些疑慮。

*We **have doubts about** the risks everyone is taking.*
我們對大家所冒的風險存有疑問。

*They were **uncertain of/about** the best course to take.*
他們不確定走哪條路最好。

「看法、意見」等類似意思

296

- 看法、意見：

  *I **believe** (that) the lecture was well attended.*
  *~ The lecture was well attended, **I believe**.*
  我相信來聽演講的人一定很多。

  *She **thinks** (that) she can dictate to everybody.*
  她認為她可以指揮所有人。

  *It was everybody's **opinion** that the conference was a success.*
  所有人都認為這次會議很成功。

  *It's my **belief** that global warming will lead to widespread shifts of population.*
  我認為全球暖化會為人口分布帶來大幅變化。

  *In my **opinion**, he was driving the car too fast.*
  我覺得他車開得太快了。

  若要了解此處受詞補語的用法，請參看508、733。

  *You may **consider** yourselves **lucky**. The hurricane could have wrecked your house.*
  你們可能會覺得自己很幸運，颶風是有可能會摧毀你們的房子。

  *She was **thought/believed/considered** to be the richest woman in Europe.*
  她是大家公認歐洲最富有的女人。

附加問句（參看684）也可用來表達意見，尤其使用下降語調時：

  *He was driving too fàst, **wàsn't he**?*
  他車開得太快了吧？

附註

「opinion」和「belief」兩者略有不同：opinion 通常是根據觀察和判斷所得出的結論：

> It's my belief that he drinks too much.
> 我覺得他喝太多了。（意即：我不知道他喝了多少，但我覺得他喝太多了。）

> It's my opinion that he drinks too much.
> 我認為他喝太多了。（意即：我知道他喝了多少，而且我判斷他喝太多了。）

- 表達「假設」性：

> We **assume/suppose** that you have received the package.
> 我們假設你已經收到包裹了。

> All the passengers, **I presume**, have been warned about the delay.

> ~ All the passengers have **presumably** been warned about the delay.
> 我假定所有乘客都已經收到延誤的通知。

> **I guess** I'm a kid at heart. 我想我還童心未泯。 非正式 美式

以 will 表示對「現在的預測」 (參看 291) 也可用於此處：

> I **assume you will** all have heard the news.
> 我想你們應該都聽說這個消息了。

- 表達「似乎」：

> It **seems/appears** (to me) that no one noticed his escape.
> ~ No one **seems/appears** to have noticed his escape.
> ~ **Apparently**, no one noticed his escape.
> 似乎沒有人注意到他逃跑了。

> It **looks** as if he's ill.
> 他看起來好像生病了。 頗為不正式

附註

在 非正式 的 美式 英語中，上面最後一個例句的 as if 可以用 like 取代，但在 英式 英語以 like 做為連接詞的用法則比較不能接受。

297 在以上第 296 節所顯示的 that 子句類型，常會用到「否定轉移」（transferred negation，參看 587）。因此，比起說 I think he hasn't arrived.，我們更常說 I don't think he has arrived.（我覺得他還沒到。）

請注意，以上這三種類別若要以簡答句回覆，在 think、believe 等動詞後的受詞子句通常可用 so 取代（參看 386）：

A: *Has the race been postponed?* 比賽延期了嗎？

B:
- *I think so.* 我覺得是。
- *I suppose so.* 我想是的。
- *It seems so.* 似乎是。
- *Apparently so.* 看來是。
- *I don't think so.* 我不這麼認為。

→ *so* 在此代替 *(that) the race has been postponed.*

298　在〈單元 B〉，我們將英文這個語言看作提供和接收資訊的工具，但語言的功用不僅於此：它更是人與人用來**溝通**的工具。說話者常可透過語言來**表達情緒和態度**，也常利用語言來**影響聽者的態度和行為**。這些都是我們在本單元要討論的面向。

01

透過言詞強調情緒

Emotive emphasis in speech

感嘆詞

299　在 這 個 部 分 ， 我 們 主 要 探 討 英 語 的 ⌈親近⌋ 用 法 。感嘆詞（interjection）的主要或唯一功用，就是表達情緒。常見的英文感嘆詞包括：

Oh /o/（表示驚訝）：

　　Oh, what a beautiful present. 喔，好美的禮物啊。

Ah /ɑ/（表示滿意或認同）：

　　Ah, that's just what I wanted. 呀，這就是我想要的。

Aha /ɑˋhɑ/（開心的滿意或認同）：

> **Aha**, these books are exactly what I was looking for.
> 啊哈，這些就是我在找的書。

Wow /waʊ/（表示極度驚訝）：

> **Wow**, what a fantastic goal! 哇，這個目標太棒了！

Yippee /ˋjɪpɪ/（表示興奮或開心）：

> **Yippee**, this is fun! 好耶，這真有趣！

Ouch /aʊtʃ/（表示痛苦）：

> **Ouch**, my foot! 哎喲！我的腳！

Ow /aʊ/（表示痛苦）：

> **Ow**, that hurt! 哎唷！好痛啊！

Ugh /ʌg/（表示噁心）：

> **Ugh**, what a mess. 呃，真是一團亂。

Ooh /u/（表示高興或痛苦）：

> **Ooh**, this cream cake's delicious. 哦，這奶油蛋糕真好吃。

其他強調情緒的方式

300　• **感嘆句**（參看 528）

> What a wonderful time we've had!
> 我們在一起的時間真是太開心了！
>
> How good of you to come! 頗不正式
> 你能來真是太好了！

感嘆句常會簡化到只有名詞片語或形容詞片語：What a girl! (What a girl she is!)（多棒的女孩！）； How funny! (How funny it is!)（太有趣了！）

- **強調用的 so 和 such** （參看 528）

  *The whole place was **such** a mèss!*
  這整個地方真是一團亂！

  *I'm **so** afraid they'll get lòst.*
  我真怕他們會迷路。

  *I didn't know he was **such** a nice màn.*
  我不知道原來他是這麼好的人。

這些用法和感嘆句強調情緒的方式類似，但說話時的語調可以非常「誇張」。so 和 such 這些字都會**重讀**，若要更加強調，也可將核心重音放在這些字上。注意，我們會加重念讀重複的字。

- **重複**（也可用於表示程度，等於 extremely）

  *This house is **far**, **far** too expensive.*
  這間房子太貴太貴了。

  *I agree with **every** word you've said – **every single word**.*
  我同意你說的每一個字，每一個字！

  *I think that the lecturers are **very very** boring.*
  我覺得這個演講非常非常無聊。

  *You **bad**, **bad** boy!*
  你這個很壞很壞的小孩！（對頑皮小孩說的話）

- **將重音放在作用詞上** （參看 609~612）

  That wíll be nice! 那真是太好了！

  What áre you dòing? 你在做什麼？

  We hàve enjoyed ourselves! 我們玩得非常開心！

核心重音通常會放在作用詞上，並可將 do 做為虛位助動詞（dummy auxiliary）來表示強調（參看 611~612）：

  You dò look pretty. 你真的看起來很美。

  You díd give me a fríght. 你真的嚇了我一跳。

do 也有類似的用法可以有說服力地強調命令：

> **Do** *be qùiet!* 請保持安靜！ 不禮貌
>
> *Dò come éarly.* 一定要早點來。

• 將核心重音放在其他字上

> *I wísh you'd sée to it.* 希望你能搞定這件事。
>
> *I'm tèrribly sórry!* 我非常地抱歉！

加強副詞和修飾語

301　如同第 217–218 節提過，許多程度副詞和其他表示程度的字詞，都可以加強它們所修飾的字的意思：

> *Well, that's* **very** *nice* **indeed.** 喲，那真是非常好啊。
>
> *We are* **utterly** *powerless.* 我們完全無能為力。
>
> *It's this sort of thing that makes me look an* **absolute** *fool.*
> 就是這種事讓我看起來像十足的笨蛋。

在較 親近 的對話中，有些形容詞和副詞（例如 terrific、tremendous、awfully、terribly）除了加強語氣外，本身並沒有什麼意思。所以像 terrific、great、grand、fantastic 都只是 good 或 nice 的語氣加強版，如：The weather was terrific.（天氣真好。）；It was a great show.（這場表演很棒。）等。須注意的是，awfully 和 terribly 可以表示非常「好」，也能表示非常「差」：

> *She's* **terribly** *kind to us.* 她對我們好極了。

除了程度副詞外，有些像 really 和 definitely 這類的副詞也有強調的效果：

> *We* **really** *have enjoyed ourselves.* 我們真的玩得很開心。
>
> *He* **definitely** *impressed us.* 他確實令我們印象深刻。
>
> *It was* **truly** *a memorable occasion.* 這的確是令人難忘的場合。
>
> *She* **literally** *collapsed with laughter.* 她真的是笑翻了。 親近

強調

302　我們可以在 wh- 疑問詞後面加上 ever、on earth 等字，以加強 wh-問句的情緒表達：

> *How **ever** did they escape?*
> 他們到底是怎麼逃跑的？（暗示「我就是想不通」。）

> *Why **on earth** didn't you tell me?*
> 你究竟為什麼不告訴我？（意為「你真傻！」。）

> *What **the hell** does he think he's doing?*
> 他到底以為他在幹嘛？（意為「他這個白痴！」。）

以上都是 非正式 或 親近 到 口語 的典型說法。（what the hell、why the hell 等用詞則是稍微有點禁忌。）在 書面 英語中，ever 有時會和 wh- 疑問詞拼在一起，如 whoever、wherever，但與 wh- 疑問詞拼在一塊時，除了加強語氣外，這些字還有其他用法（參看 214、592）。why ever 則一定要寫作兩個字。

加強否定含意

303　• 若要**加強否定句的語氣**，可以在直接在否定的字之後加上 at all，或加在句尾的位置。

> *The doctors found nothing **at all** the matter with him.*
> 醫生一點也找不出他有什麼毛病。

> *She didn't speak to us **at all**.*
> 她根本完全不跟我們說話。

其他可加強否定涵義的字還包括 bit 非正式 和 by any means（兩者皆為程度副詞），以及 whatever（放在否定名詞片語之後的修飾語）：

> *They weren't **a bit** apologetic.* 他們一點也不感到抱歉。

> *You have no excuse **whatever**.* 你根本就沒有任何理由。

其他可由於強調否定涵義的例子還包括：

> *I didn't sleep **a wink**.* 非正式
> 我一夜都沒闔眼。（只與動詞 ***sleep*** 連用）

> *He didn't give me **a thing**.* 非正式 *(= ...anything at all.)*
> 他半點東西都沒給我。

- **以 not a 開頭的否定名詞片語**可用於表示強調：

> *We arrived **not a** moment too soon. (= We didn't arrive one moment too soon.)* 我們在最後一刻抵達了。

- **將否定詞置於句首**

否定的字詞可以置於句首，這種頗具 修辭性 的否定強調句型常會和前面提過的句型併用：

> ***Not** a penny of the money did he spend.*
> 他一分錢也沒有花。

> ***Never** have I seen such a crowd of people.* 頗為正式
> 我從沒看過這麼大一群人。

從以上例句可看出，作用詞（did、have 等）會放在主詞之前，除非否定的字詞本身就是主詞，如 Not a single word passed her lips.（她一個字也沒說。）（參看 417）

感嘆問句和反問句

304　**感嘆問句**是指以強調的下降語調說出的 yes-no 問句，而不是一般問句的上揚語調，最常見的就是否定句的形式：

> [1] *Hasn't she gròwn!*
> 她還沒長大嗎！（意為：「她都已經長那麼大了！」）

> [2] *Wasn't it a marvelous còncert!*
> 這場演唱會不是很棒嗎！

A: *The picture's faded.*
　　這幅畫褪色了。

B: [3] *Yes, isn't it a píty.*
　　是啊，真可惜不是嗎。

在此，說話者很熱切地希望聽者能同意他們的意見；例句 [2] 的效果與以下例句類似：

It was a marvelous còncert, wàsn't it?（參看 245）

另一種感嘆問句是肯定形式，並將重音放在作用詞和主詞：

***Am I** hùngry!*（= I'm very very hungry.） 我好餓啊！

***Did he** look annòyed!*（= He certainly looked very annoyed.）
他看起來超生氣的！

***Has she** gròwn!*（= She's grown such a lot!） 她真的長大了！

305 **反問句**比較像是強而有力的直述句，更甚於感嘆句。

- **肯定：肯定**的反問句就像是有力的**否定**直述句：

  Is this a reason for saving nó one?
  這就是一個人也沒救到的理由嗎？（意為：「顯然這並不是理由。」）

- **否定：否定**的反問句就像是有力的**肯定**直述句：

  Didn't I tèll you he would forgét?
  我沒告訴過你他會忘記嗎？（意為：「你明知道我告訴過你。」）

此外，也有 wh- 疑問詞的反問句：

What dífference does it make?
這有什麼差別？（意為：「根本沒有差別」。）

How many employees would refuse a rise in pày?
有多少員工會拒絕加薪？（意為：非常少或根本沒有。）

顧名思義，反問句的語氣使用了反問的 修辭 手法，挑戰聽者敢不敢反駁如此顯而易見的事實。

02

傳遞情緒

Describing emotions

306 接著要來看如何描述或轉述情緒行為。對某事的情緒反應，可用介系詞 at 來表示：

> [1] I was **alarmed at** his behaviour.
> 他的行為讓我覺得驚嚇。

> [2] An audience will always **laugh at** a good joke.
> 好的笑話能引得觀眾發笑。

> [3] She was very **surprised at** your resignation from the club.
> 她對你要退出社團感到非常驚訝。

在 英式 英語中，當引起反應的不是事件而是人或物時，則常會用 with 而不用 at：

> I was **furious with** him for missing that penalty.
> 我對他罰球沒進覺得非常生氣。

> Is she **pleased with** her present?
> 她對禮物滿意嗎？

其他會用到的介系詞還有 about 和 of，例如：worried about、annoyed about、resentful of... 等（參看 239）。

> As a former champion, he was **annoyed about** his own failures, and **resentful of** the successes of others.
> 身為上一屆冠軍，他對自己的失敗感到惱怒，也對別人的成功感到忿恨。

至於引起情緒的原因，則常用不定詞子句或 that 子句（無論有沒有 should，^{參看 280}）來表示，在這種情況下，介系詞會省略（^{參看}655）：

> They were alarmed **to find the house empty.**
> 發現房子空無一人讓他們很驚慌。
>
> I'm sorry **to have kept you waiting.** 很抱歉讓你等。
>
> He was delighted **to see them so happy.** 他很高興看到他們這麼開心。
>
> We're anxious **that everything should go smoothly.**
> 我們對於是否能一切順利感到很焦慮。

307 引起情緒的原因也可用主詞來表示（若是被動語態，則用「by + 動作者」）。試比較第 306 節的例句 [3] 和以下例句：

> Your resignation from the club surprised her very much.
> ~ She was very surprised **by** your resignation from the club.

其他描述情緒的句型則未說明所講的是誰的情緒，聽起來自然也就較 非個人化 ：

[4] *The accommodation was **satisfactory/delightful**, etc.*
住的地方很令人滿意／愉快。

[5] *The news from the front is **very disturbing**.*
前線傳來的消息讓人很不安。

[6] ***It's amazing** that so many passengers were unhurt.*
有這麼多乘客毫髮無傷真令人吃驚。（^{參看 438、542}）

[7] ***It is a pity** that the government should ever have been led to abandon its principles.* 政府竟然這樣隨波逐流、放棄原則，真令人難過。

[8] ***It's a pity** to leave the party before the fun starts.*
在派對有趣的部分開始前就必須離開，真是可惜。

在大多數情況下，感受到該情緒的人多半是「me」（說話者），有時也可用 to 或 for 引導的片語清楚指出是誰的情緒，例如：satisfactory for most people、disturbing to me... 等。因此，例句 [6] 可

補充說明如下：

> **To me**, it's amazing that so many passengers were unhurt.

以修飾整句的副詞表達情緒

308 有些修飾整句的副詞（包括插入句，_{參看}499）也可表達富有情緒的
反應或評述：

> **To my regret**, he did not accept our offer.（= I regretted that he did not
> accept the offer.）
> 令我遺憾的是，他不接受我們的聘約。
>
> **Surprisingly**, no one has objected to the plan.（= It is surprising that...）
> 令人驚訝的是，沒有人反對這個計畫。
>
> She is **wisely** staying at home today.（= She is wise to stay...）
> 她今天待在家很明智。
>
> The children were rather noisy, **I'm afraid**.（= I'm afraid the children
> were...）
> 很遺憾，這些小孩相當地吵。

其他和 surprisingly、wisely 類似可用於修飾整句的副詞還有
amazingly、strangely、regrettably、fortunately、luckily、happily、
hopefully、preferably、foolishly、sensibly，例如：

> **Amazingly**, the dog survived. 這隻狗驚人地存活下來了。
>
> **Fortunately** we were outside the building when the fire started.
> 很幸運當大樓起火時，我們人在外面。
>
> **Hopefully** all my problems are now behind me.
> 希望現在我的問題都解決了。

喜歡和不喜歡

309 like、love、hate 和 prefer 這類的動詞後面可以接名詞片語做受詞（如
例句 [9]）、接不定詞子句（例句 [10]），或接 -ing 子句（例句 [11]）

（參看 721–723）：

She likes/love/hates [9] ***parties.*** 她喜歡／熱愛／討厭派對。
[10] ***to give parties.***
[11] ***giving parties.***

有些英文母語人士認為後兩句的意思有些許不同：例句 [10] 的不定詞子句表示她喜歡／熱愛／討厭的是辦派對這個「概念」，而例句 [11] 的 -ing 子句則是表示她喜歡／熱愛／討厭的是她在辦派對這個「事實」（參看 274）。因此，在某些情況下（但不是例句 [10]），不定詞子句可能是表達**中立**的意思（參看 279）：

*He likes me **to work** late,* { *and that's why I do it.* 所以我就這麼做。
他喜歡我工作到很晚， { *but I never do it.* 但我從不這麼做。

*He likes me **working** late. (and that's why I do it.)*
他喜歡我工作到很晚。（所以我就這麼做。）

當主要動詞是假設性的動詞，則通常只可用不定詞子句：

*A: Would you like **to have** dinner now?* 你想要現在吃晚餐嗎？
*B: No, I'd prefer **to eat** later.* 不，我想晚點吃。

附註

enjoy、dislike 和 loathe 後面只可接 -ing 子句：He enjoys/dislikes/loathes cleaning the car.（他喜歡／討厭／厭惡洗車。）

偏好

310　prefer 的意思是「偏好」或「偏愛」，較不受偏愛的選項會用 to 片語或是以 rather than 引導的子句來表示，後面接不定詞、原形動詞或 -ing 分詞：

*Most people prefer trains **to** buses.*
大多數的人喜歡搭火車勝過巴士。

*They prefer renting a car **to** having one of their own.*
~ *They prefer to rent a car **rather than** to have one of their own.*
~ ***Rather than** buy a car of their own, they prefer to rent one.*
他們寧可租車，勝過自己買車。

*She has always preferred making her own clothes, **rather than/instead of** buying them in the shops.*
她向來偏好自己做衣服，而不是在店裡買。

「would prefer + 不定詞」（表達假設性的偏好）可用「would rather + 原形動詞」代替，後面可再加上 than 的句型（參看 715）：

*I'**d prefer to stay** in a house **rather than** in a hotel.*
~ *I'**d rather stay** in a house **than** in a hotel.*
我寧可找間房子住，也不要住飯店。

其他情緒

311　接下來，我們要看一些表達其他情緒的方式，其中很多我們都已討論過也看過例句。請注意，程度副詞（參看 217-226）可用於表達情緒的「強度」，以下許多例句都是 非正式 且 親近 的風格。

希望

312　*I (very much) **hope** (that) he* { *will arrive on time.*
　　　　　　　　　　　　　　　　　　{ *arrives*
我非常希望他能準時抵達。

*I **am hoping** that they get that letter tomorrow.* 委婉 （參看 139）
我希望他們明天就能收到信。

*I **was hoping** we would get a bit more time.* 更委婉 （參看 121、139）
我希望我們能有再多一點時間。

*I **hope to see** you soon.* 希望能很快見到你。

***Hopefully**, next spring will bring an improvement in the economic situation.* 希望明年春天經濟情勢能有改善。

興奮的期待

313

*I **am looking forward to** receiving your reply.*
我很期待能收到你的回覆。

*I know we'**ll enjoy** meeting you again.*
我知道再見到你我們一定會很開心。

失望或遺憾

314

I'm (rather/very) disappointed that the match has been cancelled.
我（有點／非常）失望比賽取消了。

It is (somewhat) disappointing that over half the tickets are unsold.
超過一半的票沒賣出去讓人（有些）失望。

It's a (great) shame/pity that this is the last party.
真可惜這是最後一場派對了。

I'm (very) sorry to hear that you have to leave.
很遺憾聽到你必須離開。

I had hoped that she would change her mind.
我還希望她能夠改變心意。（未實現的希望）（參看 275）

I wish (that) someone had let me know.
要是有人告訴我就好了。（未實現的願望）（參看 321–322）

If only I had known! 如果我知道就好了！（參看 322）

Unfortunately we're having trouble with the builder.
很不幸，我們和建築商有些糾紛。

稱許

315

I (very much) approve of the plan. 我（非常）贊成你的計畫。

I (very much) approve of your asking for his opinion. 正式
我（非常）贊成你去問他的意見。

It wasn't a bad mòvie, wàs it? 親近 （參看 684）
這部電影還不錯吧？（溫和）

I (quite) like the new boss. 我（還滿）喜歡這個新老闆。

I love your dress. 我喜歡你的洋裝。（熱情）

I do like your dress. 我真的很喜歡你的洋裝。（熱情）

What a great/terrific/marvelous movie! （參看 528）
多棒／厲害／了不起的電影啊！（熱情）

貶抑

316

I don't like the way she dresses (very much).
我不（是很）喜歡她的穿衣風格。

I don't (much) care for iced tea, actually. 其實，我不（太）喜歡喝冰茶。

I didn't think { *much of the orchestra.*
{ *the orchestra was much/very good.*
我覺得這個管弦樂隊不是很好。

I thought the novel was p̀oor/dr̀eadful/app̀alling, didn't yóu.
我覺得這本小說不好看／糟透了／有夠爛，你不覺得嗎？

It would have been better, I think, if you hadn't mentioned it.
我覺得如果你沒有提的話，情況可能會好一點。

You shouldn't have bought such an expensive present. （參看 328）
你不應該買這麼貴的禮物的。

You could have been more careful. 你可以再更小心一點的。

I don't think you should have told the children.
我覺得你不應該告訴這些孩子的。

I had hoped you would have done more than this.
我還希望你會做得比這還多。

通常可以用問句較委婉地表達不認同的意思：

Did you have/need to work so late? 你一定要工作到這麼晚嗎？

Why did you do a thing like that? 你怎麼會做這樣的事？

Was it really necessary to be so rude to the waiter?
真的有必要對服務生這麼兇嗎？

Don't you think it would have been better if you had told me in advance?
你不覺得如果你有先告訴我，情況會比現在好嗎？

驚訝

317

It's (rather) surprising/amazing/astonishing that so many people come to these meetings.
有這麼多人出席這些會議，真是（相當）驚人。

I am/was (very) surprised that so many turned up.
我很驚訝有這麼多人到場。

What a surprise! 真令人驚訝！

How amazing! 真讓人吃驚！

How strange/odd/astonishing/amazing that you both went to the same school!
真奇怪／意外／出乎意料／讓人驚訝，你們兩個竟然念同一所學校！

Wasn't it extraordinary that the child was totally unhurt?（參看 304）
這個孩子竟然毫髮無傷，這不令人意外嗎？

Surprisingly/strangely/incredibly, James slept soundly through the whole affair.
驚人／奇怪／不可思議的是，在這整個過程，詹姆士都睡得很熟。

憂慮、擔心

318

I am (a bit) concerned/worried that our money will be used unnecessarily.
我（有點）擔心我們的錢會被用在無謂的地方。

I am (rather) worried/concerned about what will happen to the union.
我對工會會發生什麼事感到（相當）擔心。

It's (very) disturbing/worrying that no one noticed the break-in.
沒有人發現房子遭人闖入，這點讓人很憂心。

I find his behaviour very disturbing/worrying.
我覺得他的行為讓人非常擔心。

Her health gives (some) cause for anxiety/concern. 正式 非個人化
她的健康令人感到擔憂。

03

表達意願的強度

Volition

319 我們將自由意志依意願的強度，分為以下四種類型：**願意**（willingness）、**希望**（wish）、**意欲**（intention）、**堅持**（insistence）。

願意

320 我們可用助動詞 will（或 'll 非正式）來表達願意做某事的意志：

> A: **Will** you lend me those scissors for a minute or two?
> 可以借我這把剪刀兩分鐘嗎？
>
> B: OK, I **will**, but only if you promise to return them.
> 好啊，可以，但你得保證一定會還。

> The porter **will** help if you ask him.
> 只要你開口問，那個搬運工就會願意幫忙。

will 在此既表示未來的意思，也表達出意願（參看 129）。若要表達過去時間或假設的意願，則可用 would：

- **過去時間：**

> We tried to warn them about the dangers, but no one **would** listen.
> 我們試著警告他們有危險，但沒有人願意聽。

- **假設語氣：**

> My boss is so greedy, he **would** do anything for money.
> 我老闆很貪婪，為了錢他什麼都肯做。

won't 和 wouldn't 則可表達否定的意願，也就是拒絕：

> *My father's rich, but he **won't** give me any money.*
> 我父親雖然有錢，但他不願意給我任何錢。

> *The guards just **wouldn't** take any notice. They **wouldn't** listen to me.*
> 守衛就是不肯記下我說的話，他們根本不聽我說。

希望

321　在表達中立的意志時，動詞 **want** 比較沒有 **wish** 那麼 正式 ：

> *I **want** (you) to read this newspaper report.*
> 我希望你看看這篇新聞報導。

> *Do you **want** me to sign this letter?*
> 你想要我在這封信上署名嗎？

> *The manager **wishes** (me) to thank you for your cooperation.* 頗正式
> 經理要我謝謝你們的配合。

但若用在假設語氣中，則只可用 wish：

> *I **wish** you would listen to me! (... but you won't)*
> 我希望你能聽我的！（但你不會）

322　感嘆句的句型「If only」也可用於表達「假設」的意思：

> ***If only** I could remember his name!*
> *~ I **do wish** I could remember his name!* 真希望我能想起來他的名字！

在表達自己的希望，或確認別人是否希望時，可以用 would like、would prefer 或 would rather（參看 309-310）讓說出口的希望聽起來比較 委婉 及 得體 ：

> ***Would you like** me to open these letters?*
> 你希望我打開這些信嗎？

> *I **would prefer** to stay in a less expensive hotel.*
> 我寧可住在比較便宜的飯店。

其他詢問別人是否希望的方式，可以用 shall（多用於 英式 英語）

來提問，若要更 委婉 ，則可用 should：

Shall *I make you a cup of coffee? (= Do you want me to... ?)*
要我泡杯咖啡給你嗎？

*What **shall** we do this evening?*
我們今晚要做什麼好？

Shall *we cancel the order if it's not needed?*
如果不需要，我們要不要取消訂單？

Should *we tell him that he's not wanted?*
我們要告訴他，他沒被選上嗎？

附註

以 let 開頭的第一和第三人稱命令句（參看 498）也可表達某種希望：

Let's *listen to some music (, shall we?)* 我們聽點音樂吧（，好嗎？）

Let *everyone do what they can.* 讓每個人都能發揮所長。

意欲

323　動詞 intend、mean、plan 和 aim（＋不定詞子句）都可表達「想要、意圖」的意願：

[1] *He **intends/plans/aims** to arrest them as they leave the building.*
他打算等他們一離開大樓就逮捕他們。

[2] *That remark was **meant/intended** to hurt her.*
那個評論就是有意要傷害她。

要說明意欲為何也可用「be going to」（參看 142）來表達，或在主詞為第一人稱時用 will/shall（參看 141）或縮寫 'll：

*Are you **going to** catch the last train?* 你要搭最後一班火車嗎？

*We **won't** stay longer than two hours.* 我們不會待超過兩個小時。

因為這種句型也帶有預測的意味，所以比起例句 [1] 和例句 [2]，此說法對於是否能實現想要的結果就更加確定。（若要了解表達目

的（即「想要的結果」）的子句和片語，請^{參看} 203 。 ）

堅持

324

He **insists** on doing everything himself. 他堅持每件事都親力親為。

We **are determined** to overcome the problem.
我們下定決心要克服這個問題。

通常我們會特別重讀 will/shall 來表達「堅持」：

He **will** try to mend it himsèlf. (= He insists on trying...)
他要試著自己修。

I wòn't give in! (= I am determined not to give in.)
我絕不屈服！

04

傳達准許和義務

Permission and obligation

一、准許：can、may

A: **Can** we sit down in here? 我可以坐這嗎？
B: Yes, you **can**. 可以啊。

May I speak to you for a minute? 較正式 禮貌
我可以和你說一下話嗎？

Are we allowed to use the swimming pool?
我們可以使用游泳池嗎？

Is it all right if we smoke in here? 非正式
我們可以在這裡抽菸嗎？

They have **allowed/permitted her to** take the examination late.
他們答應讓她延後參加考試。（**permit** 比 **allow** 正式）

They **let** him do what he wants. 他們讓他做他想做的事。

現在比較少人用 may 來表示准許，倒是較常用 can。

- **過去式**：could

    The detainees **could** leave the camp only by permission of the governor.
    (= ...were allowed to...) 被關押的囚犯只有得到監獄長的允許才能外出。

- **假設語氣**：

    If you were a student, you **could** travel at half-price. (=...would be allowed to...) 如果你是學生，你就能以半價購票。

若要 得體 地請求允許，也可用表示假設情況的 could（少數時候也可用 might）：

> **Could** we ask you what your opinion is?
> 我們可以請教你的意見嗎？
>
> I wonder if I **could** borrow your pen?
> 我在想能不能借用你的筆？

另一種請求和給予允許的句型是用動詞 mind：

A: **Would you mind** ⎰ if I opened a window? 你介不介意我打開窗戶？
　　　　　　　　　　⎱ opening a window for me? 你介意幫我打開窗戶嗎？

B: No. ⎰ **I don't mind** at all. 沒問題，我一點也不介意。
　　　　⎱ Not at all. 我完全不介意。（意為：「你當然可以開窗戶」。）

再次強調，使用假設句型會顯得比較 得體 。

二、義務或強迫：must、have to

326

[1] You **must** ⎱ be back by 2 o'clock(- I want you to do some cleaning).
　　You'll **have to** ⎰
　　你必須在兩點前回來（，我要你做些打掃）。

[2] You **have to** sign your name here (otherwise the document isn't valid).
　　你必須在這裡簽名（，否則文件無效）。

[3] I'**ve got to** finish this essay by tomorrow. 非正式
　　我得在明天之前完成這篇論文。

[4] The university **requires** all students to submit their work by a date.
　　正式 書面
　　該大學規定所有學生都必須在某個期限前繳交作業。

「must/have (got) to + 原形動詞」^{（參看 288、483）}都可表達義務，但有些英文母語人士覺得這兩者略有不同。這些人認為 must 隱含的是說話者的權威（參看例句 [1]），have (got) to 則可能代表官方規定等非說話者本身的權威（參看例句 [2]）。但當主詞為第一人稱時，must 表達的是支配自己的權力，也就是個人的責任感：

[5] *I **must** phone my parents tonight. (They'll be worrying about me.)*
我今晚必須打電話給我父母（，不然他們會擔心）。

*We **must** invite the Stewarts to dinner. (It's months since we last saw them.)* 我們必須邀史都華一家人吃晚餐（，距離上次見到他們已經幾個月了）。

- 過去式：had to

*Beckham **had to** withdraw from the match because of injury.*
貝克漢因為受傷，所以必須退出比賽。

- 假設：

*If you went abroad, you **would have to** earn your own living.*
你如果出國的話，就必須自己賺錢餬口。

327　三、疑問句：have got to、have to、need to

*Why **have** you **got to** work so hard?* 你為什麼要這麼拚命工作？

*Do we **have to** fill out all these forms?* 這些表格我們全都要填嗎？

*Does anyone **need to** leave early?* 有人必須提早離開嗎？

- 否定句：

*We don't **have to** pay for the digital equipment – it comes for nothing.*
我們不必為數位設備付錢，這是免費提供的。

*You don't **need to** pay that fine.* 我們不必付那筆罰金。

*There's no **need to** buy the tickets yet.* 還不需要買票。

附註

有時若希望得到**否定**的回覆，可以將 must 用在疑問句：

***Must** you leave already?*
你一定得走嗎？（意為：「你一定不用走吧！」）

在問句和否定句中，可將 need 做為作用詞來代替 must，尤其是在 英式 英語中。不過，這種用法現在比較 少見 ：

Need you work so hard? 你需要工作得這麼拚嗎？

We *needn't* hurry. 我們不用急。

四、其他表達義務的方式：should、ought to

328 • **should** 和 **ought to** （參看 292）可表達未完成的義務，試比較以下例句和第 326 節的例句 [4] 和例句 [5]：

> All students *should* submit their work by a given date (...but some of them don't!).
> 所有學生都應該在指定日期前繳交作業（，但有些學生沒交）。

> I *ought to* phone my parents tonight ('but I probably won't have time').
> 我今晚應該打電話給我父母（，但我不一定有時間）。

• 「**need to** + 原形動詞」（need 在此為一般動詞，而非助動詞，參看 484）表達的是因為指涉對象所處的狀態而「加諸給自己的義務」：

> He *needs to* practise more if he is to improve his game of golf.
> 如果要提升打高爾夫的技巧，他需要再多加練習。

> I really *need to* clear this place up.
> 我真的必須把這個地方打掃乾淨。

need 後面也可直接加受詞：

> This country *needs* a strong prime minister.
> 這個國家需要一位有力的首相。

• 「**had better**（或 **'d better**）非正式 + 原形動詞」表示說話者強烈推薦或建議做某事：

> You *'d better* be quick { or you'll miss the train. 要不然會趕不上火車。
> 你最好快點， { if you want to catch the train. 你如果想趕上火車。

> He *'d better not* make another mistake. 他最好不要再犯其他錯。

> I suppose I *'d better* lock the door. 我想我最好把門鎖上。

- 以 **shall** 來表達「義務」時，通常僅限用於官方規定或其他 正式 文件：

> The Society's nominating committee **shall** nominate one person for the office of President. 非常正式
> 協會提名委員會應該提名一位人選來擔任會長。

禁止（和否定的建議）

329 禁止是准許的相反，例如：he/she is not allowed to do something（不准某人做某事）。將 can 和 may（表示准許）以及 must（表示義務）改為否定形式，即可表達「禁止」的意思：

> A: **Can** the children play here? 小孩可以在這玩嗎？
> B: No, I'm afraid they **can't** (= they're not allowed to) – it's against the rules.
> 不，恐怕不行，在這裡玩違反規定。

> Children **may not** use the swimming pool (=They're not allowed to...) unless they are accompanied by an adult. 正式 頗為少見
> 除非有大人陪同，否則小孩不可使用游泳池。

> You **must not** tell anyone about this letter: it's confidential.
> 你不准告訴任何人這封信的事，這是秘密。(= You're obliged not to...)

若要表達沒那麼強硬的禁止（比較像是否定的建議），可以用「shouldn't」、「oughtn't to」（尤其在 英式 英語）和「had better not」來表示：

> She **shouldn't** be so impatient. 她不應該這麼沒耐性。

> You **oughtn't to** waste all that money on smoking.
> 你不該把錢都浪費在抽菸上。

> We'**d better not** wake the children up. 我們最好不要把小孩吵醒。

附註

近來，以 must 來表達「義務」的概念變得比較少見，尤其是在 美式 英語，可能是因為 must 帶有說話者有權可命令聽者的含意。若不用 must，可改用 have to、need to 或 should。

05

影響他人

Influencing people

命令

330 若要叫某人做某事，可以**使用祈使句直接下命令**，如 Shut the door.（關上門。）Follow me.（跟我來。）Just look at this mess.（你看看這一團亂。）（參看 497）。否定的命令則有禁止做某事的意思，例如：Don't be a fool.（別傻了。）Don't worry about me.（不用擔心我。）不過，祈使句通常沒有聽起來的那麼「令人生畏」，如果命令的動作是聽者有興趣的，反而可讓人覺得友善，例如：Help yourself.（別客氣，自己來。），或是開玩笑地說：Don't overdo it!（別太過分了！）

此外，當主詞為第二人稱時，使用**表達義務和禁止的動詞**（參看 326、329）也有命令的效果，例如：You must be careful.（你一定要小心。）；You must not smoke here.（你不能在這裡抽菸。）

句型「**be to + 原形動詞**」可表達由說話者或其他官方權威（更為常見）所下達的命令：

> He **is to** return to Germany tomorrow.
> 他明天必須返回德國。（意即：他收到必須返回德國的命令。）

> You **are to** stay here until I return.
> 在我回來之前，你必須待在這。（意即：這是我給你的命令。）

附註

有些沒有使用動詞的句子，表達的是相當無禮的命令，如 Out
with it!（快說！）This way!（往這走！）；Here! (= Bring/Put it here)（放
這！）

還有一種是專門對小孩和寵物說的：Off you go!（你可以走了！）；
Down you get!（坐下！）；Up you come!（過來！） 親近

表示未來式的 will 有時可以有力表達嚴肅的命令（例如在軍隊中）：

> *Officers **will** report for duty at 0600 (six hundred) hours.*
> 軍官們必須在六點報到。

> *You **will** do exactly as I say.* 我怎麼說，你們怎麼做。

在命令句中點出文法上的主詞

331 若要指明必須執行動作的對象，可在祈使句的動詞前加上第二或
第三人稱的主詞（參看 497），或以「呼格」（vocative）呼叫某人：

> ***You** take thís tray, and **you** take thàt one.*
> 你拿這個托盤，你拿那一個。（指著說話的對象；注意 **you** 要重讀）

> *Jack and Susan stand over thère.* 傑克和蘇珊站到那裡去。

> *Somebody open this dòor, pléase.* 請來個人開個門。

> *Come hère, Míchael.* 麥可，過來。

其他時候，命令句中的 you 通常是不耐煩的語氣：

> ***You** mind your own bùsiness!* 你少管閒事！

以 will 開頭的命令同樣表達不耐煩：

> ***Will** you be quíet!* 你可以安靜點嗎！

雖然此句在文法上是問句形式，但下降的語調卻含有命令的威
嚴。在很多情況下，命令句都較 無禮 ，因此在第 332–335 節，
我們要來看看如何緩和命令句的語氣。

附註

不過，若是為了某人好而以命令句叫他去做某事，聽起來並 不會無禮 ：

> *Have another chocolate.* 再來一塊巧克力。
>
> *Make yourself at home.* 當自己家，別拘束。
>
> *Just leave everything to me.* 把一切都交給我。
>
> *Do come in.* 快進來。

這類句子與其說是命令，實際上更像是提供好處或邀請。

委婉表達命令

332 若要緩和或弱化命令句中指使的語氣，可用升調或降升調來取代下降的語調：

> *Be cǎreful.* 小心點。
>
> *Don't forget your wállet.* 別忘了你的皮夾。

還有一種做法：加上 please 或附加問句「won't you」：

> *Plèase hurry úp.* 請快一點。
>
> *Look after the chíldren, wón't you?* 麻煩請你顧一下小孩。
>
> *Thís way, pléase.* 請往這邊。

不過若你是要請人幫忙，以上這些例句都不夠 禮貌 。

附註

另外兩種附加問句：「why don't you」和「will you」（用於否定命令句後），也都可緩和命令的口氣：

> *Have a drínk, why don't you.* 喝點東西吧。
>
> *Don't be lǎte, will you.* 不要遲到囉。

但在肯定的命令句後，will you 會用上揚語調，且通常表示不耐煩（參看 331）。

Sit dòwn, wíll you. 你可以坐下嗎。

請求

333 **若要詢問聽者是否願意或能夠做某事**，使用**請求**通常比命令來得 得體 ，助動詞 will/would（表達意願）和 can/could（表達能力）都 很常用：

*A: **Will** you make sure the water's hót?* 你能不能確認一下水有沒有熱？
B: Yès, okáy. 親近 好，沒問題。

*A: **Would** you please tell me your phóne number?*
可以請你告訴我你的電話嗎？
B: Yès, cèrtainly, it's... 好啊，當然，我的電話是…

*A: **Can** anyone tell us what the tíme is?*
有人可以告訴我們現在幾點嗎？
B: Yèah, half past four. 現在四點半。

*A: **Could** you lend me a pén.* 可以借我筆嗎？
B: Okày. Hére it ìs. 親近 好啊，拿去。

（從以上例句也可看到一般常見的回覆。）would 和 could 會比 will 和 can 來得更 得體 。你也可用否定的問句，來表示期待的是肯 定的回答 (參看 246)，這樣聽起來比較有說服力也比較 沒那麼委婉 ：

Won't you come in and sit dówn? 不進來坐一下嗎？

Couldn't you possibly come anóther day? 你不可以改天再來嗎？

其他禮貌的請求

334 還有其他許多間接的說法可讓請求聽起來更 禮貌 ，比方說，你可 以說出自己的希望。以下例句大致上是從沒那麼禮貌依序排到最 禮貌 ：

I wouldn't mind a drínk, if you háve one.
如果有什麼能喝的，我不介意來一杯。

Would you mind starting over agáin? 你介意從頭再說一次嗎？

I wonder if you could put me on your màiling list, please.
不知道你能不能把我加到你的郵寄清單，謝謝。

Would you be good/kind enough to let me knów? 比較正式
你能不能好心告訴我？

I would be (extremely) grateful if you would tèlephone me this afternòon.
如果你今天下午能打電話給我，我會非常感激。

I wonder if you'd mind writing a rèference for me.
不知道你是否介意幫我寫封推薦信。

以上例句都是英文到 口語 中常見的 禮貌 說法，若要用在正式信函，實用的說法包括：

I would be very grateful if you would... 如果你願意…，我會非常感謝。

I would appreciate it if you could... 如果你能…，我會很感激。

Would you kindly... 能否請你好心…。

忠告和建議

335　做為同樣可影響他人的方式，給予忠告和建議比對他人發號施令要來得溫和得多。嚴格來說，提出忠告和建議後，決定要如何做的決策權還是在聽者手裡。但實際上，從以下例句可以看出，忠告和建議通常只是 委婉 給予命令和指示。

- **忠告**

  *You **should** stay in bed until you start to recover.*
  在你的病情好轉之前，你應該待在床上。

  *You **ought to** keep your money in a bank account.*
  你應該把錢存在銀行戶頭。

  *There's a new book you **ought to** read.* 有一本新書你應該看看。

  *You'**d better** take your medicine.* 你最好要吃藥。

  *I'**d advise** you to see a doctor.* 我建議你去看醫生。

  If I were you, I'd wear proper running shoes.
  如果我是你，我會穿適合的跑步鞋。

• 建議

*I **suggest** they take the night train.*
我建議他們搭夜車。

*You **can** read these two chapters before tomorrow (if you like).*
（如果你想，）你可以在明天之前先看這兩章。

*You **could** lose six to eight pounds, Missy.*
小姐，你可以先減個六到八磅。

*You **might** have a look at this book.* 你可以看看這本書。

***Why don't you** call on me tomorrow?* 你何不明天來看我？

***Perhaps you could** call again tomorrow?* 或許你可以明天再打來？

could 和 might 可以更 委婉 表達建議。

• 和說話者有關的建議

*I **suggest** we go to bed early, and make an early start tomorrow.*
我提議我們早點睡，明天早點出發。

***Shall we** listen to some music?* 我們聽點音樂，好嗎？

***Let's not** waste time.* 我們別浪費時間了。

***Why don't we** have a party?* 我們何不開個派對？

***How about** a game of cards?* 來打撲克牌如何？

***What about** having a drink?* 要不要喝一杯？

轉述命令或請求

336　命令句就和直述句及疑問句一樣（參看 264–268），可用直接或間接的方式轉述：

> **直接引述**：*'Put on your space-suits,' he said.*
> 　　　　　　他說：「穿上你們的太空衣。」

> **間接引述**：*He told/ordered/instructed them to put on their space-suits.*
> 　　　　　　他告訴／命令／指示他們穿上太空衣。

在間接引述句中，會以不定詞子句的形式來表達命令，聽者則會以間接受詞來表示（參看 608、730），如以上例句中的 them。也請注意被動語態的句型：

> They **were told/ordered/instructed** to put on their space-suits.
> 他們被告知／命令／指示要穿上太空衣。

同樣的句型也可用於表示忠告、請求、准許、義務、勸說、邀請…等：

[1] She **advised** me to telephone for a doctor.
她建議我打電話找醫生。

[2] Liam **asked/begged** me to help him with his homework.
連恩要求／拜託我幫他做功課。

[3] Jane **allowed** Patrick to borrow her car.
珍答應讓派屈克借她的車。

[4] They **compelled** him to answer their questions.
他們強迫他回答他們的問題。

[5] Mary has **persuaded** me to resign.
瑪莉說服了我辭職。

[6] We were **invited** to attend the performance.
我們受邀去看表演。

[7] The priest **recommended** him to try for the job.
神父建議他試試那份工作。

另外也請注意使用直接受詞的句型：

> The doctor **advised** a rest. 醫生建議要多休息。
>
> He **begged** our forgiveness. 他乞求我們的原諒。
>
> I (can) **recommend** the local cuisine. 我（可以）推薦當地好吃的美食。

337 並不是所有可「影響別人」的動詞都是接不定詞，suggest 後面就是接 that 子句（通常會用表示推定意義的 should 或是假設語氣，參看 280–282）：

*He **suggested** that they (should) play cards.*
他提議他們可以玩撲克牌。

這種句型也可能用其他動詞，例如 recommend：

*The doctor **recommends** that you (should) take plenty of rest.*
醫生建議你要多多休息。

請求、准許等動作也可用間接引述的直述句和問句形式表達，所以第 336 節的例句 [2] 和例句 [3] 可改寫為：

*He **asked** me if I would help him with his homework.*
他問我能不能幫他做功課。
→ 與直接引述比較：*'Will you help me with my homework?'*「你能幫我做功課嗎？」

*Jane **said** Patrick could borrow her car.*
珍說派屈克可以借她的車。
→ 與直接引述比較：*'You can borrow my car.'*「你可以借我的車。」

在間接引述的直述句和問句中，必須將時態改為過去式等規則（參看 256-257），在間接引述的命令句、請求句也同樣適用，只除了在不定詞子句無須改變時態。在過去式的轉述動詞後，will、shall、can、may 和 have to 都必須改為過去式的 would、should、could、might 和 had to，但 must、ought to、should 和 had better 則無須改變時態：

*'You **must** be careful.'*	*I told them they **must** be careful.*
「你們必須小心點。」	我告訴他們必須要小心點。
*'You **should** stay in bed.'*	*I told him he **should** stay in bed.*
「你應該躺在床上。」	我告訴他，他應該躺在床上。

轉述的禁止、拒絕等

338　forbid 正式 、prohibit 正式 、dissuade、refuse、decline 和 deny 等動詞本身即含有否定的意味，因此後面所接的子句通常是肯定句：

*They were **forbidden** to smoke. = They were **prohibited** from smoking.*
他們被禁止吸菸。（意同：他們被命令不准吸菸。）

His wife **dissuaded** him from leaving the country.
他太太勸阻他不要出國。

The minister **refused/declined** to comment on the press report.
部長拒絕對媒體報導發表評論。

He **denied** that any promises had been broken.
他否認自己違背了任何諾言。

警告、承諾和威脅

339 最後，我們要看三種與未來時間有關的言論：

- **警告**

  Mind (your head)! 小心（你的頭）！

  Look out! 小心！

  Be careful (of your clothes). 注意（你的衣服）。

  I warn you it's going to be foggy. 我警告過你會起霧。

  If you're not careful, that pan will catch fire.
  如果你不小心點，鍋子可能會著火。

簡短的警告句通常會用降升調，如：M̆ind!（注意！）

- **承諾**

  I'll let you know tomorrow. 我明天會告訴你。

  I (can) promise (you) it won't hurt. 我（可以向你）保證這不會痛。

  Can I borrow your road atlas? I promise to bring it back.
  我可以借你的道路地圖嗎？我保證會把它帶回來。

  You won't lose money, I promise (you). 我（向你）保證不會讓你賠錢。

  Assuming that the order reaches our office by tomorrow, our firm will undertake to supply the goods by the weekend. 正式 書面
  假設我們辦公室明天收到訂單，公司承諾會在週末前供貨。

- 威脅

I'll report you if you do that again. 如果你再這樣做，我就會檢舉你。

Don't you dàre talk to me like that. 你敢這樣跟我說話。

You dàre come near me with that silly spray!
你敢拿那個愚蠢的噴霧靠近我試試看！

Touch me, and I'll tell your mother.（參看 366）
你敢碰我，我就告訴你媽媽。

Stop eating those sweets, or I'll take them away.（參看 367）
不要再吃那些糖果了，不然我就把它們拿走。

用轉述句表達警告、承諾和威脅

340 • 轉述的警告

*Jim Moore **warned** parents to keep their children away from the area.*
吉姆·摩爾警告家長不要讓小孩靠近那一帶。

*They **warned** us of/about the strike.* 他們警告我們會有罷工事件。

*We were **warned** that the journey might be dangerous.*
有人警告我們這趟旅程可能會有危險。

• 轉述的承諾

*He **promised/undertook** to let me know.* 他答應會告訴我。

*Olly has **promised** Billy to take him fishing next Sunday.*
奧利答應比利下週日帶他去釣魚。

*He **promised** that he wouldn't bet on horses.* 他保證不會再賭馬。

*They **promised** him that he would not lose his job.*
他們向他保證他不會丟掉工作。

*Her boss has **promised** her a rise.* 她老闆答應幫她加薪。 親近

*She has been **promised** a rise.* 公司承諾會幫她加薪。

- 威脅

    *She **threatened** to report me to the police.* 她威脅要報警抓我。

    *The manager has **threatened** that they will lose their jobs.*
    經理威脅他們會丟掉工作。

    *He has **threatened** them with dismissal.* 他威脅要把他們解僱。

06

友善的溝通交流

Friendly communications

341 接著，讓我們來看看人們如何透過一些簡單的溝通方式，互相建立及維護友好的關係。當語調在句中有重要的功用時，我們會標出常見的語調（參看 33-42）。

開始和結束對話

342 • **打招呼**

Hì. 嗨。 非正式 美式常用　　Helló. 哈囉。 非正式 英式常用

Good mórning. 早安。 Good afternóon. 午安。 Good èvening. 晚安。 正式

我們常會把 Good 省略，例如：Morning.（早安。），也常會用上揚的語調：

(Good) mórning.　　Hélló.（使用上揚的語調）也常用在接聽電話時。

• **（短暫的）道別**

Goodbýe. 再見。　　　　　　(Bye)-býe. 掰掰。 親近

Sèe you. 一會兒見。 親近　　See you at six o'clóck. 六點見。 親近

See you làter. 晚點見。 親近　　See you tomórrow. 明天見。 親近

Cheerío. 掰掰囉。 親近 英式　　Chèers. 再見了 非常親近 英式

Good-níght. 晚安。（夜晚與人道別或上床睡覺前最後說的話）

- （較長時間的）**道別**

  Goodbýe. 再見。

有時可多說一些話以表示禮貌：

  It's been nice knòwing you. 很開心認識你。

  (I hope you) have a good jŏurney.（祝你）一路順風。

- **介紹**（第一次見面時）

  May I introduce (you to) Miss Brówn? 正式
  讓我來（向你）介紹伯朗小姐。

  This is (a friend of mine,) Gordon McKèag.
  這位是（我的朋友，）戈登·麥基格。

  I don't think you've met our nèighbour, Mr Quírk.
  我想你還沒見過我們的鄰居夸克先生吧。

- **介紹時的招呼語**

  How do you dò? 你好嗎？ 正式　　　　*How àre you?* 你好嗎？

  Glad to mèet you. 很高興認識你。　　*Helló.* 你好。 非正式

  Hí. 你好。 親近 美式常用

閒聊寒暄

343　打完招呼之後，接下來的對話可能會禮貌詢問健康狀況等話題：

  How are yòu? 你好嗎？

  How are you getting òn? 近來如何？ 親近

  How's thíngs? 最近怎麼樣？ 非常親近

  How are you dòing? 你好嗎？ 親近 美式常用

這類問句常見的回答包括：

  (I'm) fíne. How are yòu? 我很好，你好嗎？

  Very wèll, thánk you. And yóu? 非常好，謝謝你。你呢？

如果對方可能身體不舒服，你可以說：「How are you fèeling today/
these days?」（今天／最近覺得如何？）或「I hope you're wĕll.」（希
望你身體健康。）

以談論天氣做為開場白也很常見，尤其是在英國：

> A: (It's a) lovely dày, ísn't it? 天氣真好，不是嗎？（參看 245）
> B: Yès, isn't it bèautiful. 可不是嗎。（參看 304）
>
> A: What miserable wèather! 天氣真是糟糕！（參看 528）
> B: Drèadful! 太可怕了！

信件的開頭和結尾

344 • 正式 官方信件範例

Dear Sir,/Dear Madam,	尊敬的先生／女士：
With reference to your letter of...	根據您的來函，…
Your faithfully,	謹致問候
A R Smith	A R 史密斯
(Manager)	（經理）

• 較不正式 較親近的信件範例

Dear Dr Smith.,/Miss Brown.,/George,	敬愛的史密斯博士／布朗小姐／喬
Thank you for your letter of...	治：
(With best wishes)	感謝你的來信，…
Your sincerely, 英式	（致上最好的祝福）
Sincerely (yours), 美式	你誠摯的
James Robertson	詹姆士·羅伯森

• 非正式 熟人信件範例

Dear George,	親愛的喬治：
...	...
(Best wishes)	（最好的祝福）
Yours (ever),	你永遠的朋友
Janet	珍娜

更親密的信件可能會在開頭和結尾使用表達愛意的詞彙，例如：

My dear George,/Dearest George,　　我親愛的喬治／我最愛的喬治：
...　　　　　　　　　　　　　　　...
Love from Janet　　　　　　　　　愛你的珍娜

表達感謝、道歉、遺憾

348 • **感謝**

Thànk you (very much).（非常）謝謝你。

Thanks very mùch. 非常謝謝。

Many thànks. 非常感謝。

Tà. 謝謝。 英式俚語

• **回覆別人的感謝**

Not at àll. 不用謝。

You're wèlcome. 不客氣。

Thàt's all ríght. 沒什麼，別客氣。

在英文中，這些回覆在一些其他語言中並不那麼常見（在 英式 英語也是），一般來說，被感謝的人並不會回話。在商店購物時，顧客會說「Thank you.」，店員在收錢時通常也會回「Thank you.」。

• **道歉**

(I'm) sǒrry. 對不起。

(I bèg your) párdon. 請原諒我。

Excǔse me. 很抱歉。

Excuse me. 在 美式 英語是很適當的道歉用語，但在 英式 英語則僅限用於為一般「不是太禮貌」的行為表達些許歉意時使用，例如打斷別人說話、打噴嚏、擠到別人前面、跟陌生人說話時的開場白等情況。發生像踩到別人的腳趾這種意外時，則可說 I beg your pardon.。比較長的道歉說法則包括：

I'm extrèmely sorry
- (about that létter.
  （對於那封信，）
- (I forgot to phòne you).
  （忘了打電話給你，）真的非常抱歉。
- (for being làte again).
  （我又遲到了，）

Will you forgive/excuse me if I have to leave éarly?
如果我必須提早走，你會原諒我嗎？

I hope you will forgive/excuse me if I have to leave ěarly.
如果我必須提早走，希望你能原諒我。

- 回覆別人的道歉

  Thàt's all ríght. 沒關係。

  Please don't wórry. 別放在心上。

- 遺憾

  I'm sorry I couldn't come in to congratulate you. 非正式
  很抱歉我無法進去恭喜你。

  I regret that we were unable to provide the assistance you required.
  很遺憾我們無法提供你需要的協助。 正式 書面

善意的祝福、恭賀、慰問

346 以下例句通常是用下降的語調。

- 善意的祝福

  Good luck! 祝你好運！

  Best wishes for your holiday/vacation. 英式 / 美式
  祝你度假愉快。

  Have a nice day. 祝你有美好的一天。 美式常用

  Have a good time at the theatre. 祝你看戲愉快。

I wish you every success in your new career. 較正式
祝你的新工作一切順利。

- 給第三人的善意祝福

  Please give my best wishes to Sally.
  請向莎莉轉達我最深的祝福。

  Please remember me to your father. 請代我問候你父親。

  Please give my kindest regards to your wife. 正式
  請向尊夫人轉達我最誠摯的問候。

  Give my love to the children. 代我向孩子們問好。 非正式

  Say hello to Joe. 代我問候喬。 非正式 美式常用

- 年節祝福

  Merry Christmas. 聖誕快樂。

  Happy New Year. 新年快樂。

  Happy birthday (to you). （祝你）生日快樂。

  Many happy returns (of your birthday). 祝你福如東海，壽比南山。

敬酒的祝福語

Good health. 敬健康。 正式

Your health. 祝你健康。 正式

Cheers! 乾杯！ 親近

Here's to your new job. 祝你新工作順利。 親近

Here's to the future. 敬未來一杯。 親近

恭賀

Well done! 親近 做得好！（慶賀成功或成就）

Congratulations on your engagement. 恭喜你訂婚。

I was delighted to hear about your success/that you won the competition.
真高興聽到你成功／贏得比賽。

I congratulate The Times on the high quality of its reporting.
我為《泰晤士報》高水準的報導向他們祝賀。

May we congratulate you on your recent appointment. 正式
容我為您新近獲得任命向您道賀。

慰問、弔唁

Please accept my deepest sympathy on the death of your father. 正式
請接受我對你父親過世最深切的慰問。

I was extremely sorry to hear about your father/that your father has been so ill. 我很難過聽到關於你父親／你父親病重的消息。 非正式

提供好處或協助

347 提供別人好處或協助時，可以用問句來詢問聽者的希望（參看 319-324）：

[1] *Would you like another couple of slices of túrkey?*
要不要再來幾塊火雞？

[2] *Would you like me to mail these létters?* 要我幫你寄這些信嗎？

[3] *Shall I get you a cháir?* 英式常用
要我幫你拿張椅子嗎？

[4] *Can I carry your bágs upstairs?* 我可以幫你把包包拿上樓嗎？

[5] *Do you want us to drive you hóme?* 要我載你回家嗎？

[6] *Want some sóup?* 要來點湯嗎？ 輕鬆

在回覆以問句提出的協助時，我們可以：

接受： *Yès, pléase.* 好的，麻煩了。

拒絕： *Nò, thánk you.* 不用，謝謝。

要更 禮貌 地接受，可以說：

Yès, pléase. That's very kínd of you. 好的，麻煩了。你人真好。

Yés, thánk you, I'd lòve some more.
好的，謝謝。我想再來幾塊。（回答上方例句 [1]）

請注意，接受和拒絕別人的好意時，都可以說「Thank you.」。若要更有 禮貌 拒絕，可以補充說明拒絕的原因：

That's very kǐnd of you, but I couldn't pòssibly manage any móre.
你人真好，但我吃不下了。（回答上方例句 [1]）

Nò, thank you very múch. I'm just lèaving.
不用了，很謝謝你，但我就要走了。（回答上方例句 [3]）

在較 親近 的情境下，人們提供好處或協助時會用命令句：

Have some more còffee. 再多喝些咖啡。

Sit down and make yourself at hòme. 請坐，把這當自己家。

Let me get a chàir for you. 我幫你拿張椅子。（參看 498）

我們接受對方的好意後，他們在提供服務時可以不用再回話。尤其在 英式 英語 中，通常只要微笑，或是說句：「Here you are.」（例如為人端來食物時）或「There you are.」（例如幫人開窗、拿椅子等）就可以了。

邀請

348

Come in and sit dòwn. 快進來坐。 親近

Would you like to come with mé? 要和我一起來嗎？

How would you like to come and spend a wèek with us next yèar?
明年來我們這住一個星期如何？

May we invite you to dínner next Saturday? 正式 禮貌
下週六願意賞光和我們一起吃晚餐嗎？

通常提出邀約的順序如下：

A: Are you doing anything tomorrow évening? 你明天晚上有事嗎？
B: Nó. 沒事。

A: *Then perhaps you'd be interested in joining us for a mèal at a restaurant in tòwn.*
那或許你會有興趣和我們一起到鎮上的餐廳吃飯。

B: *Thank you very mùch. That's very kĭnd of you. I'd lòve to.*
很謝謝你，你人真好。我很樂意。

若要 禮貌 拒絕邀請，上面例句的回應也可以說：

Well, that's very kĭnd of you – but I'm afraid I have already arranged/ promised to... What a pìity, I would have so much enjŏyed it.
你人真好，但恐怕我已經安排／答應了…太可惜了，如果我能去就好了。

07

呼格
———
Vocatives

349 如果要吸引某人注意，或是指定說話的對象，可以用「呼格」（vocative）直接點名對方，例如：John、Mrs Johnson、Dr Smith：

> *Jŏhn, I wànt you.*
> 約翰，我要找你。
>
> *Plèase, Jenny, stòp.*
> 珍妮，請停一下。
>
> *Now just a mòment, Mr Williams.*
> 威廉斯先生，請稍等我一下。
>
> *Thànk you, Dr Gomez.*
> 謝謝你，戈麥斯醫生。

在更多情況下，呼格也可以表示說話者和聽者的關係。顯然，現今最常見的稱呼方式就是叫對方的名字（如 Susan、Peter），包括暱稱或小名（如 Sue、Pete、Suzy）。現在直呼其名已不再感覺特別「親近」，而是朋友和泛泛之交都可用的稱呼。以下列舉一些屬於 親近 用法的稱呼：dad(dy)；mum(my)；(you) guys 親近 、 美式 ；(my) dear；(my) darling；honey 美式 。

相對來說，sir 和 madam 這種稱呼語則顯示出對陌生人的尊重（飯店員工之類的服務人員通常會以此稱呼客人）：

> *Did you order a tàxi, mádam?* 正式
> 女士，您叫計程車了嗎？

在一些特殊情況，其他表示尊敬的頭銜也可作為稱呼語，如「Ladies and gentlemen!」（各位先生、女士！）（ 正式 演講開場）；「My Lord」（我的大人）（可稱呼同儕、主教、英國的法官等）；「Your honor」（法官大人）（稱呼美國的法官）；「Your Excellency」（大使閣下）；「Mr President」（總統先生）；「Prime Minister」（首相先生）。這些都是 不常用 且 正式 的稱呼。較常見的則是使用受人尊敬的職稱稱呼他人，例如：「Father」（神父）；「Doctor」（醫生）。

351 英文對於如何稱呼陌生人有許多限制。在大多數情況下，用 sir 和 madam 會顯得太 正式 （尤其是後者），以 miss 稱呼則有許多人覺得 不太禮貌 ，甚至有不少人認為以 waiter 或 driver 等職業來稱呼他人 相當不禮貌 ，但其他像 nurse（＝ nursing sister）或 operator（電話總機）卻又可以接受：

> *Would you help me, please, **operator**? I'm trying to get through to a number in Copenhagen.*
> 總機小姐，請幫幫我，我要打一通電話到哥本哈根。

因此，想要叫住陌生人吸引他們的注意，我們只能靠「Excuse me!」或 美式 英語的「Pardon me!」：「Excuse me, is this the way to the post office?」（不好意思，請問這是往郵局的路嗎？）

351 在單元 A、B、C 中，我們將語意的各個層面分開來看。在最後一個單元，我們將會探討如何將各層語意串連起來，以口語或書面的「篇章」呈現。也就是說，我們將會討論**概念**的「風格」與呈現方式。就讓我們從句與句之間的組織串聯開始看起。

01

轉折連接詞

Linking signals

352 無論在說話或書寫，我們都得清楚交代概念的起承轉合，才能讓聽者／讀者了解所要傳達的訊息。這種具有轉折連接功能的字詞，好比道路上的「路標」。在英文中，這類轉折詞大多是修飾句子的副詞，通常會出現在句首。以下將一一介紹它們最重要的幾個功能。

一、開啟新的話題或轉折

353 在到 口語 表達中，一句話若以 well 和 now 開頭，常表示說話者思路轉到新的地方：

> A: *You remember that puppy we found?* 還記得我們找到的小狗嗎？
> B: *Yes.* 記得。
> A: *Wěll, we adopted it, and now it has some puppies of its own.*
>   呃，我們領養了那隻狗，現在牠也生了幾隻小狗了。

well 在此相當於表達「接下來我要說點你不知道的事」，不過在其他情況裡頭，well 常表示模稜兩可的回覆，比方說，說話者無法明確回答「要」或「不要」：

> A: He's selling you those for two hundred and fifty bucks?
> 他想把這些賣你 250 美元，如何？
> B: **Well**, seventy-five.
> 嗯，75 美元。

被人問到有何意見想法，更是常會用到 well：

> A: What did you think of that play? 你覺得那部戲怎麼樣？
> B: Well, I wasn't really happy about the translation into the television medium. 呃，其實我不是很滿意改編成電視劇的版本。

now 則通常表示話題要回到先前的思路：

> Well, that finishes that. **Now** what was the other thing I wanted to ask you?
> 好，那件事就這樣。啊，我要問你的另一件事是什麼？

二、改變話題

354　incidentally 或 by the way 非正式 都可用來改變話題：

> I think I've been a bit absent-minded over that letter. **Incidentally,/By the way**, this fax machine doesn't seem to be working properly.
> 我想我因為那封信而有點心不在焉。對了／順便一提，這台傳真機好像有點怪怪的。

三、列點補充

355　在 書面 英語和 正式 到 口語 中：

- 若要條列要點，可以用 firstly（或 first）、second(ly)、next、last(ly)（或 finally）等副詞來表達。
- to begin with「首先」、in the second place「接著，第二」和 to conclude「最後」也可表達類似的意思。

- 其他類似的副詞還有：also、moreover、furthermore、what is more（皆表達「再者」）等，都可補充說明其他要點^{（參看 238）}：

> Several reasons were given for the change in the attitude of many students in the 1960s. **To begin with**, they feared the outbreak of nuclear war. **Secondly**, they were concerned over the continuing pollution of the environment. Not enough progress, **moreover**, had been made in reducing poverty or racial discrimination...And **to conclude**, they felt frustrated in their attempts to influence political decisions. 正式 書面

> 1960 年代許多學生態度之所以改變有幾個原因。首先，他們害怕核子戰爭爆發。再者，對環境持續的污染令他們感到憂心忡忡。此外，在解決貧窮和種族歧視方面，也未見長足的進展。總而言之，他們對於企圖要影響政治決策感到灰心挫敗。

其他像「And another thing...」（還有另一件事…）和「I might add...」（我還想補充…）也都是很實用的表達方式，尤其在 口頭 辯論或討論時。

四、加強論點

356　besides（除此之外，還有）、in any case（無論如何） 非正式 、in fact（事實上）和 anyway（無論如何） 非正式 等修飾句子的副詞也可用來「提出其他論點」。當前面所提的論點不夠充分時，便可善用這些副詞補強：

> Ray won't have any proof of my guilt. **Besides**, he doesn't suspect me of having any connection with the recent robberies.
> 雷無法證明我有罪，再說他並沒有懷疑我和近來搶案有任何關聯。

further(more)（再者） 較正式 和 what is more（此外）也是類似用法。

五、總結和歸納

357　若要將前面講過的話簡單做個總結，可以用：in a word、in short 或 to sum up，皆指「總而言之」：

*The Foundation could be custodian of a central fund of charities. It could plan and finance a stock of books, tapes and films. **In a word**, it could do plenty.*

這個基金會可做為中央慈善基金的監管人，它可以規劃和資助大量的書籍、錄音帶和底片。總而言之，它能做的事很多。

以下範例摘錄自一篇書評：

*The techniques discussed are valuable. Sensible stress is laid on preparatory and follow-up work. Each chapter is supported by a well-selected bibliography. **In short**, this is a clearly written textbook that should prove extremely valuable to teachers.*

書中討論的技巧極有價值，也可看出對事前準備和後續活動的重視。每一章都有精心挑選的參考書目為其背書。簡而言之，這是一本條理清楚，絕對能對教師大有助益的教科書。

其他可用來歸納前述論點的連接詞包括：in all、all in all、altogether、more generally 等，用法和總結類的副詞大同小異，所以上述例句中的 in short 也可換成 in all。

六、解釋說明

358　若要再解釋已經說過的話，可以有三種方式：

- 詳加**闡述**和**釐清**所說的意思，即「換言之」：that is、that is to say、i.e.
- 提供更**精確的說明**，即「也就是說」：namely、viz.
- **舉例**說明，即「舉例來說」：for example、for instance

這些都是 書面 英文常見的表達方式：

*It is important that young children should see things, and not merely read about them. **That is**, the best education is through direct experience and discovery.*

幼童應該要能親眼看見實物，而不只是在書上看到。也就是說，最好的教育是透過直接體驗和發現。

*Role-playing can be done for quite a different purpose: to evaluate procedures, regardless of individuals. **For example**, a sales presentation can be evaluated through role-playing.*
角色扮演也可用於截然不同的目的：用於評估程序，而無關乎個人。舉例來說，銷售簡報就可透過角色扮演來評估。

這些詞彙若放在句中，也可連接兩個同位語（參看 470-472）：

*A good example is a plant, proverbial for its bitter taste, **namely** wormwood.*
最好的例子就是一種大家都知道很苦的植物，也就是苦艾。

附註

來自拉丁文的縮寫 i.e.、viz. 和 e.g. 主要多用在 正式 書面 英語，一般會將它們分別讀做 that is、namely 和 for example。

七、換句話說

359　為了更清楚傳達意思，有時會用另一種方式說明或闡述。這種換句話說的表達方式，可以用 in other words、rather、better 等副詞表示：

*Be natural. **In other words**, be yourself.*
自然一點，換句話說，做自己就好。

*We decided, or **rather** it was decided, to pull the place down.*
我們決定，或確切地說，是不得不決定要把這兒拆了。

在到 口語 討論中也可用以下說法：「What I mean is...」（我的意思是…）、「What I'm saying is...」（我要說的是…）。

02

連接子句和句子

Linking clauses and sentences

360 我們可以把「子句」這個陳述單位想成是篇章中最為基本的語意單位。文法上有三種將子句組合起來的方式：

- **對等連接**：用 and、or、but、both...and 等連接詞，將子句以對等方式連接。
- **從屬連接**：用 when、if 和 because 等連接詞，使一個子句成為另一個子句的從屬（也就是使其成為從屬子句，參看 709-717）。
- **副詞連接**：用連接句子的副詞（參看 479）來連結兩個概念，例如：yet、moreover 和 meanwhile。

表達「對比」關係的連接方式

361 以下透過三種連接方式（對等、從屬和副詞連接）來舉例說明對比關係（參看 211）：

- **對等連接：**

  *The conversation went on **but** Rebecca stopped listening.*
  對話還在繼續，可是瑞貝卡已經沒在聽了。

- **從屬連接：**

  ***Although** Quebec did not break its ties with the rest of Canada, it did not feel itself part of the Confederation.*
  魁北克雖然沒有脫離加拿大獨立，但它並不認為自己是這個聯邦的一分子。

The country around Cambridge is flat and not particularly spectacular,
though *it offers easy going to the foot traveller.*
劍橋一帶的鄉間地勢平坦但景色並不特別壯觀，不過對徒步的旅人來
說算是相當好走。

• 副詞連接：

In theory, most companies would like to double their profits in a year.
However*, few could really handle it, and most companies wouldn't even*
try.
理論上，大多數公司都想在一年內讓利潤翻倍。然而，很少公司能
真的做到，大部分公司甚至連試都沒有試。

附註

為了表示更強而有力的連接，有時會將連接句子的副詞與對等或
從屬連接一起使用：

• 對等連接 副詞連接：

He was extremely tired, ***but*** *he was* ***nevertheless*** *unable to sleep until*
after midnight. 雖然他非常疲倦，但他還是到過了午夜才睡著。

• 從屬連接 副詞連接：

Although *he was suffering from fatigue as a result of the long journey,* ***yet***
because of the noise, he lay awake in his bed, thinking over the events of
the day until the early hours of the morning. 正式 頗講究修辭
雖然漫長的路程使他疲憊不堪，但因為噪音的關係，他清醒地躺在
床上想著白天發生的事，直到清晨。

如何選擇連接方式

362 相較於從屬和副詞連接，**對等連接**的結構比較「鬆散」，因為
它的意義較籠統（參看371），不那麼明確。對等子句的特色較偏向
非正式，勝過 正式 風格。

從屬連接會將句子傳達的資訊中較不重要的部分分配給從屬子句，因此當從屬子句傳達的是聽者已經知道或預期的全部或部分資訊時，通常會用從屬連接詞引導的副詞子句（參看 405-407）：

> They gave her something warm to wear, and she went to change in the bathroom. **When she came back**, the dinner was already on the table.
> 他們給她較暖的衣服讓她穿上，所以她到廁所換衣服。等她回來時，晚餐已經都上桌了。

副詞連接通常用於連接較長的句子，有可能該句本身即包含對等或從屬子句（參看第 361 節的例句）。

表達其他語意的連接方式

363　以下將舉更多例句呈現在不同語意下的句子連接，說明英文提供的對等連接、從屬連接和副詞連接等選擇。在對等連接的例句中（及部分從屬連接例句），我們會將副詞放在括號中，表示可加入此副詞讓連接的語意更明確。（交叉參照則是指出該語意連接出現在單元 A 的哪個部分。）

一、指明時間（參看 151-160）

364　**對等**：Penelope stopped the car **and (then)** rolled down the windows.
　　　潘妮洛普停下車，然後搖下車窗。

從屬：**After** chatting to Davidson for a few minutes longer, he went back to his office.
　　　和戴維森多聊了幾分鐘後，他就回辦公室了。

副詞：She studied the letter for a long time. **Then** she turned back to Wilson and smiled.
　　　她研究了這封信好一會兒，然後轉過頭對威爾森微笑。

二、原因、理由、結果（參看 197-207）

365　**對等**：She ran out of money, **and (therefore)** had to look for a job.
　　　她沒錢了，所以只好開始找工作。

從屬：*Since a customer had arrived in the shop, Samantha said no more.*
自從一位客人進到店裡後，莎曼珊就沒再說什麼。

*The prisoners had a secret radio, **so (that)** they could receive messages from the outside world.*
這些囚犯有一個祕密無線電，所以他們可以收到外界的訊息。

副詞：*When children reach the age of 11 or 12, they start growing fast. They **therefore** need more protein.*
孩子長到十一、二歲之後，就會開始快速發育，所以他們需要更多蛋白質。

三、肯定條件句（參看 207-208）

366　連接詞 and 可用來表示條件，但僅限於命令、忠告等特定情境：

對等：*Take this medicine, **and (then)** you'll feel better.* 非正式
把藥吃了，然後你就會覺得好一點。

從屬：*If you take this medicine, you'll feel better.*
如果吃了藥，你就會覺得好一點。

副詞：*You ought to take your medicine regularly, as the doctor ordered. You'd feel better, **then**.* 非正式
你應該聽醫生的話按時吃藥，這樣你就會覺得好一點。

四、否定條件句（參看 209）

367　在和第 366 節的同樣條件下，可用對等連接詞 or 來表示否定的條件句。

對等：*You'd better put your overcoat on, **or (else)** you'll catch a cold.*
非正式
你最好穿上大衣，不然你會感冒。

從屬：*Unless you put on your overcoat, you'll catch a cold.*
除非你穿上大衣，否則你會感冒。

副詞：*I should wear an overcoat if I were you; **otherwise**, you'll catch a cold.*
如果我是你，我就會穿上大衣，否則你會感冒。

五、條件 + 對比（參看 213-214）

368

從屬： *However much advice we give him, he (still) does exactly what he wants.* 不管我們給他多少建議，他還是（依然）我行我素。

副詞： *It doesn't matter how much advice we give him: he still does exactly what he. wants.* 不管我們給他多少建議，他還是依然我行我素。

光只有對等連接無法表達「條件 + 對比」的意思。

六、補充資訊（參看 238-242、355-356）

369

對等： *She's (both) a professional artist and a first-rate teacher.*（參看 520） *~ She's not only a professional artist, but (also) a first-rate teacher.* 她不只是專業的藝術家，也是一流的教師。

從屬： *As well as (being) a professional artist, she's (also) a first-rate teacher.* 除了是位專業的藝術家，她也是個一流的教師。

副詞： *She's well known all over the country as a professional artist. What's more, she's a first-rate teacher.* 她除了是全國知名的專業藝術家，此外，她還是一流教師。

七、選擇（試與 242 比較）

370

對等： *We can (either) meet this afternoon, or (else) we can discuss the matter at dinner.* 我們可以今天下午開會，或是晚餐的時候討論。（參看 520）

副詞： *Would you like us to have a meeting about the matter this afternoon? Otherwise we could discuss it at dinner.* 你要今天下午開會討論這件事嗎？不然也可以晚餐時討論。

I may be able to cross the mountains into Switzerland. Alternatively, I may get a boat at Marseilles. 我可以穿越山區到瑞士，或者，我也可以在馬賽搭船。

從屬連接無法表達選擇的概念。

03

「用途廣泛」的連接方式

'General purpose' links

371　從第 364–366、369 節可以看出，and 是個「用途廣泛」的連接詞，可隨著前後文改變它的意思，在各種肯定句要連接兩個概念都可以用 and 表示。在英語中，還有其他三種方式可表達這種籠統或「廣泛用途」的連接，包括：

- **關係子句**（參看 686-694）
- **分詞構句和無動詞子句**（參看 493-494）
- **並非透過文法結構連接的子句**

一、關係子句

372　請注意，以 and 連接的對等子句所要表達的意思，等同使用**非限定**的關係子句（nonrestrictive relative clause，參看 110-111、693）：

> *We have arrived at the hotel, and find it very comfortable.*
> *~ We have arrived at the hotel, **which we find very comfortable**.*
> 我們已經到了飯店，而且覺得這裡非常舒適。

同樣地，and 所連接的對等子句也等於「修飾整句」的關係子句（sentence relative clause，參看 694），此處的關係代名詞 which 所指的是前面的子句或句子：

> *He's spending too much time on sport, and that's not good for his school work.*
> *~ He's spending too much time on sport, **which is not good for his school work**.*
> 他花太多時間在運動上，這對他的課業來說並不好。

關係子句也是個用途廣泛的連接方式。在以下例句中，關係子句所帶出的連接關係分別是原因、指明時間和條件：

> **原因**：*I don't like people **who drive fast cars**.*
> 我不喜歡開快車的人。
> （= *Because they drive fast cars, I don't like them.* ）

> **指明時間**：*The man **I saw** was wearing a hat.*
> 我看到的那個人戴著一頂帽子。
> （= *When I saw him, he was wearing a hat.* ）

> **條件**：*Anyone **who bets on horses** deserves to lose money.*
> 賭馬的人輸錢都是活該。
> （= *If anyone bets on horses, he or she deserves to lose money.* ）

二、分詞構句和無動詞子句

373　分詞構句和無動詞子句（參看 493-494）屬於 正式 書面 英文，這種結構也具有「廣泛用途」的連接功能，如以下例句所示：

> **原因**：***Being an only child**, she had never seen a baby without its outer wrappings.* 身為獨生女，她從沒看過沒穿衣服的嬰兒。
> （= *As she was an only child...* ）

> **指明時間**：***Cleared**, the site will be very valuable.* 頗為正式
> 經過一番清理之後，這個遺跡會變得很有價值。
> （= *When it is cleared ...* ）

> **條件**：***Cleared**, the site would be very valuable.* 頗為正式
> 如果經過一番清理，這個遺跡會變得很有價值。
> （= *If it were cleared ...* ）

> **方式**：***Using a sharp axe**, they broke down the door.* 頗為正式
> 他們用一把鋒利的斧頭把門給劈開了。
> （= *By using a sharp axe ...* ）

> **原因**：*She stared silently at the floor, **too nervous to reply**.* 頗為正式
> 她沉默地盯著地板，因為太緊張而沒有回話。
> （= *...because she was too nervous ...* ）

三、無文法連接結構的子句

374 兩個相鄰的子句可能在文法結構上沒有連接。舉例來說，書寫時兩個子句可能以句號（.）、分號（;）、冒號（:）或破折號（–）分開，但這並不表示它們在語意上沒有關聯，而是表示其關聯較隱晦，必須由聽者或讀者自己推敲。

在 非正式 到 口語 中，說話者會頻繁用到這種隱含的關聯，但在 書面 英語中，書寫者會用修飾句子的副詞或對等連接詞清楚表達句子間的關聯。以下例句可與第 364–370 節以副詞連接的例句比較（此處「缺少的連接詞」以 [方括號] 表示）：

時間：*He loaded the pistol carefully; [then] he took aim ... a shot rang out.* 他仔細地裝填手槍，然後瞄準…發射。

原因：*She had to look for a job – [because] she had run out of money.* 她必須得找工作，因為她沒錢了。

條件：*Take this medicine: [if you do] it'll make you feel better.* 把藥吃了，吃了藥能讓你感覺好一點。

04

交叉指稱和省略

Cross-reference and omission

375 通常句子之間產生的連結，不只單純憑前面提到的各種語意的連結詞來判斷，也會因為句子之間有共同內容而有所連結，比方說，句子所講的可能是同一個人：

> ***My brother*** *was wearing a raincoat.* ***So my brother*** *didn't get wet.*
> 我哥哥穿了雨衣，所以我哥哥沒有淋濕。

也可以用副詞 so 將上面兩個句子原封不動地連接成一句：My brother was wearing a raincoat, so my brother didn't get wet. 但通常，我們會藉助以下兩種方式，**避免重複相同的字詞和內容：**

- 交叉指稱（例如使用代名詞 he）
- 省略重複的部分：

> ***My brother*** *was wearing a raincoat, and so (**he**) didn't get wet.*

交叉指稱和省略既實用也很重要：可精簡內容，也可讓連接的句子語意更容易理解，也就是讓句子結構更加「緊密」。運用此兩種規則的原則是：**只要不造成語意模稜兩可，能交叉指稱和省略的地方就不要重複**。接著我們要看，如何在英文這個語言運用這兩個方式以避免重複。有時用其中一種即可，有時兩者可並用。「代換」（substitution）和交叉指稱一樣，可讓訊息更精簡緊湊，也就是用代名詞或其他替代詞來取代另一種說法（參看 379-389）。

一、名詞片語的交叉指稱

(A) 第三人稱代名詞

376 人稱代名詞 he、she、it、they 等（參看 619-622）可交叉指稱名詞片語，且須與所指稱的名詞的單複數和／或性別一致（參看 529、597-601）。在以下例句中，名詞片語和代名詞會以斜體表示：

> *Henrietta* looked down at *her left hand*. *It* was covered with blood.
> 海莉耶塔低頭看著她的左手，她的手上滿是鮮血。

> *The new psychology professor* kept *her* distance. *She* did not call *students* by *their* first names.
> 新來的心理學教授和學生保持著距離，她不會以名字稱呼他們。

> *Bill* gave an inward groan. *He* felt that the situation was getting beyond *him*.
> 比爾在心裡發出呻吟，他覺得情況已經超出他的控制。

> *Millions of flies* were on *their* way towards us.
> 數百萬隻蒼蠅朝我們飛來。

請注意，they、them 等複數代名詞不僅可代換複數名詞片語，也可代替用對等連接詞連接的單數名詞片語，例如 Red and Handley：

> I know *Red and Handley* well. *They* are both painters.
> 我和瑞得及亨德里很熟，他們兩人都是畫家。

> In the morning, *Power and Ross* rose at dawn and began *their* day's work.
> 一大清早，鮑爾和羅斯黎明即起，然後開始他們一天的工作。

附註

若要了解在未說明性別時，代名詞該選擇 he、she 還是 they，請參看第 96 節。

反身代名詞（himself、themselves 等，參看 626-628）和關係代名詞（參看 686-694）在表示交叉指稱時，須遵守和人稱代名詞一樣的規則：

He hurt *himself.* 他傷害自己。
~ *She* hurt *herself.* 她傷害自己。
~ *They* hurt *themselves.* 他們傷害自己。

The man who was injured... 受傷的那個人…
~ *The house which* was destroyed... 被毀的那棟房子…

(B) 第一和第二人稱代名詞

377 有時，對等連接的名詞片語也可用第一和第二人稱代名詞替代，且名詞片語中若有第一人稱代名詞，所用的代名詞必須與第一人稱一致：

You and I should get together sometime and share *our* ideas.
你和我應該偶爾碰面，一起分享我們的想法。

My wife and I are going to Argentina. *We* hope to stay with some friends.
我和我太太要去阿根廷，我們希望能和一些朋友聚聚。

若名詞片語中有第二人稱代名詞，但沒有第一人稱代名詞，所用的代名詞應與第二人稱一致：

You and John can stop work now. *You* can both eat your lunch in the kitchen. 你和約翰現在可以休息了，你們倆可以在廚房吃午餐。

Do *you and your husband* have a car? I may have to beg a lift from *you*.
你和你先生有車嗎？我想拜託你們載我一程。

(C) 特殊情況

378 • 數量詞（參看 675-680）：複數代名詞有時可交叉指稱數量代名詞，例如 everybody、somebody、no one 和 anyone：

Everybody looked after **themselves.** 每個人都自己顧好自己。

可將此用法和使用 he or she 等單數代名詞的較 正式 的用法比較（參看 96）：

One of the most important things anyone can do in business is consider *his or her* future connections.
任何從商的人可做的最重要的事，就是考慮自己未來的人脈。

- **群組名詞**：交叉指稱的單數名詞所指涉的若是群組名詞，可將其視為單數的無生命名詞（將該群體看作一個單位時）：

  It is a family **which** traces **its** history from the Norman Conquest. (參看 510)
  這個家族的歷史可追溯至諾曼征服時期。

也可將群組名詞視為複數人稱名詞（考慮到群體中的個別成員時）：

  They are a family **who** quarrel among **themselves**.
  這一家人常起內鬨。

(D) 以數量代名詞代換名詞片語

379 其他如 one、some、each、none 等代名詞 (參看 676) 也可用來**代換**名詞片語。

- **代換單數可數名詞片語**

  A: Would you like a cup of tea? 要來一杯茶嗎？

  B: No, thanks – I've just had one. （one = a cup of tea）
  不用，謝謝，我剛喝過一杯。

- **代換複數可數名詞片語**

  Can you give me **a few stamps**? I need **some** for these postcards. （some = some stamps）
  可以給我幾張郵票嗎？我需要一些來貼明信片。

  The museum has **twenty rooms**, **each** portraying a period in the country's history. （**each** = each room）這間博物館有二十個展間，每間分別展示這個國家歷史的某個時期。

  We lost **most of the games**, but not quite **all**. （**all** = all of them）
  我們輸了大部分的比賽，但並不是全部。

  Proust and James are great novelists, but I like Tolstoy better than **either**. （either = either of them）普魯斯特和詹姆士都是很棒的小說家，但我喜歡托爾斯泰更勝於這兩位。

Two members of the panel later told the Court about receiving anonymous telephone calls. **Neither** was seated on the jury.（Neither = Neither of the two members...）後來有兩位小組成員告訴法院曾接到匿名來電，這兩位都不是陪審團成員。

These books are heavy. You carry one **half**, and I'll carry the **other**.（= You carry half of them, and I'll carry the other half of them.）
這些書很重，你拿一半，我拿另外一半。

She had learned from her **mistake**s of the past – only **a few** but **enough**.
（only a few but enough = ...only a few mistakes, but enough mistakes）
她從過去的錯誤學到了教訓，雖然只是其中幾個但已足夠。

A: You've only got one **CD**, haven't you? 你只有一張 CD 是嗎？
B: I've got **several**. 我有好幾張。（several = several CDs）

● 代換不可數名詞片語

Some of the equipment has been damaged, but **none** has been lost.
有些設備已經損壞，但沒有一件遺失。

I'd like **some paper**, if you have **any**.
如果你有紙的話，可以給我一些嗎？

380 ● 代換名詞和部分名詞片語

代名詞 one（參看 680）可以代換單一名詞，也可代換整個名詞片語：

Have you seen any **knives**? I need a sharp **one**. (a sharp knife)
你有看到刀子嗎？我需要一把比較利的。

She moved down the row of freight cars, checking for the **serial number** which corresponded to the **one** (serial number) Teufel had written down for her.
她走過整排載貨車廂，尋找和托伊費爾寫給她的一樣的序號。

在這種意義下，one 的複數形是 ones：

Plastic **pots** are usually more expensive than clay **ones**.
塑膠花盆通常比陶土花盆貴。

注意，one 無法取代不可數名詞；不可數名詞則會將名詞省略：

Which wine would you like? The red or the white? (=The red wine or the white wine?) 你要喝哪種酒？紅酒還是白酒？

381　有時當名詞為可數時，可選擇以 one 取代或將名詞省略：

This house is bigger than my last (one). 這件房子比我上一間大。

Navneet had a shop in Hong Kong and another (one) in Bombay.
那芙妮特在香港有一間店，在孟買也有一間。

His bus broke down, and he had to wait for over two hours for the next (one). 他的公車拋錨了，他必須等超過兩小時才有下一班。

I know her two older children, but I don't know the youngest (one).
我認識她比較大的兩個孩子，但不認識最小的。

382　句中有下列限定詞時，代名詞 that 和 those 可做為表示限定意思的代換詞（= the one、the ones）。that 做為代換的代名詞時，一定是指人以外的事物：

*The hole was about as big as **that** (the hole) made by a rocket.* 頗正式
這個洞大概和被岩石砸到的那個洞一樣大。

*The paintings of Gaugin's Tahiti period are more famous than **those** (= the ones) he painted in France.*
高更在大溪地時期的畫作比他在法國時的作品有名。 頗正式

that 也可用來取代不可數名詞：

*The plumage of the male pheasant is far more colourful than **that** (= the plumage) of the female.* 頗正式
公雉雞的羽毛比母雉雞的要鮮豔得多。

使用 that 和 those 通常頗為 正式 ，且幾乎僅限用於 書面 英語。

二、代換含動詞的結構

(A) 助動詞 do

383　虛位助動詞 do ^(參看 479) 可取代除了主詞以外的整個子句：

*She doesn't work any harder than B*ù*rt d*ó*es.* 她工作沒有伯特努力。

A: *Did you read that book in the end?*　　　B: *Yes, I d*ì*d.*
　你最後有看那本書嗎　　　　　　　　　　　我有。

A: *Who wants to play tennis this afternoon?*　⎡ B: *Ì do.* 我想。
　誰今天下午想打網球？　　　　　　　　　　⎣ 　 *Ì don't.* 我不想。

我們也可將主詞後的整個子句省略：

　　　　　　　　　　　　　⎡ *Helen.* 海倫
*He can **cook** as well as* ⎨ [1] *she.* 她 正式 頗為少見
他可以做菜做得和　　　　　 ⎣ [2] *her.* 她 非正式 口語常用 一樣好。

A: *Who wants to play tennis?* 誰想打網球？ ⎡ B: *M*è*.* 我。 非正式
　　　　　　　　　　　　　　　　　　　　 ⎣ 　 *No m*ě*.* 我不想。 非正式

在 非正式 英語中，當句子後段內容省略時，說話者會將主格代名
詞（例如 I）改為受格（例如 me）。不過上方例句 [1] 和 [2]，一般
最安全的說法其實是：He can cook better than **she can**.（參看下方第 384 節）

do 也可取代子句中除了主詞和副詞以外的部分：

A: ***Have you written to your father yet**?* 你寫信給你爸爸了嗎？
B: *Yes, I **did** last week. (= I wrote to my father...)* 有，我上星期寫了。

有時 do 則僅可取代動詞片語：

*She likes Ryan's Steak House better than she **does** Old Country Buffet.*
(does = likes) 她喜歡萊恩牛排館更勝於老鄉村自助餐。

(B) 省略作用詞之後的內容

384　在像第 383 節的那些例句中，除了 do 之外，也可在同樣的位置使
用其他助動詞。也就是說，助動詞之後的全部或部分句子內容都
可省略：

*I'**ll open a bank account** if y*ò*u w*í*ll. (= ...if you will do so)*
如果你要開銀行帳戶，我就也開。

*He **can cook** as well as shè can. (= ...she can cook)*
他可以做菜做得和她一樣好。

*A: He **is working** late this week.*
　他這個禮拜都要加班。

*B: Yes, he **was** làst week, tòo. (= ...was working late last week, too)*
　是的，他上禮拜也是。

*You **can play** in the garden, but you **mustn't** in the garage. (= ...mustn't play in the garage)* 你可以在花園玩，但絕不能在車庫裡玩。

除非特別要予以確認或否認^{（參看 264–265）}，或是要表達對比的語意，否則一般我們不會將重音放在 do 和其他助動詞上：

A: Are you going to clean the car? 你要洗車嗎？
B: I cǒuld, and shǒuld, but I don't think I wíll.
　我可以洗也應該要洗，但我想我不會。

兩個或三個助動詞後的內容也可省略：

A: Is the kettle boiling? 水滾了嗎？
B: It mày bè. (... be boiling) 可能吧。

A: Did you lock the door? 你有鎖門嗎？
B: No, I shòuld hàve, but I forgot. 沒有，我應該要鎖的，但我忘了。

附註

當 be 為一般動詞時^{（參看 482）}，不可將助動詞後的 be 省略：

If they're not asleep, they shòuld be. (= ... they should be asleep.)
如果他們還沒睡，他們應該要睡了。

英式 英語中，do 或 done 有時候會接在其他助動詞之後：

*He can't promise to come tonight, but he mǎy **do**. (= ... come tonight, ...)*
他不能保證今晚一定會來，但他有可能來。

A: Would you please unlock the door? 可以請你打開門鎖嗎？
*B: I hàve **done**.* 我已經開了。

(C) do 作為一般動詞：do it、do that、do so

385 做為一般動詞的 do（參看 479）也可用於替代其他一般動詞，通常是表示某個動作或活動的動詞。do 需要受詞，可以是 it、that 或 so：

> *If we want to preserve our power, this is the way to **do it**. (do it = to preserve our power)*
> 如果我們想要節省電力，照這樣做就對了。

> *They have promised to increase pensions by 10 per cent. If they **do so**, it will make a big difference to old people. (If they do increase pensions...)*
> 他們保證要將退休金提高 10%，如果他們真的做到，對年長者來說差別很大。

do that 通常語氣較強且是 非正式 的用法：

> *They say he sleeps in his shoes and socks. Why ever does he **do thàt**?*
> 他們說他穿著鞋襪睡覺，他到底為什麼這樣做？

> *It's easy for you to talk – you travel around the world. We would love to **do that** too.*
> 你說得容易，你在世界各地旅遊，我們也很想要這樣啊。

三、代換 that 子句

(A) so 接在動詞後，以及動詞後的省略

386 so 可代替 that 子句來表示引述的陳述、看法、假設、情緒等：

> *The government won't provide the money – I have heard the minister **say so**. (... say that the government won't ...)*
> 政府不會提供經費，我聽部長說的。

> *It's silly, childish, running after them like that. I **told Ben so**. (... told him that it's silly ...)*
> 追在他們後面跑既傻又幼稚，我是這樣跟班說的。

> *A: Has Ivan gone home?* 伊凡回家了嗎？
> *B: I thìnk só. / I gùess só.* 美式 */ I suppòse só. / I hòpe só. / I'm afràid só.*
> 　我想是的。／我猜是的。／我認為是。／希望是。／恐怕是。

在否定句則不用 so，要用 not：「I hope not.」（希望不是。）、「I'm afraid not.」（恐怕不是。）等等。但若動詞是用**否定轉移形式**^{（參看587）}，則應該說：「I don't think so.」（我不這麼想。）；「I don't suppose so.」（我不這麼認為。）會比較自然：

> A: Are there any questions you want to ask us, Ms Blake?
> 布雷克女士，你有沒有任何問題要問我們？

> B: No, **I don't think so**. 不，我沒有問題。

對於表達肯定和懷疑的句子^{（參看294-295）}，不能用 so，而應該說：「I'm sure they are.」（我確定他們是。）；「I'm sure of it.」（我很肯定。）；「I doubt if they are.」（我懷疑他們是不是。）；「I doubt it.」（我很懷疑。）等。

在比較級的子句中^{（參看505）}，than 所引導的子句可以全部省略：

> He's older than I thought (...than I thought he was).
> 他比我以為的老。

> The journey took longer than we had hoped.
> 這趟旅程比我們希望的還花時間。

此外，在對話中，動詞 know、ask 和 tell 之後接的整個 that 子句通常都可省略：

> A: She's having a baby. 她懷孕了。
> B: I **know**. 我知道。

> A: How did you **hear (that)**? 你從哪聽說的？
> B: She **told** me (so) herself. Why do you **ask**?
> 她自己跟我說的，為什麼這樣問？

在 know 和 ask 之後不可以接 so。

(B) 代換 wh- 子句

387 wh- 字詞所引導的 wh- 子句可以整個省略：

Someone has hidden my notebook, but I don't know **who/where/why**. (= I don't know who has hidden my notebook, etc.)
有人把我的筆記本藏起來，但我不知道是誰／藏在哪／為什麼。

這樣的**省略不適用於 whether 和 if 子句**。

(C) 代換不定詞子句

388　若為不定詞子句，to 之後的整個子句部分皆可省略：

A: *Why don't you come and stay with us?*
你何不來和我們在一起？

B: *I'd lòve to (do so).* 我很樂意（這麼做）。

You can **borrow** *my* **pèn**, *if you wánt to (do so).*
你可以借用我的筆，如果你想要的話。

If this pain gets much worse, I shan't be able to **move around** *much. The doctor has told me nòt to (do so), anyway.*
如果疼痛加劇的話，我就無法大動作移動。反正醫生交代我不要（這樣做）。

Somebody ought to **help you**. *Shall I ask Pěter to (do so)?*
應該要有人幫你。要我叫彼得來（幫忙）嗎？

從以上例句可知，我們可選擇要加入 do so（比較正式）或是將其省略。在 want、like 和 ask 等動詞之後，包括 to 在內的整個不定詞子句都可以省略，尤其是 非正式 英語：

You can borrow my pen, if you want/like. 非正式

Shall I ask Peter? 非正式

(D) 以 it、that、this 做為子句的替代詞

389　表示限定的代名詞 it、that 和 this 常被用來代換子句和名詞片語（參看 94、99、376）：

If you make a sound, *you'll regret it.* (it = regret making a sound)
你要是發出聲音，你會後悔的。

A: **She's having a baby**. 她懷孕了。

B: How did you know **thàt**? (= ...know that she's having a baby?)
你怎麼知道的？

After many weeks of rain, **the dam burst**. **This** resulted in widespread flooding and much loss of livestock and property. (The bursting of the dam resulted in...) 連下幾週的雨之後，造成水壩潰堤，結果導致洪水氾濫，以及牲畜和房產的嚴重損失。

四、其他省略技巧

390 其他可透過省略來縮短句子的句型包括對等連接的結構、非限定的子句，以及無動詞的子句。這三種句型都會在第三部分有更詳細的解釋（515-520、493-494），所以在此僅用例句帶出不同的省略類型，說明為什麼它們可以比代換和重複更讓句子精簡。

(A) 透過對等結構省略內容

391 （此處對等結構中可省略的部分以**粗體**表示。）

George Best travelled fearing the worst, but was pleasantly surprised. (... but **he** was pleasantly surprised.) 喬治貝斯特旅遊時最怕發生最糟的事，結果反倒是有意外之喜。

Particular attention was given to the nuclear tests conference and to the question of disarmament. (Particular attention was given to the nuclear tests conference and **particular attention was given** to the question of disarmament.) 核子測試會議和裁減軍備問題都受到外界特別的關注。

Peter cut himself a slice of bread and some cheese. (Peter cut himself a slice of bread; **he** (also) **cut himself** some cheese.)
彼得給自己切了一塊麵包和一些起司。

She is not only a trained mathematician, but a good singer. (She is not only a trained mathematician, but **she is** a good singer.)
她不只是訓練有素的數學家，還是一位很棒的歌手。

Either Germany or Brazil will win the World Cup. (Germany will win the World Cup; or (else) Brazil **will do so**.) 世界盃冠軍不是德國就是巴西。

Tom washes and irons his own shirts. (Tom washes his own shirts; he irons **them** (too).) 湯姆把自己的襯衫洗乾淨並燙好。

一般來說，相同的省略方式不適用於從屬子句。我們可以說：

She was exhausted and went to sleep.
她疲憊至極，所以就去睡了。

但不會說：She was so exhausted that went to sleep.（×）

因為在從屬子句中，主詞必須重複：

*She was so exhausted (that) **she** went to sleep.*

但在少數情況下，從屬子句也適用對等子句的省略方式：

*The rain stopped, **though** not the wind.*
雨停了，不過風還在吹。

(B) 非限定子句的省略

392　非限定子句（參看 493）沒有作用詞（參看 609-612），且大部分也沒有連接詞或主詞，因此和限定子句相比，非限定子句比較精簡也可避免重複。或許是因為這個原因，正式 或 書面 英語特別喜歡用做為副詞的 -ing 子句和 -ed 子句。以下透過表達相同意思的限定子句來說明：

> **不定詞子句**：*I hope to get in touch with you soon. (= I hope **that I will get in touch with you soon**.)* 希望很快能再與你聯絡。

> **-ing 子句**：*Coming home late one evening, I heard something which made my blood freeze in horror. (= **When I was coming home**...)* 有天晚上我比較晚回家，我聽到某個聲音讓我的血液因恐懼而凍結。

> **-ed 子句**：*The man injured by the bullet was taken to hospital. (= The man **who was** injured by the bullet...)* 被子彈射傷的男人已經被送到醫院。

393　同樣的省略也適用於以從屬連接詞引導做為副詞的非限定子句：

> **-ing 子句**：*It's a trick I learned while recovering from an illness.(= ... **while I was recovering** ...)* 這是我在養病時學會的把戲。

–ed 子句：*Though defeated, she remained a popular leader of the party.* 頗為正式 *(= Though **she had been** defeated ...)* 雖然經歷敗選，她仍是黨內人氣很高的領導者。

(C) 無動詞子句的省略

394 無動詞子句（參看 494）沒有動詞，通常也沒有主詞：

> ***Whether right or wrong**, he usually wins the argument. (= Whether **he is** right or wrong ...)* 無論對錯，他總是能贏得爭論。

> ***A man of few words**, Uncle George declined to express an opinion.* 正式 *(= **Being** a man of few words/**As he was** a man of few words ...)* 向來沉默寡言的喬治叔叔拒絕發表意見。

無動詞子句和分詞構句一樣，通常屬於較 正式 的風格，且主要用於 書面 英語。

附註

並不是所有從屬連接詞都可以引導分詞構句和無動詞子句。舉例來說，although、if、once 和 when 可用於這類句型，但 because、as 和 since（做為表達原因的連接詞）就不行。試比較以下例句：

> [1] ***Since she left school**, she's had several different jobs.* 自從離開學校之後，她做過幾份不同的工作。

> [2] ***Since you knew the answer**, why didn't you speak up?* 既然你知道答案，為什麼不說出來？

在例句 [1]，表達時間的子句可用 Since leaving school 取代，但在例句 [2]，表達原因的子句則不可用 Since knowing the answer (×) 取代。

05

傳達與強調資訊
Presenting and focusing information

395   接下來要討論，如何表達和排列語意才能更有效地溝通。若要適當地傳達訊息，我們就必須：

- 將訊息分割為單獨一項資訊（參看 396-398）
- 適當地強調概念（參看 399-409）
- 以適當的順序表達概念（參看 410-432）

單獨一項資訊

396   在 書面 英語中，所謂「一項資訊」是指從 and 到任一標點符號之間的一段話。在到 口語 英語，一項資訊則可以是一個語調單位（參看 37），也就是包含**語調核心**（參看 36）的一個聲調單位。在 書面 英語中，可注意以下例句的差別：

> [1] *Mr Average has a wife and tow children.*
> 　　路人甲先生有一個太太、兩個小孩。

> [2] *Mr Average has a wife; he also has two children.*
> 　　路人甲先生有一個太太，還有兩個小孩。

在某種意義上（參看 369、374），例句 [1] 和例句 [2] 表達的是「相同意思」，但例句 [1] 以單一資訊表達這個訊息，例句 [2] 則以標點符號（;）切割，分為兩項資訊表達。轉化到 口語 中，同樣的對比可以下列方式呈現：

一個語調單位： | *He has a wife and two children* |

兩個語調單位： | *He has a wife* | *he also has two children* |

將訊息分割為語調單位

397 書面 英語中的標點符號，無法百分之百與到 口語 中的語調單位相對應。口語的資訊結構，比起書面語要來得更為多變。在口語中，分割語調單位的依據包括：

- 說話的速度
- 要強調的訊息部分
- 文法單位的長度

一個句子可能只有一個語調單位，但若句子的長度不只有幾個字，很難不將句子分割為兩個以上的獨立資訊。

| The man tòld us | we could park hère |
那個男人告訴我們，我們可以把車停在這。

| The man tòld us | we could pàrk | at the ràilway station |
那個男人告訴我們，我們可以把車停在火車站。

| The man tǒld us | we could pàrk | in that strèet | over thère |
那個男人告訴我們，我們可以把車停在那邊的街上。

398 以下提供何時應開始新的語調單位的一般規則做為參考：

- 如果句子的開頭為**子句或副詞片語**，該子句或副詞本身即為獨立的語調單位：

  | **Last yéar** | the IT bubble bùrst. | 去年，網際網路泡沫破裂了。

- 如果句子中包含**非限定修飾語**（參看 99-102），例如非限定的關係子句（參看 693），該修飾語應為獨立的語調單位：

  | The emergency services were hampered by the thick smòke | **which spread quìckly** | **through the stàtion**. |
  濃煙很快就擴散至整個車站，緊急服務也因此受到阻礙。

- 同樣地，任何插入**在句中的片語或子句**也應該自成一個語調單位：

  | The gòvernment, | **in Mr Hǒwell's view,** | must ensúre | that we have enough ènergy. |
  豪爾先生認為，政府必須確保人民都有足夠的能源。

- **呼格**或**連接副詞**通常也自成一個語調單位（或至少是該語調單位的結尾）：

  | *Mǎry,* | *are you cóming?* | 瑪莉，你要來嗎？

  | *The police,* | ***howéver,*** | *thought she was gùilty.* |
  不過，警方認為她有罪。

- **做為主詞的子句或較長的名詞片語**，可視為一個語調單位：

  | ***What we néed*** | *is plenty of tìme.* | 我需要的是很多的時間。

- 如果句中有**兩個以上的對等子句**，各子句都是獨立的語調單位：

  | *He opened the dóor* | *and walked straight ìn.* |
  他打開門，然後便直接走進去。

但是最首要的規則是：即使不適用於上述任何規則，仍應將**單獨的一項資訊**視為一個語調單位。例如：

  | *The college emplóys* | *a number of stáff* | *without qualified tèacher status.* | 這所大學雇用了一些沒有合格教師資格的職員。

句尾焦點和對比焦點

399
語調核心是語調單位最重要的部分：它標示出**資訊焦點**，也就是說話者特別希望聽者注意的部分。通常，語調核心會在語調單位的最後，更準確地說，是在語調單位的最後一個主要詞類的字。如果這個字不只一個音節，我們會根據該字一般的重音習慣，來決定將重音放在哪一個音節，例如：to**day**、**work**ing、**phot**ograph、conver**sation**。在第 398 節幾乎所有的例句中，語調核心都是落在這個中立位置，我們將此稱為「句尾焦點」（end-focus）。

附註

為了決定重音，通常會將兩個字以上的名詞（參看 651）看作一個字（也就是像複合名詞），並將主要重音放在第一個名詞上，例如：

名詞、一般動詞、形容詞或副詞，參看 744。

export records、**build**ing plan、**tra**ffic problem。但這並不是固定不變的規則，例如：town **hall**、country **house**、lawn **ten**nis 等。

400　但在其他情況下，說話者會將語調單位的語調核心往前移。這麼做通常是為了要與前面已經提過或已了解的部分做對比，而要聽者將注意力放在語調單位中較前面的部分。基於這個原因，我們將語調核心往前移的做法稱為「對比焦點」（contrastive focus）。以下舉幾個例子：

> A: │ It must have been last M<u>ò</u>nday. │ 一定是上星期一。
> B: [1] │ N<u>ò</u>. │ It's n<u>è</u>xt Monday. │ 不是，是下星期一。
>
> A: │ Have you ever driven a sports car? │ 你開過跑車嗎？
> B: [2] │ Y<u>è</u>s, │ I've <u>ò</u>ften driven one. │ 有，我常開。

在以下例句中，說話者以降升調^(參看 41)來表達對比的意思，在語調核心為降調，在語調單位的最後一個重音音節為升調：

> [3] │ Those p<u>à</u>rcels –<u>ò</u>ne of them has arr<u>í</u>ved. │ (But the other one h<u>à</u>sn't arr<u>í</u>ved.)
> 這些包裹有一個已經到了（，但另一個還沒到）。
>
> [4] │ <u>À</u>fter you get m<u>á</u>rried, │ people st<u>ò</u>p giving you things. │ (In a discussion of wedding presents.)
> 婚後大家就不會再送你東西了。（討論結婚禮物的對話。）

在有些句子中，可能會有兩組對比，每組對比分別以各自的語調核心表示：

> [5] │ Her f<u>à</u>ther │ is <u>À</u>ustrian, │ but her m<u>ǒ</u>ther │ is Fr<u>è</u>nch. │
> 她爸爸是奧地利人，媽媽則是法國人。

401　有時對比焦點會希望聽者將注意力放在整個片語（如例句 [5] 的 her mother），有時需要集中注意的則只有一個字（如例句 [2] 的 often）。為達此特殊對比目的，即使是平常完全不會放重音的人稱代名詞、連接詞、介系詞和助動詞，也都可以做為語調核心重讀：

> [6] (I've never been to Paris) │ but I w<u>ì</u>ll go th<u>é</u>re │ **s<u>ò</u>me** d<u>á</u>y. │
> （我從沒去過巴黎，）但我有一天會去。

[7] *A: What did she say to Kath?* 她和凱絲說什麼？
  B: | She was speaking to **mè** *| (not Kath).*
  她是在和我說話（不是和凱絲）。

[8] *I know he works in an office, | but who does he work* **fòr**? *|*
  我知道他在辦公室工作，但他在哪家公司工作？

[9] *(I don't know if you mean to see Peter.) | But* **ìf** *you sée him |, please give him my good wishes.* （我不知道你是不是特地來看彼得。）但如果你看到他，請代我向他問好。

在某些情況下，對比焦點會比句尾焦點出現的位置更後面（如例句 [7] 和例句 [8]）。因此例句 [8] 中 Who does he work for? 這句話正常的說法應該是將重音放在動詞，而不是介系詞：

Who does he wòrk for?

附註

在例外情況下，做為對比焦點的多音節單字的重音，可能會轉移到這個字平常不會重讀的音節。舉例來說，如果想要對比平常這樣發音的 bureaucracy 和 autocracy 這兩個字，你可能會這樣說：

| I'm afraid that bŭreaucracy | can be worse than àutocracy. |
我覺得官僚制度恐怕比獨裁制度更糟。

已知資訊和新資訊

402 訊息中的資訊大致分為兩類：

- **已知資訊**（說話者假設聽者已經知道的資訊）
- **新資訊**（說話者假設聽者還不知道的資訊）

上面例句 [7] 中，「She was speaking」是已知的資訊，已經出現在前面的子句中；同樣，在例句 [9]，「you see him」也是已知的資訊：

顯然，新的資訊是訊息中最重要的部分，因此資訊焦點（即語調核心）會放在新資訊上，不會放在舊的資訊。人稱代名詞和其他替代詞因為是用於指稱已經提過或了解的資訊，所以通常理所當然會視為是已知的資訊。

附註

請注意，資訊是已知或新增是由說話者透過不同的方式呈現，但事實上聽者是否已知則可能是另一回事。舉例來說，請看看以下對話：

A: Do you like Picásso? 你喜歡畢卡索嗎？
B: No, I hàte modern painting. 不，我討厭現代藝術。

語調核心在此的位置，表示說話者 B 認為畢卡索是現代藝術家是「已知」的資訊。

透過情境得知的資訊

403 「已知資訊」不僅限於曾說過或暗示的資訊，透過語言以外的情境所獲得的資訊，也可算是已知資訊。從這角度來看，已知資訊就像是有限定意義（參看 82-99），而已知資訊和限定的語意之間也確實關係密切。在以下例句中，當我們用最自然的語調來念，核心重音都不會放在例句 [10]、[11]、[12] 中的 today、here 和 mine 等限定詞上，因為從情境可知它們為已知資訊。相對之下，例句 [10a]、[11a] 和 [12a] 中的 Saturday、factory 和 sister's 則很可能是新的資訊，因此核心重音會放在這幾個字上：

[10] | What are you dòing today? | 你今天要做什麼？
[10a] | What are you doing on Sàturday? | 你星期六要做什麼？

[11] | I wòrk here. | 我在這裡工作。
[11a] | I work in a fàctory. | 我在一間工廠工作。

[12] | Carol is a frìend of mine. | 凱洛是我的朋友。
[12a] | Carol is a friend of my sìster's. | 凱洛是我姊姊的朋友。

但若要暗示某種對比，也可將核心重音放在 today、here 等限定詞上：

> *(I know what you did yesterday)* | *but what are you doing todày?* |
> （我知道你昨天做過什麼，）但你今天要做什麼？

> *(I used to work in a factory,)* | *but now I work hère.* |
> （我以前在一間工廠工作，）但現在我在這裡工作。

404 在其他情況下，透過語言以外的情境獲知的資訊，比較像是在特定語境中預期會聽到的內容：

> | *The kèttle's boiling.* | 水壺的水滾了。
> | *The màil's come.* | 信到了。
> | *Is your fáther at home?* | 你爸爸在家嗎？
> | *Dìnner's réady.* | 晚餐好了。

在自然情境下，以上各例句的句尾部分並沒有太多資訊，因此語調核心也不會放在這些字上。在家裡，提到水壺自然就會想到水滾了，講到信就會聯想到信送到了。因此，不同於句尾焦點，這幾句的語調核心都是在句子前面傳達較多資訊的部分。

主要資訊和附屬資訊

405 資訊也和語調核心選擇的**語調**（參看 38-41）有關。我們通常用下降語調強調句子的主要資訊，用上揚語調表示附屬或較為次要的資訊，這些次要資訊也是從語境中可預測的資訊（若要稍加強調，也可用降升調）。從屬子句和附屬副詞所帶出的資訊，通常是主要子句中的附屬資訊：

> A: | *I saw your bròther* | *at the game yésterday.* |
>   └─── 主要 ───┘   └─── 附屬 ───┘
> 我在昨天的比賽看到你哥哥。

> B: | *Yès,* | *watching fóotball* | *is his favorite pàstime.* |
>   └─────── 附屬 ───────┘   └─────── 主要 ───────┘

是啊，看足球是他最喜歡的消遣。

附屬資訊可以放在主要資訊的前面或後面，所以說話者 B 也可以這麼說：

| Yès, | his favorite pàstime | is watching fóotball. |
　　　 └─────主要─────┘ └─────附屬─────┘

以副詞表達主要和附屬資訊

406　主要子句之後的副詞通常會用上揚語調，表示附加做為補充的附屬資訊：

| It was snòwing | when we arrìved. |
我們到的時候正在下雪。

| I will get excèedingly drunk | if I drink shérry. |
如果喝的是雪莉酒，我會喝到爛醉。

但有時候，位於句尾的副詞子句也可能包含新的主要資訊：

| She had only just finished dréssing | when her gùests arrived. |
賓客抵達的時候，她才剛換好衣服。

放在句尾較短的副詞通常和整個子句屬於同一個語調單位，所以可能成為主要焦點：

| She plays the piano bèautifully. |
她彈鋼琴非常地優美。

書面英語中的主要和附屬資訊

407　在 書面 英語中，我們無法用語調來指出重要資訊，所以只能靠語序和從屬的子句來表示。基本規則是將最重要的新資訊放在最後，類似於到 口語 英語中的句尾焦點原則。因此句子的最後會是最主要的部分（以下用**粗體**表示）：

*Arguments in favour of a new building plan, said the mayor, included suggestions that if a new shopping centre were not built, the city's traffic problems **would soon become unmanageable**.* 英式

市長表示，贊成新建設計畫的意見中，包括提到如果不蓋新的購物中心，本市的交通問題很快就會變得無法控制。

在念這個例句時，除了最後的部分會用下降語調外，我們很自然就會用升調或降升調來念其他部分。

| ...b̆uilding plan | ...máyor | ...suggéstions | ...búilt | ...tràffic próblems | ...unmànageable. |

句尾焦點和尾重原則

408　在決定句子表達的概念順序時，必須謹記以下兩個原則：

- **句尾焦點**（參看399）：**最新或最重要的想法或訊息應該盡量放在後面**，如同口語中語調單位的語調核心通常會在的位置。在 書面 英語和備有講稿的 口語 內容中（如第 407 節的例句），此原則不僅適用於單一資訊，也適用於整個句子中所包含的多項資訊。如果將主要重點保留到最後，句子通常能更有效傳達資訊（尤其在 書面 英語中）。

- **尾重原則**：句子中比較「沉重」的部分也應盡量往後面放（參看 409、416、424-427、429），否則句子可能會聽起來頭重腳輕顯得彆扭。一個部分的「重量」可以從它的長度（即音節數或字數）來判斷。

409　句尾焦點和尾重原則都是很有用的指導方針，但並非一成不變的規則。如同先前所說，雖然句尾焦點很常見，但若是為了強調**對比**，在口語中也可以將語調單位的語調核心往前移。同樣地，尾重原則也有例外情況：

[1] *My home was the wasteland of derelict buildings behind the morgue.*
我家就在太平間後面那些廢棄建築中的荒地。

[2] *That wasteland of derelict buildings behind the morgue was my home.*
太平間後面那些廢棄建築中的荒地就是我家。

例句 [1] 的結構是一個很短的主詞（my home）和很短的動詞（was），後面加上一個很長的補語片語（that wasteland of derelict buildings behind the morgue）組成，是個符合尾重原則的句子。但在例句 [2] 中，這個很長的名詞片語搬到了前頭，沒有依循尾重原則。不過若說話者想將資訊的主要焦點擺在 my home，可能很容易就會說出這句話。在此情況下，尾重原則和句尾焦點兩者間有了衝突。不過，一般來說，這兩個原則應該會一致，因為相較於句子中較長的元素，比較短的元素（例如代名詞）表達的資訊通常也較少。以下方例句為例：

*I've been reading a **fascinating biography of Catherine the Great**.*
我在看一本關於凱薩琳大帝的精采傳記。

主詞（I）所包含的資訊遠遠少於以粗體表示的受詞名詞片語。

06

語序和重點

Order and emphasis

主題

連接詞和多個副詞除外，參看第 414 節的附註。

410 接下來，我們將說明英文文法可透過哪些方式以適當的語序排列訊息，適切傳達重點。受句尾焦點和尾重原則的影響，句子或子句的句尾位置通常是溝通表達時最重要的部分。而第二重要的位置則是句首，因為句首通常是我們熟知的資訊，從這裡開始將句子的思路延伸至「未知的領域」。這也是為什麼我們將子句中的第一個元素稱為「主題」。在大多數的直述句中，句子的主詞就是該句的主題。如果直述句只有一個語調單位，重音通常不會放在主題，因為主題大多包含舊的（已知）資訊，將此直述句的意思與前面說過的話連接：

　　　　　　　　　　　　┌主題　　　　　　　┌─資訊焦點─┐
(Have you seen Bill?) | He　　owns　　　*me five dòllars.* |
（你有看到比爾嗎？）他欠我五塊錢。

但有時主題和資訊焦點恰好相同，在此情況下，主題便特別突出：

　　　　　　　　　　　　　　　　┌─主題兼焦點─┐
(Who gave you that magazine?) | *Òlga gave it to me.* |
（誰給你這本雜誌？）奧爾加給我的。

將主題置於句首

411 除了主詞外，我們也可將其他元素挪到子句或句子的句首做為主

題。我們將這種挪移稱為「前置法」（fronting），讓這些元素在心理上佔有較重要的位置，可有三種不同效果，包括：

- 強調主題（參看 412）
- 對比主題（參看 413）
- 部分已知主題（參看 414）

強調主題

412 在 非正式 對話中，說話者常會將某個元素（尤其是補語）挪到句首，並放上核心重音，給予它雙重的強調：

主題為補語：

[1] | ***Very strànge*** | his eyes lóoked. | 他的眼睛看起來非常奇怪。
（~ His eyes looked very strange.）

[2] | ***An utter fòol*** I felt | tòo. | 我也覺得完全像個笨蛋。

[3] | ***Relaxàtion*** you call it. | 這就是你說的放鬆。

主題為受詞：

[4] | ***Excellent fòod*** thet serve here. | 他們提供的餐點很棒。
（~ They serve excellent food here.）

這就像是說話者將腦中最重要的資訊先說出來，再將句中的其他資訊一一補足。以上例句的語序分別是 CSV（例句 [1] 和例句 [2]）、CSVO（例句 [3]）和 OSVA（例句 [4]），而不是一般常見的 SVC、SVOC、SVO 語序（參看 487-490）。

對比主題

413 在此使用前置法，有助於突顯相鄰句子或子句中提到的兩個概念間的對比，且通常會使用到**平行結構**：

| *Sòme things* | we'll tèll you | but *sŏme* | you'll have to find out y oursèlf. |

有些事我們會告訴你，但有些你得自己去找出來。

主題為補語： | *Blòggs* | my náme is | so *Blòggs* | you might as well
　　　　　　　　　càll me. |
　　　　　　　　布洛格斯是我的名字，所以你也可以叫我布洛格斯。

主題為副詞： | *Wíllingly* | he'll nèver do it. | (he'll have to be fòrced.)
　　　　　　　　他絕不會自願去做這件事（，必須逼他才會去做）。

主題為補語： | *Rĭch* | I mày be | (but that doesn't mean I'm happy.)
　　　　　　　　我或許很有錢（，但這不表示我很幸福）。

這種句型並不常見，常用在講究 修辭 的演說中。

部分已知主題

414　另一種前置類型則多用於比較 正式 ，尤其是 書面 英語中：

主題為受詞： [1] ***Most of these problems*** a computer could solve easily.
　　　　　　　（~ A computer could easily solve most of the problems.）
　　　　　　　這其中大部分的問題電腦都可以輕鬆解決。

主題為主詞／補語： [2] (A thousand delegates are too many for corporate
　　　　　　　　　　　thinking,) but ***corporate thinking*** there must be if
　　　　　　　　　　　all members are to have a voice.
　　　　　　　　　　　（一千名代表人數太多，無法有集體思維，）但
　　　　　　　　　　　如果要為所有成員發聲，就必須要有集體思維。

主題為介系詞受詞： [3] ***Everything that can be done*** the administration
　　　　　　　　　　　has attended to already.
　　　　　　　　　　　所有能做的事，行政單位都已經注意到了。

此處的前置比較沒那麼重要，而是將較不重要的資訊挪到前面，
讓句尾焦點可以落在其他更重要的資訊上（如例句 [1] 的 easily、例
句 [2] 的 voice、例句 [3] 的 already）。在前置的主題中，通常會有
this 或 these（例如 most of these problems），表示其中包含已知的資
訊，但主題做為句子的開頭仍是次要強調的重點。

附註

我們不會將放在句首的副詞視為「前置主題」，因為很多副詞都可以自由出現在主詞前^{（參看451）}：

> **Yesterday** she was trying on her new school uniform.
> 她昨天在試穿新的學校制服。

但有些和動詞關係較緊密的副詞（如情態副詞或表示方向的副詞），一般並不會放在句首，這些才可說是為了特別突顯才將其「前置」，例如：

> **Willingly** he'll never do it.
> 他絕不會自願去做這件事。

> The moment had come. **Upon the ensuing interview** the future would depend.
> 這一刻終於到了。未來就靠之後這次面試了。 正式 修辭

倒裝句

415 前置時通常會伴隨著倒裝，也就是說，不只是將主題元素提前，整個或部分動詞片語也會挪到主詞之前。倒裝可分為兩種類型：

- 「主詞 - 動詞」倒裝：

主詞	動詞	×	…		×	動詞	主詞	…

The rain came down (in torrents). → Down came the rain (in torrents).
大雨傾盆而下。

- 「主詞 - 作用詞」倒裝：

主詞	作用詞	×	…		×	作用詞	主詞	…

I have never seen him so angry. → Never have I seen him so angry.

I never saw him so angry. → Never did I see him so angry.
我從沒看過他這麼生氣。

「主詞-動詞」倒裝

416 「主詞 - 動詞倒裝」通常僅限於以下情況：

- 動詞片語僅包含過去式或現在式的單字動詞。
- 動詞是表示位置的不及物動詞（be、stand、lie 等）或移動動詞（come、go、fall 等）。
- 主題元素（上表中的 X）是地方副詞或表示方向的副詞（例如：down、here、to the right、away）：

> *Here's a **pen**, Brenda.* 布蘭達，這有枝筆。
>
> *Here **comes McKenzie**.* 麥肯齊來了。 非正式 口語
>
> *Look, there **are your friends**.* 你看，是你的朋友。

> *There, at the summit, **stood the castle** in its mediaeval splendor.*
> 在那兒的山巔，矗立著一座散發中世紀光輝的城堡。

> *To the right **lay the pillars** of the Hall entrance.* 較正式 文藝
> 在右邊，是大廳入口的門柱。

> *Away **went the car** like a whirlwing.*
> 那輛車像旋風般飛馳而去。

> *Slowly out of its hanger **rolled the gigantic aircraft**.*
> 從停機棚緩緩駛出一架巨大的飛機。

非正式 到 口語 的幾個例句都把焦點放在句尾的主詞。至於 文藝 風格的例句，在依尾重原則將長的主詞置於句尾時，將主題前置更顯得實用。

使用前置主題句型時，若主詞是人稱代名詞，不須將主詞和動詞倒裝：

> *Here it is.* 在這，拿去。
> → 而不是 *Here is it.*（×）

> *Away they go!* 他們走了！
> → 而不是 *Away go they.*（×）

附註

上述例句中的副詞 there 須重讀：***There***, at the summit, stood the castle...，這點和沒有重讀的假主詞 there（參看 547）有所不同。試對比以下例句：

> ***There*** are your friends. 你的朋友在那。（***there*** = 地方副詞）
>
> There are ***too*** many pèople here. 這裡太多人了。（***there*** = 假主詞）

直述句的「主詞-作用詞」倒裝

417 在大多數問句中，將主詞和作用詞（如 did、can）倒裝是理所當然必須的，例如：Can you swim?（你會游泳嗎？）（參看 681-684）。但我們在此要討論的，是當為了強調而將否定的字詞置於句首時（尤其是在 正式 和頗具修辭的風格，參看 303），必須將主詞和作用詞倒裝的情形：

> NOT A WORD ***did he*** say. (= He didn't say a word)
> 他一個字也沒說。
>
> UNDER NO CIRCUMSTANCES ***should the door*** be left unlocked. 正式
> 無論在任何情況下，都一定要鎖門。

以上例句將否定的元素以大寫字母表示。當前置的字詞含有否定的意義，例如：never、hardly、scarcely、few、little、seldom、rarely、nor、(not) only（參看 584-585），句子也必須倒裝：

> HARDLY ***had I*** left before the trouble started. (= I had hardly left before ...)
> 我才剛剛離開，麻煩就開始了。
>
> Well, she would go and see what it was all about, for ONLY IF SHE KNEW THE WHOLE STORY ***could she*** decide.
> 她會去了解是怎麼一回事，因為她必須知道事情原委才能做決定。
>
> LITTLE ***did he*** realize how much suffering he had caused. (= He little realized ...) 他對自己造成了多少痛苦幾乎一無所知。

請注意，當正常語序的句子中沒有其他作用詞時，倒裝時會用虛位作用詞 do：

*He little realized ... ~ Little **did** he realize ...*

附註

在 文藝 風格的 書面 英語中，有時會用 be 動詞的主詞 - 作用詞倒裝句型，以符合尾重原則，將冗長又複雜的主詞置於句尾：

> *OPPOSING HIM **was the French Admiral**, Jean de Vienne – a great sailor and an able strategist.* 在他對面的是法國海軍上將讓·德·維埃納，他是一名海軍，也是一位很有才能的戰略家。

> *NEATLY RANGED AGAINST THE ROCK WALLS **were all manner of chests and trunks**.* 靠著石牆整齊排列的是各式各樣的盒子和行李箱。

此處句型是以分詞結構（大寫的部分）開頭，其後接作用詞，最後才接主詞。

將 so 置於句首

418　請注意以下將 so 置於句首的句型：

- **以 so 做為替代詞搭配主詞 - 作用詞倒裝**（以表達句尾焦點）的句型，可表達「除了⋯之外（還有）」的意思（參看 234），例句包括：

  > *A: (I've seen the play.)*（我看過這齣戲。）
  > *B:* │ *So have I* │ *(= and I have, too.)* 我也是。 尤其口語

  > *(I enjoyed the play)* │ *and so did my friend.* │
  > （我很喜歡這齣戲），我朋友也是。

- **以 so 做為替代詞置於句首但不倒裝**，可表示強調肯定的內容：

  > *A: (You've spilled coffee on your dress.* 你把咖啡灑在我的洋裝上了。
  > *B:* │ *Oh dèar* │ *so I hàve.* │ 天哪，我真的是。 口語

  > *A: (It's raining hard outside.)* 外面雨下得很大。
  > *B:* │ *So it ìs.* │ 還真的是。

此處將 so 置於句首的句型，是要表達聽者對於發現說話者所說的事實感到驚訝。和一般強調肯定的句型一樣（參看 264），語調核心會

落在作用詞，而不在主詞上。

- **以 so 引導表達程度或數量的子句**（參看 231）也可置於句首以表示強調，並將主詞和作用詞倒裝：

    So well did he play that he was named man of the match. (= He played so well that ...) 頗文藝
    他在這場比賽表現如此之好，使他獲得單場最佳球員提名。

其他影響主題的句型

一、分裂句：it 分裂句

419　以虛主詞 it 引導的分裂句句型（參看 496）可用於將任意元素前置做為主題，也可將重點擺在該主題元素上（通常是為了呈現對比）。分裂句的結構是將句子分成兩半，將要強調的主題做為 it + be 的補語：

[1] *A: Would you like to borrow this book on dinosaurs?*
　　　你要借這本關於恐龍的書嗎？

　　*B: | Nò, | it's **the òther book** | that I want to réad. |*
　　　不，我想看的是另一本書。
　　　→ B 句主題為受詞。試比較：*I want to read the other book.*

[2] *For centuries London had been growing as a commercial port of world importance.) But it was **in the north of England** that industrial power brought new prosperity to the country.*
幾世紀以來，倫敦已逐漸成為世界上舉足輕重的商業港口，但為這個國家再次帶來繁榮的，是英格蘭北部的工業實力。
　　　→ 主題為副詞。

如果清楚說出例句 [1] 和例句 [2] 隱含的否定意涵，就可看出主題表示的對比意味：

*It's the other book, (**not that book**,) that I want to read.*
我想看的是另一本書，（不是那本書）。

*But it was in the north of England, (**not in London**,) that ...*
為這個…的是英格蘭北部，不是倫敦。

在 書面 英語法透過語調來強調對比時，以 it 引導的分裂句便格外實用。

it 分裂句中的 be 動詞可使用否定形式：

>It's **not** low pay (that) we object to, it's the extra responsibilities.
>我們反對的不是低工資，而是額外的職責。

如以上例句所示，在否定的分裂句和其後肯定的子句之間，通常存在對比的關係。

二、分裂句：wh- 分裂句

420　名詞關係子句（參看 592）和 it 分裂句一樣，可用來突顯要強調的元素，可當作主詞，也可做為 be 動詞的補語（用於主詞位置較常見）：

>**一般句：**We need more time. 我們需要的是更多時間。

>**形成分裂句：**

>**it 分裂句：** | It's more time | that we néed. |
>**wh- 分裂句：** | What we něed | is more time. |
>**wh- 分裂句：** | More time | is what we néed. |

wh- 分裂句和 it 分裂句一樣，通常可暗示對比的意思，例如：

>We don't need more money – what we need is more time.
>我們不需要更多的錢，我們需要的是更多時間。

三、比較 it 分裂句和 wh- 分裂句

421　it 分裂句和 wh- 分裂句並不一定都可用於相同的情況。舉例來說，it 分裂句在某些方面比較有彈性：

- wh- 分裂句的焦點通常必須是名詞片語或名詞子句的形式。舉例來說，如果在此句型用副詞片語或介系詞片語，聽起來就沒有在 it 分裂句那麼自然：

>It was **only recently** that I noticed the leak in the roof.
>直到最近我才注意到屋頂的漏洞。

> *It was **in 1896** that he went to Europe on his first mission.*
> 他第一次到歐洲出任務是在 *1896* 年。

> *It was **on this very spot** that I first met my wife.*
> 我第一次遇見我太太就是在現在這個地方。
> → 較不建議說：*Where I first met my wife was **on this very spot**.*

如果句中的 wh- 代名詞是 where 和 when 等副詞，將 wh- 子句置於句尾會讓 wh- 分裂句聽起來比較順耳：

> ***On this very spot** is where I first met my wife.*

- 但如果可將副詞改成名詞片語形式，便可將其當作 wh- 分裂句的焦點，並將 when 或 where 引導的子句置於句尾：

> *It is **in the Autumn** that the countryside is most beautiful.*
> 鄉村到了秋天的時候最美。
> *~ Autumn is (the time) when the countryside is most beautiful.*
> 秋天是鄉村最美的時節。

> *It was **at Culloden** that the rebellion was finally defeated.*
> 叛軍最後被擊敗的地方是在庫洛登。
> *~ Culloden was (the place) where the rebellion was finally defeated.*
> 庫洛登是叛軍最後被擊敗的地方。

附註

通常我們不會在 wh- 分裂句用 who、whom 或 whose 這幾個 wh- 代名詞：

> *It was the ambassador that met us.*
> 接見我們的人是大使。
> → 但不能說：*Who met us was the ambassador.* (×)

但我們可以說：

> *The one/person who met us was the ambassador.*

在以下幾個狀況下，則是 wh- 分裂句比 it 分裂句更有彈性：

- wh- 分裂句可將焦點放在子句的補語，it 分裂句通常不行：

    She is a brilliant reporter ~ What she is is a brilliant reporter.
    她是位很傑出的記者。
    → 但不能說：*It's a brilliant reporter that she is.* (×)

- wh- 分裂句可藉由替換動詞 do 將焦點放在動詞：

    He's spoilt the whole thing. 他搞砸了一切。
    ~ What he's done is spoil the whole thing. 他所做的事就是破壞一切。
    → 但不能說：*It's spoil the whole thing that he's done.* (×)

請注意，此處 wh- 分裂句的補語是非限定子句形式，最常見的是沒有 to 的不定詞形式：spoil the whole thing。

附註

非限定動詞可以是沒有 to 的不定詞、有 to 的不定詞、-ed 分詞或 -ing 分詞(參看 493)：

*What he'll do is **spoil the whole thing**.* [沒有 to 的不定詞]
他會做的事就是破壞一切。

What he's done is ⎡ **spoil the whole thing**. [沒有 to 的不定詞]
　　　　　　　　 ⎢ **to spoil the whole thing**. [有 to 的不定詞]
　　　　　　　　 ⎣ **spoilt the whole thing**. [-ed 分詞]
他所做的事就是破壞一切。

*What he's doing is **spoiling the whole thing**.* [-ing 分詞]
他在做的事就是破壞一切。

除了在 done 之後也可接 -ed 分詞，以及在 doing 之後只能接 -ing 分詞以外，不加 to 的不定詞是這之中最常用的句型。

四、wh- 子句加指示代名詞的句型

在 非正式 英文中常見的句型是以 be 動詞連接 wh- 子句和指示代

名詞（this 或 that），這種句型無論在句式結構和強調效果上都和 wh- 分裂句相似：

> **This is where** I first met my wife.
> 我第一次遇見我太太就是在這裡。

> **This is how** you start the èngine.
> 你就像這樣子發動引擎。

> Are you trying to wreck my career? Because **that's what** you're doing.
> 你是要毀掉我的職業生涯嗎？因為這就是你現在在做的事。

> I had difficulty starting the car today. **That's what** always happens when I leave it out in cold weather.
> 我今天無法發動車子，每次只要天冷把車停在外面就會這樣。

將部分內容後移

一、虛主詞 it 的句型

424　虛主詞 it 的句型（參看 542-546）（不要和第 420 節的 it 分裂句搞混）是指為了符合尾重原則或句尾焦點，而將主詞子句移至句尾：

> **That income tax will be reduced** is unlikely.
> ~ **It** is unlikely **that income tax will be reduced**.
> 所得稅要減稅不太可能。

此句的主詞為 that 子句：that income tax will be reduced。事實上，比起未將主詞子句後移的用法，將 it 作虛主詞的句型要更為常見。若在少數例外情況下將 that 子句留在句首，通常表示：在 that 子句中是已知的資訊，以及想特別強調主要子句後半的語意對比（參看 413）：

> | That income tax will be redǔced | is unlìkely; | that it will be abǒlished | is out of the quèstion. |
> 所得稅要減稅不太可能，要廢除更是門都沒有。

在某些情況下，例如被動句型（參看 543、613-618），不可將 that 子句保留在主詞位置：

It is said that fear in human beings produces a smell that provokes animals to attack.
據說人類的恐懼會產生某種氣味激起動物發動攻擊。
→ 但不能說：*That fear in human beings produces a smell that provokes animals to attack is said.* (×)

若要了解更多以 it 取代後移子句做為主詞的例子，請參看第 542 節。主要的焦點通常是在後移的子句：

It is unlikely that they will hold a referèndum.
要舉行公投應該不太可能。

但若後移的主詞為 -ing 子句，那麼主要重點通常是在主要子句的其他部分，-ing 子句則視為是隨後補充的想法：

| *It's hard wòrk* | *being a fáshion model.* |
身為一名時尚模特兒很辛苦。

二、將受詞子句後移

425　有時候，it 也可做為虛受詞取代在受詞位置的子句。和前面看到的主詞子句一樣（參看 424），受詞子句也會往後移（如以下例句的 working here）：

*You must find **it** enjoyable **working here**. ~ You must find **working here** enjoyable.*
你一定覺得在這裡工作很開心。
→ 比較：***It** is enjoyable **working here**.*

I owe it to you that the jury acquitted me.
幸虧有你陪審團才會判我無罪。
→ 比較：***It** is thanks to you **that the jury acquitted me**.*

*Something put it into his head **that she was a spy**.*
某件事讓他閃過她是間諜的念頭。
→ 比較：***It** came to his head **that she was a spy**.*

當受詞子句為 that 子句或不定詞子句時，一定要用 it 取代，所以我們可以說：

I'll leave it to you to lock the door.
我就把門留給你鎖了。
→ 但不能說：*I'll leave to lock the door to you.*（×）

將句中的部分元素後移

426　無論是主詞或受詞，都可用以 it 引導的句型將整個句子元素往後移。我們可能也會想將句子元素中較「沉重」的**部分**挪到後面。舉例來說，可以把補語的一部分後移，將形容詞和其限定詞分開：

> ***How ready*** are they ***to make peace with their enemies***?
> 他們是否準備好要和敵人議和？

這麼做可避免用於強調的冗長元素出現在非句尾的位置而顯得彆扭，例如：How ready to make peace with their enemies are they? 幾種將部分元素後移的最重要用法會在第 427–429 節討論。

將名詞後的限定詞後移

427　[1] ***The time*** had arrived ***to leave our homes for ever***.
　　　永遠離開家的時候到了。
　　　→ 較不建議說：*The time to leave our homes for ever had arrived.*

　　[2] ***The problem*** arose ***of what to do with the money***.
　　　問題是該怎麼處理這筆錢。
　　　→ 較不建議說：*The problem of what to do with the money arose.*

　　[3] ***What business*** is ***it of*** y*òurs*?
　　　你的公司是做什麼的？
　　　→ 上句比此句道地自然：*What business of* y*òurs* is it?

　　[4] *We heard the story from her own lips of* ***how she was stranded for days without food***.
　　　我們聽她親口講述她是如何受困多日又沒有食物。

這種後移方式可避免句子聽起來彆扭，尤其當句子的其他部分比主詞短的時候。但是，相對於例句 [2]，像以下例句以較長的片語來說明動作者時，此語序就很自然也完全可以接受，句子的結構

也較為平衡：

> **The problem of what to do with the money** was discussed by all members of the family.
> 所有家族成員一起討論該怎麼處理這筆錢的問題。

五、將用來強調的反身代名詞後移

428 將 myself、himself、themselves 等反身代名詞用於強調時，核心重音通常會放在這類字上。如果反身代名詞是主詞的同位語，通常會因為句尾焦點而將同位語後移到句尾：

> The president himsèlf gave the order. 總統本人親自發佈這項命令。
> ~ The president gave the order himsèlf.
> → 意即：是總統親自發佈命令，並未假手他人。

六、將比較級子句後移

429 透過將比較級子句或片語後移，可將比較級與前面所修飾的字詞分開。在某些情況下，同樣的句子若不將比較級後移，聽起來會十分彆扭：

> **More people** own houses these days **than used to years ago**.
> 現今自己擁有房子的人比幾年前多。
> → 不能說：**More people than used to years ago** own houses these days.（×）

> He showed **less pity** to his victims **than any other tyrant in history**.
> 他對待他的受害者比歷史上任何一位暴君都更無情。
> → 不能說：He showed less pity than any other tyrant in history to his victims.（×）

其他修飾語和比較級子句一樣，有時也會因為尾重原則而後移至句尾，包括表示例外的片語（參看 236）：

> **All of them** were arrested **except the gang leader himself**.
> 除了幫派老大本人以外，所有人都遭到了逮捕。

接在 too、enough 和 so 之後表示數量或程度的子句也可後移至句尾：

> **Too many people** were there **for the thief to escape unseen**.
> 有太多人在使小偷無法悄悄逃走。

I've had **enough trouble** from those children **to last me a lifetime**.
那些孩子惹的麻煩夠我受一輩子了。

I was **so excited** by the present that **I forgot to thank you**.
看到禮物讓我興奮到都忘了謝謝你。

其他位置選擇

• 被動語態

430　若要了解在處理語法的過程中如何改變句子元素的位置，被動句
提供了很重要的範例（參看 613-618）。

[5]　A: Where did these chairs come from? 這些椅子是哪來的？
B: They were bought by my ùncle. 是我叔叔買的。

[6]　The President was mistrusted by most of the radical and left wing
politicians in the country.
這個國家大部分極端的左翼政治人物都不信任總統。

在例句 [5]，使用被動句可使句子焦點放在句尾，若使用主動句
（My uncle bought them.）則沒有這樣的效果。在例句 [6]，被動
句符合尾重原則，若用主動句（Most of the radical...mistrusted the
President.）則會因為主詞太長，而顯得頭重腳輕。當句子的主詞為
子句時，可盡量用被動句以符合尾重原則：

I was surprised that so much had changed so quickly.
我很驚訝改變來得如此之大如此之快。
→ 較不建議說：That so much had changed so quickly surprised me.

此被動句省略了介系詞 by，因為 that 子句不可以作介系詞的補語
（參看 655）。

直接受詞的位置

432　在一般的語序下，直接受詞會在受詞補語或句尾的地方副詞之前
（參看 488），但如果受詞太長，可因為尾重原則而將受詞挪到句尾：

一般語序：*We have proved **them** wrong.* 我們證明了他們是錯的。

受詞置於句尾：*We have proved wrong **the forecasts made by the country's leading economic experts**.* 我們證明了國家頂尖經濟專家的預測是錯的。

一般語序：*He condemned them to death.* 他判了他們死刑。

受詞置於句尾：*He condemned to death **most of the peasants who had taken part in the rebellion**.* 他將大部分參與叛亂的農夫都判了死刑。

當名詞片語作受詞出現在介副詞之前時（例如 make up、give away、let down 等片語動詞的第二個字），也可依相同的邏輯選擇受詞位置：

> *He gave all his books awày.* 他把所有書都送人。
> ~ *He gave away all his bòoks.*

> *She made the story ùp.* 這個故事是她編的。
> ~ *She made up the stòry.*

選擇時可根據尾重原則，或如以上例句根據句尾焦點，將重點放在片語動詞（gave...away、made...up）或受詞上。請注意，受詞為人稱代名詞時，不可將受詞放在句尾：He gave them away.（但不能說：He gave away them（×））（參看 631）。

間接受詞的位置

432 同樣地，只要將間接受詞改為介系詞片語，即可將間接受詞移至句尾（參看 608、730）：

> [7] *The twins told their mothers all their sècrets.*

> [8] *The twins told all their secrets to their mòther.*
> 這對雙胞胎把他們的秘密全都告訴媽媽。

這種位置移動和其他後移方式一樣，可用於強調不同的句尾焦點。舉例來說，例句 [7] 所回答的問題可能是「What did the twins tell their mother?」（這對雙胞胎告訴他們媽媽什麼？），而例句 [8] 則是用來回答「Who did they tell their secrets to?」（他們把秘密告訴誰？）

避免不及物動詞

433 從英文的尾重原則衍生出來的是，我們會覺得子句的述語應該要比主詞長，或文法結構要較為複雜。這可說明為什麼我們傾向避免只有一個不及物動詞的述語。相較於說 Mary sang，很多人可能會傾向說 Mary sang a song.，雖然在受詞位置加上名詞片語並沒有增加多少資訊，但可讓述語聽起來更有份量。

434 因為上述原因，英文常會用一般動詞（如 have、take、give 和 do）後面加上抽象名詞片語：

She's having a swim. 她在游泳。
比較：*She's swimming.*

He's taking a bath. 他在洗澡。
比較：*He's bathing.*

They took a rest. 他們（在午餐後）休息了一會。
比較：*They rested (after lunch).*

The driver gave a (hoarse) shout. 司機聲嘶力竭地喊著。
比較：*The driver shouted (hoarsely).*

She does (very) little work. 她沒做什麼工作。
比較：*She works (very) little.*

和右邊的例句相比，左邊的例句聽起來比較道地自然。

同樣地，我們可用 give 等需間接受詞的動詞取代及物動詞：

I gave the door a kick. (= I kicked the door.) 我踢了門一下。

I paid her a visit. (= I visited her.) 我去拜訪她。

心得筆記

NOTES

....

....

....

....

....

....

....

....

....

....

PART

3

文法要點 A - Z

本部分將說明所有重要的英語文法形式和結構，並依字母順序排列。之所以依字母順序排列，是因為這部分的文法主要是提供參考，尤其是用來補足第二部分提及的文法用語和種類。

本部分的每項條目會詳列於《A Comprehensive Grammar of the English Language》（簡稱 CGEL，請參看本書前言）一書中，讀者如有需要，可參閱該書查看關於該主題更詳細的說明。

Adjective patterns 形容詞的形式　（參看 CGEL 16.68–83）

436 形容詞可以有以下幾種不同類型的補語，如：

- **介系詞片語**：I feel very sorry for Ann. 我對安感到非常抱歉。
- **that 子句**：Everybody's pleased that she is making such good progress. 大家都很開心她能有這麼好的進展。
- **不定詞**：I'm glad to hear she is recovering. 很高興聽到她逐漸康復。

形容詞加介系詞片語：*Ready for lunch?*

437 形容詞後面可接各種不同的介系詞。如果查字典，字典會告訴你特定的形容詞通常會接特定的介系詞，例如：curious about（對…感到好奇）、good at（擅長…）、ready for（準備好…的）、interested in（對…感到興趣的）、afraid of（對…感到害怕的）、keen on（熱衷於…的）、close to（接近…的；與…親近的）、content with（對…感到滿意的）等。會接介系詞的形容詞大多是 -ed 形容詞，也就是以分詞形式呈現的形容詞，如 worried (about)（對…感到擔憂）、interested (in)。舉幾個例句如下：

> Planners are **worried about** the noise and dirt in our environment.
> 規劃人員對環境中的噪音和灰塵感到憂心。

*I may have sounded a bit **annoyed at** her for turning up late.*
我可能聽起來因為她晚到而有點生她的氣。

*Would you be **interested in** writing an article for our magazine?*
你有沒有興趣為我們的雜誌寫文章？

*The reader must be **convinced of** what is happening at one time, and not **surprised at** sudden changes of character and place.*
讀者一定是被這一連續所發生的一切給說服，所以對角色和地點突然改變不感到驚訝。

*I was increasingly **conscious of** being watched.*
我越來越覺得有被監視的感覺。

*Anna was **uncertain of** what the words meant.*
安娜不確定這些字的意思。

*Industry is **independent of** natural conditions, while agriculture is continually **dependent on** the fluctuations of nature.*
工業不受自然環境影響，但農業仍持續受制於大自然的變化。

*This film is **based on** a best-selling novel.*
這部電影是根據暢銷小說改編。

形容詞加 that 子句：*I'm not sure (that) I understand.*

438　以 that 子句做為補語的形容詞，可能會以人或虛主詞 it 為主詞。

一、以人為主詞的形容詞

以下是兩組以 that 子句做為補語的形容詞，其中 that 經常會省略（稱為 zero that「零 that」）：

- **表示「肯定的」形容詞**，例如：certain、confident、convinced、positive、sure：

  *We are **confident** (that) Fran will have a brilliant career.*
  我們確信法蘭的前程一片光明。

  *Everybody's **sure** (that) she can do it.*
  所有人都很確定她可以做到。

- **表示「情感的」形容詞**，如：afraid、alarmed、annoyed、astonished、disappointed、glad、hopeful、pleased、shocked、surprised

> Bill was **disappointed** (that) Betty hadn't phoned.
> 貝蒂沒有打電話讓比爾很失望。

> I'm **glad** (that) you were able to cheer them up a bit.
> 我很高興你可以讓他們振作一點。

這類形容詞也可以接介系詞片語做為補語（參看 437）：confident about、sure of、disappointed with、glad of等。但請注意，在英文中，不可用介系詞來引導 that 子句。試比較以下例句：

> They were **pleased at** the good news.
> 這個好消息讓他們很開心。
> 或說：They were **pleased that** the news was good.
> 不可說：pleased at that the news...（×）

參看第 280-281 節：「推定意義的 should」。

若 that 子句表達的是「想法」而非「事實」，如表達喜悅、驚訝等，子句中會用到 should 這個字：

> We were **amazed** that the cost should be so high.
> 費用竟然要這麼高讓我們十分驚訝。

二、以 it 為虛主詞或虛受詞的形容詞

後面接 that 子句的形容詞，通常會以 it 做為虛主詞或虛受詞（參看 542）：

> It's **possible** that we'll all be a bit late. 我們可能全都會晚一點。

> Is it **true** that Liz never turned up? 麗茲真的從頭到尾都沒出現嗎？

> We find it **odd** that this city has no university.
> 我們覺得這個城市一所大學都沒有很奇怪。

其他會以 it 句型加上 that 子句的形容詞包括：certain、curious、evident、extraordinary（非凡的）、fortunate、important、likely、obvious、probable、sad。也有不少是 -ing 形容詞，也就是 -ing

形 式 的 分 詞：disconcerting、embarrassing、fitting、frightening、irritating、shocking、surprising。

若 that 子句表達的是「想法」而非「事實」，如表達喜悅、驚訝等，that 子句中會用到 should 這個字（參看 280-281）：

> The school board considered it **essential** that the opinions of teachers **should be** ascertained.
> 學校董事會認為必須要確認教師們的意見。

除了「should + 動詞」外，that 子句也可用假設語氣的句型，也就是只用原形動詞。這種句型在 美式 英語比在 英式 英語常見（參看 706）：

> The school board considered it **essential** that the opinions of teachers **be** ascertained.

形容詞加不定詞：*It's good to have you back.*

439 可以加不定詞結構的形容詞有很多種，例如：

> [1] *Sue is **wrong** to say a thing like that.*
> 蘇錯在不該說那樣的話。

> [2] *Such people are **hard** to find nowadays.*
> 現在要找到這樣的人很難了。

> [3] *'I'm **delighted** to be here', the speaker said.*
> 演講者說道：「我很高興來到這裡」。

> [4] *Many dealers were **quick** to purchase the new shares.*
> 許多交易員很快地就買下了新的股份。

以上四句的意思各不相同，從以下改寫後的句子便可看出：

> [1a] *It's **wrong** of Sue to say a thing like that.*

> [2a] *It's **hard** to find such people nowadays.*

> [3a] *'It makes me **delighted** to be here', the speaker said.*

> [4a] *Many dealers **quickly** purchased the new shares.*

一、與句 [1]wrong 同類的形容詞包括：clever、cruel、good、kind、naughty、nice、rude、silly、splendid、stupid：

*He was **silly** to go ahead with the plan.*
他開始進行這個計畫實在很傻。

請注意，not 和 never 要放在不定詞的前面：

*He was **silly not to follow** your advice.* 他沒有聽從你的建議真是蠢。

*They were **stupid never to take** the opportunity offered.*
他們從未把握送上門的機會真是愚不可及。

二、與句 [2] hard 同類的形容詞例句包括：

*The extent of this tendency is **difficult** to assess.*
有這種傾向的程度難以評估。

*All this is very **easy** to arrange.* 這些全都很容易安排。

*Your question is of course **impossible** to answer.*
你的問題當然不可能有辦法回答。

類似的形容詞包括：convenient、enjoyable、fun 非正式、good、pleasant。像例句 [2a] 使用虛主詞 it 的句型更為常見，有時甚至是唯一可能的替代說法：

*It's **difficult** to assess the extent of this tendency.*
有這種傾向的程度難以評估。

*It was really **good** to see you before Christmas.*
能在聖誕節前見到你真好。

*It is **important** to create a new image of the Church.*
為教會建立新形象很重要。

*It's almost **impossible** to say this in English.*
要用英文說這個幾乎是不可能。

*It would be **nice** to have a portable TV at the end of one's bed.*
能在床頭放台手提電視機一定很棒。

*It is now **possible** to make considerable progress in the negotiations.*
目前協商可能會有相當大的進展。

*It is **necessary** to distinguish between English and Scots law.*
有必要區分英格蘭和蘇格蘭的法律。

可以用 for 來說明不定詞子句的主詞：

*It is **necessary for you** to distinguish between English and Scots law.*
你必須要區分英格蘭和蘇格蘭的法律。

三、與句 [3] delighted 同類的形容詞例句：

*She'll be **furious** to see him behave that way.*
她看到他那樣子一定會大發雷霆。

*I'm **glad** to see you looking so well.*
很高興看到你看起來精神這麼好。

*If interviewed I should be **pleased** to provide further references.*
如果受訪，我會很樂意提供更多參考資料。

*I'm very **sorry** to learn that Hattie has been ill.*
我很難過聽到海蒂生病了。

*I'm rather **surprised** to learn that you have sold your stocks.*
我很驚訝聽說你把股票賣了。

其他用到這種句型的形容詞都是用來表達某種情感，例如：
amazed、angry、annoyed、disappointed、worried。

四、與句 [4] quick 同類的形容詞例句包括：

*Nick is **willing** to do the hard work.*（= Nick does it willingly.）
尼克願意做比較辛苦的工作。

*The management was **careful** to avoid all mention of the problem.*（=...carefully avoided...）管理階層很小心地避免提到這個問題。

*The police were **prompt** to act.*（= ...acted promptly.）
警方很快地採取行動。

*The entertainment industry has been **slow** to catch on.*（= ...has caught on slowly.）娛樂界的反應很慢。

此外，還有其他後面接不定詞，但不屬於上述四種任一類型的形容詞：

*We might be **able** to afford a new car.* 我們或許可以買得起新車。

*I've been **unable** to contact him during the past week or so.*
我過去一星期左右都無法聯絡上他。

*Ann is now very **anxious** to return to her university.*
安現在恨不得馬上回到大學去。

*There are **bound** to be economic differences between distant parts of the country.* 國家較偏遠的地區之間一定會有經濟上的差異。

*Our boss is always **ready** to listen to the views of others.*
我們老闆隨時都願意傾聽他人的意見。

Adjectives 形容詞　　　　　　（參看 CGEL 7.1–22、31–44）

440　以下是形容詞的四大特點：

一、大部分形容詞都可有兩種用法，一是做為定語（attributive），二是做為述語（predicative）。定語形容詞會放在所修飾的名詞之前：

*This is a **difficult** problem.* 這是個難題。

述語形容詞則是做為連綴動詞的補語。連綴動詞（linking verb 也稱「聯繫動詞」，_{參看 719}）包括 be、seem 等：

*This problem is **difficult**.* 這個問題很困難。

二、大部分形容詞都可用 very、quite、rather 等程度副詞修飾（參看 217）：

*I'm on **quite** good terms with him.*
我和他關係還算不錯。

三、大多數形容詞都可有比較級和最高級形式（參看 500）：

> We have a **bigger** problem than inflation – our **biggest** problem now is high unemployment.
> 我們有比通貨膨脹更大的問題，我們最大的問題就是高失業率。

> This must be one of the **most beautiful** buildings in Europe.
> 這肯定是歐洲最美的建築之一。

四、許多形容詞都是自名詞衍生而來，而且從字尾就可看出是形容詞，如 -ous（fame ~ famous）、-ic（base ~ basic）、-y（sleep ~ sleepy）、-ful（beauty ~ beautiful）。

只可作定語的形容詞：*She's our chief financial adviser.*

441　大部分形容詞都是可作定語也可作述語，但有些形容詞只可用於定語的位置，例如：

> She was the **former** prime minister. 她是前任首相。

形容詞 former 可衍生出副詞 formerly：

> She was **formerly** the prime minister. 她之前曾擔任首相。

以下列舉更多只可做為定語的形容詞例句，每句再附上相對應的副詞例句：

> Many changes occurred in Asia in the **late** 1990s.
> 1990 年代後期，亞洲發生很多變化。
> ~ I've not heard much from her **lately**. 我最近沒怎麼聽說她的消息。

> They went to an **occasional** play.
> ~ **Occasionally** they went to see a play. 他們偶爾會去看場戲。

> He was a popular colleague and a **hard** worker.
> 他是很受大家歡迎的同事，也是很認真的員工。
> ~ He worked **hard**. 他工作很認真。

請特別注意，**hard** 的形容詞和副詞同形。

有些只作定語的形容詞是從名詞衍生而來，例如：

*A new **criminal** justice bill will soon come before Parliament.*
一項新的刑事司法法案很快就會送到國會。（**crime** ~ **criminal**：與懲罰犯罪有關的法案）

*He thought **atomic** weapons had deadened the finest feeling that had sustained mankind for ages.*
他認為原子武器已經使長期以來支撐人類的最細微的感情變得麻木。
（**atom** ~ **atomic**）

*There will be no need for a **medical** examination.*
沒有必要做健康檢查。（**medicine** ~ **medical**）

形容詞的述語用法：*I feel sick.*

442
- 形容詞可以接在 be、seem、look、feel 等連綴動詞後面當述語，以做為主詞的補語（參看 491、719）：

  *A: I feel **sick**.* 我覺得不舒服。
  *B: Yes, you do look **awful**.* 是的，你確實看起來氣色很差。

- 形容詞也可接在 consider、believe、find 等動詞後面當述語，以做為受詞的補語（參看 733）：

  *It makes me **sick** to see how people spoil the environment.*
  看到人們如此破壞環境讓我覺得很氣憤。

- 當主詞為限定子句時，形容詞可以做為補語（參看 492）：

  *Whether the minister will resign is still **uncertain**.*
  部長是否會辭職還是未知數。

但採用虛主詞 it 的句型較符合尾重原則（參看 408），也是比較常見的說法：

  *It is still **uncertain** whether the minister will resign.*

- 形容詞也可以作非限定子句的補語（參看 493）：

*Driving a bus isn't so **easy** as you may think.*
駕駛巴士沒有你想得那麼簡單。

- 雖然大部分形容詞都是可作定語也可作述語（參看 440），但有部分形容詞只可以作述語，其中一種是「關於健康的形容詞」，如 faint、ill 和 well：

    *Oh doctor, I feel **faint**.* 喔醫生，我覺得頭暈。

    *Several people are critically **ill** after the accident.*
    車禍發生後，有幾個人傷得很嚴重。

    *He doesn't look **well**, does he Anna?*
    他看起來不太舒服，是嗎，安娜？

當 faint 不是用於表達健康狀態，而是表示「微弱」的意思時，則可做為定語：

    *Katie bears a **faint** resemblance to my sister.*
    凱蒂和我姐姐有點像。

- 有些只作述語的形容詞（如 afraid、fond、present、ready）後面通常會接子句：

    *I'm **afraid** I don't really agree with that, Bill.*
    比爾，我恐怕不能同意那個看法。

或接介系詞片語（參看 437）：

    *I'm very **fond of** Hemingway.* 我很喜歡海明威。

    *I hope you are **ready for** some hard work.*（= I hope you are prepared for some hard work.）
    希望你已經準備好得做些苦差事。

    *All the persons **who were present at** the meeting were in favour of the proposal.*（= All the persons who attended the meeting...）
    所有出席會議的人員都贊成這項提案。

這類形容詞有些也可放在名詞前，但意思有所不同：fond memories 是指「美好的記憶」、ready answer 是「很快就給出的答案」、

present situation 則是指「目前的情況」。

置於中心詞之後的形容詞：*all the problems involved*

443
- 形容詞修飾名詞時，一般會放在所修飾的中心詞（head，參看 596）前面，也就是定語的位置，例如：the difficult problems。但有些形容詞則會緊接在所修飾的中心詞之後，尤其是只可作述語的形容詞（參看 442），如 the problems involved：

    *This is one of the problems **involved** in the scheme.*
    *~ This is one of the problems **that are involved** in the scheme.*
    這是這起計劃所涉及的問題之一。

一般我們將這類形容詞視為簡化的關係子句（參看 686）：

    *All the persons **present** at the meeting were in favor of the proposal.*
    *~ All the persons **who were present at** the meeting were in favor of the proposal.*
    會議上的所有出席人員都贊成這份提案。

involved 和 present 這兩個形容詞在表示上述意思時不可作定語，因此以上例句不可以說 the present persons（×）或 the involved problems（×）。

- 以 -body、-one、-thing、-where 結尾的數量詞只能將修飾的形容詞放在後面：

    *How long does it take to train **somebody new** on the job?*（= How long does it take to train somebody who is new on the job?）
    訓練剛接這份工作的新手需要多長時間？

    *The chairman's remark astonished **everyone present**.*
    主席說的話讓在場每個人大為驚訝。

    *Is there **anything interesting** in the papers today?*
    今天報紙上有任何有趣的事嗎？

    *Think of **somewhere nice** to go for the next weekend!*
    想一想下週末可以去什麼好地方！

- 有些形容詞片語是由形容詞加上不定詞，例如：

> *These dogs are **easy to teach**.* 這些小狗很容易教。

這種片語不可放在作為中心詞的名詞前，所以我們不能說：

> *The easiest to teach dogs are Labrador retrievers.*（×）

但「形容詞 + 不定詞」片語可放在修飾的名詞之後：

> *The dogs **easiest to teach** are Labrador retrievers.*
> 拉布拉多是最好教的狗。

非正式 英語中，比較常用以關係子句改寫的相對應結構：

> ~ *The dogs **that are easiest to teach** are Labrador retrievers.*

將形容詞置於中心詞之後的結構，也適用於其他類型的補語，例如 than 子句：

> *Our neighbors have a house **much larger than ours**.*
> 我們的鄰居有一棟房子比我們的大得多。

但我們一般更常會把形容詞和其補語分開：

> *The **easiest** dogs **to teach** are Labrador retrievers.*
>
> *Our neighbors have a **much larger** house **than ours**.*

形容詞和分詞：*Emma's attitude is rather surprising.*

444　許多 -ing 或 -ed 形式的分詞都可做為形容詞（參看 574）：

> *Emma's attitude is rather **surprising**.* 艾瑪的態度令人相當驚訝。
>
> *The professor had been **retired** for several years.*
> 教授已經退休好幾年了。

這類形容詞也可作定語用：

> *We were struck by Emma's rather **surprising** attitude.*
> 艾瑪頗顯驚訝的態度讓我們很受傷。

> The **retired** professor seemed to spend most of his time on his yacht.
> 退休的教授似乎把大部分時間都花在他的遊艇上。

和形容詞相對應的動詞可能會有不同意思。試比較以下兩種用法：

relieved 做為形容詞：

> We are very **relieved** to know that you are all right.
> 知道你沒事我們都放心了。（relieved 意為「高興、滿意的」）

relieved 做為動詞 relieve 的過去分詞：

> Our anxiety was **relieved** by the good news.
> 這個好消息舒緩了我們的焦慮。（relieved 意為「紓解、緩和的」）

做為形容詞和分詞的不同功能，並不一定都能明顯區分。

- 當句中有直接受詞時，可明顯看出 -ing 形式是現在分詞（而不是形容詞）：

> The teacher was **entertaining** students at her home together with other friends. 老師在自家招待學生和其他幾位朋友。

但 entertaining 在以下例句中則是形容詞：

> The teacher was brilliantly **entertaining** in her lecture.
> 這位老師的講課十分有趣出色。

- 無論是 -ed 或 -ing 形式，若可用副詞 very 修飾即表示該字為形容詞：

> The poor attendance at the meeting is not **very encouraging**.
> 慘澹的會議出席率不是非常振奮人心。

> His remarks made me **very annoyed**. 他說的話讓我非常生氣。

當 annoyed 作動詞用時，會用 very much 修飾：

> His remarks **annoyed** me **very much**.

Adjective or adverb?
形容詞或副詞？

（參看 CGEL 7.6–11、7.71–3）

445 英文中大多數副詞都是在形容詞後面加上 -ly 所衍生而來，例如：quick ~ quickly、careful ~ carefully 等（參看 464）。但也有些副詞不是以 -ly 結尾，例如：direct、fast、hard、high、late、long、straight、wrong，這些字可用作形容詞，也可作副詞。在以下成對的例句中，第一句是作形容詞，第二句是副詞：

> *I think she has a **direct** line.* 我以為她有直撥專線。
> *~ Why don't you call her **direct**?* 你為什麼不打直撥專線找她？

> *Bill is a **fast** driver.* 比爾愛開快車。
> *~ Don't drive too **fast**.* 車不要開太快。

> *Alice is a **hard** worker.* 愛麗絲是很努力的員工。
> *~ Alice works **hard** at preparing new teaching materials.*
> 愛麗絲很努力在準備新教材。

> *That wall is too **high** to climb.* 那道牆太高無法爬上去。
> *~ Don't aim too **high**.* 目標不要設太高。

> *We met in **late** August.* 我們在八月底見過面。
> *~ The modern industrial city developed relatively **late**.*
> 這座現代的工業城市開發得相對較晚。

> *What I really need now is a **long** rest.* 我現在真正需要的是長時間休息。
> *~ You mustn't stay too **long**.* 你不可以待太久。

> *It was a long **straight** road.* 這是一條筆直的長路。
> *~ The best thing would be to go **straight** back to Stockholm.*
> 最棒的事是能直接回斯德哥爾摩。

> *I may have said the **wrong** thing once too often.* 我可能又說錯話了。
> *~ There's always the chance of something going **wrong**.*
> 事情總是有可能出錯。

這些副詞大多都和時間、位置和方向有關，其中有些也有以 -ly 結尾的副詞（如 directly、hardly、lately、shortly 等），但意思有所不同：

*Don't hesitate to get in touch with us **directly** (immediately).*
不要猶豫，請直接與我們聯絡。

*We've had **hardly** any replies to our advertisement. (**hardly any** = almost no)*
幾乎沒有任何人回覆我們的廣告。

*I haven't seen him **lately** (recently).* 我最近沒有見過他。

*We'll be in touch with you again **shortly**. (soon)*
我們很快會再與你聯絡。

在以下例句中，形容詞 strong 和副詞 strongly 的意思不同：

*Ben felt **strong** enough to win the contest. (**strong** = fit, powerful)*
班覺得自己夠強壯，可以贏得比賽。

*Ben felt **strongly** enough about the suggestion to object. (**strongly** = firmly)*
班對這個建議的反應強烈到足以讓他提出反對意見。

early 可以是形容詞，也可是副詞：

*The **early** bird catches the worm.* 早起的鳥兒有蟲吃。
*~ I hate having to get up too **early**.* 我討厭必須很早起。

*The population explosion occurred in the **early** part of the nineteenth century.* 人口爆增發生在十九世紀初。
*~ I'll see you after you return **early** in February.*
等你二月初回來後再見面。

有些 -ly 結尾的字只能作形容詞用：

*That's a **lovely** present!* 那個禮物真漂亮。

*That was an **ugly** incident.* 那是一起暴力事件。

以形容詞為補語：*It tastes good.*

446 taste 和 smell 等動詞之後必須接形容詞，在此用法中，我們將形容詞視為補語（參看 508），而非副詞：

*The food tasted **good**. (= The food was good to taste.)*
食物嚐起來很美味。

*I thought the dish smelled absolutely **revolting**.*
我覺得這道菜聞起來十分令人作嘔。

well 是形容詞 good 的副詞：

*Grace is a **good** writer.*　　　*~ Grace writes **well**.*
葛蕾絲是個很棒的作家。　　葛蕾絲很會寫作。

但是 well 也可作形容詞用。在以下例句中，good 和 well 都是形容詞（但意思不同）：

*Those cakes look **good**. (= Those cakes look as if they taste good.)*
這些蛋糕看起來很好吃。

*Your mother looks **well**. (= Your mother seems to be in good health.)*
你媽媽看起來氣色很好。

Do you drive slow or slowly?

447　請比較以下表達方式：

[1] *a **rapid** car ~ drive **rapidly*** → 但不能說：*drive rapid*（×）

[2] *a **slow** car ~ drive **slowly** 或 drive **slow***

例 [1] 顯示一般情況下，形容詞（rapid）和副詞（rapidly）的形式及功能的規則變化。例 [2] 中的 slow 則可當形容詞，也可當副詞用。以下再舉一例：

*You can buy these things very **cheap/cheaply** now when the sale is on.*
特價期間，你可以很便宜地買到這些東西。

drive slow 和 drive slowly、buy cheap 和 buy cheaply 在意思上並無不同，但形容詞形式通常比較 非正式 ：

*Why do you have to drive so **slow** when there's no speed limit here?*
這裡又沒有速限，你為什麼要開這麼慢？

*The days passed and **slowly** the spring came.* 頗為莊重
時光流逝，春天緩步而來。

在比較級和最高級的句型中，不加 -ly 的形式尤其常見，但同樣地，使用副詞形式 較為正式 ：

*We have to look **closer/more closely** at these problems.*
我們必須更仔細地了解這些問題。

*Let's see who can run **quickest/most quickly**.*
看看誰可以跑得最快。

使用副詞原形時（亦即非比較級和最高級），這些字一般會用 -ly 形式：look closely、run quickly。

在 美式 英語 的 對話 中，real 和 good 常會用作副詞，例如：Ann's playing real good today.（安今天打得真好。）英式 英語則會說：Ann's playing really well today.

Adjectives as heads
以形容詞做為中心詞

（參看 CGEL 7.23-26）

448　形容詞的典型功能是修飾名詞片語中的中心詞，例如：the rich people、a supernatural phenomenon。但有些形容詞本身即可做為中心詞，例如：the rich、the supernatural。這類形容詞可分為兩種，兩種都可用於泛指用法（參看90）：

- 用於指稱某一類人的形容詞（複數），例如：the rich = 有錢的人：

*We must care for **the elderly, the unemployed, the homeless, the sick and the poor, the weak** and **the vulnerable**.* 我們必須關心年長者、失業者、遊民、病人、窮人、弱者和容易受傷的人。

*Many people prefer the term **the physically challenged** to **the disabled** or **the handicapped**.*
相較於稱呼殘障或殘疾人士，多數人偏好使用肢體障礙者這個詞。

The young and *the old* don't always understand each other.
年輕一代和老一輩有時候無法理解對方。

- 用於指稱某種抽象特質的形容詞（單數），例如：the supernatural
  = 超自然事物：

    *Do you believe in **the supernatural**?* 你相信超自然現象嗎？

Adverbials 類副詞 （參看 CGEL 第 8 章）

449 類副詞通常可告訴我們句子所描述的動作、事件或狀態的相關額外資訊，例如：

- 動作發生的**時間**（時間類副詞）：

    *We got together **late in the evening**.* 我們在深夜時相約見面。

- 動作發生的**地點**（地點類副詞）：

    *Will you be staying **in a hotel**?* 你會住在飯店嗎？

- 動作發生的**狀態**（情態類副詞）：

    *We have to study this plan **very carefully**.*
    我們必須很仔細地研究這個計畫。

當然還有表達其他多種意思的類副詞，關於類副詞含意的相關說明請看第二部分（參看 151-206），在此我們主要討論類副詞在句中的不同形式和位置。

類副詞的形式

450 類副詞的位置有很大一部分取決於它們的形式，而類副詞可有幾種不同的形式。類副詞可以是：

- 副詞或副詞片語（參看 464）：

  *A friend of mine has **very kindly** offered to baby-sit.*
  我的一位朋友很好心地提議要幫我顧小孩。

- 介系詞片語（參看 654）：

  *I found several people waiting **outside the doctor's door**.*
  我看到幾個人在醫生門外等候。

- 名詞片語（參看 595）：

  *What are you doing **this afternoon**?*
  你今天下午要做什麼？

- 限定動詞子句（參看 492）：

  *We have to preserve these buildings **before it's too late**.*
  我們必須趁現在還不算太晚，及早維護這些建築。

- 不定詞子句（參看 493）：

  *As usual, Sarah was playing **to win**.*
  莎拉一如以往，只要玩了就非贏不可。

- -ing 分詞子句（參看 493）：

  *Mrs Cole filled her teacup, **adding a touch of skimmed milk**.*
  柯爾太太倒滿茶杯，並加入少許脫脂牛奶。

- -ed 分詞子句（參看 493）：

  *Two people were found dead, **presumably killed by cars**.*
  發現了兩具屍體，據推測可能是被車撞的。

- 無動詞子句（參看 494）：

  *The actor admitted to driving **while under the influence of drink**.*
  這名演員承認酒後駕車。

類副詞的位置：句首、句中或句尾

451 大部分類副詞都可自由移動，所以它們可以出現在句中的不同位置，我們將其分為三個主要位置：

- 主詞前的句首位置：

    Fortunately I had plenty of food with me.
    幸好，我這裡還有大量的食物。

- 當句子沒有助動詞時，出現在動詞前的句中位置（動詞片語以**粗體**表示）：

    *His wife **never protests** and she **always agrees** with him.*
    他太太從來不反對，總是同意他的意見。

如果句子有助動詞，類副詞則會放在助動詞後面：

*You'**ll never be** lonely because we **will often come** along and pay visits.*
我們會經常過來拜訪，所以你絕對不會覺得孤單。

如果句中有不只一個助動詞（稱為「作用詞」，_{參看 609}），類副詞會放在第一個作用詞之後：

*This is an idea which **has never been tried**.*
這個想法從來沒有人嘗試過。

*This is an idea which **may never have been tried**.*
這個想法可能從來沒有人嘗試過。

有時候，放在句中位置的類副詞會出現在作用詞前（_{參看 261、610}）。舉例來說，當為了對比而將重音放在作用詞（包括連綴動詞 be）時，類副詞就會放在作用詞前：

*It **never was** my intention to make things difficult for you.*
我從來沒有想要為難你的意思。

- 若句中沒有受詞或補語，會放在動詞後的句尾位置：

    *I'd like to **leave as soon as possible**.* 我希望能儘早離開。

位於句尾的類副詞會放在受詞或補語之後：

> Please don't **call** me **before nine o'clock**.
> 請不要在九點前打電話給我。

類副詞的位置部分取決於其形式（副詞、介系詞片語、子句等），部分則取決於其涵義（其所指為時間、地點、情態、程度等），句尾焦點和尾重原則也有一定影響力（參看 408）。

類副詞的長度

452 長度較長的類副詞通常會擺在句尾。

> Clair's going **to Chicago on Monday next week**.
> 克萊爾下週一要去芝加哥。

> There will be delegations from several countries **at the opening meeting of the conference in Rio de Janeiro later this year**. 今年底在里約熱內盧舉辦的大會的首場會議，將會有多國的代表團參加。

> He was a complete failure **as far as mathematics is concerned**.
> 就學習數學來說，他失敗得一塌糊塗。

較長的類副詞很少會擺在句中，句中通常僅限使用 almost、hardly、just、never 等較短的副詞：

> Our chairman **just** resigned. 我們的主席剛才辭職了。

句首位置會用於強調對比，或為後續子句提供背景資訊：

> **As far as mathematics is concerned**, he was a complete failure.
> 一談到數學，他是考得一蹋糊塗。

> **Outside the window** a low and cold bank of cloud hung over the streets of our little town. 窗外有低垂的清冷雲層，籠罩在我們小鎮的街道上。

> **Last year** there were riots. **Now** we have strikes and demonstrations.
> 去年有暴動，現在則有罷工和示威抗議。

表示情態、方法和工具的類副詞：*Did you come by bus?*

453　表示情態、方法和工具的類副詞（詳細說明請參看 194-197）通常會擺在句尾：

> *Will you be coming **by car**?* 你會開車來嗎？
>
> *He threatened the shop owner **with a big knife**.*
> 他手持大刀威脅店主。
>
> *The conference opened **formally** today.* 大會今天正式開幕。

但若是被動句，擺在句中的位置則很常見：

> *The conference was **formally** opened by the Secretary-General.*
> 在祕書長的主持下，大會正式開幕。

在像以下例句的主動句中，well 只可放在句尾的位置：

> *The Secretary-General put the point **well**.*
> 秘書長這一點說得很好。

但在對應的被動句中，我們可將 well 放在句尾或句中：

> ~ *The point was put **well**.*
> ~ *The point was **well** put.* 這一點說得很好。

地點類副詞：*See you at the gym.*

454　地點類副詞（詳細說明請參看 170-192）通常會放在句尾：

> *Today's meeting will be **in room 205**.* 今天的會議在 205 室。
>
> *He showered, shaved, dressed and went down **to the breakfast room**.*
> 他沖澡、刮鬍子、換好衣服後，便下樓到早餐室。
>
> *Hans Christian Andersen, the master of the fairy tale, was born **in Denmark in the town of Odense**.*
> 童話大師安徒生出生於丹麥的小鎮奧登塞。

句尾位置可同時有兩個地點類副詞，通常較小的地點在前，較大的在後：

> *Many people eat [**in Japanese restaurants**] [**in the United States**].*
> 在美國，有許多人會去日式料理餐廳吃飯。

只有較大的地點可以移到句首：

In the United States many people eat *in Japanese restaurants*.

時間類副詞：*I haven't seen Anna for a long time.*

455 時間類副詞可分為三種（詳細說明請參看 151–169）：

- 指明時間的類副詞（參看 456、151–159）：

  *I'll send you an e-mail **when I get the results**.*
  我一知道結果就會寄電子郵件給你。

- 說明持續時間的類副詞（參看 457、161–165）：

  *I haven't seen Anna **for a long time**.*
  我很長一段時間沒看到安娜了。

- 說明頻率的類副詞（參看 458、166–169）：

  *This week I'll be in the office **every day**.*
  這一週我每天都會在辦公室。

指明時間的類副詞：*See you tomorrow.*

456 指明特定時間點或某段時間的類副詞通常會放在句尾：

*I hope to see you **tomorrow**.* 我希望明天能見你。

*My father retired **last year**.* 我父親去年退休。

*The rail strike lasted **for a whole week**.*
鐵路罷工持續了一整個星期。

像 once 和 recently 這種指明時間點，但也暗示衡量時間的基準點的類副詞，可放在句首、句中或句尾：

***Once** you said you'd like to be a vet.*
*= You **once** said you'd like to be a vet.*
*= You said **once** you'd like to be a vet.* 你曾經說你想要當獸醫。

這些副詞出現在句尾時，通常會是上升調的語調核心（參看 406）：

| *We owned an Alsatian dòg* | *ónce.* |
我們曾經養過德國牧羊犬。

表達持續時間的類副詞：*Don't stay too long!*

457 表達持續時間的類副詞通常會置於句尾：

*I'll be in California **for the summer**.* 我這個夏天會待在加州。

*The security guards were on duty **all night long**.*
保全人員值勤一整個晚上。

*I've been staying here **since last Saturday**.*
我從上週六起就一直待在這。

但只有一個字的副詞通常會擺在句中：

*Jessica Smith has **temporarily** taken over the art column of the newspaper.*
潔西卡史密斯暫時代理報紙的藝術專欄。

表達時間頻率的類副詞：*I jog every morning.*

458 指出明確時間頻率的類副詞通常會放在句尾：

*Your salary will be paid **monthly**.* 你的薪水會每月支付。

*Our office gets about a hundred requests **every day**.*
我們辦公室每天都會收到大約一百份申請。

*About this question we have to think **twice**.*
關於這個問題，我們必須仔細考慮。

未明確指出時間頻率的副詞一般則會放在句中（但請參看第 610 節關於對比功能的說明），這類副詞包括：always、nearly always、ever、frequently、generally、never、normally、occasionally、often、rarely、regularly、seldom、sometimes、usually：

*You are **always** assured of a warm and friendly welcome here.*
我向你保證，只要來到這裡，你一定會受到溫暖友好的歡迎。

*Daniel **generally** leaves home at seven in the morning.*
丹尼爾通常在早上七點出門。

*We don't **normally** go to bed before midnight.*
我們通常不會在凌晨之前睡覺。

*Mr Lake was **occasionally** carried away by his own enthusiasm.*
雷克先生有時會因為自己的熱情而興奮不已。

*Important decisions can **rarely** be based on complete unanimity.*
重要的決策很少是在全體意見一致下通過的。

*At night the temperature **regularly** drops to minus five degrees Celsius.*
入夜後，氣溫經常會下降到攝氏負五度。

*Women **usually** live longer than men.* 女性通常活得比男性久。

但表達非限定頻率的介系詞片語可放在句首或句尾：

As a rule *it's very quiet here during the day.*
~ It's very quiet here during the day, **as a rule**.
一般來說，這裡白天非常安靜。

On several occasions *we've had reason to complain.*
~ We've had reason to complain **on several occasions**.
好幾次我們都有理由可以抱怨。

表示程度的類副詞：*I fully agree with you.*

459　像 definitely、entirely、really、thoroughly、very much 這些表示程度的類副詞，對句子的某些部分有增強其程度的效果（詳細說明請參看 215–223）。程度副詞通常會放在句中的位置：

*Abigail and I are **definitely** going to join the salsa club next year.*
愛比蓋爾和我明年一定會去參加騷莎舞俱樂部。

*I **entirely** agree with your diagnosis.* 我完全同意你的診斷。

*I don't think this **really** affects the situation at all.*
我不認為這對情況真的會有任何影響。

*Your frustration is **thoroughly** justified.* 你會感到沮喪是完全合理的。

*We'd **very much** appreciate some further information.*
如果能有更進一步的資訊，我們會非常感激。

而有些程度副詞如 hardly、nearly、rather 和 scarcely 等則是降低程度的效果，也同樣會放在句中：

> *We can **hardly** expect people to take this election seriously.*
> 我們幾乎無法期望大家會認真看待這場選舉。

> *Your friends **nearly** missed you at the airport.*
> 你的朋友差點在機場錯過你。

> *I **rather** doubt I'll be back before nine tonight.*
> 我很懷疑今晚是否能在九點前回來。

> *Jim felt Zoe was **scarcely** listening to what he was saying.*
> 吉姆覺得柔依根本沒有在聽他說話。

若要表示強調，也可將程度副詞放在作用詞前：

> *I **really** don't know where we would be without you.*
> 我真不知道如果沒有你我們會怎麼樣。

> *I **simply** can't speak too highly of our English teacher.*
> 我們的英文老師實在令人無法恭維。

有些程度類副詞也可能放在句尾：

> *Fortunately, our relationship did not cease **entirely**.*
> 還好，我們的關係並未完全中止。

兩個以上類副詞：*See you in class tomorrow.*

460　放在句尾的時間類副詞出現的順序依序為：**持續時間 + 頻率 + 明確時間點**。在以下例句中，不同的類副詞會以方括號表示：

> *Our electricity was cut off [**briefly**] [**today**].*
> 這裡今天曾短暫停電。

> *I'm paying my rent [**monthly**] [**this year**].*
> 我今年房租是月繳。

> *I used to swim [**for an hour or so**] [**every day**] [**when I was younger**].*
> 我年輕時每天會游泳大約一個小時。

當句子中有不只一個主要類型的類副詞在句尾時，一般的順序是：
情態／方式／工具＋地點＋時間：

> *We go [**to bed**] [**very early**].* 我們很早就睡了。

> *I have to rush to get [**into the supermarket**] [**before they close**].*
> 我必須趕在超市關門前趕快衝進去。

地點類副詞通常緊跟在動作動詞之後，置於情態類副詞之前：

> *Anna put the crystal vase [**on the table**] [**with the utmost care**].*
> 安娜小心翼翼地將水晶花瓶放在桌上。

類副詞子句通常放在其他類似副詞的結構（副詞、介系詞片語等）之後：

> *We plan to stop [**for a few days**] [**wherever we can find reasonable accommodation**].*
> 我們打算只要找到價格合理的住宿地點，就會停留幾天。

像以下例句在句尾有一大串介系詞片語，通常會顯得「沉重」：

> *The mayor was working [**on her speech**] [**in the office**] [**the whole morning**].* 市長一整個早上都在辦公室準備她的演講。

為了避免句尾有太多類副詞，有些平常會擺在句尾的類副詞可以移到句首：

> *[**The whole morning**], the mayor was working [**on her speech**] [**in the office**].*

通常在句首和句中的位置，不會有超過一個的類副詞，但也有例外情況。舉例來說，若要在對話中帶出新話題，我們可能會說：

> | *Ányway* | **the next mórning** | **sòmehow or óther** | *I hadn't got any bùsiness to do.* |
> 總之呢，隔天早上不知道為什麼，我沒有任何事可做。

修飾全句的類副詞：*Frankly, this isn't good enough.*

461 到目前為止，我們所討論的類副詞在某種程度上都與句子的結構融為一體。比如說，它們可以修飾動詞：

> *Alex **always** drives **carefully**.* 艾力克斯開車總是很小心。

也會受到否定結構影響：

> *Alex doesn't **always** drive **carefully**.* 艾力克斯開車不一定都很小心。

此例句中的 always 和 carefully 都包括在否定範疇中（參看 261）。

462 還有一種類副詞是**修飾全句的類副詞**，這種副詞不會融入全句結構，而較像是附帶的說明。以可融入句中也可做為附帶說明的副詞為例，即可清楚看出這兩者的差別：

> | *It all happened quite **nàturally**.* | 這一切發生得非常自然。
> → **naturally** 在此為情態類副詞，意為 *in a natural manner*。

> | *Nǎturally* | *the population is rising.* | 想當然耳，人口數會上升。
> → **naturally** 在此為修飾全句的類副詞，意同 *of course*。

> *Haven't you eaten your breakfast **yet**?* 你還沒吃早餐嗎？
> → **yet** 在此為時間類副詞，意為 *so far*。
> ***Yet** the police have failed to produce any evidence.*
> 然而，警方未能找到任何證據。
> → **yet** 在此為修飾全句的類副詞，意為 *nevertheless*。

463 修飾全句的類副詞有各種可能的結構（詳細說明請參看 308、352-359）。比方說，以下例句除了可用副詞 frankly 之外：

> ***Frankly**, this isn't good enough.* 老實說，這還不夠好。

我們也可用不定詞子句（例如 to be frank、to put it frankly）、-ing 分詞構句（例如：frankly speaking），或是限定動詞子句（例如：if I may be frank）。

修飾全句的類副詞通常代表說話者對其所說內容的評論：

> ***Certainly** Nicole's German is very fluent.*
> 毫無疑問，妮可的德文非常流利。

*The document should be signed, **hopefully** by December.*
希望文件能在十二月前簽好。

***Of course**, nobody imagines that Mr Brown will ever repay the loan.*
當然沒有人想得到布朗先生竟然會償還貸款。

***Strangely enough**, Harry's face reminds me vividly of Eleanor Peters.*
說來也奇怪，哈利的臉讓我清楚地想到愛蓮娜·彼特斯。

***To be sure**, we've heard many such promises before.*
不可否認地，這種承諾我們以前已經聽過太多。

***Surely** no other novelist can give such a vivid description.*
毫無疑問，沒有其他小說家能描寫得如此栩栩如生。

***Unfortunately** that is an oversimplification of the problem.*
很不幸地，那樣是把這個問題過度地簡單化。

其他有這種功能的修飾全句類副詞包括：actually、admittedly、definitely、fortunately、in fact、indeed、luckily、obviously、officially、possibly、preferably、really、superficially、surprisingly、technically、theoretically。

像 however、therefore、moreover 等修飾全句的類副詞則具有連接語意的功能：

*The hockey team didn't like the food. **However**, they have not complained.*
曲棍球隊的隊員不喜歡這些餐點，然而，他們並沒有抱怨。

修飾全句的類副詞大多會放在句首，在口語中，通常會以語調單位界線和後面的語調單位分開，在書面語則會以逗號區隔：

口語 | *Ŏbvisouly* | *the expect us to be on time.* |

書面 *Obviously, they expect us to be on time.*
很顯然地，他們覺得我們會準時。

Adverbs 副詞

（參看 CGEL 7.46-70）

464

若要了解
happy/happily
從 y 改為 i 的
拼字變化，請
參看 701。

大部分副詞是由形容詞加上字尾 -ly 所形成，例如：frank/frankly、happy/happily。

副詞主要有兩種功能：做為句子中的類副詞，以及做為修飾形容詞、副詞和其他片語的修飾語：

- 以副詞做為類副詞（參看 449）：

  *The conference was **carefully** planned.*
  會議經過仔細規劃。

- 副詞做為形容詞的修飾語（參看 465）：

  *Louise is an **extremely** talented young woman.*
  露意絲是非常有才華的年輕女子。

- 副詞做為其他副詞的修飾語（參看 465）：

  *One has to read this document **very** closely between the lines.*
  必須要很仔細地閱讀這份文件，才能看出字裡行間的意思。

- 副詞做為介系詞等其他詞類的修飾語（參看 466）：

  *We live **just** outside of Chicago.*
  我們就住在芝加哥外圍。

副詞做為形容詞和其他副詞的修飾語：*That's a very good idea!*

465

大部分做為修飾語的副詞是 absolutely、extremely、rather 等程度副詞（參看 215、459）。

- 當副詞修飾形容詞時，副詞通常會放在形容詞之前：

  *I thought it was an **absolutely** awful show myself.* 親近
  我個人認為這絕對是一場很糟的表演。

*George said everybody was **deeply** affected.* 喬治說每個人都深受影響。

*It's **extremely** good of you to do this for me.*
你能為我做這件事，人真是太好了。

*Rachel's **rather** tall for her age, isn't she?*
瑞秋以她的年紀來說算是挺高的吧？

但 enough 必須放在所修飾的形容詞之後：

*No, this just isn't good **enough**!* 不行，這就是還不夠好。

*We were naive **enough** to be taken in.* 我們就是太天真了，才會受騙。

用 too 和 how 來修飾名詞片語中的形容詞時，不定冠詞要放在形容詞之後。試比較以下兩個例句：

Charlotte's a good accountant and never makes any mistakes.
夏綠蒂是個很稱職的會計，從來不會出錯。
但：*Charlotte's **too** good **an** accountant to make any mistakes.* 夏綠蒂是非常稱職的會計，絕對不會出錯。

***How** strange **a** feeling it was, seeing my old school again!* 莊重
再次看到母校感覺真是難以言喻！

• 當副詞修飾另一個副詞時，通常會放在該副詞之前：

*Melissa did **rather** well in her exams.* 瑪莉莎考試考得滿好的。

不過，enough 是個例外，會放在修飾的副詞之後：

*Oddly **enough**, nothing valuable was stolen.*
奇怪的是，沒有任何貴重的東西被偷。

副詞做為介系詞等其他詞類的修飾語：*I'm dead against it.*

466 副詞也可以修飾：

• 介系詞：

*Emily's parents are **dead** against her hitch-hiking.* 親近
艾蜜莉的父母堅決反對她搭便車。

- 限定詞（參看 522）：

    *The Johnsons seem to have **hardly** any books at home.*
    看起來強森一家的家裡幾乎沒什麼書。

- 數字（參看 602）：

    ***Over** two hundred deaths were reported after the disaster.*
    災難後回報的死亡人數超過兩百人。

- 代名詞（參看 661）：

    ***Nearly** everybody seemed to be at the party.*
    看樣子幾乎所有人都參加了這個派對。

修飾語 else：*What else can we do?*

467　else 可以修飾：

- 數量詞 much 和 little，且會放在這兩個中心詞之後：

    *The Nelsons seem to do **little else** but watch TV in the evening.*
    尼爾森一家晚上除了看電視，似乎就沒其他事可做。

- 以 -where 結尾的副詞：

    *Hey Bill, let's go **somewhere else**!* 嗨，比爾，我們去其他地方吧！

- 疑問詞 who、what、how 和 where：

    ***What else** can we do?* 我們還能做什麼？

- 以 -body、-one、-thing 結尾的代名詞：

    *Why don't you ask **somebody else**?* 你何不問問看其他人？

不過，像 some 等限定詞，則會與 other 連用而不用 else，所以下列兩個例句的意思相同：

    ***Someone else** will have to take my place.*
    *~ **Some other person** will have to take my place.*
    必須有其他人來接替我的位置。

副詞做為名詞或名詞片語的修飾語：*What a fool he is!*

468 quite、rather、such 和 what（用於感嘆句）等表示程度的字都可修飾名詞片語：

> *My grandmother used to tell me **such** funny stories.*
> 我祖母以前常會告訴我這類有趣的故事。

名詞片語通常未指特定事物，表示程度的字則會放在不定冠詞之前（參看 524）：

> *She told me **such** a funny story.* 她告訴我這樣一個有趣的故事。
> *The place was in **rather** a mess.* 這個地方真是一團亂。 非正式
> ***What** a fool he is!* 他真是個傻子！

有些地方副詞（例如：home）或時間副詞（例如：before、ahead）也可修飾名詞，且這些副詞會放在名詞之後（參看 648）：

> *Our journey **home** was pretty awful.* 我們這趟回家的路滿慘的。
> *The weather was fine the day **before**.* 前一天的天氣很好。
> *We always try to plan several years **ahead**.*
> 我們總是試著提早幾年做規劃。

在有些片語中，副詞可放在名詞前面，也可在後面：

> *an **upstairs** window ~ a window **upstairs*** 樓上的窗戶
> *the **above** table ~ the table **above*** 上方的表格
> → 但只能說：*the table **below***，不可說 *the below table*（×）

副詞做為介系詞補語：*I don't know anybody around here.*

469 有些地點副詞（例如：here、home、downstairs）和時間副詞（例如：today、later、yesterday）可做為介系詞的補語（以**粗體**表示）：

> *I don't know anybody **around here**.* 我在這一帶沒有認識的人。 非正式
> *Are we far **from home**?* 我們離家很遠嗎？

*Ben shouted at me **from downstairs**.* 班從樓下對我大喊。

***After today**, there will be no more concerts until October.*
過了今天之後，到十月之前都不會有演唱會。

*I'm saving the chocolates you gave me **for later**.*
我要把你給我的巧克力留著晚點吃。

*I haven't eaten **since yesterday**.* 我從昨天就沒有吃東西了。

以下列舉更多「介系詞 from + 副詞」的組合：from above、from abroad、from below、from inside、from outside，還有幾個介系詞都可和地點副詞 here 和 there 組成詞組，例如：

from here、*from there*	*in here*、*in there*
near here、*near there*	*over here*、*over there*
through here、*through there*	*up here*、*up there*

Apposition 同位語

（參看 CGEL 17.65-93）

470 　當兩個以上的名詞片語連袂出現，且指稱相同的人或事物，我們將這兩個名詞片語稱為**同位語**：

***A famous author**, **Ted Johnson**, is coming here next week.*
名作家泰德強森下週將造訪此地。

做為同位語的名詞片語也可互換順序：

***Ted Johnson, a famous author**, is coming here next week.*

在上個例句中，我們可將第二個名詞片語看作是簡化的非限定關係子句（參看 693）：

***Ted Johnson**, (who is) **a famous author**, is coming here next week.*

同位語所表達的語意關係，等同於主詞加主詞補語所表達的意思：

Ted Johnson *is* ***a famous author***.
泰德強森是位名作家。

限定和非限定同位語：*spokeswoman Ann Guthrie*

471 同位語和關係子句（參看 692）一樣，可分為限定或非限定。

• 非限定同位語：

> *I want to speak to Mr Smith, the electrician.*
> *I want to speak to Mr Smìth | the electrìcian |*
> 我想要和電工師傅史密斯先生說話。

在此例句中，electrician 並未限定或限制 Mr Smith 的意思，且此句
非限定同位語的兩個名詞片語在 書面 英語是以逗號分隔，在到
口語 中則以語調單位區隔，規則同非限定關係子句（參看 398）。

• 限定同位語：

> *Which Mr Smith do you mean? | Mr Smith the árchitect | or Mr Smith*
> *the electrìcian? |*
> 你是指哪位史密斯先生？做建築師那位還是電工師傅那位？

在此例句中，the architect 和 the electrician 限定及限縮了 Mr Smith
的意思。

限定同位語的用法很常見，尤其當前一個元素可定義後一個元素
的意思時：

> *the famous writer Ted Johnson* 名作家泰德強森
>
> *the novel Moby Dick* 小說《白鯨記》
>
> *my good friend Barbara* 我的好朋友芭芭拉

有時限定詞可省略，尤其在 美式 書面 英語：

> *writer Ted Johnson* 作家泰德強森
>
> *hospital spokeswoman Ann Guthrie* 醫院發言人安葛斯瑞

此時，幾乎可將前一個名詞片語視為「頭銜」（如 President Lincoln、Professor Crystal，_{參看 668}）。

明示同位語：*some poets, chiefly Shelley and Wordsworth*

472 有時候，句中會有 especially 和 chiefly 等類副詞，明確點出名詞片語間的同位語關係：

> *Alice and Oliver had travelled in **many countries, especially those in South-East Asia**.*
> 愛麗絲和奧利佛去過許多國家旅遊，尤其是位於東南亞的國家。
>
> *Natalie Evans has written about **the English romantics, chiefly Shelley and Wordsworth**.* 娜塔莉‧埃文斯撰文介紹英國的浪漫主義詩人，其中以雪萊和華茲渥斯為主。

若要深入了解
同位語子句，
請參看 646。

其他明白表示同位語的用語還包括：for example、for instance、particularly、in particular、notably、mainly。

Articles 冠詞 （參看 CGEL 5.10–11、5.26–72）

473 英文中的冠詞分為兩種，定冠詞 the（the book）和不定冠詞 a（a book）或 an（an eye），有時候名詞也可能完全不需要冠詞，亦即所謂的「零冠詞」（books、eyes）。冠詞亦屬於限定詞^{（參看 522）}的一種。

不定冠詞的拼法，以及定冠詞和不定冠詞的發音，取決於冠詞後所接字詞的第一個發音。

- 無重音的定冠詞一律拼寫為 the，在子音前發音為 /ðə/，在母音前則發 /ðɪ/ 的音：the /ðə/ car、the /ðə/ pilot，母音前 the /ðɪ/ egg、the /ðɪ/ idea。
- 不定冠詞在子音前為 a /ə/，在母音前則為 an /ən/：a /ə/ a car、a

pilot，但在母音前為 /ən/ an egg、an idea。

選擇不定冠詞時，取決於後面所接的字的發音，而非拼字：

> **a UN** /əˈjuˈɛn/ spokesperson
> → 但若接 EU 則為 an EU /ənˈiˈju/ spokesperson
>
> **an X-ray** /ənˈɛksre/
>
> **an hour**、**an heir**（這兩個名詞字首的 **h** 都不發音。）

重音一般不會放在冠詞上，但為了特別強調時也可能重讀。不定冠詞 a 重讀時為 /e/，an 為 /æn/，定冠詞 the 重讀時為 /ði/。重讀通常是為了表示特別卓越或重要：

> The president's press conference will be **the** /ði/ event this week.
> 總統記者會為本週最大事件。

冠詞的用法：*a book*、*the books*、*milk*

474 冠詞用法的一般規則如下：

- **定冠詞**可用於表達各種名詞的**限定**意涵（Susan、Asia 或 San Francisco 等專有名詞除外，這類名詞不需要冠詞；參看 92）。

  單數可數名詞：
  the book　　　　　**the child**　　　　　**the exam**

  複數可數名詞：
  the books　　　　　**the children**　　　　**the exams**

  不可數名詞：
  the gold　　　　　**the knowledge**　　　**the milk**

- **不定冠詞**用於表達單數可數名詞的**非限定**意涵，例如：a book、a child、an exam。

- 零冠詞（亦即不加冠詞）或不念重音的 some /səm/ 用於表達複數可數名詞和不可數名詞的非限定意涵。

複數可數名詞：*(some) books*、*(some) children*、*(some) exams*

不可數名詞：*(some) gold*、*(some) knowledge*、*(some) milk*

我們在第二部分已討論過普通名詞使用冠詞的一般規則，了解各種冠詞用法所代表的涵義（參看 83）。以下我們將說明普通名詞不加冠詞的用法，以及將可數名詞當作補語的用法。

若要了解專有名詞，請參看 667。

普通名詞不加冠詞：*I felt sleepy after dinner.*

475 以下我們列出普通名詞可不加冠詞的部分例外情形，這類用法主要多為慣用語和某些固定的字詞組合（例如：at night），同時也提供加冠詞的一般用法例句（例如：during the night）做為對比參照。

- 交通工具（與 by 連用）

*Did you get here **by train** or **by car**?* 你是搭火車還是開車來的？
但我們會說：*We slept **in the car**.* 我們睡在車上。

類似的說法還有 by bus、by boat、by bike 等。

- 表達白天和晚上的時間

*These birds are mostly active **at dawn** and **at dusk**.*
這些鳥在黎明和黃昏時最活躍。

*We arrived rather late **at night**.* 我們直到深夜才抵達。

類似的說法還有 after daybreak、by sunrise、before sunset、at midnight、at twilight、at noon。

但在 in 和 during 之後須加冠詞：in the afternoon、in the night、during the night。

- 三餐

*We were given scrambled eggs for **breakfast**.* 我們早餐吃炒蛋。

*Natasha is having **lunch** with her publisher.* 娜塔莎和出版商共進午餐。

*I felt sleepy after **dinner**.* 晚餐後，我覺得昏昏欲睡。

- 英式 英語常會將 university 和 hospital 的定冠詞省略，美式 英語則無此用法：

  *Mrs Anderson has to **go to hospital/the hospital** for an operation.*
  安德森太太必須進醫院動手術。
  → 但無論英式美式一定會說：*Where is the hospital?* 醫院在哪？

  *We were **at university/the university** together.*
  我們一起在大學裡。

- 其他慣用表達：

  *Do you **go to church** regularly?* 你經常上教堂嗎？
  → 但我們會說：*We walked towards the church.* 我們往教堂的方向走。

  *Young people should not be **sent to prison**.* 不應該把年輕人送進監獄。
  → 但我們會說：*We drove past the prison.* 我們開車經過那座監獄。

  *Let's have lunch **in town** tomorrow.* 我們明天一起在鎮上吃午餐吧。
  → 但我們會說：*She knows the town well.* 她對這個城鎮很熟悉。

  *We met **at school** and began courting **in college**.*
  我們在學校認識，上大學後開始戀愛。

  I like going to bed late. 我喜歡晚睡。

類似的說法還有：stay in bed、get out of bed、put the children to bed、be ill in bed。

但我們會說：sit on the bed、lie down on the bed。

- 排比的詞組

  *They walked **arm in arm**.* 他們手挽著手走著。
  → 但我們會說：*He took her by the arm.* 他抓著她的手臂。

  *We walked **hand in hand**.* 我們手牽手走著。
  → 但我們會說：*What have you got in your hand?* 你手裡拿著什麼？

  *They are **husband and wife**.* 他們是夫妻。
  → 但我們會說：*She's the wife of a famous artist.* 她是一位名藝術家的妻子。

*We met **face to face**.* 我們面對面遇到。

→ 但我們會說：*He punched me right in the face.* 他打了我的臉一拳。

以可數名詞做補語：*She wants to be a doctor.*

476 不同於其他大多數語言，英語需要以冠詞加單數可數名詞做為補語（例如在 be 動詞和其他連綴動詞之後，參看 508、719）。若所指稱者非限定，會使用不定冠詞：

*Mary always wanted to be **a scientist**.* 瑪莉一直想成為科學家。

與 consider 等特定動詞連用時，補語會接在受詞或被動式之後：

*Everybody considered Mr Heyman (to be) **an excellent music teacher**.*
所有人都認為海曼先生是一位優秀的音樂老師。

*Mr Heyman was considered (to be) **an excellent music teacher**.*
海曼先生是公認的優秀音樂老師。

和 regard 等其他動詞連用時，補語會接在 as 之後：

*Many people regarded her **as a goddess**.*
她是許多人心中的女神。

當所指稱者為限定時，則通常會用定冠詞：

*Phil Moore was regarded as **the best disc jockey** in town.*
大家公認菲爾摩爾是當地最棒的 DJ。

不過，若限定的名詞為獨一無二的職稱、職位或工作，則可省略定冠詞：

*Who's **(the) captain of the team**?* 誰是隊長？

*We've elected Mr Cook **(the) chairman of the committee**.*
我們選出庫克先生做為委員會主席。

在以上例句中，因為隊長和委員會主席都只有一位，所以可省略定冠詞。在做為同位語的名詞片語中，定冠詞也可省略（參看 470）：

*Mrs Peterson, **(the) wife of a leading local businessman**, was fined for reckless driving.* 彼得森太太是當地一位顯赫商人的妻子，她因為危險駕駛而被罰款。

Auxiliary verbs 助動詞 （參看 CGEL 3.21–51）

477 助動詞顧名思義就是「協助的動詞」（helping verb），是由**基本助動詞**（primary auxiliary）如 be 動詞，和**情態助動詞**（modal auxiliary，如 can、will）組成的小型詞類。助動詞不能單獨構成動詞片語，必須搭配一個一般動詞，如 work，才能構成動詞片語（參看 735）。

> *I'**m working** all day today.* 我今天一整天都要上班。

> *I **can** even **work** at weekends if you need me.*
> 如果你需要我的話，我週末也可以上班。

助動詞只有在以下狀況下可單獨使用：前文已經出現過一般動詞而省略（參看 384）：

> *I can speak French as well as she **can**.* 我的法文講得和她一樣好。

參看 611 的 do 結構。

有些英文句型必須使用助動詞，特別是疑問句和否定子句：

> *A: **Do** you **want** a cup of coffee?* 你要一杯咖啡嗎？
> *B: No, I **don't think** so, thank you.* 不了，謝謝。

- 助動詞後面可以直接加 not 形成否定句，但一般動詞需使用 do 結構才能形成否定句：

> **助動詞**：*I'**m** not working today.* 我今天不用上班。

> **但一般動詞**：*I don't **work** every day.* 我不用每天上班。

- 疑問句中，助動詞可以直接放置在主詞前面，但一般動詞需要 do 結構形成疑問句：

助動詞：***Can*** *I help you?* 我可以幫你嗎？

但一般動詞：*Do you* ***want*** *me to help you?* 要我幫你嗎？

478 有些助動詞有縮寫形式，例如：I am 可以使用 I'm 縮寫。縮寫在到 口語 和 非正式 用語中極為常見。縮寫形式可用在：

- 代名詞之後：

  I'll see *you tomorrow.* 明天見。

- 短名詞之後：

  The ***dog's*** *getting ready for his walk.* 狗狗已經準備好要出去散步了。

  The ***soup'll*** *get cold.* 湯要涼了。

- 短副詞如 here、there、how、now 之後：

  Here's *your key.* 這是你的鑰匙。

  How's *everything with you?* 最近好嗎？

  Now's *the time to act.* 現在是該採取行動的時候了。

- 引導性的 there（參看 547）之後：

  I think ***there's*** *going to be trouble.* 我認為會有麻煩。

除了上述的動詞縮寫之外，英文還有 not 縮寫，如 isn't、can't 等（參看 582）。

  The dog's ***not*** *here.~ The dog* ***isn't*** *here.* 狗不在這裡。

助動詞 do：***What do you say that?***

479 助動詞 do 有以下形式：

		肯定	無縮寫否定	縮寫否定
現在式	第三人稱單數	does	does not	doesn't
	非第三人稱單數	do	do not	don't
過去式		did	did not	didn't

do 也可以作一般動詞（指「做」等意義）：

> *What have you been **doing** today?* 你今天都在做些什麼？

do 還可以用來替代一般動詞（此 do 稱「替代詞」，參看 383），如：

> *A: You said you would finish the job today.*
> 你說你今天會完成這份工作的。

> *B: I h**à**ve **done**. / I have d**ò**ne so.*
> 我有完成工作。

do 作一般動詞或替代詞時，有完整的動詞形式變化，包含現在分詞 doing 和過去分詞 done，如上述例句。（上表僅呈現助動詞 do 的各種形式，故不含 doing 和 done。）

助動詞 have：*Have you seen today's paper?*

480 have 和 do 一樣，身兼一般動詞和助動詞。have 有以下形式：

	肯定		否定	
	非縮寫	縮寫	have 縮寫	否定詞縮寫
原形	have	've	have not 've not	haven't
-s 形式	has	's	has not 's not	hasn't
過去式	had	'd	had not 'd not	hadn't
-ing 形式	having		not having	
-ed 分詞	had			

have 作一般動詞（指「擁有」）時，有時會使用助動詞的結構，尤見英式 英語：

> *I **haven't** any money.* 我一毛錢也沒有。 英式常用

但這種用法已經愈來愈少見，現在 美式 和 英式 英語多半使用 do 結構：

*I **don't have** any money.* 我一毛錢也沒有。

一般動詞 have 作事件動詞（event verb，參見 114），意指「吃、喝，經歷，得到」時，無論 美式 或 英式 通常都使用 do 結構。

> ***Does** your wife **have** coffee with her breakfast?*
> 你太太早餐會喝咖啡嗎？

> ***Did** you **have** any difficulty getting here?*
> 你到這裡有沒有什麼困難？

> ***Did** everybody **have** a good time?* 大家都玩得很開心嗎？

481   have got 是 非正式 用語，功能與狀態動詞 have 相同。have got 的 have 在結構上相當於助動詞。在否定句和疑問句中特別常見。

> *They **haven't got** a single idea between them!*
> 他們加起來連一個主意都沒有！

> *How many students **have** you **got** in your class?*
> 你們班上有幾位學生？

表示「獲得，造成，變成」的意義時，在 美式 英語中，過去分詞要用 gotten，英式 英語則用 got。

> *He had **gotten** stuck with a job too big for his imagination.*
> 他被一份繁重到超乎想像的工作纏身。

在 美式 英語中，We've gotten tickets. 和 We've got tickets. 兩句話意義不太一樣，前者指「獲得」（我們拿到了票），後者則是「擁有」（我們有票）。

助動詞 be：*What on earth are you doing?*

482   be 動詞共有八種形式，比任何一個英文動詞都還要多。be 動詞即使作一般動詞使用，形式結構也和助動詞 be 一樣，比方說沒有 do 結構（除非用於命令句，見本節附註）。

		肯定	否定	否定縮寫
原形		be		
現在式	第一人稱單數	am 'm	am not 'm not	(aren't, ain't) （參見本節附註）
	第三人稱單數	is 's	is not 's not	isn't
	第二稱單數及所有人稱複數	are 're	are not 're not	aren't
過去式	第一及第三人稱單數	was	was not	wasn't
	第二人稱單複數 第一及第三人稱複數	were	were not	weren't
-ing 形式		being	not being	
-ed 分詞		been		

附註

英式 英語在否定疑問句中經常使用「aren't I?」，如：I'm right, aren't I?（我說的沒錯吧？），但這個用法在 美式 英語看來不是很自然。在否定直述句中，am not 並沒有普遍接受的縮寫形式。

ain't 是 非標準 用法，卻是很常用的結構，尤其在 美式 英語的到 口語 對話中，例如：Things ain't what they used to be.（事情不再是過去那樣了／今非昔比）。Ain't 既是 are not 的縮寫，也是 am not、is not 的縮寫（Ain't it the truth? 你說得沒錯），還可以作 has not、have not 的縮寫（You ain't seen nothing yet. 你還沒看到更精彩的／好戲還在後頭）。這些都屬於 非常不正式 的 美式 用法。

be 動詞作一般動詞時，若用於勸說祈使句（persuasive imperative sentence），則可以使用 do 結構。例如，Do be quiet! 比起 Be quiet! 語氣更強、更具說服力。否定祈使句（參看497）也必須使用 do 結構，例如：Don't be awkward!（不要那麼難搞！）。

情態助動詞：*Can I use your phone?*

483 情態助動詞沒有第三人稱單數形式 -s、動詞 -ing 或 -ed 分詞形式。
不過 can、may、shall、will 則有特殊的過去式形式 could、might、
should、would，其他情態助動詞（如 must、dare、need、ought to、
used to）則沒有。

肯定	否定（含縮寫）	否定詞縮寫 (n't)
can	cannot can not	can't
could	could not	couldn't
may	may not	mayn't 罕見
might	might not	mightn't
shall	shall not	shan't 美式罕見
should	should not	shouldn't
will 'll	will not 'll not	won't
would 'd	would not 'd not	wouldn't
must	must not	mustn't
ought to	ought not to	oughtn't to
used to（參看本節附註）	used not to	didn't use(d) to usedn't to
need（參看本節附註）	need not	needn't
dare（參看本節附註）	dare not	daren't

附註

used to、need 和 dare 也可以作為助動詞，不過這種用法很少見（參看 484–5）。

以下是情態助動詞在到 口語 會話的例子：

| As far as I **can** see | I'm sure she's a very clever wòman. |
依我所見，我很確定她是個非常聰明的女人。

| *What Mr. Johnson dòesn't réalize is* | *that not èverybody else* | **can** *work as hard as hè* **can**. |

強森先生並不明白，不是每個其他人都可以像他這麼努力工作。

| *I'm sure that Sophie* **would** *be awfully gràteful* | *if you* **could** *see her in your òffice sómetime.* |

如果你能抽個時間在你辦公室和蘇菲見個面，我相信她會感激不盡。

| *What* **shall** *we do about this reqùest then* | *- just write saying I'm very sorry I* **cánnot** *teach at the ínstitute.* |

那我們該拿這個要求怎麼辦？一就寫很抱歉，我無法至貴學院任教。

| *Ann* **should** *have had her dissertation ìn* | *at the beginning of Măy.* |

安五月初就應該繳交博士論文的。

| *I did get a pòstcard fróm her* | *saying that the thing is now rèady* | *and that she* **will** *send it by the end of Jùne.* |

我的確收到她寄來的明信片，上面寫東西已經準備好了，她六月底前會寄出。

| *Our principal is very stròngly of the opínion* | *that we àll* **ought to** *go on téaching to the end of the tèrm.* |

校長堅決認為我們應該任教到學期結束。

| *I think this* **mày** *be whý* | *he's so cross about the whole thìng.* |

我想這可能是他對整件事這麼生氣的原因。

| *I don't mind getting pìn money* | *for proof-reading someone's thèsis* | *but they* **might** *tèll me so* | *befòrehand.* |

要我替別人編修論文賺點零用是沒問題，但他們應該事先告訴我。

dare 和 need：*You needn't worry about it.*

484   dare 和 need 有兩種用法：

- 作一般動詞時，後方會接 to 不定詞，也有三單動詞變化（dares、needs）與過去式三態變化（dared、needed）。

    It **needs to be said** that your sister is not to be blamed for what happened.
    必須要說，那件事不應該怪你妹妹。

- 作情態助動詞時，後接無需字尾變化的不帶 to 的不定詞：

*Our country's prestige **need not suffer**.* 我們國家之聲譽不必蒙受傷害。

*There **need be** no doubt about that.* 這一點毋庸置疑。

作為情態助動詞的用法主要用在否定句和疑問句，不過極為罕見。一般動詞的用法實際上更常見：

*Our country's prestige **does not need to suffer**.*

*There **does not need to be** any doubt about that.*

used to：*They used not to come here.*

485　used 作情態助動詞時一律接帶 to 的不定詞：used to，唸做 /ˈjustə/。used to 來表達「過去時間」，指「過去曾經⋯」：

*Brandon **used to** be a racing driver.* 布蘭登過去是一名賽車手。

*My aunt **used to** come every day and play with me.*
我阿姨以前每天都會過來陪我玩。

形成否定句時，可與 do 結構連用，在這種情況下，使用 use 或 used 都可以：

*Herb **didn't use to smoke**.* 或 *Herb **didn't used to smoke**.*
赫伯以前不抽菸的。

在 較正式 的用語中，最好改用以下句子：

*Herb **used not to smoke**.* 較正式

疑問句 Used he to smoke?（他以前會抽菸嗎？）常見於 英式英語 。不過 英式 和 美式 英語 都偏好使用 較不正式 的句型：Did he use(d) to smoke?。但以下說法會更自然：Did he smoke when you first knew him?（你剛認識他時，他就會抽菸了嗎？）

Clauses 子句 （參看 CGEL 10.1–33, 14.5–9）

486　句子由子句組成。一個句子可以只含一個子句，也可以包含多個子句（參看695）。子句可以從以下三方面來探討：

- 從組成子句的**成分**（clause element，如主詞、動詞等）來看，以及由這些成分所構成的動詞形式（verb pattern，參看 487、718）。
- **以有無限定功能來看：限定子句**（finite clause）、**非限定子句**（non-finite clause）和**無動詞子句**（verbless clause，參看 492）。
- **從子句扮演的功能來看**，即子句在句中所行使的功能。我們會說名詞子句（作名詞片語用的子句）、副詞子句（作副詞用的子句）等（參看 495）。

子句成分：S、V、O、C、A

487　一個子句可以拆解以下成五種成分：

> S = 主詞（*subject*）（參看 705）
>
> V = 動詞（*verb*）（更確切是動詞片語，參看 718）
>
> O = 受詞（*object*）（參看 608）
>
> C = 補語（*complement*）（參看 508）
>
> A = 副詞（*adverbial*）（參看 449）

這些子句成分可以用以下表格呈現：

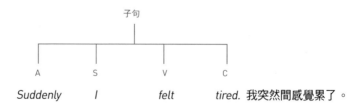

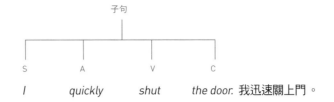

子句

S	A	V	C
I	quickly	shut	the door. 我迅速關上門。

488 五種成分當中，主詞、動詞、補語、受詞這四個為子句的**主要成分**，副詞為**修飾成分**。副詞有別於其他成分，有三個重要原因：

- 副詞通常是**非必要性**的，意即可以省略（以下非必要的副詞以括號標示）：

  [Suddenly] I felt tired.

  I (quickly) shut the door.

- 副詞的數量不受限制。一個子句只能有一個主詞、一個限定動詞、一個補語、一至二個受詞，但是可以有不限數量的副詞。當然這是理論而言，實際上，一個子句很少出現超過三個副詞。

  SV：*Fran woke up.*
  法蘭醒來。

  SVA：*Fran woke up [in the middle of the night].* 法蘭三更半夜醒來。

  ASVA：*[Sometimes] Fran woke up [in the middle of the night].*
  有時法蘭會在三更半夜醒來。

關於副詞的位置參看 451。

- 副詞通常是**可以移動**，可放在子句的不同位置：

  ASVAAA：*[Sometimes] I stay [a couple of extra hours] [in the office] [to finish up a job].*
  有時候，我會在辦公室多待幾個小時把工作做完。

  ASAVAA：*[To finish up a job] I [sometimes] stay [a couple of extra hours] [in the office].*
  為了把工作做完，有時候我會在辦公室多待幾個小時。

基本動詞句型

489 我們可以透過觀察子句中的主要成分（主詞、動詞、受詞、補語），歸類出六種基本動詞句型。我們稱為「動詞句型」而非「子句句型」，是因為**子句結構的類型是由動詞決定**。詳細說明見 718。

- **SVC**（主詞 + 動詞 + 補語），有時為 **SVA**（主詞 + 動詞 + 副詞）：這種句型的動詞是連綴動詞，如 be、appear、look、seem，用來「連接」主詞和補語（下面以方括弧標出補語）：

  *Luke's father **is** [a lawyer].* 路克的父親是律師。

  *Both boxers **became** [famous].* 兩位拳擊手都出名了。

  *The victory **seems** [a foregone conclusion].* 勝利似乎已成定局。

  *The guard posts **are** [along the frontier].* 哨站沿著邊境設立。

- **SVO**（主詞 + 動詞 + 受詞）：第二種句型的動詞有一個受詞，也就是及物動詞。

  *I **like** [Hemingway's style].* 我喜歡海明威的風格。

- **SVOV**（主詞 + 動詞 + 受詞 + 動詞）：第三種句型的動詞有「一個受詞 + 一個動詞」。

  *The manager **asked** [me] [to work overtime].* 經理要我加班。

- **SVOO**（主詞 + 動詞 + 受詞 + 受詞）：第四種句型的動詞有兩個受詞，這類動詞叫做「雙及物動詞」（ditransitive verb）。

  *I'll **give** [you] [the report] on Monday.* 我星期一會把報告交給你。

- **SVOC**（主詞 + 動詞 + 受詞 + 補語）：第五種句型的動詞有一個受詞和受詞補語。

  *We **found** [the house] [too expensive].* 我們覺得這棟房子太貴了。

- **SV**（主詞 + 動詞）：第六種句型的動詞沒有受詞或補語，也就是不及物動詞。

  *The children **laughed**.* 孩子們笑了。

主動與被動關係

490 子句的組成成分之間有些關係存在，其中一種關係使得主動句可轉換為被動句^{（參看 613）}。基本動詞句型中有四種可以改寫成被動句（括弧裡頭為動作執行者，可省略不提）。

句型	主動	被動
SVO	Everybody rejected the idea. 所有人都否決了這個點子。	The idea was rejected (by everybody). 這個點子被（所有人）否決了。
SVOV	The manager asked me to work overtime. 經理要求我加班。	I was asked (by the manager) to work overtime. 我被（經理）要求加班。
SVOO	The ambulance crew gave the casualties first aid. 救護人員替傷者急救。	The casualties were given first aid (by the ambulance crew). 傷者接受（救護人員）急救。
SVOC	Boat owners considered the bridge a menace to navigation. 船東認為這座橋阻礙航行。	The bridge was considered a menace to navigation (by boat owners). 這座橋被（船東）認為阻礙航行。

主動句轉為被動句時，主動句的受詞會變成被動句的主詞。因此，**只有帶有受詞的句型可以轉為被動語態**。而帶有兩個受詞的句型會有兩種被動用法：

> *I'll give you the report on Monday.* 我星期一會把報告交給你。
> *~ You'll be given the report on Monday.* 你星期一會收到報告。
> *~ The report will be given (to) you on Monday.* 報告星期一會交給你。

主詞補語和受詞補語：*Ann is a teacher.*

491 連綴動詞句型（SVC）最常用到的動詞是 be 動詞。由於 be 動詞連接主詞和補語，所以稱為連綴動詞（linking verb）。連綴動詞還包括表示「表象」與「感官」的動詞 look、feel，以及表示「變化」的動詞 become 和 get^{（參看 719）}。

> *My mother **looks** [so tired and worn], and I **felt** [very worried] when she*

rang up and said she couldn't come.
我媽看起來累壞了，她打電話說她不能來的時候我好擔心。

*Right from the beginning we **became** [very attached to each other].*
打從一開始我們就互相喜歡。

*Let's hope the world will gradually **become** [a better place in which to live].*
讓我們期盼這世界逐漸變成一個更美好的居所。

SVOC 的動詞句型經常加上不定詞 to be，或以 that 子句改寫。

> *We found **him most helpful**.* 我們覺得他幫了最大的忙。
> ~ *We found **him to be most helpful**.*
> ~ *We found **that he was most helpful**.*

SVOC 動詞句型中的受詞和補語，就意義上的關係而言，相當於使用連綴動詞的 SVC 句型中的主詞和補語：He was most helpful.（他幫了最大的忙。）

限定子句、非限定子句和無動詞子句

492 另一種看待子句的方式，是看句中的動詞是屬於何種動詞片語。我們可先將子句區分為「限定」和「非限定」子句。**限定子句**是指動詞為限定動詞片語（參看 737）的子句。限定動詞片語可能是單一的限定動詞：

> *Ann **works** terribly hard.*（現在簡單式）
> 安工作得非常賣力。

> *Ann **worked** terribly hard.*（過去簡單式）
> 安工作得非常賣力。

若動詞片語由兩個以上的動詞組成，則第一個動詞是限定動詞：

> *She **has worked** in the office for six months.*（現在完成式）
> 她已經在這間辦公室上班六個月了。

> *She **is working** in the office for six months.*（現在進行式）
> 她要在這間辦公室上班六個月。

在 書面 英語中，一個完整句子至少要有一個獨立限定動詞子句。

493 **非限定子句**是動詞為非限定動詞片語的子句。非限定動詞片語由非限定性成分組成，如 -ing 分詞（參看 578）、-ed 分詞（參看 577）或不定詞（參看 575）。大部分的非限定子句沒有主詞。

- 不含主詞的 -ing 子句：

  *I used to lie awake at night, **worrying about the next exam**.*
  我以前晚上常躺在床上睡不著，擔心著隔天考試。

- 含主詞的 -ing 子句：

  ***His remark having been represented as an insult**, Mr Anderson was later forced to resign from the committee.*
  安德森先生的言論被看成是侮辱，隨後便被迫辭去委員會職務。

- 不含主詞的 -ed 子句：

  ***Covered with confusion**, Hannah hurriedly left the room.*
  漢娜覺得很尷尬，匆匆離開了房間。

- 含主詞的 -ed 子句：

  ***The job finished**, we went home straight away.*
  工作完成後，我們便馬上回家。

- 不含主詞的帶 to 不定詞子句：

  *The best thing would be **to leave straight away**.*
  最好馬上離開。

- 含主詞的帶 to 不定詞子句。不定詞子句的主詞通常由介系詞 for 引導：

  *The best thing would be **for us to leave straightaway**.*
  我們最好馬上離開。

- 不含主詞的不帶 to 不定詞子句。相較於帶 to 的不定詞子句，不帶 to 的不定詞子句較不常見。

*All I did was **ask him to leave**.* 我就只是要求他離開。

- 含主詞的不帶 to 不定詞子句：

  *Rather than **Joan do it**, I'd prefer to do the job myself.*
  我寧可自己做這件工作，也不要瓊恩來做。

494　無動詞子句沒有動詞，通常也沒有主詞：

> *Dozens of tourists were stranded, **many of them children**.*
> 多名旅客受困，其中許多是兒童。

> ***A sleeping bag under each arm**, they tramped off on their vacation.*
> 在假期中，他們一邊腋下夾著一個睡袋徒步旅行。

無動詞子句之所以被視為子句，是因為其用法相似於限定和非限定子句，且可以被拆解成一個或多個子句成分。我們通常可以假設無動詞子句省略了 be 動詞或其他動詞：如上述例句 many of the tourists were children 的 were、they had a sleeping bag under each arm 的 they had 被省略。當無動詞子句中的主詞被省略，通常可以理解成該主詞等於主要子句的主詞：

> *The oranges, **when ripe**, are picked and sorted.*
> （=...,when they are ripe, ... ）
> 橘子成熟時就會被摘下並分類。
> → 無動詞子句被忽略的主詞就是主要子句的主詞 the oranges。

> ***Whether right or wrong**, Michael always comes off worst in an argument.*
> （= Whether he is right or wrong, ... ）
> 無論是對是錯，麥可吵架總是吵不贏。
> → 無動詞子句被忽略的主詞就是主要子句的主詞 Michael。

單獨存在的形容詞，或是作為形容詞片語中心詞的形容詞，都可以當作無動詞子句使用：

> ***Anxious for a quick decision**, the chairman called for a vote.*
> 主席急於做出決定，於是要求表決。

> *An escort of ten horsemen waited behind the coach, **half asleep in their saddles**.* 在馬上半睡半醒的十名騎士在馬車後方等待。

無動詞子句在句中的位置很靈活，但通常會放在主要子句的主詞之前或之後。

> **Even if true**, this statement would be misleading.
> ~ This statement, **even if true**, would be misleading.
> 就算這個說法是真的，也會誤導人。

副詞有時可取代形容詞作為無動詞子句。下面兩句的意義幾乎是一樣的：

> **Nervously**, the gunman opened the letter.
> ~ **Nervous**, the gunman opened the letter.
> 槍手緊張地把信打開。

子句的功能

495　子句的功能可透過在句中所擔任的角色來看。就功能而言，子句可分為**主要子句**和**從屬子句**（參看 709）。從屬子句是另一個子句的一部分。子句還可以分為名詞子句、副詞子句等，子句的各種功能可參考本書其他地方說明：

- **名詞子句**可以作主詞、受詞、補語、介系詞補語等（參看 588）。名詞子句可以是 that 子句、疑問子句、-ing 子句和不定詞子句。下面例句的第一個 that 子句是主詞，第二個 that 子句是受詞：

> [That the customer gave a false name] shows [that he was doing something dishonest.]
> 這位客人留下假名，可見他當時在做不正當的事。

- **關係子句**（參看 686）是由 wh- 代名詞或 that（或省略 that）所引導的修飾性子句，通常用來修飾名詞片語。在以下句子中，關係子句 who live opposite our house modifies 修飾名詞片語的中心詞 family：

> The family [who live opposite our house] are French.
> 住在我們對面的那一戶人家是法國人。

- **評論子句**（參看 499）的功能等同修飾整句的副詞（參看 461），以下句子中，to be honest 等於副詞 honestly：

  *[**To be honest**,] I'm not sure what to do.* ~ ***Honestly**, I'm not sure what to do.*
  老實說，我不確定該怎麼辦。

- **比較子句**（參看 505）接在 more 或 less 這類的比較級詞語後面：

  This year bookshops have sold a lot more paperbacks [than they usually do].
  書店今年賣掉的平裝書比往年多很多。

- **副詞子句**有各種意義，比方說表示時間，如以下例句：

  I used to go to the theatre [whenever I had the opportunity].
  以前只要一有機會我就往劇院跑。

本書的 Part 2 也討論了副詞子句的種類：表時間（參看 151）、地方（參看 170）、對比（參看 211）、肇因或原因（參看 198、204）、目的（參看 203）、結果（參看 202）的子句，以及條件子句（參看 207）。

Cleft sentences 分裂句　　　　　　　　（參看 CGEL 18.25–30）

496　一個子句，如：

[1] *Our neighbors bought a new car last year.*
　　我們的鄰居去年買了一輛新車。

可以分成兩個獨立的部分，並有各自的動詞：

[1a] *[It **was** our neighbors] [who **bought** a new car last year.]*
　　去年買了一輛新車的是我們的鄰居。

[1a] 這種句型就叫做**分裂句**（參看 419）。句 [1] 可改寫為不同的分裂句，取決於句中哪一個成分最重要，這點與資訊焦點（參看 399）有關。在句 [1a] 中，主詞 our neighbors 是焦點；在下方例句 [1b] 中，

焦點則放在受詞 car：

> [1b]　│ *It was a new càr that our neighbors bought last yéar.* │
> 我們的鄰居去年買的是一輛新車。

在 [1c] 中，副詞 last year 是焦點：

> [1c]　│ *It was last yèar that our neighbors bought a new cár.* │
> 我們的鄰居是在去年的時候買了一輛新車。

分裂句的後半部分非常類似於限定關係子句^{（參看 687）}。分裂句也會用到關係代名詞，例如 [1a] 句中的 who 和 [1b]、[1c] 中的 that。

分裂句除了有 **it 型分裂句**，還有 **wh- 型分裂句**^{（參看 420）}。如果我們要把例句 [1] 的受詞 car 作為焦點，除了使用 [1b] 的 it 型，也可以用 [2b] 的 wh- 型：

> [1b]　│ *It was a new càr that our neighbors bought last yéar.* │
> [2b]　│ *What our neighbors bought last yĕar* │ *was a new càr.* │

分裂句不同於以**引導性的 there**^{（參看 547）}開頭的句子：

> *There's a lovely house for sale in our village.*
> 村裡有棟漂亮的房子要賣。

也不同於以**引導性的 it**^{（參看 542）}開頭的句子：

> *It's too early to go and visit Sue at the hospital.*
> 現在去醫院探望蘇太早了。

Commands 命令句　　　　　　　　　（參看 CGEL 11.24-30）

497　命令句分為兩種類型：第二人稱命令句和第一、三人稱命令句。

第二人稱命令句：*Behave yourself.*

命令句通常含有一個祈使語氣動詞，也就是原形動詞，不需做任何表示數量或時態的字尾變化：

> ***Shut*** *the door.* 關門。

命令句容易給人無禮的感覺，可以加上 please 之類的**禮貌訊號**（參看 332），使語氣變得和緩：

> ***Shut*** *the door, please.* 請關門。
>
> *Please **get** ready as soon as you can.* 請你盡快準備好。

命令句唯一會用到的助動詞是 do：

> ***Don't stay*** *too late, Pam.* 潘，不要留到太晚。
>
> ***Don't be*** *a fool.* 不要傻了。

否定命令句需使用 do 結構，不過在肯定命令句中也可以使用 do，用來加強語氣或勸說性：

> *Dò sit dówn.* 趕緊坐下。
> 比較：***Sit down****.* 坐下。
>
> *Dò tell us how you got on at your ìnterview.*
> 快告訴我們你面試得怎麼樣了。
> 比較：***Tell us*** *...* 告訴我們…

在所有肯定句型當中，只有命令句可以在 do 結構後方加上 be 動詞：

> *Dò be cáreful.* 務必要小心。

從上述例句可以看到，命令句通常不會**明示主詞**。當命令句沒有主詞，我們就可以認定句子的**隱含主詞**是 you，這是我們稱此類命令句為「第二人稱命令句」的原因。尤其當這類句中出現反身代名詞 yourself/yourselves（參看 619）或附加問句（參看 684）時，我們就可以確定隱含主詞是 you，像是：

> *Behàve **yourself****.* 注意你的行為舉止。

*Be quiet, will **you**!* 安靜好嗎！

不過，命令句有時也會點出明示主詞 you：

You just listen to me now. 你現在聽我的就好。

You go right ahead with your plan. 儘管去進行你的計畫吧。

在命令句中，這個明示主詞 you 要重讀：

***You** put that dòwn.*（命令句） 不禮貌
你把那個放下。

含有 you 的命令句聽起來特別不禮貌，如上述句子。如果是一般
直述句，you 不加重音：

*You **swim** wèll.*（直述句）
你游泳游得很好。

第一、三人稱命令句：*Let's go and eat.*

498 　另一種命令句是第一、三人稱命令句，但不如第二人稱命令句常
見。第一人稱單數命令句以 Let me 開頭，複數則以 Let's 開頭（常
以縮寫形式出現，完整形式 Let us 很少見）：

***Let me** have a look at your essay.* 讓我看看你的論文。

***Let's** go and eat.* 或 ***Let's** go eat.* 非正式 美式
我們去吃飯吧。

形成否定命令句時會在 let's 後面加 not，也可以使用 do 支持的句
型 英式常見 ：

***Let's not** be late for the game.*
~ ***Don't let's** be late for the game.* 英式常見
比賽不要遲到了。

第三人稱命令句會有一個第三人稱主詞，例如：

***Somebody** get a doctor!* 非正式
誰去找個醫生過來！

以「let + 第三人稱主詞」起始的命令句為 正式 用語，通常屬於 文雅 文體：

> **Let each nation** decide its own fate. 正式
> 讓每個國家決定自己的命運。

Comment clauses 評論子句 （參看 CGEL 15.53–56）

499 評論子句是用來評論句子的真實性，可以表達出說話者的說話方式或態度（像是情緒反應或評斷）：

> The minister's proposal could, **I believe**, be a vital contribution towards world peace.
> 我相信，部長的提議對世界和平會是一大貢獻。

像「I believe」這類的評論子句，與主要子句其他部分的連結是鬆散的，其作用就像是修飾整句的副詞（參看 462）。在 書面 英語中，常以逗號和其他子句分開：

> **What's more**, we lost all we had.
> 不只如此，我們還失去所擁有的一切。

> **Stated bluntly**, they have no chance of recovery.
> 講白一點，他們不可能復原了。

在到 口語 英語中，則常透過分開的語調單位來區隔評論子句：

> | Rachel's an industrial desìgner | you **sée**. |
> 你知道的，瑞秋是個工業設計師。

> | I'm not sure whàt to do | **to be hónest**. |
> 老實說，我不確定該怎麼辦。

評論子句可以放在句首、句中或句尾。下面是在英文口語中的評論子句範例（ | | 表示停頓）：

| *It's the same at the board meetings tòo **you sée*** | **I mean** *he takes over the whole thìng.* |

你知道，在董事會議上也是一樣。我是說，他接管整件事。

| *In a sense it ìs* | *a nèw idéa* | *but well* -**you knów** | *we're not prepared to dò this.* |

就某種意義上那是個新點子，但是，唉，你知道的，我們不打算這麼做。

評論子句有很多種，如：I see（我明白）、I think（我想）、I suppose（我想）、I'm afraid（恐怕）、as you see（正如你所見）、as I said（正如我所說）、to be frank（坦白說）、so to say（可以這麼說）、so to speak（可以這麼說）、what's more likely（更有可能的是）、you see（你知道）、you know（你知道）、you bet（當然） 親密 。其中有些是 非正式 到 口語 中很常用到的「話語標記」（discourse marker），尤其是 you see、you know、I mean、I think 等（參看 23）。

Comparison 比較

（參看 225；CGEL 7.74-90, 15.63-75）

500　可分級的形容詞和副詞（參看 216）有比較的等級，分別是**比較級**（comparative）和**最高級**（superlative）。比較有兩種表現方式：字尾加 -er 和 -est，或在形容詞或副詞前加 more 和 most：

		比較級	最高級
形容詞	tall 高的	taller 更高的	tallest 最高的
	beautiful 美麗的	more beautiful 更美麗的	most beautiful 最美麗的
副詞	soon 很快地	sooner 更快地	soonest 最快地
	easily 容易地	more easily 更容易地	most easily 最容易地

形容詞的比較規則

- 字尾做比較級 -er 與最高級 -est 的變化型態，常見於**短形容詞**，如單音節形容詞：

    great ~ greater ~ greatest

有時，單音節形容詞也會加 more 或 most 構成比較級與最高級：

    more true ~ most true
    more wrong ~ most wrong

多數雙音節形容詞，尤其以 -y、-ow、-le、-er 結尾的雙音節形容詞：

    easy ~ easier ~ easiest
    （以及 *early*、*happy*、*healthy*、*pretty*）

    narrow ~ narrower ~ narrowest
    （以及 *mellow*、*shallow* 等）

    able ~ abler ~ ablest
    （以及 *feeble* 虛弱的、*gentle* 溫和的、*humble* 謙遜的、*noble* 高貴的、*simple* 等）

    clever ~ cleverer ~ cleverest
    （以及 *bitter*、*slender* 細長的）

雙音節形容詞如 common（常見的）、polite（有禮貌的）和 quiet（安靜的）通常兩種比較形式都可以：

    common ~ commoner ~ commonest 或
    common ~ more common ~ most common

做比較變化時，有些字尾需要改變拼寫（參看 700、703）或發音（參看 666），例如：

    pretty ~ prettier ~ prettiest
    big ~ bigger ~ biggest

- **長形容詞**（如 awkward 笨拙的、possible、hopeful、useful），包含 -ed 結尾的形容詞（如 interested）和 -ing 形容詞（如

interesting），要加 more 構成比較級，加 most 構成最高級：

*I find my new work **more challenging** and **more interesting**.*
我發現新工作更有挑戰也更有趣。

*This is one of the **most beautiful** places in the area.*
這裡是這一帶最美麗的地方之一。

502 少數使用頻率極高的形容詞有不規則的比較形式：

- bad ~ worse ~ worst

    *Yesterday was a **bad** day for the stock market, but today seems to be the **worst** day of the week.*
    昨日股市歷經了糟糕的一天，但今天似乎是本週最糟的一天。

- good ~ better ~ best

    *There'd be a **better** chance for our team to win the series with a new coach.*
    我們隊如果換新教練，比較有機會贏得系列賽。

    *To keep the children happy for the afternoon, the **best** thing to do was to run a film.*
    要讓孩子們下午開開心心的，最好的辦法就是播放一部電影。

- far ~ further ~ furthest 或 far ~ farther ~ farthest（後者不常用，僅表示「距離」）

    *The police never got any **further** with their investigation.*
    警方的調查毫無進展可言。

而在下面句子中，further 並不是比較級，而是指「另外的」：

*Any **further** questions?* 還有其他問題嗎？

*We stayed for a **further** three weeks.*
我們又多停留了三個星期。（但在 非正式 通常會說：*for another three weeks*）

old 這個字有規則的比較形式 older ~ oldest，也可以用 elder ~ eldest 表示家人關係（如 an elder/older sister 姊姊）。在 than 的句型前面只

能用 older：

*John is nine years **older than me**.* 約翰比我大九歲。

副詞的比較規則

副詞的比較規則原則上和形容詞相同。含兩個以上音節、由形容詞加 -ly 所構成的副詞（quick ～ quickly），要加 more 和 most 構成比較形式：

- quickly ～ more quickly ～ most quickly

    *The memos have to be circulated **more quickly**.*
    這份備忘錄要更迅速地傳閱。

和形容詞一樣，有少數副詞有不規則的比較形式：

- well ～ better ～ best

    *To qualify, you have to do **better** than this.*
    為了取得資格，你必須做得比這個更好。

    *The picture in the middle, that's the one I like **best**.*
    中間的那一幅畫，是我最喜歡的一幅。

- badly ～ worse ～ worst

    *Financially, we may be **worse** hit than some of the other universities.*
    我們受到的財務衝擊可能比其他一些大學還嚴重。

    *The northern regions were **worst** affected by the snow.*
    北部地區受到雪災的影響最大。

- （much） ～ more ～ most

    *You deserve a prize **more** than anyone.*
    你比任何人都值得拿獎。

    *Chelsea is my **most** helpful colleague.*
    雀兒喜是幫我最多的同事。

- （little） ~ less ~ least

  *The test turned out to be **less** difficult than we thought.*
  這次考試沒有我們想的那麼難。

  *The money arrived when Sophie **least** expected it.*
  就在蘇菲已經不再盼望的時候，那筆錢到了。

- far ~ further ~ furthest 或 far ~ farther ~ farthest

  *The sun's **further** away from the earth than the moon.*
  太陽比月球距離地球更遠。

  *They seem to be **farther** apart than ever before.*
  他們之間的距離似乎比以往更遠了。

數量詞的比較：*Waste less money!*

數量詞 much、many、little、few（參看 676）作限定詞和代名詞時，也有特殊的比較級和最高級形式：

- much ~ more ~ most

  *We need **more** money to buy new computers for the students.*
  我們需要更多錢來為學生購買新電腦。

  *Jack got **more** than he deserved.* 傑克得到的比他應得的還要多。

  ***Most** of our computer equipment is ten years old.*
  我們的電腦設備大多已經用了十年了。

- many ~ more ~ most

  *We also need **more** books in the department.* 我們系所也需要更多書。

  *I find **most** people working in the library very helpful.*
  我發現大多數在圖書館做事的人都很願意幫忙。

- little ~ less ~ least

  *We now spend **less** money on periodicals than last year.*
  我們現在花費在期刊上的錢比去年少。

*I haven't the **least** idea what to do now.*
我現在完全不知道該怎麼辦。

fewer 或 less
如何選擇，見
73。

- few ~ fewer ~ fewest 或 few ~ less ~ least

  *We want **fewer/less**, not more restrictions.*
  我們要的是更少限制，不是更多。

比較子句：*Ann speaks French better than I do.*

當我們要拿一個東西與另一個東西比較，並指出不同之處時，就要使用形容詞或副詞的比較形式(參看 225)。為了進一步點出不同之處，我們會在比較詞（comparative word）後面接以 than 開頭的從屬子句，稱比較子句（comparative clause）：

> *The author's most recent book is **more interesting than** his previous ones were.* 這位作家最新出的書比他過去所寫的都還要有趣。

上述句子中，more interesting 是這句子的**樞紐成分**（hinge element），也就是含有比較詞的部分，而後方的 than 從屬子句則用來修飾此樞紐成分。這個部分之所以稱為「樞紐」，是因為就意義上而言，這個成分既屬於主要子句也屬於比較從屬子句，換言之，more interesting 這個樞紐成分同時是主要子句的 is 和從屬子句的 were 的補語。但是就結構上而言，從屬子句中並沒有補語。下面是一些比較子句的範例：

> *Nicole looks **much younger than** her sister does.*
> 妮可看起來比她妹妹還要年輕。

> *Charles speaks French **less well than** he writes it.*
> 查爾斯的法文說得沒有寫得好。

> *We're in a hurry because prices are going up **faster than** we can buy.*
> 我們很急，因為再不快點買又要漲價了。

比較片語：*Ann speaks French better than I/me.*

506 than 後面的句子可以用不同句型：

    [1] *Ann can speak French better **than I can**.* 安的法文說得比我好。

    [2] *~ Ann can speak French better **than I**.* 正式

    [3] *~ Ann can speak French better **than me**.* 非正式

句 [1] 使用了從屬子句 than I can（後方省略了 speak it）。從屬子句的成份如果跟主要子句的資訊有所重複，都可以省略。比方省略動詞，就會得到句 [2] 和 [3] 的比較片語，而不是比較子句。在 非正式 英語中，than 片語（如句 [3] 中的 than me）等同介系詞片語（to me、for me 等），後面通常接受格代名詞，如 me、them（參看620）。正式 英語中，如果此代名詞是作為被省略動詞的主詞，則使用主格代名詞（如 than I、than they），因此，句 [2] 的 than I 就等於 than I can speak it.。不過在 非正式 英語中，這樣的比較子句可能會產生歧義：

> *He seems to like his dog more than his children.*
> 他似乎愛他的狗比他孩子還多。

這個句子最有可能的意思是：

> *He seems to like his dog more than he likes his children.*
> 他似乎愛他的狗比愛他的孩子還多。

但也有可能是這個意義：

> *He seems to like his dog more than his children do.*
> 他似乎比他的孩子還愛他的狗。

在比較片語中，than 的後面可以接副詞或形容詞：

> *Emma struck him as more beautiful **than ever**.*
> 他覺得艾瑪比過去又更美了。

> *James said no more **than usual**.* 詹姆斯說的和平常一樣少。

> *There is higher unemployment in the north **than in the south**.*
> 北部的失業人數高於南部。

507 有些類型的比較片語並非由更長的比較子句變化而來，其中一類是程度或數量的比較：

> There were **fewer** than twenty people at the meeting.
> 會議上不到二十人。
> → 比較片語 than twenty people 沒有可比較的對象，只是想強調數量的稀少。

> I have **better** things to do than watching television.
> 我有比看電視更好的事情要做。
> → 比較片語 than watching TV 沒有可比較的對象，僅強調比看電視還棒。

另一類則是跟描述語的比較有關，只能用 more 或 less 的比較形式表達：

> The performance was **more good** than bad.
> 這個表演很出色，並不差。（= The performance was good rather than bad.）

505 和 506 所討論的比較句型，也可在「不對等比較」（如 more quickly、less well）及「對 等 比 較」（如 as quickly as you can、as much as anybody else，參看 226）中看到：

> The voters seem to like the one candidate **as much as** the other.
> 選民對於那位候選人的喜愛似乎與另一位不相上下。

Complements 補語 （參看 CGEL 10.8, 16.20–83）

508 「補語」這個詞就一般意義而言，是使一個文法結構完整的必要成分。補語分為三種：子句補語、形容詞補語和介系詞補語。

子句補語（參看 491）

> She is a very good lecturer.
> 她是名很棒的講者。

子句的補語可以是：

- 名詞片語（參看 595）：

  *Dr Fonda's **a very good lecturer**.*
  芳達博士是一名很好的講師。

- 形容詞或形容詞片語（參看 440）：

  *Dr Fonda's lectures are **interesting** and **easy to follow**.*
  芳達博士的講課很有趣也很好懂。

- 名詞子句（參看 588）：

  *The only trouble is **(that) I can't read what she writes on the blackboard**.*
  唯一的問題是我看不懂她在黑板上寫什麼。

從上述句子可以看到，補語通常位於動詞後面。如果句中同時有受詞和補語，則補語會放在受詞後面：

*All students consider her **a very good lecturer**.*
所有學生都認為她是個很好的講師。

補語通常不可省略。如果把補語刪除，剩下的部分不是好的英文句子：

*The poor service made the hotel guests **absolutely furious**.*
差勁的服務讓飯店客人極為憤怒。
不可寫：*The poor service made the hotel guests.*（×）

主動句轉換為被動句（參看 613）時，要將受詞變成主詞，不能將補語變成主詞：

*She is considered **a very good lecturer**.* 她被認為是個很好的講師。

補語常用來表達主詞或受詞的品質或態度：

*The hotel guests were **absolutely furious**.* 飯店客人極為憤怒。

補語還可以用來說明主詞或受詞的身分：

*My native language is **Chinese**.*（= Chinese is my native language.）
我的母語是中文。

形容詞補語

形容詞補語可以是 that 子句、帶 to 的不定詞和介系詞片語（參看 436）：

> *I'm glad **(that) you think so**.*（**that** 子句或省略 **that** 的子句）
> 很高興你這麼認為。

> *I'm glad **to hear that**.*（帶 **to** 的不定詞）
> 很高興聽到這個消息。

> *I'm glad **of your success**.*（介系詞片語）
> 我為你的成功感到高興。

介系詞補語

在上面的最後一個例句中，介系詞片語 of your success 是形容詞 glad 的補語。這個介系詞片語本身又是由一個介系詞（of）和它的補語（your success）組成。介系詞的補語通常是一個名詞片語（參看 595）：

> *The committee argued **about the change in the document**.*
> 委員會就文件內容的變更展開了爭執。

也可以是 wh- 子句（參看 590）：

> *The committee argued **about what ought to be changed in the document**.*
> 委員會就文件內容應變更的部分展開了爭執。

或者是 -ing 子句（參看 594）：

> *The committee argued **about changing the wording of the document**.*
> 委員會就變更文件措辭的部分展開了爭執。

Concord 一致性

（參看 CGEL 10.34–50）

509 文法上的一致性，是指某些文法結構必須互相一致（agree with each other），因此英文又稱此為 **agreement**。文法的一致性有兩種類型：**數**的一致（如：單數用 the film is...，複數用 the films are...）以及**人稱**一致（如：第一人稱用 I am，第二人稱用 you are）。

「數」的一致：*she knows ~ they know*

一、主詞 – 動詞一致性（subject-verb concord）

除了 be 動詞以外，所有動詞只在現在式有數的一致的問題：she knows ~ they know。過去式沒有一致的變化：she knew ~ they knew。

be 動詞不同於其他動詞，有多種形式：現在式 am, is, are、過去式 was, were （參看 482、514）。子句作主詞視為單數：

> *To treat soldiers as hostages **is** criminal.*
> 把士兵當人質對待是犯法的。

情態助動詞也不同於其他動詞，只有一種形式（must、can、will 等）：she must know ~ they must know。

二、代名詞一致性

指代前面的單數名詞片語要用單數代名詞，指代複數名詞片語要用複數代名詞（但 they 有單數用法，參看 96）：

> ***She** lost **her life**.*　　~　　***They** lost **their lives**.*
> 她失去了生命。　　~　　他們失去了生命。

「概念上」的一致：*The government is/are agreed.*

510 有時，某些名詞的單數形可以視為複數，例如 family（家庭）。

*A new family **have** moved in across the street.*
對街新搬來了一戶人家。

這叫做**概念上的一致**（notional concord），因為動詞（are）是和集合名詞（family）的複數**概念**一致，而不是和該名詞的單數**形式**一致。但是，family 當集合名詞時也有可能被視為單數：

*A new family **has** moved in across the street.*
對街新搬來了一戶人家。

這則叫做**文法一致**（grammatical concord），因為文法的基本規則是：

- **單數主詞 + 單數動詞**
- **複數主詞 + 複數動詞**

當一個群體被視為單一不可分割的團體時，常用單數，但是這種意義上的區別往往不易辨識。集合名詞在 非正式 口語 比在 正式 書面 英語中，更常採用複數一致的用法。此外，複數一致比較常見於 英式 英語而非 美式 英語。以下列舉的集合名詞可用單數一致或複數一致皆可，這些名詞多屬於制定決策團體：association（協會）、audience（觀眾；聽眾）、board（董事會）、commission（委員會）、committee（委員會）、company（公司）、council（議會；理事會）、crew（全體工作人員）、department（部門）、government（政府）、jury（陪審團）、party（政黨）、public（公眾）、staff（全體職員）。以下列舉例子：

*The **audience was** generous with its cheers and applause and flowers.*
觀眾報以熱烈的歡呼、掌聲和鮮花。
*The **audience were** clearly delighted with the performance.*
觀眾顯然對這場演出十分滿意。

*A **committee has** been set up so that in the future it will discuss such topics in advance.* 委員會已經成立，以便將來能就此類主題事先討論。

*The **committee believe** it is essential that their proposal should be adopted as soon as possible.* 委員會相信必須儘速通過他們的提案。

*We have a market where the **majority** consistently **wins** what the **minority loses**.* 我們的市場向來以少數人的損失成就多數人的利益。

*The **majority** of the population **are** of Scandinavian descent.* 大多數人口為斯堪地那維亞裔。

*The **government has** recognized **its** dilemma and **is** beginning to devise better school education.* 政府已經看到它所面臨的兩難境地，正著手規畫更好的學校教育。

*The **government want** to keep the plan to **themselves**.* 政府不打算對外公布這個計畫。

*Not even the New York **public has** enough money to meet **its** needs.* 就連紐約民眾都沒錢滿足自身需求。

*The **public are** thinking of planning **their** forthcoming annual holiday.* 民眾正思考著為即將到來的年度假日安排計畫。

還有一種要用複數一致的特別情況，就是單數專有名詞的球隊名稱：Arsenal **win** 3-1.（兵工廠以 3 比 1 獲勝。）England **have** been practising for two days.（英格蘭已經練球兩天。）在 英式 英語中這是正規用法，但 美式 英語並不這樣用，除非隊名本身就是複數：The New York Giant**s** win again.（紐約巨人再度取勝。）

吸引力原則：*A large number of people disagree.*

511 一致性規則如「單數主詞＋單數動詞」、「複數主詞＋複數動詞」，有時會受**吸引力原則**（attraction）影響，也就是動詞往往和最靠近它的名詞或代名詞一致，而不和主詞的中心詞一致：

*A large number of **people have** asked her to stand for reelection.* 許多人請求她競選連任。

*A variety of analytic **methods have** been used.* 已經用了各式各樣的分析法。

上面兩個句子中，名詞片語在文法上的中心詞（number 和 variety）都是單數，我們會認為動詞應該用 has，然而修飾中心詞的 of 片語中含有複數名詞（people 和 methods），因而對鄰近的動詞產生影響。我們稱此現象為**吸引力原則**（attraction）或**就近原則**（proximity），因為最為最接近動詞的名詞影響了動詞，而打亂原本的文法一致性規則。在許多例子中，吸引力原則與概念上的一致原則是緊密連結的，因為這些中心詞（number、variety、majority 等）表達了「複數」概念。

對等主詞的一致性：*Law and order is an election issue.*

512　當主詞是由對等連接詞 and 所連接的兩個或三個以上的名詞片語，會使用複數動詞：

> *Monday and Tuesday **are** very busy for me.*
> 週一和週二我會很忙。

這種對等連接結構被視成兩個子句的縮寫（即 Monday is busy 和 Tuesday is busy；參看 515）。然而，這種以 and 連接的對等名詞片語，有時會使用單數動詞：

> *Law and order **is** considered important in this election.*
> 法律秩序在這次選舉中極受重視。

而不會寫成：

> *Law and order are considered important in this election.*（×）

使用單數或複數動詞，取決於**我們如何看待主詞的本質**；是把它們看作不同的議題（Law and order are...），或是單一議題（Law and order is...）。如果對等名詞片語指的是同一個人或物，也要用單數動詞：

> *At the party **my colleague and long-time friend**, Charles Bedford, was the guest of honour.*
> 我的同事與多年老友查爾斯‧貝德福德是這場宴會的嘉賓。

即吸引力原則
或就近原則，
參看 511。

當主詞是由 or 或 either...or 連接的兩個名詞片語，一般規則是動詞的數取決於最後一個名詞片語：

> *Either **the workers** or **the director** is to blame for the disruption.*
> *Either **the director** or **the workers** are to blame for the disruption.*
> 工人和主任都必須為這次的中斷事故負起責任。

這種句子其實很不自然。如果想避免一致性的問題，可以改用情態助動詞來表達（因為情態助動詞不需考量數的一致性原則），如上述例句就可改成：

> *Either the workers or the director must be blamed for the disruption.*

不定數量詞的一致性：*None of them is/are here.*

513 • 不定數量詞常出現一致性的問題，特別是 any、no 和 none。下面句子遵循了一致性的基本規則：

> *No person of that name **lives** here.*（單數可數名詞 + 單數動詞）
> *No people of that name **live** here.*（複數可數名詞 + 複數動詞）
> 沒有叫那個名字的人住在這裡。

> *So far no money **has** been spent on repairs.*（不可數名詞 + 單數動詞）
> 到目前為止，還沒有錢被花在維修上。

> *I've ordered the cement, but none (of it) **has** yet arrived.*（不可數名詞 +
> 單數動詞）
> 我已經叫了水泥，但是都還沒到。

「none of + 複數名詞片語」可以用單數動詞，也可以用複數動詞：

> *None of us **wants**/**want** to be killed young.*
> 沒有人想年紀輕輕就死去。

就 none of 而言，以文法一致性原則來看，none 被認定為單數，但概念上的一致性規則卻要求使用複數動詞。書面 正式 用語會使用單數動詞，到 口語 非正式 用語則用複數動詞較為自然。會話中使用複數動詞會自然一些：

*None of her boys **have been** successful in the world.*
她的兒子們都沒什麼成就。

*None of the people there **were** any more competent than we are.*
那裡的人都和我們一樣無能。

*None of my colleagues **have** said anything about it.*
我的同事都沒有對那件事表示意見。

- neither 和 either 也適用同樣規則：

*I sent cards to Avis and Margery but neither of them **has/have** replied.*
我寄了邀請卡給艾薇絲和瑪格麗，但他們都沒有回覆我。

*In fact, I doubt if either of them **is/are** coming.*
事實上，我懷疑他們是否會來。

- 在 非正式 用語中，經常用複數代名詞 they 代替以 -body 和 -one 結尾的代名詞：

*Everyone **thinks they** have the answer to the current problems.*
人人都自以為有辦法解決當前的問題。

*Has **anybody** brought **their** camera?* 有誰帶了自己的相機來嗎？

*Anybody with any sense would have read the play in translation, wouldn't **they?*** 明智的人就會讀那部劇本的翻譯本，不是嗎？

傳統 正式 英語中，若句中並未指明性別，則傾向使用 he：

*Everyone **thinks he** has the answer.* 人人都自以為有解決辦法。

現今越來越常看到寫作者想避免使用以男性為主的語言，遇到這樣的情況，我們可改用 he or she 或 s/ he，而不用 he（參看 96）。如今在 書面 英語中，也越來越流行使用不分性別的 they：

*Everyone **thinks they** have the answer.*

人稱的一致性：*I am ~ she is ~ they are*

514　除了數的一致性，英文文法還有人稱的一致性。

- be 動詞現在式有三種形式^{（參看 482）}：

  > *I **am** ~ he/she/it **is** ~ we/you/they **are***

- 一般動詞的現在式只有兩種形式^{（參看 573）}：

  > 第三人稱單數：*He/she/our friend etc. **likes** cooking.*
  > 他／她／我們的朋友等喜歡下廚。

  > 非第三人稱單數：*I/you/we/they/our friends etc. **like** cooking.*
  > 我／你（們）／我們／他們／我們的朋友等喜歡下廚。

- 情態助動詞只有單一形式^{（參看 483）}：

  > *I/we/you/he/she/our friend/our friends etc. **will** cook dinner today.*
  > 我／我們／你（們）／他／她／我們的朋友／我們的朋友們等今天會煮晚餐。

請注意，就數的一致而言，you 相當於複數代名詞。這是因為就語源來看，you 原本為第二人稱複數形，而原始的第二人稱單數形 thou 現在幾乎不用。

Coordination 對等連接　　　　　　　　　　（參看 CGEL 13.1–103）

515　不同的文法單位如子句、子句成分、單字之間，都可能出現對等連接詞。對等連接是指以對等連接詞 and、or 或 but 所連結的對等結構。

子句的對等連接：*I'm selling my car and buying a new one.*

子句、片語或單字可由連接詞 and、or 或 but 連接起來（稱「對等連接」）：

> *It's November **and** there isn't a single tourist in sight.*
> 現在是十一月，竟然連個觀光客也沒有。

*Do you want me to send the report to you **or** do you want me to keep it?*
你希望我把報告傳給你，還是我自己留著呢？

*Oscar is away for a couple of days, **but** (he) will be back on Monday.*
奧斯卡這幾天都不在，要週一才會回來。

如果兩個子句的主詞是同一個人或物，我們通常會省略第二個主詞，如上述最後一例句。如果兩個子句的助動詞相同，一般也會省略：

*Laura may have received the letter **but** (she may have) forgotten to reply.*
蘿拉可能有收到信，只是（可能）忘了回覆。

子句成分的對等連接

516　對等連接詞不只用來連接子句，也可以連接組成子句的成分（如主詞、動詞、受詞等）。這類的對等連接可以看成是：省略重複成分的對等連接子句，如下面這個句子：

Her mother needed a chat and some moral support.
她母親需要有人可以聊聊，和一點精神支持。

可以擴展為：

*Her mother needed a chat and **her mother needed** some moral support.*
她母親需要有人可以聊聊，她母親也需要一點精神支持。

但有些情況不能改寫成兩個完整子句：

My closest friends are Peter and his wife.
我最親密的朋友是彼德和他太太。

這句話並不等於 My closest friend is Peter and my closest friend is his wife.（我最親密的朋友是彼德，我最親密的朋友是他太太。）

此外，由 and 形成的對等連接結構，也可以表示「相互」關係：

By the time the first crackling of spring came around, Joan and I were hopelessly in love. 早在春天來臨前，瓊恩和我就無可救藥地墜入愛河。（換言之，瓊恩愛著我，我也愛著瓊恩。）

Last night our dog and the neighbour's were having a fight.
昨晚我們的狗和鄰居的狗打架。（換言之，我們的狗和鄰居的狗**互相**打了起來。）

重複部分的省略在 391 有說明。

既然對等連接結構在片語中有不同功能，在看待片語或更小成分的對等連接結構時，我們該注意的是被**連結**的部分，而非被省略的部分。

but 作對等連接詞的限制比 and 和 or 要多。比方說，but 通常不能連接片語，除非搭配否定詞：

I have been to Switzerland, but not to the Alps.
我去過瑞士，但沒去過阿爾卑斯山脈。

或者連接的是兩個形容詞或形容詞片語：

*The weather was **warm** but rather **cloudy**.* 天氣暖和，可是陰陰的。

不同子句成分的對等連接：*Wash by hand or in the washing machine.*

517 以下的對等連接結構，所連結的是結構不同的子句成分：

主詞：***Social security** and **retirement plans** will be important election issues.* 社會保障和退休計畫將是選舉的重要議題。

動詞片語：*Many of the laws **need to be studied** and **will have to be revised**.* 這些法律許多有待研究，也將有必要修改。

補語：*The laws are **rather outmoded** or **totally inadequate** and **often ambiguous**.*
這些法律不是相當過時就是完全不足，而且常引發歧義。

副詞：*You can wash this sweater **by hand** or **in the washing machine**.*
這件毛衣可以手洗或機洗。

介系詞補語：*Our team plays in **red shirts** and **white shorts**.*
我們這隊穿紅色球衣、白色球褲。
*The armrest must be down during **take-off** and **landing**.*
飛機起飛及降落時，必須將座椅扶手放下。

單字的對等連接：*Tomorrow will be nice and sunny.*

518 對等連接詞可用來連接兩個相同詞類的單字：

> **名詞**：*Older people think many **boys** and **girls** look the same nowadays.*
> 老一輩的人認為時下許多男孩女孩都長得一樣。

> **形容詞**：*Tomorrow's weather will be **nice** and **sunny**.*
> 明天天氣會很晴朗。

> **連接詞**：***If** and **when** she decided to tell her parents about her plans, she would do so unasked.*
> 等到她決定把計畫告訴父母的時候，她自然會自己說的。

有時候，不同詞類的單字如果具有同樣功能，也可以連接在一起：

> ***You** and **Sandra** must visit us sometime.*（and 連接名詞和代名詞）
> 你和珊卓拉哪天一定要來看我們。

> *The game can be played by **three** or **more** contestants.*（and 連接數詞和數量詞）
> 這個比賽可以由三個或更多參賽者進行。

省略連接詞：*a sandwich, a salad and a cup of tea*

519 當對等連接詞所連接的項目超過兩個，每個項目之間的連接詞通常會省略，只保留最後一個連接詞。在到 口語 英語中，除了最後一個項目，其餘通常念成升調：

> | *I'd like a ham sándwich,* | *a sálad* | *and a cup of tèa.* |
> 我要一個火腿三明治、一份沙拉和一杯茶。

在 書面 英語中，各項目之間通常用逗號分開，最後兩個項目間則不用逗號。不過，許多人書寫時也會在 and 前面加逗號。連接副詞（linking adverb）如 then、so、yet 的前面常省略 and：

> *The car spun around again, (and) **then** violated two stop lights.*
> 那輛車再度掉頭，接著連闖兩個紅燈。

> *It's a small college, (and) **yet** most students love it.*
> 這是一所規模很小的大學，不過大部分學生都很愛這裡。

對等連接詞組：*reactions of both approval and disapproval*

520 當我們用對等連接兩個結構時，有時可在第一個結構前面加字，強調對等連接的效果，如「both X and Y」（兩者皆是）、「either X or Y」（兩者任一）、「neither X nor Y」（兩者皆非）等。這種用法叫做**對等連接詞組**（correlative coordination）。

> *The proposal produced strong reactions of **both** approval **and** disapproval.*
> 這個提案引發了贊成與反對兩種強烈反應。

> *The audience last night did not respond with **either** applause **or** boos.*
> 昨晚的觀眾既沒有報以掌聲也沒有發出噓聲。

> *The anti-trust laws are **neither** effective **nor** rational.*
> 反托拉斯法既無效也不合理。

另一個對等連接詞組是「not (only)... but...」（參看 234、269）

here/there、now/then 的比較則參看 100。

Demonstratives 指示詞 （參看 CGEL 6.40–44, 12.8–20）

521 this、that、these 和 those 為**指示詞**，可分為「近」和「遠」兩組：

	單數	複數
近	this	these
遠	that	those

- 這些指示詞有單複數對應：

    this book** ~ **these books 這本書 ~ 這些書

    that book** ~ **those books 那本書 ~ 那些書

- 指示詞在名詞片語中可作為**限定詞**：

    ***This** time Elizabeth felt nervous.* 這次伊莉莎白緊張了。

- 指示詞也可以作為**代名詞**，意即代替整個名詞片語（參看 595）：

This *is a public park.* 這是一座公園。

That's *another story.* 那又是另一回事了。

- 在 較正式 的用法中，that 和 those（不含 this 和 these）可作關係代名詞的先行詞，即關係代名詞所指代的那個詞（參看 382、686）：

  *Richard took up a life similar to **that (which)** he had lived in San Francisco.*
  理查過著類似他過去在舊金山的那種生活。

  *The elements which capture his imagination are **those which** make the story worth telling and worth remembering.*
  激發他想像的是那些讓故事值得一講、值得銘記的元素。

that 不能當做 who 的先行詞，因為 that 在這種句型中只能指物。指人要使用「those who」：

  *75 percent of **those who** returned the questionnaire were in favour of the proposal.* 回傳問卷的人有百分之七十五贊成這項提案。

Determiners 限定詞

（參看 CGEL 5.10–25）

522 限定詞用來具體說明一個名詞的指涉範圍，例如讓該名詞成為「定指」（definite reference，即有具體所指，如 the book）或「不定指」（indefinite reference，即無具體所指，如 a book），或者說明該名詞的數量（如 many books）。要理解限定詞所扮演的文法角色，我們需要看有哪些限定詞和名詞可以連用。專有名詞通常不用加限定詞（參看 667）。普通名詞搭配限定詞可分為以下三種類型：

- **單數可數名詞**：book（書）、teacher（教師）、idea（想法）
- **複數可數名詞**：books、teachers、ideas
- **不可數名詞**：meat（肉）、information（資訊）、money（錢）

限定詞一律放在其所限定的名詞**之前**，但限定詞之間的相關位置

有所不同。最重要的限定詞包含冠詞（a、an、the）、指示詞（this、that 等）和所有格（my、your 等）：

> *a* book, the books 一本書，這些書；
> *this* idea, *these* ideas 這個點子，這些點子；
> *my* idea, *my* ideas 我的點子，我的一些點子

我們把這組限定詞叫做**中置限定詞**（central determiner），或稱第二組限定詞（group 2 determiner），因為它們前面還可以加上第一組限定詞（group 1 determiner）如 all、half：

> *all* the books 所有的書、*all* these people 所有這些人、*all* my ideas 我所有的點子
>
> *half* the time 一半的時間、*half* a kilo 半公斤

第二限定詞後面還可能接第三組限定詞（group 3 determiner）如 second、many：

> a *second* time 第二次、the *many* problems 許多問題

三種限定詞整理如下：

第一組限定詞	第二組限定詞	第三組限定詞
all, both, half（參看 524） double, twice 等 one-third 等（參看 524） what, such 等（參看 524）	**冠詞：** the, a, an（參看 523） **指示詞：** this, these, that, those（參看 523） **所有格：** my, your, his, her 等（參看 523） **數量詞：** some, any, no, every, each, either, neither, enough, much（參看 677） **wh- 限定詞：** what(ever), which(ever), whose（參看 523）	**基數詞：** one, two, three, four 等（參看 525） **序數詞：** first, second, third 等（參看 525） **一般序數：** next, last, other 等（參看 525） **數量詞：** many, few, little, several, more, less 等（參看 677）

第二組限定詞：*the book, those people, her money*

一、可用於可數和不可數名詞的限定詞

523 下列限定詞皆可用在三種類型的名詞（單、複數可數名詞及不可數名詞）：

- 定冠詞 the（參看 473）：

    *Have you got **the book**/**the books**/**the money**?*
    你拿到那本書／那些書／那筆錢了嗎？

- 所有格限定詞：my, our, your, his, her, its, their（參看 624）：

    *Have you seen **my book**/**my books**/**my money**?*
    你有沒有看到我的那本書／我的那些書／我的錢？

名詞所有格（參看 530）的作用如同所有格限定詞。比較下列用法：

    *The teacher liked **the student's essay**.* 老師很喜歡這位學生的論文。

    *The teacher liked **her essay**.* 老師很喜歡她的論文。

- 重音的 some 和 any：

    *'There must be **some misconception** in your minds',* she said.
    「你們的想法一定有些誤解。」她說。

    *The defendant refused to make **any further statement**.*
    被告拒絕進一步陳述。

- 否定數量詞 no（參看 583）：

    *There was **no debate** as the Senate passed the bill.*
    參議院不經辯論通過該法案。

    *There were **no audience questions** after the lecture.*
    演講結束後沒有進行觀眾提問。

- wh- 限定詞 whose、which、whichever、what、whatever（參看 536、592）：

    *The house **whose roof** was damaged has now been repaired.*
    屋頂毀損的那棟房子現在已經修補好了。

Whichever way one looked at it, it was her good fortune to have a good job.
無論怎麼看，她能有一份好工作真是幸運。

*Have you decided **what adjustments** should be made?*
你決定好要做哪些調整了嗎？

*We have to carry out **whatever preparations** are needed.*
任何該做的準備我們必須做。

二、用於複數可數名詞和不可數名詞的限定詞（但不用於單數可數名詞）

- 零冠詞，也就是省略冠詞（參看 473）：

  *These people need **tractors** and **help** with farming.*
  這些人需要曳引機，也需要有人幫忙耕作。

- 非重音的 some /səm/（參看 474、677、698）：

  *I may settle for **some makeshift arrangements** for the summer.*
  我可能也只好替夏天做一些臨時安排。

- 非重音的 any（參看 677、698）：

  │ *Have you **any clòthes*** │ *or **any fùrniture** to sell?* │
  你有衣服或家具要賣嗎？

- enough（參看 677）：

  *I don't think there's **enough money** in the library to spend on books.*
  我認為圖書館沒有足夠的錢買書。

  *There has not been **time enough** to institute reforms.*
  沒有足夠的時間進行改革。

從上面最後一句可以看出，enough 可以放在中心詞的後面，但這種用法較不常用。

三、用於單數可數名詞和不可數名詞的限定詞

指示詞 this 和 that 可用於單數可數名詞或不可數名詞（但不可用於

複數可數名詞，^{參看 521}）：

> ***This research*** *requires expensive equipment.*
> 這項研究需要用到昂貴器材。
>
> *I find **that poetry** difficult to understand.*
> 我覺得那首詩很難懂。

四、只用於單數可數名詞的限定詞：

- 不定冠詞 a 和 an（參看 473）：

> *Wait a **minute**!* 等等！
>
> *What **an opportunity**!* 這可是千載難逢的好機會啊！

- 數量詞 every、each、either、neither（參看 75、676）：

> ***Every Saturday** he gets a big kick out of football.*
> 每週六他都從踢足球中得到很大的樂趣。
>
> *They took the 8.30 train to the city **each morning**.*
> 每天早上他們都搭八點三十分的火車到城市裡。
>
> ***Either way** it sounds like a bad solution.*
> 無論如何，這聽起來都不是好的解決辦法。
>
> *It is to the advantage of **neither side** to destroy the opponent's cities.*
> 摧毀敵方城市對雙方都沒有好處。

五、只用於複數可數名詞的限定詞

複數的指示限定詞 these 和 those 只能用於複數可數名詞（參看 521）：

> *'I've been waiting to get **these things** done for months', she said.*
> 「我等著把這些事情完成已經好幾個月了。」她說。
>
> *Rebecca felt it was just going to be one of **those days** when life was unbearable.* 蕾貝卡覺得那天只會很難熬。

六、只用於不可數名詞的限定詞：

數量詞 much 只能用於不可數名詞（參看676）：

> *Some of the young players have so **much ability**.*
> 一些年輕球員的能力很強。

第一組限定詞：*all the time*、*twice the number*

524 與其他限定詞連用時，第一組限定詞會放在第二組限定詞的前面，如：all the time（一直）、both the children、（兩個孩子都）、twice the number（兩倍數目）等。第一組限定詞有四種類型：

• **all**、**both**、**half**（參看677）置於冠詞、所有格或指示詞之前：

all 用於複數可數名詞和不可數名詞：

> *Through **all these years** she had avoided the limelight.*
> 這些年來她一直過得很低調。

> *During **all this time** Roy Thornton continued to paint.*
> 這段期間以來，洛伊・松頓持續作畫。

單數可數名詞有時用「all the + 名詞」的句型，但更常用「all of the + 名詞」或「the whole + 名詞」的句型：

> ***All (of) the town** was destroyed by fire.*
> ~ ***The whole town** was destroyed by fire.* 整個城鎮都遭大火摧毀。

both 只用於複數可數名詞：

> ***Both (the) books** were out of the library.* 圖書館這兩本書都被借走了。

half 用於單、複數可數名詞和不可數名詞：

> *The bridge was **half a mile** downstream.* 那座橋位於下游半英里處。

> *More than **half the audience** departed.* 一半以上的觀眾都離席了。

> *In this village, nearly **half the children** receive no education.*
> 這個村裡將近半數的兒童沒有接受教育。

*He stays on the island for **half the summer**.* 他有半個夏天會待在島上。

- **double**、**twice**、**three times**、**four times** 等用於單、複數可數名詞，或表示數量、程度等的不可數名詞：

  *The party needs **double that** number of votes to win the election.*
  該黨需要獲得那個票數的兩倍才能贏得選舉。

  *The area is approximately **three times the size** of the old location.*
  這個區域大約是原地點的三倍大。

- 分數 **one-third**、**two-fifths**、**three-quarters** 等通常使用 of 的結構：

  *Grains and other seed food products furnish less than **one-third of the food** consumed.*
  穀類和其他種子類食品供應了不到三分之一的食物消耗量。

- **what** 和 **such** 可接不定冠詞加單數可數名詞：

  *Victoria kept telling herself again and again **what a fool s**he'd been.*
  維多利亞一遍又一遍地不斷告訴自己她有多麼傻。

  *They had no knowledge of **such a letter**.*
  他們不知道有這麼一封信。

  *At first glance the idea looked **such a good one**.*
  這個點子乍看之下還真不賴。

what 和 such 如果接複數可數名詞和不可數名詞，名詞前不加冠詞：

  *It's amazing **what beautiful designs** she has come up with.*
  她竟想出這麼美的設計，真令人驚豔。

  *Our present enemies may well use **such terrible and inhumane weapons**.*
  我們當前的敵人極有可能使用如此可怕又不人道的武器。

  *I could hardly believe **such good luck** was mine.*
  真不敢相信我有這種好運。

- 程度詞 **rather** 和 **quite** 的用法同第一組限定詞：

  *Sometimes life can be **rather a disappointing business**.*
  人生有時是相當令人失望的一件事。

*I've known him for **quite a while**.* 我認識他好一段時間了。

第三組限定詞：*the next few days*、*a great many students*

525　第三組限定詞包含數詞和數量詞，會置於第二組限定詞之後、形容詞或名詞片語的中心詞之前。

- **基數詞**（one、two、three 等）。數詞 one 當然只用於單數可數名詞，其他的基數詞（two、three 等）都只能用於複數可數名詞（參看 602）：

  *There's only **(the) one farm** north of here.*
  此處以北就只有（那）一座農場。

  ***(Some) ten passengers** were stranded at the station.*
  （約）十名乘客受困於車站。

- **序數詞**（first、second、third 等）只用於可數名詞。名詞片語中若有基數詞，則序數詞通常置於基數詞之前：

  *Philip had spent **the first three years** in Edinburgh.*
  菲利普前三年都待在愛丁堡。

- **一般序數**（general ordinal）包含 next（接下來的；緊接著的）、last（最後的；最近的）、other（另一個）、further（另外的）等，通常置於序數詞之前：

  *This was Johnson's best match in **the last two years**.*
  這是強森過去兩年以來表現最好的一場比賽。

  *Pamela spent **her next five days** at home.*
  潘蜜拉接下來的五天都待在家中。

請比較在有無定冠詞的情況下，other 在句中的語序：

* **The other two projects** have been scheduled for completion next year.*
另外兩項計畫定於明年完成。

***Two other children** were seriously wounded in the highway accident.*
另外兩名兒童在這場公路交通事故中受到重傷。

another 可看成是兩個限定詞（an + other）的組合：

> *At the meeting, **another speaker** also came under criticism.*
> 會議中，另一位發言者也受到批評。

> *In **another four weeks** we are going on vacation.*
> 再過四週我們就要去度假了。（= *four weeks from now* 從現在起四週後）

數量詞：*I said a few, not few friends.*

526 數量詞表示數或量（參看 676）：

- many、several、a few、few、fewer 只用於複數可數名詞：

> *I have corrected the **many** spelling errors in your report.*
> 我已經改正了你報告中的許多拼寫錯誤。

> *I haven't seen my sisters for **several** years.*
> 我已經多年沒見我的姊妹。

> *Here are **a few** facts and figures.*
> 這是一些詳細的資料。（*a few* = *a small number* 少量的）

> *Probably only very **few** people are aware of this tradition.*
> 可能只有極少人知道這項傳統。（*few* = *not many* 不多的）

> *There are **fewer** people going to church nowadays.*
> 現在比較少人上教堂了。

- little（如同 much）只用於不可數名詞：

> *I advise you to use the **little** money you have to some purpose.*
> 我建議你妥善運用僅有的一點錢。

> *Ruth had to work very hard with **little** help from her relatives.*
> 露絲幾乎沒有親人的幫助，不得不非常努力工作。（*little* = *not much help* 沒多少幫助）

（形容詞 little 另有一個相對於 big 的意義「小的」，不在此處的討論範圍內。）注意，little 和 few 的意義有別於 a little 和 a few：

*Can you give me **a little** help?*
你可以幫我一點忙嗎？（ *a little = some help* 一些幫忙 ）

但：*They gave **little** help.*
他們幾乎沒幫什麼忙。（ *little = not much help* 沒多少幫忙 ）

*She has invited **a few** friends to the party.*
她邀了幾位朋友來參加派對。（ *a few = some friends* 一些朋友 ）

但：*She's got **few** friends left.*
她沒剩下幾個朋友。（ *few = not many friends* 沒多少朋友 ）

- 比較限定詞 more 用於複數名詞和不可數名詞：

*We are taking **more** students this year in our department.*
今年我們系上招收更多學生。

*There has been **more** activity than usual this year.*
今年的活動比平常來得多。

less 經常用於不可數名詞：

*With no drunken drivers there would be **less** anxiety and fewer accidents.*
只要沒有人酒駕，民眾的焦慮就會減輕，事故也會減少。

很多人也會把 less 用於複數可數名詞（如 less accidents），但在 較正式 的英語中最好用 fewer。

527　有些表示數目和數量的常用片語也相當類似於限定詞。從下表可以看出，有些只用於複數可數名詞，如 a large number of students（許多學生），有的只用於不可數名詞，如：a large amount of money（一大筆錢）。

- **用於複數可數名詞的數量片語：**

The university had ⎰ ***a (great/good/large) number of*** *foreign students.*
a lot of 正式
lots of 非正式
plenty of
這所大學有很多外國學生。

- **用於不可數名詞的數量片語：**

The safe contained
- **a great/good deal of** counterfeit money.
- **a large amount of**
- **a lot of** 正式
- **lots of** 非正式
- **plenty of**

這個保險箱裡裝了大量偽鈔。

注意，動詞需要和 of 後方的名詞一致，而不是和 plenty、lot 或 number 一致（參看 511）：

Plenty of students **were** at the party. 派對上有許多學生。

A lot of people **were** at the party. 派對上有很多人。

A great number of guests **were** at the party. 派對上有大量賓客。

以引導性的 there 起始的句型也套用這條一致規則：

There **were**
- **plenty of** students at the party. 派對上有許多學生。
- **a lot of** people 派對上有很多人。
- **a great number of** guests 派對上有大量賓客。

There **was lots of** food on the table. 桌上有很多食物。

number 和 amount 兩字若以複數形出現，則要採用複數一致原則：

There **were large numbers of** cars on the road this morning.
今早路上車水馬龍。

Only **small amounts of** money are still needed for the expedition.
這次的探險行動只需再籌措一小筆經費。

Exclamations 感嘆句 （參看 CGEL 11.31-32）

528 感嘆句是句子的一種類型，用來表達說話者的感覺或態度。感嘆句通常用於到 口語 英語：

What a lovely dinner we had last night!
我們昨晚享用了多麼美味的一餐啊！

How well Helen Booth is playing tonight!
海倫‧布斯今晚表現得真好！

感嘆句如果用的是名詞片語，會以限定詞 what 開頭（參看 524）；如果是形容詞或副詞，則以程度詞 how 開頭（參看 465）。構成感嘆句時，要將含有 what 或 how 的句子成分放在句首（如同 wh- 問句，參看 683），但不可改變主詞和動詞的語序：

*You have **such a** good library.*
~ ***What a** good library you have!* 你們的圖書館好棒啊！

*She writes **such** marvellous books.*
~ ***What** marvellous books she writes!* 她的書寫得真好！

*You are **so** lucky to have such a good library.*
~ ***How** lucky you are to have such a good library!*
你們有這麼好的圖書館真幸運！

其他類型的感嘆句型，參看 254、298。

*She sings **so** beautifully.*
~ ***How** beautifully she sings!* 她的歌唱得好好聽！

Gender 性別

（參看 CGEL 5.104-111）

529 就文法來看，英文只有某些代名詞有性別之分（參看 619），這些代名詞的形式有陰性／陽性之分，也有人／非人之分，如下表所示：

人	陽性	he	who	somebody
	陰性	she	who	somebody
非人		it	which	something

名詞、形容詞和冠詞則無性別之分。由於英文名詞不帶有文法性別（grammatical gender），因此我們可用常理判斷該使用 he、she 或 it，換言之，使用 he 或 she 取決於這個人是男性或女性。

參看 96 關於男女的指涉用法。

Genitive 所有格

（參看 CGEL 5.112–126, 17.37–46, 110, 119）

單數名詞的所有格

530 書面 英語中，單數名詞的所有格以「's」表示。在到 口語 英語中，單數名詞的所有格要發 /ɪz/、/z/ 或 /s/ 的音，視該名詞的尾音而定，參看 664 的一般發音規則：

> *a **nurse's** /ˋnɜsɪz/ skills* 護理師的技術
>
> *a **teacher's** /ˊtitʃəz/ salary* 教師的薪資
>
> *the **chef's** /ʃefs/ favorite dish* 廚師最愛的菜餚

複數名詞的所有格

書寫時只要在複數名詞後面加撇號「'」，即可形成所有格，在到 口語 英語中不用特別發音；換言之，單數和複數名詞的所有格發音相同，只是書寫形式不同：

> *both **nurses'** /ˊnɜsɪz/ skills* 兩位護理師的技術
>
> *all **teachers'** /ˊtitʃəz/ salaries* 所有教師的薪資
>
> *the two **chefs'** /ʃefs/ favorite dishes* 兩位廚師最愛的菜餚

不規則複數名詞的所有格

即使複數變化不是規則變化（加 -s）的名詞，一律加「's」構成所有格（參看 637）：

> *the **child's** /ˊtʃaɪldz/ bike* 孩子的腳踏車
> *~ the **children's** /ˊtʃɪldrənz/ bikes* 孩子們的腳踏車
>
> *the **woman's** /ˊwumənz/ family* 這名婦女的家庭
> *~ the **women's** /ˊwɪminz/ families* 這些婦女的家庭

單數人名的所有格

以 -s 結尾的單數人名（如 Jones）可選擇只加撇號「'」構成所有格。
Jones 的所有格寫成 Jones' 或 Jones's 都可以，通常發音為 /ˈdʒɒnzɪz/。
只加撇號的拼寫方式尤常用於較長的古人名，例如：Euripides' plays
（尤里比底斯的劇作）、Socrates' wife（蘇格拉底之妻）。

所有格與 of 結構

531 在英文中，名詞間的從屬關係常有不同的表達方式。不少情況既
可以用所有格也可以用 of 結構：

> What's **the ship's name**?（所有格）
> = What's **the name of the ship**?（of 結構）
> 這艘船叫什麼名字？

上述例句中，名詞所有格（ship's）以及 of 後接以該名詞為中心詞
的名詞片語（of the ship），兩者的功能是類似的。我們稱後面這種
為「of 結構」（of-construction）。

- **of 結構**多用於指物的名詞。我們可以說 the leg of a table（桌腳），
  但不能說 a table's leg⁽ˣ⁾。

- **s 所有格**通常用於指人的名詞。我們可以說 John's car（約翰的
  車），但不能說 the car of John⁽ˣ⁾。所有格也常用於下面這類片
  語：a day's work（一天的工作）、today's paper（今天的報紙）、
  a moment's thought（思考一會兒）、the world's economy（全球
  經濟）。

名詞片語中的所有格

532 儘管我們將所有格描述為名詞的一種格，但是更好的方式是將它
看作**名詞片語**（參看 595）的結尾，而非**個別名詞**的結尾。從下面範例
中可以看到，前方整個名詞片語，也就是名詞片語所有格，修飾

了主要名詞片語的中心詞：

名詞片語所有格	主要名詞的其他部分	
some people's	opinion	有些人的意見
every teacher's	ambition	每一位老師的志向
the Australian government's	recent decision	澳洲政府最近的決定

跟其對應的 of 片語做比較，就會更清楚：

the opinion	**of some people**
the ambition	**of every teacher**
the recent decision	**of the Australian government**

所有格名詞片語占據了限定詞的位置^{（參看 522）}，因此要放在形容詞之前。比較下列用法：

> *the* longest novel 最長的一部小說
>
> *his* longest novel 他最長的一部小說
>
> *Charles Dickens'* longest novel 查爾斯・狄更斯最長的一部小說

名詞所有格也可以當做形容詞使用，此時扮演分類的功能，比方說 a women's university（女子大學）。在這種情況下，名詞所有格可以放在修飾中心詞的形容詞後方：

> *[a famous [**women's** university] in Tokyo]* 東京一所知名女子大學

詞組所有格：*an hour and a half's discussion*

⁵³³ 英文有如下的複合名詞片語（complex noun phrase）：

> *the Chairman of the Finance Committee* 財務委員會主席

中心詞（Chairman）由後面的介系詞片語（of the Finance Committee）修飾。這麼長的名詞片語要寫成所有格時，會在整個名詞片語的最後加上所有格 -s（並非是中心詞加 -s）：

介系詞片語見 642。

[[the **Chairman of the Finance Committee's**] *pointed remarks*]
財務委員會主席的犀利評論

由於所有格字尾是加在整個片語或詞組的最後，這種結構被稱為**詞組所有格**（group genitive）。其他例子：

*The rioters must have been acting on **someone else's** instructions.*
聚眾滋事者必是受他人唆使。

*We'll see what happens in **a month** or **two's** time.*
我們就等著看一兩個月後會怎麼樣。

*The lecture was followed by **an hour and a half's** discussion.*
講座結束後是一個半小時的討論時間。

無中心詞的所有格：*at the Johnsons'*

534 由 -s 所有格修飾的名詞若從上下文可清楚辨識，就可以省略：

*My car is faster than **John's**.*（= ...than John's car.）
我的車比約翰的快。

*But **John's** is a good car, too.* 但約翰的也是一部好車。

如果使用的是 of 結構，通常需要加上代名詞（單數用 that，複數用 those；參看 382）：

*A blind person's sense of touch is more sensitive to shape and size than **that of a person with normal vision**.*
盲人對形狀和大小的觸覺比視力正常的人更為敏銳。

*The new CD-players are much better than **those of the first generation**.*
新出的 CD 播放器比第一代的好很多。

描述住家和店面等的用語通常會省略中心詞：

We met at the Johnsons'.
我們在強森家會面。（*the Johnsons'* 指 *at the place where the Johnson live* 強森一家住的地方。）

雙重所有格：*a friend of my wife's*

535　of 結構可以和 s 所有格或所有格代名詞連用，形成**「雙重」所有格**（double genitive）：

> *Shannon is a friend **of my wife's**.*
> 夏儂是我太太的一個朋友。
>
> *This writer's style is no favourite **of mine**.*
> 這位作家的風格不是我最喜歡。

使用所有格的名詞必須是有具體所指的，而且是人。雙重所有格和簡單所有格（simple genitive）不同，雙重所有格通常暗示並非獨一無二，例如上面第一句意味著「我太太有好幾個朋友」。比較下列用法：

> *He is **Leda's brother**.*
> 他是莉達的哥哥。（莉達有一個或不只一個哥哥。）
>
> *He is **a brother of Leda's**.*
> 他是莉達的一個哥哥。（莉達有不只一個哥哥。）

Interrogatives 疑問詞（參看 CGEL 6.36-39, 11.14-23）

536　疑問詞用來引導 wh- 問句（參看 683）：

> ***What's** Mrs Brown's first name?* 布朗女士叫什麼名字？

也用來引導從屬疑問子句（參看 590）：

> *I'm not sure **what** Mrs Brown's first name is.*
> 我不太確定布朗女士叫什麼名字。

英文裡的疑問詞有 who, whom, whose, which, what, where, when, how, why, whether, if，我們把這些稱為「wh- 字」（因為大部分為 wh- 開頭）。whether 和 if 只用於從屬疑問子句。

名詞片語中的疑問詞：*What time is it?* ~ *What's the time?*

537

在名詞片語中，疑問詞 which 和 what 可以作限定詞，也可以直接當代名詞：

- **what** 作限定詞：**What time** is it? 現在幾點？
- **what** 作代名詞：**What**'s the time? 現在幾點？

下表整理各種疑問限定詞和疑問代名詞：

	限定詞	代名詞	
	人和非人	人	非人
主格	what, which	who, what, which	what, which
受格	what, which	who, whom 正式 which	what, which
所有格	whose	whose	
疑問詞＋介系詞	what, which ＋介系詞	who, whom 正式 ＋介系詞	＋what, which ＋介系詞
介系詞＋疑問詞	介系詞 ＋ what, which 正式	介系詞 ＋ whom 正式	介系詞 ＋ what, which 正式

who、whom、whose、which 和 what 可以當疑問詞，也可以當關係代名詞（參看 690）。關係詞 which 只能指非人（如 [1b]），而疑問詞 which 可指非人也可指人（如 [2a] 和 [2b]）。比較下列用法：

[1a] *The author **who** wrote my favourite novel is Graham Greene.*
我最喜歡的小說是葛拉罕‧格林所寫的。（*who* 當指人的關係詞）

[1b] *The novel **which** I like best is **The End of the Affair**.*
我最愛的小說是《愛情的盡頭》。（*which* 指非人的關係詞）

[2a] ***Which** is your favourite author?*
你最喜歡的作家是哪一個？（*which* 指人的疑問詞）

[2b] ***Who** is your favourite author?*
你最喜歡的作家是誰？（*who* 指人的疑問詞）

疑問詞的選擇：who 或 which？ what 或 which?

538 疑問詞 who（如 [2b]）的意義有別於疑問詞 which（如 [2a]），兩者的差別在於定指（definite reference，有具體所指）和不定指（indefinite reference，無具體所指）。定指疑問詞 which（如 [2a]）表示說話者心中有明確的選項以供選擇。who（如 [2b]）和 what 則是不定指，說話者心中並沒有明確選項。下面舉出一些範例：

- 用於指人名詞的疑問限定詞：

  不定指：*What composers do you like best?*
  你最喜愛的作曲家是哪一位？

  定指：*Which composer do you prefer: Mozart or Beethoven?*
  你比較喜愛哪一位作曲家，莫札特還是貝多芬？

- 用於指物名詞的疑問限定詞：

  不定指：*What tax changes are likely in the new budget?*
  新編列的預算可能內含哪些稅制改變？

  定指：*Which way are you going – right or left?*
  你要走哪一邊，右邊還是左邊？

  Which Scottish university did you go to: Edinburgh or St Andrews?
  你念的是蘇格蘭的哪一所大學，是愛丁堡還是聖安德魯斯？

- 指人的疑問代名詞

  不定指：*Who sent you here?* 是誰派你來的？

  定指：*Which is your favourite composer: Mozart or Beethoven?*
  哪一位是你最喜愛的作曲家：莫札特還是貝多芬？

- 指物的疑問代名詞：

  不定指：*What's the name of this song?* 這首歌的歌名是什麼？

  定指：*Which do you prefer: classical or popular music?*
  你比較喜歡哪一種：古典樂還是流行音樂？
  Which do you want: the domestic or the international airport terminal? 你要到哪一個：國內線還是國際線航廈？

which 後方可以接 of 片語。比較下面三個句子：

[1] **Which of the films** do you like best?
你最喜歡哪一部／哪幾部電影？

[2] **Which film** do you like best?
你最喜歡哪一部電影？

[3] **Which films** do you like best?
你最喜歡哪幾部電影？

句子 [1] 的意義可以等於 [2] 或 [3]，是要我們在一個群組裡面選擇：一個（單數）或不只一個（複數）。

疑問詞的選擇（一）：who、whom 或 whose？

539 疑問詞 who 只能指人：

Who sent you here? 是誰派你來的？

who 和 whom 都可以作受格，但 whom 是正式用語：

Who did Abigail marry?
= **Whom** did Abigail marry? 正式
艾比蓋兒和誰結婚了？

如果有介系詞，非正式的句型是將介系詞放在句尾：

Who did the generals stay loyal to? 非正式
將軍們效忠於誰？

而在對應的 正式 句型中，疑問詞會跟在介系詞的後面，這種情況下只能用受格 whom：

To whom did the generals stay loyal? 正式

所有格疑問詞 whose 可以當限定詞或代名詞：

Whose jacket is this?（限定詞）
這是誰的夾克？

Whose is this jacket?（代名詞）
這件夾克是誰的？

限定詞 whose 後面可接指人或非人的名詞：

> **Whose children** are they? 他們是誰的孩子？
>
> **Whose side** are you on? 你支持哪一方？

疑問詞的選擇（二）：what、who 與 which 的用法

540　如下面例句所示，what 的用法非常廣泛。what 可以指人也可以指非人，可作限定詞，如：What nationality is he?（他是哪一國人？）也可作代名詞，如：What's his nationality?（他的國籍是什麼？）：

> A: **What's** your address? 你的地址是什麼？
> B: (It's) 18 South Avenue. 南方大道 18 號。
>
> A: **What** date is it? 今天幾月幾日？
> B: (It's) the 15th of March. 三月十五日。
>
> A: **What's** the time? 現在幾點？
> B: (It's) five o'clock. 五點。
>
> A: **What's** Burt doing? 伯特正在做什麼？
> B: (He's) painting the house. 他在替房子刷油漆。
>
> A: **What** was the concert like? 演奏會如何？
> B: (It was) excellent. 很棒。

what 作代名詞且指人時，僅用來詢問職業和角色。對照下列幾句所使用的代名詞功能：

> A: **What's** Molly's husband? 茉莉的先生是做什麼的？
> B: (He's) a writer.（他是）作家。（回答職業）
>
> A: **Which** is Molly's husband? 茉莉的先生是哪一位？
> B: (He's) the man on the right with a beard.
> 　（他是）右邊那位有鬍子的男士。（情境是從一群人裡選出一個人）
>
> A: **Who** is Molly's husband? 茉莉的先生是誰？
> B: (He's) John Miller, the author of children's books.
> 　（他是）約翰米勒，是童書作家。（回答身分）

疑問副詞和疑問連接詞：*Where are you going?*

541　除了上面幾節介紹的疑問限定詞和疑問代名詞，英文還有疑問副詞（where、when、why、how）和疑問連接詞（whether、if）。

- where 表示「在（at）／到（to）什麼地方」（參看 170）：

    Where *are you staying?*
    你要住在哪裡？（指 *At what place?* 在什麼地方？）

    Where *are you going for your vacation?*
    你要到哪裡去度假？（指 *To what place?* 到什麼地方？）

- when 表示「時間」（參看 151）：

    When *are you leaving?*
    你何時要出發？（指 *At what time?* 在什麼時間？）

- why 表示「肇因、原因和目的」（參看 198）：

    Why *are you going there?*（指 *For what reason?* 為了什麼原因？）
    你為什麼要去那裡去？

- how 表示「方式、方法或手段」（參看 194）：

    How *are you travelling?*
    你打算怎麼去旅行？（指 *By what means?* 用什麼方式？）

how 也可以作「疑問程度副詞」（參看 215），修飾副詞、形容詞和限定詞：

    How *often do you see your friends?* 你多久和朋友見面一次？

    How *long are you staying?* 你要停留多久時間？

    How *big is your boat?* 你的船有多大？

    How *many people can it take?* 它可以搭載多少人？

whether 和 if 是疑問連接詞。它們和其他疑問詞一樣，用來引導間接問句（yes–no 問句）（參看 259、682）。

Introductory it
引導性的 it ／虛主詞 it

542 英文句子的基本語序是「主詞 + 動詞」：

[1] ***The color of the car*** *doesn't matter.* 車子的顏色不重要。

我們可以用名詞片語（如：the color of the car）當主詞，也可以用子句當主詞（參看 588），如：

[1a] ~ ***What color the car*** *is doesn't matter.*

然而，以**引導性 it**（又稱「**虛主詞 it**」）開頭改寫的句子比 [1a] 更為常用：

[1b] ~ ***It*** *doesn't matter* ***what color the car is.***

句 [1b] 將句 [1] 中扮演主詞的子句（what color the car is）挪到句尾，句首的主詞位置由 it 填補，「引出」後方的主詞子句。換言之，句子 [1b] 含有兩個主詞：**引導性主詞** it 和**後置主詞** what colour the car is。以下再舉一些使用虛主詞 it 開頭的句子：

It's too early ***to go and visit Sue at the hospital now***.
現在到醫院探望蘇還太早了。

It makes me happy ***to see others enjoying themselves***.
看到其他人樂在其中，我感到很開心。

It's easy ***to understand why Bill wanted a new job***.
比爾為什麼想換新工作，這很容易理解。

It made no difference ***that most evidence pointed to an opposite conclusion***.
即使大部分證據指向相反的結論，結果還是一樣。

It's simply untrue ***that there has been another big row in the department***.
說部門中曾發生另一次嚴重爭執，根本不是事實。

It's no use ***pretending everything is all right***.
假裝一切沒事是沒有用的。

486 ——————— Part 3 文法要點 A - Z

It *would be no good **trying to catch the bus now.***
現在試著去趕公車大概沒什麼用了。

543 虛主詞 it 句型也可用在被動句中，作用與例句如下：

- 引出 that 子句：

It's *not actually **been announced** yet **that the job will be advertised**.*
這份工作即將登廣告徵人的事還沒有真正公布。

It's *actually **been suggested that income tax should be abolished**.*
實際上已經有人提議廢除所得稅。

- 引出直接引述句和間接引述句：

It might be asked *at this point: '**Why not alter the law?**'*
這時候也許有人會問：「何不修改法律？」

- 引出帶 to 的不定詞：

*In the end, **it may be decided not to apply for membership**.*
最後可能會決定不申請加入會員。

容易與虛主詞 **it** 混淆的句型

544 如 It seems that...、It appears that...、It happens that... 之類的句子，表面上看起來像是使用了虛主詞 it，但這些句子都無法改寫成不套用虛主詞的對應句：

It seems that *everything is fine.*
一切似乎都很好。
不能改為：*That everything is fine seems.* (×)

It appeared that *the theory was not widely supported by other scientists.*
這個理論似乎沒有廣獲其他科學家的支持。

It *quite often **happens that** things go wrong.*
事情往往會出錯。

此外，我們也要區分虛主詞 it 和人稱代名詞 it：

*This may not be much of **a meal**, but **it**'s what I eat.*
這也許算不上美味的一餐，但我就是這樣吃的。

這句 it 代指前面的先行詞，也就是單數名詞片語 a meal（參看 621）。

與虛主詞 it 相關的情況：*Her story is fascinating to read.*

545　英文文法讓我們能夠強調句子的不同部分，以下面的句子為例：

[1] ***To read her story** is fascinating.* 讀她的故事很有意思。

句 [1] 使用名詞子句 to read her story 作為主詞，不過英文偏向不使用長長的子句當主詞，一個修改方法是使用虛主詞 it 句型改寫，如句子 [1a]：

[1a] *It's fascinating **to read her story**.*

如果我們想改強調 her story，可以說：

[1b] ***Her story** is fascinating **to read**.* 她的故事讀來很有意思。

在 [1b] 中，名詞子句的受詞 her story 被「拿出來」並「提升」為主要子句的主詞。同樣的句型也可以用來「提升」介系詞的受詞，如下面句中的 her：

***To talk to her** was interesting.*
~ ***It** was interesting **to talk to her**.*
~ ***She** was interesting **to talk to**.*
跟她說話很有趣。

在轉換的過程中，受格代名詞 her 變成了主格代名詞 she。

546　「appear, seem, be certain, be sure, be known, be said, etc. + to 不定詞」也可以使用同樣句型：

*You **seem to** have read so much.* 你好像讀了很多書。

*Our enemies **are certain to** exploit their advantage.*
我們的敵人絕對會利用他們的優勢。

*My parents **are sure to** find out.* 我爸媽一定會發現的。

*George **was** never **known to** run or even walk fast.*
沒人知道喬治跑得很快，甚至走得也很快。

*Brenda Young **is said to** be the richest woman in the world.*
據說布蘭達・楊是全世界最富有的女人。

*The government **appears to** be facing a difficult year.*
政府似乎將面臨艱難的一年。

但是在上述情況中，要轉換成對應的 it 句型必須使用 that 子句。
被「提升」為主要子句主詞的是 that 子句的主詞：

***It appears that** the government is facing a difficult year.*

Introductory there
引導性的 there ／虛主詞 there

（參看 CGEL 18.44–54）

547 下面這樣的句子雖然可能出現，但不常見：

A storm is coming. 暴風雨即將來臨。

比較自然的說法，是以非重音的 there 開頭，並把不定主詞（a
storm）放在後面：

There's a storm coming.

這叫做以**引導性 there**（又稱「**虛主詞 there**」）開頭的句子，是極
為常見的句型。以下是套用不同基本動詞句型 （參看 718） 的例句，可
以看出原本的句子轉換成虛主詞 there 的過程。使用虛主詞 there
的主詞必須是不定指，且動詞片語必須含有 be 動詞：

*There's no water [**in the house**].*　　　　　　　　　　（SVA）
家裡沒水了。

*There are lots of people getting [**jobs**].* （SVO）
很多人在找工作。

*There's something causing [**her**] [**distress**].* （SVOO）
有件事情讓她很痛苦。

*There have been two bulldozers knocking [**the place**] [**flat**].* （SVOC）
兩臺推土機把這個地方夷為平地。

There's somebody coming. （SV）
有人要來。

也可以用於被動語態：

*There**'s** a new novel **displayed** in the window.*
櫥窗內陳列了一本新的小說。

*There**'s been** a handbag **stolen** in the department store.*
百貨公司裡有個手提包遭竊。

如果後置主詞（以**粗體**標示）為複數，動詞也要用複數（但見下面548說明）：

*There **are many people** trying to buy houses in this neighbourhood.*
很多人設法要在這附近買房子。

*There **seem** to be **no poisonous snakes** around here.*
這一帶好像沒有毒蛇。

***Were** there **any other drivers** around to see the accident?*
附近有沒有其他駕駛目擊車禍？

*There **are some friends** I have to see.* 我得去見幾個朋友。

更多虛主詞 there 作主詞的用法：*I don't want there to be any trouble.*

548 虛主詞 there 跟置於句首、作地方副詞的 there 不同；後者在口語中會重讀（如 'There is my car. = My car is 'there.' 見416）。但虛主詞 there 不加重音，作用像是句子的主詞。 非正式 會話中很常見的一個用法，是在虛主詞 there 後面加上單數的動詞縮寫 's，就算後面的

主詞是複數也一樣。在下面兩個句子中，標準的 書面 英語應是 there are（如547所述）：

There's only four bottles left. 非正式口語
只剩下四瓶了。

There's better things to do than listen to gossip. 非正式口語
聽八卦還不如去做點別的事。

在上述到 口語 例子中，之所以使用縮寫形式 there's，是為了方便語音處理而作為一個單數單位處理。同理， 非正式 到 口語 也經常使用「here's, where's, how's + 複數主詞」，而不使用正確的複數非縮寫形式「here are, where are, how are + 複數主詞」：

Here's your keys. 非正式口語
~ **Here are** your keys. 標準書面
這是你的鑰匙。

How's your kids? 非正式口語
~ **How are** your kids? 標準書面
你的孩子身體怎麼樣？

there 也可以作 yes–no 問句（參看682）和附加問句（參看684）的主詞，此時 be 動詞和 there 會倒裝：

Is there any more wine? 還有酒嗎？

There's no one else coming, **is there**?
沒有其他人要來了，對嗎？

there 還可以作不定詞子句和 -ing 子句（參看493）的主詞：

I don't want **there to be** any trouble.
我不希望有任何麻煩。

Bill was disappointed at **there being** so little to do.
能做的事情太少，比爾感到很失望。

There being no further business, the meeting adjourned at 11.15. 正式
別無其他事項，會議於 11 點 15 分結束。

虛主詞 there 與關係子句和不定詞子句：*There's something I ought to tell you.*

549

- 虛主詞 there 還可以用來替換下面句子：

    Something keeps upsetting him. 有件事一直令他很煩悶。

這個句子可以改為：

    ~ ***There's something*** *(that) keeps upsetting him.*

這句的句型是「虛主詞 there + be 動詞 + 名詞片語 + **子句**」，這個子句類似於關係子句^{（參看 686 ）}。句中必須要有一個不定指的名詞片語（如上句的 something 跟下句的 anyone），但該名詞片語不見得要是主詞：

    Is there *anyone in particular (that) you want to speak to?*
    你有特別想和誰說話嗎？
    → 比較：*Do you want to speak to **anyone in particular**?*

- 另一種常見句型是「虛主詞 there + be 動詞 + 名詞片語 + **to 不定詞**」，可以用 for 點出不定詞的主詞：

    *Tonight **there's** nothing else (for us) to do but watch TV.*
    （我們）今晚除了看電視沒別的事可做。

    There was *no one (for her) to talk to.*
    （她）沒有人可以說話。

這個句型也可以用被動語態：

    There *are several practical problems to be considered.*
    有幾個實際問題要考慮。

- 也會出現在文學語境：

    There *may come a time when Europe will be less fortunate.*
    歐洲總會有運氣不好的時候。（*= A time may come...* ）

在這個句型中，there 不一定要接 be 動詞，可以接其他動詞（如 come、lie、stand、exist、rise）。在 文學 體中，如果地方副詞置於

句首，則可以省略 there （參看 416）：

> *On the other side of the valley **(there) rose a gigantic rock** surmounted by a ruined fortress.* 正式 文學
> 山谷的另一側是一塊高聳的巨岩，上面矗立著一座殘破的堡壘。

Irregular verbs 不規則動詞 （參看 CGEL 3.11–20）

550 大部分英文動詞是規則動詞，但是有超過 200 個一般動詞是不規則動詞。不規則動詞和規則動詞一樣有字尾 -s 和 -ing 形式（參看 573），如不規則動詞 break 有 breaks 和 breaking 的形式，就如同規則動詞 walk 有 walks 和 walking 的形式。一般來說，規則動詞的過去式和過去分詞同形，都是在原形動詞的字尾加 -ed：

原形	過去式	過去分詞
walk	*walked*	*walked*

然而對於不規則動詞，我們無法從原形動詞預測出過去式和過去分詞的形式：

原形	過去式	過去分詞
break	*broke*	*broken*

不規則動詞大致上可歸類為三大類：

- **三態同形**（即動詞三態：原形、過去式、過去分詞同樣形式），如：

  cut ~ cut ~ cut 切；割　　　　　*let ~ let ~ let* 讓；允許

- **其中兩態同形**，如：

  spend ~ spent ~ spent 花費　　　*come ~ came ~ come* 來

- **三態不同形**，如：

  blow ~ blew ~ blown 吹；爆炸　　*speak ~ spoke ~ spoken* 說話

男愛英語正式
層級讀參見動
詞見 477–85。

每一類型中，我們會根據變化相似性進一步細分為「spend 組」、「speak 組」等。注意，以下的動詞表並非完整。

下面兩個列表，分組動詞表和按字母順序動詞表，涵蓋大多數的英文不規則動詞：

一、分組動詞表（參看 551–71）

在第一個列表中，我們按照原形動詞變成過去式和過去分詞的變化相似性來分組。如 put 和 cut 放在同一組，因為它們都是三態同形：put ~ put ~ put（放；擺）、cut ~ cut ~ cut（切；割）。dig 和 win 另成一組，因其過去式與過去分詞同形，且母音變化也相同：dig ~ dug ~ dug（挖掘）、win ~ won ~ won（贏得；獲勝）。以這種方式分類，是希望讀者能對不規則動詞的各種變化類型有個概念，若按字母順序分類，這種概念並不明顯。

二、按字母順序動詞表（參看 572）

我們同時也提供按字母順序排列的動詞表，以方便查閱，並提供分組動詞表的參照編號。

兩個動詞表均包含動詞三態變化：原形動詞、過去式、過去分詞。有些動詞有多達一種以上的變化形式，如 sweat 的過去式有 sweat（不規則）和 sweated（規則）兩種，表示兩種形式都有人用，不過有時要依照語境、風格或變體而使用不同形式。比方說，dreamt 和 dreamed 兩種形式當中，美式 多用 dreamed。表中以括弧標示的不同變化形，如 shone (shined)，則代表該形式很少用或為特殊用法：

*The sun **shone** all day.* 終日陽光燦爛。

但是：*He **shined** his shoes every morning.* 他每天早上都會擦皮鞋。

以**粗體**標示的動詞為常用或極常用動詞，如：become（變成）、

begin（開始）、bring（帶來）。

一、分組動詞表

三態同形

put 組

bet 打賭	bet, betted	bet, betted
bid 拍賣	bid, bade	bid, bidden
broadcast 廣播	broadcast	broadcast
burst 爆破	burst	burst
bust 弄壞 非正式	bust, busted	bust, busted
cast 投擲	cast	cast
cost 花費	cost, (costed)	cost, (costed)
cut 切，割	cut	cut
fit 適合，合身	fit 美式 , fitted	fit 美式 , fitted
forecast 預報	forecast	forecast
hit 打擊	hit	hit
hurt 傷害	hurt	hurt
input 輸入	input, inputted	input, inputted
knit 打結	knit, knitted	knit, knitted
let 讓	let	let
miscast 不適任角色	miscast	miscast
offset 補償，抵銷	offset	offset
outbid 出價高於	outbid	outbid
put 放置	put	put
quit 戒除，放棄	quit, quitted	quit, quitted
recast 更換演員	recast	recast
reset 重置	reset	reset
rid 擺脫	rid, ridded	rid, ridded
set 建置	set	set
shed 去除，擺脫	shed	shed
shit 拉屎 粗俗	shit, shat	shit
shut 喊叫	shut	shut
slit 切開	slit	slit
split 使分開	split	split
spread 攤開，散布	spread	spread

sweat 流汗	*sweat, sweated*	*sweat, sweated*
thrust 戳，插入	*thrust*	*thrust*
typeset 排版	*typeset*	*typeset*
upset 使不安	*upset*	*upset*
wed 結婚	*wed, wedded*	*wed, wedded*
wet 使弄濕	*wet, wetted*	*wet, wetted*

兩態同形

learn 組

552 這組的動詞有兩種變化形：規則變化（learned）和字尾 -t 的不規則變化（learnt）。規則的 /d/ 變化形尤用於 美式 英語，/t/ 變化形尤用於 英式 英語。

burn 燒	*burned, burnt*	*burned, burnt*
dwell 居住	*dwelled, dwelt*	*dwelled, dwelt*
learn 學習，得知	*learned, learnt*	*learned, learnt*
misspell 拼錯	*misspelled, misspelt*	*misspelled, misspelt*
smell 聞起來	*smelled, smelt*	*smelled, smelt*
spell 拼字	*spelled, spelt*	*spelled, spelt*
spill 灑出	*spilled, spilt*	*spilled, spilt*
spoil 毀掉，糟蹋	*spoiled, spoilt*	*spoiled, spoilt*

553 ### spend 組

bend 使彎曲	*bent*	*bent*
build 建造	*built*	*built*
lend 借出	*lent*	*lent*
rebuild 重建	*rebuilt*	*rebuilt*
rend 撕碎，打碎	*rent*	*rent*
send 寄出	*sent*	*sent*
spend 花時間或金錢	*spent*	*spent*
unbend 放鬆	*unbent*	*unbent*

read 組

554
behold 看見 文學	*beheld*	*beheld*
bleed 流血	*bled*	*bled*

breed 繁殖	*bred*	*bred*
feed 餵食	*fed*	*fed*
flee 逃亡	*fled*	*fled*
hold 舉行，握住	*held*	*held*
lead 領導	*led*	*led*
mislead 誤導	*misled*	*misled*
overfeed 餵太多	*overfed*	*overfed*
read 閱讀	*read* /rɛd/	*read* /rɛd/
reread 重讀	*reread*	*reread*
speed 加速	*sped, speeded*	*sped, speeded*
uphold 舉起，支撐	*upheld*	*upheld*
withhold 克制	*withheld*	*withheld*

555 keep 組

這一組雖然另有規則變化形（dreamt 也可以用 dreamed，以此類推），但規則變化形多用於 美式 英語。

creep 爬行	*crept*	*crept*
deal 處理，交易	*dealt* /ɛ/	*dealt* /ɛ/
dream 做夢	*dreamt* /ɛ/, *dreamed*	*dreamt* /ɛ/, *dreamed*
feel 感覺	*felt*	*felt*
keep 維持	*kept*	*kept*
kneel 跪下	*knelt, kneeled*	*knelt, kneeled*
lean 倚靠	*leant* /ɛ/, *leaned*	*leant* /ɛ/, *leaned*
leap 跳躍	*leapt* /ɛ/, *leaped*	*leapt* /ɛ/, *leaped*
leave 離開	*left*	*left*
mean 意指	*meant* /ɛ/	*meant* /ɛ/
meet 碰面	*met*	*met*
oversleep 睡過頭	*overslept*	*overslept*
sleep 睡覺	*slept*	*slept*
sweep 掃地	*swept*	*swept*
weep 啜泣	*wept*	*wept*

win 組

556		
cling 依附	*clung*	*clung*
dig 挖	*dug*	*dug*
fling 猛擲	*flung*	*flung*

hamstring 使難有作為	*hamstrung*	*hamstrung*
hang 上吊；懸掛	*hung, hanged*	*hung, hanged*
sling 扔	*slung*	*slung*
slink 悄悄溜走	*slunk*	*slunk*
spin 旋轉	*spun, span*	*spun*
stick 刺進，插進	*stuck*	*stuck*
sting 叮，螫	*stung*	*stung*
strike 罷工	*struck*	*struck*
string 換新弦	*strung*	*strung*
swing 盪鞦韆	*swung*	*swung*
win 贏	*won*	*won*
wring 擰	*wrung*	*wrung*

557　bring 組

bring 帶來	*brought*	*brought*
buy 購買	*bought*	*bought*
catch 抓取	*caught*	*caught*
fight 打架，爭取	*fought*	*fought*
seek 尋找	*sought*	*sought*
teach 教導	*taught*	*taught*
think 思考	*thought*	*thought*

558　find 組

bind 綁	*bound*	*bound*
find 找到，發現	*found*	*found*
grind 碾碎	*ground*	*ground*
rewind 上緊發條	*rewound*	*rewound*
unbind 解開繩索	*unbound*	*unbound*
unwind 解開纏繞物	*unwound*	*unwound*
wind 上發條	*wound*	*wound*

559　**get 組**

get 得到；變得	got	got, 美式 **gotten**（參看 481）
lose 迷失	lost	lost
shine 發光	shone, (shined)	shone, (shined)
shoot 發射，射門	shot	shot

560　**tell 組**

foretell 預言	foretold	foretold
resell 轉售	resold	resold
retell 重述	retold	retold
sell 賣	sold	sold
tell 告訴	told	told

561　**come 組**

become 變成	became	become
come 來	came	come
outrun 跑得比…快	outran	outrun
overcome 克服	overcame	overcome
overrun 溢出	overran	overrun
rerun 重新上映	reran	rerun
run 跑	ran	run

562　**兩態同形的其他動詞**

beat 打	beat	beaten, (beat)
browbeat 恫嚇；威逼	browbeat	browbeaten
have 擁有；吃	had	had
hear 聽到	heard	heard
lay 放，擱；下蛋	laid	laid
light 照明	lit, lighted	lit, lighted
make 使得	made	made
mishear 誤聽	misheard	misheard
misunderstand 誤解	misunderstood	misunderstood
overhear 無意聽到	overheard	overheard
pay 付款	paid	paid
remake 改造，再製	remade	remade
say 說	said	said
sit 坐	sat	sat

slide 滑下	slid	slid
spit 吐口水	spat, spit	spat, spit
stand 站	stood	stood
understand 明白，理解	understood	understood
unmake 還原；廢除	unmade	unmade
withstand 抵擋，禁得起	withstood	withstood

三態不同形

563 **mow 組：**這類動詞的過去分詞有規則（mowed）或不規則（mown）兩種。

hew 劈；砍	hewed	hewn, hewed
mow 割草	mowed	mown, mowed
saw 鋸	sawed	sawn, sawed
sew 縫	sewed	sewn, sewed
show 顯示	showed	shown, (showed)
sow 播種	sowed	sown, sowed
swell 腫起	swelled	swollen, swelled

564 **speak 組**

awake 喚醒；醒來	awoke, awaked	awoken, awaked
break 打破	broke	broken
choose 選擇	chose	chosen
deepfreeze 急速冷凍	deepfroze	deepfrozen
freeze 結冰	froze	frozen
speak 說話	spoke	spoken
steal 偷東西	stole	stolen
wake 醒來	woke, waked	woken, waked
weave 編織	wove	woven

565 **bear 組**

bear /bɛr/ 承受	bore	borne
swear 發誓	swore	sworn
tear 撕裂	tore	torn
wear 穿著	wore	worn

註：born 必須與 be 動詞連用。注意拼寫上的不同：She has **borne** six children and the youngest was **born** only a month ago.（她生了六個小孩，最小的一個月前才剛出生。）

566 | **know** 組

blow 吹	*blew*	*blown*
grow 成長	*grew*	*grown*
know 知道	*knew*	*known*
outgrow 長大後不再合用	*outgrew*	*outgrown*
overthrow 推翻	*overthrew*	*overthrown*
throw 丟，投	*threw*	*thrown*

567 | **bite** 組

bite 咬；叮；螫	*bit*	*bitten, (bit)*
hide 隱藏	*hid*	*hidden, (hid)*

568 | **take** 組

mistake 弄錯	*mistook*	*mistaken*
overtake 追上；超過	*overtook*	*overtaken*
shake 搖動	*shook*	*shaken*
take 拿；取	*took*	*taken*
undertake 從事；承擔	*undertook*	*undertaken*

569 | **write** 組

arise 升起；產生	*arose*	*arisen*
drive 開車	*drove*	*driven*
rewrite 重寫	*rewrote*	*rewritten*
ride 騎馬	*rode*	*ridden*
rise 上升	*rose*	*risen*
stride 邁大步走	*strode*	*stridden, strode*
strive 努力	*strove, strived*	*striven, strived*
underwrite 簽	*underwrote*	*underwritten*
write 寫（信）	*wrote*	*written*

begin 組

begin 開始	began, (begun)	begun
drink 喝	drank	drunk
ring 按鈴	rang, rung	rung
shrink 收縮	shrank, shrunk	shrunk
sing 唱歌	sang, sung	sung
sink 下沉	sank, sunk	sunk
spring 跳躍	sprang, 美式 sprung	sprung
stink 發惡臭	stank, stunk	stunk
swim 游泳	swam, swum	swum

三態不同形的其他動詞：

cleave 劈開	cleaved, clove, cleft	cleaved, cloven, cleft
dive 潛水	dived, dove 只用於美式	dived
do 做	did	done
draw 畫	drew	drawn
eat 吃	ate 英式 /ɛt/, 美式 /et/	eaten
fall 掉落	fell	fallen
fly 飛	flew	flown
forbid 禁止	forbad(e)	forbidden, (forbid)
foresee 預知	foresaw	foreseen
forget 忘記	forgot	forgotten, (forgot)
forgive 原諒	forgave	forgiven
give 給	gave	given
go 去	went	gone
lie 躺；置於	lay	lain
outdo 勝過	outdid	outdone
overdo 做得過分	overdid	overdone
overeat 吃得過飽	overate	overeaten
oversee 監視	oversaw	overseen
redo 重做	redid	redone
see 看見	saw	seen
shear 修剪（羊毛等）	sheared	shorn, sheared
slay 殺死	slew	slain
tread 踩；踏	trod	trodden, trod
undergo 經歷	underwent	undergone
undo 解開	undid	undone
withdraw 撤退	withdrew	withdrawn

二、按字母排列的不規則動詞表

572 最右邊的數字表示該動詞在上述分組表中的條目（551-71）。**粗體**為常用或極常用動詞，如：become（變成）、begin（開始）、bring（帶來）。

arise 升起；產生	*arose*	*arisen*
awake 喚醒；醒來	*awoke, awaked*	*awoken, awaked*
bear /bɛr/ 承受	*bore*	*borne*
beat 打	*beat*	*beaten, (beat)*
become 變成	*became*	*become*
begin 開始	*began, (begun)*	*begun*
behold 看見 文學	*beheld*	*beheld*
bend 使彎曲	*bent*	*bent*
bet 打賭	*bet, betted*	*bet, betted*
bid 拍賣	*bid, bade*	*bid, bidden*
bind 綁	*bound*	*bound*
bite 咬；叮；螫	*bit*	*bitten, (bit)*
bleed 流血	*bled*	*bled*
blow 吹	*blew*	*blown*
break 打破	*broke*	*broken*
breed 繁殖	*bred*	*bred*
bring 帶來	*brought*	*brought*
broadcast 廣播	*broadcast*	*broadcast*
browbeat 恫嚇；威逼	*browbeat*	*browbeaten*
build 建造	*built*	*built*
burn 燒	*burned, burnt*	*burned, burnt*
burst 爆破	*burst*	*burst*
bust 弄壞 非正式	*bust, busted*	*bust, busted*
buy 購買	*bought*	*bought*
cast 投擲	*cast*	*cast*
catch 抓取	*caught*	*caught*
choose 選擇	*chose*	*chosen*
cleave 劈開	*cleaved, clove, cleft*	*cleaved, cloven, cleft*
cling 依附	*clung*	*clung*
come 來	*came*	*come*
cost 花費	*cost, (costed)*	*cost, (costed)*
creep 爬行	*crept*	*crept*
cut 切，割	*cut*	*cut*

deal 處理，交易	dealt /ɛ/	dealt /ɛ/
deepfreeze 急速冷凍	deepfroze	deepfrozen
dig 挖	dug	dug
dive 潛水	dived, dove 只限於美式	dived
do 做	did	done
draw 畫	drew	drawn
dream 做夢	dreamt /ɛ/, dreamed	dreamt /ɛ/, dreamed
drink 喝	drank	drunk
drive 開車	drove	driven
dwell 居住	dwelled, dwelt	dwelled, dwelt
eat 吃	ate 英式 /ɛt/, 美式 /et/	eaten
fall 掉落	fell	fallen
feed 餵食	fed	fed
feel 感覺	felt	felt
fight 打架，爭取	fought	fought
find 找到，發現	found	found
fit 適合，合身	fit 美式, fitted	fit 美式, fitted
flee 逃亡	fled	fled
fling 猛擲	flung	flung
fly 飛	flew	flown
forbid 禁止	forbad(e)	forbidden, (forbid)
forecast 預報	forecast	forecast
foresee 預知	foresaw	foreseen
foretell 預言	foretold	foretold
forget 忘記	forgot	forgotten, (forgot)
forgive 原諒	forgave	forgiven
freeze 結冰	froze	frozen
get 得到；變得	got	got, 美式 gotten（參看 481）
give 給	gave	given
go 去	went	gone
grind 碾碎	ground	ground
grow 成長	grew	grown
hamstring 使難有作為	hamstrung	hamstrung
hang 上吊；懸掛	hung, hanged	hung, hanged
have 擁有；吃	had	had
hear 聽到	heard	heard
hew 劈；砍	hewed	hewn, hewed
hide 隱藏	hid	hidden, (hid)

hit 打擊	*hit*	*hit*
hold 舉行，握住	*held*	*held*
hurt 傷害	*hurt*	*hurt*
input 輸入	*input, inputted*	*input, inputted*
keep 維持	*kept*	*kept*
kneel 跪下	*knelt, kneeled*	*knelt, kneeled*
knit 打結	*knit, knitted*	*knit, knitted*
know 知道	*knew*	*known*
lay 放，擱；下蛋	*laid*	*laid*
lead 領導	*led*	*led*
lean 倚靠	*leant /ɛ/, leaned*	*leant /ɛ/, leaned*
leap 跳躍	*leapt /ɛ/, leaped*	*leapt /ɛ/, leaped*
learn 學習，得知	*learned, learnt*	*learned, learnt*
leave 離開	*left*	*left*
lend 借出	*lent*	*lent*
let 讓	*let*	*let*
lie 躺；置於	*lay*	*lain*
light 照明	*lit, lighted*	*lit, lighted*
lose 迷失	*lost*	*lost*
make 使得	*made*	*made*
mean 意指	*meant /ɛ/*	*meant /ɛ/*
meet 碰面	*met*	*met*
miscast 不適任角色	*miscast*	*miscast*
mishear 誤聽	*misheard*	*misheard*
mislead 誤導	*misled*	*misled*
misspell 拼錯	*misspelled, misspelt*	*misspelled, misspelt*
mistake 弄錯	*mistook*	*mistaken*
misunderstand 誤解	*misunderstood*	*misunderstood*
mow 割草	*mowed*	*mown, mowed*
offset 補償，抵銷	*offset*	*offset*
outbid 出價高於	*outbid*	*outbid*
outdo 勝過	*outdid*	*outdone*
outgrow 長大後不再合用	*outgrew*	*outgrown*
outrun 跑得比⋯快	*outran*	*outrun*
overcome 克服	*overcame*	*overcome*
overdo 做得過分	*overdid*	*overdone*
overeat 吃得過飽	*overate*	*overeaten*
overfeed 餵太多	*overfed*	*overfed*
overhear 無意聽到	*overheard*	*overheard*

overrun 溢出	overran	overrun
oversee 監視	oversaw	overseen
oversleep 睡過頭	overslept	overslept
overtake 追上；超過	overtook	overtaken
overthrow 推翻	overthrew	overthrown
pay 付款	paid	paid
put 放置	put	put
quit 戒除，放棄	quit, quitted	quit, quitted
read 閱讀	read /rɛd/	read /rɛd/
rebuild 重建	rebuilt	rebuilt
recast 更換演員	recast	recast
redo 重做	redid	redone
remake 改造，再製	remade	remade
rend 撕碎，打碎	rent	rent
reread 重讀	reread	reread
rerun 重新上映	reran	rerun
resell 轉售	resold	resold
reset 重置	reset	reset
retell 重述	retold	retold
rewind 上緊發條	rewound	rewound
rewrite 重寫	rewrote	rewritten
rid 擺脫	rid, ridded	rid, ridded
ride 騎馬	rode	ridden
ring 按鈴	rang, rung	rung
rise 上升	rose	risen
run 跑	ran	run
saw 鋸	sawed	sawn, sawed
say 說	said	said
seek 尋找	sought	sought
see 看見	saw	seen
sell 賣	sold	sold
send 寄出	sent	sent
set 建置	set	set
sew 縫	sewed	sewn, sewed
shake 搖動	shook	shaken
shear 修剪（羊毛等）	sheared	shorn, sheared
shed 去除，擺脫	shed	shed
shine 發光	shone, (shined)	shone, (shined)
shit 拉屎 粗俗	shit, shat	shit

shoot 發射，射門	shot	shot
show 顯示	showed	shown, (showed)
shrink 收縮	shrank, shrunk	shrunk
shut 喊叫	shut	shut
sing 唱歌	sang, sung	sung
sink 下沉	sank, sunk	sunk
sit 坐	sat	sat
slay 殺死	slew	slain
sleep 睡覺	slept	slept
slide 滑下	slid	slid
sling 扔	slung	slung
slink 悄悄溜走	slunk	slunk
slit 切開	slit	slit
smell 聞起來	smelled, smelt	smelled, smelt
sow 播種	sowed	sown, sowed
speak 說話	spoke	spoken
speed 加速	sped, speeded	sped, speeded
spell 拼字	spelled, spelt	spelled, spelt
spend 花時間或金錢	spent	spent
spill 灑出	spilled, spilt	spilled, spilt
spin 旋轉	spun, span	spun
spit 吐口水	spat, spit	spat, spit
split 使分開	split	split
spoil 毀掉，糟蹋	spoiled, spoilt	spoiled, spoilt
spread 攤開，散布	spread	spread
spring 跳躍	sprang, 美式 sprung	sprung
stand 站	stood	stood
steal 偷東西	stole	stolen
stick 刺進，插進	stuck	stuck
sting 叮，螫	stung	stung
stink 發惡臭	stank, stunk	stunk
stride 邁大步走	strode	stridden, strode
strike 罷工	struck	struck
string 換新弦	strung	strung
strive 努力	strove, strived	striven, strived
swear 發誓	swore	sworn
sweat 流汗	sweat, sweated	sweat, sweated
sweep 掃地	swept	swept
swell 腫起	swelled	swollen, swelled

swim 游泳	*swam, swum*	*swum*
swing 盪鞦韆	*swung*	*swung*
take 拿；取	*took*	*taken*
teach 教導	*taught*	*taught*
tear 撕裂	*tore*	*torn*
tell 告訴	*told*	*told*
think 思考	*thought*	*thought*
throw 丟，投	*threw*	*thrown*
thrust 戳，插入	*thrust*	*thrust*
tread 踩；踏	*trod*	*trodden, trod*
typeset 排版	*typeset*	*typeset*
unbend 放鬆	*unbent*	*unbent*
unbind 解開繩索	*unbound*	*unbound*
undergo 經歷	*underwent*	*undergone*
understand 明白，理解	*understood*	*understood*
undertake 從事；承擔	*undertook*	*undertaken*
underwrite 簽	*underwrote*	*underwritten*
undo 解開	*undid*	*undone*
unmake 還原；廢除	*unmade*	*unmade*
unwind 解開纏繞物	*unwound*	*unwound*
uphold 舉起，支撐	*upheld*	*upheld*
upset 使不安	*upset*	*upset*
wake 醒來	*woke, waked*	*woken, waked*
wear 穿著	*wore*	*worn*
weave 編織	*wove*	*woven*
wed 結婚	*wed, wedded*	*wed, wedded*
weep 啜泣	*wept*	*wept*
wet 使弄濕	*wet, wetted*	*wet, wetted*
win 贏	*won*	*won*
wind 上發條	*wound*	*wound*
withdraw 撤退	*withdrew*	*withdrawn*
withhold 克制	*withheld*	*withheld*
withstand 抵擋，禁得起	*withstood*	*withstood*
wring 擰	*wrung*	*wrung*
write 寫（信）	*wrote*	*written*

Main verbs 一般動詞

（參看 CGEL 3.2–6）

一般動詞的形式

573 英文的動詞可分成兩大類：一般動詞和助動詞（參看 477-85）。一般動詞有規則動詞（如 call、like、try）或不規則動詞（如 buy、drink、set）之分。「規則」代表我們可以從一個英文動詞的原形（base form）推斷出該動詞的**所有**變化形式。原形是沒有字形變化的基本形式，也是字典中列為詞條的形式。不規則動詞列在 550–72 節。英文的規則動詞共有四種形式，以下以 call 為例：

- **原形**：call
- **-s 形式**：calls
- **-ing 形式**：calling
- **-ed 形式**：called

大部分的英文動詞都是規則動詞。此外，所有新造的動詞或源自外來語的新動詞也都採用規則變化形式。譬如說，最近一個新造的動詞 futurize（指「根據未來發展之長遠預測而實行計畫」）就會有 futurizes、futurizing、futurized 的變化形。

574 - **-s 形式**（-s form）又稱**第三人稱單數現在式**，書面 英語中是在原形動詞的字尾加 -s 或 -es（參看 702）。在 口語 英語中，-s 形會發 /ɪz/、/z/ 或 /s/ 的音。

發音規則見 664。拼寫變化（如 try ~ tries）見 701。

原形	-s 形式
press /prɛs/ 按壓	presses /ˈprɛsɪz/
play /ple/ 玩耍	plays /plez/
help /hɛlp/ 幫助	helps /hɛlps/

例外情況：

do /du/ ~ does /dʌz/	say /se/ ~ says /sez/

- **-ing 形式**（-ing form）或稱**現在分詞**，是在原形動詞的字尾加 -ing，無論規則或不規則動詞皆如此。（拼寫變化，如：beg ~ begging，見 703）

原形	-ing 形式
press	pressing
play	playing
help	helping

- 規則動詞的 **-ed 形式**（-ed form）是在原形動詞的字尾加 -ed，為過去式與過去分詞的變化形式。許多不規則動詞的過去式和過去分詞則會有兩種形式。比較下列變化形：

	-ed 形式			
	原形	**過去式**	**過去分詞**	
規則動詞	press	pressed	pressed	壓；按
	play	played	played	玩耍
	help	helped	helped	幫助
	原形	**過去式**	**過去分詞**	
不規則動詞	drink	drank	drunk	喝
	know	knew	known	知道
	hit	hit	hit	打；擊

-ed 形式的發音為 /ɪd/、/d/ 或 /t/：

發音規則見 665。拼寫變化（如：pat ~ patted）見 703。

原形	-ed 形式
pat 輕拍	patted /ˈpætɪd/
praise 讚揚	praised /prezd/
press 按壓	pressed /prɛst/

各種動詞形式的用法

575　**原形動詞**用於下列情況：

- 第三人稱單數以外的其他人稱的現在式：

    *I/you/we/they/the students, etc. **like** fast food.*
    我／你（們）／我們／他們／學生們等喜歡吃速食。

- 祈使句^{（參看 497）}：

    ***Look** what you've done!* 看看你做了什麼好事！

- 不定詞：可分不帶 to 的不定詞（如 do）或帶 to 的不定詞（如 to do）：

    *We'll tell them what **to do** and then let them **do** it.*
    我們會告訴他們要做什麼事，然後讓他們去做。

- 帶有強烈支配的假設語氣^{（參看 706）}：

    *The committee recommends that these new techniques **be** implemented at once.* 委員會建議應立即實施這些新技術。

576　**-s 形式**用在第三人稱現在式^{（參看 741）}，是現在式中唯一不用原形動詞的人稱：

*He/She/The student/Everybody **wants** to have a good time, that's all.*
他／她／這名學生／人人想要玩得開心，如此而已。

577　**-ed 形式**用在過去式和過去分詞，而許多不規則動詞^{（參看 550）}的過去式和過去分詞則有不同形式（如：gave ~ given）。

- 與現在式不同，過去式的所有人稱都只有一種形式：

    *I/You/She/We/They/The students/Everybody **wanted** to have a good time.*
    我／你（們）／她／我們／他們／學生們／人人想要玩得開心。

- 過去分詞搭配助動詞 have，構成完成式^{（參看 739）}：

    *Ms Johnson **has asked** me to contact you.* 強森女士要我跟你聯絡。

- 過去分詞搭配當助動詞的 be 動詞，構成被動語態（參看 613）：

  The security guard **was given** special instructions.
  保全人員接到特別指示。

  The plans **have been changed**. 計畫已經改變了。

- 過去分詞可用來構成 -ed 分詞子句（參看 493）：

  The codes were found **hidden** in the arrested spy's computer.
  在被捕的間諜電腦中發現藏有密碼。

  I also heard it **mentioned** by somebody else.
  我也聽別人提起過這件事。

- 過去分詞可以當作形容詞修飾名詞：

  His **injured back** puts a stop to his career as an athlete.
  他的運動生涯因背傷而中斷。

578　**-ing 形式**用於下列情況：

- 構成進行式（參看 739）：

  Laura **is working** on a PhD thesis in information science.
  蘿拉正在寫資訊科學的博士論文。

- 構成 -ing 分詞子句（參看 493）：

  It's a trick I learned **while recovering from the mumps**.
  這個技巧是我在腮腺炎的復原期間學會的。

- -ing 形式也可以當作形容詞修飾名詞（參看 444）：

  It was a **fascinating** performance. 那場表演太精彩了。

- -ing 形式還可以當作名詞（稱動名詞），描述一個動作或狀態：

  The **telling** of stories is an important tradition in many societies.
  說故事在很多社會裡都是重要傳統。

579　我們可以用「English people」，也可以用「the English」統稱「**一般英國人**」，也就是用定冠詞加一個形容詞作為中心詞（參看 448）：

> [1] **English people/ The English** have managed to hold on to their madrigal tradition better than anyone else.
> 英國人將其牧歌傳統保存得比其他人都好。

指稱**特定**的一群英國人時，只能用第一種形式，並加上定冠詞 the：the English people：

> [2] **The English people** I met at the conference were all doctors.
> 我在會議上遇到的英國人全都是醫生。

我們把第一種類型的統稱（如句 [1]）叫做**泛指**（generic reference），第二種特定類型（句子 [2]）叫做**特指**（specific reference）。有些國籍用語可同時用於泛指和特指（參看 90）：

> **The Australians** are said to like the outdoors.
> 據說澳洲人熱愛戶外活動。（指一般澳洲人）

> **The Australians** I know don't particularly like the outdoors.
> 我認識的澳洲人並不特別愛戶外活動。（指特定一些澳洲人）

國籍用語

580　下表是一些國家、大陸等的名稱，以及對應的形容詞和名詞（特指和泛指）。

國名或州名	形容詞	單數指稱名詞	複數指稱名詞	泛指名詞（複數）
Chinese 中國	Chinese	a Chinese	Chinese	the Chinese
Japan 日本	Japanese	a Japanese	Japanese	the Japanese
Portugal 葡萄牙	Portuguese	a Portuguese	Portuguese	the Portuguese
Switzerland 瑞士	Swiss	a Swiss	Swiss	the Swiss
Vietnam 越南	Vietnamese	a Vietnamese	Vietnamese	the Vietnamese
Taiwan 台灣	Taiwanese	a Taiwanese	Taiwanese	the Taiwanese

Iraq 伊拉克	Iraqi	an Iraqi	Iraqis	the Iraqis
Israel 以色列	Israeli	an Israeli	Israelis	the Israelis
Kuwait 科威特	Kuwaiti	a Kuwaiti	Kuwaitis	the Kuwaitis
Pakistan 巴基斯坦	Pakistani	a Pakistani	Pakistanis	the Pakistanis
Africa 非洲	African	an African	Africans	the Africans
America 美洲	American	an American	Americans	the Americans
Afghanistan 阿富汗	Afghan	an Afghan	Afghans	the Afghans
Asia 亞洲	Asian	an Asian	Asians	the Asians
Australia 澳洲	Australian	an Australian	Australians	the Australians
Belgium 比利時	Belgian	a Belgian	Belgians	the Belgians
Brazil 巴西	Brazilian	a Brazilian	Brazilians	the Brazilians
Europe 歐洲	European	an European	Europeans	the Europeans
Germany 德國	German	a German	Germans	the Germans
Greece 希臘	Greek	a Greek	Greeks	the Greeks
Hungary 匈牙利	Hungarian	a Hungarian	Hungarians	the Hungarians
India 印度	Indian	an Indian	Indians	the Indians
Norway 挪威	Norwegian	a Norwegian	Norwegians	the Norwegians
Russia 俄羅斯	Russian	a Russian	Russians	the Russians

阿根廷有兩種說法：

Argentina	Argentinian	an Argentinian	Argentinians	the Argentinians
(the) Argentine	Argentine	an Argentine	Argentines	the Argentines
Denmark 丹麥	Danish	a Dane	Danes	the Danes
Finland 芬蘭	Finnish	a Finn	Finns	the Finns
the Philippines 菲律賓	Philippine	a Filipino	Filipinos	the Filipinos
Poland 波蘭	Polish	a Pole	Poles	the Poles
Saudi Arab 沙烏地阿拉伯	Saudi (Arabian)	a Saudi (Arabian)	Saudis, Saudi Arabians	the Saudis, Saudi Arabians
Spain 西班牙	Spanish	a Spaniard	Spaniards	the Spaniards
Sweden 瑞典	Swedish	a Swede	Swedes	the Swedes
Turkey 土耳其	Turkish	a Turk	Turks	the Turks
England 英格蘭，英國	English	an Englishman	Englishmen	the English
France 法國	French	a Frenchman	Frenchmen	the French
Holland the Netherlands 荷蘭	Dutch	a Dutchman	Dutchmen	the Dutch
Ireland 愛爾蘭	Irish	an Irishman	Irishmen	the Irish
Wales 威爾斯	Welsh	a Welshman	Welshmen	the Welsh
Britain 英國	British	a Briton	Britons	the British
Scotland 蘇格蘭	Scots, Scottish	a Scotsman/Scot	Scotsmen/Scots	the Scots

附註

Arab 是種族也是政治用語（如：the Arab nations 阿拉伯國家）。Arabic 用於語言和文學相關領域，或用於 Arabic numerals（阿拉伯數字，相對於 Roman numerals 羅馬數字）的用法。Arabia 和 Arabian 與阿拉伯半島的地理區域有關（如：Saudi Arabia 沙烏地阿拉伯）。

以 -man、-men 結尾的名詞指男性。雖然有對應的女性名詞（如：a Frenchwoman 一個法國女人、two Dutchwomen 兩個荷蘭女人），卻很罕見。現在普遍傾向不使用有性別關聯的詞彙，這類詞彙可能顯得不禮貌。反之，許多人偏好使用 French people 這樣的表達，不用 Frenchmen；或者用 a Dutch woman、a Dutch lady，不用 a Dutchwoman。除了避免使用某些國籍名詞之外，諸如 Spaniard 和 Pole 等名詞也要避免使用，這些詞彙雖無性別指涉，但實際使用上卻指男性而不指女性，可以改用 Spanish people 和 Polish people。

Brit 是 Briton 的 口語 變體，不常用。

蘇格蘭當地人喜歡用 Scots（如 Scots law 蘇格蘭法）和 Scottish，後者表示國籍和地理區域（如 Scottish universities 蘇格蘭的大學、the Scottish Highlands 蘇格蘭高地）。他們不喜歡用 Scotch，這個字常見於 Scotch terrier（蘇格蘭梗犬）和 Scotch whisky（蘇格蘭威士忌）等用語。

Negation 否定

（參看 CGEL 10.54–70）

not 否定：*What he says doesn't make sense.*

581 　將限定子句改成否定句時，要把 not 置於作用詞^{（參看 609）}後方。
　　非正式 英語中，not 可以縮寫為 n't，附加在前一個字字尾：

肯定子句	否定子句
The conditions **are** satisfied by the applicant. 申請人符合條件。	~ The conditions **are not (aren't)** satisfied by the applicant. 申請人不符合條件。
I **have** told the students. 我已經告訴學生了。	~ I **have not (haven't)** told the students. 我還沒有告訴學生。

　上述例句中，肯定子句含有助動詞（即 be、have）可以作為**作用詞**（即動詞片語中的第一個助動詞）。如果句中沒有這樣的作用詞，就必須加上助動詞 do 作為作用詞，叫做 **do 結構**或 **do 支持**^{（參看 611）}。do 和情態助動詞一樣要加原形動詞：

be 動詞和 have 作為一般動詞的否定句型，以及作為情態助動詞的形式，參看 480–5。

肯定子句	否定子句
Sam and Eva **like** computer games. 山姆和伊娃喜歡玩電腦遊戲。	~ Sam and Eva **do not (don't)** like computer games. 山姆和伊娃不喜歡玩電腦遊戲。
What Robert says **makes** sense. 羅伯特說的有道理。	~ What Robert says **does not (doesn't)** make sense. 羅伯特說的沒有道理。

縮寫否定：She won't mind.

582 　除了 非正式 的否定詞縮寫 n't，還有一些 非正式 的動詞縮寫，例如：is 縮寫為 's、are 縮寫為 're、will 縮寫為 'll 等等^{（參看 478）}。動詞的縮寫可以附加在主詞詞尾（如果該主詞為代名詞或短名詞），如：he'll、you're、Herb's。正因如此， 非正式 的否定會有兩種形

式，一種使用動詞的縮寫，另一種使用否定詞的縮寫：

動詞的縮寫 + not	動詞 + 否定詞 not 的縮寫
It**'s not** their fault.	~ It **isn't** their fault. 這不是他們的錯。
You**'ve not** read the book, have you?	~ You **haven't** read the book, have you? 你還沒讀這本書，對吧？
She**'ll not** mind if you stay.	~ She **won't** mind if you stay. 她不會介意你留下來。
They**'re not** in school today.	~ They **aren't** in school today. 他們今天沒有上學。

兩種縮寫形式都用於 非正式 英語，不過一般而言，n't 的形式比較常見，尤其當主詞是長的名詞時：

> *The children **aren't** in school today.* 孩子們今天沒有上學。

在 正式 英語中，無論動詞或否定詞都使用完整形式，如：It is not their fault. 等等。在倒裝的疑問句中，可以在助動詞後面加上縮寫 n't，或者在主詞後面加上完整的 not：

> *Have**n't** you written to the publishers?* 非正式
> ~ *Have you **not** written to the publishers?* 正式
> 你還沒寫信給出版社嗎？

否定代名詞和限定詞：*There's no time left.*

583 any- 開頭的字（參看 697）經常置於否定詞後方。比較下面兩句：

> *We have **some** milk left.*　　　　*We **haven't any** milk left.*
> 我們還有一些牛奶。　　　　　　　　我們沒有牛奶了。

除了使用「not... any」的句型，還可以使用 no：

> *We have**n't any** milk left. ~ We have **no** milk left.*
> 我們沒有牛奶了。

no 是否定限定詞（參看 522）。英文中有許多表達否定的方式，各有不同功能，如下表所示。就一致性原則來看，none 可視為單數也可

視為複數（參看 513）：

None of them has arrived. 或 **None of them have** arrived.
他們全都還沒抵達。

數	功能	可數名詞		不可數名詞
		人	非人	
單數	代名詞	no one nobody	nothing	none (of)
			none (of)	
	代名詞和限定詞	neither (of)	neither (of)	
複數	代名詞	none (of)	none (of)	
單複數	限定詞	no	no	

其他否定詞：*Neither of them is correct.*

584 除了 no 和 none 以外，還有其他以 n 開頭的否定詞，如 neither（兩者都不）、never（從不）、nowhere（任何地方都不）。

neither（限定詞、代名詞、添加副詞，見 234）：

You've given two answers. Neither is correct.
你給了兩個答案，沒有一個正確。

neither ... nor（對等連接詞，見 520）：

Neither the government nor the market can be blamed for the present economic situation. 當前的經濟情勢不能怪罪於政府或市場。

never（時間副詞、頻率副詞）：

I never believed those rumours. 我從不信那些謠言。

nowhere（地方副詞）：

This tradition exists nowhere else in Africa.
非洲其他地方都沒有這項傳統。

以下字詞雖然不具有否定形式，其意義和作用卻是否定的：

barely（幾乎不）：

The dormitories could barely house one hundred students.
學校宿舍僅能容納一百個學生。

few（不多）：

Some people work very hard but there seem to be few of them left.
有些人非常努力工作，但這樣的人好像沒幾個了。

hardly（幾乎不）：

There is hardly any butter left. 幾乎沒有奶油了。

little（不多）：

Nowadays, Ian seems to be doing very little research.
現在伊恩好像沒什麼在做研究了。

rarely（幾乎從不）：

We now know that things rarely ever work out in such a cut-and-dried fashion.
現在我們知道用這種過去的老方法做事幾乎沒用。

scarcely（幾乎不；幾乎沒有）：

There was scarcely anything Rachel did that did not fascinate me.
瑞秋所做的一切無不令我著迷。

seldom（不常） 頻正式 ：

Nature seldom offers such a brilliant spectacle as a solar eclipse.
大自然中不常出現日蝕這樣的壯觀景象。

否定詞的用法：*Lucy never seems to care, does she?*

585　我們通常使用否定詞來將整個子句變成否定（但見 261 說明）。否定句有以下幾個特點：

- 否定詞後面多半會加 any- 開頭的字，但不會加 some- 開頭的字（參看 697）：

  *I had **some** doubts about his ability.*（肯定句）
  我對他的能力有點懷疑。

  *~ I didn't have **any** doubts about his ability.*（否定句，等於 *I had **no** doubts about his ability.*）
  我對他的能力毫不懷疑。

*I **seldom** get **any** sleep after the baby wakes up.*
寶寶一醒來我幾乎就沒得睡了。

*I've spoken to **hardly anyone** who disagrees with me on this point.*
在這點與我持不同看法的人，我都還沒與他們談過。

- 否定句要接肯定的附加問句，而非否定附加問句（參看 684）：

  | *She never seems to càre* | **dòes she?** | 她好像一點也不在乎？

  | *That won't happen agàin* | **wìll it?** | 那件事不會再發生了吧？

  | *You won't forget the shŏpping* | **wíll you?** |
  你不會忘記去採買吧？
  比較：| *You'll remember shŏpping* | **wòn't you?** |
  　　　你會記得去採買吧？

- 當否定詞語放在句首，主詞和作用詞要倒裝，即語序為「作用詞 + 主詞」：

  ***Rarely** in American history has there been a political campaign that clarified issues less.* 美國史上很少有一個政治活動澄清的問題這麼少。

  ***Never was** a greater fuss made about any man than about Lord Byron.*
  從來沒有一個男人像拜倫勳爵這樣被拿出來大做文章。

  [1] ***Only** after a long argument **did** the committee agree to our plan.*
  　　經過一番漫長的爭論，委員會才接受我們的計畫。

如果否定詞是主詞的一部分，則不倒裝：

***No one** appears to have noticed the escape.*
似乎沒人注意到這起逃亡事件。

句子 [1] 中的倒裝句型，聽起來十分 文雅 、富修辭性 （參看 417）。如果否定詞不在句首，就要用正常的語序（主詞 + 動詞），也不會使用 do 結構（參看 611）。句子 [1a] 和 [1b] 都比 [1] 常用：

[1a] ~ *The committee agreed to our plan **only** after a long argument.*

[1b] ~ *It was **only** after a long argument that the committee agreed to our plan.*

not 在片語及非限定子句中的用法

586 有時候，否定詞 not 會加在名詞片語而非動詞片語中。當否定的名詞片語當作主詞時，不需倒裝：

> *This artist likes big cities. **Not all** her paintings, however, are of cities.*
> 這位畫家喜歡大城市。不過她的畫作並非都以城市為主題。

但位於句首的否定名詞片語若是句中的受詞，就必須倒裝並使用 do 結構：

> ***Not a single painting** did she manage to sell.* 她一幅畫都沒賣掉。

若要將非限定子句轉為否定（參看 493），會在動詞片語（不定詞要包含 to）的前面加 not：

> *We had no opinions about Kafka, **not having** read him.*
> 我們對卡夫卡沒有什麼看法，沒讀過他的書。

> *The motorist was on probation and under court order **not to drive**.*
> 該名駕駛正在緩刑期間，根據法院命令不得開車。

> *The important thing now is **not to mourn** the past but to look ahead.*
> 現在重要的是不要哀悼過去而要展望未來。

否定轉移：*I don't believe we've met.*

587 一般認為否定詞應該出現在其否定的子句當中，但其實我們不會說：

> [1] *I believe we haven't met.* (×)

我們會說：

> [2] *I **don't** believe we've met.* 我想我們沒見過面。

在例句 [2] 中，not 從從屬子句轉移到主要子句中。這種結構稱為**否定轉移**（transferred negation），用於 believe（相信）、suppose（料想）、think（認為）這類的詞彙：

*I **don't suppose anybody** will notice the improvement.*
*~ I **suppose nobody** will notice the improvement.*
我想沒有人會注意到這個改善。

*Charlotte **doesn't think** it's very likely to happen again.*
*~ Charlotte **thinks** it's **not** very likely to happen again.*
夏洛特認為那不太可能再次發生。

Nominal clauses 名詞子句 （參看 CGEL 15.3–16）

588 名詞子句的作用就如同名詞片語（參看 595），換言之，名詞子句可以作主詞、受詞、補語或介系詞補語。

- 名詞子句作主詞：

虛主詞 it 句型可參看 542。

***Whether I pass the test or not** does not matter very much.*
*~ It doesn't matter very much **whether I pass the test or not**.*
我有沒有通過考試不是很重要。

- 名詞子句作受詞：

*I don't know **whether we really need a new car**.*
我不知道我們是否需要一輛新車。

- 名詞子句作補語：

*What our friends worry about is whether to stay here or move **elsewhere**.*
我們的朋友憂煩的是到底要住在這裡還是搬去別地方。

- 名詞子句作介系詞補語：

*This raises the question **as to whether we should abandon the plan**.*
這引發了我們是否應放棄這個計畫的問題。

名詞子句有時還可以當作同位語，相當於名詞片語作同位語的用法（參看 470）：

*Our latest prediction, **that Norway would win the match**, surprised everybody.*
我們的最新預測是挪威將贏得比賽，對此每個人都感到意外。

*Let us know your college address, i.e. **where you live during the term**.*
讓我們知道你的大學地址，也就是你學期期間的住處。

名詞子句有五個主要類型，將分別於後面節次討論：

- **that** 子句（參看 589）
- **從屬疑問句**（參看 592）
- **名詞性質的關係子句**（參看 593）
- **名詞性質的 to 不定詞子句**（參看 593）
- **名詞性質的 -ing 子句**（參看 594）

that 子句：*I'm sure that she'll manage somehow.*

589 that 子句可以作主詞、直接受詞、主詞補語或形容詞補語。

- **that 子句作主詞：**

  ***That we're still alive** is sheer luck.* 我們還活著純屬運氣。

- **that 子句作直接受詞：**

  *No one can deny **that films and TV influence the pattern of public behaviour**.*
  無可否認，電影和電視影響了公眾行為模式。

- **that 子句作主詞補語：**

  *The assumption is **that things will improve**.* 這裡假設的是情況會好轉。

- **that 子句作形容詞補語：**

  *One can't be sure **that this finding is important**.*
  並不能確定這個發現具有重要性。

在 非正式 用語中，如果 that 子句是受詞、補語或後置主詞（參看 542）時，that 經常省略：

*I knew **I was wrong**.*（受詞）
我知道我錯了。

*I'm sure **we'll manage somehow**.*（補語）
我確定我們應付得了。

*It's a pity **you have to leave so soon**.*（後置主詞）
你這麼快就要走了，真可惜。

wh- 從屬疑問句：*Nobody seems to know **what to do**.*

590 從屬疑問句由 wh- 疑問詞（包含 how，見536）所引導，可以作主詞、直接受詞、主詞補語或形容詞補語。

- **wh- 從屬疑問句作主詞**：

  How the book will sell *largely depends on its author.*
  書籍的銷售大部分決定於作者。

- **wh- 從屬疑問句作直接受詞**：

  *I don't know **how Eve managed to do it**.* 我不知道伊芙是怎麼辦到的。

- **wh- 從屬疑問句作主詞補語**：

  *This is **how John described the accident**.* 約翰是這樣描述該起事故的。

- **wh- 從屬疑問句作形容詞補語**：

  *I wasn't certain **whose house we were in**.* 我不確定我們在誰的房子裡。

wh- 子句具備 that 子句的所有功能。此外，wh- 子句還可以作介系詞補語（但 that 子句則不行）：

*None of us were consulted about **who should have the job**.*
誰該得到這份工作，沒人徵詢我們的意見。

當 wh- 成分作介系詞補語時，介系詞可以放在最前面 正式 或最後面 非正式 ：

*Thomas couldn't remember **on which** shelf he kept the book.* 正式
*~ Thomas couldn't remember **which** shelf he kept the book **on**.* 非正式
湯瑪斯不記得他把書放在哪個書架。

所有 wh- 字都可以構成不定詞的 wh- 子句，唯獨 why 不行：

*Nobody knew **what to do**.* (= ...what they were supposed to do.)
沒人知道該怎麼辦。

*They discussed **where to go**.* (=...where they should go.)
他們討論了該到哪裡去。

*Charlie explained to me h**ow to start the motor**.* (=...how one should start the motor.) 查理跟我講解了如何啟動馬達。

yes－no 從屬疑問句：*She wondered whether Stan would call.*

591 yes–no 從屬疑問句由 if 或 whether 組成。

*Olivia wondered **if/whether Stan would call**.*
奧莉薇亞不知道史丹是否會打電話來。

*Do you know **if/whether the shops are open today**?*
你知道今天商店有營業嗎？

選擇問句（alternative question，見 242）則會用「if/whether...or」句型：

*Do you know **if/whether the shops are open or not**?*
你知不知道商店有沒有營業？

只有 whether 後面可以直接加 or not：

Whether or not Wally lost his job *was no concern of mine.*
華利有沒有丟掉工作與我無關。

名詞性質的關係子句：*What we need is something to get warm.*

592 名詞性質的關係子句（nominal relative clause）同樣是由不同的 wh- 字所引導，功能與名詞片語相同：

- **名詞性關係子句作主詞：**

  What we need is something to get warm. (= the thing that we need...)
  我們需要的是可以取暖的東西。

  Whoever owns this boat must be rich. (= the person who owns ...)
  這艘船的主人一定很有錢。

- **名詞性關係子句作直接受詞：**

  I want to see **whoever deals with complaints**. (= the person that ...)
  我要見處理投訴的人。

  You'll find **what you need** in this cupboard. (= the things that ...)
  這個櫥櫃裡可以找到你需要的東西。

  I can go into a shop and buy **whatever is there**.
  我會走進一家店，有什麼就買什麼。

- **名詞性關係子句作主詞補語：**

  Home is w**here you were born, reared, went to school and**, most particularly, **where grandma is.** 家是你出生、成長、求學的地方，最特別的一點，是有祖母在的地方。

- **名詞性關係子句作受詞補語：**

  You can call me **what(ever) names you like**. 你想叫我什麼名字都可以。

- **名詞性關係子句作介系詞補語：**

  You should vote for **which(ever) candidate you like the best**.
  你應該投票給你最喜歡的候選人。

名詞性關係子句由 wh- 限定詞或 wh- 代名詞（參看 523）引導，如下面這句諺語：

  Whoever laughs last, laughs longest. 別高興得太早。

這句也可以寫成：

  ~ **Those who** laugh last, laugh longest.

上面這個句子把 whoever 換成指示代名詞 those 和關係代名詞 who。在這種名詞性的關係用法上，很少單獨使用 who。

從上述句子可以看到，名詞性關係子句可以用 -ever 結尾的 wh- 字來引導，例如：whatever。這類詞彙有泛論或涵蓋全部的意義在內，因此代名詞 whatever 的意義大概等於「anything which」。還有其他包含關係子句的用語，例如 whoever 可以用 anyone who、the person who 來取代。

> **Whoever** told you that was lying. 誰告訴他在說謊的。
> ~ **Anyone who** told you that was lying.
> ~ **The person who** told you that was lying.

當名詞性質的 to 不定詞子句：*I was glad to be able to help.*

593　名詞性質的 to 不定詞子句（nominal to-infinitive clause）在句中有幾個功能：

- 名詞性質的 to 不定詞子句作主詞：

  > **To say there is no afterlife** would mean a rejection of religion.
  > 說沒有來生就意味著不信仰宗教。

- 名詞性質的 to 不定詞子句作直接受詞：

  > We want **everyone to be happy**. 我們希望人人都快樂。

- 名詞性質的 to 不定詞子句作主詞補語：

  > The minister's first duty will be t**o stop inflation**.
  > 部長的首要任務將是抑制通貨膨脹。

- 名詞性質的 to 不定詞子句作形容詞補語：

  > I was very glad **to help in this way**. 我很高興能以這種方式幫忙。

to 不定詞的主詞通常由 for 引導。下面句中作為主詞的代名詞要用受格：

*What I wanted was **for them to advance me the money**.*
我需要的是他們預支這筆錢給我。

名詞性質的 -ing 子句：*I don't like people telling me how to do things.*

594　名詞性質的 -ing 子句具備名詞性質 to 不定詞子句的所有功能，另外還可以作介系詞補語：

- **名詞性質的 -ing 分詞子句作主詞：**

  ***Telling stories** was one thing my friend was well-known for.*
  我朋友最為人知的一件事就是講故事。

- **名詞性質的 -ing 分詞子句作直接受詞：**

  *I don't mind people **telling me how to do things better**.*
  我不介意別人告訴我如何做得更好。

- **名詞性質的 -ing 分詞子句作主詞補語：**

  *What William likes best is **playing practical jokes**.*
  威廉最愛的就是惡作劇。

- **名詞性質的 -ing 分詞子句作介系詞補語：**

  *Jessica sparked off the opposition by **telling a television audience it was gossip**.* 潔西卡告訴電視觀眾那是流言，引發反對聲浪。

  *Anna is quite capable of **telling her employers where they are wrong**.*
  安娜很善於指出員工的錯誤。

如果 -ing 子句有自己的主詞，會有兩種呈現方式。 正式 文體中，通常會使用名詞所有格以及所有格代名詞：

*Winston was surprised at **his family's** reacting so sharply.* 正式
溫斯頓對於家人反應如此激烈感到訝異。

*Winston was surprised at **their** reacting so sharply.* 正式
溫斯頓對於他們反應如此激烈感到訝異。

非正式 英語則較常使用無字形變化的名詞和人稱代名詞受格：

*Winston was surprised at **his family** reacting so sharply.* 非正式

*Winston was surprised at **them** reacting so sharply.* 非正式

Noun phrases 名詞片語 （參看 CGEL Chapter 17）

595 名詞片語之所以稱為名詞片語，是因為其中心詞（head，即主要部分）通常是名詞。下面兩個句子中有多個名詞片語（以**粗體**標示）：

> *[On **Tuesday**] [**a German passenger liner**] rescued [**the crew of a trawler**].* *[**It**] found [**them**] drifting [on **a life raft**] after [**they**] had abandoned [**a sinking ship**].*
> 週二時，一艘德國客輪救起了一艘拖網漁船的船員。客輪發現船員時，他們已放棄沉船，正乘坐救生艇在海上漂流。

以下說明此句中每個名詞片語的文法功能：

1. Tuesday 是介系詞片語 On Tuesday 中的介系詞補語（參看 654），On Tuesday 是時間副詞。

2. a German passenger liner 是第一句的主詞。

3. the crew of a trawler 是受詞，這個名詞片語中含有另一個名詞片語 a trawler，而 a trawler 是介系詞片語 of a trawler 中的介系詞補語。

4. It 是人稱代名詞，指代 a German passenger liner，並作為第二句的主詞。

5. them 是複數人稱代名詞，指代 the crew of a trawler。crew 雖然是單數，卻是集合名詞（參看 510），因此可以用複數的 them 代替。

6. a life raft 是介系詞片語 on a life raft 的介系詞補語，on a life raft 是地方副詞。

7. they 是複數人稱代名詞，指代 the crew of a trawler，並作為 after 起始的從屬子句的主詞。

8. a sinking ship 是 had abandoned 的受詞。

中心詞可以加限定詞（如 a、the、his 等）以及一個或多個修飾語，如上句的 passenger 修飾 liner，German 又修飾 passenger liner。這種修飾稱為**前置修飾**（premodification），因為修飾語位於中心詞**之前**。位於中心詞**之後**的修飾，則稱為**後置修飾**（postmodification），例如在 the crew of a trawler 中，介系詞片語 of a trawler 置於中心詞 crew 的後面進行修飾。這兩種修飾法通常可以任我們自由選用；我們可以用前置修飾^{（參看641）}說 the trawler's crew，而不用後置修飾的 the crew of a trawler。

代名詞如 it 和 them 的作用基本上等同完整的名詞片語。在本書中，我們把代名詞視為名詞片語的（通常是唯一）中心詞。英文的名詞片語可以分解成以下結構：

括弧表示限定詞和前後修飾語可以刪除。不過，相較於修飾語，限定詞對於名詞片語更不可缺的成分。名詞片語只有一種情況可以將限定詞省略，本書以「零冠詞」表達^{（參看473）}。以下列舉一些名詞片語：

限定詞	前置修飾	中心詞	後置修飾	
the		books		這些書
a	good	book		一本好書
some		books	to read	一些要讀的書
all those	good	books	I want to read	所有我想讀的那些好書
a	sinking	ship		一艘沉船
a	German	passenger liner		一艘德國客輪
the		crew	of a trawler	一艘拖網漁船的船員

名詞片語的各個成分分見以下條目：限定詞見 522，前置修飾語見 650，後置修飾語見 641。

除了名詞以外，代名詞（參看661）和形容詞（參看448）也可以作名詞片語的中心詞。

Number 數 （參看 CGEL 5.73–103）

單數和複數：*this problem ~ those problems*

597 英文單數（指「一個」）和複數（指「超過一個」）之分。數是名詞（book/books）、指示代名詞（this/these，見 521）和人稱代名詞（she/they，見 619）所具備的一個特色。數也透過動詞單複數的一致性（參看575）來表現。

規則複數名詞的構成，是在單數名詞的後面加上 -s 或 -es（參看635）。

- 可數名詞有單數、複數之分（參看58），例如：

  one daughter ~ two daughters 一個女兒 ~ 兩個女兒
  a fast train ~ fast trains 一列快車 ~ 快車
  this problem ~ these problems 這個問題 ~ 這些問題

但是許多名詞沒有複數，包含不可數名詞（mass noun，也稱為不可數名詞〔non-count noun 或 uncountable〕）及專有名詞（proper noun，或叫做名稱〔name〕）。

- **不可數名詞**只能作單數使用，例如（更多範例請見 62 和 68）：advertising（廣告）、advice（建議）、applause（鼓掌）、cash（現金）、evidence（證據）、food、furniture（家具）、garbage（垃圾）、homework、hospitality（款待）、information（資訊）、knowledge（知識）、luggage（行李）、machinery（機器）、money、music（音樂）、pollution（汙染）、refuse（拒絕）、rubbish（垃圾）、traffic（交通）、trash、waste（浪費）、weather（天氣）。

*Our **advertising** is mainly concentrated on the large national newspapers.*
我們的廣告主要集中刊登於大型的國內報紙。

*People who distrust credit cards say '**Cash** is King.'*
不信任信用卡的人說「現金才是王道」。

*There is hardly any **evidence** against her.*
幾乎沒有對她不利的證據。

*Our city is known for its fine **food**, good **music** and colourful **hospitality**.*
我們的城市以美食、好音樂、各種各樣的熱情款待聞名於世。

*This **information** is of course confidential.* 這個資訊當然是機密。

*Is this your **money**? – No, it's my sister's.*
這是你的錢嗎？一不，是我妹妹的。

例外情況如 the Wilsons（威爾遜家族，= the Wilson family）、the West Indies（西印度群島），見 671。

- **專有名詞**也只能作單數使用，例如：Margaret（瑪格麗特，人名或酒名）、Stratford（史特拉福，地名）、Mars（火星，星球名）、the Mississippi（密西西比河，河川名）、Broadway（百老匯，活動名）。

    The Mississippi River is 2,350 miles from mouth to source.
    密西西比河自河口至源頭總長 2350 英里。

以 -s 結尾的單數名詞：*What's the big news?*

598　有些名詞需要特別解釋，比方說以 -s 結尾的單數名詞：

- **news** 一律視為單數：

    *That's good **news**!* 那真是好消息！

    Instead of being depressed by this news, she was actually relieved by it.
    她沒有因這則新聞而沮喪，實際上反而鬆了一口氣。

- **以 -ics 結尾的學科名稱**視作單數，如 classics（古典學，指古典語言）、linguistics（語言學）、mathematics（數學）、phonetics（語音學）、statistics（統計學）。

> *Statistics is* not as difficult as some people think.
> 統計學沒有一些人想得那麼困難。

上面例句中，statistics 意指「統計科學，利用研究數據所得資料的科學」。但如果 statistics 指的是「統計數字」，則視為複數：

> The official *statistics show* that 6 per cent of the population are unemployed. 官方統計數字顯示，百分之六的人口處於失業。

- 以 -s 結尾的**運動或遊戲名稱**視為單數，如 billiards（撞球）、darts（射飛鏢）、dominoes（骨牌）、fives（壁手球）、ninepins（九柱戲）。

> *Billiards is* my favourite game. 撞球是我最喜愛的運動。

- 以 -s 結尾的**專有名詞**視為單數，如 Algiers（阿爾及爾）、Athens（雅典）、Brussels（布魯塞爾）、Flanders（法蘭德斯）、Marseilles（馬賽）、Naples（那不勒斯）、Wales（威爾斯）。而 the United Nations（the UN）（聯合國）和 the United States of America (the USA)（美國）如果視為一個單位，也要用單數動詞：

> *The United States has* appointed a new ambassador to Japan.
> 美國指派了一位新的駐日大使。

- 有些以 **-s 結尾的疾病名稱**通常被視為單數，如：measles（麻疹）、German measles（德國麻疹）、mumps（流行性腮腺炎）、rickets（軟骨病）、shingles（帶狀皰疹）。同樣地，AIDS（愛滋病，全稱為 acquired immune deficiency syndrome 後天免疫缺乏症候群）也視同單數：

> *AIDS is* an illness which destroys the natural system of protection that the body has acquired against disease.
> 愛滋病是一種會摧毀身體抵抗疾病所需的天然保護系統的疾病。

只作複數的名詞：*How much are those sunglasses?*

599　有些名詞只作複數使用（有時只有作某意義解釋時為複數），如

people（人）、police（警察）、trousers（長褲）。

- **people 是 person 的複數形：**

There **are** too **many people** in here. 這裡面人太多了。

但是 people 作集合名詞時有複數形 peoples，此時指「一特定國家、種族等的人民」。

The **peoples** of Central Asia speak many different languages.
中亞民族說許多不同語言。

This country has been settled by **peoples** of many heritages.
來自許多傳統的民族在這個國家定居下來。

- **police：**

The **police have** dropped the case. 警方已經放棄調查這個案子。

Several **police were** injured. 數名員警受傷。

如果指「一名警察」則要用 policeman 或 police officer：

Why don't you ask **a policeman**? 何不找個警察問問？

- **cattle（牛隻；牲畜）：**

Holstein **cattle are**n't a beef breed and **they** are rarely seen on a ranch.
荷蘭牛不屬於肉牛品種，在牧場也很少看見這種牛。

600　有些**工具**或**器具名詞**是由兩個相同部件組合而成，這些名詞也視為複數：

A: Have you seen my **scissors**? 你有沒有看到我的剪刀？
B: Here **they are**. 在這裡。

如果要表達這些名詞的數量，可以用 a pair of 或 two pairs of：

I'd like **a pair of scissors**, please.
請給我一把剪刀。

屬於 scissors 這類的名詞還有：binoculars（雙筒望遠鏡）、glasses（眼鏡）、pincers（鉗子）、pliers（鉗子）、tongs（夾子；火鉗）、

scales（秤子）、shears（大剪刀）、tweezers（鑷子）。

- **由兩個部分組成的衣物名詞也視為複數：**

    *A: Where **are** my **trousers**?* 我的褲子在哪裡？
    *B: **They are** in the bedroom where you put them.* 就在你放褲子的臥室裡。

這類複數名詞如果加上 a pair of 或 pairs of，就「變成」普通可數名詞：

    *I need to buy **a** new **pair of trousers**.*
    我需要買一條新褲子。

    *How many **pairs of blue jeans** do you have?*
    你有幾條牛仔褲？

屬於 trousers 這類的名詞還有：briefs（短內褲）、jeans（牛仔褲）、pants（褲子）、pajamas（睡衣褲，美式拼寫）、pyjamas（睡衣褲，英式拼寫）、shorts（短褲）、slacks（長褲）、tights（緊身褲）、trunks（男用四角內褲；男泳褲）。

    *My **pants** were soaking wet.* 我的褲子都濕透了。

    *Amy was dressed in a tight-fitting pair of **slacks**.*
    艾咪穿著一件緊身長褲。

601 許多名詞在做特定意義時只能用複數，比方說 contents 指「目錄、內容物」，如 the contents of a book（書的目錄）、the contents of a cupboard（櫥櫃裡的物品）、a list of contents（內容列表；目錄）等。

    *The **contents** of this 195-page document **are** not known to many.*
    很多人不知道這份長達 195 頁的文件內容。

    *The minister has to work through the **contents** of a bulging briefcase in the evenings.* 部長晚上必須把塞得滿滿的公事包裡的東西全部看完。

但是單數的 content 則指「一個文本，或一個特定物質所含的內容」：

    *The **content** of a text frequently influences its style.*
    文本內容經常影響其風格。

*The average nickel **content** of the alloy is about 2.5 per cent.*
此合金的平均鎳含量約為百分之二點五。

下面這些名詞都只能作複數，或者主要視作複數：

- **arms**（武器）：

  ***Arms** were distributed widely among the civilian population.*
  廣發武器給平民人口。

- **ashes**（灰燼）：

  *After the fire many a ranch-house lay as a square of blackened **ashes**.*
  大火過後，許多牧屋被燒成一攤漆黑的灰燼。（但「菸灰」要說「*cigarette ash*」）

- **funds**（資金，指「錢」）：

  *Our **funds** are too scarce to permit this plan.*
  我們的資金太少了，無法執行這項計畫。

但是 fund 如果意義是「基金」，也就是當「錢的來源」時，就要用 a fund：The family set up a fund for medical research.（這一家人設立了一個醫療研究專用的基金。）

- **oats**（燕麥）：

  *The **oats** were sown early this year.* 燕麥在今年年初播種。

但是：corn（玉米）和 barley（大麥）都是單數。

- **odds**（可能性；機會）：

  *The **odds** are not very strongly in favour of a tax cut.*
  減稅的可能性不大。

- **outskirts**（郊區）：

  *They met in a place on the **outskirts** of the city.*
  他們在市郊的一個地方見面。

- **premises**（房宅）：

  *The butler discovered the residential **premises** were on fire.*
  管家發現住宅失火了。

- **quarters**（住處）、**headquarters**（總部）：

  *The proposal aroused violent opposition in some **quarters**.*
  這項提案在一些地方引發激烈反對。（這裡指「圈子」。）

但是 the third quarter of the year 2002 二　二年第三季，這裡指「三個月的時間」

- **spirits**（情緒）：

  She got home in high spirits, relaxed and smiling.
  她興高采烈地回到家，放鬆了一下，然後露出微笑。

但是：These people have retained their pioneering spirit. 這些人一直保持著開拓精神。

- **stairs**（樓梯）：

  *She was about to mount a wide flight of marble **stairs**.*
  她正準備爬上一段寬闊的大理石梯。

- **steps**（臺階）：

  *They stood on the **steps** of the ambassador's home.*
  他們站在大使官邸的臺階上。

- **surroundings**（周圍環境）：

  *The **surroundings** of their house are rather unattractive.*
  他們家的周圍環境不大好。

- **thanks**（感謝）：

  *My warmest **thanks** are due to your organization.*
  我向貴組織致上最誠摯的感謝。

如果要把 thank 變成單數，可用下面的表達方式：

> *A vote of thanks was proposed to the retiring manager.* 正式
> 有人提議向即將退休的經理表示感謝。

> *And now, let's give a big thank-you to our hostess!* 非正式
> 現在，讓我們向女主人表示由衷的感謝！

Numerals 數詞

基數詞與序數詞

602 基數詞（cardinal numeral，如 one、two、three 等）和**序數詞**（ordinal numeral，如 first、second、third 等）如下表所示。序數詞前要加**限定詞**，通常是定冠詞（參看 525）：

> *A: How many people are taking part in the competition?*
> 有多少人參賽？

[1] *B: There are ten on the list, so you are the eleventh.*
名單上有十個人，所以你是第十一個。

[2] *They have five children already, so this will be their sixth child.*
他們已經有了五個孩子，所以這會是他們的第六個孩子。

數詞可以作代名詞，如句 [1]，也可以作限定詞，如句 [2]。基數詞還可以作名詞，指明特定的數字，例如擲骰子時可以說：

> *You need a six or two threes to win the game.*
> 你得擲出一個六或兩個三才能贏。

	基數		序數
0	zero		
1	one	1st	first
2	two	2nd	second
3	three	3rd	third
4	four	4th	fourth
5	five	5th	fifth
6	six	6th	sixth
7	seven	7th	seventh
8	eight	8th	eighth
9	nine	9th	ninth
10	ten	10th	tenth
11	eleven	11th	eleventh
12	twelve	12th	twelfth
13	thirteen	13th	thirteenth
14	fourteen	14th	fourteenth
15	fifteen	15th	fifteenth
16	sixteen	16th	sixteenth
17	seventeen	17th	seventeenth
18	eighteen	18th	eighteenth
19	nineteen	19th	nineteenth
20	twenty	20th	twentieth
21	twenty-one	21st	twenty-first
22	twenty-two	22nd	twenty-second
23	twenty-three	23rd	twenty-third
24	twenty-four	24th	twenty-fourth
25	twenty-five	25th	twenty-fifth
26	twenty-six	26th	twenty-sixth
27	twenty-seven	27th	twenty-seventh
28	twenty-eight	28th	twenty-eighth
29	twenty-nine	29th	twenty-ninth
30	thirty	30th	thirtieth
40	forty	40th	fortieth
50	fifty	50th	fiftieth

60	sixty	60th	sixtieth
70	seventy	70th	seventieth
80	eighty	80th	eightieth
90	ninety	90th	ninetieth
100	a/one hundred	100th	hundredth
101	a/one hundred and one	101st	hundred and first
120	a/one hundred and twenty	120st	hundred and twentieth
200	two hundred	200th	two hundredth
1000	a/one thousand	1000th	thousandth
2000	two thousand	2000th	two thousandth
100000	a/one hundred thousand	100000th	hundred thousandth

在 書面 文章中，十以下的數字多以字母書寫（one, two, three... ten），不太用阿拉伯數字書寫。超過十則多以阿拉伯數字書寫（11, 12, 13...），不常用字母拼寫出來。

零（0，zero）的各種表達方式

603　阿拉伯數字 0 有多種讀法和寫法，包含 zero、nought、naught、 oh、nil、nothing 與 love。

- **zero**：唸作 /ˈzɪro；ˈzɪro / 英式／美式，是阿拉伯數字 0 最常見 的字母拼法，特別常見於數學或指溫度（參看 606）：

  *This correlation is not significantly different from **zero**.*
  這個相關性並不顯著（接近零）。

  *Her blood pressure was down to **zero**.* 她的血壓下降到零。

  *The temperature dropped and stood at **zero** in the daytime.*
  白天溫度下降到零度。

- **nought** /nɔt/ 英式，naught /nɑt/ 美式：主要用來稱呼數字 0：

  To write 'a million' in figures, you need a one followed by six noughts/ naughts. 英式／美式
  「一百萬」寫成數字時，要在一的後面加六個零。

- 電話或傳真號碼的 0 要唸作 /o/，有時寫作 **oh**。 英式 英語更常唸成「zero」而不讀「oh」：

    Dial 7050 and ask for extension 90.
    撥打 *7050*（讀作：*seven oh five oh*）轉分機 *90*（讀作：*nine oh*）。
    英式讀法

    Who used to play Agent 007?
    007 情報員過去是誰演的？（讀作：*double oh seven*）

    Flight 105
    105 號航班（讀作：*one oh five*）

- **nil** 或 **nothing** 常見於以下情境中，尤其常用來播報足球分數：

    The visitors won 4–0.
    客隊以四比零獲勝。（讀作：*four nil*、*four nothing*，或 *four to nothing*，見底下 606）

    *Now the party's influence was reduced to **nil**.*
    該黨現在已經沒有影響力。

    *The training promises to be arduous and the pay will be **nil**.*
    訓練預期會很艱苦，而且不會有報酬。

- **love** 用來播報網球、桌球、羽球和回力球的分數：

    The champion leads by 30–0.
    冠軍選手以 *30* 比 *0* 暫時領先。（讀作 *thirty love*）

一般用法中，zero 可以用否定限定詞 **no** 或代名詞 **none** 來代替：

    *There were **no** survivors from the air disaster.* 這起空難無人生還。

    ***None** of the passengers or crew survived.* 乘客及機組員全數罹難。

百、千、百萬、十億的表達方式

604　無論是讀或寫，hundred（百）、thousand（千）、million（百萬）和 billion（十億）的前面都必須加 one 或 a：

100 百	one hundred 或 a hundred
1000 千	one thousand 或 a thousand
1000,000 百萬	one million 或 a million
1000,000,000 十億	one billion 或 a billion 或 one thousand million

這些數詞前面的數字或數量詞無論是單數或複數，數詞本身一律用單數。但是當這四個字不是指一個明確的數字時，也有加 -s 的複數形：

> *four **hundred** soccer fans* 四百名足球迷
> 但是：***hundreds of** soccer fans* 許多足球迷；數以百計的足球迷

> *ten **thousand** books* 一萬本書
> 但是：***thousands of** books* 很多本書；成千上萬本書

> *several **million** yen* 幾百萬日幣
> 但是：***millions of** yen* 數以百萬計的日幣

> *The doctor got **ten million** dollars for appearing in that film.*
> 這名醫生以一千萬美元片酬演出那部電影。

> *A: How many children are born each year?*
> 每年有多少兒童出生？
> *B: I don't know ~ **milions and millions**.*
> 我不知道 ~ 好幾百萬吧。

> ***Hundreds of thousands** of people had to be evacuated during the monsoon.*
> 數十萬人在雨季期間被迫撤離。

分數、小數、次方

分數、小數、次方等的寫法和讀法如下：

• 分數

*1/2：**(a) half***
They stayed (for) half an hour. OR They stayed for a half hour.
他們停留了半小時。

*1/4：**a quarter***
They stayed (for) a quarter of an hour. 他們停留了十五分鐘。

1/10；***a/one tenth***

a tenth of the population 人口的十分之一

3/4；***three quarters or three fourths***

three quarters of an hour 四十五分鐘

1 1/2：***one and a half***

one and a half hours = an hour and a half 一個半小時

3 2/5：***three and two fifths***

three and two fifths inches 三又五分之二英寸

3/568：***three over five six eight*** 日常少用，常見於數學

- **小數**

   0.9：***nought point nine*** 尤為英式 或 ***zero point nine*** 尤為美式

   2.5：***two point five***

   3.14：***three point one four***

- **次方**

   10²：***ten squared***

   10³：***ten cubed***

   10⁴：***ten to the power of four***

- **算術**

   4 + 4 = 8　*four plus four equals eight* 或 *four and four makes/is eight*
   5 × 2 = 10　*five multiplied by two equals ten* 或 *five times two makes/is ten*
   6 ÷ 2 = 3　*six divided by two equals/makes/is three*

溫度

606

   –15°C 攝氏負十五度：
   fifteen (degrees) below (zero) 或 *minus fifteen (degrees Celsius)*

   85°F 華氏八十五度：
   eighty-five (degrees Fahrenheit)

貨幣

25c 二十五分	*twenty-five cents* 或 *a quarter*
$4.75 四點七五美元	*four dollars seventy-five* 或 *four seventy-five*
20p 二十便士	*twenty pence* 或 *twenty p* /piː/.
£9.95 九點九五英鎊	*nine pounds ninety-five (pence)* 或 *nine ninety-five*
€52.70 五十二點七歐元	*fifty-two euros (and) seventy cents*

運動比賽分數

5–1 五比一	*five to one* 或 *five one*
3–0 三比零	*three to nil* 或 *three nil* 或 *three (to) nothing* 英式 或 *three (to) zero* 或 *three blank* 美式
2–2 二比二平手	*two all* 或 *two two* 或 *two up* 美式

表達「約略」的數量

「近似、約略」的數字有幾種說法，如：

approximately *(about, around, roughly)* *$1,500* 大約一千五百美元

some *forty books* 大約四十本書

fifty **or so** *people* 五十人左右

about *eleven**ish*** ~ *about eleven o'clock* 大約十一點鐘

*a fifty**ish** woman* ~ *a woman* **about** *fifty years of age* 大約五十歲的婦女

*300-**odd** demonstrators* ~ **slightly over** *300 demonstrators* 三百多名示威者

日期和時鐘時間

• 年

1996	*(the year) nineteen ninety-six* 或 *(the year) nineteen hundred and ninety-six* 較正式
2000	*the year two thousand*
2010	*(the year) two thousand (and) ten* 或 *(the year) twenty ten*

607

• 十年（年代）

十年的年代可以寫成：the 1990s 或 the 90s 或 the '90s（一九九 年代／九 年代）。也可以寫成並讀成 the nineteen nineties 或 the nineties。

複數 twenties 代表介於 20 到 29 之間的年齡或時期。同樣地，thirties 是 30–39，forties 是 40–49，以此類推：

> *He looked like a man **in his early/mid/late forties**.*
> 他看起來是四十出頭／五六／多歲（快五十）的男人。

• 日期 書面 ：

> *Our daughter was born* ⎧ **on 18 August 2001.** 英式常用
> ⎨ **on August 18, 2001.** 美式常用
> ⎩ **on August 18th, 2001.** 美式常用
> 我們的女兒出生於 2001 年 8 月 18 日。

英式 英語還可以寫成 18/8/01（日 + 月 + 年），但 美式 英語會寫成 8/18/01（月 + 日 + 年）。

• 日期 口語

> *Our daughter was born* ⎧ on the eighteenth of August, two thousand (and) one.
> ⎨ on August the eighteenth, two thousand (and) one.
> ⎩ on August eighteenth, two thousand (and) one.

• 時鐘時間

時鐘時間的完整讀法如下：

at 5 五點整	at 5 (o'clock)
at 5.15/5:15 在五點十五分	at five fifteen 或 at a quarter past five 或 at a quarter after five 美式
at 5.30/5:30 在五點三十分	at five thirty 或 at half past five
at 5.45/5:45 在五點四十五分	at five forty-five 或 at a quarter to six 或 at a quarter of six 美式
at 5.50/5:50 在五點五十分	at five fifty 或 at ten (minutes) to six

at 6.10/6:10 在六點十分	at ten (minutes) past six 或 at ten minutes after six 美式 或 at six ten（例如用來指時間表）

Objects 受詞

（參看 CGEL 10.7–8, 27–32, 16.25–67）

608 子句的受詞可以是名詞片語（參看 595）：

> *Can you see **that white boat** over there?*
> 你可以看到那邊那艘白色的船嗎？

也可以是名詞子句（參看 588）：

> *Now we can see **that too little has been spent on the environment.***
> 現在我們看得出來用在環境上的經費太少。

受詞通常指受到動詞動作影響的人或物：

> *Anna kissed **him** gently on the cheek.* 安娜輕吻了他的臉頰。

> *George parked **his** car outside an espresso bar.*
> 喬治把車停在一家義式咖啡館前。

語序的其他變化請見：前置主題（411）、感嘆句（528）、wh- 問句（683）、關係子句（687）。

受詞一般位於動詞片語後面。英文的主要子句和從屬子句通常採用 **SVO 的語序**（主詞 + 動詞 + 受詞）：

> *After the chairman announced **the takeover bid**, the stock exchange council banned **dealings in the company's shares**.*
> 主席宣布公開收購後，股票交易委員會便停止該公司的股票交易。

主動句的受詞通常可以變成被動句（參看 613）的主詞：

> **主動**：*A dog owner found **little Nancy** yesterday morning.*
> 昨天早上，一名狗主人找到了小南西。

> **被動**：***Little Nancy** was found yesterday morning (by a dog owner).*
> 昨天早上，小南西被（一名狗主人）找到了。

一個子句中有兩個受詞時，第一個是間接受詞（indirect object），第二個是直接受詞（direct object）。間接受詞通常是人，如下面例句中的 me 和 the patient：

> 'Nobody gives [**me**] [flowers] anymore', Georgina said.
> 喬吉娜說：「再也沒人送我花了。」

> Lucy bought [**the patient**] [fruit, meat and cheese].
> 露西帶了水果、肉和起司來給病人。

間接受詞經常等於 to 的介系詞片語：

> Nobody gives [flowers] [**to me**] anymore. 再也沒人送花給我了。

或等於 for 的介系詞片語（參看 730）：

> She bought [fruit, meat and cheese] [**for the patient**].
> 她帶水果、肉和起司給病人。

然而不是所有情況都可以改用介系詞的句型，例如：

> We all wish [**you**] [better health]. 我們祝你早日康復。

> Isabelle leaned down and gave [**John**] [a real kiss].
> 依莎貝兒彎下身來給約翰深深一吻。

Operators 作用詞　　　　（參看 CGEL 2.48–50, 3.21–30, 34, 37）

何謂作用詞？

609　各個助動詞在動詞片語（參看 735）中有不同的意義和功能，但是都有一個重要特點：都出現在一般動詞前面。如果是限定用法（參看 737），助動詞會放在限定動詞片語的第一位。我們把動詞片語的第一個助動詞叫做「作用詞」。比較下列疑問句以及相對的直述句（作用詞以**粗體**標示）：

Will *she be back after the weekend?* 週末過後她會回來嗎？

*~ She **will** be back after the weekend.* 週末過後她會回來。

Were *they showing any comedy films?* 他們有放映喜劇片嗎？

*~ They **were** showing some comedy films.* 他們正放映一些喜劇片。

Was *he lecturing on English grammar?* 他正在講授英文文法嗎？

*~ He **was** lecturing on English grammar.* 他正在講授英文文法。

Have *I been asking too many questions?* 我是不是問了太多問題？

*~ I **have** been asking too many questions.* 我問了太多問題。

Would *a more radical decision have been possible?*
本來可以有更根本性的決定嗎？

*~ A more radical decision **would** have been possible.*
本來可以有更根本性的決定的。

上述每一個疑問句中，限定動詞片語的第一個助動詞（作用詞）皆置於句首，與動詞片語的其他部分分開，無論該動詞片語有多複雜都一樣。

be 動詞即便作為一般動詞，用法也等同作用詞，因此下面句子中的情況也同「作用詞」的用法：

Is *she a good student?* 她是好學生嗎？

在 英式 英語中，have 即便作為一般動詞，用法有時也等同於一個作用詞：

Have *you any money?* 你有錢嗎？

不過， 美式 和 英式 英語都可以改用 do 結構（參看 611）：

Do *you **have** any money?* 你有錢嗎？

作用詞在疑問句和否定句中的用法

610　作用詞在英文中很重要，因為它們通常用來構成疑問句和否定句。在 yes–no 問句中，作用詞要置於主詞之前，這叫做主詞和作用詞的**倒裝**：

*You **have** met the new students.*（直述句）
你已經見過新來的學生了。

***Have you** met the new students?*（yes–no 問句）
你見過新來的學生沒？

在否定直述句中，作用詞會置於 not 之前。在 非正式 英語中，助動詞會和否定縮寫 n't（參看 582）結合使用：

*I **will not** be going to the seminar tomorrow.*
~ *I **won't** be going to the seminar tomorrow.* 我明天不會去研討會。

*Chris **is not** playing so well this season.*
~ *Chris **isn't** playing so well this season.* 克里斯本季表現不佳。

*Chloe **has not** got the whole-hearted consent of her parents.*
~ *Chloe **hasn't** got the whole-hearted consent of her parents.*
克蘿伊並未得到父母完全的同意。

位於句中的副詞，如 always 和 never（參看 458），通常置於 not 的位置，緊接在作用詞的後面：

*Things **will never be** the same again.* 人事已非。

*That sort of attitude **has always appealed** to me.*
那種態度向來很吸引我。

這類副詞也可以放在作用詞的前面，尤其用來強調對比：

*I submit that this is the key problem of international relations, that it **always hàs been**, that it **always wìll be**.*
我認為這是國際關係的關鍵問題，一直都是，也永遠會是。

do 結構：*Do you know the way?*

611 如果動詞片語不含助動詞，就沒有字可以當作用詞，如：

*Connor **knows** the way.* 康納知道路。

*You **need** some advice.* 你需要一點建議。

*The delegates **arrived** yesterday.* 代表團於昨日抵達。

在這些情況下，我們必須介紹一個很特別的「偽」作用詞（dummy operator），即作為助動詞的 do，用於 yes–no 問句（參看682）和 not 否定（參看 581），也稱「do 結構」（do-construction）或「do 支持」（do-support）。do 當作用詞時，後面動詞要原形：

yes–no 問句	no 否定
Does Connor **know** the way? 康納知道路嗎？	Connor **doesn't know** the way. 康納不知道路。
Do you **need** any advice? 你需要任何建議嗎？	**You don't need** any advice. 你不需要任何建議。
Did the delegates **arrive** yesterday? 代表團於昨日抵達了嗎？	The delegates **didn't arrive** yesterday. 代表團未於昨日抵達。

其他含有作用詞的句型

612　除了 yes–no 問句和 not 否定句之外，還有其他句型需要用到作用詞，包含「偽」作用詞 do。這些句型有：

- **強調句**（參看 300）：

    Dò **be** quiet!（比 **Be quiet.** 語氣更強。）
    拜託安靜點！

    I dìd **enjoy** that meal last night!（= I really enjoyed that meal...）
    我真的很喜歡昨晚的那頓飯！

- **附加問句**（參看 684）：

    | Charles Perry won the men's dòubles last year | **dìdn't** he? |
    查爾斯・派瑞贏得去年的男子雙打冠軍，不是嗎？

    | Paige has got a very distinctive accent as wèll | **hàsn't** she? |
    佩姬也有一種很獨特的口音，不是嗎？

- wh- 字不當主詞的 **wh- 問句**：

    When **did** you come back from Spain?（when 當副詞）
    你什麼時候從西班牙回來的？

*How long **did** Grace stay in Egypt?*（*how long* 當副詞）
葛瑞絲在埃及待了多久？

*What **did** she do so long in Athens?*（*what* 當受詞）
她在雅典做什麼做了那麼久？

*Who **did** you want to speak to?*（*who* 當介系詞補語）
你想和誰說話？

但是如果 wh- 字是疑問句的主詞，就不需要加作用詞或用 do 結構：

Who is this in the picture? 照片裡的這個人是誰？

Which guests are coming by train? 哪些賓客要坐火車來？

What took you so long? 你怎麼那麼久？

Who met you at the airport? 誰去機場接你？
比較：***Who** did you meet at the airport?*
你在機場遇到了誰？（***who*** 是受詞）

- 當直述句中的否定詞語置於句首時，主詞和作用詞也要倒裝（參看 417）：

*Only after a long delay **did** news of Livingstone's fate reach the coast.* 頗正式
隔了很久，關於李文斯頓的命運的消息才傳到沿海地區。

在大多數的語境下，用 it 分裂句（參看 496）都較為自然：

It was only after a long delay that news of Livingstone's fate reached the coast.

Passives 被動語態 （參看 CGEL 3.63–78）

613　被動語態指動詞片語中含有「be 動詞 + 過去分詞」的結構（參看 739），如 is accepted、has been shown、will be covered、might have been considered 等。被動語態在 非正式 到 口語 中並不常見，但在 正式 、尤其科學類的 書面 英語中相當常見，像是以下這段節自

齒科學的論文段落（被動語態的動詞片語以**粗體**標示）：

*It is generally accepted that, when it is exposed in the oral cavity, any natural or artificial solid surface **will** quickly **be covered** by thin organic films. It **has been shown** in several studies that these films contain material of salivary origin.*

一般認為無論天然或人造的堅硬表面一旦暴露在口腔環境中，就會迅速被有機薄膜所覆蓋。幾項研究皆顯示，這些薄膜含有來自唾液的原料。

被動句的相反就是主動句（active）。以下列舉幾組主動句和被動句的對照用法：

*Everyone **rejected** the bold idea.*
所有人都否決了這個大膽的想法。
*~ The bold idea **was rejected** (by everyone).*
這個大膽的想法被（所有人）否決了。

*The ambulance crew **gave** the casualties first aid.*
救護人員替傷者施以急救。
*~ The casualties **were given** first aid (by the ambulance crew).*
傷者被（救護人員）施以急救。

*Boat owners **considered** the bridge a menace to navigation.*
船東認為這座橋會對航行造成危險。
*~ The bridge **was considered** a menace to navigation (by boat owners).*
這座橋被（船東）認為會對航行造成危險。

*The committee **asked** Mr Pearson to become director of the institute.*
委員會請求皮爾森先生擔任研究所所長。
*~ Mr Pearson **was asked** (by the committee) to become director of the institute.*
皮爾森先生被（委員會）請求擔任研究所所長。

主動句改為被動句的過程

614　要將主動句改為被動句時，我們要：

1. 將主動的動詞片語轉為被動的動詞片語。
2. 將主動句的受詞變成被動句的主詞。

3. 將主動句的主詞變成被動句的**行為者**。行為者是被動句中出現
   在介系詞 by 後面的名詞片語。行為者並非被動句型的必要成
   分，因此「by + 行為者」通常可以省略，如 613 中以括弧標示
   的部分。

上述三種轉變可以用下圖表示：

許多劇評不喜歡這部戲劇。

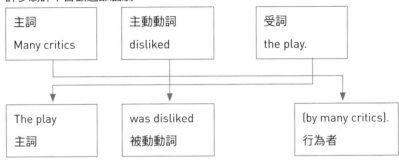

這部戲劇不受（許多劇評）喜愛。

615　　將句子轉成被動的結果，就是將主動句中作主詞和受詞的名詞片
　　　語互換位置。而如 give 這類的雙受詞動詞（即授與動詞）由於有兩
　　　個受詞，第一個受詞（間接受詞）通常會成為被動子句的主詞：

> The department **gave** [Mrs Barry] [no authority to take such a decision].
> 部門並未授權貝瑞女士做這樣的一個決定。
> ~ [Mrs Barry] **was given** [no authority to take such a decision].
> 貝瑞女士並未被授權做這樣的一個決定。
>
> Our school **did not give** [science subjects] [enough time].
> 我們學校沒有排足夠的時間給科學科目。
> ~ [Science subjects] **were not given** [enough time].
> 科學科目沒有被排到足夠的時間。

雙受詞動詞還有一種被動句型，將直接受詞當作主詞，並在受詞
前面加 to：

> ~ [Enough time] **was not given** [to science subjects].

大多數有名詞片語或代名詞作為受詞的主動句，都可以改為被動句。

然而，有些及物動詞並沒有被動句型，如 have（I have a small car. 我有一輛小車。）和 hold（This jug holds one pint. 這個壺的容量是一品脫。）此外，如果受詞是一個子句，有時也不能轉變為被動句。

無行為者的被動語態：*Nobody was injured in the crash.*

616　只有在特定情況下，我們才需要用 by 片語點出被動句中的行為者（也就是在原本主動句中的主詞）。實際上，英文的被動子句中僅有五分之一有把行為者表達出來。被動語態在 非人 的文體尤為常見，如科學論文和公文當中。此時，行為者是誰（誰做了動詞所描述的那個動作）往往並不重要，因此沒有必要提及：

> *The question **will be discussed** at a meeting tomorrow.*
> 這個問題將於明天會議中討論。

當我們不知道是誰做了這個動作時，被動語態是很好用的句型：

> *A police officer **was killed** last night in a road accident.*
> 一名員警昨晚在交通事故中喪生。

使用 get 的被動句：*I hope you didn't get hurt.*

617　從以上範例中可以看到，被動句的助動詞通常是 be 動詞。但是也有使用 get 的被動句：

> *The boy **got hurt** on his way home from school.*
> 男童在放學返家途中受傷。

> *It's upsetting when a person **gets punished** for a crime they didn't commit.* 一個人為自己沒犯下的罪而受到懲罰，十分令人沮喪。

get 的被動語態用於 非正式 文體，而且多半沒有行為者。

介系詞動詞和非限定動詞片語的被動語態：*This matter will have to be dealt with.*

618 介系詞動詞（如 deal with、ask for、believe in、cater for、look at、stare at、talk about、wonder at，見 632）也有被動語態。介系詞的受詞，即主動句中的介系詞所接的名詞片語，會變成被動句的主詞：

*The members also **talked about** other possibilities at the meeting.*
成員在會議中也討論了其他可能性。
[1] ~ *Other possibilities **were** also **talked about** at the meeting.*
　　其他可能性也在會議中被討論。

*Someone **will have to deal with** this matter right away.*
有人必須立刻處理這個問題。
[2] ~ *This matter will **have to be dealt with** right away.*
　　這個問題必須立刻處理。

*I just don't like people **staring at** me.*
我就是不喜歡有人盯著我看。
[3] ~ *I just don't like **being stared at**.*
　　我就是不喜歡被盯著看。
[4] *An improvement in relations between our countries is **to be hoped for** as a result of the conference.*
　　此次會議期能改善我們兩國關係。

如同範例 [3]、[4] 所示，非限定動詞片語也有被動語態。比較下面用法：

*I want everybody **to understand** this.*（主動的 *to* 不定詞）
~ *I want this **to be understood** by everybody.*（被動的 *to* 不定詞）
我希望每個人都能了解這一點。

*Without anybody **asking** her, Joan did the job herself.*（主動的 *-ing* 子句）
~ *Without **being asked**, Joan did the job herself.*（被動的 *-ing* 子句）
沒有人要求她，瓊恩就自己把工作做了。

Personal and reflexive pronouns
人稱及反身代名詞

（參看 CGEL 6.15-31）

各種形式

619　人稱代名詞（如 she、they）和反身代名詞（如 herself、themselves）
彼此息息相關，兩者都有人和非人的性別之分，而指人的性別時
又可分成陰性和陽性（參看 529）：

	單數	複數
第一人稱	I ~ myself	we ~ ourselves
第二人稱	you ~ yourself	you ~ yourselves
第三人稱	he ~ himself she ~ herself it ~ itself	they ~ themselves

第二人稱的人稱代名詞和所有格代名詞，不分單複數一律使用相
同形式（you、your、yours），但是其反身代名詞就有單複數之分，
即 yourself（單數）、yourselves（複數）。第一人稱代名詞複數 we
意指「我以及一或多個其他人」（參看 97）。

620　以下五個人稱代名詞有主格和受格形式：

> *I ~ me, we ~ us, he ~ him, she ~ her, they ~ them*
> （但 *you* 和 *it* 只有一種形式）

有些人稱代名詞則有兩種所有格（即所有格跟所有格代名詞）：

> *my ~ mine, our ~ ours, you ~ yours, her ~ hers, their ~ theirs*
> （但 *his* 只有一種形式）

人稱代名詞的所有格通常稱為**所有格代名詞**（possessive pronoun，見
623）。下表為人稱代名詞和反身代名詞的總整理：

		人稱代名詞				反身代名詞
		主格	受格	所有格 所有格 限定詞	所有格 所有格 代名詞	
第一人稱	單數	I	me	my	mine	myself
	複數	we	us	our	ours	ourselves
第二人稱	單複數	you		your	yours	yourself yourselves
第三人稱	單數陽性	he	him	his		himself
	單數陰性	she	her	her	hers	herself
	單數非人	it		its		itself
	複數	they	them	their	theirs	themselves

人稱代名詞

621 從上表可以看出，人稱代名詞根據以下方式分類：

- **人稱**：第一、第二、第三人稱
- **數**：單數、複數
- **性別**：陰性、陽性、非人
- **格**：主格、受格、所有格

至於該用何種人稱、數和性，必須看其意義。意義可由語言以外的脈絡提供，或者由該代名詞所「指稱」（或說「回指」〔point back，往回指稱〕，見375）的名詞片語來判斷。代名詞一般指稱前面的名詞片語，如下面例句以及後面的 [1]、[2] 兩句：

> *My brother* is out, but *he* will be returning soon.
> 我弟弟外出了，不過很快就會回來。

然而從屬子句中的人稱代名詞也可以「後指」（point forward，往後指稱）後面主要子句中的名詞片語，例如在下面句子 [3] 中，it 指稱後面的 the plane。比較下面三個可以互換的句子當中的語序：

[1] **The plane** took off as soon as **it** had refuelled. 飛機一加好油就起飛。

[2] As soon as **the plane** had refuelled, **it** took off.

[3] As soon as **it** had refuelled, **the plane t**ook off.

人稱代名詞出現在其指稱的名詞片語前面的情況，尤其見於 正式 書面 英語。

主格和受格

622　使用主格或受格取決於文法位置。最簡單的判斷規則，是**主詞位置就用主格，其他位置**都用**受格**。

- 主格：

　　She was very helpful. 她幫了很大的忙。

- 受格：

　　I found **her** very helpful.
　　我覺得她幫了很大的忙。（ her 是直接受詞）

　　She gave **him** her home number.
　　她把家裡的電話號碼給了他。（ him 是間接受詞）

　　I have to speak to **them** about it.
　　我必須和他們談談這件事。（ them 是介系詞補語）

　　She is five years older than **him**.
　　她比他大五歲。（ him 是介系詞補語）

　　【電話中】

　　A: Who's that? 請問你是哪一位？
　　B: It's me—Agnes. 是我，艾格妮絲。（ me 是主詞補語）

最後兩句中的 older than him 和 it's me 為 非正式 英語，有人認為這裡用主格才是正確用法。不過，older than I 和 it's I 聽起來極不自然，非正式 並不這麼使用（參看 506）。

所有格

623 所有格有兩種，各有不同作用。第一種如 my、your、her，會放在中心詞前方作為**限定詞**，而第二種如 mine、yours、hers 等則作為所有格**代名詞**，可視為一個獨立名詞片語。作代名詞時，重音放在所有格代名詞上面。比較下方的兩個對應所有格結構（參看 530）：

作限定詞：

> *This is **her** book.* ~ *This is **Joan's** book.*
> 這是她的書。~ 這是瓊恩的書。

作代名詞：

> *This book is **hers**.* ~ *This book is **Joan's**.*
> 這本書是她的。~ 這本書是瓊恩的。

所有格限定詞：*Have you changed your mind again?*

624 很多語言不同，英文中的所有格限定詞可以用來帶出身體部位或個人物品：

> *Hannah broke **her** leg when she was skiing in Austria.*
> 漢娜在奧地利滑雪時摔斷了腿。
>
> *Don't tell me they've changed **their** minds again!*
> 不要告訴我他們又改變心意了！
>
> *Don't lose **your** balance and fall into the water!*
> 不要失去平衡跌進水裡了！
>
> *I can't find **my** glasses.*
> 我找不到我的眼鏡。

當身體部位出現在與**受詞**相關的介系詞片語中，用來進一步說明受詞狀態時，該所有格通常會改用定冠詞 the，常出現在表達「受傷的身體部位」：

> *She took the little girl by **the** hand.*（手是小女孩的）
> 她抓住小女孩的手。

*Something must have hit me on **the** head.*（頭是我的）
一定有什麼東西打到我的頭了。

在被動句中，這類的介系詞片語則與**主詞**相關：

*He was shot in **the** leg during the war.*
他在戰爭期間腿部中槍。

所有格代名詞：*Is that paper yours?*

625 所有格代名詞可以放在任何能放名詞片語的位置：

- **所有格代名詞作主詞：**

  ***Yours** is an international company, **mine** is just a small local firm.*
  你的是國際大公司，我的只是本地小公司。

- **所有格代名詞作主詞補語：**

  *Is that my copy or **yours**?* 那本是我的書還是你的？

- **所有格代名詞作受詞：**

  *Philip wanted a bike, so I let him borrow **yours**.*
  菲利普需要一輛腳踏車，我就把你的借給他了。

- **所有格代名詞作介系詞補語：**

  *This is a special policy of **theirs**, is it?*
  這是他們的一個特殊政策，不是嗎？

  *What business is it of **hers**?* 關她什麼事？（比較 535）

- **所有格代名詞可用於比較句型**，放在 than 和 as 的後面：

  *Your car looks faster than **ours**.*（= our car）
  你的車看起來跑得比我們的快。

反身代名詞：*Have you locked yourself out?*

626 反身代名詞可以當作受詞、補語和介系詞補語（尤其常當做介系

詞補語），當所指的對象是子句或句子主詞時，就可以用反身代名詞。要注意，有些情況中核心重音要放在反身代名詞上，有些則不用：

*We have to find **ourselves** a new hòme.* 我們得去找個新家。

*Have you locked **yourself** óut?*
你把自己鎖在外面了嗎？

*Bradley works too hard. He'll burn **himself** òut.*
布萊德利太努力工作了。他會把自己累垮的。

*I hope Ella enjòyed **herself** at the party.*
希望艾拉在派對上玩得很開心。

*Most authors start by writing novels about **themsèlves**.*
大部分的作者會從撰寫關於自己的小說開始。

*This is a word the aborigines use among **themsèlves**.*
這是原住民他們使用的詞彙。

*Jack certainly has a high opinion of **himsélf**.*
傑克肯定自視甚高。

*Carolyn got a seat all by **hersèlf**.*
卡洛琳獨自一人找了個位子坐下來。

不定代名詞 one（參看 680）有自己的反身代名詞 oneself：

*One mustn't fòol **oneself**.* 不要騙自己。

*It's just a journey one does by **onesèlf**.* 這只是一段獨自一人的旅程。

此處的一致性用法，見 96。

反身代名詞也用於祈使句或不定代名詞（any-、some- 或 every-）這類主詞不明顯的句子中，此時它們所指稱的對象為句子主詞：

*Make **yourself** at home.* 把這裡當自己家（別拘束）。

*I've asked everyone to help **themselves**.*
我已經要求每個人都自助。

不過，在指涉位置的介系詞片語中，只能使用一般人稱代名詞：

*He turned around and looked **about him**.* 他轉身環顧四周。

*Have you any money **on you**?* 你身上有沒有錢？

*We examined all the documents **in front of us**.*
我們檢查了面前的所有文件。

人稱代名詞或反身代名詞：*someone like you ~ someone like yourself*

627 反身代名詞（如 myself、ourselves）有時可以和人稱代名詞的受格（me、us 等）互換使用。這種情況發生在 as for（至於）、but for（要不是）、except for（除了⋯以外）、like（像⋯一樣）這些詞語的後面，或者在對等名詞片語中：

*As for **me/myself**, I don't mind what you decide to do.*
至於我，你決定怎麼做我都無所謂。

*For someone like **me/myself**, one good meal a day is quite enough.*
像我這樣的人，一天好好吃一頓就很足夠了。

*The picture Molly showed us was of **her/herself** and Brian on the terrace.*
茉莉給我們看的是她和布萊恩在陽臺上的照片。

反身代名詞的強調用法：*I'll do it myself.*

628 反身代名詞也可以用來加強語氣，此時它們會接在名詞片語或另一個代名詞後面，強化該詞的意義：

*I spoke to the manager **himsèlf**.* 我與經理本人談過話。

*The question was how Louise **hersèlf** was to achieve this goal.*
問題是露易絲自己要如何達成這個目標。

*If the premises **themsèlves** were improved, the college would be much more attràctive.* 如果校區本身有所改善，這所大學就會更吸引人。

*Ellie's getting a divorce: she **hersèlf** told me.*
艾麗正在辦離婚：她親口告訴我的。

也可以把反身代名詞置於句尾（參看 428）：

*She told me so **hersèlf**.* 她親口這樣告訴我的。

*He'll be here **himsèlf**.* 他會親自到這裡來。

*Without being ăsked, Joe fixed the lock **himsèlf**.*
沒有人要求他，喬就自己把鎖修好了。

可與反身代名詞互換的句型：*my own room ~ a room of my own*

629 所有格限定詞後面加上 own，就具有反身代名詞或強調的作用，
如 my own（我自己）、your own（你自己）、his own（他自己）。

> *John cooks **his own** dinner.*（ *= John cooks dinner for himself.* ）
> 約翰做他自己的晚餐。

> *We'll have to make **our own** decisions.* 我們必須自己做決定。

> *The government is encouraging people to buy **their own** homes.*
> 政府鼓勵人們買自己的房子。

我們也可以在 own 的前面加上加強副詞「very」來加強語氣：

> *Do you like the soup? The recipe is **my very own**.*
> 你覺得湯好喝嗎？這食譜是我自創的喔。

「所有格 + own」也可以與 of 連用（與 535 的用法作比較）：

> *I'd love to have a house **of my own**.* 我想要擁有自己的房子。

> *It's so much easier for students to work in a room **of their own**.*
> 學生如果有自己的房間可以讀書，就會好讀許多。

Phrasal and prepositional verbs
片語動詞和介系詞動詞

（參看 CGEL 16.3–16）

片語動詞：*Go on!*

630 動詞可以和 down、in、off、on、out、up 等副詞助詞（adverbial

particle）組合在一起：

> *Aren't you going to **sit dówn**?* 你不坐嗎？

> *When will they **give in**?* 他們什麼時候會讓步？

> *My interview **went off** very smoothly.* 我的面試進行得很順利。

> *The plane has just **taken off**.* 飛機剛起飛。

> *Did Ryan **catch on** to what you were saying?*
> 萊恩明白你在說什麼嗎？

> *We expect this project to **go on** another three years.*
> 我們預計這項計畫還要持續三年。

> *The doctor thinks by the end of next week you could **get out** in the air a little.*
> 醫生認為下週結束前，你就可以稍微到外走走了。

> ***Drink up** quickly.* 快點喝完。

> *It's a pity their marriage did **break up**, and whose fault was it?*
> 他們婚姻破裂了真令人遺憾，錯在誰呢？

> *I usually **get up** quite early and **get on** with my òwn work.*
> 我通常都很早起，然後開始做點自己的事。

> *I stood there for another ten minutes but Alexandra didn't **turn ùp**.*
> 我在那裡又站了十分鐘，但是亞歷珊卓沒有來。

這種「動詞 + 副詞」的組合叫做「片語動詞」，通常為 非正式 用語。片語動詞中的副詞多半是與介系詞同形的地方副詞（如 down、in、up 等，見 192）。

動詞也可以搭配介副詞（prepositional adverb），介副詞相當於是介系詞片語（參看 654）：

> [1] *They **walked past** (the place).* 他們走路經過（這個地方）。

> [2] *She **ran across** (the street).* 她跑過（街）。

[1]、[2] 兩句的名詞片語可以用括號省略。就像這些例子，有些片語動詞仍保有動詞和副詞的個別意義（如 sit down 坐下）。但有些片語動詞則成為慣用語，意義已經無法從組成的個別動詞和副詞

推斷出來，如 catch on（理解）、give in（屈服）、turn up（露面；
到達）。

片語動詞之副詞位置可互換：*Turn on the light!* ~ *Turn the light on!*

631　許多片語動詞可以接受詞：

> *The new government was unable to **bring about** immediate expansion.*
> 新政府無法帶來即時的擴展。

> *The president decided to **break off** diplomatic relations immediately.*
> 總統決定即刻斷絕外交關係。

> *The union **called off** the strike.* 工會取消了罷工。

> *I'll **get out** my old pair of skis.* 我要拿出我那雙舊的滑雪鞋。

> *We've got to **find out** what's going on here.*
> 我們得查清楚這裡發生了什麼事。

> *Daniel couldn't **get over** the fact that Natasha died.*
> 丹尼爾無法從娜塔莎過世的事實中走出來。

> *Robert's parents were forced to **make up** the deficit.*
> 羅伯特的父母不得不填補赤字。

> *Georgia is **bringing up** her brother's children.*
> 喬琪亞在撫養她哥哥的小孩。

> *The enemy **blew up** the bridge.* 敵軍炸毀了這座橋。

大部分的片語動詞中，當受詞是名詞時，副詞可以放在受詞之前
或之後：

> *They **turned on** the light.* ~ *They **turned** the light **on**.*
> 他們開了燈。

但是當受詞是人稱代名詞時，只能放在副詞之前：

> *They **turned** it **on**.* 他們打開了它。
> 但不能說：*They turned on it.* ⁽×⁾

有些情況，「片語動詞加受詞」看起來和「動詞加介系詞片語」完全一樣，比較下面句子：

> They **ran over** the c̀at. （片語動詞）
> 他們碾過那隻貓。（= knocked down and passed over. 撞倒置之不理）

> They **ran over** the br̀idge. （動詞 + 介系詞）
> 他們跑過那座橋。（= crossed the bridge by running 用跑的過了那座橋）

介系詞動詞：*Will you attend to that?*

632　動詞也可以和介系詞（參看 744）形成固定搭配，例如：

> The article also **hinted at** other possibilities.
> 那篇文章也暗示了有其他可能性。

> Brandon has **applied for** a new job. 布蘭登應徵了一份新工作。

> The mayor announced that he would not run for re-election.
> 市長宣布不再競選連任。

> Would you like to **comment on** the situation?
> 你要對這個情況發表意見嗎？

> I don't **object to** this proposal in principle.
> 基本上我不反對這項提議。

介系詞後面的名詞片語稱為**介系詞受詞**（prepositional object）。以下是一些介系詞動詞的範例：

> The plan must be flexible enough to **allow for** technological breakthroughs.
> 這項計畫必須有足夠彈性允許技術突破的情形。

> The new hospital is equipped to **care for** all patients.
> 這家新的醫院有能力照顧所有病患。

> Zoe said she was not adequately trained to describe or **enlarge on** these difficult questions. 柔伊說她沒有受過充分的訓練，沒辦法描述或詳細說明這些困難的問題。

> What is called a plan for action **amounts to** doing nothing.
> 所謂的行動計畫等於無所作為。

*At the meeting Katie told Bill not to bother about the contract – she would **attend to** that.*
開會上凱蒂告訴比爾不用煩惱合約的事，她會處理。

*These statements can be interpreted to **conform to** our own point of view.*
這些陳述可以視成符合我們的觀點。

*We must give small shops a chance to **compete with** large supermarkets.*
我們必須提供小商店與大型超市競爭的機會。

*The personal pronouns are normally unstressed because they **refer to** what is prominent in the immediate context.*
人稱代名詞通常不加重音，因其所指稱的是當前上下文最突顯的成分。

*The minister stated categorically that we should under no circumstances **resort to** the use of such weapons unless they are first used by our enemies.* 部長明確表示，無論如何我們都不應訴諸這類武器，除非敵人先使用。

注意，當介系詞為介系詞動詞的一部分時，經常被「懸」在句尾（參看 659）：

*That's exactly what I'm **hoping for**.* 那正是我所希望的。

*Jordan had a poor salary but he didn't need much to **live on**.*
喬登的薪水很低，不過他不需要太多錢就可以過活。

比較片語動詞和介系詞動詞：call her up 和 call on her

633 片語動詞和介系詞動詞有時極為類似，例如：

[1] *Matthew **called up** his wife to tell her he'd met some old friends and could be home late.*
馬修打電話給他太太，說他碰到幾個老朋友，可能會晚點回家。

[2] *Megan went to the hospital to **call on** a friend after a serious operation.* 梅根到醫院探望一個動完大手術的朋友。

不過**片語動詞**（如 [1] 中的 call up）和**介系詞動詞**（如 [2] 中的 call on）有幾個不同之處：

- 片語動詞（句 [3]）中的副詞通常要加重音，核心重音位於末尾。介系詞動詞（句 [4]）中的介系詞通常不加重音。比較下面句子：

> [3] *All young men were **called ùp** | for military sèrvice.*
> 所有年輕男性都被徵召入伍。

> [4] *We'll **càll on** you | as soon as we arrive.*
> 我們一抵達就會去拜訪你。

- 介系詞動詞中的介系詞必須放在介系詞受詞之前。比較句 [5] 的片語動詞和句 [6] 的介系詞動詞：

> [5] *We'll **call up** our friends.* 我們會打電話給我們的朋友。
> ~ *We'll **call** our friends **up**.*
> ~ *We'll **call** them **up**.*

> [6] *We'll **call on** our friends.* 我們會拜訪我們的朋友。
> ~ *We'll **call on** them.*
> 但不能說：*We'll call our friends on.*（×）

- 只有介系詞動詞能在動詞和介系詞之間加副詞：

> *They **called** early **on** their friends.* 他們早早拜訪了他們的朋友。
> 但不能說：*They called early up their friends.*（×）

英文與一些語言不同，英文容許介系詞受詞當被動句（參看 613）的主詞。比較下面用法：

> *Some employees **looked upon** the manager almost as a saint.*
> 有些員工幾乎把經理當聖人看待。
> ~ *The manager was **looked upon** almost as a saint (by some employees).*
> 經理幾乎被（一些員工）當聖人看。

片語 - 介系詞動詞：This noise is hard to put up with!

634　非正式 英語中，有些動詞可以同時搭配一個副詞和一個介系詞，組成慣用語。例如：

*What a preposterous idea! She'll never **get away with** it.*
這個想法太荒謬了！她不可能得逞的。（*get away with* = 成功）

*We shouldn't **give in to** their arguments so easily.*
我們決不能輕易讓步，接受他們的論點。（*give in to* = 讓步）

*You shouldn't **break in on** a conversation like that.*
你不該那樣打斷別人的對話。（*break in on* = 打斷）

*Alex **walked out** on the project.*
艾力克斯退出了這項計畫。（*walk out* = 遺棄）

*I'm trying to **catch up on** my own work.*
我正在努力趕我自己的工作。（*catch up on* = 跟上最新進度）

*Samantha seems to **put up with** almost anything.*
珊曼莎好像什麼都能忍。（*put up with* = 忍受）

我們把這樣的組合稱為**片語 – 介系詞動詞**（phrasal-prepositional verb）。片語 – 介系詞動詞和介系詞動詞一樣可以改為被動語態，只要將介系詞的受詞變成子句的主詞（參看618）：

*They thought such tendencies would increase rather than be **done away with**.*
他們認為這種趨勢只會增加不會停止。（*do away with* = 廢除）

介系詞和受詞之間不能插入副詞，但是副詞和介系詞之間可以：

*Oddly enough Andrew **puts up** willingly **with** that manager of his.*
說也奇怪，安德魯竟然願意忍受他的經理。

在關係子句及其他介系詞受詞放在前面的前置句型中，副詞和介系詞都必須維持在動詞後面。（前置的受詞和懸空的介系詞以**粗體**標示。）

比較介系詞動詞中的「懸空」介系詞，見 659。

*Is this **something** the police are **checking up on**?*
這是警方正在調查的事件嗎？（*check up on* = 調查）

*You don't realize **what** I've had to **put up with**.*
你不明白我一直得忍受些什麼。（*put up with* = 忍受）

下面是 非正式 英語中的片語 – 介系詞動詞範例：

*The robbers managed to **make away with** most of the bank's money.*
搶匪帶著銀行裡大部分的錢逃跑了。（*make away with* = 攜帶⋯逃走）

*You should never **look down on** people in trouble.*
絕不能瞧不起落難之人。（*look down on* = 輕視）

*Now let's **get down to** some serious talk.*
現在我們就來談點正經事。（*get down to* = 認真看待）

*Why don't you just **drop in on** the new neighbours?*
你何不就順路拜訪一下新鄰居呢？（*drop in on* = 拜訪 非正式 ）

*You can't just **back out of** an agreement like that!*
你不能這樣說話不算數！

*The first thing you've got to do, to be happy, is to **face up to** your problems.*
想要得到快樂，首先要做的就是面對你的問題。（*face up to* = 面對）

*What does it all **add up to**?*
這一切加起來會得出什麼？（*add up to* = 總計）

*Somebody's got to **stand up for** those principles!*
總得有人捍衛那些原則啊！（*stand up for* = 捍衛）

Plurals 複數　　　　　　　　　　　　　　　（參看 CGEL 5.73–103）

複數的規則變化：*one dog ~ many dogs*

635　大部分名詞是可數名詞：它們可能以單數形出現，代表「一個」，或以複數形出現，代表「不只一個」（參看 58）。大部分可數名詞有規則的 -s 複數形，由單數形在字尾加 -s 所構成，例如：one dog ~ two dogs（一條狗 ~ 兩條狗）。有些情況下，字尾加了 -s 後還須改變拼寫（參看 702）。

字尾 -s 的發音
見 664。

多數的複合詞會在最後一個字加複數字尾 -s，例如：district attorney ~ district attorneys（地方檢察官），還有：breakdowns（故障）、check-ups（健康檢查）、grown-ups（成年人）、stand-bys（備用品）、takeoffs（起飛）等等。不過由於**少數複合詞的中心詞位在前面，因此其複數字尾 -s 就必須加在第一個字**，例如：editors-in-chief（總編）、lookers-on（旁觀者，但另一種拼寫 onlookers 要加在後面）、mothers-in-law（岳母；婆婆）、notaries public（公證人）、runners-up（第二名）、passers-by（路人）。少數複合詞的複數形式則是第一個和最後一個字都要變成複數，例如：woman writer ~ women writers（女作家）。

複數為不規則變化

一、有聲字尾 + 複數 -s：knife ~ knives

636 有些單數名詞的字尾是無聲的發音 /f/ 或 /θ/（拼寫為 -f 和 -th），在複數中要變成有聲的發音 /v/ 或 /ð/，再接規則字尾 /z/。

- **多數 -f 結尾的名詞**是屬於規則複數變化，唸成 /fs/，例如：beliefs（信念）、chefs（廚師）、chiefs（首領）、cliffs（懸崖）、proofs（證據）、roofs（屋頂）、safes（保險箱）等。但有些以 -f(e) 結尾的名詞需先改成有聲字尾再加複數 -s，唸作 /vz/，拼寫為 -ves：

calf ~ calves 小牛	half ~ halves 一半
knife ~ knives 刀	leaf ~ leaves 葉子
life ~ lives 生活；生命	loaf ~ loaves 一條（麵包）
shelf ~ shelves 架子	thief ~ thieves 小偷
wife ~ wives 妻子	wolf ~ wolves 狼

反身代名詞的複數也要發為有聲，如：herself ~ themselves（參看 619）。

- **以 -th 結尾的名詞**，如果 -th 前方是子音，則屬於規則複數變

化，例如：month /mʌnθ/~ months /mʌnθs/（月）。如果 -th 前方是母音，通常也是規則複數，例如：cloths（布料）、deaths（死亡）、faiths（信念）。但是，mouth 和 path 的複數卻要發為有聲：mouth /mauθ/ ~ mouths /mauðz/（嘴）、path ~ paths（路徑）。而有些字則有規則複數和有聲複數兩種發音，例如：oath /oθ/ ~ oaths /oθs/ or /oðz/（誓言），還有 truths（真相）、wreaths（花環）。

- **house** /haus/ 的複數發音為有聲的 /hauzɪz/，拼寫卻是規則的 houses。

二、改變母音形成複數：foot ~ feet

下列名詞構成複數時，要改變母音，而非加字尾：foot ~ feet（英尺，如：six foot/feet two inches 六尺二寸，見 638）、tooth ~ teeth（牙齒）、goose ~ geese（鵝）、man /mæn/ ~ men /men/（男人）、mouse /maus/ ~ mice/mais/（老鼠；如果指「滑鼠」，複數形可以用 mice 也可以用規則的 mouses）、woman /ˈwumən/ ~ women /ˈwɪmən/（女人）；而 child /tʃaɪld/（兒童）的複數是 children /ˈtʃɪldrən/。

三、不需加複數字尾：one sheep ~ many sheep

638 大部分的動物名詞是規則複數，如 bird ~ birds（鳥）、hen ~ hens（母雞）、rabbit ~ rabbits（兔子）等。但有些動物名詞的單複數同形，稱為「零複數」（zero plural）。

- **有不少動物名詞的單複數同形**，如：one sheep ~ many sheep（一隻綿羊~很多隻綿羊）、one deer ~ two deer（一頭鹿~兩頭鹿），同樣的還有：grouse（松雞）、moose（駝鹿）、plaice（鰈魚）、salmon（鮭魚）。而下列則是通常單複數同形：trout（鱒魚，如：a lot of fine trout 許多品質很棒的鱒魚）、carp（鯉魚）、pike（狗魚）。
- **下列名詞同時有規則複數也有同形複數**：herring（鯡魚，如：

several herring/herrings 幾隻鯡魚）、antelope（羚羊）、fish（魚）、flounder（比目魚）。

- **dozen** 和 **foot** 當數量詞時沒有複數形：

    *He scored a **dozen** goals.*
    他得了十二分。（但是：*He scored dozens of goals.* 他得了好多分。）

    A: How tall is Travis? 崔維斯多高？
    *B: He's **six foot eight**.* 他高六尺八寸。
     也可以說 ***six feet eight*** 或 ***six feet eight inches***；書寫時可用簡寫 ***6 ft. 8 in.***

- **five days** 這類的複數用語如果用來修飾名詞，則不加複數字尾 **-s**（參看 651），例如：a five-day week（每週五天工作制）、a six-cylinder engine（六汽缸引擎）、an eight-month-old baby（八個月大的嬰兒）。

- **series**（系列）和 **species**（物種）可以作單數或複數使用：one series/ two series of lectures（一／兩個系列的講座）。

源自外語的複數：one analysis ~ several analyses

639 有些從外文（含拉丁文和希臘文）借來的名詞會保留原本的語言複數形式，而不採用英文的規則複數變化。因此，有些外來名詞會同時擁有規則複數形式和外語複數形式。

- **-us 結尾的名詞**（拉丁文）：使用規則複數變化的字：bonus ~ bonuses（獎金）、campus ~ campuses（校園）、circus ~ circuses（馬戲團）。保留原本的外語複數形 -i（發音為 /aɪ/）的字：stimulus ~ stimuli /ˈstɪmjʊlaɪ/（刺激）、alumnus ~ alumni（校友）、bacillus ~ bacilli（桿菌）。兩種複數形式都有的字：cactus ~ cactuses/cacti（仙人掌）、focus ~ focuses/foci（焦點）、radius ~ radiuses/radii（半徑）、terminus ~ terminuses/termini（終點）、syllabus ~ syllabuses/syllabi（教學大綱）。

- **-a 結尾的名詞**（拉丁文）：使用規則複數變化的字：area ~ areas

（地區）、arena ~ arenas（競技場）等。保留原本的外語複數形 -ae（發音為 /i/）的字：alumna ~ alumnae（女校友）、alga ~ algae（水藻）、larva ~ larvae（幼蟲）。兩種複數形都有的字：formula ~ formulas/formulae（慣用語；公式）、antenna ~ antennas/antennae（觸角；天線）。技術領域較常使用原本的外語複數形式，日常用語則以規則複數 -s 較為自然。我們可以看到，一般日常狀況多用 formulas，例如：the formulas of politicians（政治家的公式）、milk formulas（配方奶），但數學領域則常用 formulae，例如：algebraic formulae（代數方程式）。同樣地，antennas 用於一般日常和電子方面，如：directional antennas（定向天線），而生物學則會用 antennae。schema（圖解；綱要）有規則複數 schemas，也有希臘文複數 schemata。

- **以 -um 結尾的名詞**（拉丁文）：使用規則複數變化的字：album ~ albums（相簿；音樂專輯）、gymnasium ~ gymnasiums（體育館；健身房）、museum ~ museums（博物館）等。通常用規則複數的字：forum ~ forums（論壇）、stadium ~ stadiums（運動場）、ultimatum ~ ultimatums（最後通牒）。保留原本的外語複數形式 -a（發音為 /ə/）的字：curriculum ~ curricula（課程）、stratum ~ strata（地層；階層）。規則複數和外文複數都有的字：memorandum ~ memorandums/memoranda（備忘錄）、symposium ~ symposiums/symposia（研討會）。

medium 如果指大眾媒體（即 mass media），複數一律用 media，這種情況下，報紙、雜誌、廣播和電視被視為一個集體，例如：the national media（國家媒體）、a media event（重大新聞事件）。media 以及 data（資料；事實）常被當作單數不可數名詞一樣使用：

*The media **are/is** giving a biased account of this story.*
媒體對這則故事做了偏差報導。

***These** data **show**/**This** data **shows** that the hypothesis was right.*
這些／這項資料顯示該假設為正確。

- **以 -ex 和 -ix 結尾的名詞**（拉丁文）：保留原本的外語複數形式 -ices（發音為 /ɪsiz/）的字：index ~ indices（索引）、codex ~ codices（法典）。規則複數和外語複數都有的字：apex ~ apexes/apices（頂點；頂峰）、appendix ~ appendixes/appendices（附錄）、matrix ~ matrixes/matrices（母體；矩陣）。

640
- **以 -is 結尾的名詞**（希臘文）：使用規則複數變化的字：metropolis ~ metropolises（大都市）。使用外文複數 -es（發音為 /iz/）的字：analysis ~ analyses（分析）、axis ~ axes（軸）、basis ~ bases（基礎）、crisis ~ crises（危機）、diagnosis ~ diagnoses（診斷）、ellipsis ~ ellipses（省略）、hypothesis ~ hypotheses（假設）、oasis ~ oases（綠洲）、parenthesis ~ parentheses（圓括號）、synopsis ~ synopses（概要）、thesis ~ theses（命題）。

- **以 -on 結尾的名詞**（希臘文）：使用規則複數變化的字：demon ~ demons（惡魔）、neutron ~ neutrons（中子）、proton ~ protons（質子）。保留原本的外語複數形式 -a（發音為 /ə/）的字：criterion ~ criteria（標準）、phenomenon ~ phenomena（現象）。兩種複數都有的字：automaton ~ automatons/automata（自動操作裝置；機械人）。

Postmodifiers 後置修飾語 （參看 CGEL 17.9-64）

後置修飾語的種類

641 名詞可以被前面的另一個詞（通常是形容詞）修飾，例如：the red house（那棟紅色的房子）。這類詞彙稱為**前置修飾語**。名詞也可以被後面的片語或子句修飾，通常是關係子句，例如：the house which is red（那棟紅色的房子）。位於中心名詞後面的修飾語稱為**後置修飾語**（postmodifier，見 596）。

後置修飾語有下列類型（名詞片語的中心詞以全大寫字標示，修飾語以**粗體**標示）：

- 關係子句（參看 686 的單獨條目）：

  *The parents wanted to meet **the** BOY **who was going out with their daughter***. 這對父母想見那個和他們女兒交往的男孩。

- 相當於關係子句的非限定子句（參看 643）：

  *They wanted to meet **the** BOY **going out with their daughter**.*
  他們想見和他們女兒交往的男孩。

- 介系詞片語（參看 642、654）：

  ***A nice young** WOMAN **in jeans was watching me**.*
  身著牛仔褲的年輕漂亮女子正在看著我。

- 同位語子句（參看 646）：

  *There is no getting away from **the** FACT **that inflation is causing hardship**.*
  通貨膨脹正帶來困難是無可逃避的事實。

- 副詞（參看 648）：

  *Where is **the** WAY **out**?* 出口在哪裡？

- 形容詞（參看 649）：

  *There's NOTHING **new** about these techniques.* 這些不是什麼新技術。

- 時間、地方、方式、原因子句（參看 647）：

  *In Stratford-on-Avon we visited **the** HOUSE **where Shakespeare lived**.*
  我們在雅芳河畔史特拉福參觀了莎士比亞的故居。

同一個名詞可以被兩個以上的後置修飾語修飾：

*Have you seen **the** HOUSE [in **Stratford-on-Avon**] [**where Shakespeare lived**]?* 你有參觀過莎士比亞位於雅芳河畔史特拉福的故居嗎？

介系詞片語作後置修飾語：*a week of hard work*

642 介系詞片語（參看 654）是英文中最常見的後置修飾語。介系詞片語常可擴充為關係子句（of 片語的說明另見 106、531）：

> *Is this the ROAD **to Paris**?*（= *Is this the road that leads to Paris?*）
> 這是通往巴黎的路嗎？

> *These are economic ACTIONS **beyond the normal citizen's control**.*
> （=...*actions which are beyond...*）
> 這些是普通市民無法掌控的經濟行動。

> *This message is scarcely a CAUSE **for regret**.*
> 這個消息並不叫人遺憾。

> *The government seems to have no CONTROL **over capital movement**.*
> 政府似乎無法管制資本流動。

> *There must be a better WAY **of doing it**.* 這件事一定有更好的做法。

非限定子句作後置修飾語

643 以上三種非限定子句（-ing 分詞子句、-ed 分詞子句和 to 不定詞子句）都可以作後置修飾語，類似於關係子句，例如：

- **-ing 分詞子句**：the GIRL **sitting opposite me**（坐我對面的女孩）

> *PEOPLE **working in the IT business** are often young.*（= *who are working in the IT business*）從事 IT 產業的人通常都很年輕。

> *Do you know any of those PEOPLE **sitting behind us**?*
> 坐在我們後面的人有你認識的嗎？

> *A MAN **wearing a grey suit** left the office.*
> 一個身穿灰色西裝的男人離開了辦公室。

> *Last Friday I got a LETTER **saying that there was trouble afoot**.*
> 上週五我收到一封信，說有麻煩了。

分詞子句沒有時態之分（參看 128、392），可依照上下文解釋為過去式或現在式。但是 -ing 子句不見得帶有進行式（參看 132、740）的意味：

*All ARTICLES **belonging to the college** must be returned.*（= all articles
that belong...）
屬於學校的物品必須全數歸還。
→ 這裡不能用進行式 *that are belonging*（×）

644 • **-ed 分詞子句**：the SUBJECT **discussed in the book**（本書所討論
的主題）

*The QUESTION **debated in Parliament yesterday** was about the new tax.*
（= that was debated in Parliament）
昨日國會上辯論的是關於新稅的問題。

*We have seen the DAMAGE to the pine **done by the deer.***（= that has
been done/had been done/was done by the deer）
我們已經看到鹿對松樹所造成的傷害。

分詞子句（如上面例句的 done by the deer）相當於被動關係子句，
但是分詞子句並不帶有時態（tense）或狀態（aspect）。

645 • **to 不定詞子句**：the best THING **to do**（可做的最好的事）

*If you can't think of a THING **to do**, try something – anything.*
如果你想不出有什麼事可做，就隨便嘗試一下——什麼都好。

*I've got SOMETHING **to say to you**.*
我有話要對你說。

to 不定詞子句的前面經常有 next、last、序數詞或最高級：

*The **next** TRAIN **to arrive** was from Chicago.*（= the train which arrived next）
下一班即將到站的列車來自芝加哥。

*Mr Knowles is the **last** PERSON **to cause trouble**.*（= the person who
would be the last to cause trouble）
諾爾斯先生是最不可能惹麻煩的人。

*Amundsen was the **first** MAN **to reach the South Pole**.*（= the man who
reached the South Pole first）
阿蒙森是第一個抵達南極的人。

在許多不定詞子句中，名詞片語的中心詞就是不定詞的隱含受詞

或介系詞受詞：

> The best PERSON **to consult** is Wilson. (= the person that you should consult)
> 要諮詢的話，最好的人選是威爾森。

> There are plenty of TOYS **to play with**. (= toys which they can play with)
> 有很多玩具可以玩。

這種情況下，可以在不定詞前面加上「for + 主詞」：

> The best PERSON **for you to consult** is Wilson.
> 你要諮詢的話，最好的人選是威爾森。

其他不定詞子句如 the time to arrive，見 593。

> There are plenty of TOYS **for the children to play with**.
> 孩子們有很多玩具可以玩。

同位語子句作後置修飾語：*Have you heard the NEWS that our team won?*

646　同位語子句是和中心詞有關聯的名詞子句，關係就如同兩個屬於同位語的名詞片語（參看 470）。同位語子句可以是 that 子句（參看 589）或 to 不定詞子句（參看 593）：

[1] *We will stick to my IDEA **that the project can be finished on time**.*
我的想法是這個計畫可以如期完成，我們會堅持這個想法。

[2] *It is reported that there has been a PLOT **to overthrow the government**.*
據報導有人密謀推翻政府。

而名詞片語可以看成「主詞 + be 動詞 + 補語」的結構：

[1a] *My idea is that the project can be finished on time.*
我的想法是這個計畫可以如期完成。

[2a] *The plot was to overthrow the government.*
這項密謀是要推翻政府。

同位語子句以一個抽象名詞作為中心詞，例如：fact（事實）、idea（想法）、reply（回覆）、answer 回答）、appeal（呼籲）、promise（承諾）：

*We were delighted at the NEWS **that our team had won**.*
得知我們隊獲勝的消息，我們都很高興。

*We gratefully accepted John's PROMISE **to help us**.*
約翰答應幫助我們，我們心懷感謝地接受。

*The mayor launched an APPEAL to the public **to give blood to the victims of the disaster**.* 市長呼籲民眾捐血給受災者。

目前為止所提及的同位語子句的例子都屬於限定性（參看 687）。另外還有非限定性的同位語子句。（限定性和非限定性的意義區別，參看 110）。

*His main ARGUMENT, **that scientific laws have no exceptions**, was considered absurd.*
他的主要論點—科學定律沒有例外情況—被認為很荒謬。

*His last APPEAL, **for his son to visit him**, was never delivered.*
他最後的一次懇求—兒子能來探望他—從來沒有實現。

表示時間、地方、方式和原因的子句

647 作為副詞的後置修飾子句有許多種類：時間（參看 151）、地方（170）、方式（194）、原因（198）：

- **由 wh- 字（如 when、where、why）所引導的限定子句**

    時間：*Can you give me a TIME **when you will be free**?*
    可以給我一個你有空的時間嗎？

    地方：*The Smiths wanted to take a vacation in a PLACE **where people could speak English**.* 史密斯一家想到一個人們會說英語的地方度假。

    原因：*There's no REASON **why you should have to do a thing like that**.*
    沒有理由你必須做那樣的事。

- **由 that 或零 that（即省略 that）引導的限定子句**

    時間：*I'll never forget the TIME **(that) we've had together here**.*
    我永遠不會忘記我們在此共度的時光。

    地方：*That's hardly a PLACE **(that)** one wants to go for a holiday.*

不會有人想去那裡度假。

方式：*The WAY (that) you suggested to solve the problem didn't work.*
你提出來解決問題的方法不管用。

原因：*The REASON (that) I'm asking is that I need your advice.*
我之所以詢問是因為我需要你的建議。

- **to 不定詞子句**

  時間：*I'll have plenty of TIME to deal with this problem.*
  我會有充裕的時間處理這個問題。

  地方：*That's probably the best PLACE to go (to) for trout-fishing.*
  那裡可能是釣鱒魚的最佳地點。

  方式：*There's really no other WAY to do it.*
  做這件事實在別無他法。

  原因：*I have no REASON to believe Alex can finish his thesis this year.*
  我沒有理由相信艾力克斯可以在今年完成他的論文。

副詞作後置修飾語：*Can you find the road back?*

648 有些副詞可以作為名詞的後置修飾語（另見 468）：

Can you find the ROAD back? 你找得到回去的路嗎？

The PEOPLE outside started to shout. 外面的人開始叫囂。

Have you written your paper for the SEMINAR tomorrow?（= tomorrow's seminar）你寫好明天專題討論的報告了嗎？

形容詞作後置修飾語：*There's something odd about him.*

649 形容詞修飾名詞時，通常置於名詞之前，例如：an odd person（一個怪人）。但是在一些結構中，例如遇到代名詞 something、anyone 或 everyone 的時候，形容詞要置於名詞之後（參看 443）。

There was SOMETHING odd about his behaviour. 他的行為有點怪怪的。

ANYONE keen on modern jazz should not miss this opportunity.
熱愛現代爵士樂的人別錯過這次機會。

Premodifiers 前置修飾語 （參看 CGEL 17.94–120）

前置修飾語的類型

650 置於限定詞（參看 522）之後、名詞片語的**中心詞之前**的修飾語，稱為**前置修飾語**。前置修飾語有不同類型（中心詞以全大寫字標示，前置修飾語以**粗體**標示）：

- **形容詞**作前置修飾語（參看 440）：

  *We had a **pleasant** HOLIDAY this year.* 我們今年度過了一個愉快的假期。

  *There are plenty of **bright** PEOPLE here.* 這裡有很多聰明的人。

  形容詞本身可以被程度副詞修飾（參看 459）：

  *We had a **very pleasant** HOLIDAY this year.*
  我們今年度過了一個非常愉快的假期。

  *There are a number of **really quite bright young** PEOPLE here.*
  這裡有一些真的很聰明的年輕人。

- -ing 分詞作前置修飾語：

  *a **beginning** STUDENT* 初學者

  *the **developing** COUNTRIES* 發展中國家

  *a **continuing** COMMITMENT* 持續的承諾

- -ed 分詞作前置修飾語：

  *a **retired** TEACHER* 退休教師

  ***reduced** PRICES* 折扣價

  ***wanted** PERSONS* 通緝犯

  *the **defeated** ARMY* 敗軍

- 名詞作前置修飾語：

> Are the **removal** EXPENSES paid by your company?
> 調職費用會由你們公司支付嗎？

> The passenger LINER **dropped** anchor in the harbour.
> 這艘客輪在港內下錨停泊。

複合詞作前置修飾語：*camera-ready copy*

651 複合詞常作名詞的修飾語。複合詞是單字的組合，當作單一形容詞或名詞使用：

> We've just bought a **brand-new** CAR. 我們剛買一輛全新的車。

> Do you have to submit c**amera-ready** COPY? 你必須提交完稿嗎？

> That's an absolutely **first-class** IDEA! 那個點子真是高竿！

> These are all **hard-working** STUDENTS. 這些學生都很用功。

> Is that a **new-style** CARDIGAN? 那件是新款的羊毛針織外套嗎？

> Emma has some pretty **old-fashioned** NOTIONS.
> 艾瑪有些觀念真的很老派。

有些修飾語由三個以上的單字組成，例如：out of date（過時的）。這類修飾語作補語（位於子句的動詞後面）時，不加連字號：

> This dictionary is out of date. 這部字典已經過時了。

但是如果置於名詞前面，常加連字號：

> an **out-of-date** DICTIONARY 一部過時的字典

> a **ready-to-wear** SUIT 一件成衣套裝

> thick **red-and-white-striped** WALLPAPER 很厚的紅白條紋壁紙

名詞片語可以由一連串三個、四個甚至更多的名詞組成：

> a Copenhagen airline ticket office 一個哥本哈根的機票售票處

這類的名詞片語可透過以下幾種方式構成：名詞的前置修飾、名詞的複合詞，或以上兩者綜合。我們可以將上面的例子用以下方式拆解：

> *airline ticket* 機票
> = *a ticket issued by an airline* 由航空公司的所發行的票券

> *airline ticket office* 機票售票處
> = *an office which sells airline tickets* 販售機票的處所

> *Copenhagen airline ticket office* 哥本哈根的機票售票處
> = *an airline ticket office in Copenhagen* 位於哥本哈根的機票售票處

或是用方括弧標示出這個名詞片語的結構：

> *a [Copenhagen [[airline ticket] office]]*

兩個以上的修飾語：*the American spring medical conference*

652　名詞的中心詞如果有兩個以上的修飾語，這些修飾語往往遵循一定的排列順序。我們以由右至左的順序來說明，也就是從中心詞開始（中心詞以全大寫字標示，修飾語以**粗體**標示）。中心詞前面的第一個詞是類別形容詞（classifying adjective），表示「由…組成」、「涉及」或「與…有關」：

> *A **medical** CONFERENCE will be held here next year.*
> 明年將在這裡舉辦一場醫學會議。

中心詞前面的第二個詞是名詞修飾語：

> *We always attend the **spring medical** CONFERENCE.*
> 我們每次都會參加春季醫學會議。

名詞修飾語的前面是由專有名詞衍生的形容詞：

> *I mean the **American spring medical** CONFERENCE.*
> 我說的是美國的春季醫學會議。

但是，大部分的名詞片語結構較為單純，不會有超過兩個修飾語，例如：

> *oriental* CARPETS 東方地毯
>
> *Scandinavian furniture* DESIGNS 北歐家具設計

653 在這些修飾語的前面，還可以有各種其他的修飾語，例如：顏色形容詞（如 deep-red 深紅色）、表示年齡或大小的形容詞（如 young 年輕的、large 大的）以及分詞（如 printed 印刷的）：

> *deep-red* oriental CARPETS 深紅色的東方地毯
>
> a *young* physics STUDENT 年輕的物理系學生
>
> a *large* lecture HALL 大講堂
>
> *printed* Scandinavian furniture DESIGNS 印刷的北歐家具設計
>
> the *European* Wind Energy ASSOCIATION 歐洲風能協會

這些前置修飾語的前面還可以再加其他修飾語：

> *expensive* deep-red oriental CARPETS 昂貴的深紅色東方地毯
>
> a *very*, *very* young physics STUDENT 非常、非常年輕的物理系學生
>
> a large *enough* lecture HALL 足夠大的講堂
>
> *attractive* printed Scandinavian furniture DESIGNS
> 吸引人的印刷北歐家具設計
>
> the *Brussels-based* European Wind Energy ASSOCIATION
> 總部位於布魯塞爾的歐洲風能協會

請注意，當 little、old 和 young 非重音所在時，則置於中間位置：（重音字以粗加斜體表示）

> *My grandmother lives in a **nice** little **VILLAGE**.*
> 我的奶奶住在一個怡人的小村莊。
>
> *This is indeed a **fine** red **WINE**.*
> 這的確是上好的紅酒。
>
> *Alexander looks like a **serious** young **MAN**.*
> 亞歷山大看似是個嚴肅的年輕人。

Prepositional phrases 介系詞片語　（參看 CGEL Chapter 9）

介系詞的補語

654　介系詞片語由一個介系詞（參看 657）接一個介系詞補語構成。補語通常是名詞片語，也可以是其他成分：

- 介系詞 + 名詞片語（參看 595）：

  *As usual, Ann's bright smile greeted me **at** the breakfast table.*
  一如往常，安用燦爛笑容在早餐桌前迎接我。

- 介系詞 + wh- 子句（參看 590）

  *She came **from** what she called 'a small farm' of two hundred acres.*
  她來自於占地兩百英畝、她稱之為「小農場」的地方。

- 介系詞 + -ing 子句（參看 594）：

  *Warren tried to shake off his fears **by** looking at the sky.*
  華倫望向天空，試圖擺脫恐懼。

- 介系詞 + 副詞：

  *You can see the lake **from** here.* 你可以從這裡看到那座湖。

655　有兩種名詞子句不能作介系詞的補語：that 子句（參看 589）和 to 不定詞子句（參看 593）。這類子句的前面會省略介系詞：

*I was surprised **at** the news.* 這則新聞讓我很驚訝。

I was surprised that things changed so quickly.（省略了 at）
我很驚訝事情變化如此之快。

I was surprised to hear you say that.（省略了 at）
聽到你那樣說，我很驚訝。

相較之下，wh- 子句的前面就可以加介系詞：

*I was surprised **at** what happened next.* 接下來所發生的事讓我很驚訝。

*I agree **with** what you say, Amy.* 艾咪，我同意你所說的話。

有時候，藉由加上「the fact」兩字（參看 646），就可將 that 子句轉換成可以作介系詞補語的結構，比較下列句子：

*I think everybody's aware **of** these problems.*
~ *I think everybody's aware **that** there are problems.*
~ *I think everybody's aware **of the fact that** there are problems.*
我想人人都意識到這些問題的存在。

介系詞片語的功能

656　介系詞片語具有多種文法功能，主要功能有：

- 介系詞片語作副詞（參看 449）：

  *We may need you to do some work **in the evening**.*
  傍晚我們可能會需要你做些工作。

  ***To my surprise**, the doctor phoned the next morning.*
  令我訝異的是，醫生隔天早上就打電話來了。

  *Finally I went back **to my old job**.*
  最後我回到原本的工作上了。

- 介系詞片語作為名詞片語的修飾語（參看 596）：

  *Chelsea felt she had no CHANCE **of promotion**.*
  雀兒喜覺得她升遷無望。

  *CONGRATULATIONS **on your article**.*　恭喜你的文章發表。

  *We've rented this COTTAGE **in the country** for peace and quiet.*
  為了享受平靜，我們在鄉下租了這間小屋。

  *The NOISE **from the sitting-room** was deafening.*
  客廳傳來的噪音震耳欲聾。

  *The world has to reduce its OUTPUT **of greenhouse gases**.*
  全世界必須減少溫室氣體的排放。

- 介系詞片語作為動詞的補語：

  We are passionately COMMITTED **to the development of Africa**.
  我們滿懷熱情致力於促進非洲發展。

  You don't seem particularly WORRIED **about the situation**.
  你好像不怎麼擔心這個情況。

- 介系詞片語作形容詞的補語（參看 437）：

  How can you remember when that novel came out? I'm terribly BAD **at dates**.
  你怎麼都記得那本小說什麼時候出版啊？我對日期完全記不住。

介系詞片語本身有時可以直接當主詞或補語等：

Before lunch *is when I do my best work.* 午餐前我的工作效率最好。

Prepositions and prepositional adverbs
介系詞和介副詞

（參看 CGEL 9.65–66）

簡單介系詞

657 介系詞是指 at、for、by 這類常用詞彙，置於名詞片語（如 by his work）或 -ing 子句（by working hard）的前面，構成介系詞片語（參看 654）。最常見的英文介系詞是簡單介系詞（simple prepositions），只有一個字。以下是常見的簡單介系詞：

about	above	after
關於；在…周圍	在…之上	在…以後；在…後面
along	around	at
沿著	圍繞；在…四處	在…地點；在…時刻
before	below	beside
在…以前；在…前面	在…下面	在…旁邊

between	by	down
在⋯之間	由；在⋯旁邊	在／往⋯下方
for	from	in
為了；由於	從⋯起；出自	在⋯裡面
into	of	off
到⋯裡面；進入	⋯的	離開⋯；從⋯脫落
on	over	past
在⋯上面；在⋯時候	在⋯上方；越過	經過；超過
since	till	through
自⋯以來	直到⋯為止	穿過；通過；憑藉
to	under	until
朝；往；到；對著	在⋯下方；低於	直到⋯時；到⋯為止
up	with	without
在／往⋯上面	和⋯一起；有	沒有

下面的句子以方括弧標示介系詞：

*Do you know anything more definite [**abou**t her]?*
關於她，你還知道什麼更具體的事嗎？

*Temperatures hardly rose [**above** freezing] [**for** three months].*
已經有三個月的時間溫度低於零度了。

*When Miranda went to see Bill [**after** the accident] he was [**in** bed] [**with** a drip feed].*
事故發生後米蘭達去探望比爾，那時他正躺在床上打點滴。

*As Joan Bradley was walking [up the street] the van stopped [**beside** her] and one [**of** the men] lifted her [**into** it] and shut the door.*
正當瓊恩布萊德利走在街上，那輛廂型車在她身旁停下，其中一個男人把她拉進車裡、關上了車門。

一個介系詞片語可以含在另一個介系詞片語之中：

*The fire was discovered [**at** about five [**past** seven]].*
火災在七點五分左右被發現。

*A new scheme may be announced [**before** the end [**of** this month]].*
這個月底前可能會公布一項新方案。

[After walking [up the lane]] they made a sharp turn [to the right] [past some buildings].
他們沿著小巷走，接著突然右轉經過幾棟建築。

It must be a nasty surprise [for motorists] going [along a moorland road] [at the end [of the night]] to suddenly find a kangaroo jumping out [at them].
深夜開車沿著荒原道路行駛，要是突然有隻袋鼠朝他們跳出來，對開車的人來說絕對是個可怕的意外經驗。

This is one [of the cheapest ways [of reducing our output [of greenhouse gases]]]. 這是減少溫室氣體排放最省錢的方式之一。

複合介系詞

658　當一組介系詞包含兩個以上的字，就叫做**複合介系詞**（Complex prepositions）。以下是兩個字的介系詞：

along with 和…一起；除此之外	as for 至於	away from 離開…；相隔…遠
because of 因為；由於	due to 因為；由於	except for 除了…以外
instead of 代替；而不是	out of 離開；在…範圍之外	outside of 在…之外；除了…之外
preliminary to 在…之前	together with 和…一起	up to 直到；是某人的責任

也有三個字的介系詞：

as distinct from 而不是	by means of 藉著…方法	in case of 萬一；以防
in comparison with 與…相比	in front of 在…前面	in relation to 關於；相較於…
in terms of 就…而言；在…方面	on account of 因為；由於	on behalf of 代表
on top of 除…之外還；在…之上	with reference to 關於	with regard to 關於

簡單介系詞和複合介系詞的範例如下：

*[**Because of** family circumstances] Michael was kept [**in** the hospital] [**for** a time].*
因為家庭狀況的緣故，麥可有一段時間住在慈善之家。

*Certain trades are [**in** many communities] closed areas [**of** employment], [**except for** a lucky few].*
有些行業在許多社區是就業禁區，只有少數幾種行業幸運除外。

*The boy said the blast knocked him [**out of** bed] and [**against** the wall].*
男孩說他被爆炸震得從床上摔到牆上。

*It's [**up to** the government] to take action [**against** this ecological disaster].*
政府有責任採取行動對抗這場生態災難。

*Decide what the place is worth [**to** you] [**as** a home] [**in comparison with** what it would cost] to live [**in** town].*
你要決定這個地方對你作為一個家與住在城裡的成本相比，值多少錢。

*The training has not been enough [**in relation to** the need].*
跟所需相比，訓練顯然不足。

*I grinned, feeling supremely [**on top of** things].*
我咧嘴一笑，一切盡在掌握之中。

懸空介系詞：*What's she looking at?*

659 介系詞一般會放在介系詞補語之前：

[1] *I came **in my brother's car**.* 我是坐我哥的車來的。

但有時並非如此，比如下面的 wh- 問句：

[1a] ***Which car** did you come **in***? 你是坐哪一輛車來的？

在 wh- 問句、關係子句和感嘆句中，介系詞可以放在句尾，如 [1a]，也可以放在句首，如 [1b]：

[1b] ~ ***In which car** did you come?*

可以放在句尾的介系詞稱「**懸空介系詞**」（stranded preposition）。「懸空」的用法常見於 非正式 的 口語 或 書面 英語，「不懸空」的用法多見於 嚴謹 的公開 寫作 ，例如學術散文。範例如下：

- 關係子句（參看 688）：

  *That's a job you need special training **for**.*（非正式，介系詞懸空並省略 *that*）
  *~ This is a post **for which** one needs special training.* 正式
  你需要接受特殊訓練才能做那份工作。

  *The means **through which** the plan may be achieved are very limited.*
  正式
  能達成這項計畫的方法非常有限。

- wh- 問句（參看 683，含間接問句，見 259）：

  ***Who** do you work **for**?* 你替誰工作？（你在哪一間公司工作？）
  *~ **For whom** do you work?* 正式

  ***What** were you referring **to**?* 你指的是什麼？

  *I asked her **which company** she worked **for**.* 我問她在哪間公司工作。

- 感嘆句（參看 528）：

  ***What** a difficult situation he's **in**!* 他的處境真是艱難！

  ***With what amazing skill** this artist handles the brush!* 正式
  這位畫家的筆法真是高超！

在一些子句結構中，介系詞只能置於一個位置。比方在名詞性質的
wh- 子句、被動句及多數的不定詞子句中，介系詞只能放在句尾：

- wh- 子句（參看 590、592）：

  ***What** I'm convinced **of** is that the world's population will grow too fast.*
  我確信世界人口會成長很快。

- 被動句（參看 618）：

  ***The old woman** was cared **for** by a nurse from the hospital.*
  這位老婦人由醫院的一名護理人員照顧。

- 不定詞子句（參看 593）：

  ***Our new manager** is an easy man to work **with**.*
  我們新來的經理是個好相處的人。

介副詞：*A police car just went past.*

660 介副詞是一種副詞，等同省略了補語的介系詞（參看 185、192）：

> *I walked **past the entrance**.*
> 我走路經過門口。（這裡的 *past* 作介系詞）

> *I got a quick look at their faces as we went **past**.*
> 我們經過時，我瞄了一下他們的臉。（這裡的 *past* 作介副詞）

只有一個音節的介系詞通常不加重音，但是介副詞則要加重音。比較下面用法：

> *She stayed **in the house** all dày. ~ She stayed **ìn**.*
> 她整天都待在屋子裡。她待在家裡。

Pronouns 代名詞 （參看 CGEL 6.1–13）

661 英文代名詞有 I, you, me, this, those, everybody, nobody, each other, who, which。代名詞可以視成一個完整的名詞片語，因此可以在句子中作主詞或受詞，如：I love you.（我愛你。）許多代名詞會用來替代（參看 375）或「置換」上下文出現過的名詞片語。單數的名詞片語要用單數代名詞來取代，複數的名詞片語要用複數代名詞來取代：

> *A: **What sort of** car is **this**?* 這是哪一種車？
> *B: **It**'s called a hatchback.* 這叫掀背車。

> *A: **What** cars are **those**?* 那些是什麼車？
> *B: **They**'re called hatchbacks.* 那些叫掀背車。

既然代名詞可以當作一個完整的名詞片語，通常不會加限定詞或修飾語。不過，有許多代名詞可以作限定詞（需要有中心詞），也可以作代名詞（不需要有中心詞）。

> ***Which** bike is yours?*
> 哪一輛腳踏車是你的？（*Which* 是限定詞）

Which is yours?
哪一輛是你的？（*Which* 是代名詞）

This bike is mine.
這輛腳踏車是我的。（*This* 是限定詞）

This is my bike.
這輛是我的腳踏車。（*This* 是代名詞）

有些代名詞則不能作限定詞，只當代名詞，如：she、herself、they、one another、each other。

*She had to support **herself** while attending college.*
她念大學時不得不自食其力。

*At first **they** didn't recognize **one another**.*
起初他們沒有認出彼此。

*The members of the family were separated from **each other** for several months.* 這一家人彼此分開了好幾個月。

662 本書有關代名詞部分，可參看相關節次：

- **指示詞**：this、that、these、those（參看 521）
- **疑問詞**：who、which、what、where（參看 536-541）
- **否定詞**：none、nobody、no one、nothing（（否定參看 581-687，數量詞 675-680）
- **人稱代名詞和反身代名詞**：I、my、mine、myself（參看 619-629）
- **相互代名詞**：each other、one another（參看 685）
- **關係子句**：who、whom、whose、which、that（參看 686-694）
- **數量詞**：some、any、someone、everything、anybody、each、all、both、either、much、many、more、most、enough、several、little、a little、few、a few、less、least（參看 675-680）

Pronunciation of endings
字尾發音

（參看 CGEL 3.3–10, 5.80, 5–113, 7.80）

英文的五種字尾

663 英文使用的文法字尾（grammatical ending，也就是「字形變化」inflection）非常少，只有五種，分別是 -s、-ed、-ing、-er、-est，其中有的用於不只一種詞類。此處我們要討論的是文法字尾的發音規則，以下說明這些文法字尾用在名詞、動詞或形容詞的發音。

一、字尾 -s：*She works hard.*

664 -s 字尾有三種文法功能：

- **名詞的複數形**：Amy stayed for two **weeks**. 艾咪停留了兩週。（參看 635）
- **名詞的所有格**：It was a **week's** work. 那份工作需要一週。（參看 530）
- **動詞的第三人稱單數現在式**：She **works** hard. 她工作很勤奮。（參看 574）

然而，無論擔任哪一種功能，-s 的發音規則都一樣：

功能	發音		
	/ɪz/ 結尾	/z/ 結尾	/s/ 結尾
名詞的複數形	horse ~ horses	dog ~ dogs	cat ~ cats
名詞的所有格	George ~ George's	Jane ~ Jane's	Ruth ~ Ruth's
動詞的第三人稱單數	catch ~ catches	call ~ calls	hit ~ hits

- 當該字以有聲或無聲的齒擦音結尾（sibilant，又稱「嘶音」，如：/z/、/s/、/dʒ/、/tʃ/、/ʒ/、/ʃ/）-s 要發 /ɪz/ 的音。以下分別是複數形、所有格和第三人稱單數現在式的例子：

  /tʃ/：*church ~ churches* /s/：*prince ~ prince's*
  /dʒ/：*Reg ~ Reg's* /ʒ/：*barrage ~ barrages*
  /z/：*praise ~ praises* /ʃ/：*wash ~ washes*

- 當該字以母音或有聲子音（/z/、/dʒ/、/ʒ/ 除外）結尾，-s 要發 /z/ 的音：

  boy ~ boys　　　　　　**pig ~ pigs**　　　　　　**read ~ reads**

- 當該字以無聲子音（/s/、/tʃ/、/ʃ/ 除外）結尾，-s 要發 /s/ 的音：

  month ~ months　　　**week ~ weeks**　　　　**tick ~ ticks**

注意，動詞 do 和 say 的第三人稱單數現在式為不規則發音：

do /du/ **~ does** /dʌs（重音）; dəs（非重音）/
say /se/ **~ says** /sez/

二、字尾 -ed（參看 574）: *She worked hard.*

665　規則動詞變化的字尾 -ed 有三種讀法：

- 當該字以 /d/ 和 /t/ 結尾，-ed 發 /ɪd/ 的音：

  pad /pæd/ **~ padded** /ˈpædɪd/
  pat /pæt/ **~ patted** /ˈpætɪd/

- 當該字以母音或有聲子音（/d/ 除外）」結尾，-ed 發 /d/ 的音：

  mow /mo/ **~ mowed** /mod/
  praise /prez/ **~ praised** /prezd/

- 當該字以無聲子音（/t/ 除外）結尾，-ed 發 /t/ 的音：

  press /prɛs/ **~ pressed** /prɛst/
  pack /pæk/ **~ packed** /pækt/

三、字尾 -er、-est、-ing

666　當英文字結尾加上字尾 -er、-est、-ing 時，其發音分別是 /ɚ/、/ɪst/、/ɪŋ/（參看 501）。但請注意以下幾個例外的特殊發音：

- le 在原本單字中自成最後一個音節，但加上 -er 和 -est 之後不再自成音節時：

simple /ˈsɪmpl̩/ ~ *simpler* /ˈsɪmplə(r)/ ~ *simplest* /ˈsɪmplɪst/

- 以下三個以 /ŋ/ 的發音結尾的形容詞加了 -er 和 -est 後，/ŋ/ 的發音要變成 /ŋg/：

  long /lɔŋ/ ~ *longer* /ˈlɔŋɡə/ ~ *longest* /ˈlɔŋɡɪst/
  strong ~ *stronger* ~ *strongest*
  young ~ *younger* ~ *youngest*

但是 sing /sɪŋ/ ~ singing /ˈsɪŋɪŋ/（唱歌）無此變化。

- pour 和 poor 這類的字，無論說話者發不發字尾 r 的音，加了 -ing、-er、-est 之後，r 都要發音：

  The rain is **pouring** /ˈpɔrɪŋ/ *down.* 現正傾盆大雨。

  It would be **fairer** /ˈfɛrə/ *to take a vote.* 投票表決比較公平。

Proper nouns and names 專有名詞和名稱 （參看 CGEL 5.60–72）

專有名詞的專指性質

667　英文的專有名詞已經帶有「**專指**」（unique reference）含意，因此通常不加冠詞（參看 92）。下面是專有名詞和冠詞的搭配規則：

一、不加冠詞的專有名詞

668　**人名**（無論有無頭銜或稱謂）不加冠詞，如：

Miranda（米蘭達）、*Paul*（保羅）、*Helen Lee*（海倫·李）、*Shakespeare*（莎士比亞）、*Mr and Mrs Johnson*（強森夫婦）、*Lady Macbeth*（馬克白夫人）、*Dr Clark*（克拉克醫師）、*Judge Powel* 美式常用 （包威爾法官）、*Professor Dale*（戴爾教授）

名稱如果帶有「獨一無二」的描述，則要加 the：

President Roosevelt 羅斯福總統

但「美國總統」：***the President of the United States***

Lord Nelson 尼爾森勳爵

但「上帝」：***the Lord***（參看 83）

具有專指性質的家庭稱謂，往往相當於專有名詞：

Hello ***Mother/Mummy/Mum/Ma!*** 最後三個較親密
嗨，媽！

Father/Daddy/Dad will soon be home. 最後三個較親密
爸爸快到家了。

669 **節日**或是**跟日期相關的字**不加冠詞：

- **節慶與國定假日：**New Year's Day（元旦）、Independence Day（美國獨立紀念日）、Anzak Day（澳紐軍團日）、Canada Day（加拿大國慶日）

- **月分和星期：**January（一月）、February（二月）、Monday（星期一）

- **季節名稱**有時會省略冠詞（英式 英語常見）：I last saw her in (the) spring.（我上次見到她是春天的時候。）但是：in the spring of 1999（在 1999 年春，見 83）。

669 **地理名稱**通常不加冠詞：

- **大洲：**(North) America（〔北〕美洲）、(mediaeval) Europe（〔中世紀的〕歐洲）、(Central) Australia（〔中〕澳大利亞）、(East) Africa（〔東〕非）

- **國家、縣郡、州：**(modern) Brazil（〔現代的〕巴西、(Elizabethan) England（〔伊莉莎白時代的〕英國）、(eastern) Kent（肯特郡〔東部〕）、(northern) Florida（佛羅里達州〔北部〕）

- **都市和城鎮：**(downtown) Washington（華盛頓〔市中心〕、(suburban) Long Island（長島〔近郊〕）、(ancient) Rome（〔古〕羅馬）、(central) Tokyo（東京〔市中心〕）。但下列名稱要加

the：The Hague（海牙）、the Bronx（布朗克斯區），以及倫敦的區域名稱 the City (of London)（倫敦市）、the West End (of London)（西區）、the East End (of London)（東區）。

- **湖泊**：Lake Michigan（密西根湖）、Lake Ladoga（拉多加湖）、(Lake) Windermere（溫德米爾湖）、Loch Ness（尼斯湖）
- **山岳**：Mount Everest（聖母峰）、Vesuvius（維蘇威火山）、(Mount) Kilimanjaro（吉力馬札羅山）。但也有例外：The Matterhorn（馬特洪峰）。
- 由名字搭配普通名詞所構成的**建築物**、**街道**、**橋樑**等名稱，主重音通常在第二個名詞，例如：Hampstead **Heath**（漢普斯特德荒野）。但是以 Street 結尾的名稱，主重音在第一個名詞，例如 **Oxford** Street（牛津街）。

Madison **Avenue** 麥迪遜大道	Westminster **Bridge** 西敏橋
Park **Lane** 公園巷	Leicester **Square** 萊斯特廣場
Russell **Drive** 羅素道	Greenwich **Village** 格林威治村
Reynolds **Close** 雷諾茲巷	Kennedy **Airport** 甘迺迪機場
Portland **Place** 波特蘭坊	Harvard **University** 哈佛大學

但是下列名稱要加定冠詞 the：the Albert Hall（亞伯特音樂廳）、the Haymarket（乾草市場，倫敦街道名）、the George Washington Memorial Parkway（喬治·華盛頓紀念公路）、the Massachusetts Turnpike（麻薩諸塞州收費公路）、the University of London（倫敦大學）。

二、要加定冠詞的專有名詞：*the Wilsons*

671 **複數名稱**要加定冠詞：The Netherlands（荷蘭，但 Holland 不加 the）、the West Indies、（西印度群島）、the Bahamas（巴哈馬）、the Alps（阿爾卑斯山脈）、the Canaries（加那利群島）、the Channel Islands（海峽群島）、the Hebrides（赫布里底群島）、the British Isles（不列顛群島）、the Himalayas（喜馬拉雅山脈）、

the Midlands（英格蘭中部地區）、the Pyrenees（庇里牛斯山）、the Rockies（落磯山脈）、the Wilsons（威爾森一家）。

672　一些**地理名稱**要加定冠詞：

河流：*the Amazon*（亞馬遜河）、*the（River）Avon*（雅芳河）、*the Danube*（多瑙河）、*the Ganges*（恆河）、*the Mississippi*（密西西比河）、*the Nile*（尼羅河）、*the Rhone*（隆河）、*the Thames*（泰晤士河）。

海洋：*the Atlantic（Ocean）*（大西洋）、*the Baltic（Sea）*（波羅的海）、*the Mediterranean*（地中海）、*the Pacific*（太平洋）。

運河：*the Panama Canal*（巴拿馬運河）、*the Erie Canal*（伊利運河）、*the Suez Canal*（蘇伊士運河）。

673　一些**機構**和場所名稱要加定冠詞。

飯店、酒吧、餐廳：*the Grand（Hotel）*（格蘭大酒店）、*the Hilton*（希爾頓酒店）、*the Old Bull and Bush*（倫敦餐館名）等

劇院、電影院等：*the Apollo Theatre*（阿波羅劇院）、*the Globe*（環球劇場）、*the Odeon*（歐典院線）、*the Hollywood Bowl*（好萊塢露天劇場）。但是以下不加 *the*：*Drury Lane*（德魯里巷皇家劇院）、*Covent Garden*（柯芬園皇家歌劇院）。

博物館、圖書館：*the Huntingdon（Library）*（杭廷頓圖書館）、*the British Museum*（大英博物館）、*the National Gallery*（國家美術館）、*the Smithsonian Institution*（史密森學會）、*the Uffizi*（烏菲茲美術館）

674　**報紙名稱**通常要加定冠詞，如：The Daily Express（每日快報）、The Independent（獨立報）、The New York Times（紐約時報）、The Observer（觀察家報）。報紙名稱前如果有所有格，則不加冠詞：today's Times（今天的泰晤士報）。雜誌和期刊通常不加冠詞：English Today（今日英語）、Language（語言）、Nature（自然）、Newsweek（新聞週刊）、New Scientist（新科學人）、Scientific American（科學人）、Time（時代）。

Quantifiers 數量詞 （參看 CGEL 5.10–25, 6.45–62）

數量詞的文法功能

675 　數量詞是指 all、any、some、nobody 這類的字，用來表示數或量（參看 70）。數量詞可以作限定詞如 **some** people（有些人），以及代名詞如 **some** of the people（這些人中的一些）。

- some、no、any 這類的字可以作限定詞（即第二組限定詞，見 523），如：**some** friends（一些朋友）。
- all 這類的字可以作限定詞，而且在名詞片語中，all 的後面可以接 the、this 等字（即**第一組限定詞**，見 524），如：**all** the time（無時無刻）。
- few 這類的字可以作限定詞，而且可以置於 the、these 等字的後面（即**第三組限定詞**，見 525），如：the **few** facts（少數事實）。

限定詞：*fewer jobs~less income*

676 　下表為五組數量詞（A 到 E）及它們作限定詞或代名詞的文法功能（包含單獨使用或後接 of 片語）。

N = 名詞	可數名詞 單數 限定詞	代名詞	可數名詞 複數 限定詞	代名詞	不可數名詞 單數 限定詞	代名詞	
A 組：具有「涵蓋全部」的意義（參看 80）	all N	all (of N)	all N	all (of N)	all N	all (of N)	全部
	every N	every one (of N)					每一個
	each N	each (of N)					每個
			both N	both (of N)			兩者都
	half N	half (of N)	half N	half (of N)	half N	half (of N)	一半

B組： some- 和 any- 開頭 的字（參看 697）	some N	some (of N)	some N	some (of N)	some N	some (of N)	一些
	any N	any (of N)	any N	any (of N)	any N	any (of N)	任何一個
	either N	either (of N)					兩者中任何一個
C組： 表示數量或 量的程度 （參看 70）			many N	many (of N)	many N	many (of N)	很多
			more N	more (of N)	more N	more (of N)	更多
			most N	most (of N)	most N	most (of N)	最多
			enough	enough (of N)	enough	enough (of N)	足夠
			few N	few (of N)	little N	little (of N)	很少
			a few N	a few (of N)	a little N	a little (of N)	少數；一點
			fewer N	fewer (of N)	less N	less (of N)	更少
			fewest N	fewest (of N)	least N	least (of N)	最少
			several N	several (of N)			幾個
D組： 單一的	one N	one (of N)					一個
E組： 否定詞	no N	none (of N)	no N	none (of N)	no N	none (of N)	沒有；一個也沒
	neither N	neither (of N)					兩者都不

677 ・ A 組限定詞（參見 75）：在下列句子中以**粗體**標示，名詞片語的中心詞以全大寫字標示：

All the WORLD will watch the World Cup on TV.
全世界都將觀看世界盃的電視轉播。
（但更常用 *the whole world*，較不常用 *all the world*）

Every STUDENT must attend ten of the meetings *each* YEAR.
每位學生每年必須參加十次討論會。

Both ANSWERS are acceptable.
兩個答案都可以。

all、both 和 each 也可以放在中心詞之後。如果中心詞是主詞，這些詞會放在原本放副詞的中間位置（參看 451）：

> **All** his FRIENDS were on vacation.
> ~ **His friends** were all on vacation. 他的朋友全都在度假。

> **Both** of THEM love dancing.
> ~ **They both** love dancing. 他們兩人都愛跳舞。

> **Each** of the ROOMS have a telephone.
> ~ **The rooms each** have a telephone. 每個房間都有一支電話。

- B 組限定詞（參看 697）：some 和 any 可作單數可數名詞的限定詞，此時 some 和 any 需重讀（非重音的 some 則參看 523）：

> There was **some BOOK** or other on this topic published last year.
> 去年有某一本談這個主題的書出版。

> I didn't have **any IDEA** they wanted me to make a speech.
> 我不知道他們要我去演講的事。

在 親密 文體中，重音的 some 表示「很棒的」的意思：

> That's **some CAR** you've got there! 你的車很棒耶！

不過 some 和 any 也能用於複數名詞和不可數名詞：

> It's unfair to mention **some** PEOPLE without mentioning all.
> 只提一些人而不提全部是不公平的。

> His resignation has been expected for **some** TIME.
> 預期他將辭職已經有一段時間了。

- C 組限定詞（參看 80）：

> The company lost **many** MILLIONS **of dollars**.
> 這間公司損失了好幾百萬美金。

> It's been spending too **much** MONEY on speculation.
> 它一直花太多錢在投機買賣上。

> The chairman asked for **more** INFORMATION. 主席要求得到更多資訊。

> The student was **a few** MINUTES late for the interview.
> 這名學生面試遲到了幾分鐘。

*There are far **fewer** FACTORIES going to come to our part of the country.*
要來國內我們這一地區的工廠比想像中要少得多。

*It has been said that good writing is the art of conveying meaning with the greatest possible force in **the fewest possible** WORDS.*
有人說，好的寫作是一門藝術，是用最大力量以最少文字傳達意義。

*Why is it that some people pay **less** INCOME TAX than any of us?*
為什麼有些人繳的稅比我們都要少？

enough 可放在中心詞的前面或後面：

*There hasn't been **enough** TIME to institute reforms.*
*There hasn't been TIME **enough** to institute reforms.*
沒有足夠的時間著手進行改革。

• D 組限定詞 one：

one 在 one day、one morning、one night 這類的用語中作不定限定詞（indefinite determiner）：

***One** DAY Katie will change her mind.*
總有一天凱蒂會改變心意的。（one day 表示「在一個不確定的時間」）

one 也可以是數量詞^(參看 602)，如 One ticket, please.（請給我一張票。）和代名詞^(參看 680)，如：How does one deal with such problems?（這種問題要如何處理？）

• E 組限定詞：

*They had **no** KNOWLEDGE of secret negotiations.*
他們對於祕密交涉毫不知情。

*There were **no** CONDITIONS laid down in the contract.*
合約中並無明訂條件。

代名詞與 of 結構的搭配：*all of the time*

678 　從 676 的表格可以看到，大多數數量詞也可以接 of 片語，例如：all the people ~ all of the people（所有的人）。

*You can fool **all the** PEOPLE some of the TIME, and **some of the** PEOPLE **all the** TIME, but you cannot fool **all the** PEOPLE **all of the** TIME.*
你可以一時騙過所有人，也可以永遠騙過一些人，但不可能永遠騙過所有人。

──美國總統林肯於 1858 年發表的演說

*You see so **much of this** STUFF in the newspapers nowadays.*
你看，現在報紙上有太多這樣的報導了。

both of 通常接代名詞或定指的名詞片語：

*Do sit down, **both of** YOU.* 請坐下，你們兩位。

*People seem to have money to spend on entertainment and food, **both of** WHICH are expensive.*
人們似乎有錢可以花在娛樂和食物上，這兩樣都很昂貴。

***Both of those** STORIES originated in newspaper reports.*
那兩則故事都來自於報紙報導。

- 數量詞若用來代替前面提過的名詞片語，則 of 片語可以省略（參看 379）：

*A: I don't know **which book** to buy.* 我不知道該買哪一本書。
*B: Why don't you buy **both**?* 何不兩本都買？

*A: Would any of you like **some more soup**?* 你們誰要再喝一點湯嗎？
*B: Yes, I'd love **some**.* 好，我要來一點。

***Many of them** are competent people, but **a few** are not.*
他們許多人的能力很好，但有少數不是這樣。

*I've got **most of the data** now for my conference paper, but **some** is still missing.* 我要在學術會議上發表的論文，現在大部分資料已經有了，但還少了一些。

- every 和 no 不可以作代名詞，要用 every one 和 none：

*A: Did you say you pay **no** INTEREST on this loan?*
你說這份貸款你不用付利息？
*B: Yes, **none** at all.* 沒錯，完全不用。

***None of the new** LAPTOPS have been sold.*
新筆電一臺也沒賣出去。

關於 none of 後面的動詞一致用法參看 513。

這句改為限定詞的句子是：No laptop has/No laptops have been sold. 筆電都沒賣出。

以 -body、-one、-thing 結尾的不定代名詞

679

下列表達數量的不定代名詞視為單數，可分成指「人」或「非人」兩類：

	人	非人
A 組	everybody, everyone（每個人） somebody, someone（某個人）	everything（每樣事物） something（某樣事物）
B 組	anybody（任何人）	anything（任何事物）
E 組	nobody, no one（沒有人）	nothing（沒有事物）

有兩組代名詞指人；一組以 -body 結尾（everybody、somebody、anybody、nobody），另一組以 -one 結尾（everyone、someone、anyone、no one）。這兩組指人代名詞都有所有格的形式，如 everybody's、everyone's 等。兩組在意義上沒有差別。以下是一些例句：

> ***Everybody*** *says Dr Barry is an unusual woman.*
> 人人都說貝瑞醫生是一名非凡的女性。

關於此處的一致用法，見 513。

> ***Everybody*** *made **their** contribution to the good cause.*
> 人人都對這項公益事業做出貢獻。

> *We chatted about the news, and so did **everyone** else in the department.*
> 我們聊了新聞的事，部門的其他人也都在聊。

> *I first heard this thing mentioned by **somebody** else.*
> 我第一次聽到別人提這件事。

> ***Someone*** *must have seen what happened.* 一定有人目睹那件事發生。

關於 some- 開頭的字在疑問句中的用法，見 243。

> *Are you writing this paper in collaboration with **someone**?*
> 你這篇論文是和別人共同撰寫的嗎？

> *If **anybody** rings I'll say you're too busy to come to the phone.*
> 要是有人打電話來，我就說你太忙了沒辦法接電話。

*We wouldn't be on speaking terms with **anyone** if we made this proposal.*
要是我們提出了這項建議，跟誰的關係都不會好。

*Is there **anyone** we can give a lift?* 有誰要搭我們便車嗎？

*Money isn't **everything**.* 金錢不是萬能。

*Give me **something** to do that's in line with what I like doing.*
給我點我喜歡的事情做。

- **one 的用法：*Are there any good ones?***

680 one 可以是數量詞（參看 602）和代名詞。當代名詞的 one 有三種用法：

- **代名詞 one** 可以接在某些數量詞後面，而 one 的後面可以接 of（參看 678）：

    *What is happening in this country now concerns **every one of us**.*
    此刻發生在這個國家的事攸關我們每一個人。（every 和 one 要分開寫）

    *There are many ways of making an omelette, **only one of** WHICH is right.*
    做歐姆蛋的方法很多，只有一種是正確的。

    each 和 any 可以加 one 也可以不加：

    *The doctors came to **each (one)** in turn and asked how the patients felt.*
    醫生們輪流探視每一位病人，問他們感覺怎麼樣。

- 作代名詞時，one（複數為 ones）可以代替一個不定指的名詞（參看 380）：

    *I want A MAP of Tokyo – but **a really good one**.*
    我要一份東京地圖—要很好的。

    *We haven't got A TEXTBOOK of our own. We use **English and American ones**.*
    我們沒有自己的課本。我們用的是英國和美國的課本。

- 作不定人稱代名詞時，one 指「一般人」（參看 98）。在這個用法下，one 有所有格 one's 和反身代名詞 oneself：

    *I've always believed in having the evenings free for doing **one's hobbies**.*
    我向來認為晚上應該空出來從事自己的嗜好。

*This is just a journey **one** does by **oneself**.*
這只是一段獨自一人的旅程。

Questions 疑問句 （參看 CGEL 11.4–23）

疑問句的各種類型

681　疑問句可分直接問句（direct question）和間接問句（indirect question）：

> **直接問句：**
> *'How did you get on at your interview?'*, Sarah asked.
> 「你的面試進行得如何？」莎拉問。

> **間接問句：**
> *Sarah asked me **how I got on at my interview**.*
> 莎拉問我面試進行得如何。

關於疑問詞，參看 536；關於間接問句，參看 259。

間接問句一定以 how 或 what 這類的疑問詞來表示，但直接問句不必含有疑問詞。

此外，疑問句還可分為 yes–no 問句、wh– 問句和附加問句（參看 241）。

yes－no問句：*Did you find the file?*

682　由於這類 yes–no 問句要用 yes 或 no 回答，因而得此名。直述句轉換為 yes–no 問句時，要將作用詞（will、is 等）放在主詞前面（以下作用詞以全大寫字標示）：

> *Jane **WILL** be in the office later today.* 珍今天稍晚會在辦公室。
> *~ **WILL** Jane be in the office later today?* 珍今天稍晚會在辦公室嗎？

yes–no 問句通常唸作**升調**（參看 40）：

> *Will you be around at lúnch time?* 你午餐時間在嗎？
>
> *Is Bill márried?* 比爾結婚了嗎？
>
> *Have you replíed to the letter?* 你回信了嗎？
>
> *Does Joan still live in Austrália?* 瓊恩仍住在澳洲嗎？

上面最後一句使用了「偽」作用詞 does（參看 611，或稱「do 結構」）。在對應的直述句中若無作用詞，就需要使用助動詞 do 來形成疑問句：

> ~ *Joan still lives in Australia.* 瓊恩仍住在澳洲。

wh- 問句：*How are you feeling today?*

683 wh- 問句以一個疑問詞開頭，如 who、what、when 等（參看 536），一般以**降調**來唸。以下會從直述句開始，說明構成 wh- 問句的過程：先將帶有 wh- 字的句子成分置於句首。假如帶有 wh- 字的成分是受詞、補語或副詞，則將作用詞（即動詞片語中的第一個助動詞，或限定動詞 be）放在主詞前面。

• 當 wh- 成分為受詞時：

> *They bought a Volvo.* ~ ***Which car*** *did they bùy?*
> 他們買了一輛富豪汽車。~ 他們買了哪一輛車？
>
> *John asked a question.* ~ ***What quèstion*** *did John ask?*
> 約翰問了一個問題。~ 約翰問了什麼問題？

作用詞通常緊跟在 wh- 成分後面。在下列情況中，由於對應的直述句不含作用詞，因此必須使用 do 結構：

• 當 wh- 成分為補語時：

> *The subject of the lecture is lexicology.* 這堂講座的主題是詞彙學。
> ~ ***What's*** *the sùbject of the lecture?* 這堂講座的主題是什麼？

- 當 wh- 成分為副詞時：

> *They'll leave tomorrow. ~ **When** will they lèave?*
> 他們將於明天離開。~ 他們什麼時候離開？

- 當 wh- 成分為主詞：如果 wh- 成分是句中主詞時，動詞位置與對應的直述句相同，句子不需要倒裝，也不需要使用 do 結構（參看 611）：

> *Jane said she might be late. ~ **Who** said thàt?*
> 珍說她可能會晚到。~ 誰說的？

> ***Who**'s càlling?* 請問您是哪一位？

> ***What** made you decide to take an MBà?*
> 是什麼讓你決定去念企業管理碩士？

wh- 成分為介系詞補語的情況，見 659 說明：

> ***What's** she like?* 她是個什麼樣的人？

附加問句：*Anna's a doctor, isn't she?*

684 附加問句（tag question）會附加在直述句句尾（進一步說明，參看 245）：

> [1] *Anna's a doctor, isn't she?* 安娜是醫生，對嗎？

> [2] *Anna isn't a doctor, is she?* 安娜不是醫生，對嗎？

附加問句其實是縮短的 yes–no 問句，由作用詞加代名詞組成，有含否定詞（如句 [1] 的 isn't she）或不含否定詞（如句 [2] 的 is she）兩種情況。作用詞的選擇取決於前面直述句所使用的動詞。代名詞則直接重複或指代前面直述句的主詞。附加問句通常視為獨立的語調單位：

> | *Tom is yòunger than you* | ***ísn't it?*** | 湯姆年紀比你小，對嗎？

> | *She had a rèst* | ***dídn't she?*** | 她有好好休息，對吧？

> | *That would be dìfficult* | ***wóuldn't it?*** | 那會很困難，不是嗎？

> | *You are staying hère* | ***áre you?*** | 你要住在這裡，對不對？

Reciprocal pronouns 相互代名詞 （參看 CGEL 6.31）

685 我們可以將 Ann likes Bob.（安喜歡鮑伯。）和 Bob likes Ann.（鮑伯喜歡安。）這兩個句子整合為一個相互的結構：

> *Ann and Bob like **each other**.* 或 *Ann and Bob like **one another**.*
> 安和鮑伯互相喜歡。

each other 和 one another 都是相互代名詞：

> *We looked at **each other**.~ We looked at **one another**.*
> 我們望著彼此。

each other 較為常用，但若涉及三個以上的人或物，經常用 one another：

> *Their children are all quite different from **each other**.*
> 他們的孩子彼此之間都不大一樣。

> *People have to learn to trust **one another**.*
> 人必須學習互相信任。

相互代名詞有所有格：

> *They exchange favours – they literally scratch **each other's** backs.*
> 他們互相幫助—他們真的會幫對方抓背。

> *They are two people who have chosen to share **one another's** lives in an intimate and committed relation.*
> 他們是選擇在一個親密而忠誠的關係中共同生活的兩個人。

Relative clauses 關係子句 （參看 CGEL 6.32-35, 17.10-25）

關係子句的文法功能

686 關係子句的主要功能是修飾名詞片語（參看 595）：

> They read every BOOK **that they could borrow in the village**.
> 他們把村裡能借的書全都讀遍了。

此句的關係子句是 that they could borrow in the village。關係代名詞 that 指代前面名詞片語的中心詞（book），稱為**先行詞**（antecedent，以下以全大寫字標示）。

關係子句是用指各種「連接」到主要子句的從屬子句，通常是透過一個回指成分（參看 84），也就是**關係代名詞**連接（參見 592 關於名詞關係子句的說明）。關係代名詞包括 who、whom、whose、which、that 以及「零關係代名詞」（zero pronoun，即「省略關係代名詞」的意思）。本書之所以用「零關係代名詞」這個詞語表示，是要強調該詞雖然省略但仍「存在」，占據了子句的一個文法位置。下面兩個句子可以互換：

> The RECORDS **which he owns** are mostly classical.（關係代名詞 **which** 作 **owns** 的受詞）
> ~ The RECORDS **he owns** are mostly classical.（零關係代名詞作 **owns** 的受詞）
> 他所擁有的唱片大部分是古典樂。

關係代名詞的選擇

687 關係代名詞有幾種可以選擇，須依據不同因素選用不同的關係代名詞。

- 關係代名詞的選擇，取決於關係子句是**限定性**或非**限定性**（參看 110）。

限定性關係子句：

> | My sister **who lives in Nagóya** | will be thìrty next year. |
> 我住在名古屋的姊姊明年就三十歲了。（我有兩個以上的姊妹。）

非限定性關係子句：

> | My síster | **who lives in Nagóyo** | will be thìrty next year. |
> 我姊姊住在名古屋，她明年就三十歲了。（我只有一個姊妹。）

- 關係代名詞的選擇，也要看名詞片語的中心詞（即先行詞）是
人或**非人**。

   先行詞是人：

   This is the message we want to communicate to the MEN AND WOMEN **who will soon be going to help the hunger-stricken areas.**
   這是我們想要傳達給即將為飢荒地區提供協助的先生女士的訊息。

   先行詞不是人：

   We need to find a HOUSE **which is big enough for our family.**
   我們得找個夠我們全家人住的房子。

- 關係代名詞的選擇，亦取決於代名詞在關係子句中所扮演的
角色，例如作**主詞**或**受詞**等，藉以決定要用 who（主詞）還是
whom（受詞）。

   關係代名詞作主詞：

   [1] Have you met the MAN **who is going to marry Diana**?
   　　你見過那個要和黛安娜結婚的男人嗎？

   關係代名詞作受詞：（注意，關係代名詞若作為受詞則需前置，置於
   主詞前面，而非動詞後面）

   [2] Have you met the MAN **whom Diana is going to marry**? 正式
   　　你見過黛安娜要結婚的那個男人嗎？

句子 [2] 中的 whom 是 相當正式 的用語，也可以用 who 代替，如
[2a]，或直接省略 who，如 [2b]：

> [2a] Have you met the MAN **who Diana is going to marry**? 較不正式 罕見
> [2b] Have you met the MAN **Diana is going to marry**? 非正式

關係代名詞作介系詞補語

還有一種更好的句型，是將關係代名詞視為介系詞的補語（參看659）：

> *Do you know the MAN **Diana is engaged to**?* 非正式
> ~ *Do you know the MAN **who Diana is engaged to**?* 較不正式 罕見
> ~ *Do you know the MAN **whom Diana is engaged to**?* 正式 罕見
> ~ *Do you know the MAN **to whom Diana is engaged**?* 非常正式
> 你認識和黛安娜訂婚的那個男人嗎？

同樣地，當關係代名詞前置時，介系詞可以放在關係代名詞之前，也可以不用。然而，有些情況只能用「介系詞 + 關係代名詞」的結構，例如：

> *Maurice wrote me a LETTER **in which he said**: 'I'm not interested in how long a bee can live.'* 莫理斯寫了一封信給我，他在信裡說：「我對蜜蜂可以活多久沒興趣。」

另外有些情況只能將介系詞置於句尾，也就是「懸空介系詞」（參看659）：

> *The PLAN **they've come up with** is an absolute winner.*
> 他們想出的那個計畫大獲成功。

關係代名詞的用法

689 關係詞的用法如下表所示：

	限定性和非限定性		只作限定性
	人	非人	人／非人
主詞	who	which	that
受詞	who(m)		that、零代名詞
所有格	whose	of which, whose	

現在我們要討論三種形式的關係代名詞用法：wh- 代名詞、that 和零關係代名詞。

wh- 關係代名詞

690 wh- 關係代名詞包含了 who、whom、whose 和 which，它們反映的是先行詞是人還是非人（以下先行詞以全大寫字標示）：

- who、whom 指「人」：

  *There's a MAN outside **who wants to see you**.*
  外面有一個男人要見你。

- which 指「非人」：

  *I want a WATCH **which is absolutely waterproof**.*
  我要一支完全防水的手錶。

但是 whose 就沒有這種區別。如果代名詞和先行詞是所有格的關係，就可以用 whose，且可用於人或非人的先行詞：

*My FRIEND **whose car we borrowed** is Danish.*
借我們車的我的朋友是丹麥人。

*They came to an old BUILDING **whose walls were made of rocks**.*
他們來到一棟石造牆壁的老建築。

當先行詞為非人（如上述句中的車、建築等），我們會傾向不用 whose 而改用 of 片語表示，不過這樣會顯得拗口和 正式：

*~ They came to an old BUILDING **the walls of which were made of rocks**.* 正式

關係代名詞 that 和零關係代名詞

691 that 可以指人，也可以指非人。然而，**that 不能接在介系詞後面，且通常不用於非限定性關係子句**。零關係代名詞（即關係代名詞省略）的用法同 that，且還不能作子句的主詞（因為主詞是不能省略的）。

- **that 作主詞時不可省略：**

  *The POLICE OFFICER **that caught the thief** received a commendation for bravery.*
  抓到小偷的那名員警因表現英勇而獲得表彰。

- **that** 作受詞或介系詞補語時可以省略：

> The MAN **(that) he caught** received a jail sentence.
> 他抓到的那個人被判處監禁。

> This is the kind of PROBLEM **(that) I can live with**.
> 這種問題我可以忍受。

限定性的關係子句

692　限定性關係子句意思就是透過關係子句將先行詞的意義跟指涉作限定。所有關係代名詞都可用在限定性關係子句中，尤其是 that 和零關係代名詞。現在我們利用六組範例，將限定性子句可能使用的所有關係代名詞全部整理出來。

- 關係代名詞當主詞，先行詞為人：

> He is the sort of PERSON **who** always answers letters.
> ~ He is the sort of PERSON **that** always answers letters.
> 他是那種一定會回信的人。

- 關係代名詞當主詞，先行詞非人：

> This author uses lots of WORDS **which** are new to me.
> ~ This author uses lots of WORDS **that** are new to me.
> 這位作者用了好多我沒看過的字。

- 關係代名詞當受詞，先行詞為人：

> Our professor keeps lecturing on AUTHORS **who** nobody's ever read.
> ~ Our professor keeps lecturing on AUTHORS **that** nobody's ever read.
> ~ Our professor keeps lecturing on AUTHORS nobody's ever read.
> ~ Our professor keeps lecturing on AUTHORS **whom** nobody's ever read. 正式
> 我們教授一直在教沒人讀過的作家。

- 關係代名詞當受詞，先行詞非人：

> I need to talk to you about the E-MAIL **which** you sent me.
> ~ I need to talk to you about the E-MAIL **that** you sent me.
> ~ I need to talk to you about the E-MAIL you sent me.
> 我需要跟你談談你寄給我的電子郵件。

- 關係代名詞當介系詞補語，先行詞為人：

> I know most of the BUSINESSMEN **that** I'm dealing **with**.
> ~ I know most of the BUSINESSMEN I'm dealing **with**.
> ~ I know most of the BUSINESSMEN **with whom** I am dealing. 正式
> ~ I know most of the BUSINESSMEN **whom** I am dealing **with**. 正式 罕見
> ~ I know most of the BUSINESSMEN **who** I am dealing **with**. 正式 罕見
> 我所往來的生意人，大部分我都認識。

- 關係代名詞當介系詞補語，先行詞非人：

> Is that the ORGANIZATION **which** she referred **to**?
> ~ Is that the ORGANIZATION **that** she referred **to**?
> ~ Is that the ORGANIZATION she referred **to**?
> ~ Is that the ORGANIZATION **to which** she referred? 正式
> 她指的是那個組織嗎？

非限定關係子句

693

關於語調和標點符號用法，參看 111。

非限定關係子句會用在先行詞本身就是獨一無二的存在，因此「無須限定」。通常只有 wh- 代名詞會用到非限定性關係子句。因此，非限定關係子句非常類似對等子句（coordinated clause，有或無連接詞），以下透過改寫的方式舉例說明：

> Then I met a GIRL, **who** invited me to a party.
> ~ Then I met a girl, and she invited me to a party.
> 後來我認識了一個女孩，她邀請我去一個派對。

> Here is JOHN SMITH, **who** I mentioned to you the other day.
> ~ Here is John Smith: I mentioned him to you the other day.
> 這位是約翰·史密斯，我前幾天跟你提到過他。

在非限定關係子句中，which 有時會接名詞，此時 which 是關係限定詞，而不是關係代名詞：

> The fire brigade is all too often delayed by traffic congestion, and arrives on the scene more than an hour late, by **which** TIME there is little chance of saving the building.
> 消防隊太常因交通堵塞而延誤，超過一個小時才抵達現場，那時要保全建築物已經不太可能。

句子類型的關係子句

694 句子關係子句（sentence relative clause）是非限定性子句的一種特殊句型，此時關係代名詞不是指前面的名詞，而是指前面一整個子句或句子。句子關係子句可視為修飾整句的副詞使用（參看 461），關係代名詞要用 which：

> *THE COUNTRY IS ALMOST BANKRUPT, **which is not surprising**.*（= and this is not surprising）這個國家幾乎破產，這並不叫人意外。

> *WE'VE GOT FRIDAY AFTERNOONS OFF, **which is very good**.*（= and that is very good）我們週五下午放假，太棒了。

Sentences 句子　　　　　　　　　　（參看 CGEL 10.1, 11.1–2, 13.3）

子句和句子

695 句子是由一個或多個子句組成的單位（參看 486）。只含一個子句的句子叫做簡單句（simple sentence），含兩個以上子句的叫做複合句（complex sentence）。下面是兩個簡單句：

> *Sue heard an explosion.* 蘇聽到一個爆炸聲。

> *She phoned the police.* 她打電話報警。

- 這兩個簡單句可以透過**對等連接詞**（參看 515）形成一個複合句，也就是用 and 合併兩個子句：

> *Sue heard an explosion and (she) phoned the police.*
> 蘇聽到爆炸聲，便打電話報警。

- 這兩個簡單句也可以藉由**從屬連接**（參看 709）形成一個複合句，也就是將一個子句作為主要子句，另一個子句作為從屬子句：

> *When Sue heard an explosion, she phoned the police.*
> 當蘇聽到爆炸聲，便打電話報警。

句子的四個種類

696 英文的簡單句（只含一個子句的句子）可以是直述句、疑問句、命令句或感嘆句。

直述句（statement）是主詞位於動詞前面的句子（但也有主題前置的情況，^{參看 411}）：

> *I'll speak to the manager today.* 我今天會找經理談談。

疑問句（question，^{參看 681}）和直述句不同，可以從以下幾點來看：

- 作用詞緊接在主詞前面，也就是 yes-no 問句類型：

  > ***Will** you see him now?* 你現在要見他嗎？

- 以疑問詞開頭^{（參看 536）}，也就是 wh- 問句類型：

  > ***Who** do you want to speak to?* 你要找誰談？

- 語序雖然是直述句「主詞 + 動詞」，但 口語 ^{（參看 40、244）}讀作升調、書寫時以問號結尾的句子：

  > *You'll speak to the mánager today?* 你今天會找經理談？

命令句^{（參看 497）}是使用了祈使或有命令意味的動詞，也就是以原形動詞開頭^{（參看 573）}的句子。 書寫 時命令句不太用驚嘆號結尾，而多以句號結尾：

> *Call him now.* 現在就打電話給他。

命令句通常不會寫出主詞，不過有時會點出主詞 you^{（參看 497）}：

> *(You) speak to the manager today.* （你）今天就去找經理談。

感嘆句（exclamations，^{參看 528}）是以 what 或 how 開頭的句子，句中的主詞和作用詞不倒裝。 書寫 時，感嘆句通常以驚嘆號（!）結尾：

> ***What** a noise they are making in that band!*
> 那個樂團製造的噪音吵死人了！

在 正式 或 書面 英語中，我們通常使用完整句子溝通。在到 口語 和 非正式 書面 英語中，則較常使用結構較不完整的單位，將動詞和其他部分省略（參看 254、299），例如：What a noise!（吵死了！）、Careful!（小心）、More coffee anyone?（誰還要咖啡？）。

Some-words and any-words
some- 和 any- 字詞

（參看 CGEL 6.59-62, 10.60-63）

697　some 和 any 可以作限定詞（參看 522）和代名詞（參看 661）。無論是作限定詞或代名詞，該用 some 還是 any 取決於使用情境：肯定直述句通常用 some，否定詞後方和 yes–no 問句用 any：

> *Ann has bought **some** new records.*（肯定直述句）
> 安買了一些新唱片。
>
> *Ann hasn't bought **any** new records.*（否定詞之後）
> 安沒有買新唱片。
>
> *Has Ann bought **any** new records?*（yes–no 問句）
> 安買了新唱片嗎？

從這個角度來看，有幾個字的用法與 some 和 any 相同。因此我們將這些字區分為兩類，稱為 some- 字詞（some-words）和 any- 字詞（any-words）：

- **some- 字詞**：some、someone、somebody、something、somewhere、sometime、sometimes、already、somewhat、somehow、too（too 是添加副詞）

- **any- 字詞**：any、anyone、anybody、anything、anywhere、ever、yet、at all、either

698 下表顯示對應的 some- 字詞和 any- 字詞之間的對比：

	some- **字詞**	any- **字詞**	
	肯定直述句	**否定詞之後**	**疑問句**
限定詞	*They've had some lunch.* 他們吃了一些午餐。	*They haven't had any lunch.* 他們沒吃午餐。	*Have they had any lunch?* 他們吃午餐了嗎？
代名詞	*He was rude to somebody.* 他對某人很無禮。	*He wasn't rude to anybody.* 他沒有對任何人無禮。	*Was he rude to anybody?* 他有對任何人無禮嗎？
地方副詞	*They have seen her somewhere.* 他們在哪裡看到過她。	*They haven't seen her anywhere.* 他們哪裡都沒看到過她。	*Have they seen her anywhere?* 他們在哪裡看到過她嗎？
時間副詞	*I'll see you again sometime.* 改天見。	*I won't see you again.* 我不會再見到你了。	*Will I ever see you again?* 我會再見到你嗎？
頻率副詞	*He sometimes visits her.* 他有時會來看她。	*He doesn't ever visit her.* 他沒有來看過她。	*Does he ever visit her?* 他有沒有來看過她？
程度副詞	*She was somewhat annoyed.* 她有點生氣。	*She wasn't at all annoyed.* 她一點也不生氣。	*Was she at all annoyed?* 她有任何不悅嗎？

下面幾組字詞也有類似對比：already 和 yet；still 和 any more 或 any longer；somehow 和 in any way：

> *The guests have arrived **already**.* 賓客已經抵達了。
> ~ *The guests haven't arrived **yet**.* 賓客尚未抵達。
> ~ *Haven't the guests arrived **yet**?* 賓客抵達了沒？
>
> *She's **still** at school.* 她還在學校嗎？
> ~ *She isn't at school **any longer**.* 她已經不在學校了。
> ~ *She is **no longer** at school.*

在否定句中，any- 字詞要放在 not 和其縮寫 n't 的後面，也要放在 nobody、no、scarcely 等否定詞（參看 585）的後面：

> *Nobody* has *ever* given her *any* encouragement.
> 從來沒有人給她任何鼓勵。

當 any- 字詞讀作重音，並帶有涵蓋全部（參看 77）的意義時，也可以用於肯定直述句：

> *Ànyone* can do thát! 那件事誰都能做！

> Phone me *any* time you like. 你可以隨時打電話給我。

> *Any* customer can have a car painted *any* colour that he wants so long as it is black. 任何顧客都可以隨心所欲把車子漆成任何顏色，只要是黑色就行。
>
> ——亨利福特於 1909 年談到福特 *Model T* 車款時所言

其他結構中的 any- 字詞

[699] any- 字詞也用於其他文法結構中：

- yes–no 間接問句：

  > I sometimes wonder whether examinations are *any* use to *anyone*.
  > 有時候我懷疑考試是否對任何人有幫助。

- 條件句（參看 210）：

  > If there is *anything* we can do to speed up the process, do let us know.
  > 如果有什麼我們能做的可以加快這個程序，務必告訴我們。

- 帶有**負面含意**的動詞之後，如 deny（否認）、fail（不能）、forget（忘記）、prevent（妨礙）：

  > Some historians *deny* that there were *any* Anglo-Saxon invasions *at all*.
  > 有些歷史學家否認曾發生過盎格魯–撒克遜人的入侵事件。

  > I'm sorry that my work *prevents* me from doing *anything* else today.
  > 很抱歉，我今天要工作，沒辦法做其他事。

- 帶有**負面含意**的形容詞之後，如 difficult（困難的）、hard（困難的）、reluctant（不情願的）：

*I think it's **difficult** for **anyone** to understand what the senator means.*
我想任誰都很難理解那位參議員的意思。

*I really feel **reluctant** to take on **any** more duties at this time.*
我真不想在這個時候還要承擔更多責任。

- 帶有**負面含意**的介系詞之後，如 against（反對）、without（沒有）：

  *Mrs Thomas can hold her own **against any** opposition.*
  湯瑪斯女士能夠力抗任何反對意見。

  *The bill is expected to pass **without any** major opposition.*
  這項法案可望於無重大反對下通過。

- 比較句型（參看 500），以及 as 和 too 的結構：

  *Naomi sings this very difficult part **better than anyone** else.*
  這一段非常難唱，娜歐蜜唱得比誰都好。（= *Nobody sings this part better* 這一段沒有人唱得更好）

  *It's **too** late to blame **anyone** for the accident.*
  出了這件事，現在怪誰都太遲了。

Spelling changes 拼寫變化　　（參看 CGEL 3.5–10, 5.81, 5.113, 7.79）

700　名詞、動詞、形容詞和副詞在做文法變化時，字尾都會有拼寫變化。為求方便，我們在這裡一次說明所有拼寫變化，基本上分成三種類型：替換、添加和去除字母。

一、替換字母：*carry ~ carries*

701　**將 y 改成 ie 或 i**。如果 y 的前面是母音，則不變，例如：play ~ played、journey ~ journeys。但如果字根是「子音 + y」結尾，則要

變化：

- 動詞加第三人稱單數現在式字尾 -s（參看 574），若該動詞最後一個字母為 y，y 要改成 ie，如：they carry ~ she carries。
- 名詞加複數字尾 -s（參看 635），若該名詞最後一個字母是 y，y 要改成 ie，如：one copy ~ several copies。
- 形容詞加比較級字尾 -er 或 -est（參看 500），若該形容詞最後一個字母是 y，y 要改成 i，如：early ~ earlier ~ earliest。
- 形容詞加 -ly 轉變副詞時（參看 464），若該形容詞最後一個字母為 y，y 要改成 i，如：easy ~ easily（容易的 ~ 容易地）。
- 動詞加 -ed（參看 574）時，若該動詞最後一個字母為 y，y 要改成 i：they carry ~ they carried（他們攜帶）。

以下有三個動詞即使最後一個字母為 y，y 前面是母音，也要將 y 改成 i：lay ~ laid（放置；產卵）、pay ~ paid（支付）、say ~ said（說）。said 不但改變拼寫，也要改變母音的發音：/seɪ/ ~ /sed/。

將 ie 改成 y。字尾 -ing（參看 574）之前的 ie 要改成 y，例如：they die ~ they are dying（他們死亡 ~ 他們快要死了）。

二、添加字母：*box ~ boxes*

● **以嘶音結尾的名詞和動詞要加 -es**

702 以嘶音結尾的字，除非原本字尾已經是無聲 e，否則加 -s 前要加上 e。嘶音包括 /z/、/s/、/dʒ/、/tʃ/、/ʒ/、/ʃ/。加 e 的情況如下：

- 名詞的複數形：one box ~ two boxes（一個盒子 ~ 兩個盒子）、one dish ~ two dishes（一個盤子 ~ 兩個盤子）。
- 動詞的第三人稱單數現在式：pass ~ she passes（通過 ~ 她通過）、they polish ~ he polishes（他們擦拭 ~ 他擦拭）。

● **以 -o 結尾的名詞要加 -es**

有些以 -o 結尾的名詞，複數形要拼寫為 -es，例如：echoes（回音）、embargoes（禁令）、goes（嘗試）、heroes（英雄）、noes（否定；反對票）、potatoes（馬鈴薯）、tomatoes（番茄）、torpedoes（魚雷）、vetoes（否決；禁止）。許多以 -o 結尾的名詞，可以拼寫為 -oes 或 -os，例如：archipelagoes 或 archipelagos（群島）、cargoes or cargos（貨物）。母音之後只能用 -os 的複數拼寫，如：radios（收音機）、rodeos（牛仔競技）、studios（錄音室）等等。縮寫也只能用 -os 的複數拼寫，如：hippos（~ hippopotamuses）（河馬）、kilos（~ kilograms）（公里）、memos（~ memorandums）（備忘錄）、photos（~ photographs）（照片）、pianos（~ pianofortes）（鋼琴）。

兩個以 -o 結尾的不規則動詞也要加 e：they do /du/ ~ she does /dʌz/、they go /go/ ~ she goes /goz/。

三、重複子音：*hot ~ hotter ~ hottest*

703 下列情況中，字尾子音前的母音如果是重音且只有一個字母，就要重複拼寫字尾的子音字母：

- 形容詞和副詞：加在比較級 -er 和最高級 -est 之前：

big ~ bigger ~ biggest	但：*quiet ~ quieter ~ quietest*
hot ~ hotter ~ hottest	但：*great ~ greater ~ greatest*

- 動詞：加在動詞變化 -ing 和 -ed 之前：

drop ~ dropping ~ dropped	但：*dread ~ dreading ~ dreaded*
stop ~ stopping ~ stopped	但：*stoop ~ stooping ~ stooped*
permit ~ premitting ~ permitting	但：*visit ~ visiting ~ visited*
prefer ~ preferred ~ preferred	但：*enter ~ entering ~ entered*

母音非重音時（如上述右欄），通常不重複字尾子音，但是在 英式 英語中，非重音音節的字尾 -l 也要重複。

cruel ~ crueller ~ cruellest 英式 　　　但：*crueler ~ cruelest* 美式

travel ~ travelling ~ travelled 英式 　　但：*traveling ~ traveled* 美式

四、刪除字母：*hope ~ hoping ~ hoped*

704 下列情況下，如果該字以無聲 -e 結尾，要去掉 e：

- 形容詞和副詞：加在 -er 和 -est 之前：

  brave ~ braver ~ bravest

  free ~ freer /ˈfriɚ/ ~ freest /ˈfrist/

- 動詞：加 -ing 和 -ed 之前：

  create ~ creating ~ created

  hope ~ hoping ~ hoped

  shave ~ shaving ~ shaved

比較下列拼寫：

hope ~ hoping ~ hoped 　　　　但：*hop ~ hopping ~ hopped*

stare ~ staring ~ stared 　　　　但：*star ~ starring ~ starred*

以 -ee、-ye、-oe 結尾的動詞，有些以 -ge 結尾的動詞，加 -ing 前不用去掉 e（但是加 -ed 就要去 e）：

agree ~ agreeing 　　　　　但：*agreed*

dye ~ dyeing 　　　　　　　但：*dyed*（比較：*die ~ dying*）

singe ~ singeing /ˈsɪndʒɪŋ/ 　但：*singed*（比較：*sing ~ singing /ˈsɪŋɪŋ/*）

705　• 子句的主詞一般是名詞片語（參看 595），可以是完整的名詞片語，
也可以是一個名稱或代名詞：

The secretary will be late for the meeting. 祕書開會會晚點到。

Jane will be late for the meeting. 珍開會會晚點到。

She will be late for the meeting. 她開會會晚點到。

主詞也可以是非限定子句（參看 593）：

Playing football paid him a lot more than working in a factory.
他去踢足球賺的錢比在工廠工作要多得多。

或是限定名詞子句（finite nominal clause，見 589）：

That there are dangers to be dealt with is inevitable.
必然有危險需要處理。

以這麼長的子句作為句子的開頭，會顯得「頭重腳輕」，更常見
的做法是使用虛主詞 it 的句型（參看 542）：

~ It is inevitable *that there are dangers to be dealt with*.
在直述句中，主詞通常位於動詞之前：

They have had some lunch. 他們已經吃了一些午餐。

在疑問句中，主詞緊跟在作用詞（參看 609）之後：

Have they had any lunch? 他們吃過午餐了沒？

• 主詞的數和人稱與限定動詞（參看 509）一致：

I'm leaving. ~ *The teacher is* leaving.
我要走了。~ 這位老師正要離開。

當句中有情態助動詞，則動詞不需變化：

I must leave. ~ *The teacher must* leave.
我得走了。~ 這位老師必須離開。

- 主詞最常見的功能是指出動作者，也就是點出導致動作發生的人或事件：

  Joan *drove Ed to the airport.* 瓊恩開車載艾德去機場。

- 主動句轉換為被動句時（參看 613），主動句的主詞會變成被動句的行為者。行為者由 by 片語引導，但是可以不必把行為者表達出來（參看 616）：

  Everybody *rejected the proposal.* 所有人都否決這項提議。
  *~ The proposal was rejected (**by everybody**).*
  這項提議被（所有人）否決了。

Subjunctives 假設語氣 （參看 CGEL 3.58-62）

帶有強制意義的假設語氣

703 demand 或 insist 這類建議動詞後面接 that 子句時，子句中可能有兩種動詞結構：

[1] *Mary **insists** that John left before she did.*
瑪麗堅稱當時約翰比她提早離開。

[2] *Mary **insists** that John leave immediately.*
瑪麗堅持要約翰馬上離開。

原因是 insist 有兩種意義：在句子 [1] 中，insist 指「堅稱某主張為真」，此時 that 子句的動詞使用過去式 left 來描述一個發生過的事件。而在句子 [2] 中，insist 指「**強硬要求執行某事**」，後方 that 子句內所陳述的事是假設或想像的，現實中還未出現或進行，故子句中動詞不受時態限制，而以形式不需變化的原形動詞出現。我們把第二種句型叫做「**帶有強制意義的**」假設語氣（mandative subjunctive），或生產型假設語氣（productive subjunctive）。跟已經成為固定用語的假設語氣如 Come what may.（無論發生什麼事。見708）不同，此處的**強制型假設語氣是用來表達「意志」的支配型用語**（編注：即會決定後面的文法形式），如這裡所舉的動詞 insist，其形容詞 insistent、名詞 insistence 也有同樣用法。

- 這類能支配後面 that 子句、使後方子句須使用原形動詞的建議**動詞**有：advise（勸告）、ask（要求）、beg（請求）、decide（決定）、decree（下令）、demand（要求）、desire（希望）、dictate（規定）、insist（堅持）、intend（打算）、move（提議）、order（命令）、petition（請願）、propose（提議）、recommend（建議）、request（要求）、require（要求）、resolve（決定）、suggest（建議）、urge（強烈要求）、vote（建議）。

  > Some committee members **asked** that the proposal **be read** a second time.
  > 委員會的一些成員要求重讀該提案。

  > Public opinion **demanded** that an inquiry **be held**.
  > 輿論要求展開調查。

  > Ann **suggested** that her parents **stay** for supper.
  > 安建議父母留下來吃晚飯。

  > Employers have **urged** that the university **do** something about grade inflation. 員工敦促學校拿出辦法解決分數膨脹的問題。

  > Then I called her up and **proposed** that she **telephone** her lawyer.
  > 接著我打電話給她，建議她打電話給她的律師。

- 具有類似功能，即帶有強制或強烈支配意志的**形容詞**，尤其是以人當作主詞：anxious（渴望的）、determined（下定決心的）、eager（渴望的）。

  > She was **eager** that the family **stay together** during the storm.
  > 她迫切希望暴風雨期間全家人能待在一起。

這類形容詞有：advisable（明智的）、appropriate（適當的）、desirable（希望的）、essential（必要的）、fitting（恰當的）、

imperative（迫切的）、important（重要的）、necessary（必要的）、preferable（更好的）、urgent（急迫的）、vital（極其重要的）；這類形容詞也可以用在非人當主詞的 it 句型：

> It is **important** that every member **be informed** about these rules.
> 將這些規定告知所有成員是至關重要的。

- **帶有強制意味的名詞**：condition（條件）、demand（要求）、directive（指令）、intention（意圖；目的）、order（命令）、proposal（提議）、recommendation（建議）、request（要求）、suggestion（建議）。

> The Law Society granted aid on the **condition** that he **accept** any reasonable out-of-court settlement.
> 法學會同意予以援助，條件是他必須接受任何合理的庭外和解。

> Further offences will lead to a **request** that the official **be transferred** or **withdrawn**. 如有再犯，將要求對該官員予以調任或免職。

由於使用的是形式不需變化的原形動詞，因此不需考量主詞一致性的情況，也不會有現在式與過去式（參看740）的分別。假設語氣在 美式 英語比 英式 英語更為常見， 書面 、 正式 英語比 口語 常見。

假設語氣的其他替代句型

707
- 英式 英語中，有一種句型可替換上述的假設語氣句型，就是「**推定意義的 should**」（putative should，參看280）。比較下面句子，[1a] 和 [2a] 的 should 句型可用來替換 [1] 和 [2] 的假設語氣句型：

> [1]　Public opinion **demanded** that an inquiry **be held**.

> [1a]　~ Public opinion **demanded** that an inquiry **should be held**.
> 輿論要求展開調查。

> [2]　Ann **suggested** that her parents **stay** for supper.

> [2a]　~ Ann **suggested** that her parents **should stay** for supper.
> 安建議父母留下來吃晚飯。

- 英式 英語中還有第三種句型可以替換上述句子，就是使用陳述語氣（indicative），這種用法在美式英語較罕見：

  *The inspector has **demanded** that the vehicle **undergoes** rigorous trials to test its efficiency at sustained speeds.*
  檢查員要求車輛進行嚴格測試，以測驗其於持續速度下之效能。

  *It is **essential** that more decisions **are taken** by majority vote.*
  透過多數決做出更多決定極為重要。

固定型假設語氣和 were 假設語氣：

708
- 上一節所討論的假設句型都屬於強制型假設語氣，而且相當常見，尤其是 美式 書面 語。此節介紹另一種**固定型假設語氣**（formulaic subjunctive，已經形成一種固定用法），只見於幾組固定用語中，都使用到原形動詞：

  ***Come** what may, I'll be there.*（= *Whatever happens, ...*）
  無論發生什麼事，都有我在。

  *Heaven **help** us!*
  老天保佑啊！（絕望的呼喊）

- 還有一種句型是 **were 假設語氣**（were-subjunctive，參看 277），這種句型會用 were（不用一般認為的 was）：

  *If I **were** you, I wouldn't do it.* 要是我就不會做。

- were 假設語氣用於假設語氣的條件句（尤其是 if 子句），或 wish 這類動詞之後。在 非正式 英語中，也會用 was 直接代替 were：

  *If the road **were/was** wider, there would be no danger of an accident.*
  假如道路再寬一點，就不會有意外發生的危險了。

  *Sometimes I wish I **were/was** someone else!*
  有時候我真希望變成別人！

何謂從屬連接？

709 一個句子中的兩個子句可以透過**對等連接**或**從屬連接**的方式聯繫起來。比較以下兩個句子：

> *Joan arrived at the office by ten **but** no one else was there.*（對等連接）
> 瓊恩十點時抵達辦公室，卻一個人也沒有。

> *Joan arrived at the office by ten **before** anyone else was there.*（從屬連接）
> 瓊恩十點時抵達辦公室，其他人都還沒來。

在對等連接的用法中，兩個子句是同一結構當中的「平等夥伴」。

710 從屬子句裡還可以包含另一個從屬子句，意即，第一個從屬子句相當於第二個從屬子句的「主要子句」。舉例來說，I know that you can do it if you try.（我知道只要你願意嘗試，就一定做得到。）這個句子由三個子句組成，每個子句都含在另一個子句之內：

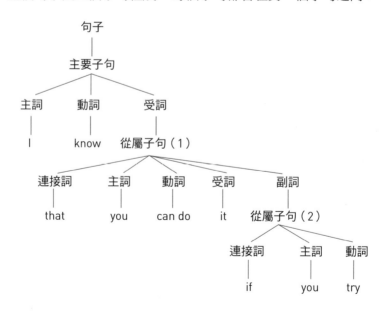

從屬子句在其主要子句中具有多種功能，可以作主詞、受詞、副詞、介系詞補語、後置修飾語等等。

限定、非限定和無動詞的從屬子句

711 主要子句幾乎都是限定子句。從屬子句則可以是限定、非限定或無動詞子句：

- 限定從屬子句（參見 492）

    *This news came **after the stockmarket had closed**.*
    股市收盤後才傳來這個消息。

- 非限定從屬子句（參見 493）

    ***No further discussion arising**, the meeting was brought to a close.*
    別無其他討論事項，於是會議結束。

- 無動詞從屬子句（見 494）

    ***Summer vacation then only weeks away**, the family was full of excitement.*
    那時候再過幾個禮拜就是暑假了，全家人都興奮不已。

這三種類型的從屬子句（限定、非限定、無動詞）當然都可以再包含從屬子句。以下是非限定子句包含一個限定從屬子句的例子：

*[**Driving home** [**after I had left work**]], I accidentally went through a red light.*
我下班開車回家不小心闖了個紅燈。

下面是無動詞子句包含一個非限定從屬子句的例子：

[Never slow [to take advantage of an opponent's weakness]], the Australian moved ahead confidently to win the fourth set.
澳洲選手積極利用對手弱點，自信地領先拿下第四盤。

從屬連接的標記

712 從屬子句通常不能獨立當作主要子句。我們通常可以透過一些從屬連接詞作為標記，知道其為從屬子句。這些標記可能是：

- that，且常省略（即 zero that，零 that）：

  *I hope **(that) the department will cooperate on this project**.*
  我希望在這個計畫上，部門能通力合作。

- 從屬連接詞，如 before、if、when（參看 207）：

  *I wouldn't have been at all surprised **if the entire roof had collapsed**.*
  要是屋頂整片塌了我也不意外。

- wh- 字（參看 536）：

  *I asked Jessica **why she wanted to move to another university**.*
  我問潔西卡為什麼想轉到別所大學。

- 倒裝，是 相當正式 的用法，而且可以改寫為 if 條件句（參看 278）：

  ***Had I been a royal princess**, they couldn't have treated me better.*
  *~ **If I had been a royal princess**, they couldn't have treated me better.*
  要是我是皇室公主，他們一定會對我再好不過了。

- 缺少動詞，但是有 to 不定詞，例如：

  *I hope **to phone you back at the very beginning of next week**.*
  我希望一到下週就立刻回電給你。

除了省略 that 的 that 子句（含關係子句，見 691）之外，只有一種從屬子句不把從屬連接的標記表示出來，就是評論子句（參看 499）：

  *He must be at least sixty years old, **I suppose**.*
  我想他少說也有六十歲。

這個評論子句可以看成是 that 子句的主要子句：

  ~ I suppose (that) he must be at least sixty years old.

各種從屬連接的用法在本書的 Part 2 也有討論（參看 360）。有些從屬連接詞（after、as、before、but、like、since、till、until）也可以作介系詞用（參看 654），比較下列用法：

  *I haven't seen Bill **since the end of the war**.*（since 是介系詞）

*I haven't seen Bill **since the war ended**.*（*since* 是連接詞）
自從戰爭結束後，我就沒見過比爾了。

簡單從屬連接詞（simple subordinating conjunction）

713　以下區分簡單（simple）、複合（compound）和相關（correlative）連接詞：

簡單從屬連接詞有：after（在⋯之後）、although（雖然）、as（如同；當⋯時）、because（因為）、before（在⋯之前）、however（然而）、if（如果）、like（好像 親密 ）、once（一旦）、since（自⋯以來）、that（引導從屬子句）、though（雖然）、till（直到⋯為止）、unless（除非）、when（當⋯時）、whenever（無論什麼時候；每當）、where（在⋯的地方）、wherever（無論在哪裡）、whereas（反之）、whereby（藉以）、whereupon（於是）、while（當⋯時；儘管）、whilst（當⋯時；儘管 英式常用 ）。

> ***After** we had arrived at the airport we had to wait for over two hours.*
> 我們抵達機場後，還得再等超過兩小時。

> ***Although** extensive inquiries were made at the time, no trace was found of any relatives.* 儘管當時他們四處打聽，卻沒有發現任何親人的蹤跡。

> *A stranger came into the hall **as** the butler opened the front door.*
> 管家打開前門時，一名陌生人進到了大廳。

> *The party opposed the aircraft **because** they were out of date.*
> 該黨反對這款飛機，因為它們太老舊了。

> *The election result was clear before polling closed.*
> 投票還沒結束，選舉結果已經很明顯。

> *Paul seemed a bit moody, **like** he used to be years ago.* 親密
> 保羅看起來悶悶不樂的，就像他幾年前那個樣子。（許多人會偏好用 *as* 而不用 *like*）

> ***Once** you begin to look at the problem there is almost nothing you can do about it.* 一旦你開始思考這個問題，會發現幾乎無計可施。

*I'm ashamed **that** I can't remember my new colleague's first name.*
我不記得新同事姓什麼了，真是慚愧。

*Hadn't we better wait **till** Samantha arrives?*
我們等到珊曼莎來不是比較好嗎？

*You can't be put on probation **unless** you are guilty.*
你得先要有罪，才可能被判緩刑。

*You will not be transferred **until** they get someone to take your place.*
等他們找到人頂替你的位置，你才會被調職。

*You have to crack the head of an egg **when** you take it out of the pan – otherwise it goes on cooking.* 把雞蛋從平底鍋裡拿出來的時候，要把頂部敲開——不然它會繼續悶煮。

*She said I could use her notebook computer **whenever** I wanted.*
她說過，只要我想用她的筆電隨時都可以用。

*I don't know **where** to start.* 我不知道從哪裡開始。

***Wherever** I go I hear you've been very successful.*
我走到哪裡都聽到你很成功的消息。

*They need some facts and figures **whereby** they can assess alternative strategies.* 他們需要詳實的資料才能評估其他策略。

*After the adjournment, the lawyer requested Parker to visit him, **whereupon** Parker burst into tears.* 正式 罕見
休庭後律師要帕克去找他，於是帕克哭了起來。

*I've got a colleague taking my classes **while** I'm away, you see.*
你知道，我已經找了一個同事在我不在時幫忙代課。

*We must realize that **whilst** God could erect a cocoon around us to protect us, our faith would be worthless if he did.* 英式 罕見
我們必須明白，儘管上帝能為我們築起避風港，假如祂真那麼做，我們的信念將一無所值。

複合從屬連接詞

714　複合從屬連接詞（compound subordinating conjunction）含有兩個以上的字，不過其中一個字如果是 that，則有可能省略。複合從屬

連接詞可分為以下類型：

- **以 that 結尾的複合連接詞，that 不能省略的情況**：except that（只是；不過）、in order that（in order to 加不定詞）（為了；以便）、in that（因為）、so that（以便）、such that（使得）。

    *The horse reared and threw the officer from the saddle, **except that** one booted foot caught in the stirrup.* 馬兒前腿騰空將官員從馬鞍上甩下，不過他的一隻腳還套著馬靴卡在馬鐙上。

    *Did you consider the fact that your brother possibly died **in order that** you can live?* 正式 罕見
    你有沒有想過，你哥哥的死可能是為了讓你活下去？

    *Dr Bird's research is important **in that** it confirms the existence of a relationship between smoking and cancer.*
    柏德博士的研究極為重要，因為它證實了抽菸和癌症之間確實有關聯。

    *I try to have a look at the student files **so that** I know what everybody's doing.*
    我想要看看學生的檔案，這樣才能了解每個人的學習狀況。

    *We're all trying to pull our wits together to submit papers **such that** the university will pay our fares to the congress next year.* 相當正式
    我們全都試著冷靜下來將論文提交出去，這樣學校明年才會支付我們參加會議的交通費。

- **以 that 結尾的複合連接詞，that 可以省略的情況**。這類連接詞大多屬於 相當正式 的用法：assuming (that)（假設）、considering (that)（考慮到）、granting (that)（假定；就算）、granted (that)（假定；就算）、now (that)（既然；由於）、provided (that)（假如；要是）、providing (that)（假如；要是）、supposing (that)（假設；如果）。

    *By the end of next year, **assuming (that)** a general business recovery gets under way, interest rates should begin to edge upwards again.*
    明年底前，假設經濟普遍開始復甦，利率應該會再次緩慢回升。

    ***Granting (that)** there are only a few problems to be solved, these problems make great demands.*
    就算只有少數問題要解決，這些問題的難度都很高。

*The grass in the meadows was growing fast, **now (that)** the warm weather was here.* 天氣變暖和了，草坪上的草就長得很快。

*The government will endorse increased support for public education, **provided (that)** such funds can be received and expended.*
只要能收到並使用此類專款，政府就會同意提高對國民教育的支持。

715

- 以 **as** 結尾的複合連接詞：as far as（就…）、as long as（只要）、as soon as（一…就）、insofar as（在…範圍內）、inasmuch as（由於；鑑於 非常正式 ）、so as + to 不定詞（為了）、so far as（就…）so long as（只要）。

  __As far as__ we were aware, the party had not officially opposed the bill's passage. 據我們所知，該黨尚未正式反對該法案之通過。

  Like Caesar he has only one joke, __so far as__ I can find out.
  就我所知道的，像凱撒他只有一個笑話。

  This is a solution most people try to avoid, __as long as__ they can see an alternative approach to the problem.
  只要還能找到其他方式解決這個問題，大多數人會盡量不用這種方法。

  Librarians perform a teaching and research role __inasmuch as__ they instruct students formally and informally and advise and assist faculty in their scholarly pursuits. 正式
  圖書館員擔當著教學和研究的角色，因為他們以正式或非正式的形式指導學生，並且在學術研究方面協助教師並給予建議。

  __Insofar as__ science generates any fear, the fear stems chiefly from the fact that new unanswered questions arise. 正式
  科學所引起的恐懼，主要來自於出現未解的新問題。

  Our politicians generally vote __so as to__ serve their own constituency.
  為了服務自己的選區選民，我們的政治人物一般會進行表決。

- 以 **than** 結尾的複合從屬連接詞，如「rather than + 非限定子句」：

  It was an audience of at least a couple of thousand who came to hear music __rather than__ go to the beach.
  至少有幾千名聽眾來聽音樂而沒有去海灘。

關於這裡用原形動詞 go 的用法，參看 310。

- **其他複合從屬連接詞**：as if（好像；彷彿）、as though（好像；彷彿）、in case（假如；萬一）。

> It began to look **as if** something was going to happen.
> 看起來好像有什麼事要發生了。

> Shannon hesitated, **as though** hunting for words and ways of putting them.
> 夏儂遲疑了一會兒，彷彿在想著該說什麼，又該怎麼說。

> A man like Jess would want to have a ready means of escape **in case** it was needed.
> 像傑斯這樣的人會想要有個隨時可以逃脫的方法，以備不時之需。

相關從屬連接詞

716 相關從屬連接詞（correlative subordinating conjunction）由兩個詞組成：一個表示主要子句，一個表示從屬子句的起始。這類的連接詞組包括：if ... then（如果…那麼就）、no sooner ... than（一…就…）、as ... as（像…一樣）、so ... as（像…一樣）、whether ... or（不管是…還是）、the ...the（愈…愈）。第二個標記如果是 that，有時可以省略，例如：so...(that)（太…以至於）、such...(that)（如此…以至於）。

> **If** it is true that new galaxies are forever being formed, **then** the universe today looks just as it did millions of years ago. 如果新的銀河系確實不斷在生成，那麼今天的宇宙看起來就跟數百萬年前是一樣的。

> **No sooner** were the guards posted **than** the whole camp turned in for a night of sound sleep. 相當正式
> 一設好衛兵，整個營地就酣然入睡。

> I can be **as** stubborn **as** she can. 我和她一樣固執。

> We are getting **such** high yields per acre **that** many farmers are being forced to buy new harvesting machines.
> 我們每英畝的產量這麼高，許多農夫不得不購買新的收割機具。

> **The** more you jog, **the** more you get hooked by the habit of taking regular exercise. 你愈常慢跑，愈會愛上規律運動的習慣。（參看 233）

「whether... or...」是個例外，兩個字都表示從屬子句中的選擇項目：

*She didn't care **whether** she won **or** not.* 她不在乎輸贏。

從屬子句的功能

717 就文法上而言，從屬子句可以在主要子句中作主詞、受詞、補語或副詞。

主詞：***What I like doing most in my spare time*** *is playing around with my computer.* 閒暇時我最愛玩弄我的電腦。

直接受詞：*It may interest you to know **that Sue and I are engaged.*** 你也許會想知道，蘇和我訂婚了。

間接受詞：*I gave **whoever it was** a drink.* 不管是誰，我給了他一杯飲料。

主詞補語：*The idea is **that we meet and work at George's place in the mornings.*** 我們的想法是早上在喬治家碰面，然後在那裡工作。

受詞補語：*I can't imagine John **overcome with grief.*** 我無法想像約翰悲痛欲絕的樣子。

副詞：***When we moved to the new town my wife*** *worried that she might not be able to find another job.* 當我們搬去一個新城鎮時，我太太很擔心她可能找不到另一份工作。

其他功能：

名詞片語中的後置修飾語：*The friend **who shared Kate's room** was an art student.* 凱特的室友是藝術系的學生。

介系詞補語：*Their loyalty will depend on **which way the wind is blowing**.* 他們看風向決定對誰忠誠。

形容詞補語：*The curtain was now ready **to go up**.* 表演即將開始。

針對這部分以及其他類型的從屬子句，見495。

名詞子句（參看 588）可以作主詞、受詞、補語或介系詞補語，也就是一般來說它們的功能和名詞片語一樣。

Verb patterns 動詞句型

六種基本動詞句型

718　動詞片語後面所接的子句成分要使用何種基本結構，取決於**動詞**。舉例來說，動詞 find 可用於下面不同的語境：

> I found Sophie in the library.
> 我在圖書館裡找到蘇菲。（find 指「發現」）

> I found Sophie a new job.
> 我替蘇菲找到一份新工作。（find 指「取得」）

> I found Sophie to be a very competent person.
> 我覺得蘇菲是個很能幹的人。（find 指「判斷」）

英文有六種基本的動詞句型：

- **SVC**：連綴動詞接主詞補語（參看 719–720）：

    She **is** [a doctor]. 她是一名醫生。

- **SVO**：接一個受詞的動詞（參看 721–726）：

    She **wants** [some help]. 她需要一些協助。

- **SVOV**：接「受詞 + 動詞」的動詞（參看 727–729）：

    She **wants** [you] [to help]. 她希望你提供協助。

- **SVOO**：接兩個受詞的動詞（參看 730–732）：

    She **gave** [her sister] [some records]. 她給了她妹妹一些唱片。

- **SVOC**：接受詞和受詞補語的動詞（參看 733）：

    She **found** [the task] [impossible]. 她發現這個任務根本不可能達成。

- **SV**：不接受詞和補語的動詞（參看 734）：

    The door **opened**. 門開了。

每一個基本動詞句型還可以細分為各種子句型。這裡無法羅列使用各句型的所有動詞，必須另外查詢字典。句型皆以主動語態表示，但就常見的被動語態^(參看613)用法，也會提供範例。

連綴動詞接主詞補語：*Sorry I'm late.*

719　連綴動詞（linking verb，或稱 copular verb）後接名詞片語或形容詞等作為補語。最常見的連綴動詞是 be 動詞。下面句子中，動詞以**粗體**標示，補語和受詞以方括弧標示。

> *Sorry I**'m** [late].* 對不起，我遲到了。
>
> ***Was** Scott [a personal friend of yours]?* 史考特和你有私交嗎？

其他的連綴動詞可分為兩組：**現狀連綴動詞**（current linking verb）和**結果連綴動詞**（resulting linking verbs）。

- **現狀連綴動詞**（如 appear、feel、look、remain、seem）類似於 be 動詞，都表示「狀態」：

  > *Mr Brown always **appears** [calm and collected].*
  > 布朗先生看起來總是沉著冷靜。
  >
  > *I never **lie** [awake] at night.* 我晚上從來沒有躺著睡不著過。
  >
  > *I hope this will **remain** [a continuing tradition].*
  > 我希望這個傳統可以延續下去。
  >
  > *That did not **seem** [a good idea] to me.* 我覺得那不是個好點子。
  >
  > *You **sound** [a bit dubious].* 你聽起來好像半信半疑的。
  >
  > *I'd love to go on with this job as long as I can **stay** [alive on it].*
  > 只要還能靠它過活，我想繼續做這份工作。
  >
  > *The things that are poisonous we don't eat, so we don't know if they **taste** [nice] or not.* 有毒的東西我們不吃，所以不會知道好不好吃。

- **結果連綴動詞**（resulting linking verb）如 become 和 get 這類動詞，後方的補語是用來說明事件或過程所產生的**結果**：

*The situation **became** [unbearable].* 情況變得令人難以忍受。

*Quite unexpectedly, Patricia's parents **fell** [sick] and died.*
派翠西亞的父母生病過世了，相當令人意外。

*Why did Mr MacGregor **get** [so angry]?* 麥葛雷格先生為什麼這麼生氣？

*We have to learn to **grow** [old] because we are all going to **grow** [old].*
我們都會老，必須學習如何變老。

*Our neighbour said she'd seen her dog **turn** [nasty] just once.*
我們鄰居說她只見過她的狗凶過一次。

720

- 連綴動詞的補語可以是名詞片語或形容詞片語，如上述例句，也可以是名詞子句（參看 588）：

  *The answer **is** [that we don't quite know what to do now].*
  答案是我們現在不大知道該怎麼辦。

- 連綴動詞的補語還可以是字尾 -ed 的形容詞（如 puzzled、depressed），或字尾 -ing 的形容詞（如 amusing、interesting）：

  *Some of the spectators **looked** [rather puzzled].*
  一些觀眾看起來十分迷惑。

  *Dr Barry's lectures **were** [not very clear] but [rather amusing].*
  貝瑞博士的講課不怎麼清楚，卻很有趣。

- 某些動詞可以在連綴動詞和補語之間插入 to be：

  *There doesn't **seem to be** [any trouble with this car].*
  這輛車看起來沒什麼問題。

  *Everybody s**eems (to be)** [very depressed] at the moment.*
  此時此刻似乎人人都很沮喪。

  *What the team did **proved (to be)** [more than adequate].*
  團隊所做的後來證實已經相當足夠了。

- be 動詞作連綴動詞時，後面常接副詞，特別是地方副詞：

  *I'd like to **be** [in town] for a few weeks.* 我想進城幾週。

只接一個受詞的動詞

一、受詞是名詞片語：*Did you phone the doctor?*

721 接一個受詞的動詞通常是及物動詞，其受詞可以是名詞片語：

> *Let me just **finish** [the point].* 讓我把重點講完。
>
> *Where did you **hear** [that rumour]?* 你那個謠言是從哪裡聽來的？
>
> *Do you **believe** [me] now?* 你現在相信我了嗎？
>
> *Did you **phone** [the doctor]?* 你打電話給醫生了嗎？
>
> *This event **caused** [great interest] in our little village.*
> 這項活動在我們的小村莊引起很大的興趣。

- 這類的動詞可以是片語動詞，即「動詞 + 副詞助詞 + 受詞」（參看 630）。當受詞是一個完整的名詞片語時，可以放在副詞助詞之前或之後：

> *They **blew up** [the bridge]. ~ They blew [the bridge] up.*
> 他們炸毀了這座橋。

如果受詞是代名詞，只能放在副詞助詞之前：

> *~ They **blew** [it] up.*

被動語態：

> *~ The bridge/It **was blown up**.* 這座橋／它被炸毀了。

- 也可以是介系詞動詞，即「動詞 + 介系詞 + 受詞」（參看 632）：

> *Then the president **called on** [the governor] to explain why.*
> 於是總統要求州長說明原因。
>
> *As Natasha was going up the stairs, Mr Middleton accidentally **bumped into** [her].* 娜塔莎正走上樓梯時，密道敦先生不小心撞到了她。
>
> *Andrew **came across** [someone whose name he had forgotten].*
> 安德魯碰見了一個人，但他記不得名字。

- 也可以是片語 – 介系詞動詞，即「動詞 + 副詞助詞 + 介系詞 +

受詞」（參看 634）：

> The statement was firm enough to **do away with** [all doubts].
> 這道聲明十分堅決，足以消弭所有疑慮。

介系詞動詞和片語 – 介系詞動詞也可以有被動語態：

> Then the governor **was called on** to explain why.
> 於是州長被要求說明原因。

> Things like that would increase rather than **be done away with**.
> 類似那樣的事情只會增加不會停止。

二、受詞是不定詞：*We agreed to stay overnight.*

722 及物動詞的受詞常常是帶 to 的不定詞：

> We **agreed** to stay overnight. 我們同意留下來過夜。

> The company has **decided** to bring out a new magazine.
> 該公司決定出版一本新的雜誌。

> Don't **expect** to leave work before six o'clock.
> 別指望能在六點前下班了。

> I'd **like** to discuss two points in your paper.
> 我想就你論文裡的兩點進行討論。

> I've been **longing** to see you. 我一直期待見到你。

> Ed brought a manuscript I had **promised** to check through.
> 艾德拿了一份手稿過來，那是我之前答應要檢查的。

接 to 不定詞作為受詞的動詞還有：afford（負擔得起）、ask（要求）、dislike（不喜歡）、forget（忘記做）、hate（討厭）、hope（希望）、learn（學習）、love（喜歡）、need（需要）、offer（提議）、prefer（更喜歡）、refuse（拒絕）、remember（記得做）、try（試圖）、want（想要）。

動詞 help 可以接帶 to 或不帶 to 的不定詞：

> After her mother died Elizabeth came over to **help** (to) settle up the

estate. 伊莉莎白在她母親過世後，過來協助處理遺產。

三、受詞是 -ing 形式：*I enjoyed talking to you.*

723 有些及物動詞後面要接 -ing 形式：

> *We ought to **avoid** wasting money like this.* 我們應該避免這樣浪費錢。

> *Obviously there would be just a few people one would **enjoy** talking to at the party.* 顯然派對上只有一小部分人是可以聊得來的。

> *I believe most people **dislike** going to the dentist.*
> 我相信多數人都討厭看牙醫。

> *Why did you **stop** talking?* 你怎麼不講話了？

這類動詞還有：admit（承認）、confess（坦承）、deny（否認）、finish（完成）、forget（忘記已經做）、hate（討厭）、keep（繼續）、like（喜歡）、loathe（厭惡）、love（喜歡）、prefer（更喜歡）、remember（記得已經做）、（can't）bear（忍受）、（can't）help（抑制）、（can't）stand（忍受）、（not）mind（介意）。

四、受詞是 that 子句：*I agree that the prospects are pretty gloomy.*

724 • 動詞的受詞可以是 that 子句（that 常省略）：

> *I **agree** (that) the economic prospects are pretty gloomy at the moment.*
> 我同意當前的經濟前景相當不樂觀。

> *After school I **discovered** (that) I hadn't got any saleable skill.*
> 畢業後我才發現沒有可以自我推銷的一技之長。

> *I always **thought** (that) you two got on well together.*
> 我一直以為你們兩個相處融洽。

這類動詞會使用虛主詞 it（參看 543）表達被動語態：

> *It would still have to be **agreed** that these acts were harmful.*
> 針對這些行為屬於危害一事仍有待達成共識。

接 that 子句的動詞還有：admit（承認）、announce（宣布）、bet

（賭；敢肯定）、claim（聲稱）、complain（抱怨）、confess（坦承）、declare（聲明；宣稱）、deny（否認）、explain（說明）、guarantee（保證）、insist（堅稱）、mention（提到）、object（反對）、predict（預料）、promise（承諾）、reply（回答說）、say（說）、state（陳述；聲明）、suggest（建議）、warn（警告；提醒）、write（寫道）。

- 在 believe（相信；認為）、hope（希望）、say（說）、suppose（認為；料想）、think（認為）這類動詞後方可以用 so 取代 that 子句：

  A: Is it worth seeing the manager about the job?
  去找經理談這份工作值得嗎？
  *B: I **believe** so./I don't **believe** so.* 我認為值得。／我認為不值得。

可以用 not 取代否定的 that 子句：

  A: Does that symbol stand for 'cold front'? 那個符號代表「冷鋒」嗎？
  *B: No, I don't **think** it does.* 我覺得不是。
  *~ No, I don't **think** so.*
  *~ No, I **think** not.*

725 動詞接使用「**推定意義的 should**」（參看 280）的 that 子句，或使用強制性假設語氣動詞（參看 706）的 that 子句，這類句型很少省略 that：

  *The prosecuting attorney **ordered** that the store detective (should) be summoned for questioning.*
  檢察官下令傳喚這名商店保全人員接受詢問。

  *The lawyer **requested** that the hearing (should) be postponed for two weeks.* 律師要求聽證會延後兩週。

  *The officer **suggested** that the petitioner (should) (should) be exempt only from combatant training.* 官員建議聲請人僅免參加戰鬥訓練。

可用於這種句型的動詞還有：ask（要求）、command（命令）、decide（決定）、demand（要求）、insist（堅持）、intend（意欲）、move（提議）、prefer（寧可）、propose（建議）、recommend（建議）、require（要求）、urge（極力主張）。

五、受詞是 wh- 子句：*I wondered why we didn't crash.*

726

- 有些動詞後面會接由 wh- 字（參看 536）引導的限定子句，也就是由 how、why、where、who、whether 或 if 所引導的子句：

  *The department **asked** if/whether it could go ahead with the expansion plans.* 那個部門詢問是否能繼續執行擴編計畫。

  *We flew in rickety planes so overloaded that I **wondered** why we didn't crash.* 我們坐了一架超載又搖搖晃晃的飛機，真納悶怎麼沒有墜毀。

  接 wh- 子句作為受詞的動詞還有：care（在乎；關心）、decide（決定）、depend（取決於）、doubt（懷疑）、explain（解釋）、forget（忘記）、hear（聽說）、mind（介意）、prove（證明）、realize（了解）、remember（記得）、see（看到；理解）、tell（辨別）、think（想；思索）。

  動詞 know（知道）、notice（注意到）和 say（說）通常會用否定句接由 wh- 字引導的限定子句：

  *We **don't know** if these animals taste nice or not.*
  我們不知道這些動物好不好吃。

- 有些動詞可以接由 wh-字引導的不定詞子句，如 forget（忘記）、know（知道）、learn（學習）、remember（記得）、see（看到；理解）。

  *I don't **know** what to do next.* 我不知道接下來該怎麼辦。

  *She **forgot** where to look.* 她忘記要到哪裡去找了。

接「受詞 + 動詞」的動詞

一、動詞 + 受詞 + 不定詞：*Mom wants me to clean my room.*

727

- 大部分及物動詞後面接一個受詞之後，還會再接不定詞：

  *Henrietta **advised** [Bill] [to get up earlier in the morning].*
  杭麗耶塔勸比爾早上早點起床。

*When Joe Scott was 15 his parents **allowed** [him] [to attend classes at the Academy of Fine Arts].*
喬・史考特十五歲時，他的父母就讓他去藝術學院上課。

*Can I **ask** [Dr Peterson] [to ring you back]?*
我請彼德森醫師回電給你好嗎？

*I **want** [you] [to get back as soon as possible].* 我希望你盡快回來。

其被動語態的句子十分常見：

*[Bill] **was advised** by Henrietta [to get up earlier in the morning].*
杭麗耶塔勸比爾早上早點起床。

*[Mr Bush] **is not allowed** [to drive a car], but I saw him driving a car!*
布希先生被禁止開車，可是我看到他開車了！

使用這種句型的動詞還有：believe（相信；認為）、force（迫使）、order（命令）、permit（允許）、require（要求）、teach（教）、tell（吩咐；命令）、urge（催促）。

- 不過有少數動詞（hear、help、let、make，也就是使役動詞）所接的是「受詞 + 不帶 to 的不定詞」：

*Have you **heard** [Professor Cray] [lecture on pollution]?*
你去聽過克雷教授講關於汙染的問題嗎？

*Just **let** [me] [finish], will you?* 先讓我說完，好嗎？

*Danielle's letter **made** [me] [think].* 丹妮兒的信讓我有所思考。

help 後面的不定詞可帶 to 也可不帶 to：

*Will you help [me] [(**to**) write the invitations to the party]?*
你可以幫我寫派對的邀請函嗎？

其被動語態必須用 to 不定詞：

*The former Wimbledon champion **was made** [to look almost a beginner].*
前溫布頓冠軍被打得幾乎像個新手。

二、動詞 + 受詞 + -ing 形式：*We got the machine working.*

728

*In the end we **got** [the machine] [working].* 我們最後讓機器運轉了。

*I can't **imagine** [Burt] [interrupting anybody].*
我很難想像伯特會打斷別人的話。

*The announcement **left** [the audience] [wondering whether there would be a concert].* 這項宣布讓觀眾不曉得演唱會是否會舉辦。

*I **resent** [those people] [spreading rumours about us].*
我痛恨那些散播我們謠言的人。

使用這種句型的動詞還有：catch（抓到；撞見）、find（發現）、hate（討厭）、like（喜歡）、love（喜歡）、（don't）mind（介意）、prefer（更喜歡）、see（看見）、stop（阻止）。

三、動詞 + 受詞 + -ed 形式：*We finally got the engine started.*

729

*I must **get** [my glasses] [changed].* 我得換一副眼鏡。

*We've just **had** [our house] [re-painted].* 我們才剛把房子重新油漆。

*I like your hair — you've **had** [it] [curled]!*
我喜歡你的頭髮—你把它燙捲了！

使用這種句型的動詞包括感知動詞（perceptual verb）：feel（感覺）、hear（聽見）、see（看見）、watch（觀看），意志動詞（volitional verb）：like（喜歡）、need（需要）、want（想要），以及使役動詞（causative verb）：get（使）、have（使）。

接兩個受詞的動詞

一、兩個受詞皆為名詞片語

730

• 這類動詞會接「間接受詞 + 直接受詞」：

*Let me **give** [you] [an example of this].* 讓我舉個例子給你看這種情況。

*Did you manage to **teach** [the students] [any English]?*
你教會了這些學生英文嗎？

*I'll **write** [Pam] [a little note].* 我會寫張小字條給潘。

offer 這類的動詞，後面可改用「直接受詞 + **to** + 名詞片語」的句型：

*They **offered** [my sister] [a fine job].*
*~ They **offered** [a fine job] [**to** my sister].* 他們給了我妹妹一份好工作。

被動語態：

*My sister **was offered** a fine job.*
*~ A fine job **was offered to** my sister.* 我妹妹得到了一份好工作。

可改用句型「直接受詞 + **to** + 名詞片語」的雙受詞動詞還有：bring（拿來）、give（給予）、hand（傳遞）、lend（借出）、owe（欠；歸功於）、promise（答應）、read（讀）、send（發送）、show（出示）、teach（教）、throw（丟；擲）、write（寫）。

有些可接雙受詞的動詞如 buy（買）、find（找到）、get（取得）、make（製作）、order（訂購）、save（保留）、spare（騰出；讓出），後面則可用「直接受詞 + **for** + 名詞片語」句型改寫：

*I'll **buy** [you all] [a drink]. ~ I'll **buy** [a drink] [**for** you all].*
我請大家喝飲料。

*Can I **get** [you] [anything] ~ Can I **get** [anything] [**for** you]?*
請問你需要什麼嗎？

• 有些雙受詞的動詞，如 ask（問）和 cost（花費），則不能改成 to 或 for 的介系詞句型：

*The interviewer **asked** [me] [some awkward questions].*
面試官問了我一些奇怪的問題。

在被動語態中，只有第二個受詞（如上面句中的 some awkward questions）可以單獨出現：

*I was **asked** some awkward questions.* 我被問了一些奇怪的問題。

動詞 cost 沒有被動語態：

*It's going to **cost** [me] [a fortune] to buy all these course books.*
買這些教科書要花掉我一大筆錢。

二、動詞 + 受詞 + that 子句：*The pilot informed us that the flight was delayed.*

731 tell 這類的動詞後接「間接受詞 + that 子句（參看 589）」時，that 經常省略：

*I **told** [him] [I'd ring again].* 我告訴他我會再打電話。

這類動詞還有：advise（建議）、assure（向…保證）、bet（賭；敢肯定）、convince（說服）、inform（通知）、persuade（說服）、promise（承諾）、remind（提醒）、show（顯示；證明）、teach（教）、warn（警告；提醒）、write（寫信）。

tell 後面可以用 so 代替 that 子句：

*A: Did you **tell** [her] [that I am busy both evenings]?*
你有告訴她我兩個晚上都要忙嗎？
*B: Yes, I **told** [her] [so].*
有，我這樣告訴她了。

三、動詞 + 受詞 + wh- 子句：*We asked him what he was going to do.*

732 tell（告訴）、teach（教）和 ask（詢問）這類的動詞可以接「受詞 + 限定／非限定 wh- 子句」（參看 590）：

*Perhaps you'd like to **tell** [us] [what you want].*
你也許會想告訴我們你要什麼。

*Nobody **taught** [the students] [how to use the machines].*
沒人教這些學生如何使用這些機器。

*The president **asked** [each department] [whether it could go ahead with the expansion plans].*
董事長問各部門是否能繼續執行擴編計畫。

被動語態：

[Each department] **was asked** *[whether it could go ahead with the expansion plans]*. 各部門被問到是否能繼續執行擴編計畫。

接「受詞 + 受詞補語」的動詞

733 call（稱呼）、find（發覺；認為）、consider（認為）這類的動詞後接一個受詞和受詞補語，稱為**複合及物動詞**（complex-transitive verb）。

- 受詞後面的補語是名詞片語，如：

    Would you **call** *['Othello'] [a tragedy of circumstance]?*
    你會稱《奧賽羅》為境況悲劇嗎？

有些動詞可以在受詞補語之前插入 to be：

    We **found** *[Mrs Oliver] [to be] [a very efficient secretary]*.
    我們發覺奧利維女士是個做事很有效率的祕書。

    All fans **considered** *[Phil] [to be] [the best player on the team]*.
    菲爾是所有球迷公認全隊最好的球員。

被動語態：

    ~ [Phil] **was considered** *[to be] [the best player on the team]*.
    菲爾被認為是全隊最好的球員。

這類動詞還有：appoint（任命；指派）、elect（選舉）、imagine（想像）、make（使成為）、name（命名）、suppose（認為）、think（認為）、vote（投票決定）。

- 下列動詞更有可能以形容詞作為受詞補語：declare（宣稱）、find（發覺；認為）、judge（判斷）、keep（保持）、leave（使保持某狀態）、make（使得）、wash（洗）。

    If you do that it will **make** *[Jo] [very angry]*.
    要是你那樣做，裘會很生氣。

    I had to quit because I **found** *[my work in the office] [so dull]*.
    我不得不辭職，因為我覺得我在辦公室裡的工作太無趣了。

- believe（相信）、feel（覺得）、imagine（想像）、suppose（認為）、think（認為）這類的動詞，通常會在作補語的形容詞前面插入 to be：

> Many students **thought** [the exam] [to be] [rather unfair].
> 許多學生覺得這場考試很不公平。

> We **believed** [the accused] [to be] [innocent]. 我們相信被告是無辜的。

被動語態：

> ~ [The accused] **was believed to be** [innocent]. 被告據信是無辜的。

不接受詞或補語的動詞

734　不接受詞或補語的動詞稱為「**不及物動詞**」（intransitive verb）：

> Eliza's heart **sank**. 艾莉莎的心都涼了。

> Don't ever **give up**. 千萬別放棄。

不及物動詞通常會接一個或多個副詞：

> You are **teaching** at a college, aren't you? 你在大學教書，對嗎？

> The Argentinian **leads** by three games to one.
> 阿根廷選手以三比一的局數領先。

> Do you **go** to Dr Miller's lectures? 你有在聽米勒博士的講課嗎？

> He used to **come in** late in the morning. 他以前早上常常晚進來。

Verb phrases 動詞片語　　　（參看 CGEL 3.21-56, 4.2-40）

735　動詞片語可以只包含一般動詞（參看 573）：

> Betsy **writes** dozens of e-mails every day.
> 貝琪每天都要寫好多封電子郵件。

也可以包含一個或多個助動詞加上一般動詞。助動詞如 be 動詞、have、might 等，是用來協助一般動詞構成動詞片語：

> She **is writing** long e-mails to her boyfriend.
> 她正在寫很長的電子郵件給她男朋友。

> She **has been writing** e-mails all morning.
> 她整個早上都在寫電子郵件。

> Those e-mails **might** never **have been written**, if you hadn't reminded her. 假如你沒有提醒她，她可能永遠不會寫這些電子郵件。

助動詞有兩種：**基本助動詞**和**情態助動詞**。

一般動詞		如 write, walk, frighten，以 及 一 般 動 詞 do, have, be
助動詞	**基本助動詞**	do, have, be
	情態助動詞	can, could, may, might, shall, should, will, would, must, used to, ought to, dare, need

736 **基本助動詞有以下三個**：do、have、be，這些動詞還可以當一般動詞，如上表所示。

- 助動詞 do 用來形成 do 結構（又稱為「do 支持」，參看 611）：

> Betsy **did**n't write many e-mails. 貝琪沒有寫很多封電子郵件。

- 助動詞 have 用來形成完成式：

> She **has** written only one e-mail. 她只寫了一封電子郵件。

- be 動詞也用來形成進行式：

> She **was** interviewing somebody or other when it suddenly started to rain.
> 她正在訪問某個人，突然下起雨來。

> You must **be** joking! 你一定是在開玩笑吧！

- be 動詞也用於形成被動語態：

> It has **been** shown in several studies that these results can be verified.
> 幾個研究已經顯示這些結果是可以驗證的。

情態助動詞（參看 483）可以用來表達各種意義，如表明意圖（參看 141）、未來時間（參看 140）或能力（參看 287）：

*I was teaching classics and then thought I **will** cease to teach classics. I **will** go abroad and teach English.* 當時我正在教古典學，後來我就想將來不要再教古典學了，我要到國外教英文。

*If we **can** catch that train across there we'll save half an hour.* 如果我們能趕上從那裡穿越的火車，就可以省下半個小時。

限定和非限定動詞片語

737　動詞片語有兩種類型：限定（finite）和非限定（non-finite）。

- **限定動詞片語**可能只含一個限定動詞：

  *He **worked** very hard indeed.* 他工作確實很勤奮。

由兩個以上動詞組成的限定動詞片語，限定動詞會是第一個動詞（如下面例句中的 was 和 had）：

*He **was** working for a computer company at the time.*
他當時在一家電腦公司上班。

*The enemy's attack **had** been planned for fifteen years.*
敵軍的攻擊行動已經策畫了十五年。

限定動詞是動詞片語中**帶有現在式或過去式的成分**。在上述例句中，working 和 been planned 本身是非限定動詞結構，但是它們作用於限定動詞片語 was working 和 had been planned 之中。

主要子句和多數從屬子句（參看 709）的動詞成分都是限定動詞片語。主詞和限定動詞基本上要遵守人稱和數的一致性。be 動詞（參看 509）的人稱一致性區別相當清楚：I am ~ you are ~ he is。而大部分的限定一般動詞，除了第三人稱單數現在式有明顯區別外（如 she reads ~ they read），其他人稱並沒有明顯差異。多數情態助動詞儘管不需遵守一致性，仍視為限定動詞，如 I/you/he/they can do it。

738 　動詞的非限定形式有三種：

- **不定詞：** (to) call
- **-ing 分詞：** calling
- **-ed 分詞：** called

許多不規則動詞（參看 550）的過去式（did、went 等）和 -ed 分詞（done、gone 等）是不同形式，而規則動詞的兩種功能則都是 -ed 形式，如 worked（過去式）~ worked（-ed 分詞）。之所以稱為「-ed 分詞」（或「過去分詞」），是因為它們在規則動詞變化中是加上字尾 -ed。

以下比較限定和非限定動詞片語：

- **限定動詞片語**（finite verb phrase）

    *Con **works** in a laboratory.* 康恩在實驗室裡工作。

    *She's **working** for a degree in physics.* 她正在攻讀物理學位。

    *She'll **be working** with overseas students.* 她將和國外學生一起學習。

- **非限定動詞片語**（non-finite verb phrase）

    *I actually like **to get up** early in the morning.* 我其實早上喜歡早起。

    *Liz heard the door **open**.* 麗茲聽到門打開的聲音。

    *When **asked** to help she never refused.* 有人請求幫忙時，她從未拒絕。

    *My father got a degree through **working** in the evenings.*
    我父親選擇晚上工作拿到學位。

    ***Having bought** this drill, how do I set about using it?*
    我買了這個鑽子，但是要怎麼開始用？

四大基本動詞組合

739 　動詞片語由兩個以上的動詞組成時，有一定的組合方式，基本的動詞組合有以下四種：

（A）**表示情態**—「情態助動詞 + 非限定一般動詞」：

*We [**can**] [**do**] nothing else.* 我們沒別的可做。

（B）**表示完成式**—「助動詞 have+ -ed 分詞」：

*I [**have**] never [**heard**] of him since.* 從那時起我再也沒聽到他的消息。

（C）**表示進行式**—「be 動詞 + 動詞 -ing」：

*We [**are**] [**getting**] on well together.* 我們相處融洽。

（D）**表示被動語態**—「be 動詞 + -ed 分詞」：

*He [**was**] never [**forgiven**] for his mistake.*
他犯下錯誤，一直沒有獲得原諒。

這四種基本組合還可以互相搭配組合，形成更長串的動詞片語：

（A）+（B） *He **must have typed** the letter himself.*
他一定親自打了這些信。

（A）+（C） *He **may be typing** at the moment.*
他現在可能正在打字。

（A）+（D） *The letters **will be typed** by Mrs Anderson.*
這些信將由安德森女士打字。

（B）+（C） *He **has been typing** all morning.*
他整個早上都在打字。

（B）+（D） *The letters **have been typed** already.*
這些信已經都打好了。

（C）+（D） *The letters **are being typed**, so please wait a moment.*
這些信還在打字，請稍等一會。

（A）+（B）+（C） *He **must have been typing** the letters himself.*
他一定親自在打這些信。

（A）+（B）+（D） *The letters **must have been typed** by the secretary.*
這些信一定是祕書打的。

從下圖可以看到，位於片語中間的動詞，既是前面組合中的第二

部分，也是後面組合中的第一部分：

動詞片語

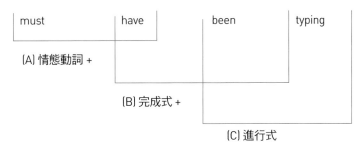

Tense and aspect 時態與型態

740　我們藉由**時態**（tense）理解動詞形式與時間（過去、現在、未來）之間的關聯。英文有兩種簡單式（simple tense）：現在式（present tense，^{參看} 116）和過去式（past tense，^{參看} 123）。

- **現在式**：How are you today? 你今天好嗎？
- **過去式**：Fine thanks, but yesterday I felt awful. 我很好，謝謝。但是昨天覺得很糟。

形態（aspect）涉及一個動詞的動作以何種方式被經歷或看待，例如已經完成還是正在進行。英文有兩個狀態：

- **完成式**（perfect aspect）：I've never felt better, thanks. 我感覺再好不過了，謝謝。
- **進行式**（progressive aspect）：How are you feeling today? 你今天感覺怎麼樣？

741　現在式和過去式可以和進行式及完成式組合在一起，以下例句以方括號標示屬於何種基本動詞組合（^{參看} 739）。

現在

- **現在簡單式**（simple present）：

  Our teacher uses a blackboard and writes illegible things on it.
  我們老師使用黑板，在上面寫些潦草的東西。

- **現在進行式**（present progressive）

  （C）*What's he writing now?*
  他正在寫什麼？

過去

- **過去簡單式**（simple past）：

  I wrote a letter and got an answer almost by return post.
  我寫了一封信，而且幾乎馬上收到了回信。

- **過去進行式**（past progressive）

  （C）*I could neither read what our teacher was writing nor hear what he was saying.*
  我既看不懂老師在寫什麼，也聽不見他在說什麼。

- **現在完成式**（present perfect）

  （B）*Some people I meet at this party have written at least one book – if not two.* 我在這個派對上認識的一些人，至少都寫過一本書——甚至兩本。

- **現在完成進行式**（present perfect progressive）

  （B）+（C）*He has been writing books on the Beatles since 1967.*
  他從 1967 年起就一直在寫關於披頭四的書。

- **過去完成式**（past perfect）

  （B）*The Secretary of State said he had spoken to both sides, urging restraint.* 內閣大臣表示已與雙方談話，敦促雙方克制。

- **過去完成進行式**（past perfect progressive）

  （B）＋（C）*That's what people had been saying for a long time.*
  長久以來人們都是那樣說的。

若要構成被動語態（參看613），就要加上（D）的組合，例如：

- **過去簡單式被動語態**（passive simple past）

  （B）*This book was written for people who have a sense of humour.*
  這本書是寫給有幽默感的人看的。

- **過去完成式被動語態**（passive past perfect）

  （B）＋（D）*The attack on this small friendly nation had been planned for fifteen years.*
  針對這個友善小國所進行的攻擊事件已經策畫了十五年。

英文沒有與現在和過去時間時態相對應的未來式，但有些用語可用來表達未來（參看140），特別是情態助動詞 will。

動詞片語中的作用詞

我們已經分別就情態動詞、時態、狀態和主動被動這幾方面，介紹了動詞片語的結構和對比。動詞片語在其他句型中同樣扮演了重要角色。這些句型中，動詞片語的第一個助動詞有一個很特別的功能，是當作**作用詞**（參看609-12）。

- 助動詞在 yes–no 問句（參看682）中當作用詞（以**粗體**標示）：

  Will *you be staying long?* 你會待很久嗎？

- 助動詞在含有 not 的否定句（參看581）中當作用詞，比較下列用法：

  *I **have** received some letters this morning.*
  我今天早上收到了幾封信。
  *~ I **have**n't received any letters this morning.*
  我今天早上沒有收到任何信。

*She speaks fluent French but she **does**n't speak a word of English.*
她的法文說得很流利，但一句英文都不會說。

- do 常當作用詞，用來加強語氣（參看 264, 300, 611）：

  *One change was likely to happen. Whether it **dìd** happen, I just don't kno̍w.*
  有個改變很可能會發生。到底有沒有發生，我真的不知道。

- do 結構可用於祈使句（參看 497）：

  ***Dò** be careful.* 務必要小心。

- 作為替代語（參看 384）時，作用詞可以單獨使用（不需加一般動詞）：

  *A: **Have** you seen these photographs?* 你看過這些照片了嗎？
  *B: Yes I **have**, thanks.* 看過了，謝謝。

Word-classes 詞類 （參看 CGEL 2.34–45）

743 詞類有主要詞類和次要詞類之分。本書所出現的各種詞類，都可以參考此條目的進一步說明。

主要詞類

744 主要詞類又稱為**開放性詞類**（open class word）。主要詞類之所以是「開放性」，因為很容易增添新詞。我們無法列出英文中所有名詞的完整清單，因為沒人能確知當今使用到的所有英文名詞，且新的名詞不斷被創造出來。我們依據出現在英文文本中的頻率，依序列出四個主要詞類：

- **名詞**：belief（相信）、car（汽車）、library（圖書館）、room（房間）、San Francisco（舊金山）、Sarah（莎拉）、session（會議）等（參看 57、597）

- **一般動詞**：get（獲得）、give（給予）、obey（服從）、prefer（寧可）、put（放）、say（說）、search（搜查）、tell（告訴）、walk（走）等^{（參看 573）}
- **形容詞**：afraid（害怕的）、blue（藍色的）、crazy（瘋狂的）、happy（高興的）、large（大的）、new（新的）、round（圓的）、steady（穩定的）等^{（參看 440）}
- **副詞**：completely（完全地）、hopefully（滿懷希望地）、now（現在）、really（真地）、steadily（穩定地）、suddenly（突然）、very（非常）等^{（參看 464）}

次要詞類

745 次要詞類中的詞彙又稱為**封閉性詞類**（closed-class word）。次要詞彙之所以是「封閉性」，是因為其成員數量有限，我們可以一次列出全部次要詞類。次要詞類不容易加入新詞；這個清單實際上是封閉的。當語言從一個時代進入另一個時代，次要詞類（如限定詞、代名詞和連接詞）鮮少出現變化。次要詞類有：

- **助動詞**：can（能；可能）、may（可能；可以）、should（應該；將）、used to（過去經常）、will（將；要）等^{（參看 477）}
- **限定詞**：a（一）、all（全部的）、the（這）、this（這個）、these（這些）、every（每一）、such（這樣的）等^{（參看 522）}
- **代名詞**：anybody（任何人）、she（她）、some（一些）、they（他們）、which（哪一個）、who（誰）等^{（參看 661）}
- **介系詞**：at（在…時刻／地點）、in spite of（儘管）、of（…的）、over（在…上方；越過）、with（有；和…一起）、without（沒有）等^{（參看 657）}
- **連接詞**：although（雖然）、and（和）、because（因為）、that（引導名詞或副詞子句）、when（當…時）等^{（參看 515、709）}
- **感嘆詞**：ah（啊）、oh（噢）、ouch（哎喲）、phew（唷）、ugh（噁）、wow（哇）等^{（參看 299）}

746 英文有許多單字隸屬於不只一個詞類，如：

- love 既是動詞，如 Do you **love** me?（你愛我嗎？）也是名詞，如 What is this thing called **love**?（情為何物？）
- since 既是連接詞，如 **Since** the war ended, life is much better.（既然戰爭結束了，日子便好過了許多。）也是介系詞，如 **Since** the war ended, life has been much better.（自從戰爭結束以來，日子好過了許多。）
- round 可以屬於以下五個詞類：

  介系詞：*Jill put her arms **round** Jack.* 吉兒摟著傑克。

  副詞：*All the neighbours came **round** to admire our new puppy.* 鄰居們全都跑來欣賞我們新養的小狗。

  形容詞：*That's a nice **round** sum.* 那真是一大筆錢。

  名詞：*The champion was knocked out in the second **round**.* 冠軍選手在第二回合被擊倒。

  動詞：*The cattle were **rounded** up at the end of the summer.* 夏末時，牛隻被趕在一起。

Zero 零

747 我們在本書中使用「零」（zero）來表示一個字詞**被省略**的位置，在下面的例句中，**Ø 符號表示省略該字詞的位置**：

- **零 that**（zero that）「零關係代名詞」，用來表示關係代名詞 that 的省略用法（參看 686）：

  Joan is the person Ø I like best in the office.
  *~ Joan is the person **that** I like best in the office.*
  瓊恩是辦公室裡我最喜歡的人。

- **零 that**「零從屬連接詞」，表示從屬連接詞 that 的省略用法（參看 712）：

    I hope Ø you'll be successful in your new job.
    ~ I hope **that** you'll be successful in your new job.
    我希望你在新工作上獲得成功。

- **零冠詞**（zero article），表示不可數名詞和複數可數名詞可省略冠詞的用法（參看 523）：

    The possession of Ø **language** is a distinctive feature of the human species. 擁有語言是人類的一個特徵。

    My best subject at school was Ø **languages**.
    我在學校最喜歡的科目是語言。

EZ TALK
口語英語語法聖經

作　　　者：Geoffrey Leech，Jan Svartvik
企劃編輯：鄭莉璇
裝禎設計：賴佳韋工作室
內頁排版：簡單瑛設
行銷企劃：陳品萱

發 行 人：洪祺祥
副總經理：洪偉傑
副總編輯：曹仲堯
法律顧問：建大法律事務所
財務顧問：高威會計師事務所

出　　　版：日月文化出版股份有限公司
製　　　作：EZ 叢書館
地　　　址：臺北市信義路三段151號8樓
電　　　話：(02)2708-5509
傳　　　真：(02)2708-6157
客服信箱：service@heliopolis.com.tw
網　　　址：www.heliopolis.com.tw
郵撥帳號：19716071日月文化出版股份有限公司

總 經 銷：聯合發行股份有限公司
電　　　話：(02)2917-8022
傳　　　真：(02)2915-7212
印　　　刷：中原造像股份有限公司
初　　　版：2021 年 8 月
初 版 4 刷：2022 年 2 月
定　　　價：650 元
I S B N：978-986-0795-12-7

口語英語語法聖經 /Geoffrey Leech, Jan
Svartvik 著 . -- 初版 . -- 臺北市：日月文化
出版股份有限公司 , 2021.08
　　面；　公分 . -- (EZ talk)
譯自：A communicative grammar of
english, 3rd ed.

ISBN 978-986-0795-12-7 (平裝)

1. 英語 2. 語法

805.16　　　　　　　　110009607